# 谷崎潤一郎の恋文

〈松子・重子姉妹との書簡集〉

千葉俊二 編

中央公論新社

目次

装幀　山影麻奈

# はじめに

ここに紹介するのは谷崎潤一郎と谷崎松子・渡辺重子の姉妹とのあいだに交わされた書簡群である。松子と重子は旧姓を森田といい、森田家は大阪で名の知れた藤永田造船所の永田一族で、父の森田安松は永田三十郎の長女まつの息子だった。安松には朝子、松子、重子、信子の四人姉妹があったが、松子はその次女で、重子は三女である。松子ははじめ船場の有名な綿布問屋の一人息子だった根津清太郎と結婚したけれど、昭和二年（一九二七）に谷崎潤一郎と出会い、谷崎文学の代表作と見なされる昭和初年代の「盲目物語」「武州公秘話」「蘆刈」「春琴抄」などの執筆に際し大きなインスピレーションを与えた。それらの作品のヒロインのモデルはすべて松子であり、松子との出会いなくしてはこれらの名作群は書かれることがなかった。その後、松子は谷崎潤一郎と結婚し、生涯を添い遂げた。

松子へ宛てた谷崎の恋文は、谷崎の没後に松子夫人によって綴られた回想記『倚松庵の夢』のなかに大きく省略されて、断片的にではあるが、九通（重子宛も含む）が紹介され、あたかも女神を崇めるかのようなその熱烈な崇拝ぶりは世間を大いに驚愕させた。私がそれをはじめて読んだのは大学に入って間もないころだったけれど、文豪谷崎潤一郎をしてこれほどの讃美のことばを語らせる女性とは、どのような方だろうかと、その神秘のヴェールに被われた存在をあれこれ夢想したものである。

重子はその松子の妹で、「細雪」のヒロイン雪子のモデルとなった女性である。「細雪」に描かれたように重子は何度も見合いを繰り返し、「細雪」の御牧実のモデルとなった、徳川十一代将軍家斉の血を引く津山十万石の旧藩主の家系にあった渡辺明と結婚した。谷崎は最晩年の「雪後庵夜話」で、重子は松子との恋愛において重要な役目を演じたことを明かしている。渡辺明が早くに亡くなって、重子は、松子に影のように寄り添いながら谷崎、松子夫妻と生活をともにしつづけた。谷崎は、そんな姉妹が自己の文学に大きな影響を与えたのだと語っている。

　現在、愛読愛蔵版『谷崎潤一郎全集』には十四通の松子宛の谷崎書簡、二十三通の重子宛の谷崎書簡が収められている。その外、書籍や雑誌、文学館の館報などに公表された松子宛谷崎書簡が八通ある。また松子夫人の回想記『湘竹居追想――潤一郎と「細雪」の世界』にも、書簡の年月日を正確に記していなかったり、「（中略）」とされたりして、不完全ながらも十六通の松子宛と十七通の重子宛の谷崎書簡が紹介された。のちにその多くは愛読愛蔵版の全集に収められたが、全集にも収められず、今回の調査でも見つからなかったものがある。そのうち五通は『湘竹居追想』から再録するかたちをとり、本書は松子宛・重子宛（二通の信子宛を含む）の谷崎書簡、そして谷崎宛の松子書簡・重子書簡、総数三百五十一通の書簡を翻刻、紹介するものである。内訳は谷崎書簡二四三通（うち未発表書簡は一八〇通）と、松子書簡九五通、重子書簡十三通とである。

　谷崎潤一郎没後五十年を期して、著作権継承者であった故観世恵美子さんのご了承を得て、これだけのまとまった数の書簡を一挙に公表することになった。が、不思議なことにこれらの書簡は完全なかたちでの往復書簡にはならない。谷崎家に残された書簡は、松子夫人がことに重要視し、別に取り分けて保存していた書簡の外に、時代毎に分けられた松子宛谷崎書簡、重子宛谷崎書簡、谷崎宛松子書簡が、それぞれブロックとして束ねられていた。今回、これらの書簡群をいったんほぐして年代順に排列しなおし、便宜上、五つの時代に分けてみた。そうすると各時代においてあるはずの谷崎、松子のどちらかの書簡がごっそりと抜け落ちており、往復書簡にならないのである。

松子夫人からも恵美子さんからもその理由をおうかがいしたことはない。考えられるひとつの理由は、昭和二十年八月六日深夜に兵庫県武庫郡魚崎町魚崎七二八ノ三七の谷崎の自宅が、焼夷弾の直撃をうけて焼失したということである。『湘竹居追想』には、「翌十六年の手紙は見当らず、私宛のも重子宛のも、或は魚崎の家の戦火に焼失したかも知れない。（中略）思ひ出しきれない程種々のものをこの時に焼失してしまつてゐる。谷崎の書いたものも疎開はさせてはゐたものの、日毎に許される範囲で小包で送つてゐたのでは限りがあつた。書籍類も求め難いものもあつたであらう。その中には、私にとつても二度と返らぬ若き日のアルバムや再び書けぬ書翰類、娘時代に貰つた恋文、初節句に買つて貰つた御雛様お道具類などがある」と記されている。

焼かれた魚崎の自宅には山田孝雄（よしお）の校閲の朱がはいった「源氏物語」現代語訳の校正刷など、相当に大事なものも保管されていたようで、存在していて当然の谷崎・松子の書簡類も、あるいはそのなかに交じっていたのかも知れない。が、もちろん何の確証もない。出会いから間もない時期の谷崎に宛てて書いた松子の書簡は残されているのに、それに対応する谷崎書簡が欠けている。また恋愛高揚期のさなかに書かれた谷崎から松子へ宛てた書簡はあるのに、それに対応する松子からの返書がない。昭和八年、九年ころ上京して上山草人邸に止宿して仕事をしていた折、谷崎は頻繁に松子宛の書簡を書いているが、それへの返信を松子が書かなかったということは考えられない。当時の上山草人の内縁の妻であった三田直子は、「松子さんからは松子さんからで、負けず劣らずしげ〳〵と、毛筆で達筆の重い封書がまいります。そのお手紙はすべて、〝森田松子〟と実家の姓を使われ、ときには松子を枩子としてあることもございましたが、とにかくお便りさえあれば、一日中先生は御機嫌はよろしいのでした」(「谷崎潤一郎先生と松子夫人」)と証言している。

これらの書簡は、書かれた時期によって谷崎と松子の書簡がそれぞれ束ねられて保存されていたものと思われる。それぞれ一時期の谷崎書簡、松子書簡がまるごと抜け落ちているということは、戦乱のさなかにその束を魚崎の自宅に置いていたか、あるいは繰り返された引っ越しのなかで、どこかに取り紛れて失われてしまったものかも知れない。魚崎の家に置かれていたのならば、二度と出現することはないけれど、もし後者だったとしたならば、今後、ひょんなことで発見され、出現しないとも限らない。

実際、二〇一四年秋に開催された天理図書館の開館八十四周年記念展は、「手紙――筆先にこめた想い――」というものだったが、そこには失われたと思われた期間に属する昭和五年八月十六日付の松子宛の谷崎書簡が展示された。完全に失われたと思われていた時期の書簡が一通でも出現したことの意味は大きい。今後、この時期の松子宛谷崎書簡や、本書に収めることのできなかった書簡群が発見される可能性がまったくゼロではない。松子との恋愛高揚から新婚への谷崎の生涯でも最も充実した時期の谷崎宛松子書簡、および熱海西山別荘で「細雪」執筆中の時期の松子宛谷崎書簡の出現を、谷崎文学の十全なる解明のために切に祈らざるを得ない。

また松子夫人は、お亡くなりになる直前、生前にお世話になったり交際していた方々へ谷崎の松子宛書簡を形見分けのように渡していた。私のごときものまでいただいているので、その数は相当数にのぼると思われる。さらにある事情があって松子宛、重子宛の相当数の谷崎書簡が古書店へ流出してしまったということもある。そんなことでパーフェクトに松子宛・重子宛谷崎書簡を収集することは今日では不可能に近い。今回も、所蔵先のわかっている図書館・文学館の調査はおこなったけれど、個人の所有にかかわるものは、帝塚山（てづかやま）大学の中島一裕氏と私の所蔵するもの以外は追いかけることをしなかった。その間隙を埋める作業は、今後の研究にまかせたいと思っている。

いずれにしろ、今回ここに公表する書簡群は、谷崎文学を読み解くための最後に残された超一級の資料である。なまじの解説を加えるより、資料をそのまま味読していただきたいと思うが、前後の脈絡もなしに、いきなり大量の書簡を読まされても理解しにくいと思われるので、必要最小限の解説的事項を各章のはじめに記すことにした。またこれらの書簡群の特徴は、使用人、あるいは書生、近くにいた人物に託して届けてもらった、いわゆる持たせ文が多いことである。手渡しで郵便の消印がないために、それらの年代特定は難しいものも少なくない。年代が推定できるものについては推定の年月日を記し、その根拠を各書簡の末尾に示した。いまだ明らかにし得ないものもいくつかあり、また編者の判断ミスもあるかも知れない。大方の読者からのご教示をいただければ幸甚である。

千葉俊二

# 凡　例

一、本書には谷崎家に残されていた谷崎潤一郎の松子宛、重子宛、および松子、重子からの谷崎潤一郎宛の書簡をすべて収載した。散逸したものに関しては、全集および公刊された書籍に収載されたもの、芦屋市谷崎潤一郎記念館をはじめとする文学館、図書館などで、収蔵先の判明しているものを収載した。なお、内容から関連の深い信子宛二通を収めた。

一、谷崎潤一郎書簡に関しては、松子宛・重子宛（二通の信子宛を含む）にかかわらず、漢数字で通し番号を付し、松子書簡には算用数字、重子書簡には（　）つきの算用数字で通し番号を付した。

一、持たせ文および消印の判読不明な書簡に関しては、その年月日を可能なかぎり推定し、その推定の根拠を当該書簡の末尾にアステリスク（＊）を付して注記した。年月日を推定し得ないものは、その旨を明示して、仮にそのもっとも可能性の高い場所に置くことにした。

一、受取人と差出人とが封筒の表にともに表記されていたりするので、書簡の封筒に関しては「表」と「裏」に記されているとおりに表示した。また郵便の場合は差出年月日（消印の読み取れるものは消印も）や、郵便の種類も明記し、葉書に関しては受取人を「受」、差出人を「発」と表記した。

一、書簡の住居表示のうち、印刷されているものは「印刷」、スタンプは「印」と表示し、〔　〕で括った。

一、本文中の「全集書簡番号」の「全集」とは、中央公論社から昭和五十八年九月、十一月に刊行された愛読愛蔵版『谷崎潤一郎全集』第二十五、二十六巻を指す。

一、翻刻の仮名づかいは原文のままとしたが、漢字に関しては一部の固有名詞、異体字を除いて旧字を新字に改め、ひらがな、カタカナに関しても「ゟ」「ヿ」などの合字は「より」「コト」と通常の文字づかいに改めた。

一、欄外や行間に追記してあるものはそれを明示し、〔　〕で括った。

一、走り書きによって濁点の抜けている箇所が多いが、原文に濁点のないものはそのままに表記した。

一、誤記と思われる箇所には「ママ」と傍記し、判読不明の箇所は□とした。

一、本書に収載した書簡には、今日の人権意識からみて不適切と思われる表現も使用されているが、これらが書かれた時代背景、資料的価値を考慮し、原文のままとした。しかし、プライバシーにかかわる点に留意し、固有名を伏字とした箇所がある。

# 谷崎潤一郎の恋文

## ――松子・重子姉妹との書簡集

# 一、出会いから「盲目物語」出版へ

昭和二年（一九二七）三月二日、谷崎潤一郎は、船場の大きな綿布問屋だった根津清（ねづせい）こと根津商店の夫人である根津松子にはじめて出会った。「当世鹿もどき」には「芥川龍之介が結ぶの神」と題された一章があり、「大正が昭和に変りましたのは大正十五年の末、十二月も押し詰まつた頃であつたと存じますが、その昭和になる少し前、十二月中のことだつたかも知れません。その頃は手前阪急の岡本時代でございましたが、或る日東京から芥川さんが出て来られて、二人で大阪へ飲みに出かけたことがございました」とある。これは三十四年後の回想で、谷崎の記憶違いである。現在ではこれが昭和二年二月から三月にかけてだったことが明らかになっている。

芥川龍之介は二月二十七日に大阪中之島公会堂でおこなわれた改造社の講演会に、佐藤春夫、久米正雄、里見弴（とん）らと出席し、その夜は妻のタミを同伴だった佐藤と一緒に、岡本の谷崎の家に泊まっている。この年の七月二十四日（谷崎の四十一回目の誕生日でもある）に芥川は自殺したが、その追悼文「いたましき人」に谷崎は「最後に会つたのは此の三月かに改造社の講演で大阪に来た時であつた」「講演の夜は久しぶりで佐藤と一緒に私の家へ泊まり、翌々日は君と佐藤夫婦と私たちの夫婦五人で弁天座の人形芝居を見」にいったとある。「翌々日」とは、この年は閏年（うるうどし）ではないので三月一日で、弁天座ではこの日を初日に「心中天網島（しんじゅうてんのあみじま）」の「北新地河庄の段」「紙屋内の段」が中狂言として「本朝廿四孝（ほんちょうにじゅうしこう）」などとともに演じられていた。

　このときの体験が翌年の「蓼喰ふ虫」に反映することになるのだが、五人で見たのがたしかに「心中天網島」だったことは、芥川の「文藝的な、余りに文藝的な」の「改造」四月号掲載分に「僕は谷崎潤一郎、佐藤春夫の両氏と一しよに久しぶりに人形芝居を見物した」といって、小春治兵衛について論じていることからも明らかである。その夜、佐藤夫婦が東京に帰ってからも、芥川は大阪の宿にとどまって、谷崎と当時論争中であった「話」のある小説、ない小説などをめぐって語り合っている。その宿は「当世鹿もどき」によれば、「千福」という「旅館兼待合のやうな家」だった（大谷晃一の『仮面の谷崎潤一郎』では千福の女将おとみさんが以前に仲居をしていた福田家だとしている）。

　その翌朝、芥川は女将から「是非会はしてほしい云うたはる奥さん」がいるので、もう一日延ばしてはといわれたが、その日のうちに帰ると自動車に乗って大阪駅へと向かったという。その途々（みちみち）谷崎は「もう一度千福へ引つ返してその婦人に会つてみる気はないですか」と熱心に口説き、芥川も「少し馬鹿々々しいやうな気がするな」といいながら、堂島あたりから引き返したという。『倚松庵の夢』において松子夫人は、「谷崎とめぐりあう前の、最初の結婚当時は、私はいくぶん文学趣味で、芥川氏のものを読み、機会があれば会って見たいと思っていた」といい、ちょうど夫の清太郎の行きつけの茶屋の「内儀が、芥川氏を知っている、と云うことを聞いていたので、早速来阪の機会に逢わせて欲しいと頼ん」であったのだという。

　松子は「お座敷に招じ入れられた私は、芥川氏だけと思ったら、こちらは谷崎先生です、と紹介されてはっとしたが、直ぐに落着いて、初対面の挨拶を交わし、いさゝか上気しながら、先刻から続いていたらしいお二人の文学論を黙々ときい」たと記している。松子はその日、「そんな文士の座敷へなんか行くことあれへん」という夫の清太郎とちょっとした押し問答があって、千福に着いたのはかなり遅れて夕刻の六時過ぎだったという。たしかに二十四、五の妙齢の船場の大家の若奥様がひとりで三十代半ばの人気作家に茶屋に会いにゆくということはなかなか常識的には考えにくい。清太郎が反対を唱え、心配したのももっともなことだったろう。

松子がこうした大胆な行動をとることができたのは、『蘆辺の夢』に「何しろおしめをつけた頃から父に連れられてお茶屋さんで泊っていたらしく、色里の環境に馴れさせられていた」と語られた境遇と無縁ではないだろう。大阪の宗右衛門町ばかりでなく、幼いころより祇園にも馴染み、実家にはいつも藝妓や舞妓が出入りしていたという。十七、八のときには高砂屋中村福助のファンになり、父の馴染みだった祇園の茶屋に福助が宿泊していたところから内儀に頼んで会いにいったこともあったという。また結婚した根津清太郎も北野恒富、小出楢重らの藝術家のパトロンとなり、信濃橋洋画研究所を立ちあげて出資したりして、何かと藝術家に取りまかれるのが好きだった。

松子は、明治三十六年（一九〇三）八月二十四日に大阪の西区新炭屋町に生まれた。父の森田安松は藤永田造船所の一族で、永田の長女の息子である。松子の生まれた新炭屋町は、現在では町工場が立てこんだゴミゴミしたところだが、当時は木津川の川下にあったドックの傍らに本家の母屋があり、その周辺に兄弟姉妹が分家として寄り合って住んでいたという。藤永田造船所がはじめて海軍の駆逐艦を造ったとき、松子はその進水式でテープカットをおこなっているが、松子は四人姉妹の次女で、姉に朝子、妹に重子、信子がいる。父の安松は相当に羽振りよく遊んだようだけれど、大正七年（一九一八）十月に妻を肺結核で亡くしている。松子が十五歳のときで、安松は残された四人の娘のために再婚しなかったが、祇園の藝妓とのあいだに子をもうけたりもしたという。

また安松は北野恒富や初代中村鴈治郎と親しく交際する趣味人でもあった。大正十二年に松子が根津清太郎と結婚するにも、両家と交際のあった北野恒富が橋渡しをしたという。松子の婚家先の根津家は、徳川時代に朝鮮貿易をはじめたという船場の老舗の綿布問屋で、長者番付にも載るような裕福な家であった。現在、その跡地には丸紅のビルが建っているが、清太郎はその若旦那だった。母は清太郎を生んで間もなく亡くなり、婿養子の父は家を出され、祖母や叔父などの後見人に甘やかされて育てられた。店の経営は番頭まかせの、いかにも船場のぼんぼんという好人物だが、のちに谷崎は清太郎をモデルに「細雪」の奥畑の啓坊を描くことになる。

　初対面したその翌日、松子と芥川と谷崎の三人はダンスホールへ行っている。『倚松庵の夢』には「その翌日であったか、南地のたしかユニオンとか云ったダンスホールに誘ったか誘われたか愉快に踊った」とあり、「いたましき人」においては「すると君はその明くる日も亦私を引き止めて、ちやうど根津さんの奥さんから誘はれたのを幸ひ、私と一緒にダンス場を見に行かうと云ふのである。そして私が根津夫人に敬意を表して、タキシードに着換へると、わざわざ立つてタキシードのワイシヤツのボタンを嵌めてくれるのである。それはまるで色女のやうな親切さであつた」と記している。ダンスホールでは谷崎は「機関車」のような勇ましい、突進型のダンスを踊り、芥川は「終始壁の人」だったという。

「1」の書簡は、松子から谷崎へ宛てられた最も早いものである。ここに言及された地震は、昭和二年三月七日十八時二十七分に起きた北丹後地震で、マグニチュードは七・三である。『谷崎先生の書簡　ある出版社社長への手紙を読む』で水上勉も、「死者三千五百八十九人、家屋の全壊、または焼失が六千百五十五戸。峰山、久美浜、奥丹後を壊滅させた」と言及している大地震である。初対面からわずか五日後のことであり、谷崎は早速に見舞いの手紙を届けたようである。また谷崎は娘の鮎子の転校に関して松子に相談したようだ。この四月に鮎子は小林（おばやし）聖心女子学院に入学している。「2」は、「1」と類似した緑色の無地の封筒を使用しており、昭和二年中の近い時期のものと推定される。

「はじめに」にも記したように、この時期には松子から谷崎へ宛てた書簡は残されているのだが、残念ながら谷崎家の遺族のもとには谷崎から松子へ宛てた書簡が一通も残されていない。まさか松子が谷崎からの手紙を破棄してしまったとは考えにくい。この秋（二〇一四年）の天理大学附属天理図書館の資料展に、昭和五年八月十六日付の谷崎が松子へ宛てた最も早い書簡が展示されたことからも、それは確かである。しかし、この時期のその他の松子宛の谷崎書簡群はどうしてしまったのだろうか、謎は深まるばかりである。しかもこれらの書簡群は「17」の一通を除いてすべていわゆる持たせ文であり、差し出しの正確な年月日が不明である。それをひとつひとつ推定してゆく作業が必要となるが、そこにはなかなか難しい問題もある。

　それにしても谷崎は、豪商の人妻といっても、一読者に過ぎない根津松子の最初期からの片々たる持たせ文も破棄しないで、よく丁寧に保存しつづけたものだと感心させられる。おそらく谷崎にしても今後の自己の人生と文学とに何らかの影響を及ぼす女性という予感があってのことだろう。こうしたところにはじめての出会い当初からの谷崎の松子への意識がどんなものだったか、雄弁に語られているといっていい。ここに松子へ宛てた谷崎書簡と谷崎へ宛てた松子書簡とを、可能なかぎり年月日を推定し年代順に列べてみたが、語られた内容を正確に把握しきれないものもある。にもかかわらず、ふたりのあいだが次第に親しさを増し、段々と心の障壁も取りはらわれてゆく様子が文面の端々にうかがわれて非常に興味深い。

　ことに「5」の「其の夜あなた様の夢をあけ方覚めるまで見つゞけました」とか、「9」の「昨夜夢に見て今朝急に御様子も伺ひたくて」といった字句は、愛情表現とも受け取られかねないきわどいものといっていい。これに応ずるかのように谷崎も、「いにしへの鞆のとまりの波まくら夜すから人を夢に見しかな」と詠んでいるが、この歌には「心におもふ人ありける頃鞆の津対山館に宿りて」という詞書がある（『谷崎潤一郎家集』）。『倚松庵の夢』で松子は「昭和七年の夏であったか」鞆の津からの便りに書かれていたというが（上の句は「夏の夜の鞆の泊りの浪まくら」）、これは『神と玩具との間』で秦恒平も指摘しているように昭和二年七月のものである。松子が谷崎の歌に応じていたので、ふたりはよほど早くから深く心を通いあわせていたということができる。

ともかく地唄の温習会に誘ったり、ダンスホールに誘ったり誘われたりして、ふたりは次第に家族ぐるみでの付き合いを深めてゆく。昭和四年二月十二日の恵美子誕生に際して谷崎は名付け親となっている。『卍』の大阪言葉への翻訳を担当した高木治江の『谷崎家の思い出』には、昭和四年七月に夙川の根津家から夕食に招かれ、千代夫人同伴で訪ねたことが記されているが、その時期から妹尾健太郎夫婦との交際も密になり、松子三姉妹、妹尾夫人キミ、鮎子らが山村流の地唄舞の稽古をはじめることになった。谷崎は前年の秋に岡本梅ヶ谷にみずからの設計で別棟を新築したが、その二階の中国風十二畳の檜板間の部屋で、花柳界に籍を置いていたことがある妹尾夫人の口利きで七十歳を越える山村わかに出稽古を頼んだということ。

根津清太郎は自動車が好きで、当時スチュードベーカーなどの外車を四台所有していたようだが、昭和四年（一九二九）十月のニューヨーク株式の大暴落からはじまった世界恐慌の波をかぶって、次第に根津商店の経営も難しくなっていく様子が手に取るようにうかがわれる。松子はそんな孤立してゆく夫の清太郎の相談相手になって欲しいと谷崎に頼んでいるけれど、これぱかりはお門違いといわざるを得なかったろう。谷崎は朝鮮銀行にいた同窓生の岸巌を紹介したり、可能なかぎり松子の願いに応えようともしているが、世界を巻きこんだ大きな流れに抗しようもなく、さしもの老舗の大店も大波に呑みこまれて傾いてゆく。清太郎が身に付いた贅沢癖から最後まで抜けきれなかったのは哀れである。

一方、谷崎は昭和五年八月に千代夫人と離婚し、千代は佐藤春夫と結婚した。世間を騒がせたいわゆる細君譲渡事件である。今回、天理大学附属天理図書館の資料展に展示された昭和五年八月十六日付の松子宛谷崎書簡「一」は、いろいろな意味できわめて貴重なものである。今後の谷崎論においてこの書簡のニュアンスをどう読むかということが、作品解釈と結びついて大きな意味をもってくる。全集に掲げられた新潮社中根駒十郎宛「離婚挨拶」は、「葺合局」の八月十八日の消印だから、妹尾と松子には事前に知らせたのだろう。翌十九日には社会面トップで新聞報道されたが、「大阪毎日新聞」には根津清太郎の談話も掲げられ、その件に関して松子が谷崎に詫びている八月十九日付の松子書簡「14」も残されている。

ここで松子は「あの夜思ひがけぬ御話に私は何となく恐しいやうな満足過ぎる様なおかしい心持でひとり涙か出てまゐりました」と何とも複雑で、意味深長な言い回しをしている。これまで親しくしていた夫婦が離婚すれば、一般的にはその後はどちらか一方との付き合いということになりがちだが、谷崎と千代のどちらともこれからも今までどおりに交際できることを、離婚という悲しい事態にもかかわらず、「満足過ぎる様なおかしい心持」と表現したのだろうか。またこの「満足」のうちには世間へ公表する前に、妹尾と松子のふたりだけに打ち明けられたという、最も親しく信頼された友人と認められたことへの満足感もあったのだろう。しかしそれにしても末尾の「今夜私妹たちと御伺ひしたう御座います」とあるのはどうだろうか。松子はどちらかの妹と谷崎の結婚を真剣に望んでいたのではなかったろうか。

しかし、谷崎は昭和六年一月に古川丁未子（とみこ）と婚約し、四月二十四日に自宅で結婚式をあげている。離婚した谷崎が、再婚相手として考えた女性には、谷崎家の女中をしていた宮田絹枝、「幼少時代」で明かされた偕楽園の女中、秦恒平の『神と玩具との間』で見合いをしたと言及された女医さんなどがいたが、結局、谷崎家へ出入りしていた大阪府女子専門学校卒の仲間で、谷崎自身が文藝春秋へ就職の世話をした、二十一も歳下の古川丁未子が選ばれた。根津松子が候補のひとりとして考えられていたかといえば、お互いどれほど惹かれ合い、周囲の噂になっていたとしても、「当世鹿もどき」に「手前から見ればその「奥さん」は高嶺の花」とあるように客観的には難しかったようだ。今回出現した松子宛谷崎書簡「一」からもそのニュアンスはくみとれる。

谷崎は改造社その他から刊行された円本の印税で岡本梅ヶ谷に四百五十坪の地所家屋を購入、昭和三年の秋にはそこにみずからの設計で贅をこらした別棟を新築した。そのために改造社から刊行された『谷崎潤一郎全集』の印税を前借りしたが、『全集』が思うように売れず、前借りがそのまま借金として残ってしまった。しかもそれまでの谷崎の著作の版権を、税金を滞納したために税務署に押さえられるおそれがあったので、すべて改造社へ委任するかたちにした。梅ヶ谷の家を売りに出し、新婚の丁未子とともに高野山の龍泉院に籠居して、「盲目物語」の執筆に没頭したが、のちに谷崎は松子へ宛てて「実は去年の「盲目物語」なども始終あなた様の事を念頭に置き自分は盲目の按摩のつもりで書きました」(「六」昭和七年九月二日付書簡)といっている。

「盲目物語」は語り手の座頭の弥市が、信長の妹お市の方を慕う物語であるけれど、また秀吉がお市の方の形代としてお茶茶を娶る物語でもある。谷崎にとって再婚相手に想定した女性たちは、松子を含めて自分が崇拝する理想の女神の形代、それこそひとつの型枠から生みだされたそれぞれの特質が付与された形代だったのではないだろうか。秀吉がお茶茶にお市の方の幻影を見ていたように、谷崎もそれぞれの女性の彼方に永遠女性を夢想しつづけようとしたのではないだろうか。ただ、そのなかで根津松子だけは、現実的に結婚を想定し得なかったがゆえに、いっそう野放図な憧れがつのり、女神のごとく仰がれるようになっていったのではないか。

それが根津商店の没落ということがあり、また清太郎が松子の妹信子と不倫関係におちいるといったようなことも出来(しゅったい)し、しかも宿なしとなった谷崎が、松子のはからいで中河内郡孔舎衙(くさか)村の根津商店寮や夙川の根津家別荘の別棟を間借りするということで、ふたりの距離は次第に近づいてゆくことになる。そして、「21」の書簡に「御恥かしい文字でどれ程書いてみましても満足いたしかねます」とあるように、『盲目物語』の題字の執筆を松子へ依頼することになる。しかも『盲目物語』の口絵には北野恒富画伯のお茶茶の絵が使用されたが、その絵のモデルになったのも松子だったという。『盲目物語』は昭和七年二月五日に中央公論社から刊行されたが、これはまた谷崎と松子のふたりにとって新たなステージの幕開けになるものだった。

## 1　昭和二年（推定）三月（推定）十二日　松子より潤一郎

表　谷崎先生　御許に
裏　拾弐日　根津まつ子

生れてはじめて遭ひました　夢中で外へ飛び出しました　先日の御話をふと思ひ出して御嬢様どんなにかお驚き遊ばしたかとおいとしくなりました
皆様御機嫌およろしくて何よりで御坐いました
私どもさわりなく居ります
私は恐怖のあまりあの夜は一睡も出来なかつたのと風邪気味のところをながく戸外に立ちつくした為に発熱して臥つて居ります
尖りきつた神経は何か物音にもおびえ一昨夜の様にはげしいかぜが吹きつけるといくたびか心臓がとまりかけたりみだれたりして大変で御坐いました
今あたりが静まると今度は私の心臓の不安ひとつに集まつてきました　店へ出かけて行く根津を困らせて居ります　何だかこうなるとわがまゝを云はないでは居られません
昨日は又何よりの御贈物うれしく存じました
ひとり〳〵に恐れ入りました　厚く御礼申上げます　御手紙まで頂き幸福だつた夜をおもひましたか少し明るくなつて来た様で御坐います
御嬢様の御転校の事御返事がおくれて相すみません　手紙をしたゝめる筈がそんなで書けなくなりました
この家の近くの方聖心学院の教頭とは以前より知り合つてゐらつしやるを幸に明日その方に学校で御逢ひ

下さる事になつて居りますが　学年　生年月日　若しおかまひなければ成績を大凡御聞かせ頂ければ大変好都合に存じますがこの手紙を出していたのでは間に合ひかねますこれから使をやる事に致します
それだけ紙片に御かき下されば結構で御坐います
大抵無試験で大丈夫とおもひますがくわしくは明日まで御待ち遊ばして頂戴
其の上で一度御嬢様の御供として学校の様子を見に参ればい〻と存じます
いづれ私伺ひ度くぞんじて居ります　明日は最う床をはなれる事が叶ふだらうと信じて居ります
はやく地震の恐怖の去る様に念じられます　そして又おどりにまゐり度く希つて居ります
怖ろしさを知らなかつたこの間の様に心から幸福になれませうか　今はそれも案じられます
先生の御心のおむきのころには私の神経も鎮まる事でせう
ねたま〻した〻め失礼致しました　快くなるまでのばし度くおもひましたが御嬢様の学校の事気にか〻つて居りましたので兎に角一筆走らせました
おもふま〻にかけなくて合憎（ママ）と私の紙が大阪の宅へとりにやりましたばかりで子供の附きのもの〻便箋をかりました　人のとおもふて満足にかけません
御よみづらい事と御察しして居ります
先は右まで
筆末ながら奥様へくれ〴〵もよろしく

まつ子

谷崎先生
御前に

昭和二年

＊ ここに言及された地震は昭和二年三月七日十八時二十七分に起きた北丹後地震のことである。マグニチュードは七・三。

＊ 「近くの方聖心学院の教頭とは以前より知り合」いとあるのは、秦恒平『神と玩具との間』に紹介された書簡番号「三」の妹尾様宛谷崎書簡、妹尾の娘の美津子の転校を相談したものに「早速八木さんに取り計らつて貰ふやうにする」とある「八木さん」が、ここに言及された「近くの方」か「聖心学院の教頭」のどちらかであろう。

## 2 昭和二年（推定）月（不明）十一日 松子より潤一郎

表 谷崎潤一郎様 御許に
裏 拾壱日 根津まつ子

先日加藤様より少〻御かぜの御様子に承りました
如何でゐらつしやいますか　直ちに御たづねし度く心にかゝりつゝ過して居りました
突然ながら明日南地の温習会千福より頼まれ場所をとりました　あまり良さそうにも聞きませんが地唄の舞も御座いますとか若しも御気か向けバ御出で遊ばして下さいませ
是非奥様も御一緒に御待ち申上げます
私是から大急ぎに南海の浜寺まで参ります
かき出すと何かくど〳〵かき度いのですが時間が御座いません　是で失礼申上げます
ほんの一口で御座いますが先日御気に召したもの使に持たせてやります　何卒召し上つて下さいませ

なるべく明日御めにかゝれゝばうれしくぞんじます　くれぐ〵も皆〻様へよしなに御つたへ下さいませ
まつ子
谷崎潤一郎様

＊「1」と類似した緑色の無地の封筒を使用しているので、昭和二年中の「1」と比較的近い時期のものと推定される。

## 3　昭和二年（推定）八月（推定）三十一日　松子より潤一郎

表　谷崎先生　御前に
裏　三十一日　根津まつ子

今朝から秋風が吹きそめました　こんなに身近く秋の気配を感じるともういつもの様にさめぐ〵と泪を流して居たい気持にせまられます
たれも何も言はずにたゞひとりそのまゝそつとして欲しいのが　私の好きな秋でも御座います　たゞわけもなうそうして居たいのも淋しくなればおとなしく泣きやんで踊ります　この秋は思ふ存分先生と踊つて頂く事も叶ひますかと楽しまれます
先日はわざぐ〵恐れ入りました　そのせつ何よりの頂きものみなく〵よろこんで居ります
私御伺ひしようと思ひますところへ御出で下さいましたのでうれしくて私ひとりはしやぎたくなつて　私は楽しみましたが先生は御気だるう御思ひ遊ばした事と御見送りしてからやうやく心づきすまなくぞんじました

清太郎明夕いせやへ御供致し度く申して居ります　御くり合せ五時頃恐れ入りますが私宅まで御出で遊ばして下さいませ
妹たちは毎日眉目よきすいちゃんの赤ちゃんを迎へる日を指折り待ちあぐんで居ります
いづれ御めもじの上　奥様鮎子様へくれ〴〵もよろしく

まつ子

谷崎先生

御前に

＊「この秋は思ふ存分先生と踊つて頂く事も叶ひますか」とあり、昭和三年の秋はすでに恵美子を懐妊中で、こうしたいい方はできないだろうから、昭和二年の秋と推定した。

## 4　昭和三年（推定）一月（推定）十七日　松子より潤一郎

表　谷崎潤一郎様　御直披
裏　拾七日　根津まつ子

冷たい日がつゞきます　久しく御逢ひ致しません　如何でゐらつしやいますか　楽しんで居た御年越にはお床の中で焦〻して居りました　お許し下さいませ
先日のあつらへの品出来てまゐりました　私の申しました　短くうすくそして中びろくとは少〻違つて出来上りました　それに只今のところ大変けばくしいのでどうかと考へますが兎に角御覧にゐれます　御気に召さなければ何時でもやりかへさせます　どうか御聞かせ下さいませ

私これから中座へまゐります　急いで居りますから是で失礼致します　近ミ皆ミ様と御一緒に御伺ひ致し度くぞんじます　いつごろ御都合がおよろしくゐらつしやいますか　呉ミも御返事願ひ上ます
あら〳〵

まつ子

拾七日

谷崎潤一郎様

御前に

末ながら奥様鮎子様へくれ〴〵もよろしく御伝へ下さいませ　いそぎ乱筆あしからず

＊　文面から一月十七日の書簡であるが、昭和三年か昭和四年かだろう。気象庁の神戸地方の気象データを参照すれば、「冷たい日がつゞきます」にふさわしいのは三年で、四年のこの時期は比較的暖かな日がつづいていたようなので昭和三年一月と推定した。

## 5　昭和三年（推定）十二月三十日　松子より潤一郎

表　谷崎潤一郎様　御直披

裏　師走三十日　根津まつ子

後一日となつて今更仕残した事ばかりで暮れてゆく年が惜しまれます
先頃中大変御いそがしく御出でになる様聞いて居りましたゆへまあ御邪魔をしないでよかつたとなぐさめ

て居りましたもの丶　御目にかゝらぬと云へば今はぷつつりと御逢ひ致しませんで何となう其の間つまらない明け暮れであつたと悔まれてなりません
先日奥様には追ゝ美しく成長致してまゐりました白や虎を見て頂き満足に存じられました
東京は何時頃御かへりで御座いました
私は歳末のいろ〳〵の用事をあまりおしつまるまで手をつけないで居りまして何も彼もいつときにしなければならなくなつてこうあはたゞしくてはとやめに致しました　それにあなた様もはや〳〵御かへりの事伺ひ最う心軽くはなれませんでした　来春又折があればどうぞお連れ下さいませ　けふあたり何処かへ御出かけで御留守かもしれぬとぞんじますが　兎に角一度したゝめ度くなりました
初春御手すきに御一緒に過し度く存じます
清太郎も先日亜米利加のスチユードベーカーをいれました　前のよりは少しのり心地よく思はれ今度のはいつにのつて頂けるのかと私共出る度に申し合つて居ります　拾日頃までに御都合の御よろしい日を御聞かせ下さいませ
一昨日出入の万久の者が菖蒲皮の煙草入れに光長作の鉈豆煙管を持つてまゐりました　手に入れ御覧に入れ度く存じましたがあまり高くそのまゝ返しました
其の夜あなた様の夢をあけ方覚めるまで見つゞけました
いろ〳〵御話が御座います　いづれ御めもじの上　山ゝ申上げます
どうぞ皆様御機嫌よろしふ
奥様鮎子様へくれ〴〵もよろしく

まつ子

谷崎様
　御前に

習字の御手本年越えになつてすみませんがどうぞ今しばらく御かり致したう存じます　若しも御入用のせつ御遠慮なく仰せ下さいませ　先日の筆大切に致しましたが又欲しく思ひます　どうか其の中に頂かせて下さいませ　勝手な事ばかり申上げてかんにんして下さいませ　今年中の御わびをこゝに致します　自分が気づかずにどの様な失礼をして居た事やらわかりません　御気に召すかどうかわかりませんが　恒富様の色紙御目にかけます　急ぎ乱筆悪しからず

＊　十二月三十日の書簡だが、「先頃中大変御いそがしく御出でになる」といい、「御目にかゝらぬと云へば今はぷつつりと御逢ひ致しませんで」とあるところから、「卍（まんじ）」と「蓼喰ふ虫」の連載が重なった昭和三年十二月と推定した。

＊　「東京は何時頃御かへりで御座いました」との上京は、後年の「高血圧症の思い出」に「小山内薫の通夜には上京した」と書かれているので、昭和三年十二月二十五日に亡くなった小山内薫の葬儀への参列だったと思われる。

## 6　昭和四年（推定）二月（推定）二十七日　松子より潤一郎

表　谷崎潤一郎様　御許に
裏　廿七日　根津まつ子

はやく身軽にとねがひふして居る間は思つた時には直ぐ御目に懸りに行き度いものと焦立ちながらけふまでまゐりました　いつか外はすつかり春めいてそろ〳〵じつとして居られなくなりました

御皆〻様御さわりもなく御機嫌に御過しの事と存じ上げますが　先夜はわざ〳〵御出で頂きねながらに御情うれしくと感謝いたしました　御影（ママ）様に名前は恵美子に致しました　どうぞ〳〵いつまでもよろしく可愛がつて下さいませ

このごろやうやうに私も元にかへりましたので住吉村の方〻みな〳〵集り大勢で遊び度いとおとづれの度のさいそくに御座います　公子様も私共へ近〻ゐらつしやれる御様子で又愉しく過したいものと今より待たれてなりません

こゝしばらく御忙がしい時でゐらつしやいませうが御都合御よろしい折如何

清太郎何か用向が御座いますとかで先頃中より御目に懸り度く口にして居りますがつい〳〵片〻の事に追はれ失礼いたして居ります

近〻私御伺いたしますか御無沙汰に過ぎ何かなし御様子心にかゝり御消息も洩れ承る事なくとりあへず御手紙にて御伺ひまで

おくればせながら御宮詣りの標しのまゝにほんの私共心祝までに御納めねがはしく存じます　恵美子はいづれあたゝかに晴れた日に御挨拶に参らせます

奥様鮎子様へ山〻よろしく御伝へねがひ上げます

かしこ

まつ子

谷崎潤一郎様

御前に

＊ 恵美子誕生は昭和四年二月十二日。谷崎は松子に頼まれて、恵美子の名付け親になっており、これはお宮参り後の御礼の手紙である。

## 7 昭和四年（推定）十月（推定）一日 松子より潤一郎

表 谷崎潤一郎様 御許に
裏 一日 まつ子

電話の間違に少ゝこりましたのでけふは一筆したゝめます 御影様に毎日のやうに心地よく過させて頂けますのでよろこんで居ります 昨夜は又殊に花の旅大変好ましくぞんじられました 次にはすつかり聞かせて頂き度く楽しみに致して居ります
今度は三日に来て頂く事に致しました そして病院の方も三日午後壱時に参る事になりました 恰度帰途御師匠様を御迎へして行けば時間の都合もよろしいかとぞんじます
本当に差出がましい事いたします様でわるいので御座いますがあまりながくつゞくと何となく心もとなくそれにそんなに長ゝおつゞきになつたためしもあるなら尚更今が躰質を改めるに大切な時機かと存じます診断に応じて是非躰質の改良に就いて其の先生に乞て相談致し度いとおもひます
くれ〴〵も差出がましい仕儀御とがめ下さいません様に はやく学校にも御出でになれそして舞の御稽古もなんの不安もなく御一緒にたのしく出来ます様に念じて居ります
御皆ゝ様へ山ゝよろしく

あら〳〵

まつ子

十月一日
谷崎潤一郎様
御奥様
御前に

＊この書簡の日付は「十」か「七」かでまよう。「十」だと思われるのだが、微妙に縦の棒が右に曲がっており、「七」と読もうと思えば読めなくもない。高木治江『谷崎家の思い出』によれば、谷崎は菊原琴治検校に週一回の出稽古をしてもらっていたが、昭和四年七月からは山村わかにも出稽古してもらい、松子姉妹、妹尾夫人、鮎子らが地唄舞をも習いはじめたという。「花の旅」を「次にはすつかり聞かせて頂」くといっているのだから、ここは地唄のことで、「今度は三日に来て頂く」というのは菊原検校のことだろう。

＊「躰質の改良」云々は鮎子のことをいっているが、「はやく学校にも御出でになれそして舞の御稽古もなんの不安もなく御一緒にたのしく出来ます様に」というところは、これからはじめる地唄舞の稽古が鮎子の身体にさわらないようにという配慮であれば、「七」月の方がふさわしいかも知れない。

## 8　昭和五年（推定）一月（推定）十日　松子より潤一郎

表　谷崎潤一郎様　御直披　根津まつ子
裏　拾日

先日は折角御出で下さいましたか何の御もてなしも致さず今に本意なく心残りに存じて居ります　昨夜は

又清太郎が伺ひいつもながらの御心入れをよろこんで居ります
昨年暮れより清太郎是非一度御話申上げ度いと希ひながら何となく周章たゞしく　また初春早〻からはとさしひかへて居りましたが突然誠に我まゝな御願ひで御座いますが　今夜か明夜御差支なければ是非逢つて頂き度く申して居ります
全くのひとりぽつちに真実のある相談相手もなく今まで何も彼も自分ひとりの考へから処理して参りましたが今度ひとりぎめにするにはあまり重大な問題にぶつかりました
今更事新らしく持ち上つた事でもないので御座いますが因襲的な制度の欠陥から根をはつた事でいつかはどうしても出くわさねばならぬ事だつたので御座います　先日来この事で清太郎も考へつゞけて居ります
黙〻とひとりで煩ひ悩む姿を見慣れて来た私にも今度はなぜか心の底が痛む程其の苦しさがはつきりうつります
耐えかねる重さの為で御座いませうか
そしてこれ以上このまゝの方法でつゞけて行く事のむづかしさが私の様に解らないものにも感じられます
　どうか最善の方法と努力によつて切り拓き今年こそ確実な土台の上によりよく建てなほさねばと一生懸命で御座います
この様に面倒な御話の中に貴方様を引き込んだりしてはどんなに済まないかもよく〳〵考へました
けれどあまりのたよりなさに何か御教へ頂かねば居られなくなりました
どうか御意見も御聞かせ頂き度く御かけ下さる其の御言葉の中より清太郎が少しでもこの際力づき励みを持つてこれましたらと御すがりする次第で御座います
どうかして一応清太郎より心持や又処すべき案も聞いてやつて頂きたく其の上で何分の御意見も伺ひたく

切に私より御願ひ申上げます
勝手がましい御願ひで御座いますがどうか御都合を使のものに御聞かせ下さいませ　なるべくゆる〳〵御話申上げたく御夕飯御一緒に遊ばして頂ける様ならいつそうれしく存じます
奥様鮎子様へくれ〴〵よしなに
おもふ様かけませんがいづれ御めもじの上くわしく申上げます

まつ子

谷崎潤一郎様

御前に

＊ 文面から一月十日であろう。根津清太郎が根津商店の経営のことに関して、谷崎に相談しようとしているのだが、「最善の方法と努力によつて切り拓き今年こそ確実な土台の上によりよく建てなほさねば」といったところに、前年十月二十四日のニューヨーク株式の大暴落からはじまった世界恐慌に呑み込まれながら、何とか根津商店の経営を立て直そうとする清太郎の姿がかいまみえることから、昭和五年と推定した。

## 9　昭和五年（推定）一月（推定）十八日　松子より潤一郎

表　谷崎潤一郎様　御許に
裏　拾八日　根津まつ子

是まで四五日も御目に懸らないで居りますと何となく物足らんと申して居りましたのがこゝもとしばらくどなた様にも御逢ひいたしませず昨夜夢に見て今朝急に御様子も伺ひたくて妹尾様へ御電話で御たづねい

たしました
先頃中は誠にひきつゞき御さわがせいたしまして御影さまに今までしたい〳〵とおもひながら出来なかつた事も叶えさせて頂きましていつまでも語り草によろこばせて頂けます
とりわけ御いそがしい中をこゝろよく遊バせていたゞいた事を考へると御二方様の御情が後から〳〵うれしく何かにつけてうれしさふかくなつてまゐります　改めて御礼も申上げませんがよろこびだけは云ひたくつてなりませんので
それからこれは奥様に申上げます
いつも奥様の気をもませた事と感じないでも御座いませんでした　滝づくし今頃になつてやうやくはつきりわかつてまゐりました　今度からは先づ大丈夫らしく思はれますから一寸御知らせいたします　いづれ御めもじを楽しみにいたして居ります
今度は御主人様に御ねがひが御座います　いつもの筆を下さいませ　先日のは年賀状をしたゝめますにすつかりいためてしまひました
あなた様の御つかひのものとおもふせいかいつそよく書けそうにおもはれます

あら〳〵

けふ

まつ子

谷崎潤一郎様
御奥様

尾道の知人よりデビラを持つて参りました　若し御気に召したら御あがり下さいませ　ほかのはあまりおいしくないそうですがこの分は特別吟味してあるそうで御座います　御気に入れば何時でも持参いたします　いつかの浜やきとおなじところで御座います　浜やきの方か良ければ浜やきをおくらせます　今度御聞かせ願ひます
鮎子様へよろしく
清太郎妹たちよりも山〻よろしく

＊　妹尾夫婦との付き合いがはじまり、「今までしたい〳〵とおもひながら出来なかつた事も叶えさせて頂きまして」とは地唄舞の稽古だろう。「いつもの筆を下さいませ　先日のは年賀状をしたゝめますにすつかりいためてしま」ったというのは前年の十二月十八日にしては年賀状を書くのが早すぎるし、翌年二月でも時期がずれすぎるので、昭和五年一月と推定した。

＊　「清太郎妹たちよりも山〻よろしく」とあるところをみれば、前便での願いにあったように谷崎は清太郎の相談にのったのだろう。

## 10　昭和五年（推定）四月一日　松子より潤一郎

表　谷崎潤一郎様　御許に　まつ子
裏　四月一日

見て居る間にさくらが咲きました　先日は愉しい半日を過させて頂き何時までもよろこびにいたして居ります　先頃中より一度御礼にも伺ひ度いとおもひながら失礼いたして居ります　大した御礼の言葉も得申

上げないのですがやはり御目に懸つて一言でも申上げないと気がすみません
結局何とか彼とかいふては御目にかゝり度いので御座います
只今大阪より清太郎がアラスカよりヘッド・レタース持ち帰りました　こちらでこんなに大きなのは珍らしいそうで御座います　なぜ小さいのが多いかと申しますと大抵は上の方が腐る事が多くこんなにきれいなまゝで着くのは珍らしいそうで御座います　ソースも用意いたしました　早速召し上つて下さいませ
それから妹が帯を持つて参りました　大丸が未だ紺のれんのかゝつて居た頃父が織らせたそうに聞いて居ります　若しも御心に召して締めて頂けばうれしうぞんじます　すこしゆるみそうにおもひますが何かで結びめをしばつて頂けばよろしいかと存じます　鮎子様のセーター今度は御身にあふらしう御座います
一昨日花岡様に御目にかゝりました　山の御花見は何時だらうと仰しやつて居りました　私共も楽しみに待つて居ります
いづれ御めもじの上で　清太郎よりよろしく申上げました
　いそぎ乱筆御ゆるし下さいませ

まつ子

谷崎潤一郎様

只今これをしたゝめて居ります時朝日新聞社より電話がかゝりまして上野様が東京から木下杢太郎氏と大道様が九時に新町の吉田屋にゐらつしやいますが先生にも是非御越し願へないでせうかとの事　どうぞ使の者まで御返事聞かせて下さいませ　こちらから吉田屋の方へ御返事いたしますと約束致しました

奥様鮎子様へ山〻よろしく御伝へのほどねがひ上げます
妹たちよりもくれ〴〵もよろしくと申してました

＊『木下杢太郎日記』の「Journal de Pontan 昭和五年四月一日」の項に「朝大阪着」「三富旅館」「夕朝日新聞を尋ねる、大道、上野氏」「九時吉田屋、大道」とある。

## 11 昭和五年（推定）四月（推定）二日（推定） 松子より潤一郎

表 谷崎潤一郎様 御もとに
裏 まつ子

けふは冷たいところへかぜも強く昨夜の御返事も致したく御伺ひするつもりが外をながめては思はず首をすくめ終日とう〳〵引きこもつてしまひました
御気分は如何でゐらつしやいますか 其の御尋ねも出来ないで本意なう御座います
どうぞ御寒さに御ひきそ□□などない様くれ〴〵も御願ひいたします
昨日御風邪と聞いて何となう不思議に存じました 貴方様にかぎり御かぜ召すやうな事が無いと思つて居る方がおかしいと後から思ひましたがそれほど不似合で御座いますから
どうぞ今度から決して御ひきになりませぬやうに
昨夜御宿を御たづねいたしましたところ梅田のみとみとやらで消防署の裏とか聞きました そうして二三日御滞在との事で御座います
レタース如何で御座いましたか 昨夜一寸自慢をいたしましたが実はアラスカの主人の申した通り清太郎

が告げそれを又私が受け売りいたしましたやうな事でけふは筍御すそわけいたします　若竹にでもして召し上つて頂けばさつぱりしてよいかもしれません
清太郎本町から京都へまゐりました　京都ホテルに用事がある故とのことづけで御座いますがどうもみやこおどりらしうございます　昨夜みやこおどりのお送の御はやしを聞いて「え丶気分やなあ」と申して居りましたから
私も御手がすいたらどうぞ連れて行つて下さいませ　待つて居ります　このやうなぶ精をして御ゆるし下さいませ
皆〻さまへよろしく

かしこ

まつ子

谷崎潤一郎様

御前に

＊　これは前便の書簡に対する谷崎の返事への返書である。谷崎は風邪を引いており、木下杢太郎に会いに出掛けられなかったが、木下が「みとみ」という宿に二、三日滞在するということを確認している。『木下杢太郎日記』によれば、谷崎は三日に木下杢太郎の宿舎へ電話を入れている。

12　昭和五年（推定）六月（推定）六日　松子より潤一郎

表　谷崎様　御もとに

裏　六日　根津

只今大阪より根津が電話をしてまゐりまして　上山様今夜是非奈良へ御出でになり度いそうで御一緒に御供叶ひませぬか御都合如何との事　若し御こしのやうなれば根津も御供致し度いそうで御座います　平野町鳥清に御返事待つと申しました　どうぞ使の者まで御申し聞かせ下さいませ
いそぎ要用のみ

まつ子

谷崎様
御前に

御皆〻様へよろしく

＊　高木治江『谷崎家の思い出』には、昭和六年六月の「蓼喰ふ虫」の連載が終了したころのエピソードとして、「そんな或る日、上山草人が帰朝初めて訪れて来た。根津の若旦那は芸能人のスポンサーとなって育てることに趣味があり、多額の金を惜しまず投じることで関西で有名人であり、随分芸能界からお大尽扱いをされていたが、早速、草人へ西陣お召の上下に博多献上の帯、袴まで添えて届けて来た。その上、夙川の家の庭園で園遊会を催すから先生も一緒に御招待したいと使いの者が来た。小出楢重氏も誘って男性三人で出かけた後、女中の一人が、この園遊会を最後に根津家はあの家も人手に渡るのだと話して聞かせた」とあるが、この書簡はこの上山草人の下阪のときのものと推定される。

## 13　年月（不明）十三日　松子より潤一郎

表　谷崎様　御前に
裏　拾三日　根津まつ子

昨夜の日本盛りは如何？　それからどちらへ？　とけふ御めにかゝつて居たならどんなに詮索致しましたでせう
私迂闊で御不調法の為時〻云はなければならぬ事を落したりしてしくじり致します　昨夜も野口様の御縁に就て御話申上げて　そのせつ私があの方の御母様と其の様に御話申上げた事を久子様が全く御知りにならないといふ事を申し落しました
最初御話に伺つた時から御母様は御話のはつきりするまでは久子様には話さない様にとの事で御坐いました　双方良く諒解の上で全然はじめからなかつたものにと中止になつたので御坐いますが今も尚その様な事が久子様に知れない方が良いと存じます
それから躰格の為にどうといふ事も私御母様には申上げませんでした
どうぞ私とだけ御心に御とめ置き下さいませ
何かの御話に其処にふれる様な事があつてはと心がゝりになりしたゝめました
ほんとうに内〻の事なので誰にも話さなかつたのですがあなた様にはつひ〳〵何事をも申上げ過ぎてしまひます　先程の御電話で御母様と御相談の上拾六日にかた〴〵奈良ホテルに御待ちになるそうですからどうぞ御出かけになつて頂戴
私もどうかして参り度くぞんじます　けふも冷たくてかぜがぬけきれません　御客様で急ぎ乱れがき御許

し下さいませ　いづれゆる〳〵伺ひますが奥様鮎子様へよろしく

けふ

まつ子

潤一郎様

＊　年月はまったく不明ながら、末尾に「奥様鮎子様へよろしく」とあるところから、いわゆる細君譲渡事件以前のものと分かる。文面にあふれる心情の近さは、交際間もない時期のものではないと思われるので、便宜的にここに置いた。

## 一　昭和五年（推定）八月十六日　潤一郎より松子

封筒欠

一昨夜は参上例に依ておそくまで御邪魔をいたし失礼いたしました　私家庭のこと突然のやうにて御驚きなさいましたことと存じます。いろ〳〵聞いて頂きたい事もございましたが妹尾様も居られましたので遠慮いたしました。佐藤新夫婦もいづれ御あいさつに上るると申して居りましたが千代がキマリ悪がつて居りますので当分は御ゆるしを願度と、伝言を頼まれてゐましたのを、つい失念いたしました

今夜あたりは虫の音風のおと大分秋らしくなつて参りましたので私も多少さびしうございます

新聞があるので自由に飛び歩く事もなりかね早く仕事が済んでしまへばいいと、それのみ思つて居ります。美人の女中を見つけてやると仰つしやつて下さいましたが、どうぞ家を持ちましたらばよろしく御願ひいたします。女中ばかりでなく御嫁さんも御心がけ願ひます。但し身分の上の人は困ります。教育がなくて

もかまひませんから関西風のおつとりとしたやさしい人で処女を望みます。今後もずつと上方に暮らすつもりで居りますので全く御宅様より外は御すがり申すところもなく、此の点大塚も私も同様でございます。嘸かし御迷惑でもございませうが、何も因縁と思し召して頂きます。御主人様へも何卒此の旨くれぐれも御伝へ下さいまし。

尚〻家を佐藤に明け渡すため多少道具の整理をいたしますので、例のふらんす人形、まだ〳〵沢山ございますから、全部御笑納被下度近日持つて参ります。かねて御約束しました原稿用紙も小出さんにデザインをしてもらひ四五日中に刷り上る予定でございますからこれも一緒に持参いたします。

でハいづれ御目にかかりまして万〻申述ます

八月十六日夜

谷潤

根津御奥様

侍女

家は来月下旬頃京都へ持たうかと思ひますが、人間は京都人はきらひ故大阪以西の人を女中につれて行かうとおもひます　二人ぐらひ可愛い小間づかひが欲しいのです（決してわるい事はいたしません）

＊　天理大学附属天理図書館所蔵（天図第八七五七号　天理大学附属天理図書館本翻刻第一一七〇号）

＊　昭和五年の千代との離婚、佐藤春夫と千代の結婚に言及している。

## 14　昭和五年（推定）八月（推定）十九日　松子より潤一郎

表　谷崎様　御許に
裏　拾九日　まつ子

先夜は何よりの品々御心にかけられましてうれしく厚く御礼申上げます　あの夜思ひがけぬ御話に私は何となく恐しいやうな満足過ぎる様なおかしい心持でひとり涙か出てまゐりました　身寄りの少ない私共常に兄様姉様のやうに思ひうれしいかなしいにつけ御二方様が心に浮ぶので御座いますが妹共もやはり誰よりも御したひ申上げて居ります　この私共の心持を其のまゝやはり朗らかにどちら様にもつゞける事が出来るのが本当に嬉しくぞんじます

昨夜拾弐時過ぎ毎日新聞記者に起されました　私は言葉拙なくいつも新聞記者は苦手で病気と云つてさけました　今度は清太郎起されあまりねむく断りましたがいく度も電話のベルになやまされてとう〳〵出ましたが御手紙の文面以上深く知らぬと頑張りました　あゝでせうかこうでせうかといろ〳〵云つたそうで御座いますが何も知らぬ人で佐藤様とは親しい間である事も佐藤様奥様と御わかれの事も知りません　それだけの事清太郎が申してあげましたら今朝の新聞には又尾ひれをつけて全然云はぬ事を書きました　御心に障らなかつたかと案じて居ます

今夜私妹たちと御伺ひしたう御座います　昨夜と思つて居たので御座いますが合憎（ママ）来客にとめられました　御夕飯の召し上り物持参致したう思ひます　御都合如何で御座いませう御聞かせ下さいませ

まつ子

谷崎様
御前に

＊　いわゆる細君譲渡事件に関わるもので、昭和五年八月十九日の「大阪毎日新聞」（朝刊）ではこれを大きく取りあげて、「愛は佐藤君へ」といったタイトルが付され、「谷崎、佐藤両氏と極めて別懇な兵庫県夙川の根津清太郎氏は語る」として清太郎の談話が掲載されている。

## 15　昭和五年（推定）九月（推定）二十八日　松子より潤一郎

表　谷崎潤一郎様　まゐる
裏　廿八日　根津松子

一昨日清太郎誕生日にてぜひ貴方様と妹尾様に御出で頂いてにぎやかに御夕飯いたしたく御宅様にも妹尾様にも御電話いたしました　妹尾様より御ことづけ願へばよかつたので御座いますが御宅様の御取次の方にどなた様かに御電話して頂きます様御頼みいたして置きました　もう御電話かゝるかと皆〻御待ち申上げました夕方伊勢より御葉書いたゞき御留守の事を知りました
妹等と前日より御こん立など考へて大分身をいれて楽しみにつくりましたので大変がつかりしてさびしく御夕飯にむかひました　味つて頂いて若しもおいしいとよろこんで頂く事が出来たらどんなにうれしく御座いましたでせう　実は今夕清太郎がぜひ御目に懸り度く申しますので妹尾様まで御願ひいたしましたがどちら様にも御留守との事承りました　それで御手紙したゝめる事にいたしました
清太郎来月早〻大連へ参り度く申して居ります　ぜひ御供させて頂き度いそうで少しでも御心が向けばぜ

ひ〳〵無理にむけてでも御つき合ひしてあげて下さいませ　私よりも御願ひ申上げます　昨日清太郎切符を二人買つておこう等気のはやい事申しますのでまあちよつとととめて居ります　御差支なければどうぞ〳〵御聞きとゞけ下さいます様にひとへに御願ひ申上げます
ふねは来月四日のバイカル丸で御座います　二三日中に一度私御伺ひさせて頂きます

松子

谷崎様
まゐる

佐藤様御二方様へ山〻よろしく御伝へねがひます

＊　根津清太郎の誕生日は九月二十六日である。なお「佐藤様御二方様へ山〻よろしく」とは、離婚挨拶状に「留守宅は春夫一家に托し候」とあるところから、挨拶状発送後の九月と推定できる。

## 16　昭和五年（推定）十月（推定）三日（推定）　松子より潤一郎

表　谷崎様　御許に　まつ子
裏

先夜はわざ〳〵御使立てして召上つて頂く程の御馳走もなくて却つて御気の毒に存じます　どうぞ御こりない様に又御出で下さいませ　御ねがひして置きます
先程山村の御師匠様から御電話で明日谷崎様御三人私共三人場所を取つて御待ちいたして居りますから是非御出で下さいます様にとの事で御座います

如何遊ばしますか　私おそくからでも見度いと存じますけれど　若し貴方様の方御出でなければ私もやめにいたします　どうせはやくから出られそうで御座いませんから
明朝清太郎朝鮮に参ります
いつも紹介状を御無躰申しまして恐縮で御座いますが先日総督府に御知り合ひの方ゐらつしやる様に承つたとおぼえて居ります
清太郎是非御かきねがひ度いと申しました　この様な時刻に誠に恐れ入りますが何分よろしく御願ひ申し上げます
いづれ御めもじの上にて

まつ子

谷崎様
御前に
皆〻様へよろしく御伝へねがひ上げます

＊総督府の知り合いが誰だかは分からない。『全集』には昭和六年九月十四日付の朝鮮銀行仁川支店長だった岸巌宛書簡に、「甚だ突然ながらいつぞや御紹介した大阪の根津さんから頼まれて君にきいてみてくれろと云はれたのです、それは近頃根津商店も景気がわるく大阪之朝鮮銀行支店より大分借り出して居り支店長などからやかましく云はれ困つてゐる」云々と記されている。この折の清太郎の朝鮮行が岸巌にも絡んでいるのかどうか詳らかでないが、いずれこうした問題の処理にかかわるものだったと思われる。

＊「明朝清太郎朝鮮に参ります」を、前便の「来月四日のバイカル丸」の予定の変更がなかったものと考えて、

昭和五年十月三日と推定した。

## 17　昭和五年十一月十二日　松子より潤一郎

表　武庫郡本山村岡本　谷崎潤一郎様　御許に（消印5・11・13）
裏　拾壱月拾二日夜　夙川　根津松子

けふは最う冬が来たかと思ふ様な御寒さで御座いました　御健やかに御過しの事と存じます　先日は大勢がひとりひとり満足させて頂き洵に有難うぞんじました　祖母も御影を持ちまして生れて始のあれが最後かもしれぬ観艦式の電飾を充分眺めさせて頂けたとそれはそれは大変なよろこびで近頃になく大機嫌で私共まで御影様に良いほこり顔が出来何時もながらの御情皆〻厚く感謝致して居ります　早速御礼に伺ふ様祖母にも云はれ私自身も言はれるまでもなく御目に懸り度くて仕様がないので御座いますが何か先頃中ぼんやり暮して参りましてある時間も失ひ勝ちでつひ〳〵思はぬ御無沙汰致して居ります
佐藤様鮎子様は和歌山の方へ御立ちで御座いましたか当分御めにかゝれませぬゆへ是非〳〵御見送り致したくぞんじて居りましたが大分日もたちました　きつと御立ちの後で御座いませう残念にぞんじます
あなた様の御様子もしれず若しや旅に御出で遊ばすかとも思ひ及ばぬでも御座いませんが気にかゝり出すとせめて筆でも持たぬと心をさまらず延引ながら御礼と御伺ひと　どうぞ俄の御寒さに御風召さぬ様御要心遊ばして下さいませ

あら〳〵
まつ子

谷崎様

御前に

＊ 観艦式は十月二十六日に神戸沖でおこなわれた。
＊ 秦恒平『神と玩具との間』に紹介された書簡番号「十七」の谷崎鮎子から妹尾君子宛書簡(ママ)によれば、佐藤夫婦、鮎子が和歌山へ出発したのは昭和五年十一月二十八日である。

18　昭和六年（推定）一月（推定）十日　松子より潤一郎

表　谷崎潤一郎様　御もとに
裏　十日　根津まつ子

御機嫌よく初春を御迎へ遊ばし御めでたくぞんじあげます
二日には御目に懸れず残念に存じました　黒髪の地歌して頂いて御正月らしくふるまはして頂き度いと楽しみに致して居りましたに持ち越しの風に新年の御挨拶も交さずさびしい御正月で御座いました　不養生する事三度今度はふか〳〵身に泌みました
さて明後日宝塚大変良い場所かとれました　今までのこういふもの丶中一番きれいそうで御座います　是非御供させて頂きたう存じます　せい〴〵御繰り合せ御ねがひ申上げます
鮎子様御かへりになりましたら又御供させて頂きますが兎に角下見遊ばして下さいませ
セニヨリータは拾弐時半より三時半まで〻御座います　拾壱時半頃に御立寄り頂きましたら如何で御座いませう
右御さそひまで

かしこ
まつ子

谷崎様
御前に

＊ 宝塚大劇場「セニョリータ」公演は、昭和六年一月一日から三十一日まで。谷崎が昭和六年一月十二日に観劇したことは、昭和六年二月発行の「歌劇」に掲載された「宝塚少女歌劇団日誌」一月十二日の項に「谷崎潤一郎氏来宝」とあることによって確認できる。

## 19 昭和六年（推定）十月（推定）日（不明） 松子より潤一郎

表 谷崎様 御奥様 御前に まつ子
裏

御顔が見たくて堪らなくなりましたのでけふ伺ふつもりで御座いましたが急に来客で御目に懸れなくなりまして残念で御座いますが明夕に致しました 御風邪の事も伺ひながら御見舞も致さず気にかゝりつゞけて居ました
けふは明日はと思ひつゝ思はぬ失礼ばかりどうぞ御許し下さいませ
御引越は何時で御座いますか
はやくすこしでも御ちかくになれば嬉しう御座います
先日は又誠に残念で御座いました

雨に降られました為に返つて御酒の方がはずみまして御客様をひや〳〵させた程私共主人公が酔つぱらつて愉快でしたが後から考へると満足して頂けなかつた御客様も大分あつた様子で御座います
御二方様御こし頂いて居たら誰よりも満足して頂く事が出来たのにと思ひました
けふはどうしてもと思つて居りましたので一筆でも申してやりたくなりました
それに本当に御口に合ひそうなものでは御座いませんが御やつのつもりで持参したくつくりました御寿しを一口でも召し上つて頂こうと存じます
それから座ぶとんの生地御目に懸けます
一度御めに懸けた上で御仕立をさせて都合で西宮の方の御家へ持つて参ればよいかとぞんじます
若し御二方様の御心に召せばうれしう御座いますがいづれ明日を楽しみに今夜はやすみます

まつ子

潤一郎様
丁未子様

まゐる

＊「御引越は何時で御座いますか」とある引っ越しは、昭和六年九月二十六日に高野山の龍泉院から中河内郡孔舎衙村の根津商店寮へ引っ越したときか、あるいは同年十一月十日前後にその孔舎衙村の根津商店寮から兵庫県武庫郡大社村森具北蓮毛のいわゆる夙川の根津家別荘の離れへ引っ越したときかのどちらかである。「はやくすこしでも御ちかくになれば嬉しう御座います」という口調、「御寿し」を届けているところから、おのずから後者であることが分かる。「御風邪の事も伺ひながら」とあるのは、『神と玩具との間』収録の昭和六年十月五

日付の谷崎丁未子から妹尾喜美子宛書簡（書簡番号七十六）に「扁桃腺はよくなりましたが今度は脚の火傷が悪くなりましたのでお酒を飲めるやうになる迄もう二三日辛抱して籠つてゐるのだといふことです」とあるのに対応している。おそらく十月中に書かれたものと推定される。

## 20　昭和六年（推定）十一月（推定）日（不明）　松子より潤一郎

表　谷崎潤一郎様　御許に
裏　芦屋にて　まつ子

一昨日は大好物のくりと昨日は又御珍らしい頂きものかさね〴〵有難う存じます　御親切の御心をよろこびながらいつそうおいしく味ひ頂く事が出来ました　実は昨日日米の野球を誘はれました　皆〻出かけてまゐり帰途夙川へ伺ふ心づもりで居りましたところ誘つて下さいました方芦屋まで御おくり下さる事になりました故真直にかへりました　ほんの一足違ひと女中が申して居りました　御客様の御夕飯に御料理でもとらねばと思案をしながら帰つて参りましたら思ひがけぬ御魚に折よく御客様と御一緒に賞味させて頂きました　只今も女中をやらうと机に向ひましたところへ翁やがまゐりました　度〻御手数を相かけ誠に申し訳御座いません　不行きとゞきの事くれ〴〵もかんにんして下さいませ　御叮重な御断りがなくても結構でございますのに痛み入ります　とうぞ私□にまで仰せ下さいませ　私は明日はかた〴〵御伺ひ申上げます

筆末ながら丁未子様はじめ未だ御目もじ申上げませぬが御両親様へよろしく御伝へねがひ上げます　いづれ御目もじの上

まつ子

潤一郎様

まゐる

＊　甲子園での日米野球は、第一戦が昭和六年十一月二十二日の早稲田大学現役組との試合で、翌二十三日に対全慶応大学、二十六日に対関西大学との三戦が行われた。ここに言及された試合がいつの試合だったかは不明だが、いずれこの三試合のうちのどれかだったことは間違いない。

## 21　昭和六年（推定）月日（不明）　松子より潤一郎

表　谷崎潤一郎様　御もとに　印影文字入

裏　芦屋　まつ子

昨日は御客様で大阪へ行けなくなり失礼申上げました
若しかはやく御目覚めになつたのではないかと気にかゝつて居りました
一昨日は御影様で愉しい時を過させていたゞき気分の明るくなるのを覚えました
御二方様共御風はもうよろしく御座いますか　今の私共は御宅様へ伺ふ事が唯一の楽しみで御座います
どんなに心がなぐさめられるかわかりません
つまらなく時をつぶさせて了ひ御迷惑の御事とぞんじつゝつひ〳〵長居を致して申訳も御座いません
けふも私が持参し度いので御座いますが又御邪魔しそうな気がいたしますのでつかひにいたします　御目に懸ると最う心が落着いて家へ帰るのが厭になります
御恥かしい文字でどれ程書いてみましても満足いたしかねますが　これだけ行列させました故せめてまあ

〳〵といふところのものを御えらみ下さいませ

そして思召に叶ひませぬ節にはどうぞ御遠慮なく仰せ下さいませ　まだ〳〵かきつゞける根気が御座います

あまり身にあまる事故今すこしはやく手習致して置けばよかつたと悔んで居ります　又はやく御目もじの出来ますやうに待つて居ります

丁未子様のてがすつかり快くなられたら　どうぞミシン何時にてもかけに御越し下さいませ

かしこ

まつ子

潤一郎様

丁未子様

御前に

＊「御恥かしい文字でどれ程書いてみましても」といっているのは、昭和七年二月五日に中央公論社から刊行された『盲目物語』の題字についてである。「盲目物語はしがき」には「函、表紙、扉、中扉等の題字は根津夫人の染筆である。聞くところに依ると、恒富氏は茶茶の顔を描くのに根津夫人の容貌を参考にしたと云ふ。そんな因縁があるのと、夫人の仮名書きが麗しいのとで、特に揮毫をお願ひした」とあるが、この「はしがき」が書かれたのは「昭和かのとひつじの歳十二月」、つまり昭和六年十二月である。この書簡とともに題字の下書きが持ち込まれたのは、十一月の末か十二月の初めの頃だったろう。

# 二、恋愛の高揚と「春琴抄」

昭和六年（一九三一）十二月上旬に谷崎はかねて売りに出していた岡本梅ヶ谷の家に買い手がついて、一時的に一息つけるようになった。その家を買ったのは大阪堂島の米穀取引所の理事をしていた文箭（ぶんや）郡次郎で、妹尾キミの従兄弟にあたる人だったけれど、十二月十五日付の妹尾健太郎宛書簡にはその御礼が述べられている。そして、その書簡の差出人には「倚松庵主人」という署名が用いられた。「倚松庵」とは、いうまでもなく根津「松」子へ「倚（よ）」るという意味で、もはや親しい人たちへ根津松子への思慕を隠すことをしなくなった。翌七年三月に佐藤春夫の主宰していた雑誌「古東多万（ことたま）」に「倚松庵十首」を、同じ三月に吉井勇が主宰していた「スバル」に「倚松庵詠草」を寄稿、四月十五日にはこれまで書いた随筆をまとめて『倚松庵随筆』として創元社から刊行した。

『倚松庵の夢』において松子は、「阪神間の魚崎に居を定めた頃のこと、偶々隣合せに家を借りることになった。孰方（どちら）も仮りの住居で、私もまだ旧姓を名乗っていた。谷崎の方はC子夫人と離別、T子夫人と新婚の日も浅い頃であった。庭続きの垣根越しにゆききが出来、従って日に〳〵顔を合せる機会が多かった。其の頃、夜更けにポタリ〳〵と雨垂れの音が聞えるようで、聞くともなく耳を傾けていると、それは地唄の三味線のおさらえの音であった。（中略）或る夜、春雨のようにしめやかな地唄の情緒に浸っていると、遊びに来るようにと迎えの使があって早速隣家へと赴いた。（中略）四方山の話に何げなく応じていると、語る。

卒然に畏まって「お慕い申しております」と、思い決したきっぱりとした言葉が耳に飛び込んで来た」と

高野山から下りた谷崎は、住まいに関しては全面的に根津家をたよるかたちになったが、その根津家も昭和七年に世界恐慌の余波をうけて倒産、伊藤忠兵衛に買いとられることになった。昭和七年（一九三二）二月五日に、谷崎は武庫郡魚崎町横屋川井五五〇へ転居したが、根津家も夙川の別荘にもいられなくなって、同じ町内の横屋川井四三一ノ二に新たに家を求めた。市居義彬『谷崎潤一郎の阪神時代』によれば、数十メートルも離れていないということだが、根津家の方の隣では貸家が普請中で、それができあがると早速、三月はじめに谷崎がそこへ引っ越し、根津家と「庭続きの垣根越しにゆききが出来」るようになった。横屋川井四三一ノ三ということだが、谷崎は横屋西田五五四という耕地整理前の旧表示を用いている。

魚崎の家に移って間もない四月、谷崎は夫婦で妹尾夫婦と松子を誘って、泊まりがけで道成寺に花見に行っている。のちに『倚松庵の夢』で「是までに見た桜の中で印象の鮮やかなのは、紀州の道成寺の桜で、たゞ一本の大木であったが、いつも春がめぐって来ると話題にしたもので、三十年前に見たその桜の風情と色香は私たち二人の眼に映じて消えなかった」と語られる花見である。さらに五月には同じメンバーに佐藤春夫夫婦も交えて、室生、名張、伊賀上野、笠置、奈良をめぐる旅をしたが、『倚松庵の夢』ではこのふたつの旅が混同されて、一度におこなわれたものと錯覚されている。そのためにこれまでの谷崎論でこの点がちょっとした混乱をきたしたけれど、室生寺での夜は、ふたりにとっては特別な一夜だった。稲澤秀夫『秘本谷崎潤一郎』第二巻によれば、松子はこの室生寺の夜、「真っ暗闇の中で、谷崎と抱き合って、キスした」という。

『倚松庵の夢』で語られた愛の告白は、この室生寺への旅から、根津家が魚崎の家にもいられなくなって阪神沿線の青木のあばら屋へ移った七月までのあいだになされたことである。松子にしてみれば、船場でも指折りの豪商だった婚家先の根津商店が没落し、夫の清太郎の愛情はすでに離れ、自分の妹の信子と不倫関係にあって、いまだ幼いふたりの子どもを抱えながら、これからどうして生きたらよいか真剣に考えざるを得ない状況だった。もはや清太郎との結婚生活に執着するメリットは何もない。しかし、谷崎との愛をこのまま押しすすめてゆくことは、結婚して間もない丁未子を決定的に傷つけることにもなる。そうしたジレンマの懊悩のうちにも、谷崎のこの手にすがらなければ、どんな奈落におちるかも分からないという恐怖感もよぎったことだろう。

書簡「二」から、谷崎が丁未子に自分の松子への思いを打ち明けたのは、八月十四日だったことが分かる。そこにいたるまで谷崎と松子は、愛の告白があって以来、何度も何度もこれからの行き先をどうするか繰り返して話しあったに違いない。青木の家は、ゴルフの練習場に隣りあっていたが、そちらに移ってからは「一日を置かぬ程に手紙が配達され、(中略)四、五日に一度はゴルフ場の芝生で遇つた」(『湘竹居追想』)と回想される。そして「青木の浜で天地に二人きりの心細い夜の闇の中に向ひ合つて「全う出来なければ二人で死にませう」と誓ひ合つた。今も忘れようにも忘れられぬ運命の岐れ目でもあつた」と、そのときの切羽つまった思いが臨場感をもって語り出されている。

「三」によれば、丁未子は「大変によく聞分け」て、「自分は奥様と競争の出来るやうな女ではない」ので、「あなたの幸福のために自分は犠牲になつてもよい」と答えたという。しかし頭で理解することと、心で納得することとはまるで違う。秦恒平『神と玩具との間』に収められた妹尾夫婦に宛てた多くの丁未子書簡には、そのときどきの心の揺れうごき、何とも納得しかねる心持ちが縷々したためられている。正式に離婚が成立するまでには幾多の紆余曲折を経ることになるが、恵美子さんからはかつて「私の最初の記憶は三歳の折に自分の頭のうえを椅子が飛んでゆく両親の喧嘩を目撃したことで、そのような修羅場の記憶から私の人生ははじまった」ということをうかがったことがある。

ちょうどそのころに、根津家でも大変な騒動が持ちあがっていたのだろう。書簡「一九」では「根津様の乱暴」に触れられ、書簡「三一」には「御寮人様のやうな御方が仮りにも手荒な待遇をお受けなされましてハどんなに御辛いことかとそれは〳〵御察し申して居ります」という一節がある。また書簡「三五」に「御手紙を唯今拝見いたしましてびつくり致しました、もはや根津様の感情も静まつてをられること、存じましたのに其の後もあの日のやうなことがつゞいてをりましてハ私も安心して仕事することが出来ませぬ」といった文言がある。根津家の方でも椅子の飛びかうような半端でない修羅場がたびたび繰り返されたのだろう。

「武州公秘話」には、若い新妻の松雪院に丁未子が、敵対する筑摩則重の人妻桔梗の方には松子が反映されている。主人公の武州公は松雪院を自分の好きな鋳型に養成しようとしたけれど、その試みは失敗して、新婚生活は二、三箇月で早くも破綻をきたす。そして武州公の心は桔梗の方の方へ、前にも増して激しく向けられるようになるのだが、これはそのまま丁未子との新婚生活と根津松子への募る思慕を映し出したものだった。しかし、松子をモデルとした桔梗の方は、作品の末尾では武州公から散々いじめられた夫のもとへ戻るかたちで終わっている。これはどうしたことだろうか。『武州公秘話』はこのあと主人公が桔梗の方から離れて、破滅へ通じる淫蕩でいっそう過激な性の深みへ下降してゆくことを暗示して閉じられる。

それに踵(きびす)を接して書かれた「蘆刈」は、書簡「一三」に明らかなように、ヒロインのお遊さまは松子の人柄を念頭に書かれた作品である。ここでは慎之助はお遊さんと結ばれることなく、お遊さんの妹のお静と結婚するという設定となっている。松子とは深く心を通いあわせていながら、まったく将来の見通しの立たないような状況で、おそらく谷崎はさまざまなシチュエーションを物語的な枠組みのなかでシミュレートしていたのだろう。谷崎の空想世界では「一生お遊さんといふものをひそかに心の妻としておきたいといふ」気持ちと同時に、武州公が抱え込んだようなどす黒い男の欲望も渦巻いていたことも見過ごしてはならないだろう。

「蘆刈」執筆中の昭和七年十月二十日には、佐藤春夫との子どもを出産する千代の見舞いがてら上京することになり、その途中に松子と重子をともなって彦根の楽々園に投宿したが、後年「雪後庵夜話」に語られた臨検に遭遇した。千代は、谷崎が帰阪した翌日の二十七日に長男方哉（まさや）を出産。十二月初頭に谷崎は、岡本本山村北畑へ転居。翌八年（一九三三）一月十六日付の書簡「三七」では、これから「順市」と署名すると宣言し、それ以降の書簡において実行している。三月から四月にかけては「春琴抄」に没頭し、その後半を京都神護寺の地蔵院で書いた。地蔵院は松子の父が親戚の人たちと建立した尼寺で、四月十七日付の嶋中雄作宛書簡では「今度のもの自分ではよく出来たやうに思はれ候」と、自身でもこれに対しては十分な手ごたえを感じていたようだ。

書簡「四六」によれば、前日五月十三日の夜に媒酌人岡成志と妹尾夫婦、丁未子本人も交えて離婚のための協議がおこなわれた。のちに笹沼源之助・喜代子に宛てた書簡（全集書簡番号一四六）では、このとき「事実上離婚したる証書を双方並びに立会人」で取り交わし、将来丁未子が結婚するか独立して行けるまで毎月百五十円ずつを仕送るという約束を交わしたという。事実上の離婚の成立である。が、丁未子と結婚するとき、籍を入れるというのが古川家との約束だったけれど、それがまだ果たされていないということで、ずっとあとの昭和九年七月十八日に結婚届が出され、翌十年一月二十一日に離婚届が提出されるという、戸籍上においては実態とまったく合わない処理がおこなわれた。

五月二十日の「誓約書」は、この事実上の離婚をまってはじめて何らの障碍もなくなったことが示されている。松子の『倚松庵の夢』には、「総ての手続が終了する迄、私たちは寄り添うことはあってもまことの契は交さなかった」とあるが、この誓約書の出現によってその真実性が担保されたことになる。今日では、ちょっと信じがたいことかも知れないけれど、谷崎は自己の欲望をギリギリまで遅延させて、「盲目物語」「武州公秘話」「蘆刈」「春琴抄」といった名作群を書きつづけてきたのだ。漸次に高まりゆく欲望の最後の絶頂において執筆されたのが「春琴抄」だったのだろうが（その直後の「顔世」の弛緩ぶりは好対照である）、この「誓約書」は、昭和七年十二月吉日に書かれた二通のそれとともに谷崎文学を特色づける面目躍如たるものである。

『湘竹居追想』には、松子のピアノの先生だった宝塚歌劇団の松本四良という人が、谷崎との結婚をあやぶんだところから、これらの誓約書が書かれたとある。が、「蓼喰ふ虫」「卍（まんじ）」などに徴しても登場人物の行為を縛るこうした契約書とか誓約書といったものが、谷崎作品において有効に機能していることは見逃せない。「蘆刈」のお遊さんには「生れつき芝居気がそなはつてゐた」というが、「武州公秘話」の桔梗の方、「春琴抄」の春琴にしても「芝居気」のそなわった人物で、「順市」を名乗る谷崎自身からしてどっぷりと「芝居気」に浸っている。いうまでもなく彼らの演ずる芝居の筋書きとして、このような誓約書や契約書が必要とされたのだ。

「日本に於けるクリツプン事件」において谷崎は、マゾヒストの生理について「心で軽蔑されると云つても、実のところはさう云ふ関係を仮りに拵へ、恰もそれを事実である如く空想して喜ぶのであつて、云ひ換へれば一種の芝居、狂言に過ぎない」といっている。「仮りに」そういう関係を拵えるというのは、とりもなおさずひとつの「契約」を結び、ある「誓約」のもとに「一種の芝居、狂言」をおこなうことである。それが「芝居」である限り、観客を必要とする。第三者の介在しない当事者同士の「芝居」では、緊張感を維持することが難しく、だらけてしまうからである。観客ないし証人として、谷崎がこの芝居の共演者によびこんだのが松子の妹の重子だった。のちに「蘆刈」に取りこまれることになる三人による彦根への旅が、その原点だったといえよう。

昭和八年十二月六日付の森田重子宛書簡「六四」は、数多い谷崎書簡のなかでも特別大書されるべきものである。おそらく谷崎が生涯書いた書簡のなかでも最も長いものかも知れない。『倚松庵の夢』にその一部が引用され、松子宛書簡と見なされつづけてきたけれど、実は森田重子に宛てられた書簡だった。「私は、昔より御寮人様を崇拝いたして居りましたけれども唯の一度も自分を対等に考へたことはございません、考へられないのでございます」と自分の松子へ寄せる思慕の性質をこと細かに説明し、自分が心中にどのような考えをもっているかを縷々と述べている。重子にこれから演ずる松子との「芝居」の観客あるいは証人になってもらうことを切に望んでのことである。

昭和八年七月に南向かいの洋風二階建ての家が空いたので、谷崎は家主にかけあってそちらへ移ることにした。このころから松子は通い婚のように、ひと目を忍びながら通うようになったが、青木の家にも子どもをかかえ、みずからも病身で思うように通うこともできない。「顔世」の原稿がなかなか進まず、しかも松子もなかなか帰らないいらだちをあらわにした書簡が、この時期にたくさん書かれている。十一月末には金策かたがた上京、横浜鶴見の上山草人の二階を借りて「陰翳礼讃」「東京をおもふ」など多くの原稿を書いた。中央公論社社長の嶋中雄作から源氏物語現代語訳の話がはじめてあったのも、このときだったと思われるが、十二月下旬に帰宅している。

十二月一日付の書簡によれば、上京中の十一月三十日、上山草人の立ち合いのもと、東京にいた丁未子と会見し、いったん妹尾夫婦と相談するように横浜から夜汽車に乗せたという。丁未子はこのあと妹尾のところから鳥取の実家に帰ったけれど、神経衰弱から神経痛をわずらい、微熱がつづき、胸も軽く冒されていたらしい。十二月二十三日、谷崎は見舞いかたがた丁未子の両親への事情説明や報告などもあり、鳥取へゆき、小銭屋という宿に泊まった。そのときに詠んだ歌が、松子へ宛てた書簡「七〇」の末尾に記されている――「はる〴〵と北に海ある国に来て南の山の雪晴れにけり」。丁未子とのあいだは完全に決着がつき、ようやく見通しも少し見えてきたということだろう。

昭和九年（一九三四）三月十四日、妹の須恵が探してくれた武庫郡精道村打出下宮塚十六に引っ越し、松子と同棲生活をはじめた。詩人の富田砕花（さいか）の義兄が家主で、砕花も西隣に住んでいたが、ずっと気づかぬままだった。はじめ「水野寓」という表札を出したが、その名義を借りた水野とは、書簡「七二」にあるように水野鋭三郎のことである。鋭三郎と松子の父安松とは堂島での株仲間で、ふたりは非常に気があったという。また鋭三郎の姉いわが、卜部（うらべ）家へ嫁いで詮三を生んでおり、のちに詮三は松子の姉朝子と結婚して森田家の本家を継いでいる。したがって、鋭三郎にとって詮三は甥であり、鋭三郎の息子が勝一である（のち勝一は森田姓を名乗るが、松子の実家の森田姓とは無関係）。このときに勝一は一時的に谷崎の家に住み込んで「文章読本」の筆耕をした。

四月二十五日、松子は根津清太郎との離婚届を役所へ提出、森田姓に復した。三十日の「夕刊大阪新聞」には、打出の寓居と離婚届のすんだ根津清太郎の戸籍抄本の写真まで掲げて、「問題の谷崎潤一郎氏艶麗なマダムと同棲」という見出しのスクープが出された。記事の内容にはあまり誇張や歪曲は見当たらなかったが、重子が「正子」と名前が間違えられ、しかも重子まで清太郎と関係があったかのように書かれてしまった。これを機会に谷崎は、先に言及した書簡（全集書簡番号一四六）でこれまでの経緯を笹沼源之助にこと細かく報告している。六月末から上京し、笹沼家の塩原の別荘を借りて、「文章読本」の原稿を書いた。

書簡「六六」に言及されているように、「文章読本」ははじめ「経済往来」を刊行していた日本評論社で企画され、刊行される予定で、谷崎は印税の前払いも受け取っていたようだ。それが中央公論社もほしがったために、間違いなくはるかに多くの部数が出ることの見込める中央公論社の方へ乗り換えてしまったわけである。「不人情」なことは谷崎自身もわきまえていたようだけれど、窮乏をきわめた当時にあってはとても背に腹はかえられないところだったのだろう。当時、日本評論社の出版部にいた石堂清倫は『わが異端の昭和史』において、「印税を二重取りした」と谷崎の「背信」をひどく憤っている。

八月から九月にかけては二十八回にわたって「夏菊」を「大阪毎日新聞」「東京日日新聞」へ連載したが、倒産後の根津家をモデルにしており、根津家からの申し出もあって休載した。校正まで終えた「文章読本」は、意に満たないところがあり、全面的に改訂することにして、十月上旬に松子の実家の檀那寺である大阪の上本町の正念院に籠もってその作業に専念。「文章読本」は書き下ろしの仕事だったので、原稿料がはいらず、印税の前借りでしのがなければならなかったが、谷崎にとって原稿の書き直しは金銭的には大きなダメージだったろう。十月十二日付の正念院から出されたあゆ子宛書簡（全集書簡番号一四九）には、遠足のための金を催促されて「都合にて遠足を止めてハ如何」といい、次の一首を添えている

――「難波江にあしからんとは思へどもけふこの頃はかりつくしけり」。

## 二　昭和七年八月十四日　潤一郎より松子

表　県下武庫郡本庄村西青木　ゴルフクラブ東南隣　根津清太郎様方　御奥様　親展（消印7・8・14）
裏　十四日夕　魚崎横屋西田　谷崎潤一郎

昨夜は失礼いたしました、本日丁未子に大体話しました、兎に角僕の心持だけは了解してくれ、今後文通と自由行動だけは取れることになりました　十六日火曜日の晩に　突然の来客でもない限り　御うかゞひして詳しく申し上ます、唯今御影へ散歩の途中です
十四日夕
潤一郎拝
万津子様

## 三　昭和七年八月十五日　潤一郎より松子

表　阪神沿線　西青木　横屋ゴルフ場東南海岸　根津清太郎様方　根津御奥様　親展（消印7・8・15）
裏　八月十五日午後（印　兵庫県武庫郡魚崎町横屋西田五五四　谷崎潤一郎）

昨夕御影より差上けました文御覧遊はして下されました事と存ます　あれより帰宅いたし夜にかけて又話ましたところ丁未子も大変によく聞分けてくれました　自分もうす〳〵気がついてはゐたがとても自分は奥様と競争の出来るやうな女ではないし、それはよく分つてゐるから、あなたの幸福のために自分は犠牲になつてもよい　その代り今後は兄妹のやうに可愛がつて下さい、両親よりは矢張りあなたの方を頼みにいたしますとの事で私も泣かされました、尚奥様には今暫く感情の沈静するまで御目にかゝるのを差控へ

させて頂きたいと申して居ります、さしあたり来月東京へ参り白髭嬢と一緒に家を持つか間借りをすることになりました
此れ程早く話が分らうとは思つて居りませんでしたが丁未子もやはり賢いところのある女だと感じました
可哀さうだと思召して下さいましたら一度当人の気分の落着きました時に会てやつて下さいまし
明日御目にかゝり詳しいことは申上ますが一刻も早く此の話を御知らせ申上度存じまして一筆したゝめました　私も此れで少し落着いて仕事が出来ます　では明十六日夕必す御うかゞひ致します、根津様はじめ御嬢様方へ宜しく御伝へ願ます
八月十五日

潤一郎

御奥様

侍女

＊『湘竹居追想』一四頁

## 四　昭和七年八月十九日　潤一郎より松子

表　県下武庫郡本庄村西青木三二ノ一　木津ツネ様方　根津御奥様　親展〔消印7・8・19〕
裏　十九日〔印　兵庫県武庫郡魚崎町横屋西田五五四　谷崎潤一郎〕

一昨日ぢいやさんに頼みました手紙御覧遊して下さいましたか、
其後丁未子は引つゞいて元気で居ります、今度の事は自分には打撃であつたが、藝術家たるあなたのため

にはむしろ喜ぶべきことであつたなどとも申して居ります、唯時〻思ひ出すと悲しくなると見え、ひとり涙ぐんで居ることもございますが、それも追〻馴れゝば忘れるであらうと存じます　さう云ふ訳でございますから、何卒もう本当に御心配なさらないで下さいまし　殊に先日彼女のために御慈悲深い御言葉を頂きましたので、何ともありがたく存じて居ります、もうあれ以上御胸を痛めて頂くには及びません、彼女には可哀さうでも、奥様はそれだけのすぐれ御方（ママ）なのですからかうなるのは当然だとも申されます、よく御自分様の地位を御考へ遊ばしていつもの鷹揚な、気高く強い御心を御持ち遊はして下さいまし

明二十日にはひるま御伺ひいたすつもりで居りましたが丁未子がダンスに参りますから、やはり晩に御伺ひいたします

此の頃は毎日怠らずリンゴを頂いて居ります、昨夜月を見ましたら青木の空がおもひ出されてなりませんでした

　恋ふ人をみぬめのうらにすむ海人の
　　しほたれてのみくらす頃かな

潤一郎

八月十九日

御奥様
　侍女

＊『湘竹居追想』一一六頁

## 五　昭和七年（推定）八月（推定）二十七日　潤一郎より松子

表　県下武庫郡本庄村西青木三二ノ一　木津ツネ様方　根津御奥様　侍女（切手なし使者持参か）
裏　八月二十七日〔印　兵庫県武庫郡魚崎町横屋西田五五四　谷崎潤一郎〕

昨夜は失礼申上ました久しぶりにて天気もよくゆつくり御目にかゝる事か出来ましたけれどもそれでも時間の立つのがうらめしく存じました、早く世間に気兼ねなく御側に居れるやうになりたいとそれはかりを祈つて居ります
さてその節卅一日に御うかゞひ致しますやう申上けましたが今度の火曜日は三十日でございます、依て三十日夜七時半から八時までの間に御うかゝひいたします、停留場へは御出かけ遊はないやうに、そして御門の前あたりに御いて下さるやう願ひますが御宅で御待ち下さいましても結構でこさいます、雨が降りましたら順ぐりに延ばします
あれから妹尾さんへ行きましたら生憎小野さんが泊まつて居りましたので話をしないで帰つて参りました、しかしやはり此の次の機会には話した方かよいと存ます
本日木場様へ仰せの趣を申伝へます
御主人様、御嬢様方へよろしく御伝へ下さいまし

廿八日　　　　　　　　　　潤一郎

御奥様

＊　昭和七年八月三十日が火曜日であるところから推定。

## 六　昭和七年九月二日　潤一郎より松子

表　県下武庫郡本庄村西青木三三二ノ一　木津ツネ様方　根津御奥様　御直披　〔消印7・9・2〕
裏　九月二日　〔印　兵庫県武庫郡魚崎町横屋西田五五四　谷崎潤一郎〕

昨日は森田様より御ていねいな下され物を頂き恐入りました何卒御ついでの節よろしく御礼申上て下さいますやう御願申上ます
先夜帰りみちに根津様とこいさんに御目にかゝりましたが急いて居りましたので御話申上るひまもこざりませなんだしかし根津様の御意向はよく了解いたしましたからその旨御伝へ下さいましたら有難う存ますまだこんな事にならぬうちは御顔さへ拝めれば、そして時ゞ何かの御用さへ勤められゝばそれが身にあまる幸福と思つてゐましたのに此頃はほんたうに勿体ないことだと存て居ります　以前の事を考へましたらもう此れだけでも根津様の御好意を感謝するのが当り前、何のかのと勝手がましいことは申せた義理ではございません
自分を主人の娘と思へとの御言葉でございましたがその仰せがなくともとくより私はさう思つて居りました一生あなた様に御仕へ申すことが出来ましたらたとひそのために身を亡ぼしてもそれか私には無上の幸福でございます、はじめて御目にかゝりました日からぼんやりさう感じてをりましたが殊に此の四五年来はあな様(ママ)の御蔭にて自分の藝術の行きつまりが開けて来たやうに思ひます、私には崇拝する高貴の女性か

なければ思ふやうに創作か出来ないのでございますがそれがやう〳〵今日になつて始めてさう云ふ御方様にめぐり合ふことか出来たのでございます　実は去年の「盲目物語」なども始終あなた様の事を念頭に置き自分は盲目の按摩のつもりで書きました、今後あなた様の御蔭にて私の藝術の境地はきつと豊富になること丶存じます、たとひ離れてをりましてもあなた様のことさへ思つてをりましたらそれで私には無限の創作力が湧いて参ります
しかし誤解を遊ばしては困ります　私に取りましては藝術のためのあなた様ではなく、あなた様のための藝術でございます、もし幸ひに私の藝術が後世まで残るものならばそれはあな様といふものを伝へるためと思召して下さいまし勿論そんな事を今直ぐ世間に悟られては困りますがいつかはそれも分る時機か来るとおもひます、さればあな様なしには私の今後の藝術は成り立ちませぬ、もしあなた様と藝術とが両立しなくなれば私は喜んで藝術の方を捨て丶しまひます
何の用事もごさいませぬが四五日御目にか丶れませぬので此の手紙を認めました多分五日か六日の午後に御うかゞひいたします今日から御主人様と呼はして頂きます

九月二日　　　　　　　　　　　　　　　　　　　　　　　　潤一郎

御主人様

侍女

＊全集書簡番号一二九、『倚松庵の夢』七二頁（部分）

## 七　昭和七年九月十四日　潤一郎より松子

表・裏　不明

ゆうべは久しぶりにて御供をさせて頂きまして御一緒に映画を見御夕飯をいたゞくことが出来まして何より有難う存ますあゝいふ日が一日ありましたら十日の苦しみでも辛抱いたします、実は今日歯がすつかり腫れ上りまして顔がふくれづき〳〵痛んで居りますが昨夜のことを考へればこのくらゐなことは何でもございません

御一緒におもてを歩いて居りましても、勿体ないことながら親子して御主人様の御供をしてゐるといふやうな気がいたします（中略）

どうしてももう一緒には暮らせませぬ、一日も早く別居するにこしたことはないと存ます（中略）

毎日〳〵いやなお天気でございますし、その上こんなに顔がはれて居りましては御伺ひするわけにも参りませぬので、今日もまた御写真を拝んで漸く思ひをまぎらして居ります、ほんたうにあの御写真は見れば見る程生きていらつしやるやうに見えます、御ぐしの毛も近〻に何卒お恵み下さいませ、香は私が買つて参りましてもよろしければ伽羅を求めて参ります、頂きましたら錦の袋に入れまして肩からかけてをりたいと思ひます（中略）

何のかのと又長い手紙を書きました　でもかうしてゐる間は歯の痛みを忘れるのでございます御ゆるし願ひ上ます

顔のはれが引きました上で天気を見定め夜分に参上いたします、それまでに一度ひるま伺ふか手紙を差上げるやうにいたします

九月十四日　　　　　　　　　　　　潤一郎

御主人様

御許江

＊『湘竹居追想』一八頁より、詳細不明。

## 八　昭和七年九月二十四日　潤一郎より松子

表　県下武庫郡本庄村西青木三二ノ一　木津ツネ様方　根津御奥様　親展（消印7・9・25）

裏（印　兵庫県武庫郡魚崎町横屋西田五五四　谷崎潤一郎）

一昨日は行ちがひになりまして御目にかゝれず残念でございましたがこいさんより御手紙たしかに頂きまして有難く存ました久しぶりの御筆のあと何度も〳〵押頂き読み返しました

物足らぬ介抱との御言葉でございましたが今のところにてはあれが精一杯でございます、お気に召しませぬかも知れませぬが何卒御察し下さいませ私も苦しうございます

扨来る二十七日火曜日の晩七時半より八時迄の間にうかゞひます、雨が降りましたら順ぐりに延ばします、御差支ございませんでしたら御門前まで御出ましを願ひます　いろ〳〵つもる話もございますがその節詳しく申述ます

ハイウエーは其後如何でございますか、エヴンタイは大分金に困つてゐるらしく妹尾さんに美術品を買つてくれと申した由聞き込みました根津様こいさんにしつかり御やり下さるやう御伝へ願ひます

九月二十四日夜

潤一郎

御主人様

侍女

**九　昭和七年（推定）九月（推定）二十七日　潤一郎より松子**

表　根津御奥様　親展

裏　二十七日夜〔印　兵庫県武庫郡魚崎町横屋西田五五四　谷崎潤一郎〕

今日又雨が降り出しました　残念でございます

明日はたとひ雨でも御伺ひいたします　いろ〳〵御相談申上けたいこともあるのでございます、で、明日はもしひるまからいい御天気でございましたら夜七時半から八時迄に参ります、又万一ひるまから雨が降つてゐるか降り出しさうな御天気でしたらあかるいうちに出かけます　何ぞ御差支でもございましたら明後日にいたしますが御返事がなければ御都合のいいものと存じます、何だか大変長く御顔を拝まぬやうな気がいたします、積る話が沢山あるのでございます

二十七日夜

潤一郎

御主人様

＊　兵庫県武庫郡魚崎町横屋西田五五四に住んだのは昭和七年三月から十二月であるから昭和七年中の書簡であ

ることは間違いない。

＊　この時期には宛先と自署の書き方に特徴があり、確認しうるかぎり、次の通りである。

御奥様　潤一郎　昭和七年八月十五日〜八月二十七日
御主人様　潤一郎（拝）　昭和七年九月二日〜十月十一日
御寮人様　潤一郎（拝）　昭和七年十月十七日〜昭和八年一月十六日
御寮人様　順市　昭和八年二月四日〜

＊　気象庁の神戸地方の気象データを参照すれば、たしかに九月二十七日には九・二ミリの降水量があり、雨が降っていたことが分かる。前便の「来る二十七日火曜日の晩七時半より八時迄の間にうかゞひます、雨が降りましたら順ぐりに延ばします」とも照応しているので、九月二十七日と推定できる。

## 一〇　昭和七年（推定）十月一日　潤一郎より松子

表　御奥様　親展
裏　一日〔印　兵庫県武庫郡魚崎町横屋西田五五四　谷崎潤一郎〕

あなた様が御きめになりましたらば今日はこんなによい御天気になりました　やはり私がきめたのでは駄目でございます、つきましては本日一寸出がけに夙川まで参りますので、七時半より八時までといふ御約束いたしましたが八時より八時半までの間に参上いたしますから右一寸御承知ねがひます、用事はこれだけでございます

だん〳〵御会ひすればする程、気位の御高いあなた様の前へ出ましてはいよ〳〵身分の相違がはつきりし

て来て私は自分がいかに分不相応の思ひにこがれてゐるかといふことがはつきりして参りまして勿体ない気がするばかりでございます、かうしてをりますと、あなた様といふものがしまひにはます〳〵貴く見え出して、神様のやうに思へて来るでございませう、これではとても夫婦などといふ気にはなれませぬ、一生主従の関係で居る外はございませぬ、先日のやうに御腰をもませて頂きますのがどんなに私には幸福に感ぜられますか、その心持ちはとてもあなた様には御分りになるまいと存じます、私をいぢめてやるのが面白いと仰つしやいましたが　どうぞ〳〵御気に召しますまで御いぢめ遊ばして下さいまし、体も心も差し上げました私でございますからどんな辛抱でも御奉公でもいたします何処まで私があなた様に忠実であるか御試しめ（ママ）になつて下さいまし

では今晩御目にかゝりまして詳しく申上げます

十月一日

潤一郎

御主人様

侍女

＊「兵庫県武庫郡魚崎町横屋西田五五四」に住んだのは、昭和七年三月から十二月までである。

## 一一　昭和七年十月七日　潤一郎より松子

表　県下武庫郡本庄村西青木三二ノ一木津ツネ様方　根津御奥様　親展（消印7・10・8）

裏　十月七日（印　兵庫県武庫郡魚崎町横屋西田五五四　谷崎潤一郎）

御主人様、どうぞ〱御願ひでございます御機嫌を御直し遊はして下さいましゆうべは帰りましてからも気にかゝりまして又御写真のまへで御辞儀をしたり掌を合はせたりして、御腹立ちが癒へ(ママ)ますやうにと一生懸命で御祈りいたしました眠りましてからもぢつと御睨み遊ばした御顔つきが眼先にちらついて恐ろしうございました、ほんたうにゆうべこそ泣いてしまひました、取るに足らぬ私のやうなものでも可哀さうと思召して下さいまし何卒御慈悲でございますから御かんべん遊はして下さいまし、外のことは兎も角も私の心がぐらついてゐると仰つしやいましたことだけは思ひちがひを遊ばしていらつしやいます、それだけはどうぞ御了解遊ばして下さいまし、そして今度伺ひました節にはたつた一と言「許してやる」とだけ仰つしやつて下さいまし

先達、泣いてみろと仰つしやいましたのに泣かなかつたのは私が悪うございました、東京者はあゝいふところが剛情でいけないのだといふことがよく分りました、今度からは泣けと仰つしやいましたら泣きます、その外御なぐさみになりますことならどんな真似でもいたします、むかしは十何人もの腰元衆を使つていらしつた御方さま故、これからは私が腰元衆や御茶坊主や執事の代りを一人で勤めまして、御退窟遊ばさないやう、昔と同じやうに御暮らし遊ばすやうにいたします、御腹が癒えますまで思ふさま我がまゝを仰つしやつて下さいまし、どんな難題でも御出し下さいまし、きつと〱御気に入りますやうに御奉公いたします、その代りどうぞ〱あの誤解だけは御改め遊ばして下さいまし、外のことならば我が儘を遊ばせば遊ばすだけ、私になさけをかけて下さるのだと思つて、有難涙がこぼれる程に存じます、ほんたうに我がまゝを仰つしやいます程、昔の御育ちがよく分つて来て、ます〱気高く御見えになります、かういふ御主人様にならたとひ御手討ちにあひましても本望でございます、恋愛といふよりは、もつと献身的な、云はゞ宗教的な感情に近い崇拝の念が起つて参りますこんなことは今迄一度も経験したことがございませ

ん、西洋の小説には男子の上に君臨する偉い女性が出て参りますが日本にあなた様のやうな御方がいらつしやらうとは思ひませんでした、もう〳〵私はあなた様のやうな御方に近づくことが出来ましたので、此の世に何もこれ以上の望みはございません、決して〳〵身分不相応な事は申しませぬ故一生私を御側において、御茶坊主のやうに思し召して御使ひ遊ばして下さいまし、御気に召しませぬ時はどんなにいぢめて下すつても結構でございます、唯「もう用はないから暇を出す」と仰つしやられるのが恐ろしうございます、

十二三日頃御うかゞひいたすつもりで居りますがそのまへに今一度御文さしあげます、しげ子御嬢様にも何卒宜しく御伝へ願ひ上げます、そのうち一度神戸へ参り根津様こいさまに御目にかゝり度存てをります何卒〳〵御きげん御直し下さりませ、これ、此のやうに拝んでをります

十月七日

潤一郎

御主人様

侍女

＊全集書簡番号一三二

## 一二　昭和七年十月八日　潤一郎より松子

表　県下武庫郡本庄村西青木三三二ノ一　木津ツネ様方　根津御奥様　親展（消印7・10・8）

裏　十月八日〔印　兵庫県武庫郡魚崎町横屋西田五五四　谷崎潤一郎〕

御主人様　昨夜あの文を差上げましてから又御写真の御姿の前にぬかづきまして御詫ひをいたして居りましたらあまり一生懸命に思ひつめましたせゐか涙が流れてまゐりました、そして此の涙を御主人様へ御目にかけることが出来たらきつと御機嫌を直して頂けるだらうにと存じました、先日御叱りを受けました時にも此の涙が出ればよかつたのに、やはりあの時は私の誠意が足りなかつたのだと存じました、ほんたうに私は今泣いて居ります、何卒〳〵もう御勘弁遊ばして下さいませ、御慈悲でこざります

昨夜御宅様のかへりにおせいが訪ねて参りまして珍しくも我を折つて私にあやまりました、それ故今後は出入りをゆるしてやりましたが、これからはもう威張らないやうになると存じます

その節おせいの申しますのに

あなた様にはぢいやの風邪が御うつり遊ばして御不快の由、御看病に上り何かと御気散じを勧めたいのでございますがさう〳〵は如何かと存じ差控へて居ります何卒〳〵御大切に遊ばして下さいませ、

十一日まで執筆して居りますので十二日か三日に御うかゞひいたしますいづれ後便にて御しらせ申上げます何卒〳〵御機嫌御直し遊ばされ御許し下さいませ

潤一郎

十月八日

御主人様

侍女

## 一三　昭和七年十月九日　潤一郎より松子

表　県下武庫郡本庄村西青木三二ノ一　木津ツネ様方　根津御奥様　親展〔消印7・10・9〕
裏　十月九日〔印　兵庫県武庫郡魚崎町横屋西田五五四　谷崎潤一郎〕

その後御風邪は如何でいらつしやいますかもうすつかり御よろしくおなり遊ばしたことゝ存じます、今日はよい御天気の日曜でござります　こんな日に御傍に居られないのはまことに残念でござりますもう御機嫌を御直し遊ばしたでござりませうか、あまりうるさく手紙を差上げて却て御機嫌を損じはせぬか、それでも差上げなければそれも亦叱られはせぬかと内心びく〳〵いたしながら、何だか安心が出来ませぬので結局筆を執ることになつてしまひます、昨夜御写真を拝んで居りましたら御写真の御顔つきが何だかまだ私を叱つていらつしやるやうに見えましたので、ゆるして下さいまし〳〵とくり返して御辞儀をいたしました、ほんたうに、あの御写真は
あなた様の御気分を伝へて日に依つて変化するやうに思へるのでござります
今後私は心も態度もすつかり入れかへまして関東者の剛情なところや武骨なところを改めるつもりで居ります　やはり
あなた様のやうな御立派な旧家に御育ち遊ばした方にはそれにふさはしい御気風や御家風があることゝ思はれますから何もかも御気風にあひますやうに勤めます、さういたしましたら私のやうな者でもいくらかまるみが出来てまゐりませうどうぞ〳〵その御思召しで、御気にかなひますやうにいくらでも御叱言を仰つしやつて下さいまし、
昨日医大より通知が参りましても血液の検査の結果は全然陰性であつたと申して参りました、もはや健康

の方は血圧さへ下れば何の心配もござりませぬ、委細後便にて申上ます

十月九日

潤一郎拝

御主人様

侍女

## 一四　昭和七年十月十一日　潤一郎より松子

表　県下武庫郡本庄村西青木三三ノ一　木津ツネ様方　根津御奥様　親展（消印7・10・12）

裏　十月十一日（印　兵庫県武庫郡魚崎町横屋西田五五四　谷崎潤一郎）

きのふこいさんがいらつしやいまして皆〻様　ぢいやさんの風邪が御うつり遊ばした由　其の後如何でいらつしやいますか、清ちやんももう御よろしうございますか

扨私の方は十二日一杯徹夜で仕事をいたしますので、十三日午後御うかゞひいたします、丁未子別居の件東京行彦根行の件等いろ〳〵大事なこと御相談いたし度存じます、十四日十五日は妹尾夫妻に誘はれまして遠足に参りますが、まだ小石川からも御産の知らせが参りませんので、一旦帰つて参りましてから又東京へ出直すつもりで居ります、詳しくは十三日御相談申上けます、

きのふ今日は何だか御写真の御姿が御機嫌よく見えます、何卒〳〵十三日の日は御気持ちを御直し遊ばして下さいますやう御願ひいたします

十一日

潤一郎拝

御主人様
御許へ

## 一五　昭和七年（推定）十月十七日　潤一郎より松子

表　松子御寮人様　親展　たけ持参
裏　十七日　潤一郎拝

先晩は久しぶりにて大阪へ御供することが出来、いろ〳〵御幼少の折の御話などきかせて頂きまして何ともなつかしく有難涙がごぼれました、あゝいふ御話をうかゞひますと、自分も大阪に生れてその時分から御出入させて頂いてゐたらどんなに楽しかつたであらうと思はれます、しかし私はきつと前世から奥様と主従関係があつたのだらうと、そんな気がしてなりません、三世も四世も私は御家来でゐたうございます、何にしても大豊はすつかり気に入りました、あの座敷にゐますと、ほんたうに奥様が御幼少の昔に御返り遊ばしたやうに思はれてまゐります　遠足は二泊いたしまして昨夜帰つてまゐりましたが散〻雨にふられその上又〻歯痛を起しあまり愉快ではござりませんてした、妹尾氏はもう一と晩とまりたい様子でしたが早く彦根へ参りたいので帰つてまゐりました、これから御天気がつゞきさうで御供するのにも上〻の気候になりましたのは矢張奥様の御徳でござります
本日御伺ひいたすつもりでござりましたが妹尾氏夫婦と小生と三人でいろ〳〵相談するのに今日が一番好都合の由を妹尾氏が申されますので、今日は妹尾氏方へ参り、明日午後二時半頃そちらへ伺ひます、山で採りました松茸と柿、ならびに先夜の筆をたけに持たせ御届けいたします、
千代より何とも通知がござゐませんが　それを待たずに二十日に出かけようとおもひますが　如何でござ

いますか、御都合がよろしかつたらその御つもりにて御支度願ひます、時間等のことは明日御打ち合はせいたします、私の歯痛は今朝来快方に向ひましたからもういつでも大丈夫でございます、遠足中、最初の晩は酒を少〻のみましたが二日目は歯のために一滴も飲めませんでした、これも奥様の御相手以外には飲むなといふ天のいましめだと存じます、御天気までがさうなつたのも不思議でござります
では明日万〻申上ます、今夜ヒマがありましたらば一寸ハイウエーへ参るかも知れませぬ、丁未子はおせい方へ遊びに参りました、

十月十七日

潤一郎拝

御寮人様

侍女

＊ 秦恒平『神と玩具との間』に紹介された十月十八日付妹尾健太郎宛書簡（書簡番号九十五）に前日の話し合いの内容が詳細に記されている。

＊ 十九日上京、その途中に松子と重子をともなって彦根の楽々園に投宿。二十七日千代は方哉（まさや）を出産。

## 一六　昭和七年十月二十二日　潤一郎より松子

表　兵庫県武庫郡本庄村西青木三二二ノ一　木津ツネ様方　松子御寮人様　御直披（消印7・10・22）

裏　十月二十二日　東京小石川関口町二〇七　佐藤方　谷崎潤一郎

御二方共御機嫌よく御帰宅なされました事と存ます私はあれから一時間後の汽車にて今日早朝小石川へつ

きました
千代の御産はまだでございますが皇后様さへ一と月も予定がおおくれになつたことがあるさうで、少しも心配はないやうでございます、くはしくはまた後便にて申述べます、これから偕楽園へ参ります
皆〻様へ宜しく願上ます
十月廿二日
潤一郎拝
御寮人様
侍女

## 一七　昭和七年十月二十三日　潤一郎より松子

表　兵庫県武庫郡本庄村西青木三三二ノ一　木津ツネ様方　松子御寮人様　親展（消印7・10・24）
裏　二十三日　東京小石川関口町二〇七　佐藤方　谷崎生

昨日の手紙御覧遊ばしたこと丶存じます
此の程はつまらぬ私のひがみから又しても御機嫌を損じ御叱りを受けまして何とも申訳もございませぬ、あのやうな失礼なことを申しましたのも結局私の忠実心に不足したところがあるからだといふことがよく分りましてございます、何卒〳〵もうあの時の不愉快なことは御忘れ遊ばして下さいませ、きつと〳〵これからは御思し召しに添ふやうにいたします何卒〳〵私をいやしき奴と思し召さず奥様の大様な御徳の力で御意に叶ひますやうに感化遊ばして下さいませ、私の心の持ちやうにつきましても、かういふ風にせよと仰つしやつて下さいましたら必ずそのやうにいたします到底、御意に背きましては生きて行かれぬ私で

ございます
久しぶりで上京いたしましたのでいろ〳〵用事が出来まして、二十六七頃でなければ帰れさうもございませぬ、千代子のお産も、おそいのは何も心配はないさうでございますが、まだ一寸間がありさうでございます
帰りには私　三の宮まで参り、ハイウエーにて御目にかゝりたいと存じますが如何でございませうか、日と時間はいづれ御知らせいたします、
東京は騒〻しいので手紙一つ差上けますにも落ついて筆が取れませぬ乱筆御ゆるし下さいましし げ子御嬢様にもよろしくお伝へ願ひます
廿三日　　潤一郎
御寮人様
侍女

＊芦屋市谷崎潤一郎記念館所蔵

## 一八　昭和七年十月二十四日　潤一郎より松子

表　兵庫県武庫郡本庄村西青木三三二ノ一　木津ツネ様方　根津御奥様　親展（消印7・10・24）
裏　十月廿四日　横浜市鶴見豊岡　上山草人方　谷崎潤一郎

昨夜草人の留守宅を訪ねまして泊めてもらひました、そして草人の書斎に於て此の手紙を先づ第一にしたゝめて居ります、

直ちやんは髷に結つてすつかり世話女房になりきつて居ります、日本髪がよく似合ふので見直しました、斜風荘は甚だ貧弱なものでありますが増築が出来ましたらば相当なものになるであらうと存じます　これから蒲田スタヂオへ立寄りまして小石川へ帰らうと思つて居ります、奥様は如何遊ばしていらつしやいますか、もう御怒り遊ばしてはいらつしやいませんか、帰りましてから又叱られはしないかとびく〳〵いたして居ります、何卒〳〵日〻御きげんよく御暮らし遊ばしますやうに祈つて居ります、しげ子御嬢様へよろしく御つたへ願ます

十月二十四日

潤一郎

御寮人様

侍女

＊　山梨県立文学館所蔵　館報六一号（二〇〇五年六月二〇日）

＊「斜風荘」は、「東京をおもふ」では「斜楓荘」とある。

## 一九　昭和七年十月二十五日　潤一郎より松子

表　兵庫県武庫郡本庄村西青木三二ノ一　木津ツネ様方　根津御奥様　しげ子様　親展（消印7・10・25）

裏　十月二十五日夕　東京市小石川区関口町二〇七　佐藤春夫方　谷崎潤一郎

一昨夜草人宅へ泊まり昨夜おそく小石川へ帰つて参りまして始めて飛行便の御手紙を拝見いたしたいへん心痛いたして居ります

つきましてはとても手紙にては申しつくせませぬ故私が戻りますまで何事も御辛抱遊ばしていらつしやるやう願上ます　根津様の乱暴なさいました事も根津様の感情としてはまことに已むを得ぬところもあらうかと存ぜられますが過日の私の失礼につきましては何卒〳〵もう御ゆるし下されますやう、これはくれ〴〵も御願ひ申ます、私は明二十六日夜おそく東京発、二十七日午前十一時二十七分に三の宮へ着いたしましてすぐハイウエーへ廻ります、〔欄外　或ハ電報ヲ差上ゲル暇ガナイカモ知レマセヌガ変更ノ御通知ヲ致サナイ限リ此ノ時間通リニ帰リマス〕

つきましては三宮駅かハイウエーの方へ御出向き下されば幸甚に存じます、その上にて万〻御話申上度存ます、自宅の方へは同日夕刻帰宅するやうにしておきます

十月廿五日夕　　潤一郎

御寮人様
しげ子様

## 二〇　昭和七年十一月三日　潤一郎より松子

表　県下武庫郡本庄村西青木三三二ノ一　木津ツネ様方　松子御寮人様　御直披〔消印7・□・□〕

裏　十一月三日夜〔印　兵庫県武庫郡魚崎町横屋西田五五四　谷崎潤一郎〕

松竹座におわすれになりました御手提げハございましたでせうか如何でございますか心配いたしてをります、あれなぞも全く私の不行届きでござります、きつと

御寮人様ハ私が持つてゐると思し召して気をゆるして御いで遊ばしたこと丶存じます、返す〲もあれハ私の不注意でござります、あの日あんなに

御寮人様に叱られながらぼんやりいたして居りましたのハ何とも申訳もござりませぬ、今後ハ必ず気をつけまして些細なことにも注意いたし御持ち物など一切私が責任を持ちますやうにいたします、その外礼儀にはづれましたことがござりましたら、一〻きびしく御申しつけ下さりませ、自分でハ精一杯にいたしましても気がつきませぬことがいろ〱あること丶存じます、貧しきうちに育ちました私の事故御寮人様のむかしの御ことなど唯想像いたしますばかりにて一向実際のことが分らないのでござります、一〻細かい事ハ教へて頂きますより外ハござりませぬ、

罰があたりました丶めかあの日から風邪をひきましてござります、丁度幸ひ此の間に三日ばかり仕事をいたしまして風邪が直り次第御うかゞひいたします、多分七日か八日頃と思し召し下さいまし、熱ハ大してござりませぬが咽喉をいためましたのでこさります

委細後便にて申上げます

十一月三日

潤一郎拝

御寮人様

侍女

## 二一　昭和七年（推定）十一月（推定）四日　潤一郎より松子

表　松子御寮人様　親展
裏　四日　潤一郎拝

御心配をかけまして相すみませぬ　風邪はもう殆んど直りましてごさります、唯中央公論の仕事がありますので此の風邪の間にと存じ執筆して居ります、六日には午後に一寸でも参上いたします（それまでに仕事がすみませんでも中止して上ります）此の三四日は丁未子もずつと在宅いたして居ります様子なので、やはり私の方から伺ひます方が宜しくと存じます
それよりも御手提げがありましたのが何よりでござります、もうこれからハ必ず私が気をつけます、セロリー何よりも有難く存じます、てハ六日の日に万〻申上ます
四日夕　　潤一郎拝

御寮人様　侍女

＊　芦屋市谷崎潤一郎記念館所蔵
＊　昭和七年十一月三日付の松子宛書簡「松竹座におわすれになりました御手提げハござりましたでせうか」を受けて書かれている。

## 二二　昭和七年十一月六日　潤一郎より松子

表　県下武庫郡本庄村西青木三三二ノ一　木津ツネ様方　松子御寮人様　親展（消印7・11・7）
裏　十一月六日〔印　兵庫県武庫郡魚崎町横屋西田五五四　谷崎潤一郎〕

今日はいかにも秋らしい雨が降つてをります　此の雨のおとを聞くにつけてもかういふ日に湖のほとりの座敷にでも御供をして御側ちかく侍りてゐられたらどんなに楽しいてあらうとそんなことばかり考へられるのでござります
前便にて申上るのをわすれましたがもはや御せいは何も思つては居りませんし御寮人様に対しては昔の御恩をわすれることなく大切に思つてをりますので今後は何も御心配遊ばしませぬやう願ひ上げます、一切私のいたしますことに口出しなどはせぬといふ約束もいたしました
それから昨夜御すゑも子をつれて戻つて参りました、近日子は京へつかはしおすゑは洋裁の店の方へ住み込ませるつもりでございます
御宅様の方も其後は何の御変りもござりませぬか御案じ申上て居ります、いま五六日たちましたらば暇になりますのでさうしたらゆつくり御目にかゝり御話申上げます、何だか今度は大変に長く御側を離れてをりますので時〻飛ひ立つやうな気になりますのをじつとがまんいたして居ります、しかし最も忙しいのは十二三日迄であとの半月はしげ〳〵御目にかゝれるやうになりますことでござります
又後便にて申上ますしげ子御嬢様こい様へよろしく御つたへ下さいまし、丁未子があまり妹尾さんで御馳走にばかりなりますので近日御ひるの御飯に妹尾さん夫婦をハイウエーへ招くつもりでをります
十一月六日

潤一郎

御寮人様

先日の御手紙くりかへし〳〵肌身につけて押いたゞき拝読いたしてをります、何よりも仕事の力になります

## 二三　昭和七年十一月八日　潤一郎より松子

表　県下武庫郡本庄村西青木三三二ノ一　木津ツネ様方　松子御寮人様　親展（消印7・11・9）

裏　十一月八日夜（印　兵庫県武庫郡魚崎町横屋西田五五四　谷崎潤一郎）

いつぺんに御寒くなりましたが

御寮人様には如何御くらし遊ばしていらつしやいますか、先夜丁未子が御目にかゝりました由をきゝましたので

御寮人様もこいさまも御元気で御いで遊ばすことゝ存じ少からず安心いたしました御家庭内にあまり御苦労がたえませぬ故外で愉快に遊んでいらつしやる御様子をきゝますとまあよかつたと思ふのでございます

目下私は先月号よりのつゞきの改造の小説「蘆刈」といふものを書いてをりますがこれは筋は全くちがひますけれども女主人公の人柄は勿体なうございますが御寮人様のやうな御方を頭に入れて書いてゐるのでございます、全部で百枚程のものでございまして十二月号で完結いたしますので、そのうへで私自筆の原稿を雁皮へオフセット版にて印刷いたし桐の箱へ入れまして非常なる贅沢本として正月に出版いたします

つもりでをります、さしゑは樋口さんに頼みまして女主人公の顔をそれとなく

御寮人さまの御顔にかたどり描いてもらひたいのでござりますが私からはさうはつきりと申しにくゝ困つてをります
御寮人様が御許し下さいますならば一と言おつしやつて下さいましたら有り難う存じます、尚〻印刷にしました原画と原本は別に保存して
御寮人様の御筆にて箱書きして頂き御めしもの〻一部か何かにて表紙を作ておきたいと存じます、私は今後少しにても　御寮人様にちなんだことより外何も書けなくなつてしまひさうでござります、しかし
御寮人様の御ことならば一生書いても書きゝれないほどでござりまして今迄とはちがつた力が加はつて参り不思議にも筆が進むのでござります、全く此の頃のやうに仕事が出来ますのも　御寮人様の御蔭とぞんじ伏し拝んでをります、いづれ時機がまゐりましたらば自分の何年以後の作品には悉く御寮人様のいきがかゝつてゐるのだといふことを世間に発表してやらうと存じます
あゝこんなことを書いてをりますと限りがございませぬ、御目にかゝりたくてなりませぬがそれでも
御寮人様を思つて書いてをりますのでいくらか慰められて居ります、
今夜はこれだけにいたしまして又後便にて申上ます
十一月八日夜
潤一郎
御寮人様
侍女
樋口さんへ依頼の件は御めにかゝりまして御意見をうかゞひましてからにいたします多分十三日午後うかゞひますが後便にて御打ち合せいたします

＊　全集書簡番号一三四、『倚松庵の夢』七四頁

## 二四　昭和七年十一月十日　潤一郎より松子

表　県下武庫郡本庄村西青木三二ノ一　木津ツネ様方　松子御寮人様　親展〔消印7・11・11〕
裏　十日夕〔印　兵庫県武庫郡魚崎町横屋西田五五四　谷崎潤一郎〕

又いくらかあたゝかになりましてございます、先日はお末が頂戴ものをいたしまして毎度〳〵ありがたう存じます、京都のおばあさんは毎日子供になじんでまゐります、森田様に大変御心配していたゞき且先日詮蔵様御立ちより下さいましたが生憎朝でそれを知らずに寝てをりましてお目にかゝらず何とも失礼いたしました、暇になり次第御礼旁ゝ仕送りのことなどうかゞひ度森田さま御宅へ参上いたし御姉様に拝顔いたしたいと存じますが御寮人様にもその節御同道下さいましたら有難く存じます、かへりに又心斎橋でも散歩いたしたうござります
今日までの私の経験では恋愛事件がおこりますと一向仕事が出来なくなるのでござりますが御寮人様のことを思ひますと筆がいくらでもすゝむのは唯ゝ不思議でございます、御蔭様にて私の藝術は一生ゆきつまることはござりませぬ、御寮人様が即ち藝術の神さまでいらしつて私はそれに恵まれてゐるのでござりませうほんたうにそれを思へばどのくらゐの御恩を受けてゐるか分りません、　御寮人様こそは私の思想精力の源泉でいらつしやいます
樋口氏は近日拙宅へ来てもらふつもりでをりますが来ましたら一緒に御宅様へうかゞひハイウエーか何処かへ参りませう、尚ゝ私の方からも一度京都の樋口氏宅へまゐるつもりでござりますがその節御都合がよ

ろしうございましたら御供いたしたうございます、丁未子は二十日頃より暫く東京へまゐります筈になつてをります、そのころは私も新年号の用事がすみひまになります、何にしても早く大演習がすんでしまつてくれることを希望いたします
もうあと二三日で御目にかゝれるとおもひますと楽しうございます
十日夜

潤一郎拝

御寮人様

侍女

* 全集書簡番号一三五
* 「詮蔵」とあるが、正しくは詮三で、森田家本家へ養子に入った朝子の夫、森田詮三のことである。

## 二五　昭和七年十一月十一日　潤一郎より松子

表　県下武庫郡本庄村西青木三三二ノ一　木津ツネ様方　松子御寮人様　親展（消印7・11・11）
裏　十一日（印　兵庫県武庫郡魚崎町横屋西田五五四　谷崎潤一郎）

拝啓
十三日に御うかゞひいたしますやうに申上けましたが事に依りますと同日まで仕事がかゝるかも知れませぬし、それに十三日は日曜にあたり外出にも御宅様へうかゞふにも都合がわるいと存じますから十四日の午後二三時頃御たづねいたし御差支なければ神戸辺へ御供いたし度と存します

右一寸御ことわり旁〻御しらせ申上ます　あまり度〻御うるさく思召しませうから御目にかゝりますまでもう手紙を書かない事にいたします

十一日

潤一郎拝

御寮人様

御許へ

＊日本近代文学館所蔵

## 二六　昭和七年十一月十八日　潤一郎より松子

表　県下武庫郡本庄村西青木三三二ノ一　木津ツネ様方　松子御寮人様　親展（消印7・11・19）

裏　十一月十八日夕〔印　兵庫県武庫郡魚崎町横屋西田五五四　谷崎潤一郎〕

御中付けの御ぐしの御道具昨日つい気がつかぬことをいたしましたので本日こちらより持たせて御届けいたしますつもりで居りましたところわざ〳〵ぢいやさん御使ひにて恐れ入りました　何品にても私自身持つて上りますかたけに申つけますからいつにても仰せきけ下さいますやう願ひます、私は御寮人様の御用の御品を自分で持つて上りますのが何より楽しいのでござります、いつもそんな御用をしてゐられるぢいやさんが羨ましうござります

先日の御手紙ありがたく〳〵何度も押しいたゞき拝読いたしました、御婚礼に御召し遊ばした御うちかけを御つかはし下さいますとのことあまり勿体なくて冥加にあまります私に取りましては何よりの宝物でご

ざります、先日下されました御召し物もあの晩早速衣紋竹にかけ壁につるしてみましたら御寮人様の御おもかげが浮かんで参りひとりでに居ずまゐを直し畳に手をつかへて御時儀をしてしまひました、大阪へ家を持ちましたら倉庫にあづけてありまする蒔絵の衣桁を取り出しましてあれへ御召し物をかざり御寮人様の御居間ときめた座敷へ几帳のやうに立てゝおくつもりで居ります、あの大正天皇様の御物もそのとき御寮人様の御肌に召していたゞきました上で一緒にかけておきたうござりますあれを御召し遊ばしたらどんなに御似合ひ遊ばすでござりませう

いろ〳〵と拝領させていたゞきました御品は勿論のこと、どんな些細なものにても御寮人様の御からだに触れましたものは残らず一つに集めまして一々紙の袋に入れましてその趣を書き記し鞄に入れてござります、御写真も全部別の写真帳を作るつもりで居ります、いづれ桐の箱を作りましてその中へ収めるやうにいたしますからその節は一と筆箱書きを遊ばして下さいましたら有難うござります

あゝあゝ私は何といふ仕合はせ者か、今に罰があたりはせぬかと空恐しいくらゐに思ふことがござります

しげ子御嬢様こい様へも宜しく仰つしやつて下さいまし、多分二十二三日頃御うかゞひいたしますが、いづれ後便にて御しらせ申上ます

十一月十八日夕　　潤一郎拝

御寮人様

侍女

## 二七　昭和七年（推定）十一月（推定）二十五日　潤一郎より松子

表　松子御寮人様　親展

裏　廿五日夕〔印　兵庫県武庫郡魚崎町横屋西田五五四　谷崎潤一郎〕

先日は長〻御邪魔させて頂きました上に又〻結構なる御品頂戴いたして此上もなく有難く存じました　礼をいふには及ばぬと仰つしやいますがいつも〳〵下されものをいただきまして空おそろしう身にあまるおもひをいたして居ります

即興詩人たけに持たせて御届けいたします　日本髪の御姿がこのあいだから眼のまへにちらついてをります、明日の天気少〻あやしうございますが雨天にても出かけ御待申上ます拝顔の上万〻申述ます

廿五日

潤一郎拝

御寮人様

侍女

御申つけの約束の文句は明日考へて参ります

＊　帝塚山大学の中島一裕氏から提供を受けたものである。

＊　兵庫県魚崎町横屋西田五五四に住んだのは昭和七年三月から十二月であるから昭和七年中の書簡であることは間違いなく、「御寮人様」と宛名を記し、「潤一郎（拝）」と署名しているのは、昭和七年十月十七日から昭和

八年一月十六日の期間で、昭和七年十月は上京中であるから、この書簡を昭和七年十一月二十五日と推定した。

## 二八　昭和七年（推定）十一月（推定）三十日　潤一郎より松子

表　松子御寮人様　親展
裏　卅日〔印　兵庫県武庫郡魚崎町横屋西田五五四　谷崎潤一郎〕

一昨夜はせつかく御機嫌よく御いで遊ばしましたところを帰りがけにえらいことを申してしまひまして御機嫌を損じ今もなほ胸をいためて居ります　くれ〴〵も私はあのことを気にかけて居るわけでハござりませぬ、ほんの座興に御話し申し上げましたばかりでござりますから何卒〳〵御ゆるし下されますやう合掌いたします
明一日にともかくも午後御宅さま迄御うかがひいたしますから御都合がおよろしうござりましたら御在宅を願上げます、森田様行ハ又別の日にいたしたうござりますが一ぺん御目にかゝり御許しの御言葉をいたゞきませぬと仕事が手につきませぬのでござります何卒〳〵御憐愍下されましてあのことハ御かんべん下されますやう懇願申上ます
あの夜かへりに自動車で根津様と行ちかつたやうに存じますが何も仰つしやりませんでしたそれも心配でこさります

三十日　潤一郎

御寮人様
侍女

御手紙ありがたく〳〵存じました、実ハこちらからもたけに持たせてやらうと存じまして別紙の如き手紙を書きましたところでございます、
本屋の方から出版の仕事を急がされて催促してまゐりました（蘆刈の清書でございます）ので大阪行きハ二三日御待ち下さいまし、しかし兎も角明日午後一寸でも御顔を見に上りたう存じます故御差支ござりませなんだら御在宅下さいませ
今日の御手紙の御文章いつもに似ずごていねいな御言葉づかひをしていらつしやいます、何だか又水くさいやうな気がいたします、どうぞ改まつた御言葉は御やめ下さいませ、御願ひいたします
では明日万〻
卅日　　潤一郎
御寮人様
　侍女

＊　神奈川近代文学館所蔵
＊　昭和八年四月に創元社から刊行された自筆本『蘆刈』の奥書に「右一巻拠テ下所二自作ラル一之物語ニ上浄書畢シンヌ」「旹(時)昭和七歳次壬申臘月」とあり、その清書が昭和七年十二月におこなわれたことが分かるが、これはその仕事の直前のもので、しかも「明一日」といった表現から十一月三十日と推定できる。

## 二九　昭和七年十二月三日　潤一郎より松子

表　県下武庫郡本庄村西青木三三二ノ一　木津ツネ様方　松子御寮人様　親展〔消印7・12・3〕

裏　十二月三日〔印　兵庫県武庫郡魚崎町横屋西田五五四　谷崎潤一郎〕

昨日御玉章有りがたく頂戴致しました実はあの晩もどうなたことかと御案じ申上て居りましたが清太郎様御いで下され安心いたしました

御寮人様はじめ御嬢様方に別条もおありなさりませぬなら私なぞは許すも許さぬもござりませぬ、清太郎様も今度は禁酒をすると仰つしやつておいでゞすから果して実行出来るかどうか今後の様子を見て居りませう、ほんたうにあんなことがつゞくやうでは一日も御辛抱が出来ないのはあたりまへでございます、殊に御寮人様の御体は普通の女の人とはちがつていらつしやいますから御疲労も亦格別かと存じます

御言葉の通りあれ以来私は酒はつゝしんで居ります昨夜　御寮人様の御写真を取り出しほんたうに涙を浮かべることか出来ましたから何卒〳〵お許し遊ばして下さいまし、

どうもあんなことがありましたので青木の御宅へ伺ひますことは何となく気おくれがいたします　つきましては御言葉に従ひなるべく早く仕事を片づけまして神戸で御目にかゝるやうに致したく又手紙にて御打ち合はせをいたします、尚昨夜丁未子と妹尾様夫婦と四人にて相談いたしました結果こちらも大いに話がはかどつて参りましたか御目にかゝりまして詳しく申上ます

昨二日夜七時前後しげ子御嬢様ともう御一と方と自動車で灘中前のところを旧国道の方へいらつしやりはしませんでしたか、妹尾氏夫婦と私と国道を歩いて居りまして御嬢様に似ていらつしやるやうに思ひました

十一月三日夜[ママ]

潤一郎拝

御寮人様

侍女

## 三〇　昭和七年十二月　潤一郎より松子

表　松子御寮人様
裏　谷崎潤一郎

証

私事先般丁未子と双方合意を以て離別仕候　然る上ハ貴女様自由の身と御なり被成候節ハ適当の時を撰び万難を排して結婚可仕候　右為後日誓約仕候也

昭和七年十二月吉日

谷崎潤一郎〔印〕

松子御寮人様

証

私事

御寮人様と結婚致候上ハ世の常の夫婦のわくにハ存ぜず　御寮人様を御主人様と存じ何事も不平がましき事を不申忠実に御奉公申上べく候　右為後日誓約仕候也

昭和七年十二月吉日

谷崎潤一郎〔印〕

松子御寮人様

## 三一　昭和七年十二月十二日　潤一郎より松子

表　県下武庫郡本庄村西青木三二ノ一　木津ツネ様方　松子御寮人様　御直披〔消印7・12・12〕

裏　十二日朝〔印　兵庫県武庫郡魚崎町横屋西田五五四　谷崎潤一郎〕

先夜の御話のこと其の後どう遊ばしましたかと御案じ申上げて居りますが　御たよりを頂きませぬので無事御暮し遊ばしていらつしやいますこと、存じ愁眉を開いてをります
御寮人様のやうな御方が仮りにも手荒な待遇をお受けなされましてハどんなに御辛いことかとそれは〳〵御察し申して居ります、結構に御育ち遊ばした方にそんな御辛い目を御見せ致しますのも皆私のことが原因かと思へば有難いやら勿体ないやらで涙がこぼれます、もう近いうちに何とか致します故何卒〳〵ほん暫くの間御辛抱願ます
本日（十二日）〔挿入　妹尾さんの〕都合さへよければ一緒に堺の三輪神社へ参り方除けの祈禱をいたして参ります、勿論日がへりでござります、妹尾さんの方の都合では或ひハ十三日になりますかも知れませぬ、それで十四日か五日に神戸の詮蔵様(ママ)オフイスへ伺ひ度、その節は前以て電話で御都合伺ひますからハイウエーででも御待ち合はせ願ひ御一緒に御訪ねいたし度存ます、尚〻その日に根津さんにも御目にかゝり奥様のことを申上けようと思つて居ります　いづれ後便にて万〻申述べます、
和嶋の所より銀の皿が出て参りました由　安心いたしました

御撮り遊ばした御写真早く拝見いたしたいものでござります、
十二月十二日
潤一郎拝
御寮人様
侍女

＊日本近代文学館所蔵

三二　昭和七年（推定）十二月（推定）十九日　潤一郎より松子

表　松子御寮人様　親展
裏　十九日夜　潤一郎拝

先夜御寮人様へ酒の勢ひで告白致しましたことがまだ気になつて居ります、それでも御機嫌を損ぜず却て御慈悲深き御言葉を頂きまして有難く存じて居ります、大阪へ参りましたらバ毎晩あのやうにして御相手出来るかと思ふとその日が待たれてなりませぬ、たけなども私同様に御寮人様を御慕ひ申し早く大阪へ御供したいと妹尾さんに申しました由にござります
毎日ぢいやさんを御かし下さいまして有難く存ます
北野さんの絵は出来て参りました　しかし御顔が私の見るところでハ御寮人様にあまりよく似てをりませぬのが物足りなうござります
離婚手続きの書式も健ちやんが書いてくれました、しかしこれは今度御目にかゝりました節に御渡し申し

まして私より詳しく御説明申上げました方がよろしからうと存じます、
移転等のため「あしかり」の清書がまだ出来ませぬのでこれを全部してしまひましてから参上いたします
二十三日午後には伺ひます、電話をいたしませなんだらその日に伺へると思つて頂きます（ソノ時までに
御申つけの和歌を考へておきます）
松山様の方何卒重ねて御願ひいたします、尚大阪の家にて必要の品〻を御書き記し置き下され度ぽつ〳〵
買ひそろへておきたうござります
妹尾夫人より預かりました御進物ぢいやさんに持たせ御届いたし升
十九日夕

潤一郎拝

御寮人様

岡本の所ハ過日申上ました通り
　武庫郡本山村北畑天王通り
でございます、念のため書きそへます

＊　稲澤秀夫『秘本谷崎潤一郎　第四巻』所収
＊　次便の二十日付の書簡に「一日も早う大阪の住居をきめたうござります」とあり、「二十三日拝顔の節」とあって、内容が照応しているところから十二月十九日と推定した。

三三　昭和七年（推定）十二月（推定）二十日　潤一郎より松子

表　松子御寮人様

裏　二十日　谷崎潤一郎

御手紙と御写真ありかたう存じます、私とても何やら今度は他人の家にでもおいて貰つてゐるやうで落着きませぬ、一日も早う大阪の住居をきめたうござります
早速よろこんで頂きたいのは正月神戸松竹劇場にて福助が私の芝居（お国と五平）をいたします、元日より七日まででござります、これは是非御一緒に御供いたし楽屋を訪問、福助に紹介して頂度存ます、外に魁車と重三郎が出演いたします
松山さんの家あまり広すぎます由、他に御心あたりがこさりませうか如何でござりますか、二十三日拝顔の節詳しく御相談いたし度存ます

潤一郎拝

御寮人様

侍史

＊　神戸松竹劇場での「お国と五平」の興行は昭和八年一月。

三四　昭和八年（推定）一月（推定）八日　潤一郎より松子

表　松子御寮人様　親展

裏　八日　潤一郎拝

先日はいろいろと御苦労遊はされまして御傷はしう存じ上げます、これもひとへに私の行きとゞきませぬためでござります何卒〳〵御ゆるし遊はして下さりませ

扨又こゝに何とも申上にくうござりますが東京雑誌社の方の仕事が予定以上に増加いたしました、私は中央公論だけを片づけましたらよいつもりて居りましたところ「改造」の方よりも原稿の依頼がありその上に又例の創元社の出版物の校正が出はじめ此のところ毎日社員が印刷工場と私の家とを往復いたして居りますやうな次第でござります

つきましてハ明九日奈良へ御供いたしますやう私も楽しみにいたして居りましたが今四五日先へ御延はし下さいますやう幾重にも〳〵御願ひ申上げます、

御寮人様にも折角明日を楽しみにして御いで遊ばしましたところを御言葉にそむきまして何とも重ゝ恐れ入りますが何卒〳〵事情御察し下さいますやう願ひ上げます、決して〳〵仕事以外のことにつきましてハ絶対に御寮人様の思召しにそむきましたり御言葉を返したりすることはいたしませぬが已むを得ぬ事情と思召し御ゆるし願ひたうござります

兎に角明日午後一寸御伺ひいたしまして御相談申上ます、借家のことにつきましても申上たいことがござります、万事明日拝顔の節申述べます

八日　　　　潤一郎拝

御寮人様

侍女

＊　芦屋市谷崎潤一郎記念館所蔵

＊　谷崎は「若き日のことども」（のち「青春物語」と解題）を「中央公論」昭和八年三月号で完結させているが、同年三月号から「『藝』について」の連載を「改造」誌上ではじめている。そして、この年の四月に創元社から限定版の自筆本『蘆刈』の刊行をしているが、こうした状況からこの書簡は昭和八年一月八日と判断することができる。

＊　またこの日には松子からの手紙を受けて、この後に掲げるように夕方にもう一通の手紙を書いたようだが、「創元社の社員」が訪ねてくること、翌九日の午後には必ず「伺ひます」と約束していることなど、内容的に符号している。

＊　先の宛先、自署の書き方から判断しても、八日の可能性は昭和七年十一月、十二月、昭和八年一月と三回に限られるが、最もふさわしいのは昭和八年一月八日ということになる。

## 三五　昭和八年（推定）一月（推定）八日　潤一郎より松子

表　松子御寮人様　親展

裏　八日夕　潤一郎拝

御手紙を唯今拝見いたしましてびつくり致しました、もはや根津様の感情も静まつてをられること丶存じましたのに其の後もあの日のやうなことがつゞいてをりましてハ私も安心して仕事することが出来ませぬ私故に

御寮人様に何処まで御苦労をおかけ申しますことかと勿体なく胸がつぶれます、唯今私自身直ちに御伺ひ

いたしたいのでござりますが今夕創元社の社員が来訪することになつて居りますので、兎に角明日まで御待ち下さいまし、御一緒に何処ぞへ参りましてそこで仕事を致しましてもよろしうござります、さうしなければ私も何事も手につきませぬ、必ず明日は御心のすむやうに工夫いたします故　私が参上いたしますまでじつと御辛抱遊ばして御待ち下さりませ、午後二三時頃までにハ伺ひます

先は取急ぎ御返事申上ます

何事も〳〵拝顔の上申述ます

尚〻今夜ハ創元社の社員と共に外出いたしますかも知れませぬ故御返事ハ明日御目もじの上伺ひますから御認め下さりませんでも結構でござります

八日夕

潤一郎拝

御寮人様

侍女

源氏物語のうちこれだけ御届けいたします、まだ荷物をほどきませぬので後は後日取り　そろへます

＊　昭和七年十二月に兵庫県魚崎町横屋西田五五四から武庫郡本山村北畑天王道へ引っ越しており、それ故に「まだ荷物をほどきませぬ」なのだろう。前便との関係もあって昭和八年一月と推定した。

## 三六　昭和八年一月十三日　潤一郎より松子

表　県下武庫郡本庄村西青木三二ノ一　木津ツネ様方　松子御寮人様　親展（消印8・1・14）
裏　十三日　武庫郡本山村北畑天王通　谷崎潤一郎

先日は私といたしましてつい身の程を知らぬことを申上げ御勘気を蒙りますところを御許しを頂きまして有難く勿体なく存じます、かりにも
御寮人様に対し何やら御意見がましきことを申上げましたのは全く私の粗忽でござります、決して御寮人様を軽んじたわけではござりませぬが、御叱りを蒙りましたのでどうしたらよいか自分で自分が分らなくなりましてうろたへたのでござります、
御寮人様は「妾が其方を捨てるなら格別、其方の方から余所へ嫁に行らつしやいと云ふのは僭越だ」と仰つしやいましたが、私は決してそんなつもりで申上げたのではこざりませぬ、何で私がそんな罰あたりな、分に過ぎたことを申しませう、
万一御寮人様の御勘気に触れ御側において頂けないやうになりましたら、自殺いたしますか高野山へ入つて坊主になるか二つに一つときめてゐるのでござります、これだけは今からハツキリ申し上げておきます、
そしてそんな場合にも、口に筆に、
御寮人様の御徳をたゝへて死にたいと思つてをります、自分は
御寮人様といふ世にも稀なるお方様のお蔭で今日まで生きて来た、自分の芸術も
御寮人様のお蔭で出来た、と申すことを此の世に云ひのこして死ぬ覚悟でござります、
それにつきましても今度と申す今度は身にしみ〴〵と悟つたことがござります、と申しますのは、

御寮人様はさすがに大勢の男女を召し使つていらつしやいましたせゐか、奉公人の心の中を鏡にかけて見るやうに御存知なされまして不都合な点は直ぐに御見つけ遊ばして御叱りなされ、又骨を折りましたときはおやさしい御言葉をかけて下さいます、

御寮人様は決して理由のない時に御叱り遊ばすやうなことはなく、見とゞけるところはちやんと見とゞけてゐて下さいますことがよく分りましてございます、おやさしく、御立派なばかりでなく、世が世ならば本当に万人の主とおなりなされますやうな器量をお持ち遊ばしていらつしやいますことに、心づきましてございます、正直を申しますと、主従とは思ひながら、まだ先日までは何処か心の奥底に多少夫婦と思ふやうな感じが残つてをりましたが、先日手をつかへて畏まつてをりますうちに、自然とそんな生意気な感情は根こそぎ清算されてしまひました、もはや私は腹の底から御家来でございます、どんなときにも夫として御相手をいたすのではなく、召し使ひとしてお伽を勤めるのでございます、これは御寮人様がさう云ふ風に私をお躾けなされたといふよりも、

御寮人様に備はつていらつしやる御徳のためでございます

〔欄外　御寮人様のことを聴き分けがないなどと申しましたのは、その実自分の方が物の道理が分るといふ風に慢心してをりましたのでございます、わたくしこそ却つて御訓戒を頂くべきでございます。〕

御寮人様から御覧になりましたらば嘸かし私を気転の利かぬ阿呆な奴と思し召すことでございませう、私も今迄自分をこんなに愚かとは思つてもをりませなんだのでございますが、

御寮人様の前へ出ますと何やらすつかり奉公人根性になりまして、急に自分が卑しく、哀れに見え、十七八の丁稚のやうにいぢけてしまふのでございます、そしてたまに御やさしい御言葉を頂きますと有難さが骨身に沁みるのでございます、うれしいにつけ悲しいにつけ涙がむやみに出て参りますのも少年の昔に返

つたやうな気がいたします、ほんたうに、何卒これからは私を年下の丁稚と思召して下さいませ、そして礼儀作法や言葉づかひ等すべて大阪のお店風にお仕込み遊ばして下さりませ、勿体ないことでございますが、何卒わたくしといふものを御自分様の手足のやうに思し召して御召し使ひ下さりませ、今に私も、御寮人様の御顔の色、御眼の色を見たゞけですぐに御気持ちを酌み取り御用を足すやうになりたうございます、日常の御身のまはりのこと一切を弁じまして、私がゐないと片時も不便で困ると思し召して頂くやうになりたうございます、

御寮人様、これが私の心を入れかへました第一信でございます、一両日中に第二信を差上げます故何卒又それを御読み遊ばして下さりませ、まだもう二三日仕事が片づきませぬので、今日はこれで失礼させて頂きます

十三日　　　　　　　　　　潤一郎拝

御寮人様

侍女

## 三七　昭和八年（推定）一月（推定）十六日　潤一郎より松子

表　松子御寮人様　親展

裏　十六日　潤一郎拝

御寮人様、もはや今日で五日間も御暇をいたゞいてをりまして重〻相すまないことでございます、明十七日午後にはどうあつても一度御機嫌を伺ひに出るつもりでございますが第二信を差上げます御約束をいた

しました故この文を御末に持たせてやります、その後
御寮人様には如何御くらしでいらつしやいますか、根津様も乱暴なことはなさいませぬか、私はそればかりを御案じ申上げてをります、そして仕事をいたしながらも時〻ぼんやりと御寮人様の貴き御姿を胸に浮かべて考へ込んでをります、（家来の身としてこんな勿体ないことを申しますのを御許し遊ばして下さりませ）わけても忘れられないのは先日御叱りを蒙りました時の御言葉の数〻でござります、今でも私は御寮人様の御前に手をつかへてゐるやうな気持ちでをります、此の気持ちさへ一生たゆみなく持ちつゞけましたら御奉公にも誤まりがなく勤められることと思つてをります、先日も申上げましたやうに、「潤一がゐないと不便だ」と思し召して頂けるやうになれると存じます、それから、一つ
御寮人様へ御願ひがあるのでござりますが、今日より召し使ひにして頂きますしるしに、
御寮人様より改めて奉公人らしい名前をつけて頂きたいのでござります、「潤一」と申す文字は奉公人らしうござりませぬ故「順市」か「順吉」ではいかゞでござりませうか。柔順に御勤めをいたしますことを忘れませぬやうに「順」の字をつけて頂きましたらどうでござりませう。「潤一」の文字は小説家として売り込んでをりまする故　対世間的には矢張りそれを使ひますことを御許し下されまして、
御寮人様と御一族の御嬢様方は新しい文字を御使ひ下さいましたらバ有難う存じます、どうぞ御考へおき遊ばして下さりませ、尚〻白状いたしますが、私の倚松庵といふ号は勿論のこと、花押の「[花押]」といふ字も御名前の「松」の字を取りましたのでござります、しかし花押は自分の名前の下へ書きますもの故、勿体ないと存じますので、近いうちに改めるつもりでをります
源氏湖月抄及び現代訳の第二巻を御届けいたします、今の世に、
御寮人様ほど源氏を御読み遊ばすのに似つかはしい方がいらつしやいませうか、源氏は御寮人様が御読み

遊ばすために出来てゐるやうな本でございます
では明日午後に御伺ひいたします故　御目通りを御許し遊はして下さりませ、
あゆ子、お末、終平、岡さん等にもはや妹尾さんより全部打ち明け了解ずみでございますからそのお思し
召しでお末にも御言葉をおかけ下さりませ、尚〻他日適当な機を見まして、御主人としてお仕へ申すのだ
といふことも私から話さうと存じてをります、
十六日

潤一郎拝

御寮人様

侍女

＊『倚松庵の夢』二一四頁（部分）
＊前便に「私の心を入れかへました第一信でございます、一両日中に第二信を差上げます」とあり、その「第二信」がこれにあたるところから推定。

**三八　昭和八年（推定）二月四日　潤一郎より松子**

表　松子御寮人様　親展
裏　二月四日　じゆんいち

昨日は御電話下さりましたところ妹尾氏よりすぐに知らせてくれませなんだのでもう御出ましになりまし
たあとへ電話をかけるやうになりまして何とも申訳なく相すまぬことでございます、返す〳〵も私がぐず

〱致して居りましたのでハござりませぬ、妹尾氏より知らせてくれますのがおくれましたのでござります、何卒〱右事情偽りはござりませぬ故御ゆるし遊ばして下さりますやう合掌仕升、尚ゝあゆ子とお末とが神戸へ髪を結ひに参り大変節分のことゝて客が多く、帰りがおくれましてとても小出様へ参ります時間もなくなりましたので失礼いたしました、これも幾重にも御ゆるし下さりますやう偏へに御慈悲にすがります次第でござります

あゆ子とお末を本日御機嫌伺ひに参上いたさせます、日本髪の様子を御笑ひ草までに御目にかけますのでござります　あゆ子ことは私と同様に

御寮人様を崇拝いたして居りますやうに見受けられます、

御寮人様の御生れの貴いこと、決して〱尋常の御方ではないこと、かりにも母などゝ思つては罰があたること、御主人様と思はねばならぬこと等、そのうち詳しく申しきかせますつもりでござります故何卒〱私同様に召使ひと思召し御取扱ひ下さりますやう御願申上ます

明五日は松葉さんが御一緒の由、私は妹尾様と御寺へ参りあちらにて御目にかゝり度存じます、(丁未子は宝塚のオペラへ行くと申て居ります、) 松竹座へ御供いたしますのになるべくなら松葉さんと別れてしまひ度存ますが如何でござりませうか、或ひはお寺を別ゝに出て松竹座にて御目にかゝるやう致ませうか、詳しくはお寺にて御相談申上度万事御指図遊ばし下さりませ、長らく勝手をさせて頂きましたので明日は楽しみにいたして居ります

尚ゝ私はもうとても丁未子と一緒に居りますのがイヤでござります、早速家が見つからねばホテル住まひでも何でも致ます

万ゝ明日申上ます

二月四日
順市拝

御寮人様
侍史

仏蘭西物の小説と戯曲御退窟しのぎに御覧遊ばして下さりませ、マルセル・アシヤールの戯曲は一寸面白うござります

＊「順市」の署名は前便の昭和八年一月十六日以降の使用である。

三九　年月（不明）二十七日　潤一郎より松子

表・裏　不明

一昨夜はわたくしの申状ふつゝかのため御機嫌を損じまして重々恐入つて居りますことでござります
あの場合いつまでもお相手をいたして居ります方が御気に召しますかと存たのでござりましたがそれにては
御寮人様御病中故いよ〳〵御興奮遊ばし御体に触るやうに存じましたし階下の皆様方にも気がねいたしましたのでわざと駈けて出ました次第でござります
御寮人様の御ためを思ひましたのでござりますが私として御言葉にそむきました段重々の失態でござります、定めし一方ならぬ御立腹のことゝ存じ此のまゝ御目通りへ出ますことが恐ろしうござりますけれども

何卒〳〵御慈悲を以て御かんべん被遊わたくしの申上ますことを今一度御きゝ取り下されましたら有がたう存じまする。
此の手紙が着きますのは明二十八日朝と存じますが、同日夜参上いたします故、何卒〳〵御会ひ下されまするやう、——もし御目通りがかなひませなんだら御廊下の外、又は御次きの間よりなりとも私の申上ますことだけを御きゝ取り下されますやう御願ひ申上ます
唯今これより園田のところへ参ります故取急ぎ失礼いたします
廿七日
順市拝

＊『湘竹居追想』四五頁より、詳細不明。
＊この書簡は差し出しの年月日が示されずに、昭和九年三月以降の打出時代のものと読めるように提示されているが、それに関しては疑義がある。ここで「園田」に言及しているが、園田の話は根津氏の借金に絡んだものだったようで、この後にしきりに言及されるけれど、打出時代の書簡からはいっさい見られなくなる。昭和八年二月の可能性が高い。

## 四〇　昭和八年（推定）三月（推定）三十一日　潤一郎より松子

表　松子御寮人様　親展
裏　武庫郡本山村北畑　谷崎潤一郎

わたくしのことにそんなに御こゝろ御使ひ遊ばして下さいまして何とも恐入りましてござります、書きか

へますのに手形用紙が手もとにござりませぬので、こゝに実印を封入いたします故適当に園田氏に書いて貰つて下さいませ、署名は
谷崎潤一郎
かうと云ふ書体で書いてくれますやうこれを見せて御頼み下さいませ、住所は本山村北畑でござります、
期限は今後一週間にて結構でこさります、実際は五日以内にて充分と存じて居ります、実印は今度参上致
すまで御預り置下さいませ、
本日お末に大丸の払ひ持たせてやらうと存て居りました、こゝに封入いたして置きます、四日か五日に園
田氏の金を持つて大阪へ参ります故その節御供をさせて頂度存ます、仕事か少しおくれましたのでそれま
で御ひま頂かせて下さいまし、
御寮人様かわさ〳〵御いで下さいますとは何とも返す〳〵恐入りましてございます、御腹はもはや御痛み
遊はしませぬか御伺ひ申上ます

卅一日

順市拝

御寮人様

サインの書体封筒の裏を御見せ下さいましても結構でござります

＊ 芦屋市谷崎潤一郎記念館所蔵

＊ この書簡はまったく年月が不明なものだが、「園田氏」にかかわるものとして、仮にここに置いてみた。後便

と内容において符合しており、三十一日の日付から昭和八年三月か五月ということになるが、三月である可能性が高い。

## 四一　昭和八年（推定）四月（推定）一日　潤一郎より松子

表　御寮人様　親展
裏　一日　順市

園田氏へ御立寄下さいました由　何とも恐入有難く存上ます　御蔭様にて安心して仕事が出来ますでござります　五日の件確に承知仕りました
長襦袢も早速拝見致しました、実に〱シヤレた御召し物でござります、私にハもつたいないようござりますが折角故頂戴致ます
でハ五日に万〻申上ます
一日

順市

御寮人様

実印たしかに頂戴致ました

＊　この書簡もまったく年月が不明なものだが、前便を受けて書かれたものであること間違いない。おそらく園田氏から借りた金の手形を谷崎が保証人になることで書きかえ、五日まで延ばしたものと思われる。前便にあ

る「四日か五日に園田氏の金を持つて大阪へ参ります」とあるのはそうした意味だと思われるが、そのために貸した実印の返還を受けて書かれたものと考えられる。

**四二　昭和八年（推定）四月八日　潤一郎より松子**

表　松子御寮人様　親展
裏　四月八日夕　潤一郎拝

今日は一日いやな雨でこさります　然し此の雨にて京の桜も美しく綻び御花見の御供が出来ますこと、思へバ今のうちに沢山降つておいて貰ひたうござります　鮎子ハ御陰様にて無事出立いたしましてござります　梅田駅へハ御こしになりませなんだ由　多分大阪城行御やめに遊ばしたこと、存じます、あゆ子の着物ハ大丸より直接東京へ送つて貰ひましたらバ却て便利と存じますが如何でこさりませうか
扨今朝帰宅後中央公論社より速達便参り急に仕事を急かねバならぬ結果となり明日の御能は勝手ながら止めさせて頂きます訳には参りますまいか、是非に御覧遊ばしたき思召でこさりましたらバ何とか用事繰合はせますでござりますが一日も早く京へ参りたうこさりますのでもし明日ハ止めてもよいといふ御許しがこさりましたら有難い事に存じますでござります、明朝までに御返事かござりまなんだら御許しを頂いたこと、存じそのつもりにて仕事いたします、（尤も園田の件もごさりますので明日一寸御電話いたすつもりでこさります）
今日白髭嬢へ手紙を出しなるべく十日までに来て貰ふやう頼むつもりでござります、その返事来次第京都行の日を確定いたしまして御打ち合せに参上いたします
四月八日夕

順市

旦那様

侍女

＊　昭和八年四月八日の大阪地方の天気は雨。文面からすると、いまだ五日に予定された園田氏へ返還が済んでいないようである。

## 四三　昭和八年（推定）四月十一日　潤一郎より松子

表　松子御寮人様　侍女

裏　四月十一日朝　順市

御手紙下しおかれまして有難く存じます

勿体なき御身を以てわざ〳〵園田へ御越し下され殊に病院の時間にお連れ遊ばしました由恐入りました事でござります　私さへ忠実に御奉公致してをりましたら随分御やさしき御主人様でいらつしやいます　身にしみて有難く存じます　それにつけましても益〻精を出して御奉公いたしませねば罰が中ることでござります

御言葉に従ひ手形封入いたしましてござります　金子三十五円は二三日中に郵便為替を以て園田氏事務所へ送ります故　御寮人様御威光を以て一と言仰つしやつて下さいましたら有難く存じます　矢張り何事もいざといふ時は御威光にすがるより外はござりませぬ、尤も決して長引きはいたしませぬ、二三日乃至四五日で大丈夫でござります園田の方が駄目でこさりましたら御寮人様病院の御費用如何遊はしますか心配でござります　有馬行の費用を使はねば宜しうござりましたが　然しあの一日の清遊には換へられぬ気もいたします
御子様方御病気の由何かとそれからそれへ御心痛の段拝察いたします　それでハ京都行の方も幾らかおくれますやうな御都合にはなりませぬかと存ますが如何でござります　私も中央公論間に合ひますやら疑問になりましてござりますが兎に角締切一杯書いてみて十二日夜か十三日午後参上いたし京都行の事やその他一寸金策の必要が生じましたのでいろ〳〵御相談申上ます
四月十一日朝

順市

旦那様

侍女

＊昭和八年四月七日付の嶋中雄作宛書簡に「小生は十日頃に京都の郊外の某寺の一室を借りて約一ケ月程立て籠つて仕事をするつもり」とあり、四月十日付の書簡には「京都行は今一回書きたる後にいたすやも不知候」とある。園田、中央公論、京都行など前便からの流れを受けて書かれている。「春琴抄」の後半部分は、松子の父安松が親戚のものと建立した京都の高雄山の地蔵院という尼寺で執筆された。

**四四　昭和八年（推定）四月十六日　潤一郎より松子**

表　御寮人様　親展
裏　十六日夕　じゆんいち拝

今朝は何事もござりませなんだ由　それにて私も夜中御側に御附添申上げましたかひがござります　私如き者にても少しはお役にたちましたのがうれしうこさります
○先程は電話で申上けられませなんだが留守中園田氏より手紙参り根津氏の話では手形金額を送つた由だが未だ着かぬ早〻に送れとの文面であります　手形金額と云ふのは手形利子の意味なりやそれならば早速送れますが額面金額即ち元金の意味のやうにも取れます、此点根津様に一応御きゝ下さいませぬか、元金の請求ならば京都行を延ばし東京へ行つて来るより外に方法はござりませぬ、利子の意味ならば明後日は送れますから留守中にてもお末によく命じておき明日京都へ参れるのでこざります
○手形百円こゝへ封入いたしました　岡本の家の方の払ひも滞つて居りますのでなるべくなら十日乃至十五日間の期限にして頂き度日附のところをあけてござります　利息も十円程度ならばガマンいたしますがそれ以上でしたら断然やめにいたしたうござります　留守にいたします故岡本の方の払ひも致しませぬといかにも出にくいのでこさります　（十八日と二十五日頃と二回に金か届きます、その十八日の方のを全部家の方へ廻し、二十五日の分を以て村瀬へ返したいのでござります、さうでなければ兎に角十八日金かつきましてからでないと家を投けやりにしてゐるやうにて都合悪うこさります御憫察下さりませ）
○明日大阪にて金子お出来になりましたば（ママ）一旦御帰宅遊ばし金子二十円程私へ御届け下さりませぬか、御耻かしうこさりますが出かけるのにも一寸も金がなくて困つて居ります、家へは明後日入金する故五円も置いておけバ沢山でごさりますが私の電車賃等が心細いのでこさります、（余は御持参下さりませ）明日午後ならば何時にても宜しうこさります故新京阪天六駅にて御待ち合せいたしたうござりますが如何でこさります、

○右様の次第につき園田の事、時間の打ち合せ等　明日小づかひを届けて頂きます時に御手紙にて御申越し下さりませ、（日限は十日で大丈夫ではこさりますが東京より取り寄せ又大阪へ送りますので十五日間にして頂いた方有難く存ます）

四月十六日　　　　　　　　　　　　順市

旦那様
　侍女

〔欄外　たけの事誠に不都合にて相済みませぬ私より重ゝ御詫び申上けます、御目にかゝり詳しく申述ます〕

＊園田、京都行など、やはり前便からの流れを受けており、これによれば園田の話は根津氏の借金に絡んだもので、「春琴抄」執筆のための京都行も金銭的に余裕をもってなされたものでないことが分かる。

## 四五　昭和八年四月二十日　潤一郎より松子

表　兵庫県武庫郡本庄村西青木三二ノ一　木津様方　根津松子様　親展　書留（消印8・4・21）
裏　四月廿一日　京都市右京区梅ケ畑村高雄山　地蔵院

無事に御帰館被遊ましたことゝ存しますが離れて居りますと又根津様が乱暴されはせぬかとそれのみ心にかゝります、御病気は如何でいらつしやいませうか、これも御案じ申上けます
当方は庵主様がよく気をつけられ実に〳〵親切にして下さりますこれも御先代森田様の旦那様並に御寮人

様の御威光に依りますこと丶身にしみて有難く存じます今後も何かにつけ
御寮人様の御威光にすがらなければ関西の地で暮らしては参れませぬ先日小川氏（夙川の姓名判断をする人）に見て貰ひましたら私は東京へ帰つては駄目、関西に居なければ運が開けぬと申されました矢張り御寮人様の御袖にすがり生きて行く運命にあるものと思はれます、
茲に為替封入いたしました御受取り下さりませ、尚今月大丸の払ひは如何程になりませうかなるべく早く御知らせおき願ひます　返す〳〵も御養生遊はしませ
此方に参りましてからどんなに御寮人様を御慕ひ申上て居りますか自分で自分がよく分りましてございます、私の生命も肉体も皆
御寮人様のものでございます何卒御自由に私をお使ひ遊ばして下さりませ何卒〳〵御寮人様のために命を捨てるやうになりたうございります

四月廿日夜

順市

御寮人様

侍女

〔欄外　私は廿五六日頃一寸岡本へ帰るつもりでございります、そして又御寮人様の御供をいたし山へ戻りたうございります〕

＊『湘竹居追想』三五頁

## 四六　昭和八年（推定）五月（推定）十四日　潤一郎より松子

表　松子御寮人様　親展
裏　十四日朝　潤一郎拝

その後お腹の御痛みは如何でいらつしやいますか本日は徳岡様へ御いでになれますか御案じ申上げますおいでになりましたらおついでに盲腸の方も診察してお貰ひ遊ばしたら如何でござりませう兎に角大東への返金五十円茲に封入いたしました、昨夜あれから妹尾氏岡氏丁未子などゝ相談いたしました兎に角当方も一段落つくことになりましてござります詳しくは明日申上げることにいたします
昨日はたいそう御泣き遊ばしたので何とも御傷はしく勿体なく存じましたほんとうに〳〵御寮人様のやうなお方が今日のやうな御不自由な御身におなり遊ばしたのは貧乏人が貧乏するより十倍も二十倍も御痛はしうござります、まだ御生れになりましてから今日のやうな御苦労は御始めてゞござりませう、御父様や御母様は御寮人様をこんな御苦労にお遭はせ申さうとハ夢にもお考へにならなかつたでござりませう、それを思へば御泣き遊ばすのも御尤もでござります
あゝいふ御様子を拝みますと私風情も胸が一杯になりたとひどんなことをいたしましてもせめて此のやうな貴いお方さまを浮世の時風にあてないやうにいたしたいと思ひ又顧みて自分の腑がひなさが腹立たしくなるばかりでござります、しかし目下は何や彼や未解決にてそのため私めも心労多く雑務に時間がつぶれまして思ふやうに仕事がはかどりませぬけれどもやがて一箇月後万事決定いたしましたら必ず〳〵何を置きましても日〻規則的に机に向ひまして毎月七八百円乃至千円までハ稼きたいと思ひます又是非さういたしますことでござります自分が怠けさへせねば依頼の仕事は困る程沢山あるのでござります、一日に三四

枚書きましたら月千円は楽でござります、此のやうな所帯のことなど申上げまして失礼の段誠に恐入りますけれども子供と弟と丁未子の仕送りを除きまして他は悉く御役に立て丶頂きましたら有難うございます昔の御身分を考へましたらそれ程の物は何の足しにもなりませぬけれども私はさうでもいたしますより外はござりませぬ私に百万円の財産がござりましたら皆御用に立て丶頂き自分は下男部屋にでも住み込ませて頂きますものを、さうしましたら忠義な家来となれますのに残念でござります、唯粥をすゝりましても御寮人様の御身の周りだけは御不自由のないやうに致度ございます、ずつと以前にも、万一根津家が没落するやうなことがあつたらあの奥様はどう遊ばすであらうそんな時には女房子供を下女に使つて頂き自分も御奉公申上げて貧乏の味だけハいつ迄も御存知遊ばさぬやうにしたいものだといつも〳〵そんな事ばかり考へてゐたのでござります、御寮人様に大切に御仕へ申したといふことが自分の藝術と共に後の世までも長く〳〵語り草として残るやうになりましたらどんなに楽しうございませう何卒〳〵此れから後も御気分のすぐれませぬ時はたんと私めにおむづかり遊ばしてせめて御気散じを遊ばして下さいませ　昨夜は徹夜をいたしまして唯今午前六時でござります　これにて御免遊して下さりませ

十四日朝

順市

旦那様

侍女

＊　昭和九年五月六日付の笹沼源之助・喜代子宛書簡（『全集』書簡番号一四六）に丁未子との別居から松子との同棲にいたるまでの経緯を報告しているが、そこに「丁未子とハ昨年五月媒酌人及び妹尾氏夫婦立会の上にて

事実上離婚したる証書を双方並びに立合人全部取交し申候」とあり、「昨夜あれから妹尾氏岡氏丁未子など、相談」とあるのはこのことを受けていると思われる（丁未子との結婚の媒酌人は岡成志）。

## 四七　昭和八年五月十六日　潤一郎より松子

表　兵庫県武庫郡本庄村西青木三三ノ一　木津ツネ様方　根津松子様　親展（消印8・5・16）
裏　五月十六日　東京市小石川区関口町二〇七　佐藤方　谷崎潤一郎

出立の際はこいさまより御丁寧な御手紙を頂きいろ〳〵御心配をかけまして有難う存じます、幸ひ元気にて上京いたしましたが御言葉もあり多少気になりましたので大村博士に見てもらひましたら糖が少し出るのだらうとのこと過日来衰弱の原因も判明仕りその方の手あてをすればぢきに恢復いたす由薬も貰ひました故御安心願ひます

唯今小石川宛御電報頂戴いたしました　おくれまして相すみませぬが本日八十円電報為替にて御送りいたします、尚又パラソルも鉄道便にて御送いたしましたからもう到着いたすと存升、これはたしかに御気に入ると思ひます、（金は本日漸く受け取りました次第、丁未子の方へは移転に間に合はぬと困りますので昨日偕楽園にて立て替へて貰ひましたが根津様への送金が一日おくれました相すみませぬが何卒御ゆるし願ひます）

妹尾夫人の意見として小生留守中に丁未子に転宅させた方が却て宜しからんとの事、それ故本日帰宅出来ぬことはございませんがわざと一日おくらせ明十七日夜汽車にて帰阪十八日午前帰宅、午後か夜分に参上いたします

五月十六日

順市

御寮人様
侍女

＊芦屋市谷崎潤一郎記念館所蔵

＊野村尚吾『伝記　谷崎潤一郎』によれば、昭和八年五月十六日に丁未子は「阪神沿線の御影に一軒の家を借りた」とある。

### 四八　昭和八年五月二十日　潤一郎より松子

表　御寮人様
裏

潤一

誓約

御寮人様

証

今回御寮人様の御情を蒙り夫婦之契を御許被下候段勿体なき事に存候私事一生の願を叶て頂き候上ハ永久に御高恩を不忘御寮人様の忠僕として御奉公申上げ主従の分を守り候ハ勿論私之生命身体家族兄弟収入等総て御寮人様之御所有となし被下御自由に御使用被下候ハヾ難有儀に奉存候而又今後御寮人様御心変被遊候とも決而御恨みに存不申堅く貞節を守り候間何卒〳〵御側に御召使被下候様願上候

右条〻堅く誓約仕候也

昭和八年五月廿日

谷崎潤一郎〔印〕

松子御寮人様

## 四九　昭和八年六月十七日　潤一郎より松子

表　県下武庫郡本庄村西青木三三二ノ一　木津ツネ様御内　松子御寮人様　しんてん（消印8・6・18）
裏　六月十七日夕　阪急岡本　谷崎潤一郎

御寮人様何卒〳〵先日の失礼は御ゆるし遊はして下さりませ、私の身として飛んでもないことを申上げ御怒り遊はすのも御道理でござります、もはや心の底の底までも召使ひになりきつた積りでをりますけれども矢張り昔のくせが出ましてつい身分を顧みぬ無礼なことを申上げたのでございます、それ故今後は必ず注意仕りますが奉公人の分際を忘れました場合には一ゝ御とがめ下されまして生意気な料簡が少しも残らぬやう御しつけ遊ばして下されますやう此の上とも御願ひ申上げまする、先日も家来といふのは形ばかりぢや心の底からあるじとしてあがめてゐないと仰つしやつてでこさりましたが決してそんなつもりでハござりませぬけれども唯ゝ日頃友達などに対するわがまゝなくせがヒヨイと出るのでござります、これもつまりは気が弛み心に油断があるせゐでこさりませう、現代の主従のやうではいかぬ封建の世の主従のやうにせよと仰つしやつていらつしやいましたのを今後は何処までも忘れぬやうに御奉公致します、そして御寮人様と私との今の世に珍しき伝奇的なる間柄を一つの美しい物語として後の世にまで伝へたうござりますほんたうにその覚悟で居るのでござります

御寮人様はきびしき御しつけの中にも思ひやりが御ありになり慈悲深くいらつしやいますことは此の頃に

なりよく分りましてございます、御自分様が御主人として人を御使ひ遊ばすのに細かい所にもよく気がおつきになり奉公人の苦労のある所は御察し下さいましていたはつて下さいます成るほど人を使ふにはあゝするものかなあと生意気ながらしみ〴〵有難く思ふことがござりますそして御叱りの御言葉も御折檻も皆御主人様の御慈悲てあると存じ蔭ではいつも涙をこほしてゐるのでござります

御寮人様　何卒〳〵御機嫌を御直し遊はして下さりませ、あれから後毎日毎夜御写真の前にぬかづき御詫びを申上て居りますのを御聴き遊して下さりませ、私は、原稿を書きますのも御奉公の一つと考へせめて御留守の間に少しでも仕事をしておかうと存じまして勉強いたして居ります、二十日には東京より雑誌記者か原稿を取りに参りますがそれも思召し次第にて時間のくり合せはとうにでもなるのでござります何卒〳〵一日も早う御帰り遊はしますやう御電話御待ち申上ます御留守宅の御座敷も毎日勝ちゃんが花を取りかへ御簞笥の修膳（ママ）などもいたしてくれましてございます、御洗濯物などもきれいに皆いたしましていつ御帰り下されましても宜しいやうにしてござります、（御簞笥の金具もシンチユウ研きにて研きました）御主人様のいらつしやらない家は淋しうござります故奉公人一同に代りまし（ママ）御願申上ます

十七日夕

御留守宅にて

順市

御主人様

二十日に原稿を取りに参りますが徹夜をいたしましても十九日中にハ書き終へてしまひます、経済往来と申す雑誌へ出す短篇でこさりますからぢきに書けるのでございます、もうあと十五枚程でござります

＊ 全集書簡番号一四〇

## 五〇 昭和八年（推定）六月（推定）二十六日 潤一郎より松子

表 松子御寮人様 しんてん
裏 二十六日 潤一拝

まことに相すみませぬことでございますが、銀行の時間四時迄のつもりで、午後一時頃創元社の記者が参りましたので一時間程話をいたし、三時半神戸へ参りましたらば既に締まつてをりました、依つて明朝は勝ちやんをつれて神戸へ参り金を受け取るとすぐ勝ちやんに渡して御届けいたしますが、なるべく急ぎますけれ共十二時頃になりますかも知れませぬ、〔挿入 夜分徹夜で仕事いたしますので、明け方二三時間寐させて頂きます。〕何卒御ふくみを願ひます 私は帰途岡さんへ立ち寄り丁未子への金を渡しまして午後帰宅いたします、岡さんと約束してありますので右御ゆるし願ます

恐入ますがもし中央公論御あきでございましたらば勝ちやんへ御渡し願ます

青木の仕立屋へ、先年拝領致しました袴を縫ひにやりたうございますので勝ちやんに持つて行つて貰ひます、これは、過日の紋附へ着ますのに、非常に適当と存ます

廿六日

順市

御寮人様

＊　この書簡はまったく年月が不明なものだが、「丁未子への金」は、五月十四日の媒酌人岡成志と妹尾氏夫婦の立会の上にて話しあった結果、丁未子に「毎月金百五十円づゝ仕送る約束」になったということを受けたものだろう。丁未子は五月十六日、御影に家を借りて別居し、妹のひで子とふたりで住んでいた。この書簡は昭和八年五月か六月かいずれかと思われるが、このあとの七月五日付に「丁未子へ百円、（五十円はすでに先月末遣しました）」とある関連から、仮に六月としてここに置いてみた。

## 五一　昭和八年（推定）六月（推定）二十七日　潤一郎より松子

表　松子御寮人様　しんてん
裏　廿七日　潤一

今日は一日御在宅の由伺ひましたので勝ちゃんを神戸へ同道するのを止めまして私ひとり銀行へ御使ひに参り帰途岡氏へ立寄りまして唯今帰宅仕りました、そんな次第にておそく相成り相済みませぬが御赦し願ひます
扨唯今急な支払ひを済ませまして九拾円だけ残りましたので御手元へ御収め置き願ひます、外に御留守宅の方へ二十五六円御預かり致してございます、これは当座の賄ひに取つておいたのでございます
尚ゝ月末までに多分二三百円参りますので、ハイウエーと高雄の方はそれにて支払ふやう致しますが大丸天狗等の分は御手元より御払ひ置き下されましたらば有難うございます、尤も月を越しましたらばぢきに又入金の予定でございます
今月より収支を明かにいたしまして御覧に入れるつもりでございます　そして御留守宅の方の費用をギリ〳〵にきりつめ少しにても余計御手元へ差し上げられるやうに致します勿論御留守を預かる私は、今後一

銭一りんも御許なしには私いたさぬつもりでござります、こちらへ御帰りになりましたらば明細に帳面を作つて御目にかけ御報告申上げます
御腹か御痛み遊ばします由心配致て居ります、こちらへ御帰り遊はして御休養なされました方が宜しくはございませんか、勝ちやんにいつ御帰りなされますか御知らせ下されバ幸甚でございます
二十七日　順市
御寮人様
尚〻婦人公論とオール読物号のうち御あきになつた方を勝ちやんへ御渡し願升

＊文面から前便を受けたものであることは明らかである。なお前便もこの書簡も「勝ちやん」が届けていることが分かるが、「勝ちやん」は六月十七日付の書簡にはじめて登場する森田勝一のこと。勝一の父は水野鋭三郎で、松子の父安松と堂島の株仲間でふたりは気が合い、非常に親しく交流し、昭和九年三月に、松子と同棲のために借りた精道村打出下宮塚十六への転居の際には水野鋭三郎の名義を借りている。勝一は本山北畑から打出下宮塚の時代にかけての短い期間、谷崎の秘書のような仕事を引き受け、「文章読本」の筆耕もおこなっている。

## 五二　昭和八年（推定）七月五日　潤一郎より松子

表　御寮人様　親展

裏　五日　潤一郎

其後御体の御加減はいかゞでいらつしやいませうか、あまり久しうなります故是非一度御帰り遊ばして下さいますやう願上ます、階下の西洋館の畳も、もう二三日中に敷ける筈でござります、又御居間へかけます恒富氏の絵の額も明日あたりは出来てまゐります

御留守中丁未子より便が参り病気との知らせでござりましたので岡さんと一緒に一寸御影へ見舞ひに参りました、床屋で顔を剃つたのが原因で皮膚病になり毎日医大へ紫外光線をかけに行つて居りますとのこと、しかしもう大したことはござりませんでした、私が行つて居りましたら、小出未亡人と江田さんもやつて来られました、近頃江田は始終小出さんの御宅へ伺ふ由、朝日に縁の近い人故警戒ものでござります

次ぎに会計の御報告申上げます　本日東京より一六九円届きました、このうちにて、丁未子へ百円、（五十円はすでに先月末遣しました）鮎子の静浦行の会費三〇円、今日が納付の締切日の由昨日手紙が参りましたので、以上二た口だけ、急ぎます故私独断を以て計らはせて頂きました、先日頂きました分を合はせて残金五十円余ござりますが、これは如何いたしませうか、まだ忘れて居りました電気工事の払ひ、表具屋の額の払ひ、大丸月賦、畳屋等細かいものを払ひましても宜しうござりませうか、尚此の外の重要なものは、

先月分家賃、（一と月前払ひでございますから今月分になります）

お末の子供の引き取り費用

たけの給金（これは六ケ月たまつて居ります）

八百屋の借り

等でござります、これは今後金が届き次第私一存にて払ひまして宜しうござりませうか、近日又入金があ

ると存じますので何分の御指図を頂きたうございます、尚〻一度御帰り願へましたらば詳細に申上げます、尚〻恐れ入りますが私へもほんの少〻御給料頂き度、借金がきれいになりませぬうちは、五円にても十円にても結構でござりますが、なるべくならば御寮人様より御手づから頂き度、今度御帰り遊はした時さう願へれば有難く存じます、

岡夫人に会ふ用事が出来ましたので、今夕一寸御ひまを頂き、大急ぎにて岡さんのところまで行かして頂きます、丁未子へ届ける金もその節持参いたしますが、勿論私は御影へは寄らず直ちに帰宅いたします

新青年こいさんへ御届けいたします

御留守をいたしてをりまして、今度といふ今度しみ〴〵分りましたことは、たとひ一時間にても二時間にても、一日に一度御寮人様の御側に侍り、せめてお召し物の御裾にでも触らして頂きませぬと、まるで魂のない人間のやうに相成、気が抜けてしまひまして、机に向ひましても充分感興が湧かないのでございます、御寮人様が私の全生命を御手の裡に握つていらつしやいますことが、今度で恐ろしいやうによく分つて参りました、折角仕事の時間を御恵み下さいましたのに、又斯様な勝手なことを申上げ重〻恐入りますが、もし御帰りを願へますなら、私は明日からにても、仕事の時間を早朝より午後一時位までに変更いたします、今のやうでは、まるで藻ぬけの殻のやうな人間に相成り、筆がさつぱり動きませぬ、何卒〳〵御憐み下さいませ

たけへ御返事を御きかせ下さいましたらば有難うござります、せめて今夜御直筆の御手紙にても頂くことが出来ましたなら精神がはつきりいたし魂が戻つて来るであらうかと存じます、何卒〳〵合掌いたします

七月五日

御留守宅

順市

御主人様
　　侍女

＊「階下の西洋館の畳も、もう二三日中に敷ける筈でござります、又御居間へかけます恒富氏の絵の額も明日あたりは出来てまゐります」とあるのは、それまで借りていた本山村北畑の家の南向きの洋風二階建ての家が空き、谷崎は家主に掛けあってそちらに移ることにしたが、七月中は二軒の家を借りることになってしまった。

＊末（須恵）は、昭和八年六月三日に京染悉皆（しっかい）屋の張幸こと、河田幸太郎と結婚。子どもを引き取ることにした。

## 五三　昭和八年（推定）七月六日　潤一郎より松子

表　御寮人様　御親展
裏　六日　潤一

昨日は久〻にて御直筆の御手紙下し置かれまして難有く御礼申上ます　詳しき事は御帰宅の節申上ますが兎にも角にも御手紙頂きましたゞけにて元気づき生返つたやうな心地がいたして居ります

○大丸より御布団たしかに到着いたしました　又東京から海苔も参りました、今日は御居間の掛軸も取りかへ、ヤスが花を活けかへました

○尚先日御書き下されました御詠歌の御手形、あれは其後考へましたが、下へ布団のやうなものを敷き、その上にて御手を御押し下さいましたらもつと明瞭につくかと存じます、あれはもはや表具屋へ渡しましたがもし今一度御試み願へますならば一時表具を中止させようかと存じます

○昨日手紙を以て申上ましたこと何卒〳〵御憐み下され度、私先日あのやうな口幅ツたいことを申しながら御留守になりましてから一日机に向つて居りまして僅かに平均三枚しか書けないといふ始末でございます、そのくせ睡眠は不足にて、熟睡中「潤一」と仰つしやるお声を聞き、「はい」と申して跳ね起きましたことが再三でございます、もはや此の上は、書けても書けませいでも、御寮人様の御きめの通りの時間に、いたすより方法がございません、御寮人様の御側に置いて頂けます有難さが、御留守をいたしてみて、しみ〴〵骨身に沁みるほど分りましてございます、何卒〳〵一日も早く御戻り下さりますやうに合掌いたします、そして、「潤一、しつかりせよ」と仰つしやつてぽんと叩いて頂きましたら元気が出るかと存じます、此のまゝにては、しまひに頭脳になり阿呆になつてしまひはせぬかと恐ろしうございります、私の創作力、自分のものゝやうに思つてをりました智慧も、精力も、空想も、実はみんな御寮人様が持つていらつしやいますのを、貸して頂いてゐたのだと云ふことが、今日程よく分つたことハございりません、御寮人様がいらつしやらなければ、私は全くゼロの人間で、消えてなくなつてしまひます、精神的にさうなるばかりではこさいません、生理的にさうなつて来るのでございます、もはや今日は食慾さへございません、何をしようといふ気力がございりませぬ

何卒〳〵今一度御返事頂けますやう、そしていつ御帰り下されますか御都合御きかせ下されましたらどんなにか御恩に存じます

○「日の出」と「犯罪公論」をこいさんへ御届け申上ます

七月六日

順市

御寮人様

侍史

〔欄外　○尚〻細々した払ひを取りに参りますので御預り金の内より次第に払つてをりますか宜しうございませうか、何卒御ふくみ置願ます〕

＊　前便につづいて書かれた手紙であることは明らかである。このとき取りかかっていたのは、谷崎の最後の戯曲作品となる「顔世」である。

## 五四　昭和八年（推定）七月（推定）十一日　潤一郎より松子

表　御寮人様　親展

裏　十一日　潤一郎

本日も六時に起きましてございます、しかし妹尾氏より使か来ましたので午前中二枚書いたゞけにて妹尾氏方へ参りましたら岡さんも見え昼飯の馳走にあつかり午後帰宅いたしました、丁未子も考へたと見えまして昨日の話は一旦取消しにし妹尾さんと相談するらしい様子でございます、妹尾さんの申さるゝには、丁未子は今日に及びそんな分らない事を云ふ筈がない故必ず判を捺させ、生活もアパートへ住むやうにさせると申て居ります、尚鳥取の丁未子の父は重病にて多分本年中はむづかしらう（ママ）との話、それ故、心配しながら出て来られないらしいので、丁未子も見舞旁〻帰国するかも知れないとの事でござります、詳しくは御目にかゝりまして申上ます

右の次第にて本日はこれから夜の十一時頃まで書くつもりでござりますが、進行如何は見当がつきませぬ、しかしどうしても御留守中は巧く書けないやうな迷信か出来てしまひました　明日は改造の記者が参りま

して万一明夕までに出来ません時は一と晩泊まり込むだらうと存じます、せめて今夜は御直筆の御玉章頂度それを肌身につけて書きます、一日も早く御帰り被下ますやう御都合御知らせ下さりませ、牛乳のこと、たけより詳しく御きゝ下さいませ、朝の分も持たせてやりますが、夕方の分だけ御飲み遊ばす方宜しきかと存ます

十一日夕

順市

御寮人様

侍女

＊「丁未子も考へたと見えまして昨日の話は一旦取消しにし」というのは、具体的にどのようなことをいっているのか不明だが、御影に借りた家に「古川寓」との表札を掲げ、引っ越して二週間もたたないうちに、それが新聞記者から不審を持たれたということに関連しているものと思われる。

＊「顔世」はこの年の「改造」の八月、九月、十月と三回にわたって連載されているが、この時期の「改造」は、発売号の前月の十二日が締め切りだったようで、次に掲げる後便からもここで言及されている「改造」の原稿が、「顔世」の八月号分であったことは明らかである。

## 五五　昭和八年（推定）七月（推定）十二日　潤一郎より松子

表　御寮人様　親展

裏　潤一拝

昨日の御手紙有難く存じました私拝見いたしまして俄かに悲しく胸が一杯になりましてございます　決してそんなつもりではございませなんだのでございますが、仕事がおくれてをりましたのでその方へ心が引きかゝり落着を失してをりましたので或ひは言葉づかひなどに注意が足らなんだのでございませうか。過日折角御ゆるしを頂き御機嫌が直りましたのに又〻御怒りにふれまして、心がけの至らぬ愚かさがしみ〴〵恨めしうございます、御奉公をいたしますのにハ片時も油断がありましては勤まらぬことをよく承知いたして居りますつもりではございますが、矢張りこんなことになりますのは、忠義の一念に足らぬところがありますのでございます、何卒〳〵御ゆるし遊ばして下さりませ、そして朝夕御側に置いて頂いて、飼犬を訓練遊ばすやうに遊ばして下さいませ、今に必ず忠義の一念で凝り固まり、

御寮人様の御神経の一部のやうに動くやうな人間になれると存じて居ります、（あゝ、さうなりましたらどんなに私は仕合せでございませう、一日も早くさうなりたうございます、）自分の崇拝するお方の御意志の通りになり絶対にそのお方に服従いたし肉体的にも精神的にも奴隷として頂くことは矢張り常人には容易に摑めぬ一つの幸福だと存じます、他力本願の宗教的境地ではございますまいか、此の頃になりまして漸くそれがはつきり分つて参りました、私に取りまして

御寮人様は本願寺の御法主と同じことでございます、そのやうな幸福を授けて頂きますのも皆

御寮人様の御情でございます

原稿は矢張り駄目でございます、昨日朝二枚書きまして、午後三時からまる一日をつぶし十二時迄に一枚しか書けま（ママ）なんだのでございます、それも御寮人様のあの御手紙を頂きましてからやつと一枚書けましたのでございます、せめて一と幕だけ完結せねば雑誌へ分載するわけにも参りませぬが、今日が最後のしめきりにて、いづれ午後には改造社が参ると存じます、さういたしますと、居催促を受けますので、徹夜い

たしましても書かなければなりませぬが、それでも出来上りますかどうか分りませぬ、嗚呼御寮人様、何卒〳〵御機嫌を御直し遊ばして、書けますやうに遊ばして下さりませ、力を御授け下さりませ、今朝より御写真の前に幾度も御詫びをいたし又昨夜の御手紙を肌によりつけたり致して悶えてゐるのでござります、今朝は六時に起きたのでござりますが、唯今までに一枚書けたところでござります

何卒〳〵、勝手でござりますが早う御戻り遊はして下さりませ、一日、一時間でも早い方が有難うござります　御みあしを頂かねばもう魂が抜けかゝつてゐるのでござります、

きつと正午頃改造の記者が参りますから今日御戻り下さりますなら一寸前に御電話を頂戴いたした方が有難うござります

尚〻神戸の本屋に「言継卿記」といふ本が出て居りますのを、先日御供いたしました節に見て参りました、足利時代のお公卿様の日記でござりますが、歴史小説を書きますのに必要な本でござりまして、欲しいのでござりますが、十三円と申すことで、私の御給金では買へませぬので、別に買つて頂きましたら難有うござりますが如何でござりませうか。数の少い本故売れてしまはぬうちにと存じまして御願ひいたします。（勘定は御都合にて月末にても宜しいのでこさります）もし御帰りがおくれますやうでござりましたら電話にて伺ひます故、御ゆるし下さいますかどうか御返事おきかせ遊ばして下さりませ。

ではこれにて御免なされて下さりませ、でもこれだけ御手紙を書かせて頂きましたらいくらか力か出るやうに思はれます、

十二日

御留守宅

順市

御寮人様
侍女

尚〻金子茲に封入いたしておきました　根津様へ宜しく仰つしやつて下さいませば有難うございます
〔欄外　御目薬も忘れて居りまして相すまぬことでございましたもう御直り遊ばしたので御不用の事と思てゐたのでございます〕

＊　文面から前便を受けていることは明らかである。

## 五六　昭和八年（推定）七月（推定）十二日　潤一郎より松子

表　御寮人様　たけ持参　親展
裏　十二日午後　潤一拝

御電話ありがたく存上ます
御直筆御つかはし下さいますとのこと実に有難く存ます、どういふ御用かは存じませぬが御手紙さへ頂けましたらきつと〳〵力が出る事と存じてゐるのでございます
尚〻先程申上けました書物の件度〻恐入ることでございます私御給金にては手が届きませぬ故御手元より御つかはし下さいましたら、有がたき御事に存ます　如何でございませうか、ハガキ一本出しておきましたら取つておいてくれると存じますのでございます、ハーゲンベツクの方を止めまして、買つて頂きましても有難うございます、一向御奉公も勤まりませぬのに、曲馬見物など御供したいと申しましたのは、贅

沢であつたといふことが分りましてござります、もし見たうござりましたら私これこそ御給金のうちにて
三等席にて見に参らせて頂きます
何卒〳〵御御ゆるし頂けますやう特別の思召を以て御返事おきかせ遊はして下さりませ

御留守宅
順市

御寮人様
侍女

尚〻いつぞやのあしかりの額が出来てゐる頃と存じますので帰りにたけに魚崎の表具屋へ寄らせ持ち帰つて貰ひまして御居間の欄間へかけておきますでござります
御熱は如何でいらつしやいますか
いつ御帰り遊ばしますか
御手紙の御ついでに御知らせ下さりませば有難く存ます
原稿はあれより唯（ママ）かに五行書けましたゞけでござります、昨日より四枚半でござります

＊　これも文面から前便を受けていることは明瞭である。

## 五七　昭和八年（推定）七月（推定）二十二日　潤一郎より松子

表　御寮人様　親展

裏　廿二日〔印　兵庫県武庫郡本山村北畑　谷崎潤一郎〕

御留守になりましてからめつきりと暑さか加はりましてこさりますが御寮人様はじめ御嬢様方御きげんよく御いで遊はしますこと丶存ます。

御金は百六十九円受け取り内家賃四十五円、たけへ五十円、順市五円にて百円、た丶み屋電灯会社にて三十円、約四十円残りましたので玆に封入いたしました。別に先日御手函の中に御預りいたしてあります十円がまだ殆んど八九円残つて居りますのでござります。（尤も郵便貯金の方はまだ余裕がござりませぬので預けてござりませぬ。）御留守中は八九円にて充分でござります。

扨実に〳〵我ながら腑かひなく情ない次第でござりますが、御留守中は矢張り仕事が一向に捗りませぬ、杖を失つた盲人も同様でこさります。尤も中央公論社出版部より青春物語の装幀につき又〻見本校正等を送り来り一昨日一日はそれに費しました。そして昨日から書き出しましたのでござりますが、書いたことは三四枚書いたのでござりますけれども、御寮人様御在宅の時とはまるで出来ばえが違ひ、実に見劣りのするまづい文章しか書けないのでござります。つまりそれが私の実力なのでござりませうが、過去の私なら知らぬこと御寮人様の御息がか丶りましてからの私といたしましては、このやうなものを書きまして発表いたしましてハ信用にもか丶はりますし、

御寮人様の御徳にもか丶はること丶存じ傍から破いて捨てました、そして又今朝よりか丶りましたが、やつと二枚書けましたゞけでござりまして、それもどうも、別人のやうに拙く、文章に気が抜けてをりまして、我ながらまづいなあと思ふばかりでござります　考へて見れば先日御出ましになります時に御まじなひをして頂きませなんだのが悪かつたのでござりませうか、御留守中とて御奉公に変りはなく、気をゆるしてハ居りませぬが将来かういふ癖がつきましては困ります故、何とか今後はよき方法を御考へ下さいま

すやうに願ひ上ます　さういたしませぬと、御在宅の時は傑作が出来、御留守の時は愚作が出来ることにならうかと存ます
右様の次第でございますから明日はなるべく御帰り遊ばして下さいますやうに懇願仕ります、とても二十五日に脱稿は望まれぬ形勢でございます、しかし御帰りがおくれましたら今月一杯にもむづかしうなると存じます。キズキの紙も御注文の品が到着いたしました。
本日和嶋夫婦か参つて居りますが妹尾家の方へサバイてしまひまして午後も私は何とかして成績を上げやうと机に向つて居ります、書けぬ迄も机に向つて居りませねば
御寮人様に相すまぬと存して居ります
尚本日は土用丑の日につき、神戸の鰻のスモークを和嶋に買つて来てもらひました、たけに持たせ御届けいたします。
御寮人様御召料夏の御座布団。置時計。乱ればこ。カーテン等御たけどんへ御渡し下さいましたらば好都合かと存ます。勝ちやんについての根津様の御意見も御帰宅までによく御きゝ置きを願上ます、
「新青年」御届け申上ます、中央公論以下の新雑誌皆とゞいて居りますが　もはや御帰宅と存じまして御預かりいたしてござります
是非〳〵明日は御帰邸遊ばしますやう願はしう存じます　お竹どんへ御都合御もらし下さりましたら有難う存ます
出来ましても出来ませんでも夕刻迄仕事を励み、精を出しまして、夜は散歩旁々和嶋と神戸まで行て見るつもりでござります

御留守宅

順市

廿二日

御寮人様

侍女

〔欄外　妹尾さんと丁未子のこといろ〳〵相談いたしました　都合よく行きさうでござりますが詳しくは御目にかゝつて申上ます　勝ちやんのことも妹尾さんのところへ内ゝたけが相談に参つたらしく、うまく解決しさうでござります〕

＊『青春物語』は昭和八年八月三日に中央公論社から刊行されているが、昭和八年五月二十四日付の木下杢太郎宛書簡で、木下杢太郎に装幀を依頼している。

＊「本日は土用丑の日」とあり、七月二十二日だということが明らかである。

**五八　昭和八年（推定）七月（推定）三十日　潤一郎より松子**

表　松子御寮人様　親展

裏　三十日夜　潤一郎

今朝はゆつくり御介抱申上ることも出来ませずその上神戸へ御供もならず残念でござりました、何卒〳〵御体を御大切に遊ばして下さいまし　御寮人様のやうな御方様は上等なガラス器物のやうなもの、ほんの一寸でも無理をなさいましたらバすぐヒヾが這入ります、たとひ御自分の御躰でも貴重品を扱ふやうに丁重に遊ばしますやう願ひ上ますこゝに百拾円封入いたしました　このうち六拾円は根津様へ返金（先達の十円を差引かせて頂升）二拾円は森田様へ御届け願ひ残金は御手元にて御用に御つかひ下さりませ
今日大阪へ参りまして御寮人様の脇息高脚の御膳御箸箱等買ひととのへて参りました、おまるもよき物がございませぬ故　帰途神戸へ廻りましてサイキにて木の箱に入つたのを求めて参りました、机も屏風もそろひました、その外夏向の電気行燈も御枕元へおけるやう朱塗のものを買て参りました（これは明日届き升）これにて、むさくろしうはございますが御身の廻りだけはどうやら風情が備はりましたので一度家内装飾の模様を御覧旁〻御越し下されますやう、その上御気に充たぬ所は何くれと御指図下されましたら難有存ます、唯今も早速飾り立てをいたしてみましたらスッカリ部屋の感じが違ひ俄かに品がよくなりましたやうに存じます、いかにも御主人様の姫君を賤ヶ伏屋におかくまひ申すと云ふやうな感じだけは出てをります、もう御寮人様の御いでを待つはかりでござり升

勝ちやんが又明朝こちらへ参ります由でござりますからいつ頃御いで下さりますか勝ちやんへ御返事御渡し下されましたら有難うございます、明卅一日の晩御いで下さります訳にハ参りませぬか　さう願へましたらどんなにか潤一ハ有がたく存ます

三十日夜

潤市

御寮人様

侍女

＊　松子の帰りを待つという一連の流れのなかで書かれた手紙で、「御主人様の姫君を賤ヶ伏屋におかくまひ申す」というイメージから、昭和八年七月に新たに借りた家がふさわしいようで、「御寮人様の脇息高脚の御膳御箸箱等」といろいろな備品を買い揃えている様子がうかがえる。

＊　「夏向の電気行燈」とあり、「明卅一日の晩御いで下さります訳にハ参りませぬか」とあるところから、七月三十日と推定した。

## 五九　昭和八年九月十一日　潤一郎より松子

表　兵庫県武庫郡本庄村西青木三二二ノ一　根津松子様　しんてん
裏　十一日付　東京市本所区小梅町三丁目三　笹沼方

出立の際は御手厚き御言葉を頂き難有存上ます九日夜佐藤の御ばあさんが八時半の船で大阪より立つと申ますので急に同日夜汽車にて上京仕ました、その旨青木御宅へ電話をかけましたが中〻通じませぬのでたけに電報を打つやう頼みましてござります多分御受取下さいましたことゝ存じます　梅田駅では新聞記者につかまり何処へ行くか、何用か、幾日ぐらゐ滞在か、奥さんも一緒かなど〳〵きかれ写真まで撮られさうになりましたので、喧嘩腰にてすべてハネつけ一切返答いたしませなんだ、しかしこれからは梅田駅は危険だといふことをつく〴〵感じましてございます、やはり御寮人様が御いで下さらぬ方が宜しうございました　尚小生金策の心あてにして居りました社長が三四日旅行中でございますのと終平の件が一寸各方面へ頼む必要がござりますのとで、もう四五日御暇頂き度、あまり長引きますやうならば一旦帰りますか又改めて御指図を願ふやうに致します、昨夜偕楽園で笹沼と二人同じ部屋に眠りましたところ何やら大変ねごとを申しました由でござりますしかし文句は分らなんだと申て居りました、そんな訳にて本日より表記のところに泊まり（コ、は偕楽園の別荘でござい升）兎に角経済往来の原稿を書いてをります、万一金策が不成功に終りましても多少の原稿料は持て帰れるやうにいたします尚々改造から顔世の残りの原稿料が約百円程受取れる筈でございます（後略）

＊『湘竹居追想』二一七頁より、詳細不明。

## 六〇　昭和八年九月十四日　潤一郎より松子

表　兵庫県武庫郡本庄村西青木三三二ノ一　木津様方　根津松子様　御直披　別配達書留（消印8・9・14）
裏　十四日　東京市本所区小梅町三ノ三　笹沼別邸内　谷崎潤一郎

昨夜御電話ありかたく拝受致しましたちやうど座談会に招かれて居りましたのと小石川より表記のところへ電話で知らしてくれますので、拝受いたしましたのが大分夜おそくのため御返事おくれまして相すみませぬ、
前便青木宛に差上ましたがまだ御覧下さりませぬか如何でござりませうか、実は経済往来社より例の文章読本の金を融通いたして貰ふつもりのところ、同社は此の頃大分信用状態が悪く、佐藤などにもまだ原稿料不払になつて居ります由にて、渡すとは云て居りますがまだ受取て居りませぬので此の点少ゝ心もとなく、それがいよ〳〵駄目でござりましたら他にて二三百円にても都合いたし一旦帰阪いたさうと存じて居ります次第でござります、しかし兎も角も明十五日たとひ百円にても何とかいたしまして御送金いたしあとは持つて帰りますやうに仕ります、

唯ついでに終平の身柄をきめて参らうと存じて居りますがこの方が今一両日かゝるかと存じます、今度参りまして東京の気候がつく〴〵悪いことを痛感いたしました、それと御寮人様にもはや十日も御日にかゝりませぬやうな心地がいたし何となく私ひとりにては不安にて原稿など書く気になりませぬ、矢張り関西でなければいけませぬ、一日も早う此方の用をすませ御側に仕へたく夢ばかり見て居ります、帰宅の日取り明日あたり電報にて御知らせ出来ると存升

順市

九月十四日

御寮人様

侍女

＊日本近代文学館所蔵（『日本近代文学館資料叢書　第Ⅱ期　文学者の手紙3　大正の作家たち』所収）

## 六一　昭和八年（推定）十一月（推定）十一日　潤一郎より松子

表　御寮人様　親展

裏　十一日　順痴

きのふはつい御帰りを存じませず御見送りも申上げず何とも〳〵不注意の段申訳もござりませぬ、しかしはれものも御快癒の由何より安心いたしてござります

御心配を頂きました私の耳の痛みは、あれから頭痛にひろがり上半身が重くなりましたのでよく考へましたら、此の間の御寮人様と同じく炭火の中毒だと気がつきました、それで昨夜はあれきり食慾もなくふせ

りましたがまだ今日も頭痛がいたし節〻痛みますので勝手ながら唯今あんまさんを取らせて頂き夕刻散歩に出てみようと存じて居ります、尤も又創元社が参りますので出られるどうか分りませぬが新鮮な空気を吸ひましたらバ快復すると存じます、それで耳の方の心配は却てなくなりました、痛みも失せました、決して「おいた」のせゐではござりませぬ、私の不注意からと存ます
笹沼への祝ひは尺五の絹本なら有難く存ます、又たばこ入もたしかに頂戴仕りました、
カーテンは神戸か大阪で、金具を買つて頂きませぬと、つれませぬので、周さんに寸法を測てもらひました、その間にせんたくさせて置きまするる
今朝妹尾様よりグジと鰈を頂きましたので、納豆が腐つてはと思ひ、少々返礼に持たせ遣はし、ついでに帯と羽子板も頼みましてござります、依つて残つてゐる納豆と妹尾様よりの御さかなとを御届け申上ます
　鮭は女中さんにたべるやうに申ましたので少しゝかござりませぬが、これで全部でござります、ナットーを第一に召上つて頂度、おサカナは明日迄大丈夫とのことでござりました
金子五十円たしかに御預りいたしておきますが、アンマさんに借金を払ひますと、五円ほど残る勘定になつてをります、税金いよ〳〵近日差押へるとの通知が参りましたがこれハ差押へさせておけバよいと存ますが如何でござりませうか、来ましたら御さしづを待たず計らひまして宜しうござりませうか
それでは明後日御帰邸御待ち申上ます気分ももう直ると存じますからそれまでせい〴〵仕事いたします
お春どん又〻腹痛にて、あしやの灸と鍼をする先生のところへ参りました、一二時間で帰る由でこさります

十一日

順市

御寮人様

御嬢さま、とうちゃんへ宜しく御願ひ申上ます

＊　早稲田大学図書館所蔵

＊「笹沼への祝ひは」云々とあるのは、次の十二月一日付に「去る二十九日夜ハ偕楽園祝儀滞りなく相すみ殊に私の祝ひの品大変によろこんでくれまして」とあり、昭和八年十一月二十九日に催された笹沼源之助銀婚式の祝い物の準備だったと判断される。なお、谷崎はこの笹沼銀婚式のときの上京から翌月下旬まで、上山草人宅に泊まり込んで原稿を執筆しながら、金策に奔走している。

## 六二　昭和八年十二月一日　潤一郎より松子

表　兵庫県武庫郡本山村北畑　谷崎潤一郎様　御内（消印8・12・1）

裏　十二月一日　横浜市鶴見町豊岡　上山草人

○度〻御電報下され御手数相かけ申訳なく存ます、昨三十日夜漸く経済往来より二百円届けて参りましたのでこれを全部本日御送申上ました　税金ハ何卒此のうちより御払置下され度あとまだ四五百円ハ経済往来より取れるやう原稿を書いて居りますが、五日までにハ脱稿覚束なくそれにどうせ又金をよこすのにも二三日はおくれるだらうと存て居りますまた右御ふくみ置被下度尤も十日位までには少くとも三四百円都合いたします

○去る二十九日夜ハ偕楽園祝儀滞りなく相すみ殊に私の祝ひの品大変によろこんでくれまして文字のカス

レなどは何でもない却て面白いと云つてくれ大さう面目を施し、列席の長野草風画伯もよく菅さんがあんなていねいな絵を早くかいてくれたものと感心いたしてくれました、此れも皆御寮人様の御声がゝりと御心づくしの御蔭としみ〴〵難有存ました

○丁未子の居所は漸く分りましたが余り新聞や雑誌記者に追ひ廻され同潤会アパートの方も甚だ迷惑がつて居るので一時知人の家にかくまつてもらつてゐた由、しかし何処でも記者が押しかけて来てハ迷惑する始末に全く居所がなくなつてしまひ困却してゐる様子故、昨夜一と先づ妹尾さんの所へ帰り相談するやうに申しきかせ横浜より夜汽車にて立たせました、多分もうそちらへ着いてゐる時分と存じます、畢竟これも離縁と云ふことを公表しないから起ることで、公表してしまへば少くとも丁未子は楽になるのでございます、全く無意味な苦労をしてゐるのでございます、因て本日私より妹尾氏宛書面を出し公表を早くするか、来春になるならそれまで妹尾氏方に預かつて貰ふか頼むつもりでございます、丁未子は二三日して又東京へ戻て来たいそして一家をかまへ何かけいこをしたいと申て居りますが、公表せぬ間は東京で何も出来る筈はありません、少くとも小生がそちらへ帰るまでハ待つて居るやうに妹尾氏へ申送てやるつもりでございます、しかし小生に対する感情は最早やすつかり清算したから安心してくれと申し態度も大変よくなり御寮人様と小生との関係を尊重するやうな様子が見えますのでこの点は将来円満に行きさうでございます

○今日頂きました御電報「シキユウヘンジ」の下「ナカネトデンキタ」の上の御電文の意味が不明でございました、尚私宛の郵便物ハ御開封下されまして必要なものだけ御廻送願ひましたら有難ございます

○東京へ行つたら独りでよく考へてみよとの仰せでございましたが御寮人様の御恩の深さよく〳〵分りま

してございます此の間のことは一から十まで皆私奴が悪いのでございます、御嬢様方にもいづれ手紙を差し上げてまして御詫び申上け将来再び不心得をいたしませぬやう書面にして御送り申上けやうと存て居ります、やはり第三者としてお嬢様のやうな方に証拠の一札を御預け申し此の上私に不埒のなきやう監督して頂きますのが何よりと存ます、さうしたら私も自然気をつけることゝ存ます　何も〳〵又後郵にて申上ることに致します

順市

十二月一日

御寮人様

侍女

## 六三　昭和八年十二月四日　潤一郎より松子

表　兵庫県武庫郡本山村北畑　谷崎潤一郎様　御内　書留（消印8・12・4）
裏　十二月四日　横浜市鶴見町豊岡二八五　上山草人

御手紙ありかたく拝見仕ました、私自分の淋しさを思ひますにつけても勿躰ないことながら嘸御淋しくいらつしやいませうと御察申上てをります、毎晩御腰や御みあしを誰に揉ませていらつしやいますか、御嬢様方ハ御遊びにいらつしやいませぬか、御てうづの御世話など誰かに申付ていらつしやいますか、お足のお爪はお伸びになりはいたしませぬか、何かにつけ御不自由のだん勿躰なうございます
東京は其後時候が戻りまして大変暖かになりました故御安心下されませ　しかし上山の近所に大変安い洋物の仕立屋がございますので、そこで、ブシギヌのパッチを一つ作らせて頂いても宜しうございませうか、

先のはボロ〲になつて居りますので、どうせ一つは欲しいのでこさいますがそちらで何ぞ有り合せのきれ地にて、作つて頂いても（どんな仕立でも役に立てバ構ひませぬ故）有難くごさいます
お嬢様にも御詫び状を差上げようと存じながらまだ忙しくて暇がございませぬ、両三日中にしたゝめます故宜しく御執なし願ひたうござります
尚同封の如き記事がとう〲都新聞に出てしまひました、全然記者のデタラメでありまして草人の談話と申すものもマルデ違つて居り草人はフンガイして居ります、しかし斯かる記事が出た以上、鳥取にも聞えませうし、至急何とかせねば丁未子も捨てゝおけまいと存じます、此の切抜は妹尾家へも送てやり岡さんや何かと相談するやう申てやりました、或は健(ママ)さんがその事につき
御寮人様へも御相談に出るかと思ひます　何事も私の方は御寮人様の御承諾を得てからきめる故直接伺つて下すつても宜しいと申てやりました、一応この記事を否定して丁未子の顔を立て、改めて丁未(ママ)と私が結婚解消をし友人として交際する旨、丁未子の友人達に知らせるのがよいと存ますが如何でございませう
幸ひ在京中故此の機会を利用出来ると存ます、併し此の際
御寮人様の御籍はお抜きになると却て目立ちます故、来年まで時機を御待ちになりましたらバ如何でこさりませう生意気ながら私の考へとして御耳に入れておきますのでございます

十二月四日　　順市

御寮人様
　侍女

尚恐入りますが前便にて御願いたしましたセルコート等御送り下されましたら有難ございます、終平の手紙その他郵便物中必要なものも御廻送願上げます、
お金が全部御送りしてしまひ小づかひがございませぬ故郵便代を倹約いたしまして航空便はやめにいたしました

## 六四　昭和八年十二月六日　潤一郎より重子

表　兵庫県武庫郡本庄村西青木三三二ノ一　木津ツネ様御内　森田重子様　親展　航空便（消印8・12・6）
裏　六日夜　横浜市鶴見町豊岡二八五上山草人方　谷崎潤一郎

拝啓
出発之際ハ取急ぎ御挨拶にもお伺ひ致さず失礼仕りました、皆〻様御機嫌よく恵美子お嬢様も御快方之趣大慶に存上ます
扨今朝御寮人様と妹尾様と両方より飛行便到来、丁未子と御会見なされました由又そのことにつき御嬢様も御相談相手におなり遊ばしました由拝承いたしましたが　御寮人様も丁未子の無礼には興奮していらつしやいますし、且かう云ふ事は後来証人になつて頂きます意味からも御嬢様を経て申上けました方が宜敷と存じ失礼をも顧みず逐一私の心中と立場と今後の考へを申述ます
御寮人様としてハよく御辛抱遊ばした事と此の点は実に難有き事に存ます、つきましてハ同封の妹尾氏の意見を一応尊重いたしまして、鳥取を先に、世間を後にと云ふ順序に従ひ、私の仕事が済み次第私自身鳥取へ参つて離婚の事を明確に申渡して参るのが、良策と存じます、丁未子の心中には多少疑念がございますが妹尾氏は、決してグズ〳〵に伸ばす気でなく、唯、順序につき反対してゐると思はれます故、且私が

行くことであります故、きつと解決して参ります、丁未子も両親に話す時機が来たことを認めて居ります だけは明瞭でございます、草人にも相談いたしましたところやはりそれが順序だと申て居ります、その上 にて巧く行かない場合には、その時こそ丁未子と喧嘩いたしましても非常手段を取ることに致します、唯 問題は、私の仕事が済みます迄、お待ち願ひたいのでござります、金の問題もございますが、約束の原稿 を書かなければ雑誌社に大損害をかけることになりますので、仕事だけはいかなる事がござりましても果 たしておきたうござります、年末の金策は御自分がしてやるから帰て来ては如何との御言葉もござりまし たが、折角借金を作らぬ鉄則を設けましたことなりこれ以上借りましてハ返済之道もつきませぬので稼い で金を作りました方後〻のためと存ぜられますし御寮人様がお金の事で御奔走なさりますのは余り勿躰な く御傷はしく、且私との事が知れました場合世上の聞えも如何なり何卒〳〵今度ばかりハ私の顔をお立て なされて下さりますやう（生意気なやうでござりますが）御嬢様より御執成しを幾重にも御願ひ申上る次 第でございます

次ぎに、離婚問題の渦中に御寮人様が御這入りなされますことハやはり御避けなされまして、先ず離婚、 然る後相当期間をおいて結婚と云ふ最初の計画通りこの二つは切り離した方が宜しきやうに存ますが如何 でございませう、御自分はどうなつても構はぬ故一切をブチマケてと云ふ仰し召しと御勇気とは、涙の出 る程難有、心強く存じ上げますが、一時にもせよ私が世間から葬られました場合を考へますと、あまり御 傷はしく、第一とても御体がつゞきませぬ、のみならずさう云ふ風に一切をぶちまけましたら有閑階級之 行動がヤカマシキ昨今、根津様のこと、こいさまの事等迄すつぱ抜かれるは必然と存ます、然る時ハ根津 家、森田家等へ迷惑もかゝり御寮人様も私も世間に立て行けなくなりますし、あゆ子終平等まで他人の情 にすがらねば相成らずいろ〳〵の方面に犠牲が大きうござります、尤も、最悪の場合、私としてハそれも

厭はぬ覚悟をいたして居りますが避けられるだけハ避け、鳥取へ参りましても他の口実で別離して参り度と考へて居ります、
その口実と申しますのハ、創作家に普通の結婚生活は無理であることを発見したからと申すのでござります、これは口実でなく事実でござりまして、私も、千代子丁未子と二度の結婚に失敗してその体験を得ました、又岡田三郎助画伯、佐藤、里見、吉井等友人の例を見ても明かでござりまして志賀氏のやうな巨万の富を持つた人は格別、多くは巧く行て居りません、その原因は、芸術家は絶えず自分の憧憬するより遥か上にある女性を夢みてゐるものでござりますのに、細君にしますと、大概な女性は箔が剝げ良人以下の平凡な女になつてしまひますので、いつか又他に新しき女性を求めるやうになるのでござります
しかし斯の如きことを繰り返してゐましてハ精神的物質的に打撃も大きくとても落ち着いて大きな仕事をすることハ出来ませぬ、故に独身生活を送るか、然らざれば一生身命を捧げて奉仕致すに足るやうな貴き御方を得て、その御方の支配に任せ、法律上ハ夫婦でも実際は主従の関係を結ぶことだと考へて居ります、
私は、昔より御寮人様を崇拝いたして居りましたけれども唯の一度も自分を対等に考へたことはございません、考へられないのでございます、私は、周吉さんが羨ましかつたことはございますが根津さんの地位に自分を置いて考へたことはございませぬ、昨年始めて有難き思召を伺ひました時にも対等の結婚は私として不可能なるのみか、必ず失敗に終ることを申上げましたが御寮人様も同様の御意見にて主従でなければおいやだと仰せになりました、これが恋愛にありがちな一時の興奮でなきことは以来今日までの実生活に徴して御嬢様もよく御了解下さりましたこと、存ます、最初にそんな気で居りましても、相手の女性にその気位と品威と実力なき時はだん〳〵男性に征服され普通の関係になつてしまひますが御寮人様の場合はむしろ反対でござりました、これは過去之御身分が御御（ママ）身分故当然のことでござりませうが私は又苦学

生時代に書生奉公を致しました経験がござりますので再びその時代に戻つたやうな、若々しい、なつかしい気が致すのでござります、要するに一時之興味から出たことでなく、さうしなければ私として立て行けぬと云ふことを御含み置き下されますやう願たいのでございます、既に御寮人様へさう云ふ証書を差上てあるくらゐでございます

そこで今後戸籍上の結婚手続きを致しました後も此の関係をつゞけ行くと致しましたら口実が決して一時の口実でない事も明かになると存ます、私は或る時機を見て此の私の考へを社会に発表するつもりでござります、少くともあゆ子は既に了解してゐると信じて居ります、おせいなども、御寮人様である以上それが当然のやうに考へてくれると思ひます、他日丁未子が再婚いたし鮎子が結婚いたしました暁ハ、私は全く御寮人様の御家庭の一使用人として自己を埋没させてしまふつもりで居ります　御寮人様も先日一使用人となれと仰せになりました、世間は唯私の作物をさへ見てくれたらばよいのであります、それが立派なものであるなら、私と云ふ個人に用はない訳であります、元来私は過去におきましても佐藤以外に文壇人と交際してハ居りません、文学に団体運動は無用であると云ふことを早くより主張致して居りましたので、東京では笹沼、こちらでハ妹尾さんと云ふやうに文学以外の人ゝとのみ交際して居りました、今後も出版屋や雑誌記者等と事務的交渉ハ致しますが、それ以外の交際は致さぬつもりでござります、谷崎と云ふのは唯活字の上の名のみの存在で、実は御寮人様の藝術である　谷崎といふ人間はゐないのだと云ふ風に世間が思つてくれること、これが望みでござります、斯くの如きハ古今東西の藝術家に例のないことでござりませうが藝術家に貴ぶべきハ独自の体験であります以上、立派なものさへ書けましたらこれも亦一つの形式として許して貰へると存ます、既に昨年以来　私の書く物に人ゝが驚異して居りますのハ何よりもこれが良き方法であることを証拠立てゝ居りますので、もはや私は、全然自力で書いてゐるとハ思つて居り

ません、全く御寮人様が仕事の上でも御主人であらせられ私は使用人に過ぎないものと信じて居ります、実は既に盲目物語の時代から自分の行き詰まりを切り開くことが出来ましたのは御寮人様の御蔭でございました、されば収入等も自分で稼いだ御金でハなく全然御寮人様の物でございます　従て最少限度の御給金を頂きましたら結構でございます
此の関係を持続いたしますのにハ対世間的に多少支障がある場合もございませうが、先何よりも御嬢様方から御了解を願ひ、それを認めて頂き、森田様はじめ御親戚等へも追〻御説明を願ひたうございます、私は申す迄もなく御嬢様方に対しましても、苟くも御寮人様の御姉妹御子様方には対等の考へは持てませぬ、とうちゃんなども今後何処までも御寮人様の御子様としてお仕へ申すつもりでございます、しかし何を申すも数十年来わがまゝの習慣がついて居りまして、元来作法を知りませぬ男の上に家庭でハ独裁権力をふるひつけて居りました事故、充分気をつけてハ居りながらつい先日の如く取り乱しまして失礼な態度言動を取るのでございますが今後絶対に誤まちを繰り返さぬやう努めます故何卒〳〵今度だけは御赦しを願ひたうございます　そして今後ハ御嬢様方にも、礼儀作法につき御注意を下さりましたら難有存ます　老後ハ衣食住のゼイタクを避け物慾を去りました方が身のためでもござり升
今日までお嬢様が岡本へ御いでになりますと、主従関係と云ふことにつき或るギゴチなさを感じましたので一度此のことをハッキリ申上ておかうと存じましたので、よき機会故、先日の失礼を御詫び旁〻本日半日を費しまして此の長文を認ました、何卒〳〵後日のため此手紙御保存を願ひ私に不都合なきやう御指図を仰ぎ度存じます、そして何よりも御嬢様方から此の関係がつゞくやう仕向て頂き主従の差別をハッキリつけて下されましたら有難く存じます　勿論御寮人様も御喜びと存じます、私何度生れ変りましても斯くの如き御方に二度と再び会へることハないと信て居ります

尚〻鳥取行きのことも今暫く私の東京の仕事（これも御寮人様の御仕事でございますから）が完了致します迄御待ち下さいますやう重ねて御執成を願上ます、こいさまにも同様に御伝へ下さいますやう願上ます
十二月六日　　潤一郎拝
御嬢様
　侍女
極く簡単でも結構でございますから御了解願へましたら、そして先日の無礼御赦し下さいましたら一寸一筆御恵み下さいまやう（ママ）懇願いたします

＊『倚松庵の夢』七七頁（部分）

## 六五　昭和八年十二月七日　潤一郎より松子

表　兵庫県武庫郡本山村北畑　谷崎潤一郎様　御内　書留（消印8・12・7）
裏　七日　横浜市鶴見町豊岡二八五　上山草人

御手紙有難く拝見仕りました　私がはつきりしないから自分もはつきりしないのだなどゝ丁未子が申しましたか、実に心外の言葉、冗談ではないと申すより外はございません、しかし私の心事に少しも疚しきところなきことハしげ子お嬢様宛に昨日こまぐ\と申送りました故それを御覧遊はして下さりましたら有難存ます　何はともあれ数ならぬ私風情のためにかゝる御辛労を御かけ申し全く何と申てよいやら冥加の程

恐ろしく匆躰なく存ます、御手紙拝誦いたしまして当夜の丁未子の無礼なる様子が眼に見えるやうでござります、さう云ふ訳ならばこちらの仕事をすませました上で小生自ら鳥取へ参り両親に会て解決して参ります、丁未子の心中はどうあらうとも私が参ります以上ハ否応なく話をつけて参りますから御安心下さいませ、唯鳥取の方を先にせよと云ふ妹尾氏の説は、順序として尤もかと思ひます故一応妹尾氏の顔を立てた様にいたした方宜しかるべくと存升

兎に角今日まで八鳥取へ話に行くことに丁未子が反対して居りましたゝめおくれましたが、もはやそれは承知したのでございますから此れから先は私の任務でございます

問題は早く御側へ帰り鳥取行を実行することでござりますが目下東京の雑誌社、(文藝春秋、中央公論、改造、経済往来等)の記者が原稿を責め立て、私はこのところ監禁同様にて一歩も出でず毎日仕事いたして居ります、(その代りお金はホヾ予定通り出来ると存じます)で、此の仕事をしてしまひます迄何卒〳〵お待ち下さいますやう願ひます、今帰らうと致しましても、とても雑誌社が帰してくれませぬ、信用上黙つて逃げ出す訳にも参りませぬし詳しき事情ハしげ子御嬢様へ申上げましたからその手紙を御覧遊ばして下さりませ、

尚ゝ御嬢様へは過日の御詫びを申し御寮人様を御主人として一生御奉公仕ります覚悟のこと、心境なども実に〳〵長文に認め御送りいたしました、これハ将来私に違約等心得ちがひのなきやう御嬢様に証人になつて頂きます必要もあると存じました故でござります　そして手紙に少し書き洩らし説明の足らぬところがござりますので左のことを御嬢様へ御伝へ願へましたらば幸甚に存ます

---

主従関係といふこと、世間は案外諒解してくれると存じますが、却て近き関係の一二人、たとえばお千代

とか妹尾夫人とか云ふ人々が或ハ御寮人様へ反感を持ちはせぬかと、これが案じられますが、妹尾夫人はすでに内々は承知してゐてくれますし、昨日申上げました手紙の趣意を私より力説いたしましたらば追々に分つてくれると存じます、〔挿入　春夫や健ちやんは勿論分つてくれます〕唯、目下はまだ丁未子のことが片づかず過渡期時代でありますから今のうちだけ反感を持たれぬやう気をつけすつかり片づいた上で此の私の考へをハツキリ知らせるやうに致したうござります、それと、変つた形式故新聞が面白半分に扱ふ恐れもございますから適当の時期に先手を打ち小生自ら雑誌か何かで心境を述べるやう致します

---

以上のこと何卒御伝へ願ひ上げます　唯今此れを執筆中御寮人様とこい様より御手紙頂きました、つきましてハ昨日しげ子お嬢様へさし上げました手紙とこれとを御覧下されました上篤と御勘考願ひ上げます、そして此れ以上は到底手紙にてハ申上け(ママ)きれませぬ故帰阪以前に急な御相談がございましたら御嬢様にでもいらしつて頂くより方法はございませぬが、何分こちらは映画人の出入する家のこと、眼立たぬやうによく〳〵御注意をなさらねばなりませぬ、出来れバ私の帰りますまで御待ち遊ばして下さいます方、御嬢様に御足労をかけますのも勿躰なうございます

一昨日経済往来へ原稿渡し近日原稿料持つて参る筈でございますが明日にも五十円ぐらゐ先へ届けるやう頼みましてございます、着次第御送り申し上げます、それから二百、三百と云ふ風に、十五日ぐらゐ迄には御送りいたします、唯今は文藝春秋を書いて居ります

十二月七日

潤一郎

御寮人様

私の心事の公明なることはくれ〴〵も御信じ下さいまし、妹尾様にきいて頂けバ御分りになります　丁未子の妄言はいかなる意味か不可解でございます、

侍女

## 六六　昭和八年（推定）十二月（推定）十四日　潤一郎より松子

表　兵庫県武庫郡本山村北畑　谷崎潤一郎様　御内　書留　別配達　航空（消印8・12・21）

裏　十二月二十一日　横浜市鶴見町豊岡二八五　上山草人

年末の非常ケイカイが始まつて居ります故汽車中でも荷シラベ等があると存じ頂きました御手紙は全部郵便にて岡本へ送るつもりで居ります

御手紙再度難有拝見仕りました妹尾様のことにつき御叱りを蒙り申訳もござりませぬがどうも丁未子の言葉があまり心外にてそのことだけ一寸妹尾様へ抗議を申込みましたのでござります御疑ひを受けまして身のアカリが立たぬやうに存じた故でござりますが特に執成を頼んだと申す訳でハござりませぬ今後は斯かることも一切気をつけるやうに仕ります何卒〳〵私の失策御赦し下されますやう合掌仕ります本日と昨日と二回に二百五十円づゝ、都合五百円御送りいたしましたが今朝明細書頂戴仕りましたので、あと約千円御入用のこと承知仕りました、で、これは、出版及び原稿の契約にて多分整ひますこと、存じますが明日は日曜故十八日に出版社と相談仕り、出来るなら前金にて持つて帰り、あとは御側にて仕事をさせて頂きますやう計らひます、実は文章読本のこと、中央公論社がほしがつて居りまして経済往来社の方

の契約を破棄し、金を返し、中央公論社へ売りましたら大変いゝ話があるのでございますが、あまり不人情のやうにてさうもならず困つて居ります、尚又婦人公論に来年半歳ぐらゐ連載小説を書きましたら、稿料は一枚二十円近くまで出すとのこと、如何いたしませうやこれも迷つて居ります、その外春琴抄の豪華版（原稿をそのまゝ複製にいたしまして）出版の話もございます、（歌集を出さぬかとの話もございますがこれは来年にても歌日記の体にいたし御寮人様の御あとへ私のも入れさせて頂きましたら私としても此上もなき面目、出版者も喜ぶことゝ存じますが今は事情を申せませぬので一応延期を乞ひました）斯様にいくらでもよき話がございますので、千円は確実でございますが新春より御手もとへ幾らかにても御用意出来ますやうに致さねば折角の御苦労があまり勿躰なくと存じその方策を講じて居ります、尚〻一〻御さしづを仰がねは相すまぬことでございますが、それにてハ帰阪もおくれます故、臨機応変に計らひましても宜しうございませうか　このこと至急御伺ひ申上げます、宜しうございましたら「ヨロシマカセル」と御電報にても御打ち下さいましたら有難うございます、尚又、後の金子ハ東京の支払ひは勝手にさせて頂きまして、他は全部帰阪の節持参仕ります（談判にどうしても十八日より三四日はかゝると存升）ほんたうに来年は少しハお楽にお成り遊ばします故どうぞ〳〵御安心遊ばしませ、私も御苦労をおかけ申上げました代りにハ今度といふ今度は忠義が尽せますと存じ嬉く有難くございます、（あゝ、涙が出て参りました、御寮人様、眼鏡が曇てしまひました）帰りましたら唯今から御願ひがございます、それは、せめて二日か三日の間、お金のこともお仕事のことも完全に忘れてお側に置いて頂き、御身の廻りの御用ばかりさせて頂きたいのでございます、御体を揉み、お爪を取り、御洗濯をいたし、御てうづの御世話を致しモウ〳〵眼の廻るほどさういふ御用をさせて下さいませ、これだけがお願ひでございます、それを楽しみに働いで（ママ）居るのでございます

過日は重子御嬢様より過分なる御返事を頂きまして身に余ることに存じて居ります本日漸う御礼状差上げました　御寮人様ハ封建時代の主従のやうにせよと仰せになりましたので、礼儀作法言葉づかひ等これからはその通りにいたしますと申上ておきましてござります御嬢様の御手紙にも、御寮人様は明日王様になり遊ばしても大丈夫な御徳を備へたお方故、奉公する者はきつと幸福になると仰つしやつて下さりました、

おはるどん御暇を頂きました由何とも不都合の次第御不自由の段〻恐れ入りますが何も彼ももう僅かの御辛抱と思召て下さりませ御腹の御不快は如何でいらつしやいます、とうちやん御熱も御案じ申上て居ります、私ハ気が張つて居りますので壮健でござります、養生も忠義の一つでござりますことハよく存て居ります

十四日

順市
拝

旦那様

侍女

鮎子ことしは風邪もひかぬ故東京に居ると申て居ります　どうせ正月一週間しか居られませぬ故その方が宜しからうと存ます　チエ子さん腎臓病にて昨日退院いたしましたばかり故家事の手伝ひ致すらしうござり升

＊　この書簡は封筒と内容とが一致していない。十二月二十一日付の封筒に対応しているのは「六九」の書簡であり、これに入れられた十四日付の内容に対応する封筒は失われてしまったようである。

## 六七　昭和八年（推定）十二月（推定）十六日　潤一郎より重子

表　兵庫県武庫郡本庄村西青木三三二ノ一　木津ツネ様御内　森田重子様　御直被　書留（消印　判読不能）
裏　十六日　横浜市鶴見町豊岡上山方　谷崎潤一郎

先日は御忙しき処をわざ〳〵御執筆下されまして数ならぬ私のため細〻と御丁寧なる御言葉を頂き身に余ること丶難有押戴き拝見仕りました実ハ先月御寮人様へ失礼なことを申上げ心得ちがひ仕りました件御嬢（ママ）方の御耳へまで這入り御機嫌を損じました由伺ひまして一度御詫びを致すやうに仰せ付かつても居りました上私も気になつて居りましたのでございますが御文頂きまして漸う安堵仕りました、従来とても御叱りを蒙りますのは、いつも大概礼儀作法や口のき丶方、主人に対し左様なもの丶云ひ方があるか、たとひ反対の意見ありとももつと柔かになぜ云はぬと仰せになり此の点について御寮人様は特に礼儀を厳しく仰つしやいますのでございます、で、云ひ方が拙きため御機嫌を損じますが恐さに申上げたい事も申さず胸にしまつておきますのがやがて積り積つて今度ハ一層下手な云ひ方で口へ出てしまひますので、これがよくないのだと云ふ事が理解出来ましたやうに思ひます、これからはなるべく言葉づかひ等も一〻大阪風に訂正して頂きます、兎に角、口返答をしてはならぬ、一応は左様でございますかと受けて、それから申すことがあれば申せ　封建時代の主従のやうにせよと仰つしやいますのが、どうも私には巧く出来ないで困つたのでございます、たとひ反対の考へにても御主人様の御為めを思ひ申上げるのでございますから御取上げになるならぬは別として一応は御耳に入れ度存じますこともございます故これだけは御許しを願度勿論御承知ではいらつしやいますが何分共に宜敷御執成願上度存じます尚又場合に依てハ御嬢様へ申上げ御取次を願ふやうになさつて頂きましたら幸甚に存ますそのうちにハ私も追〻馴れて参ります
御蔭様にて東京にての御用も大体目鼻つきましたので近日帰阪の上万〻御礼申述ます帰りましたらせめて二三日の間は御金の事も仕事のことも打ち忘れて、御寮人様の御側に仕へ御身の廻りの御用のみ勤めさせて頂度、これが私に何よりの楽しみでございます何卒〳〵左様御願ひ置き下されませ、唯〻それを楽しみに働いて居ります、二三日さうさせて頂きましたら又仕事に精を出します、ことしは随分勿躰ない御苦労をおかけ申上げましたが来年よりハ少しハ御楽におなり遊ばすやう雑誌者（ママ）との仕事の契約、原稿料の値上げ等も略まとまりましたのでございます　とうちやん御熱の由如何でいらつしやいますか、こい様に宜しう御伝へ願上ます

十六日　　順市拝

御嬢様
　侍女

鳥取行も岡さんの都合きゝ合はせなるべく早く実行いたします　丁未子はもういつでもよい筈でござります

＊　文面から昭和八年暮れに上山草人邸に滞在した折のものであることは明らかで、帰阪後、直ぐに岡成志と丁未子が帰郷していた鳥取へ行っている。

## 六八　昭和八年（推定）十二月（推定）十九日　潤一郎より松子

封筒ナシ

昨夜御電報ありがたく頂戴仕りました、然るところ同時に妹尾氏より来信、丁未子の健康が面白からず、風邪をコヂラせたのがもとで、胸の病気になりさうに見え、寐着いてしまはれては困る故、至急帰阪の上鳥取へ同行されたしと申て参りました。又当人も今日となつてハ早く帰省したい由でございます、依て帰りましたら一と晩だけ御側で休ませて頂き、岡さんと三人にて鳥取へ参り年内に話をつけてしまひました方が宜敷と存じますが如何でござりませうか、鳥取は一日あれば大丈夫でござりますから帰りましてからゆつくり御用をさせて頂き、心やすく新春を迎へましたらばと存じますが御意の程如何でござりませう、妹尾氏へハ大体応諾はしましたが兎に角家へ帰つてからと申してやりましてござります

猶御寮人様御離籍之件は来年になりましてもいつにてもかれこれと私などが申上る筋でハござりませぬが御書類だけハ作つてお置き遊はされまして万一問題が起つた時の御用意を遊はされましたらばと、存じます、

帰りの時日確定いたしましたらバ又電報差上ます、駅へ御出向き下さいますならば御嬢様方御一緒の方、国道筋の臨検之際宜しくと存ます

明日丁未子へ、月々のうちより百円だけ電送いたすつもりでござります、妹尾さんが附添て今村先生へ行たらしうございますし、種〻入用もあらかと（ママ）存じまして、勝手に計らはせ頂きます

帰支度やら、出版の相談やらまだ原稿の仕事が少し残て居りますやらで心急きます故これにて御免遊して下さりませ

十九日夜

順市

御寮人様

侍女

＊ 書簡内容から明らかに昭和八年十二月のものと判断されるが、昭和十一年五月九日付の書簡「一〇四」と一緒の封筒に入れられていた。昭和八年十二月十九日付の封筒は失われたものと思われる。

## 六九　昭和八年十二月二十一日　潤一郎より松子

表　兵庫県武庫郡本山村北畑　谷崎潤一郎様　御内　書留（消印8・12・□）

裏　十六日　横浜市鶴見町豊岡　上山草人

度〻うるさく拙き文差上げ御心を乱しまして恐入ますことでござります、其後又妹尾様より電報参り丁未子一と足先に帰省仕りました由でござります、依て金は送らずに一応御寮人様御手元へ御収め願ひ御指図を願ふやう仕りました、鳥取行も帰阪の上にて岡さんと同道仕ること丶相成ませうが万事御意を伺ひまして行動仕ります

尚〻本日金子千参百円、僭越ながら小生名儀を持ちまして神戸の銀行へ組込みましてござります、私帰阪の上にて引出し御手元へ組かへさせて頂きます、しかしまだ全部でハござりませぬ、後より又少〻参ります、結局御入用金千円を差引きまして最低五百円以上六七百円まで御手元金が残るやう懸命の努力を仕りました　今後ハ私全く唯御給金を頂きまして御奉公を勤め、御寮人様の御情に御すがり申て居りましたら

よいのでございます、今度の文藝春秋の佐藤の評を御よみ下れましたか、最後に一寸佳人云〻と書いてございますが、東京にてハ二三年来の私の仕事を見まして、誰も私の力だと思てゐるものハございません、きつと私の背後に偉い方がいらしつて私を支配していらつしやるのだと、文藝の分る者は皆ぼんやり想像して居ります、東京へ参りましてから一層御高恩の程が身に沁みて感ぜられ、御側を離れてハ自分は何の価値もなき人間であることが理解され、有難さと勿躰なさとに此の筆を執て又こんな手紙を書きましたのでございます

扨二十二日三等寝台は売れ切れでございますのと、今日まで不眠不休にて小石川へ一度もゆつくり参りませんので、半日御ひまを頂きまして二十二日夜は小石川へ泊まり（あゆ子も帰阪いたさないことになりました故支那料理か何かたべさせて頂きまして）二十三日午後〇時四十五分東京発サクラ三等特急にて同夜十時三十三分三宮着帰阪仕ります、予定変更いたぬ（ママ）限り別に電報は差上げませぬ、丁未子帰省のことが知れましたと見え又日〻新聞が昨日あたりから再〻電話をかけ汽車なども余程注意しないといけませぬので、何だか電報さへミカゲ局などで読まれハせぬかといふ感じがいたします、夜更けのことでございます故御出むかひは恐入りますから御休み遊して御待ち下さりませ　自働車で飛で帰ります、とうちやんには御人形買て参ります

廿一日

大阪の空を伏し拝みつゝ

順市

御寮人様

侍女

懸命の努力など、自分の手柄のつもりで申ましたのでハござりませぬ　こんなにうまく参りましたのも皆御寮人様の御徳の御蔭でないものは一つもござりません、そのことハ帰りましてから詳しく申上ます　御寮人様は御自分様が思つていらつしやいます以上に御力が御ありになりますのでござります、来年からハ一層御仕事も順潮に参りますのが楽しみでこさります

＊この書簡は封筒と内容とが一致していない。この書簡内容と対応する封筒は昭和八年十二月十四日付の「六六」の書簡が入っていた封筒と判断される。この時期の横浜市鶴見町豊岡の上山草人内から差出した書簡には混乱が見られ、この書簡が入っていた十二月十六日付の封筒に対応する本文は見当たらず、失われたものと思われる。

## 七〇　昭和九年（推定）一月（推定）八日　潤一郎より松子

表　御寮人様　親展
裏　八日朝　順市

御手紙難有押戴き拝誦仕ました、私昨日の手紙に御礼を申上ますのを忘れ何とも不都合でござりました、此度ハゆつくり御暇を頂きました上に過分の旅費を頂戴いたし御慈悲の程幾重にも有難く存上ます、然るに旅中不注意のため感冒にかゝり御用を欠きまする段何とも申訳もござりませぬ、昨日あれより又少し発熱、今朝は爽やかでござりますがまだ節〻の痛みが取れませぬ故午後にハ多少発熱致すやも知れずと用心いたしして臥床さして頂いて居ります　尤も御帰り遊ばしましたなら御足のお爪は勿論聊かにても御不自由

はかけませぬ、直ちに起きて働く勇気か出ると存じます、唯御留守中だけ用心して勝手をさせて頂いて居るのでござります、又、水野さんも今朝より発熱階下の洋間に臥床するやう取計らひピラドンを飲ませて居ります、此の方が私より重いかも知れませぬ

自分のことを先に書いてしまひまして何とも相すみませぬ、（何卒〳〵御勘弁下さりませ）御申きけの書式の紙唯今妹尾氏方より取寄せ別条の如く封入仕りました、もはや御解決の由嘸かし御安堵の事と存じます、それにつけても私の責任のいよ〳〵重きことを感じ今後はま〳〵（ママ）御奉公に精を出さねばなりませぬ、か丶る御忙しき中に終平の如き者のことまで御心配にあづかり何とも勿躰なく存ます、住所は麹町区永田町二ノ一　清元梅吉方でありますが佐藤千代宛に御送り願ひました方が忝き御志の程もよく届きますこと丶存じます、尚ゝ私の長じゅばんもボロ〳〵に切れてしまひましたので半じゅばん御ついでの節福田さんにでも御願ひ出来ましたらば有難き事に存じます

何にいたせ御体に御無理を遊ばしませぬやう鼻の御療治等も御熱か（ママ）取れてからに遊ばされてハ如何でござりませう、私は明日は起きられると存て居りますが、二人まで病人にて取ちらして居ります故御帰りの節は一寸御電話いたゞけましたら有難う存ます

八日　　順市

御寮人様

侍女

鳥取にて

はる〴〵と北に海ある国に来て
　南の山の雪晴れにけり

＊　昭和八年十二月十九日付の書簡に、「帰りましたら一と晩だけ御側で休ませて頂き、岡さんと三人にて鳥取へ参り年内に話をつけてしまひました方が宜敷」とあったが、それが実行されたことが報告されている。末尾に記された一首は、昭和十一年一月八日の「大阪毎日新聞」に掲載された「木影の露の記」によれば、昭和八年十二月二十三日に鳥取へ行き、小銭屋という宿に泊まり、その帰る折に詠んだものとある。二十三日帰宅してその夜、鳥取へ行くという強行軍だったのだろうか。それがたたってかどうか、鳥取から帰って、感冒にかかり寝込んだようである。

## 七一　昭和九年（推定）四月（推定）二十八日　潤一郎より松子

表　御寮人様　親展
裏　廿八日　順市

久ゝにて御直筆の御文を頂くことが出来まして難有何度も〳〵押頂きましてござります　新聞記事につきいろ〳〵御心痛下されまして勿躰なうござり升　しかし大体私の考へてをりました通りに行くやうに祈つて居ります　昼間は目立ち易うござります故　今日夜になりましてから参上詳細御話し申上げます　御注意下さりました薬もすでに用ひて居ります故御安心下さりますやうに願上升
御申つけ之通り夏の御召物取そろへ勝ちやんに持つて行て頂きます　唯帯〆めと仰つしやいますのがよく分りませぬ、御目にかゝり伺ひました上又御届けいたします女中大阪より来てくれました　一旦帰り明日より目見えに来ると申て居ります　紀州生れださうにござりますが言葉づかひは宜しうこさります
根津様御嬢様方へも宜しく御伝へ下さりませ
廿八日
順市
御寮人様

＊　ここで言及されている「新聞記事」とは、昭和九年四月三十日の「夕刊大阪新聞」に出た「問題の谷崎潤一郎氏　艶麗なマダムと同棲」と題して大きく報じられた記事のことをさしていると思われる。記事は、松子が四月二十五日に根津清太郎と協議離婚をして籍を抜いたことを戸籍の写真付で報じており、根津家の親戚、家主、森田家の姉朝子などの談話も載せている。各方面に取材してつくられた記事のようなので、松子の耳にも当然それは入って二日前の二十八日には、こうした記事の出ることも分かっていたようである。それ故の「心痛」だったのだろう。

## 七二　昭和九年六月四日　潤一郎より松子

表　兵庫県武庫郡精道村打出下宮塚十六　水野鋭三郎様　御内　航空（消印9・6・4）
裏　六月四日　横浜市鶴見豊岡　上山草人方　谷崎潤一郎

為替ハヤハリ佐藤春夫名義にて送り升
唯今御手紙拝見致しました　御嬢様の御心づかひ何とも恐入ます私の云ひ過ぎよりそのやうに御胸を御痛

め下さいますこと、もうそれだけにても御芳情の程身に沁みて難有決して〳〵思ひやりか足るなど丶は存て居りませぬ何も〳〵帰りましてから委敷聞て頂きます
扨、中央公論社長との源氏物語出版に対する条件の相談か長引きまして本日金ハ受取りましたがもはや時間がおくれました故明朝七百円電送致します、此の外に鮎子の分、草人への祝物、帰りの旅費、トウサン、お嬢様方への御土産等の費用として百円程私が御預りして居ります、
それ故鮎子の方ハもはやすんで居りますが、妹尾様へ丁未子の分として五日迄に百五十円届ける約束をして参りました故、これハ七百円のうちより御届け下さいましたら有難う存じます、
佐藤へ送る金ハ猶別に一二百円東京にて都合が出来ると思ひますが出来なければバ創元社の印税を充てまする故これハ御心配に及びませぬ
御風邪ハ其後如何でいらつしやいますか御案じ申上ます私ハ六日に左団次に会ひ例の頼まれたことをすませまして今夜出発七日午前に帰ります予定でございますが、猶その時電報差上ます
龍児さんギフテリアにて小石川に泊まれず草人方に泊まりました、唯今偕楽園にて此の文認めました
御嬢様トーサンへ宜しく申上て頂きます
六月四日　潤一
御寮人様
侍女

## 七三　昭和九年六月三十日　潤一郎より松子

表　兵庫県武庫郡精道村打出下宮塚十六　水野鋭三郎様御内　御寮人様　書留　別配達（消印　読取不能）
裏　六月三十日　横浜市鶴見豊岡二八五　上山草人

いつも〳〵出発の際は御手厚き御情にあづかりまして勿体なき事でございます
御寮人様をはじめ大きい御嬢様小さいお嬢様皆〻様御機嫌御麗しきことゝ存上ます
非凡閣より八取あへず八百円受け取り、あとハまだ交渉中でございますが少くとも百円はよこすやうでございます、しかしそれハ七月上旬になると存じます、尤も他に非凡閣にて私の大部出版（全集でございます）をなす計画がございまして、これハ改造社とも共同しなければなりませんので、二三日でハ到底話がまとまらず、一度仕事を片づけました上、此の機会に相談しておかうかと存じて居ります。
右八百円のうち、終平とあゆ子九十円、六十円を私の旅費及び御土産の費用と致し六百五十円だけ電送仕りました、此の外に非凡閣中央公論等より二三百円は持つて帰れると存じますが、五日にハ間に合ひかねますかと存じます故、他の払ひを十日頃迄お伸ばし願ひ、丁未子の方を先にして頂けましたら、勝手ながら有難う存じます
扨仕事でございますが、草人の家も中〻暑うございますし、夏ハ例の食物の古いのに危険を感じ、而も一方非凡閣の出版計画その他改造社との相談等にて東京を離れますことも工合悪く、種〻考へ、困却いたしましたところ偕楽園がそれならば塩原の別荘があいてゐるから使つてもよいと云はれましたので、これが一番経済と考へ、明日より四五日その別荘を借りることにいたしました、書生の代りに中央公論の社員が来てくれまして、二人共泊めて貰ふことになりました、食物ハ干物等を買ひ込んで参りあとハ笹沼別荘番

がやつてくれる筈でござります、所ハ「栃木県塩原温泉塩釜、笹沼別荘」でございます、東京より汽車で三時間半でございます
御寮人様がいらつしやりたいと思召でいらつしやいました処へ、御先に参りますことハ恐縮でござりますけれ共、何も〳〵お仕事のためと思召被下、御免しを願ひ上ます。
かうして此方に参つて居りますと、御情の程がしみ〴〵とよく分り、ならうことなら仕事などせず、一生御身の廻りの御世話やお遊山の御供だけして暮らせましたらどんなに有難く、仕合せであらうと存じ、時〻仕事がたまつたり、お金のことで出て参つたり致しますのが、勿体ないことながら悲しうございます。でも、今度帰りましたら、もう当分ハ何処へ出ず、お邸の下男部屋に置いて頂き新聞や源氏の方をさせて頂きますのが楽しみでござります、もう〳〵こんなに御暇を頂いて出て来ますことハ、何とかして止めにしたいものでございます、これも畢竟、私の仕事を致しますのが、遅いせゐでございます、それをいつも〳〵口惜しうございます
先夜仰つしやいました通り、今度帰りましたらバ今日迄私の名前になつてをりまする版権等も全部御寮人様御名前に書改め御門の標札も改め、皆〻様へもその旨御披露遊ばしますやう、御考へおき下さりませ。それを早速実行仕り主従の区別を明かに遊ばして下さいましたらどんなにか私も本望でござります、詳細ハ後便にて申上げますが、塩原にて仕事をすませ、一旦東京に帰り、一二泊して後の計画をまとめた上にて帰らせて頂きます、今後約一週間程と思召て頂きます
丁未子の書類が参りましたらバ、これハ行違ひ等になりませぬやう、千代へ御送りを願ひ上ます
御主人様方皆〻様へ宜しく御伝へ下さいませ
六月三十日夜

順市

御寮人様

侍女

大毎社が参りましたば（ママ）塩原を御知らせを願ひますが改造社その他へハ一切旅行中とのみ仰つしやつて頂きます、

＊『湘竹居追想』六八頁

**七四　昭和九年七月三日　潤一郎より松子**

受　兵庫県武庫郡精道村打出下宮塚十六　水野鋭三郎様　御内　御寮人様　絵はがき（消印9・7・3）

裏「塩原・高尾塚」の写真

一昨日無事到着せつせと仕事して居ります塩原ハ昔程よろしくなくすつかり俗化して居ります、矢張関西の山水の方がずつと宜しうございます唯静かなので仕事ハよく出来ます

潤一

＊芦屋市谷崎潤一郎記念館所蔵

**七五　昭和九年七月四日　潤一郎より松子**

表　不明

裏　七月四日　塩原温泉　笹沼別荘内　潤一郎

今朝航空便御玉章難有頂戴仕ました
こゝは東京から三時間半でハなく二時間半でございました、それでも京大阪を思ふと、大変遠い遥かな所へ来たやうな気がいたし、見るもの聞くもの食べるもの皆野菜にて東戎のあら〳〵しき土地へ参つた心地が仕り平安朝の昔も今も変りなき心細さ淋しさでござります、味噌なども御邸に居ります時は時々東北の辛味噌が恋ひしうござりましたけれど此処へ参つて毎朝たべてをりますと、もはや二日目には咽喉がヒリつきますやうに感じなぜこんな辛い野蛮なものがよかつたのかと（中略）御邸の白味噌のうまさが貴さがよう分りました、それにつけても順市の故郷は御寮人様の御傍より外にないことがつく〴〵身に沁みて分りました、すべて幸福は、その幸福を一寸でも離れた時に一層よく分るものでござります、ほんたうに、打出の御邸に居ります時の有難さ、勿体なさ、それを忘れましては罰があたります
御寮人様の御事ハ申上る迄もございませぬが小さい御嬢様の御可愛らしい御声や御顔つきが毎日〳〵眼先や耳元にチラ〳〵いたします、トーチヤンは此の頃よく私のことを「オヂイ〳〵」とお呼びになりました、その「オヂイ〳〵」と仰つしやるおこゑが一日も早うきゝたうござります、何卒御人形を買うて帰りますから御邸へお入れ下されますやうに、お伝へ遊して下さりませ、（以下略）

＊『湘竹居追想』七二頁より、詳細不明。

## 七六　昭和九年七月七日　潤一郎より松子

表　兵庫県武庫郡精道村打出下宮塚十六　水野鋭三郎様　御内　御寮人様（消印9・7・8）

裏　七月七日　栃木県塩原温泉塩釜　笹沼別荘内　潤一郎

前便御覧遊ばして下さいました事と存じます
文章読本の仕事がもうあと二十枚程残つて居ります、これをとうしても書いてしまはぬと金を貰ふことが出来ないのでございましたが取りあへず五十円だけ中央公論社より取り寄せましたので御電送申上ます、右様の事情にて十日頃出京、十一二日頃御傍へ帰ります予定でござります
改造ハ到底間に合ひさうもございませんので、これハ多分放棄することに相成ります
鳥取の書類のことにつき私よりも昨日妹尾氏へ督促状差出しましたがまだでござりましたら恐入ますが私帰りますまでお待ちを願ひ、その上にて一度鳥取へ居催促に参らせて頂きましたらとも存じて居ります
でハもう少しでござります故　御機嫌よく御暮し遊はされますやう願上ます
大きい御嬢様、とうちゃん、こいさん皆〻様方へ宜敷御伝へ願上ます
今度帰りましたらバもう何処へも参らず一生懸命御邸の御用勤めさせて頂きます
七月七日　順市

御寮人様

侍女

本夕ハ当地七夕祭りにて野趣おもしろく田舎らしき風情を見せて居ります
東京へ着きましたらバ直ちに電報にて御知らせ仕ります　宿ハやはり上山方でござります

＊　日本近代文学館所蔵

＊　丸谷才一「批評家としての谷崎松子　松子夫人より贈られた谷崎潤一郎未発表書簡」（平成五年二月「中央公論」）に所収。

## 七七　昭和九年七月八日　潤一郎より松子

兵庫県武庫郡精道村打出下宮塚一六　水野鋭三郎様　御内（消印9・7・8）

七月八日　栃木県塩原温泉塩釜　笹沼別荘方　谷崎潤一郎

唯今御電報拝見いたしました

いろ〳〵御心を煩し何とも恐縮でこさります

東京へお越し下されますこと、勿論お上の思召次第にて如何様とも申上けられませんが、唯私は、仕事を塩原にてすませますと東京へ参つて佐野繁次郎画伯に会ひ東日記者と打ち合せたり中央公論で金を取つたりいたしました上、（そのため一泊しなければなりませぬが）直ちに大阪へ参り大毎へ出頭する約束になつて居ります、それハ大阪へ十日前後に予告を出す関係上、急かれてをります

そんな訳にて、今より気がセカ〳〵いたし居り、折角之御上京に御案内も申上げられず、又途中箱根熱海等へお供する暇もごさりませんので、一旦大阪へ戻りました上にて、又改めて御供させて頂きたうございます、されば申し御寮人様を東京へ御残し申し私だけ先へ帰らして頂きますことも心苦しく種〻心配でございます

手前の都合ばかり申上け恐入りましてこさりますが何卒〳〵帰阪の日まで寸暇なき事情御察し下され一日

と雖も無駄に出来ませぬセッパ詰まつた場合と思し召し下されまして、そちらにて御待ち願へましたら有難うございます、帰りました上にて必ず何処へなりと、御供させて頂きます、何分今度ハ相手が新聞でござります故、おくれるやうなことがあつてハ先方にも大迷惑をかけ大変なことに相成ます
明日頃に大毎より使が参るかと存じますがもう直ぐ帰つて来るからと仰つしやつて下さりましたら有難く存じます
何卒〳〵失礼なる過言御勘弁下さりまして御聴きすみ下されましたら御慈悲でござります

七月八日　　　　　　　　　　　　　　　　　　　　順市

御上様
　御腰元

＊神奈川近代文学館所蔵、『湘竹居追想』七四頁

## 七八　昭和九年七月十一日　潤一郎より松子

表　兵庫県武庫郡精道村打出下宮塚十六　水野鋭三郎様　御内　書留　別配達（消印9・7・11）
裏　七月十一日　栃木県塩原温泉塩釜　笹沼別荘　谷崎潤一郎

昨日御電報拝見致ました如何なる御用かと存ますが上山の家へ帰りましてから拝見させて頂きます
東京日〻から電話が二度もかゝつて参りましたので、夕刊小説の題と予告の口上だけをしたゝめ取りあへず本日社の方へ送りました、私の帰阪以前に大毎新聞紙上へも右の予告挨拶が出ること、存ます

改造の記者がとう〳〵居所を発見、先日一度、本日も亦参り、泊り込みで原稿の催促をして居ります、そこへ又文藝春秋の記者もやつて参りました。
右の事情にて気が気でございませんが、文章読本の方、すでに二百三十枚も書きましたのに、内容が長びき、まだ完了いたしません。
斯くの如き事情でございますから、仕事がすんでもすみませんでも、一段落つき次第こゝを引き上げて出京いたします。そして中央公論社に事情を訴へ、金を受取て帰阪いたし度存て居りますが、もし、文章読本の仕事が完了せねバ、どうしても金を渡さぬと云ハれました場合ハ如何いたしませうか、折角上京の使命が果たせぬ事になりますが矢張お金を受取らないでハ御邸へ帰る訳に参りますまいか。右偏へに御さしづを御待ち申上ます。(此の御返事も上山方へ御郵送願上ます)
但し、新聞の方ハ早くても今月廿七日以後となり、第一回原稿ハ二十日頃手渡せバ宜しきやう申て居ります、唯予告と標題の決定だけを急いで居るのでござります
兎にも角にも明晩か明後日朝ハ上山方へ参ります、至急恐入りますが御下命を御待ち申ます
尚戸籍の手続きも万一手間取りました場合ハ如何いたしませうか。これもお千代の兄に頼んでおきましたのでハ如何でございませうか。
文章読本を書きながら気がつきましたことハ、この読本の趣意ハ、日頃御寮人様より、お前ハ言葉に丸みがなく、含蓄がないと、いつも〳〵御叱りを蒙りますので、文章に文字の多すぎること、表現のハツキリし過ぎることを戒めたものでございます、されバこれも皆御寮人様の御趣意をそのまゝ書きましたやうなものにて、何事も御教訓の賜といよ〳〵有難く存て居ります
早く帰らして頂きまして第一に御足を頂き、その上トウチヤンをシツカリ抱きしめさせて頂きたうござり

ます
七月十一日
順市
上様
御腰元

＊　日本近代文学館所蔵
＊　丸谷才一「批評家としての谷崎松子　松子夫人より贈られた谷崎潤一郎未発表書簡」（平成五年二月「中央公論」）に所収。

## 七九　昭和九年十月五日　潤一郎より松子

表　兵庫県武庫郡精道村打出下宮塚十六　森田御寮人様　御直披（消印9・10・6）
裏　十月五日　大阪市天王寺区上本町五丁目　正念寺様内

十月五日夜したゝむ
順市
御寮人様
出発に際しいろ〳〵の御心づかひ難有勿体なき事に存じます又その節ハ私不注意より御機嫌を損じましたこと御詫び申上ますたゞ
御寮人様は富貴に御育ちなされ生活の御苦労といふ御経験が御ありなさらないので、その点に関し、多少私と御考へが御違ひになりますのも御尤もと存じます、私としましてハ仕事第一主義で行かなければ心配でなりませんので、ついユッタリとした気分を失ふのでございます、それもこれも

御寮人様はじめ皆〻様の御ためを思ふからでありますことハ申す迄もござりません、しかし

御寮人様が私同様にアクソクなさるやうにてハ御いたはしくもあり、又そんな御気分になれる筈もありません、明日が日の生計に差支るやうになつても、大名のやうな悠〻たる御気分で御いで遊ばされるところが御寮人様の有難いところでございますし、こればかりは私のやうな卑しい生れの人間には真似が出来ません、それ故にこそ二世も三世も変らぬ御主人様とお仰ぎ申てゐるのでございます、又そんな御心配をかけないやうに致すことが私の理想でございますけれ共、何としても目下のところ力及ばず、甲斐性なきために御不自由をかけそのため餘計仕事の方に気が取られます、これも決して長いことでハございませぬ故、当分の間ハ何を置いてもミツチリ仕事をさせて頂きますやうに御願申ます

次に、静かな所にゐなければ仕事が捗らぬと云ふ意味は、御寮人様に対する感激がうすらいだ意味ではございません。感化や感激を文学に移しますには、やはりそれを基礎にして或る空想を生むだけの経過が必要でございます。歓喜とか恍惚とか、その他いかなる感情でも、その興奮の最中には表現の余裕がないものにて、それを一遍ひやゝかに沈静せしめて、始めてその感情の性質が、自分にも分り、人に伝へられるものでございます。私も御寮人様の御側にをります時の方が遥かに愉快でございますけれ共扨それを藝術的感興として味はひ、且表現いたしますのには、或る程度の瞑想の時間と孤独の環境とが必要になつて参ります。これハくれ〴〵も誤解遊ばさぬやう、正しく御憫察下さいますやう懇願申上げます。私は製作の仕事が好きでございますけれ共、それより一層御側において頂いで（ママ）御寮人様や御嬢様方に御奉公いたします方が好きでこさいますから生計の道さへつきますならば、喜んで文学などハ放棄いたし、生活を以て直

ちに藝術といたします。目下の唯一の悲しみはそれが出来ないことでございます。依て将来実際問題として、仕事の時間と、御奉公の時間とを、いかに調和させたらよいかといふことを、御考へおき願ます、私も考へることにいたします。（勿論仕事も御奉公の一部、而も重要なる一部でございますが）

尚〻しげ子御嬢様信子御嬢様にも宜しく御伝へ願上ます。御二方様とも、御寮人様には一日もなくてならぬ御妹様方であり云はゞ一身同体でいらつしやいますことハよく存じてをります。何ぞ私が、皆様方の御用を勤めますことをウルサク思つてゐるやうな素振が見えたのでございましたら、それハ私の偶然の不注意のためでございますから何卒〳〵御ゆるし下さいませ、決して〳〵そんなつもりはございませぬばかりか御主人様の御妹様なら矢張御主人様と心得御用をさせて頂きますのを有難く思てをります今後ハ一層注意いたしますから忠実な家僕と思召して御使ひ下さいますやう願上ます。又御気に召さぬことがございましたら御寮人様御同様に御叱り下さいましたら決して違背いたしませぬ。（いつぞやハ島川さんの事件がありました時故、根津さんの家庭のゴタ〳〵が此方へまで波及することを懸念いたしました迄にて、こいさま御自身をとやかくと申したのでハございません。それも御寮人様より御相談がありました故御寮人様のおためを思うて御参考までに申上げた迄でございます。私の感情から申したのでハございません。又こい様の御心持から出たことでハなく、根津さんからの御話だつたのであゝ申たのでございます。もしあの事がいつ迄も御気に障てをりますのでしたら何卒御弁明願上ます）

ゑみ子とうさまハ一番よく私の忠義を知てゐて下い（ママ）ます。仕事がすみましたら早う甲子園へ御供させて頂き度と楽しみにしてをります。

一寸書きますつもりにてこんなに長くなつてしまひました、御返事を頂きますと、又その方へ考へを惹きつけられます故、十日前後に帰らして頂きました節此の御返事をおきかせ下さいませ。仕事ハ至て順潮に

運んで居りますから御安心願上ます。帰ります前日に速達か何ぞ差出しますやうに致します

＊　全集書簡番号一四八、『倚松庵の夢』二一七頁

## 八〇　昭和九年十月六日　潤一郎より松子

表　阪神打出下宮塚十六　森田様御内　御寮人様　御直披（消印9・10・7）
裏　十月六日夜　大阪天王寺区上本町五丁目　正念寺様内

御寮人様
取急ぎ申上ます、
文章読本ハ五万部売れますこと略〻確実とのことでございます、依つて取あへず中央公論支局より金子少〻融通して貰ふことになりましたが明後八日（月曜）に届けてくれる筈、多分ほんの小づかひとして五十円ぐらゐのつもりでございます。つきまして八八日の夜そのお金をお届け旁〻一寸帰らして頂きます。（八日は多分サカロフへ御出かけのこと、存じますし、私も仕事をすませ夜の食事をすませました上で、帰ります。）
尚文楽座の方、木場様とも御相談の上、九日にして頂けましたら一層好都合でございますが如何でございませうか。さうしましたら九日にもう一と晩泊めて頂き十日に此方へ帰ります。尤も私今度ハ忙しうございます故、お嬢様方を御誘ひなされましたらばとも考へてをります。サカロフとは違つて又面白うございませう皆〻様御揃ひにて御賑かにおいでなされましたら如何でございます
六日夜

順一

＊全集書簡番号七一九、『湘竹居追想』八八頁
＊芦屋市谷崎潤一郎記念館所蔵

## 八一　昭和九年（推定）十月（推定）十三日　潤一郎より松子

表　御寮人様　幸便
裏　十三日　正念寺様内　順市

御ふささん御よこし下されまして御心遣難有奉存候本日ハ珍敷よき天気、かゝる時節に野遊びの御供も出来ぬとハと存じ先程も庭を眺めて嘆息いたし居候事に御座候併し仕事ハ今三四日にて全部相済み可申、それまで一と息に仕上げてしまふ心づもりに御座候
御ふさゝん御話にハ其後御二方様とも御快方の趣何より安心仕候重子御嬢様にも何卒〳〵宜敷御願申上候
早く〳〵茸狩紅葉狩月見の御供仕度御座候唯ゝそれを楽しみに執筆致居候
十三日　順市拝
御寮人様

あゆ子へ手紙に左の一首したゝめ送申候
　難波江にあしからんとは思へども

いづこの浦もかりつくけり[ママ]

＊　全集書簡番号七二〇、『湘竹居追想』八九頁
＊　正念寺は松子の実家の檀那寺で、谷崎はそこで「文章読本」の最後の仕上げに専念した。昭和九年十月十二日付の正念寺から差し出された鮎子宛書簡には「難波江にあしからんとは思へどもけふこの頃はかりつくしけり」とあり、下の句が違っている。

## 八二　昭和九年十月二十三日　潤一郎より松子

表　〔兵〕庫県武庫郡精道村〔打〕出下宮塚十六　森田松子様　御直披　航空便（消印9・10・24）
裏　二十三日　横浜市鶴見町豊岡二八五　上山方　谷崎潤一郎

昨日為替御落掌下されました事と存ます御土産物あゆ子終平の分及旅費等差引御送りいたしましたが尚金千円来ル三十日中に届くやう送つてくれる由でございます故三十一日御支払には間に合ふと存じます、その代り残りの校正と序文とを滞京中にすます事に相成ましたがこれは今一両日あれば充分故二十五日かおそくも六日の昼頃までには御側に帰ります都合でございます
二十一日の日曜に偕楽園へ電話をかけましたら私とあゆ子と呼ばれ歌舞伎座見物をいたしました、菊畑に羽左衛門菊五郎と交つて大阪の魁車が唯一人皆鶴姫で出てをりました、魁車は私も御寮人様の真似をするわけではございませんがいつも嫌ひでございましたのに、矢張東京で見ますと大阪の女形の特色が濃く早も故郷へ帰つたやうな気がいたしまして懐しうございました、それに一番目に豊臣三代記と申す新作あり左団次が且元をいたして居りますが、秀頼公の御若君国松を六才になる「たかし」と申す子役がつとめ、

且元を見て「ヂイ、ヂイ」と云つてをりましたのでトーサンのことを思ひ出し、幼き主君より慕はれる且元の嬉しさを思ひやつて涙が出ました、斯く東京へ参りましても心にかかるは大阪の空ばかりでございます
御土産のうち帯締はもう買つて参りました、トウサンにハンドバツクを捜して帰ります
唯今仕事中につき乱筆御免遊ばして下さりませ
廿三日夜

順市

御寮人様

重子御嬢様にも御機嫌よくいらせられますか何卒〳〵宜敷御伝下さりませ
御寮人様の御妹思ひの御心情が御嬢様に御分りにならぬ筈はないと存升
かの四百円にて、丁未子の送金に御不足ではございますまいか、妹尾氏の方後廻しとして百円位にても届けてやつて下さりましたら有難き事に存升私もなるべく余計残て帰ります

＊日本近代文学館所蔵（『日本近代文学館資料叢書 第Ⅱ期 文学者の手紙3 大正の作家たち』所収）

## 八三　昭和九年十二月六日　潤一郎より重子

表　兵庫県武庫郡精道村打出下宮塚十六　森田重子様　御直披（消印9・12・6）

裏　十二月六日　横浜市鶴見町豊岡二八五　上山草人内

御寮人様御無事に御着遊ばされ至極御機嫌にて御いでなされます故御安心遊ばして下さりませ、田所様ハ御主人御病気（軽い風邪）の由でございますが然し御用談の趣ハ早速御快諾遊ばされ直ちに甲南学校の方へ書面差出されるやう申され、又私とも近日御会ひ下さるとの事でございます故御安心願上ます、尤も清ちゃんの方ハ、これハ当然根津氏が学校へ対し父兄たるの責任を負ふべきものなれば、恵美ちゃんの方の責任だけハ御寮人様及私が負ふべきであるとの御意見のやうに承りました次に本日中央公論より電話あり文章読本あと五千部増版の由にて検印紙をそちらへ御送り致します故恐入りましてございますが女中さんにいつもの判を捺させ、中央公論社内雨宮庸蔵氏宛に至急御返送御命じ下されますやう願上ます尚支払ひの金ハ多分十日中に残額五百円程電送いたします（発信人上山草人受取人ハ御寮人様名義）支払方法につきましてハ後便にて御寮人様より申上る筈でございます御帰りは十三四日頃、私御供いたし御一緒に帰らして頂きます予定でございます何かと御手数相かけまして御心づかひの数々恐入りまするが今暫くのところ御願ひ申上ますとうさま始めこいさまへも宜敷御伝へ下されませ御寒さの折柄御いとひ遊は（ママ）しますやうにくれぐ〵も御願ひ申上ます

十二月六日

順市

御嬢様

侍女

＊山梨県立文学館所蔵

# 三、新婚生活と「源氏物語」現代語訳

谷崎潤一郎は、昭和十年（一九三五）一月二十八日に精道村打出の家で松子と祝言をあげた。一月二十一日に丁未子との離婚届が出されたのを機に、弁護士の木場悦熊（こばえつくま）・貞子夫婦に媒酌人を頼み、ほんのささやかな内輪だけの祝言だった。それから間もない同年五月三日には婚姻届を提出して松子を入籍している。「雪後庵夜話」の「昭和十四年の春に心ならずもM子を谷崎家の籍に入れた」という記述はあきらかに虚偽である。野村尚吾はこれについて「いつまでも森田姓で通してほしかったが、常識はずれと世間から非難されたり、誤解を生じても迷惑なので、世の法式どおり、その年の五月三日に入籍の手続きをとった。しかし手紙には、その後昭和十四年ごろまでは、森田松子と宛名書きしており、気持はやはり入籍した妻の感じをつとめて持つまいとした」（『伝記谷崎潤一郎』）と説明している。なお本籍を東京市日本橋区蠣殻町一丁目十五番地五から大阪市西区靭上通一丁目三十一番地の創元社の住所へ移したのも、この年の四月十日である。

その数日後には「雪後庵夜話」で語られたように、谷崎は重子を青木のあばら屋へ迎えにいっている。松子との恋愛の高揚期には次々に力の張った傑作を仕上げていったが、さまざまの危機的な状況を乗り越えながら、ようやく勝ち得た松子との新婚生活の時代は、「源氏物語」現代語訳の仕事にそのままあてられた。「源氏物語」現代語訳の仕事は、昭和八年十一月末から十二月初旬ころに中央公論社の社長嶋中雄作からもちだされた話だったが、それについては、『増補改訂版　谷崎先生の書簡　ある出版社社長への手紙を読む』の「増補篇」に詳しく論じたので、ここでは触れない。

ただ、昭和八年一月（推定）十六日付の松子宛書簡「三七」に「源氏湖月抄及び現代訳の第二巻」を届けた際に、「今の世に、御寮人様ほど源氏を御読み遊ばすのに似つかはしい方がいらつしやいませうか、源氏は御寮人様が御読み遊ばすために出来てゐるやうな本でございます」と、「源氏物語」現代語訳の仕事が持ちこまれる以前から谷崎が「源氏物語」と松子とを結びつけていたことには注意しておきたい。このとき届けられた「現代訳」は吉沢義則の逐語全訳の源氏物語だったと思われるが、「源氏物語」現代語訳の仕事の話がきたとき、当然、松子は谷崎訳で読みたがったろうし、また谷崎も松子に自分の訳した文章で読ませたかったと思われる。

昭和十年一月から六月まで「聞書抄」を新聞連載しているが、この作品の執筆には非常に難渋した。五月二十四日付の書簡「八四」に「新聞は漸く昨日書き終へました」と報告しているけれど、苦労したわりにはさほど効果があがらず、「春琴抄」にいたる一連の系譜からすれば、やはり二番煎じの印象はいなめない。同じ書簡で「二十六日朝ハ中央公論社員同伴仙台へ出発」とあるが、これは谷崎が現代語訳にあたって校閲者を望んだところから、時節柄、「普通の源氏物語学者よりは、国体明徴的のにおいをもった人の方がいい」（雨宮庸蔵『偲ぶ草』）という社の判断で、東北帝大を退官した国語学者の山田孝雄（よしお）に依頼するということになって、その挨拶に赴いたことをいっている。

このとき同伴したのが当時谷崎を担当していた中央公論社の雨宮庸蔵だった。九月七日付の雨宮庸蔵宛書簡には「源氏ハ「桐壺」脱稿、目下「帚木」ノ中途マデ進行」（『雨宮庸蔵宛谷崎潤一郎書簡』）とあって、八月末か九月早々には現代語訳の仕事にとりかかられていたことが分かる。「源氏物語」現代語訳の仕事を引き受けるにあたって、昭和九年六月四日付の松子宛書簡「七二」に「中央公論社長との源氏物語出版に対する条件の相談か長引きまして本日金ハ受取りましたが」云々とあり、昭和九年中にいったん契約が交わされていたことが分かるけれど、それが十年七月六日付(この日には長文の書簡を二通書いている)の書簡「八八」に記されているような条件で最終的に決着をみたようだ。

この書簡は『湘竹居追想』にも紹介されたが、その折に「四」の条項「丁未子の手切金は、今一応創元社に相談してみて、どうしても創元社が駄目だつたらこれも支払ふ」がすっぽりと省かれていた(ほかに「二」の条項の「阡円乃至阡五百円」が「千円乃至五百円」と誤記されている)。秦恒平『神と玩具との間』に紹介された昭和十年七月二日付の妹尾健太郎・キミ宛丁未子書簡「百四十四」によれば、丁未子への慰謝料は当面二千円であとは三千円を三年間で支払うということだった。この書簡からこの時点ではまだ支払われていなかったことが分かるが、その額は源氏印税の前渡し分の三分の一だった。

また丁未子はこの六月に上京して、菊池寛のはからいにより文藝春秋社へ再入社しており、昭和十一年二月三日には菊池寛の媒妁で、彼女よりひとつ年下の文藝春秋社の社員の鷲尾洋三と再婚している。昭和十年十二月十三日と推定できる書簡「九三」に、「丁未子がさう云ふ風になつてくれゝば一安心で、何よりほつといたします」とあるのは、丁未子の再婚話の噂を松子経由(おそらく妹尾夫婦からの情報)で聞かされてのものだったと思われる。この書簡を含む前後七通の持たせ文はすべて年月が不明だけれど、「九二」「九三」「九四」「九六」「九七」は同じ封筒を使用(前三者は便箋も同じ)、「九六」「九七」「九八」「九九」は同じ原稿用紙を使用、いずれもペン書きで走り書きされているところから、ほぼ同じ時期に書かれたものと推測できる。

その原稿用紙もかつての「倚松庵用箋」ではなく、薄い洋紙にただ四百字のマス目が印刷されたもので、「源氏物語」現代語訳に使用したもののひとつである。「源氏物語」現代語訳はよほどスピードをあげるためにか、洋紙の四百字詰の原稿用紙にペン書きされたが、その時期々々によって使用された原稿用紙の紙質は異なっているものの、洋紙に無銘の四百字原稿用紙ということでは一貫している。これらの持たせ文はそれらの原稿用紙のひとつを使用しているので、この時期のものと判断され、先の書簡「九三」には「金子は今日改造社が夙川へ持つて参ります故」とあるところから、夙川の甲南荘に仕事部屋を借りていた時期のものだということも分かる。

東京都近代文学博物館の「館報駒場野」三十九号に昭和十一年一月三十日付の和気律次郎宛書簡が紹介されているが、その追伸に「小生「改造」の小説を書くために、又甲南荘へ通つてゐます」とある。「又」という表現から、このときが二度目だったことが分かる。昭和十年六月十日号の「サンデー毎日」に掲げられた全集未収録の「身辺雑事」によれば、「聞書抄」を書いたとき「どうも家庭にゐると書けないのでほかに家を借りて書いた」というが、それが一回目だったのだろう。「「改造」の小説」とは、昭和十一年の「改造」一月号と七月号に分載された「猫と庄造と二人のをんな」を指しているが、「源氏物語」現代語訳とこの仕事が重なり、ともかくも誰にもわずらわされない、ひとりで集中できる仕事部屋を必要としたのだったろう。

またこれらの持たせ文に特徴的なことは、私の読み方が間違っていなければ、他の時期にはいっさい使用されていない「順痴」といった署名が記されていることである。はじめ「痴」の字を何と読んだらいいか分からずに、長らく首をひねっていたのだが、どう見ても「痴」としか読みようがない。これは一体どのようなことだろうか。この時期、松子夫人と痴話喧嘩でもしたのだろうか。いろいろな憶測が可能だけれど、松子夫人への神を崇めるような思慕の根柢にも、「痴人の愛」の河合譲治的な要素が含有されていなかったわけではないことには注意しておく必要があるだろう（「九八」の差出人の箇所には横文字らしきものもあるが、これについてはまったく意味不明である）。

それと直接に関連があるわけでもないけれど、雨宮庸蔵の日記には次のような一節があることも思い起こされる（雨宮広和『父庸蔵の語り草』）。「兵庫県打出に住まはれてをる谷崎潤一郎氏から、上京するといふ葉書を昨日受取つたと思つたら今日はもう訪問を受けた。源氏物語口語訳の件についての打合せや金策の交渉である。事務的の用事が済んだら早速婦人の話、丁未子（とみこ）はものはとてもいいんだが外の点で物足りないからねえ、とか、千代子なんて……どうして女房にしてゐたか今から考へると分らないくらゐだよ」といった具合だったという。

また「佐藤春夫に与へて過去半生を語る書」を書いたときには、「『当時は性欲がなくなつたのでないかと随分不安に思はれたのが丁未子さんと結婚されてからは肉体的にも非常に幸福になられたやうに書いてをられたが、一体どんな御状態だつたんですか』と」、「一本率直に突つ込むと、谷崎氏も変つてゐる、一寸はにかみながら唾をゴクリと呑みこみ、『さうですね、一日に四回、一ヵ月続きましたよ、あの頃は夜仕事をして昼寝たものでした』『そんな具合でしたらお仕事など出来なくはなかつたぢやないですか』『えぇ、できませんでした』『それから後はどうなりました？　別状なかつたですか』『別状ありませんでした、それから以後は一日に一回づつ一年近く続けました。がそれからはパタリと駄目になつて仕舞ひましたねえ』」といったような調子だったという。聞く方も聞く方だが、それにまともに答える谷崎の方もたしかに「変わつてゐる」。

打出の家で松子と同棲をはじめてからも、谷崎は頻繁に上京して上山草人邸や、笹沼家の別荘を借りて仕事をしているが、金策に迫られたり、執筆のために環境を変えたいということもあったのだろうが、また一面、愛する女性と一緒にいては仕事が捗らなかったということもあったのだろう。谷崎は筆一本で松子姉妹との生活を支え、丁未子への慰謝料も支払いつづけなければならなかったのである。いくら松子にみずからのすべてを捧げて奉公するといっても、それを支えるための経済的基盤があってはじめて成り立つような生活だった。谷崎においては松子に尽くすことと、自己の芸術のための仕事に没頭することとはふたつのことではなかったのである。

「聞書抄」で書き悩んだときにも、気分を変えるために横浜鶴見の上山草人邸に赴いたが、書けずじまいで大阪へ帰ってきた。このとき草人はソビエト連邦の映画祭に招かれてモスクワに行っていて留守だったが、三田直子「谷崎潤一郎先生と松子夫人」(「主婦の友」昭和三十三年一月)によれば、草人は自分の留守中に谷崎が一ヵ月近くも滞在していたことを知り、谷崎と直子夫人の仲を邪推し、激しく嫉妬し、直子に命じて絶交の手紙を口述させたという。その直前の昭和十一年五月五日に書かれた書簡「一〇一」では、「草人が夜中酔払つて直ちやんのアタマへおしつこを引かけ大騒ぎになりました」とあり、草人の異様な嫉妬ぶりがうかがえる。草人もよほど変わった人物だったのだろう。

昭和十一年四月九日付の雨宮庸蔵宛書簡には「改造の原稿やつと完了」と、「猫と庄造とふたりのをんな」の脱稿を報じているが、谷崎はこれ以降まさに「文字通りに「源氏に起き、源氏に寝るる」と云ふ生活」(「源氏物語序」)をつづけることになる。はじめ二年間の予定で取り組んだようだが、第一稿の脱稿までに丸三年かかり、さらに修訂・推敲して最終的に完成するまで六年もの時間を要した。第一回配本の刊行まで、仕事が長びけば長びくだけ生計も窮乏をきたすようになり、昭和十二年四月三日付の土屋計左右宛書簡では、中央公論社にも「さう〳〵無理も申しにくい事情」にあり、「唯一の旧友である偕楽園には既に一方ならぬ世話」になっているからと、「五百円」の借金を申し入れている。昭和十三年二月二十八日付嶋中雄作宛書簡では、歯の治療費を「貴下の所謂ポケットマネー」からでも助けていただけないかと頼み込んでおり、「源氏物語」現代語訳の仕事の後半は経済的にかなり追いつめられたようだ。

昭和十三年（一九三八）九月九日、三三九一枚の「源氏物語」現代語訳の第一稿を脱稿し、十一日には「東京朝日新聞」「東京日日新聞」などに「源氏物語」の完成を報せる記事が大きく掲載された。またちょうどそのころ上京していた松子夫人から妊娠を告げる手紙が届き、谷崎は直ちに脱稿した原稿をもって上京。松子夫人はそれまで面識のなかった中央公論社の嶋中雄作社長の私邸を訪ねて相談したところ、「健康さへ許せばどんなことがあつてもお生みなさい、あとの事は私が引き受けますから」といってくれたという（『湘竹居追想』）。しかし、帰阪後、三人の医師からの診断を仰いだが、いずれも出産を危ぶんだことから中絶手術を受けた。

昭和十四年一月二十三日、『潤一郎訳　源氏物語』全二十六巻の第一回配本がおこなわれた。ひとつの箱に巻一と巻二が入れられて二冊が同時刊行され、装幀・地模様は長野草風で、題字は尾上柴舟。『中央公論社の八十年』によれば、五万部出れば成功というところを、第一回ですでに十七、八万部までいったという。これによって谷崎は、昭和五年以来の前借りと借金を繰り返していた貧乏生活からようやく脱却することができた。この年の四月二十四日には、鮎子と佐藤春夫の甥の竹田龍児が泉鏡花夫妻の仲人で結婚式をあげている。「源氏物語」全二十六巻の刊行が完結したのは、昭和十六年（一九四一）七月二十五日であったが、このときすでに戦火の足音が近くまで鳴りひびいており、十二月八日には真珠湾攻撃によって太平洋戦争が勃発した。

昭和十一年十一月、谷崎は兵庫県武庫郡住吉村反高林一八七六に転居している。いわゆる倚松庵として知られている家であるが、「源氏物語」現代語訳の時代は、また「細雪」に流れる作中時間にも重なっている。「細雪」の作中時間は昭和十一年十一月から昭和十六年四月までだが、大阪市大正区新炭屋町の森田家と谷崎のもとを行き来していた重子は、昭和十二年七月一日に本家の義兄の森田詮三が東京へ転勤したのにともなって、東京市小石川区白山御殿町に転居している。九月十三日付の重子宛書簡「一一四」では、慣れない東京での生活に戸惑っているのではないかと気づかっている。重子とはこれ以降しばらく離れて住むことになるので、書簡のやりとりも頻繁となるが、この時期の松子からの谷崎宛書簡が失われてしまっているので、それを補うものとして貴重である。

九月二十五日付の書簡「一一五」では住吉の自宅の方の近況をこと細かに報じ、重子と別れて精神的な不安を感じて、神経衰弱的傾向を示しはじめた恵美子へ言及しており、恵美子の症状への心づかいとその報告がしばらくつづく。それがそのまま「細雪」の悦子のエピソードに重なってゆくものであることはいうまでもない。「細雪」中巻で大きく取りあげられることになる住吉川の氾濫と山津波に関しても、昭和十三年七月七日付の重子宛書簡「一二五」で、近所の人々の消息をも含めて詳しく報告している。また同年九月二日付の書簡「一二七」では、「細雪」中巻「十六」章に描かれることになる東京を襲った台風へのお見舞いを記している。

昭和十二年十二月二十二日付「一一九」および二十四日付「一二一」の松子宛書簡で、根津清太郎について信子へ手紙を書いたことへ言及している。その信子へ宛てた書簡は芦屋の谷崎潤一郎記念館に保存されているので、ここにその信子宛書簡「一二〇」も収めることにした。「雪後庵夜話」に「私は一時清太郎氏を憎んでゐた時代があつたが、今から思ふと、それはM子に対する嫉妬からであつた」と回想される時代のものだが、谷崎の根津清太郎へのいらだちがストレートにぶつけられている。「細雪」では奥畑の啓坊（けいぼん）として描かれることになる清太郎だが、この時期に清太郎とよりを戻した信子は、それ以前に写真家板倉のモデルとなったハイウエーの大東正信との恋愛を体験している。

これまで谷崎書簡に何度も登場したハイウエーは、根津清太郎出資の西洋料理店で、店は谷崎の命名だが、その経営者の大東正信と信子とは愛人関係にあった。「細雪」中巻で住吉川が氾濫して大洪水になったとき、妙子が通っていた洋裁学校が水没し、そこから九死に一生を得るように写真家の板倉に救出され、それから妙子と板倉の恋愛がはじまったというのはフィクションだが、板倉のモデルとなった大東正信が中耳炎から敗血症となって片脚を切断し、苦しみぬいて死んだというのは事実である。それは正信の兄で、その後にハイウエーの経営を引き継いだ大東八郎へインタビューした野口武彦によって明かされている（「神戸肉と歩んだ40年」「神戸っ子」昭和四十九年一月）。ただ作中では昭和十四年五月となっているけれど、実際には昭和八年四月のことだったという。

「雪後庵夜話」で谷崎は、「清太郎氏とN子とは正式には結婚せずにしまつた。それには他にも理由があつたらうけれども、清太郎氏に生活力が欠けてゐたことが主たる原因であつたと私は見る」といっている。実際に信子は、昭和十六年三月にゴルファーの嶋川信一と神戸の生田神社で挙式し、青木に住んで、嶋川はゴルフ教習所を開いた。信子とも別れた清太郎は、その後、青木の家にもいられなくなり、料亭の帳場や運送会社の会計などの職を転々とし、太平洋戦争のころには北海道にも流れていった。戦後は、松子の遠縁にあたる丸尾長顕の世話で、日比谷にあった東京宝塚の生徒の寄宿寮の監督をしていたが、昭和三十一年（一九五六）四月十五日に脳溢血のために五十六歳で亡くなっている。

一方、重子は「細雪」では御牧実のモデルとなる渡辺明と見合いをして、結婚することになった。明は旧作州津山十万石の藩主の嫡流の松平康民の三男にあたるが、康民の父斉民の側室であった須磨の実家である渡辺姓を名乗り、兄の康春が子爵を継いでいた。明は学習院中学を中退し、アメリカ留学体験もあり、木工家具のデザイナーなどをしていたが、重子より十歳年上の四十五歳で、初婚だった。昭和十六年四月二十九日の天長節の日に帝国ホテルで結婚式が挙げられ、東横線の祐天寺駅に近い、東京市目黒区上目黒五丁目に新居を構えた。「細雪」は、この「源氏物語」現代語訳の期間の谷崎の生活が虚実を綯い交ぜるかたちで描きだされているが、結婚式のために大阪から東京へ向かう雪子の車中での下痢が止まらない姿を描いて終わっている。

## 八四　昭和十年五月二十四日　潤一郎より松子

表　兵庫県武庫郡精道村打出下宮塚十六　森田松子様　御直披　航空（消印　判読不能）
裏　二十四日　横浜市鶴見町豊岡二八五　上山草人　内

つきました日東京は夕立があり大雷雨でございました、前日には雹が降った由でございます、しかしそれからは好天気が続いて居ります
○新聞は漸く昨日書き終へました、続きは中央公論へ出すことに相成、その原稿料の一部を前借いたし御手許へ二百円、妹尾方へ百円電送いたし、私の手許に五十円残しました、
○手切金の弍阡円ハ来月か再来月に整ふことに相成ました
○明二十五日夜は経済往来の座談会、二十六日朝ハ中央公論社員同伴仙台へ出発、二十七日中に帰京、二十八日は出版のことにて安田靭（ママ）彦訪問の予定、創元社主人も昨日上京いたして参り、両人にて菅さんを訪問いたしました
○滞京中も毎日朝六時起床、中央公論その他の原稿を午前中執筆いたして居ります、幸ひ草人ハ私以上に早起きに相成、一家中五時頃に起きますので好都合でございます
○残り不足に金策は、川口に会うて松竹より貰へるやうに骨折て貰ひますが、もしうまく参りませなんだら又他に方法を考へるつもりでございます、仙台より帰て参りますまで御待ち願ひます
○さう云う次第でございますから三十日朝帰阪の予定と思召願ます
○眼パチコはとう〳〵散てしまうたらしうございます
○御寮人様はじめ御嬢様方御機嫌よう御伝下さりませ、ピアノだけは何とかして帰るまでに送り出します、

御風気いらつしゃいましたが如何でござりますか

五月廿四日　　　順市

御寮人様

侍女

＊　芦屋市谷崎潤一郎記念館所蔵

＊　五月二十六日、山田孝雄に雨宮庸蔵とともに会見している。

＊　『木下杢太郎日記』昭和十年五月二十七日、「朝七時谷崎潤一郎より電話か丶る。／夜六時五十分、谷崎中央公論の雨宮庸蔵と尋ね来る。及び小宮と三人にて春日にて夕飯。両人は十時五十分の汽車にて立つ」とある。

## 八五　昭和十年五月二十九日　潤一郎より松子

表　兵庫県武庫郡精道村打出下宮塚十六　森田松子様（消印10・5・29）

裏　二十九日夕　横浜市鶴見町豊岡二八五　上山草人内

御叱りの御手紙拝読いたしました、ほんたうにぼんやりいたして居りまして何とも申訳ございません、仙台よりは二十八日朝帰つて参りました東北地方は唯今げんげと菜の花のさかりでござりました、山吹、八重桜もまだ咲残つて居りました　松嶋を見物いたし私一人保養させて頂きまして勿体なうござりますが、御側を離れて夷の国へ参りましたとて何の面白いこともなく、唯〻淋しく存じました

春琴抄の上演は無期延期と相成ました事情ハ中〻手紙で申上げられませぬが、要するに久保田が脚色の事

を全部川口に任しておきながら、無断で自分も脚本を書き、松竹へ売り込んだため、大谷氏が板挟みとなり、執方へも義理を立て丶延期となつた由であります。そのため損をしたのは私でありますが、花柳が二十八日川口と同伴鶴見へ詫びに参り損害賠償の意味にて五百円持参いたしました、この金は新劇協会の基金の由にて、いづれホトボリのさめた時分に協会にて上演する故、その上演料として取つておいてくれとの事でござりました、花柳には少し気の毒でござりましたが、私の方も花柳のために大阪の上演をさしとめて待つて居りましたので、受取る権利ありと存じ、貰つておきました、今朝御送いたしましたのがそのお金でムります、尚、今後大阪の上演を差控へる必要はなくなりましたので、帰りましたら早速その事を許可いたしますが、これは秋になるでござりませう

尚この外に経済往来より多少貰へますので、諸雑費を差引き二百円か二百五十円ぐらゐは持つて帰れるつもりでござります、又六月十日過には他より入金のあてがござります、妹尾氏へハすでに二百五十円送金いたしました故御安心願ひます、此の金は出所は又あとにて申上ます、ピアノのお金も来月十日頃にはと丶のふ筈でござります故、これは直接偕楽園へ届けて貰ひ、発送致させます、

その代り三十一日に経済往来の座談会へ出席致すことに相成ました、依つて帰阪は一日の昼の汽車か夜汽車に相成と存じます、二日の夕の放送迄にハ是非とも帰らねば相成りませぬ、

狐の毛皮御売り遊ばされました由、実に何とも申訳無之、御寮人様に斯様なる御苦労御かけ申すさへ恐ろしく皆私奴の至らぬためでござります、申すもおこがましきことながら、夙川においでなされました時分から、御寮人様始め御三人の御姉妹様方の御苦労遊ばしますのが余り勿体なく存ぜられ私身を粉に砕きましても昔の御大名の御姫様方のやうに御暮しなされますやう、一生懸命に御奉公申上げる時節が来たらば

存じて居りましたが今その時節到来しながら自分の力及ばざるために金銭上の御心配をおかけ申しますのが残念でなりませぬ、しかしこれと申すもまだ私の誠意の足らぬ故だと云ふことがよく分りましてござります、今後は一層皆様方の奴僕として一生を捧げ、もつと〳〵仕事に精を出して能率を上げるやうに致し、粗衣粗食に甘んずるは勿論、いかなる辛苦をも厭はぬ覚悟を致しました故、私が帰りましたら、何卒従来とすつかり変りましたところを御覧遊ばして下さりませ、御酒なども、もう御相手を致します外は一切頂かぬつもりでござります、

せめて御寮人様、トウサマ、御嬢様方の御身の廻りだけは絶対に御不自由はかけませぬやうに致します

汽車の時間が分りましたら電報にて申上ます、これにて御免下さりませ

二十九日夕

順市

御寮人様

侍女

## 八六　昭和十年七月四日　潤一郎より松子

表　兵庫県武庫郡精道村打出下宮塚十六　森田松子様　御直披　航空（消印10・7・4）

裏　七月四日　横浜市鶴見町豊岡二八五　上山草人内

御手紙二通たしかに拝誦仕りました　皆〻御上之御方様は御丈夫にいらせられ候由何より安心仕りました

東京にては牧逸馬氏急死之ため中央公論社長も主婦の友の重役もその方へ詰めて居りまして中〻会ふことが出来ず弱りました、それで、主婦の友の方は大体話がまとまつたのでござりますが、中央公論が反対を

唱へ、源氏の方を専心にやつてくれるなら、丁未子の二千円は勿論いかなる犠牲をも払ふから、主婦の友の話は、源氏がすむまで待つてくれと申すのでござります、そんな次第で板挟みに相成り、今更主婦之友にも気の毒で困てをります、兎に角、どちらへもまだ明確な返事はいたしませんが、明五日に再度中央公論社と会ひ、その上にて決定いたすつもりで居ります、しかし大体は、中央公論さへ充分印税金を前借しゝてくれるなら、先づ源氏の方を片づけ、そのあとで主婦の友を書くといふことになると存じます、それで、結局は大へん好い結果に相成、どちらからでも金の取れることは確実に相成りましたが、唯その期日と総金額とは明五日過ぎでないと分りませぬ、依て本日は取りあへず二百円だけ草人の貯金を借りてお送りいたします、そして明五日の夜に又手紙を差上げます

尚ベニヤより雨傘兼用の日傘を御送いたしました　十五円で、大変安いと存じましたので取ておきましたその外、長谷川と申す偕楽園出入の下駄屋で御三方様の下駄をあつらへました、これはきつと皆様御気に召すと存ます

海苔のことも承知いたしました

おすゑのこと、何処まで御心配をかける奴かと腹が立つて相成りませぬ、バセドウ氏病は、実は真のバセドウ氏病ではなく甲状腺の脹れる病気にて、大して心配なものでないことは、此の前京都大学で診て貰ひまして分つて居ります、それ故、その趣を先方へ御話し下されまして構はず御けいこをさせておいて頂きますやう、少くとも私が帰りますまではそのまゝにしておいて頂きますやう、くれ〴〵も御願ひ申上ます

　多分私は十日頃には帰れることゝ存じて居ります

御嬢様方へ宜しく御願申上ます

七月四日

順市

御寮人様

侍女

電報為替を組む時間が迫て参りましたので乱筆御ゆるし願上ます

＊『湘竹居追想』五三頁

## 八七　昭和十年七月五日　潤一郎より松子

表　兵庫県武庫郡精道村打出下宮塚十六　森田松子様　御直披　航空便（消印10・7・5）

裏　七月五日　横浜市鶴見町豊岡二八五　上山草人内

宮川氾濫の由唯今御電報拝見、心痛いたして居ります、東京も昨日は大雨でござりましたが今朝はスッカリ晴天と相成、関西も此の様子にては直ちに減水可致と想像いたして居りますが、床上まで浸水いたしましたか如何、定めて夜中よりの騒ぎと拝察、人手もなかりしことゝ存て居ります

私今日午後中央公論と用談あり、その上にて出来るだけ早く帰国いたしますが、水害破損のため、支出等も増加いたしませぬか如何、（尤も大部分家主の負担と存じますが）畳など濡れましたかどうか、御一報に預り度、何を申すも金の話をまとめることが第一と存じ、精〻早く努力いたします。御詳報御待ち申上ます、

何にいたせ、いつも〳〵御苦労の相かけ勿体なき限りに存じます、皆〻様衛生御用心願上ます

七月五日　　　　　　　　　　　　　　　　　　　順市

御寮人様

侍女

金子たとひ少〻にても今明日中に電送いたします

＊全集書簡番号七二一、『湘竹居追想』五五頁

＊日本近代文学館所蔵

## 八八　昭和十年七月六日　潤一郎より松子

表　兵庫県武庫郡精道村打出下宮塚十六　森田松子様　御直披　書留　航空（消印10・7・6）

裏　七月六日　横浜市鶴見町豊岡二八五　上山草人内

水が引きました由二度目の御電報を頂きまして安心仕りました

扨昨日午後中央公論社長と面会、書いて頂きました支払見つもり書を示し、半日がゝりで種〻相談いたしました結果

一、来ル七月十二日に、取りあへず金子弐阡円以上参阡円位までを渡す、（これは、六月分までの負債や支払に充てます）

二、今月末までに、阡円乃至阡五百円位渡す、

三、来月以後は源氏の翻訳がすむ迄、半歳以上十ケ月位の間毎月千円づゝ渡す

四、丁未子の手切金は、今一応創元社に相談してみて、どうしても創元社が駄目だつたらこれも支払ふ此の条件にて、主婦の友の方は取り消すか、延期してくれとのことでござりました。つまり、昨年源氏翻訳に関して作製いたしました契約書を書き換へ、本月中に四千円乃至四千五百円、（丁未子の分を除いて）以後十ケ月間に約一万円、総計一万五千円程、源氏の印税の内より前渡しをする。但し源氏を出版する迄、「文章読本」その他数種の著書の出版権を担保に入れておいてくれとの事でござりました。これらの契約書は、すべて御寮人様と中央公論社との契約とし、書式を作製したしまして私がこれを携へて帰阪、御寮人様の御判をいたゞきます。尚此際改造社に関係なき出版物をすべて御寮人様御名前にて登録いたす事に相成、これの費用と手数とも中央公論社でやつてくれることに相成りました。（社長は御寮人様と私との関係を、何処からきいたか大体察してゐるやうでござりました）
それで私は主婦之友社へその後で参りまして、事情を話し、延期を乞ひました。非常に残念がつて居りましたが、では源氏が済んだら是非書いてくれ、金は充分に出すからとの事でござりまして、此の方も、決してダメになつたのでなく、半歳乃至十ケ月程延びましたゞけでござります
〔欄外　誰か大阪の文士で、御寮人様と私との関係を小説にして主婦之友社へ売り込んだ者があるさうでございます、主婦之友社では拒絶したと申てをりました。〕
斯くの如く、実に意想外の好結果を得ましたのも一に御寮人様の御人品のことが先方へ知れてゐたためと思ふより外なく、私今迄の経験にては、自分の力でとうていこんなお金が出来る筈はござりません、実に〳〵夢のやうでムり升。何はともあれ、今度は銀行へ口座をお開き遊ばす時が近づいたやうに存じます。但し、十二日まで待つて頂きませんと、纏まつたお金は貰へませぬので、昨日漸く二百円だけ借りまして、小石川と終平へ渡しまして、手元に八九十円残しておきました、依てその中より茲に五十円だけ封入仕り

ます。

尚十二日に受取りましたら、笹沼家への借金、妹尾氏への借金等を差引き、何処か神戸か大阪の銀行宛為替にして貰ひまして、小生持参いたします。依つて、十三日中には東京を立つ予定でござります。

これにて、来月の海水浴行も大丈夫に相成りましたが、是非菊五郎の御芝居へもお三方様にて御出かけ遊ばしませ、又帰りましたら淡路へもお供させて頂度う存じます

順市

御寮人様

〔欄外　大三嶋行は御都合で二週間になされ、周吉さんと私と一週間交代にしたら如何でございませう〕

たゞ〱有難くて涙ばかり出ます。何事も御寮人様御蔭と云ふことが今度こそ本当によく分つた積りでムり升

＊『湘竹居追想』五九頁

## 八九　昭和十年七月六日　潤一郎より松子

表　兵庫県武庫郡精道村打出下宮塚十六　森田松子様　御直披（消印10・7・6）
裏　七月六日夕　横浜市鶴見町豊岡二八五　上山草人内

七月六日

順市

御寮人様

唯今行ちがひに御手紙頂きまして水の模様がよく分りましてござります。今度はお上のことが気にかゝり

まして、毎日〳〵仕事が手につかぬやうでござります。何も〳〵御奉公で厶りますから勝手なことを申しましたら罰があたりますが、これから成るべく独りでお使ひに東京へ参りましたら、二三日で帰れるやうにしたいもので厶ります。

あまり沢山お金を借り過ぎぬやうとの御注意でござりましたが、中央公論社では源氏は最低三万は売れるものとの見込みにて、全十巻一冊一円五十銭の定価とし、四万五千円の印税を支払ふ計算をしてをります、（去年契約しました時は、まだ文章読本の売行不明にて此の計算が立たなかつたので厶ります）それ故二万円位までは前貸しゝてもよいつもりなので厶ります。それでも出版後まだ二万円以上は御寮人様御得分と相成ります。〔欄外　滞京中に他の原稿をすべて片づけ帰りましたら直ちに源氏の方へかゝれるやうにいたしたいもので厶ります〕

出版のことにつきましても今後追ひ〳〵お上の御指図を頂きまして、私は単に出版書店と御寮人様との間の走り使ひをするだけと云ふ風な習慣に改めて行き度、その方が巧く行くことが分て参りました。今度のことなど、とても私の力では出来ないことでござりました。

一昨日銀座で或る友人、——私の旧い友達で、近頃の事もよく知つてゐる西洋文学通の男——に会ひましたら、有益な忠告を受けました。曰く、作家が年を取ると、歴史小説ばかり書いて現代物が書けなくなる、それは生きた社会に触れることを避け、書斎に籠てカビ臭い古い本ばかり読むからさうなるのだ。それ故、なるべく本を読まないやうにし、種々な階級の人間に接し、且台所の経済を知ることが必要だ。その日〳〵の公設市場の物価ぐらゐを知つてゐなければ、本当の恋愛は書けるものでない。或る貴婦人の生活を描くにも、彼女の台所のやりくりを通し、下男や下女の眼を通して描く時にこそ、始めて本当の物が出来る。経済思想の発達した関西婦人を描く場合は特に然りだ。西洋にはさう云ふ作品があるが、日本ではさう云ふ裏面の観察をしたものが一つもない。然るに、君の今の境遇はそれに持つて来いではないか。君は下男下女の地位に身を置き、市場へ買出しなどに行くさうだが、それは下らぬ文学書などを読むよりどんなに為めになり、参考になるか知れない。それこそ生きた世間を知る唯一の方法だ。なぜ君はその境遇を感謝し、それを利用しないのだと、さう申すので厶ります。そして又曰く、己は藝術家だとか、文学者だとか云ふ考へを捨てゝ、せめて二三年の間でも、心の底から下男下女と同等になつてみることも有益な経験ではないであらうか。それにはインテリ趣味を忘れ、雑誌や新聞などもあまり読まぬやうにし、映画や芝居も高級なものは一切見ぬことにきめ、出入の魚屋や八百屋の小僧などゝ心易く交際し、無智な人々の社会層に触れて見る。従来、労働者や工場を扱つた小説はあるが、下男下女丁稚の類を扱つたものは一つもないから、その方面を開拓したら、無限に豊富な材料が見つかるだらうと。

さう云はれて私は、はつとして眼がさめた気がいたしました。ほんたうに、人に教へられて始めて　御寮人様の御恩の程が分つたので厶ります。何だかまるで自分の不心得を云ひあてられたやうな気がいたしました。どうして今迄、さう云ふ方面へ眼を向けなかつたのかと、耻しくなりました。

何卒今後は、ぢき生意気にならうとする私の態度を幾重にもこらしめて頂きます。今度帰りましたら、一層下男同様に待遇して下さりますやう女中さんたちにも御申つけ願ひまして、食事、服装、呼び方、給料などの点も、皆ゝ様御相談の上、もつと改めて頂きたう存じます。

さうして源氏が済みましたら、その友人が教へてくれた方針のもとに、現代小説を書いて主婦之友へ載せようと存じて居ります。既に主婦之友社の友人にも、「〇〇家の台所」と云ふやうな標題にして、下男下女を通して見た関西婦人の生活を描く計劃を話しましたら大賛成でござりました。

今夜は東京横浜は燈火管制で、真暗でムります、今日も一日じめ〳〵と降てをります
お嬢様方トウサマへ宜敷願上ます

＊　全集書簡番号一五四、『倚松庵の夢』一二五頁

## 九〇　昭和十年七月十日　潤一郎より松子

表　兵庫県武庫郡精道村打出下宮塚十六　森田御寮人様　御直披（消印10・7・10）
裏　七月十日　横浜市鶴見町豊岡二八五　上山草人内

度ミ御手紙頂きまして有難う存ます
菊五郎の事ハまことに残念でムりましたが何分十二日更改契約書文案の決定と金子受取を終へますまでは東京を離れることが出来ませんので、御ゆるしを願ふより外はムりませなんだ。幾重にも御かんべんを願ます。
扨其後の御報告を申上ます
○丁未子と岡さんとを偕楽園へ招待、ひるの御飯を御馳走いたしました、その節いろ〳〵相談今月末頃岡さんが神戸へ出て来て、妹尾氏と会ひ、証文を作成し、仝時に御手元より二千円頂き先方へ渡すこと、残り三千円は三年間といふことをも承諾いたしました
○丁未子のために、かねての約束通り文藝春秋社員十六名をレインボーグリルに招待し、ビール附二円の定食にて顔つなぎの会をいたしました、（これらの費用は皆偕楽園で一時立かへ、十二日に返却いたします）

◯今度草人の懇意な商務官が露都モスコーへ出発いたしますが先日モスコーで草人を世話した日本大使館参事官は私の旧友でござりますので、私より手紙を書き、偕楽園のために新式のライカを取り寄せて貰ふことになりました。これは日本で買へば八百二十円のが四百円足らずで買へるのださうでござります。尤も四百円を唯今現金にてその商務官に渡します、そしておそくも三ケ月以内には、外交官名義を持つて、無税にて日本へ届けてくれる便宜があるのでこざります。それも中ゝやかましいのでござりますが、私の名儀で頼めば大丈夫との事、依つて偕楽園に四百円程安い品を買はせてやるのでござります。で、此の四百円は偕楽園が出すのでござりますが、その外に、もう百五十円立てかへて貰ひ、御寮人様の銀狐を買て来て貰ひます。草人が直ちやんに買て来たのが矢張百五十円にて、日本でなら千円近き品だと申すことでござります

◯尚又、さうなりますと、偕楽園では今迄のライカが不用になりますので、これは三百円で私の方へ譲つてくれると申て居ります。勿論モスコーから新しい品が届いてからでござりますが、先づ銀狐の方の立かへ金を払てくれたら、写真器のお金は後でもよく、又二三度に分けて払ふことも承知でござります。

（クロームライカは男持ちには宜しいが、婦人持ちには却て黒ヌリの方似合はしき由にムり升）

◯ハンドバッグは御手紙頂きます前に既にトリヰ屋より発送いたしましたからもう御手許へ届いた時分と存て居ります。今度は多少変つた夏向きのが宜敷と存じ白エナメルにいたしました、これはミシンの縫目のところさへ汚さなければ、他の部分はシヤボン水で洗へばキレイになる由でムります　五円程のと仰つしやりましたが、十円の品にいたしました、これより安いのは見られませぬ

◯雨傘は昨日早速伊勢由へ注文いたし、紋を入れて直接発送いたします、長谷川の品も取寄せてみましたが、伊勢由の方がずつと宜しく且純粋の江戸向きの品でムりました

○海苔も御送りいたしました

○偕楽園の注告に従ひ、御はき物はヨソ行きとふだんばきと二足づゝにいたし、ヨソ行きのは長谷川、ふだんばきのは伊勢由にいたしました。いづれも直接発送いたす筈でござります。その代りお足袋はサイズ等心配に付やめにいたしもつとよく御足を御寸法を取らして頂いて、手紙で注文することにいたしました。

〔欄外　○梅吉へ中元を届けました〕

○此度は十二日まで無一文にて御土産物其他種ゝの費用に窮し、自然偕楽園に立かへて貰ひ、ピアノ代を入れますと三百五十円を超過致ましたが、これはすべて十二日に返却いたします、しかし御寮人様や御嬢様方の御土産物などにもいろ〳〵心づかひや注意してくれ反感を持つてゐるやうには思へないところもムります、

○十二日中央公論よりいくら受取りますか、先づ此の間の様子にては三千円以内（此の内先日の二百円差引）と思召し被下度、東京の借金妹尾氏への送金等を差引き千七八百円から二千円までを持つて帰るやうに相成らうかと存じます、勿論月末までにまだ千五百円程這入りますことは前述の通りでムります

○多分十三日のツバメにて、アシヤへ五時頃帰着の予定でござりますが、十四日日曜に付多少の現金を持参、余は銀行為替にいたします、

○ツバメよりおくれましても十三日中には帰ります故淡路行或はハイキング等を十四日になされましては如何でござりますか、私は一寸もつかれて居りませぬ故御供させて頂きますとも、御留守番にても、大丈夫つとまります

○トウサマには、デスクへお置きになります花瓶兼用のブックエンドと、それからとても大きな花火をた

くさん買うて参り舛

七月十日

順市

御寮人様

侍女

## 九一　昭和十年七月十二日　潤一郎より重子

表　兵庫県武庫郡精道村打出下宮塚十六　森田様御内　しげ子御嬢様　侍史（消印10・7・12）

裏　十二日　横浜市鶴見町豊岡二八五　上山草人内

取急ぎ申上ます

昨夜静岡県下の大震そちらでも号外等が出まして御心配遊ばしたことでございませう、御寮人様はツバメより一と汽車御早かつたゝめ、震源地方を一時間程早く御通過遊ばし何も御存知なく御安着なされました、東京でも近頃珍しき強震でございましたからあまり早過ぎたら東京でお遭ひになるところでございましたが実に御好運でございました

それで地震のユリ返しの恐れある地方を避け、明十三日より一泊か二泊で塩原温泉へ御供いたしまして一旦東京へ帰りまして、多分その夜の汽車にて帰阪遊ばれることに相成りました二付十五六日頃御帰宅と思召て頂きます

お金は本日午後入手いたします故、おそくも明十三日朝は御電送申上ます（取りあへず千円程）残額は御寮人様御持ちかへりなされますが此の金額は今のところ不明でございます

いろ〳〵面倒なる家事につきいつも〳〵御心労相かけまして勿体なう存じますこれも皆私の至らぬため、何卒御ゆるしを願ひます、早くそのやうな御心配や御迷惑をかけませぬやうになりたいものでございます
魚崎御嬢様トウサマへよろしく願上ます
七月十二日
順市
御嬢様
侍女

＊ 全集書簡番号一五五

## 22 前便に同封　松子より重子

（相州湯河原温泉　天野屋旅館用箋使用）

最う一週間もたつたやうな気がしますが皆〻変りないでせうね　余り私共（たつた二日で）疲れたので先にこちらへ参りました　塩原へ出懸けるつもりでしたが道中長いので疲れるといふので見合せました　きのふ披露で田所の小父様小母様森村さんの春さんにあひ久〻に話しました　長与家の母君は森村家から嫁がれたさうであちらの主人側でした　三百人余で随分御立派でした　一苦労のパアマネントあいにくヘンクイ主人名古屋行き御休みで資生堂へ参りました　五時間もかゝりました　レコードです　知つた人皆やめていてしらずに行つてひどい目にあひました　顔馴染ミの人をどん〳〵先にやつて了ひますの　セットする人ハリウツド女史以上手荒で驚きました　やはりヘンクイにかぎります　あれ位ならハリウツドで我

儘を云つてる方どんなにいゝかしれません
久子さんに御あひしている間もなくそれに和ちゃんにも　昼も夜もつまつていてとう〱思ひきつて十七日まで延バしました　十六日それで御土産物を見立てることに致しました　やはり細ミと買ひたいものもありますから　足袋佐野屋へ参り驚いたことハ来年の冬まで誂ばかりで仕入れ物等ありません　是で純綿はだめになりスフのを間に合せに買ひました　偕楽園へ頼ミこちらの何かの布地（純綿物）でつくつてもらふことにします　ですからそちらの分兎ニ角大事にはいて下さい
恵美子の事だけでも相当御用多いのに洵にすミませんが
便箋ありませんから裏へ続けます
先日佐々木が染めて来た着物どの八掛でも構ひませんから至急仕立させて下さいませんか今の矢絣又どろ〱になりさうなので富士絹の寐衣も御願ひします
佐藤さんの残金を忘れて来ましたが持つて帰りませう　合から夏へのオーバー家にあるあの生地で仕立（仮縫ひ）させておいて下さい　どうも日に〱肥えてくるやうです　指環が全くはまらなくなつてぬいて了つてゐます　この分なら洋服の方が格好よさゝうです
北川氏泊つて居りますかこいさんも隔日でも泊つて貰つて下さい
恵美子はしんどい〱と今頃やつてゐるでせうなど考へてゐます　清治はこゝへ来て御なかゞ空いたとばかり云つて朝飯五六杯も平げました
鹿島（?）様の御祝御送り下さいましたかレンクロ（?）ならきつと三拾円位の毛糸編みの帽子と対の上衣（何ていひますか　ベビー服の上にきせるもの）等ミあると思ひますよ　序にしやれた例のハンカチ御

願ひします　ドイツ随分やり出しましたね　又新聞が楽しミで朝の眠気がさめます
藤田さん来ましたら御支払ひかへるまで待つやう云つて下さい　紋つきだけ持たせてかへして下さい
明日はこゝから川奈ホテルへ廻つて見物だけして来ようと云つてゐます　泊るのはよして清治はプールがないと云つてこゝはつまらながつてゐます
今から熱海へ行く車が廻りましたから　では万〻よろしく御願ひします
あまり御気づかれなさらぬやう
のん気に御留守を願ひます
昨夜から今朝へこの文したゝめました

かしこ

松子

重子ちゃん

森田へ参り肇ちゃんにふんがいして了ひました　実に叔母に失礼な態度をとり全く詮三さんと一緒の気質です　かへつてくわしく申ませうね

## 九二　昭和十年（推定）十二月（推定）十日　潤一郎より松子

表　御寮人様　侍女

裏　十日

昨夜二度目のお電話の時に丁度創元社の和田が来てゐて例の条件ニ付相談してゐたところでございました

が、電話では一寸申上げにくいので差控へました、二三日中に大体所要金額入手できるらしうございますがそのことで、本日これより大毎の会の前に今一度創元社へ参り主人と談判いたし契約の諸条件等話すつもりでございます詳しくは明夕申上ます（兎に角もはや年末の御心配はなくなりましたやうに思はれます）

順痴

御寮人様

＊早稲田大学図書館所蔵

＊書簡「九三」「九四」と同じ便箋、封筒を使用しており、「九六」「九七」と封筒が同じであることから、この五通は同時期に書かれたものと推測される。次の書簡「九三」に「金子は今日改造社が夙川へ持つて参ります」と書かれているところから、「猫と庄造と二人のをんな」の執筆のために夙川の甲南荘に仕事部屋を借りていたころのものと判断される。しかも「もはや年末の御心配はなくなりました」とあるところから、十二月と推定した。

## 九三　昭和十年（推定）十二月（推定）十三日　潤一郎より松子

表　御寮人様

裏　十三日　順痴

御手紙わざ〳〵恐入ました
丁未子がさう云ふ風になつてくれゝば一安心で、何よりほつといたします東京で会ふやうに電報打つてやりました、金子は今日改造社が夙川へ持つて参ります故、晩におそくともそれを持つて帰ります　忙しうございます故これにて失礼させて頂きます

十三日　　　　　　　　　　　　　　　　　　　　　順市

御寮人様

＊　早稲田大学図書館所蔵

＊　前便と同じ便箋と封筒を使用、夙川の甲南荘に仕事部屋を借りていたころの持たせ文と推定できる。「改造社」からの金子が一月号掲載分の「猫と庄造と二人のをんな」原稿料とも考えられ、丁未子に「東京で会ふやうに電報打つてやりました」とあるところから、上京予定も決まっていた時期のものと推測できる。十二月二十一日付の横浜から発信した書簡「九五」が残されているので、これを十二月十三日と推定した。

## 九四　年（不明）月（不明）十七日　潤一郎より松子

表　御寮人様
裏　十七日　順市

いろ〳〵御心配恐縮に存じます、仕事順調に運んで居ります故御安心願ひます。

朝日の小倉氏来訪されましたが、一寸カケヒキをする必要上、何も小説の事は話さずにおきました、改造の仕事がすんでから、一度御指図を願ひまして、その上で談判いたします。（東京なら小生独断でいたしますが、此方なら御指図を仰いだ方心丈夫でございます）

お末の件は、是非銀に願ひます、金などトテモ〳〵勿体ないことでございます。しかし、私さへまだ入歯を入れないでをります事故、当分の間、なしで済ませたら結構でございます。単に外見だけのためなら、是非来春ぐらゐまで延ばして頂き度存ます。

明日午後三四時頃、一寸一時間でも帰り度存ます、

順市

御寮人様

＊　早稲田大学図書館所蔵
＊　前便と同じ便箋と封筒を使用、夙川の甲南荘に仕事部屋を借りていたころの持たせ文と推定できるが、年月は不明。仮にここに置いた。

## 九五　昭和十年十二月二十一日　潤一郎より松子

表　兵庫県武庫郡精道村打出下宮塚六（ママ）　森田松子様　航空（消印10・12・21）
裏　廿一日　横浜市鶴見町豊岡　上山方　順痴

取急ぎますので簡単に申上ます
中央公論社で比較的軽き条件にて三千円貸してくれることに相成り唯今手附金五百円受取り、残金二千五百円は来ル月曜（廿三日）朝受取ります。同時に本日契約書作成捺印いたします
〔欄外　電報為替は御寮人様名宛にいたします、差出人は草人方私ですゾーゲの判を此方へ御預りして来ましたので〕

さて五百円は今日は時間外になりましたので廿三日朝電送いたしますが、此の内にて税金相払願ひ、尚丁未子の分百二十余円を二十四日迄に妹尾氏へ届けねばならぬ事情ある由に付、恐入ますが必ず御届け願ます、その節小生帰阪次第参上するからと健ちやんへ御伝へ願ます
私は多分二十四日の夜行で帰ることに相成と存じますが確定次第御しらせ致します、
三千円の外にも多少はできるつもりにて目下その方の交渉を他社とすゝめて居ります、（これは御両人様東京御見物の御費用でございますが、まだ成功か否かは申上られません故　ナルべく御倹約願上ます
二十一日　順市
御寮人様
侍女

## 九六　昭和十年（推定）十二月（推定）三十日　潤一郎より松子

表　御寮人様
裏　三十日　順痴

いろ〳〵御心配をかけて相すみません
私が怠けてゐたのが悪いのでございます。
外の御倹約は兎に角、御けいこを御休みになることは、どうかお止めなされて下さいまし、それでは私、あまり申訳がなくて、立つ瀬がありません、
それよりも、来年から、もつと私の仕事の分量をふやすやうに工夫いたします。それは出来ないことでは

ありません、その方法も今度帰りましたら御相談いたします、
御寮人様や皆様方は今迄通りで結構でございます、私が奮発いたします
三十日
潤市
御寮人様

＊封筒は「九二」「九三」「九四」と同じだが、用箋は「源氏物語」と同じ原稿用紙を使用している。「来年から、もつと私の仕事の分量を」云々とあるところから、年末の十二月と推定した。
＊早稲田大学図書館所蔵

## 九七 年（不明）月（不明）二十四日 潤一郎より松子

表 御寮人様
裏 廿四日 順痴

わざ〳〵御使有難く存じ上げます
朝飯を頂いたきりまだ何も頂きませんので早速に弁当頂きます
あの塩原のおまんぢゆうは、全く土地の名物にて、かの地でたべると大変おいしいのです。大正天皇が皇太子殿下の時分、御用邸へいらしつてあれを召上り、たいそう御意に叶つた由で「殿下まんぢゆう」と申します、鶴見のまんぢゆうに似てゐますが、あれ以上に風味がございます
では明夕を楽しみに致して居ります

お嬢様方、とうさまにも宜しく
廿四日夕
順市
御寮人様

仕事は順潮に進行して居ります

＊　早稲田大学図書館所蔵
＊　前便と同様、封筒は「九二」「九三」「九四」と同じだが、用箋は「源氏物語」と同じ原稿用紙を使用。年月は不明。仮にここに置いた。

## 九八　昭和十一年（推定）二月（推定）二十七日　潤一郎より松子

表　御寮人様
裏　二十七日（判読困難　花押か、下図参照）

本日午後二時までに五十枚書き上げるつもりで居りましたが、ほんの僅かなところにて二三枚おくれました、勿論晩までには書けますので、明朝郵送致しても明後日には多分間に合ふかと存じますが、でも少しでも早き方宜しくと存じまして、取りあへず四十五枚だけ本日飛行便に托しました、依て、二十九日には¥180だけしか参りませんと思ひますが御勘弁願ひます、尤も、本日残りの五枚、明日と明後とで二十枚、都合二十五枚できましたらこれも直ちに発送いたしますから此の分二日か三日頃には送金届くと存じます、

さて其の後は、来る一日から当分「改造」へかゝります
詳細は今晩中述べます、
帝都の騒ぎ、様子分らず心もとなく存じます
二十七日
順市
御寮人様

＊ 早稲田大学図書館所蔵
＊ 封筒も用箋も後便「九九」と同じ。昭和十一年二月二十七日付の雨宮庸蔵宛書簡に「源氏続稿四十五枚、「夕顔」後半より「若紫」中途まで御送りします」とある。
＊ 「帝都の騒ぎ」が二・二十六事件を指していることは、雨宮書簡に照らしても明瞭である。

## 九九 昭和十一年（推定）三月（推定）二十五日 潤一郎より松子

表 御寮人様 侍女
裏 二十五日夕 順痴

御手紙拝見いたしました、本当に今日は馬鹿な陽気でびつくりいたしましたが、しかし何と申してももう春でございますから、チラ〳〵するわりに寒いこともございません
堺よりの報告まんざら悪いとも思はれませぬが、しかし少しにても余計分る方が宜しうございますから、つで（ママ）があるならもつと調べて貰つたら如何でございませう、

手紙は茲に封入御返し申ます
明夕を楽しみにして居ります、その節詳しく御相談致します
二十五日夕
順痴
御寮人様

＊　早稲田大学図書館所蔵
＊　封筒は前便の「九八」と同じで、用箋は「源氏物語」と同じ原稿用紙を使用している。気象庁の神戸地方の気象データによれば、前日の最高気温十四・四度からこの二十五日には最低気温〇・四度まで急速に気温が下がっており、降水量も二・三ミリあった。「もう春でございますから、チラ〳〵するわりに寒いこともございません」との表現に矛盾しないので三月二十五日と推定した。

## 一〇〇　昭和十一年五月四日　潤一郎より松子

表　兵庫県武庫郡精道村打出下宮塚六　森田松子様　御直披　航空（消印11・5・4）
裏　五月四日　横浜市鶴見区鶴見町豊岡二八五　三田貞方　谷崎潤一郎

東京は大阪以上の寒さなので、びつくり致しましたが、今日より急に初夏らしいお天気に相成りました。其後ぜんそくの発作の方は如何でいらつしやいますかお案じ申し上げます。当方、婚儀もめでたく相すみ、本日若夫婦は新婚旅行に伊豆へ立ちました由、偕楽園より電話がございました。あゆ子も最早全快いたしました。

さて私は其後鶴見にて勉強いたしてをりますが、できればもう二三百円持つて帰りたく、又此の機会に今少し条件を有利なやうに改訂も致度と考へてをります。それには五六日滞京しないと都合の悪い事情がございますので、八日か九日に帰らして頂くことにならうと存じます。尤もその前、何とか都合して少しにても御送金申し上げるつもりでをります。
お嬢様方皆〻さまへ宜しくお伝へ遊ばして下さいませ。
七日に、旅行から帰る筈の若夫婦や、私やあゆ子が偕楽園へ呼ばれてをりますが、その他の日はずつと勉強やら、談判やら、緊張して働いてをります。
此の頃はいつも東京へ出て来る度に、どうかしてお金の心配などおかけ申さないでも済むやうに、そしてずうつとお傍にゐられるやうになりたいものと、さう云ふ念が強く起ります。
五月四日
順市
御寮人様

＊ 早稲田大学図書館所蔵

## 一〇一 昭和十一年五月五日 潤一郎より松子

表 兵庫県武庫郡精道村打出下宮塚六 森田松子様 航空（消印11・5・5）
裏 五日 横浜市鶴見区鶴見町豊岡二八五 三田貞内

昨日御電報頂きまして、他より都合いたしまして、本日取あへず三十円電送申上げました、時に、いつぞや私の冬のコートのポツケツトに入つてをりました中央公論社との契約書（昨年十二月日附のもの）御手許に御保管遊ばしていらつしやいますことと存じますが、右至急入用ニ付、此手紙御覧次第航空便にて御送り下さいますやう御願申ます
御寮人様は申す迄もなく、御嬢様方ト－サンも其後引つゞき御機嫌御麗しき事と存じ上げます
御ハキもの三足出来て居りましたから持つて帰ります、足袋ももう買ひましてございますがハンドバックにはまだ手がとゞきませぬ、

五日朝

順市

御寮人様

草人が夜中酔払つて直ちやんのアタマへおしつこを引かけ大騒ぎになりました、相変らず時〻喧嘩をやるやうでムいます、

## 一〇二　昭和十一年五月六日　潤一郎より松子

表　兵庫県武庫郡精道村打出下宮塚六　森田松子様　御直披（消印11・5・7）
裏　七日朝　横浜市鶴見町豊岡二八五　三田貞内

今朝御差立て下さいました航空便、夜の十一時に到着、難有頂戴仕りました、契約書もたしかに落掌、御面倒相かけまして恐入ります
何より感激いたしましたのは花見の御写真でございます、殊に「新派の幕切れ」と仰せられました一葉は、

御寮人様始め御三方は申す迄もなく、トウさんの御姿の何と気品に充ちて、優雅でいらつしやいますことか。何だか此御四人の方〻は平安朝の絵巻物から抜け出していらしつたやうな幻想さへ起つて参り、此のやうな貴い方〻のお側において頂ける我が身の果報が今更しみ〲有難く涙がこぼれるやうに感ぜられました。じつと此の写真を見て居りますと、どんなに身を粉に砕いて御奉公いたしましても、まだし足りないやうに思はれて参ります

大阪御寮人様御快方の由安堵仕りました、今朝重子御嬢様宛御見舞状差上げておきましたところでムいます

偕楽園の花嫁は新婚旅行中修善寺温泉にて俄かに発病、急性盲腸炎と決定、今日午後笹沼夫婦迎へに参り夕刻帰京直ちに入院手術に及びました、刻〻鶴見に電話あり小生も明七日は病院に参り、枕頭に暫く見舞ふつもりで居ります、結婚後にて多少生理的変化ありし結果にやと存じますが、しかし式が済んだ後にて結構でムいました〔欄外　御花見の御写真病院へ持つて行つて見せてやるつもりで居ります〕

御送り頂きました契約書に基づき種〻折衝いたしまして、談判決定次第帰宅仕りますが、日取決定次第電報にて申上げます（先日の三百円の稿料ハ既に鶴見にて脱稿返済いたしました）

五月六日夜中

順市

御寮人様

侍女

ぜんそくを徹底的に御治療遊ばしますやう今度帰りましたらばその方法を考へたいと存じますがくれ〲も御自重願上ます

＊　全集書簡番号一五七

## 一〇三　昭和十一年五月六日　潤一郎より重子

表　大阪市大正区新炭屋町卅九　森田詮三様方　重子様　御直披（消印11・5・6）
裏　五月六日　横浜市鶴見町豊岡二八五　上山草人方　谷崎潤一郎

拝啓
本日打出御寮人様より御文頂きましたが　朝子御寮人様赤痢におなりなされました由びつくりいたしました、もう大分御快方の趣承り安堵いたして居りますがくれ〴〵も御病後を御大切に遊ばしますやう祈上げます
御嬢様にも此程ぢゆうより御看病疲れ遊ばしていらつしやいますことと、勿躰なく存じます、打出にてもやはり時〻喘息の発作に御悩みの御様子、どなた様も嘸〻御心細き御事と存じ上げ、一日も早く仕事をきりあげて帰宅いたし度存じますが矢張八九日頃ならでは帰れないやうに思はれます、斯くしば〳〵お側を離れ、東京へ参りますのも御金のためかと思ふとイヤになりますが、源氏の仕事が片づきますまでは御寮人様にも何かと御苦労をおかけすること〻思ひ悲しくなります、
今度帰りましたらば、どうかしてぜんそくを徹底的に御治療遊ばすやう、その方法を考へ度と存じます、そちらの御寮人様も御全快後は転地でも遊ばしますか如何ですか、返す〳〵も御養生専一に遊ばしますやう願上ます
東京のおハキモノ出来上つてをりましたからいづれその節持つて帰ります

五月六日

順市拝

重子御嬢様

侍女

## 一〇四　昭和十一年五月九日　潤一郎より松子

表　兵庫県武庫郡精道村打出下宮塚六　森田松子様　航空（消印11・5・9）

裏　九日朝　横浜市鶴見区鶴見町豊岡二八五　三田貞　内

○昨夕御電報いたしました通り本日これより東京へ参り金子参百円御電送の手続きを取ります

○その節十日に帰りますやう御打電申上ましたところ、あとにて十日は日曜なりしことに気づきました、まだ中央公論社、及び例の「潤一郎読本」を出します三笠書房等に用が残つて居りまして本日一日ではすむまいと存じますに付月曜の夜汽車ぐらゐで出発いたすことに相成るべく、確定次第御電報いたします

○花嫁は手術後経過良好でありますが、案外悪性のものなりし由にて、一ケ月は退院不可能の由、従つて、来ル二十日の予定であつた披露も当分延期と相成、多分秋頃になるであらうとのこと、それで私も大いに助かりましたが、そんな次第で、此の際いろ〳〵東京の用を足しておき度と存じ、両三日滞在を延ばした次第でムいます

○お金はあと、持つて行けるやらどうやら今のところまだハツキリ分りませぬ、偕楽園の立かへ、下駄の代金、あゆ子の先月分の不足、草人の謝礼、旅費等を除きまして、百円ぐらゐは残るかとも存じますが

事に依ると七八十円かも分りませぬ。
〔欄外　但し三笠書房からもう少し取れましたらハンドバッグを見に行くつもりでをります、〕
○ぜんそく其後如何でいらつしやいませうか。大阪御寮人様の事も御案じ申上てをります
○草人の家は、もう先方でも迷惑がつてゐるらしく、いよ〳〵他に適当な宿を捜さなければ今度からは困るやうに思ひます、私ももう泊りたくありません。何よりも、東京へ来る用を少くしたいものであります。二・二六事件のやうなものが、まだあるかも知れぬなど云ふ流言もあり、つく〴〵東京はイヤでムいます

五月九日朝　　順市

御寮人様

侍女

## 一〇五　昭和十一年六月二十六日　潤一郎より松子

表　兵庫県武庫郡精道村打出下宮塚六　森田松子様（消印6・11・26）

裏　廿六日　東京芝南佐久間二ノ一一　竹水荘方　潤一郎

其後御病状如何でいらつしやいますか、何よりもそれが気にかゝりましてなりません、女中さんからでも一寸一筆御容態御しらせ願へれば幸甚でムいます

唯今御電報拝見、ロシヤへ無事金子到着の旨安心いたしました　御手数ながら、そのロシアから参りました電報を至急此方へ御送り下さいますやう願升

昨日披露滞なく相すみましたが草人は逃げて出て来ません、しかし笹沼が両三日中に草人を呼び出し小生と会はせるやうに計らふ手筈になつて居ります
宿屋の工合は、昨晩と今朝ではまだよく分りませぬが、大体工合よろしきやうに存ぜられます
廿六日　　潤一
御寮人様

＊　早稲田大学図書館所蔵
＊　この書簡は消印が、6・11・26となっているが、打出下宮塚に住んだのは昭和九年三月から十一年十一月までなので、昭和六年ということはあり得ない。11・6・26の誤りだったとみて間違いない。
＊　昭和十一年六月二十二日付の雨宮庸蔵宛書簡には、「小生は二十四日夜出発、二十五日朝着京」「今度から宿は鶴見にあらず、芝の方の旅館です」とあるところから、上山草人から鶴見の上山邸の使用を断られ、芝の竹水荘にはじめて止宿したときのものだと判断される。なお「昨日披露滞なく相すみました」とあるのは、偕楽園主人笹沼源之助の長女登代子の結婚披露宴のことである。

## 一〇六　昭和十一年八月十六日　潤一郎より重子

表　神戸市須磨区汐見台町五丁目卅番屋敷　森田重子様　御直披〔消印11・8・16〕
裏　十六日〔印　兵庫県武庫郡精道村打出　谷崎潤一郎〕

拝啓

そちらは大変お涼しいさうでムいますが此方はまだ中〻暑うムいます、只朝夕の風が何と申しても幾らかづゝ涼しく相成、ほつとして居ります

扨昨夜御寮人様御帰宅後の御話に、先日来度〻家計の相談ばかり持ち出しますことが非常に御機嫌を損じました由、「アンナ話を人の前ですれば誰でもイヤな気がするのは当り前だ」と御寮人様より叱られました。実は私も二度迄御嬢様の御面前にてあゝ云ふ話を申上げる廻り合せに相成、後で気にして居りましたことゝて一層恐縮。これも畢竟は、御嬢様を御寮人様のよき御相談相手と考へ、家庭に於いても絶対重要な御方の一人であると云ふ頭がありますため、つい遠慮もなく内輪の話を御耳に入れてしまひました迄にて、何か他意あるやうに御取りになりましては、私としても全く立つ瀬がムいません。節約も事にこそ依れ、大切なお方にいらしつて頂けなくなり、家庭を淋しく暗くして、何の節約になりませうや。それで済みますなら初めから心配は致しませぬ。殊に御母様以上に御嬢様のことを慕うていらつしやるトウサンの御淋しさをお考へになつて下さいまし。(何だかこんな事を書くさへ悲しくなります)毎〻申します通り御妹様方のいらつしやるお蔭で、御寮人様も他に友人を御求めになる必要もなく、交際費等も自然省けて居りますので、どんなに助かつて居るか分りませぬ。いや、それよりも何よりも、私が御寮人様と今日のやうな幸福な関係に這入ることが出来ましたのも、元はと云へば御嬢様が御身を犠牲になされての御同情と御援助の賜と思つて居ります。青木時代魚崎時代の御嬢様の御恩は一生忘れられないのでムいます。さう云ふ大恩人の方を、タカの知れた物質上の理由で邪魔にするやうな勿躰ないことが出来ますかどうか。そんなさもしい人間と思はれましては私も口惜しうムいます

私は、お千代の時代にも丁未子の時代にも、今日とは比較にならぬ貧乏をしたことがムいますが、一向それを苦に致しませんでした。況や苦しいと申しても今は七八百円より千円の収入があり、来年は更に有望

なのですから、心の底では一向悲観して居りませんが、唯御寮人様やトウサンの御身をおいとしう思へばこそ柄にもない貯金とか節約とか云ふことを考へるやうになつたので厶います。それに自分では、あゝ云ふ金銭上の御話がそんなに皆様を御不快におさせ申すとは思はず、全く事務的の御相談を申上げてゐる気でをりましたが、何にしても軽率短慮の次第、申訳もございませぬ。つきましては近日一晩泊りにて上京中央公論社長ともすつかり打明けて相談致し、契約等も更に改めて貰つて、今後かう云ふ御話を家庭より根絶し、従来通りの朗かな空気を作るやうに心がけます。

何も彼も私が悪いので厶いますから平身低頭御詫申上げます。何卒〳〵大阪の御宅と同様に思召して下さいまして、今迄通り、いや今迄以上に御気楽に遊ばして下さいまし。御友達の少い御寮人様、殊にトウサンの事を御考へ下さいまし。そして御機嫌のよいお顔を見せて頂きませぬと、私も安心して東京へ行かれませぬ。

八月十六日

潤一郎拝

御嬢様

侍女

＊『湘竹居追想』一〇八頁（部分）

## 一〇七　昭和十一年十月九日　潤一郎より松子

表　兵庫県武庫郡精道村打出下宮塚六　森田松子様　御直披　航空（消印11・10・9）

裏　九日　東京本所区向嶋小梅町三ノ二　笹沼別邸　内

積立貯金の御話はどうも気持がすまぬやうにも思はれますから、今少し考へさせて頂度、他に方法を講じ度と存じます。（十円ぐらゐの損ですむとは思はれませぬが）

終平とあい子の分を除き、今月末迄に必要な金額、至急折返し今一度御しらせ願ひます（さしあたり移転に必要なものだけ）小生の部屋の東側の状差に柏栄商会の名刺がさしてありますから電話で社員を呼び家賃二ケ月分差引くかどうか家主の意向きいて頂き度存ます

岡本かの子よりの品は、少〻仔細がありますので小生名儀にて返送して頂きます（赤坂区青山高樹町三番地）

十月九日　　潤一郎

御寮人様

一〇八　昭和十一年十月十五日　潤一郎より松子

表　兵庫県武庫郡精道村打出下宮塚六　森田松子様　御直披　航空（消印11・10・15）

裏　十月十五日　東京市本所区向嶋小梅町三ノ二　笹沼別邸　内

○源氏物語一昨日を以て千枚を突破致しました　本日午後中央公論社長と会見の約束になつてをります

○向嶋に非常によき納豆がありますので、試みに二十本程客車便にて托送いたします、妹尾家へも別に送ります

○コロンバンは鮎子に依頼いたしましたので昨日あたり発送したと存じます

○首人形　伊東屋にはなき由、三越の玩具部にあるだらうとの事、偕楽園でき丶ました、兎に角両方行つてみることに致します
○外に、トーサンに大変よきものを思ひつきました。十五六円のものですが、昨夜そのため少し奮発して原稿をよけい書きました。本日お金を取りましたら銀座へ廻つて買求め発送いたします。何だか御楽しみに申し上げずにおきます
○本日受け取ります稿料の中から百円御電送申上げます。あい子の先月分まだ五十円残つてをりますので、あとをそれにさしむけます。終平のも今明日中に発送の予定にしてをります
○社長と談判の工合でどう云ふ風になるか分りませぬが移転に必要なる金子は、本月末に送つて貰ふやうにするか、或は諸払ひの一部分だけでも先へ貰ふか、どちらかになると思ひます
〔欄外　いづれにしましても談判は今日一日では片づきますまい、又契約書の条件書かへ等両三日は要すると思ひます。〕
○向嶋にゐると書けることは書けますけれども、半月以上もお顔を拝まずにをりますと、矢張だん〳〵淋しくなり、しまひには書けなくなるかも知れませぬ。さうなつたら帰らして頂きますが、今のところ公論社と談判の外にも本の装釘打合せ等でいろ〳〵用が厶いますので、できるだけ此方で辛抱いたします
○体重は毎日測つてをりますがキッチリ十七貫で、ふえも減りもいたしませぬ
○家にをりまして、毎夜御寮人様の御腰をもませて頂き、お昼と晩の御給仕をし、トーサンのお相手をさせて頂きますこと。これが私の何よりの慰安――と云ふよりも殆んど活力の源泉となつて居りますことが東京へ来てみるとよく分ります。これのできないのが淋しいので厶います。
○私は、五十を越してから今のやうに毎日仕事が出来ようとは思つてをりませんでした。源氏のやうな大

部の仕事ができますのも、全く御寮人様の御蔭で厶います。源氏を訳して居りますと、御寮人様の幻がいくつも〳〵眼の前に浮かんで参ります。あれはほんたうに御寮人様の住んでいらつしやる世界です。御寮人様と云ふものがいらつしやらなかつたら、私は今頃もつと〳〵年を取り元気をなくしてをりましたでせう。

○重子御嬢様なども矢張源氏の世界のお方です。あの御方を何とかして御仕合せにしてお上げ申さないでは、私としても水野老人や詮三氏などの手前、男が立たないと思ふばかりでなく、魚崎時代青木時代のことを思へば、全くお嬢様の御蔭で私は今日の幸福を得られましたので、少くとも私に取つては一生忘れられない大恩人でいらつしやいます。唯折角今日まで辛抱していらつしやつたのではあり、御当人の御気位の御高いのも当然のことだと存じます。御器量と云ひ、御性質や御素養と云ひ、御家柄と云ひ、実際まだ〳〵気位がお低いくらゐで、もつと〳〵高く御とまりになつたつて不思議はありません。たゞ、あゝいふ本当の意味での貴族的な、源氏物語的御婦人が今日のモダーンボーイなどには分らないのです。それが私には残念でなりません。でも今にきつと、御嬢様の真価を認める人間が出て来るに違ひないと存じます。目下のところでは、その気位を御落しにならぬやうに、自信をお失ひにならぬやうに、自分のやうな女はめつたに居ないのだと、思ひなつていらつしやるやうに、何とかして力づけて上げ、お慰め申し上げるのが、私の義務だと思てをります。無理に結婚を御急ぎになつて、丁未子のやうに苦労するのでは何もなりません。

○後藤靱雄氏には書面差立てました

○では又後便にて

十五日

順市

御寮人様

本日鮎子偕楽園の招待で左団次を見に参ります小生は呼ばれません。菊五郎は、先日偕楽園と一緒に行きました。「雪地獄」はそんなによくありません。踊も今度はつまりません。

＊『倚松庵の夢』二一六頁

## 一〇九　昭和十一年十月十七日　潤一郎より松子

表　兵庫県武庫郡精道村打出下宮塚六　森田松子様（消印11・10・17）
裏　十月十七日　東京市本所区向島小梅町三ノ三　笹沼別邸内　谷崎潤一郎

○首人形ハ私が昔東京で見たやうな、老若男女いろ〳〵の首のあるのがありません。そして割合に高いです。（小七八十銭、大一円五十銭ぐらゐ、伊東屋では三越と同じものが三円ぐらゐ）で、三越から大、中、小一個づつ御送りいたしました。

○ C-Vitamin 唯今調べて貰つて居ります。今明日は休日に付、十九日でなければ分りませぬ由。大村氏はあれは百日咳の薬だから喘息にも利かないわけではないが、喘息専門薬ではないと申してゐます。そして東京にも極めて少く、あつたりなかつたりださうでムいます。又、同じものが日本でもできる由でムいます。（御手紙薬名のところに Cantan とあるのはどう云ふ意味でムいますか。或は百日咳の薬の外に、又新薬ができたのでもムいませうか。今一層明瞭に薬名御知らせ願へませぬか）それから、あの先達の吸入薬は、大変宜しく副作用もなく、西洋人などにも喜ばれてゐるもので、あれをお使ひになるやうにとの事でムいます。あの箱の中の用法書御覧になればすぐと分ります

○中央公論社は、兎に角移転当日までに、必要な金子を出してくれることだけは承知いたしましたから御安心下さいまし。で、後から金を送つて貰ふことにして、トーサンの運動会までには是非帰らうと存じます。（まだ細目打合せ等があり、関係社員等と千枚突破の御祝に御馳走してくれるさうです）尤も、先にいくらかでも持つて帰れるやうにしたいと存じ、原稿も書いて居りますが、金額は分りませぬ。取りあへず百円だけにても両三日中に御送りいたします。

○終平へ、今月中旬迄として諸雑費旅費とも四百三十円あれば十分のところ四百五十円送つてやりました。あい（ママ）子の百円もすみました。しかしこれは先月分故、今月は又別にやつて頂かねばなりません。又非常にやせて来まして注射をしてゐるさうでムいます

順市

御寮人様

＊　全集書簡番号一六二

## 一一〇　昭和十一年十月二十日　潤一郎より松子

表　兵庫県武庫郡精道村打出下宮塚六　森田松子様　御直披　航空（消印11・10・20）

裏　十月廿日夕　東京市本所区向嶋小梅町三丁目三　笹沼別邸内　潤一郎

○十八日夜おした、めになりました航空便で見ますと、まだトウさんの物が着いてゐないやうでムいます

が、もう今頃はお使ひになつていらつしやること、存じます。（三越の首人形と同じく十五日に銀座ヤマノより発送して貰つた筈でムいます。）

○薬はあることはあるのでムいますが、喘息にはきくかどうか保証せぬと云つてをりますが如何しませうか。私帰宅いたしましてからでも入用ならばいつでも後から送つて上げると申して居りますが。（一箱五本入三円五六十銭の由でムいます）

〔欄外　発作がお起りになります由、ゼヒあの吸入の薬をお用ひになつて下さいまし。鼻へお吸ひになつても宜しく、又そう深く口へさし込まずともよいとの事でムいます。エフェドリンで副作用が起るならば、起らない程度に迄極度に分量を減らして御覧になりましてはとも申て居ります〕

○京都へ御供ができますこと、何より有難く楽しみにいたして居ります。伊セ長か、嵯峨の一声あたりいかゞでムいます。但し、汽車は多分夜汽車になり京都着は朝早くになりますし、私疲れもいたしますので、乍勝手一遍帰らして頂きまして、そのあくる日あたりにさして頂き度トーサン運動会の晩などいかゞでムいませう。（廿四日には帰度と存じますが、事に依りますと、廿五日朝帰宅、直ちに運動会へ出席することになるかも知れず、その場合は廿六日京都行にさして頂度ムいます）

○終平へ送る四百五十円を五百円借りましてその差額五十円でいろ〳〵御土産買ひました　海苔、オカキ等〻此の間から御送りしましたのは皆そのうちから出しましたのでムいます。トーサンのメトロノーム（？）は十六円五十銭でムいました。海苔は一番高い品の次ぎの品にして、その代り十五帖にいたしました。山形屋のでムいますからそれでも十分召上れると存じます

○観艦式にはあゆ子も参り度と申てをります。あゆ子には可哀さうでムいますが、どうも私あゆ子に来ら

れますと何かと気を使ひますので、いつそ東京で会ふ方が宜しうムいます。殊に今度は久〻で御側へ帰らして頂いて、せめて二三日はお上の方〻へゆつくり御奉公も申上度と存て居りますので、あゆ子の来るのと一緒にならぬやう、先に帰らして頂度と考へて居るのでムいます。（あゆ子は廿九日頃と申てをりました）

○何にいたしましてももう今後は、長く家を明けますことは絶対にないやうにいたし度、お供の時は兎も角、ひとり上京の節は、二三日以内と云ふ事にきめたうムいます。此の間から毎日〳〵何か一品づつにても御土産御送り申し上げないと、私自身の気持が淋しうて堪へられず、今頃は納豆がついたかな、コロンバンを召上つていらつしやるかなと、さう思つては僅かに慰められてをります。

○実は私、十五日外出いたしました日に軽い風邪を引きまして十八日迄三日間一歩も外出いたしませんでした。で、海苔とオカキとは偕楽園へ電話をかけ、便を出して貰つた始末でムいます。そんなわけで中央公論の御馳走も断りました。御馳走よりは御金をちつとでも融通して貰ふ方がいゝと云つたら社長が笑ひ出しました。（但し、もう完全に全快いたしました）

○お金はいくら持つて帰りますか不明でムいますが、兎に角もはや私帰宅まで御送金は申し上げないことにいたしますから御ふくみ願上ます。（月末迄に融通して貰ふ中からその一部分を持つて帰ることになると存じます）

順市

廿日夕

御寮人様

東京発の日と時間きまりましたら御打電申上ます。尚当方番地は小梅町三丁目三番地の由にて、航空便の着くのがおくれるから精確に書いて下さいと郵便局より注意がムいました

順市

## 一一一　昭和十二年三月二十一日　潤一郎より松子

表　兵庫県武庫郡住吉村反高林一八七六ノ六四　森田松子様　航空（消印12・3・21）
裏　二十一日　東京市本所区小梅町三丁目三番地の二号　笹沼別荘内

昨日は電報で度ゝ御騒がせ致しまして恐入ますが、つるやの羊かんの方はとうに大磯へ着いてゐながらそれより数日前に頼んだお茶の方がとう〳〵法事に間に合はず、昨日夜になつて着いたやうな次第でムいました、
〇〇〇夫人の病気は〇〇主人の方の梅毒が夫人に感染した結果、心臓肥大を来したものと判明、目下夫婦ともその方の治療を受けてをります　それにつけてもつく〴〵恐ろしきものだと悟りました、私も帰りましたら早速検査致さねばなりません、
昨夜は舞の大会へ御越しの筈、皆様面白き一夜を御過しの事と拝察致します
しげ子お嬢様の御縁談の件其後どうなりましたかと御案じ申上てをります
送金の件帰宅の日取の件まだ今日はハツキリした事が申上げられませせぬ　明後日あたり御知らせ申上ます
二十一日
御寮人様

## 一一二　昭和十二年三月二十三日　潤一郎より松子

表　兵庫県武庫郡住吉村反高林一八七六ノ六四　森田松子様　航空（消印12・3・23）

裏　廿三日　東京市本所区小梅町三丁目三ノ二　笹沼別荘内

東京も本日よりすつかり春らしう相成、花が咲きさうな様子になりました

又ゝ御出血の由御案じ申上ます何卒御無理を遊ばしませぬやう御願申上ます佐藤のおばあさんが尿毒症の疑にて両三日前より入院、千代は毎日つめ切つてをります私もあゆ子同道見舞に行て参りましたが今回はどうやら生命は助かるらしう申てをります、

中央公論社長は国に不幸が出来て突然帰国、明二十四日中には帰京の予定にて小生は多分廿五日に面会致します、お金もその節受取ります、そして六七日頃帰西の予定でムいますが金は持つて帰りますか御電送申上ますか、その時の都合に可致、一番早き方法を選ぶことに致します

昨夜佐藤アキヲ方にて血液を取て貰ひました、結果は廿八日に分るさうでムいますから後から書面で知らせて来る事になつてをります、ついでにエナルモンもして貰ひました

ハンドバツグは年齢いくつ位の方のを選だら(ママ)宜しうムいますか、折返し御知らせ願上ます

三月廿三日　　順市

御寮人様

くれ〴〵も御病気御大切に祈上ます

＊山梨県立文学館所蔵　館報六一号

## 一一三　昭和十二年三月二十五日　潤一郎より松子

表　兵庫県武庫郡住吉村反高林一八七六ノ六四　森田松子様　御直披　別配達書留（消印12・3・25）
裏　東京市本所区小梅町三丁目三ノ二　笹沼方　谷崎潤一郎

其の後御容態いかゞでいらつしやいますか、御心配申上てをります
今日明日両日へかけ中央公論社その他の用件のあるところを訪問いたし、お金と時間の都合つけば龍児とあゆ子を何処かへつれて行てやりまして、明廿六日夜行で立ち廿七日正午頃帰宅の予定でをります、近頃寝台が中ゝ早く売れ切れますのでこれから駅へ行つて見なければ分りませぬが予定に変更なき限り電報等は差上げないかも知れませぬ
お金は昨日の百円の外に税金は持つて帰りますが、あとはさう残るまいと存てをりますその場合には県税の方でも一時融通して頂きます、（たとひ僅かでも持つて帰るやうに致しますが）傘はいせ由へ頼みましたから直接送る筈でムいます

廿五日　　順市

御寮人様
　　侍女

＊　山梨県立文学館所蔵　館報六一号

## 一一四　昭和十二年九月十三日　潤一郎より重子

表　東京市小石川区白山御殿町一一七　森田詮三様方　森田重子様　（消印12・9・14）
裏　九月十三日　〔印　兵庫県武庫郡住吉村反高林　谷崎潤一郎〕

拝啓
あれから毎日皆さんでお噂して居りましたが今朝御手紙にて御様子が分り安心いたしました、まだ何かと御気持も落ち着かれないことゝ存じますがこれからそろ〳〵東京の味が分つていらつしやいませう
此方は皆さん元気でありります、たゞ家の中が急に淋しくなり、今日あたりは随分よいお天気でありましたが、いかにも秋らしくしんみりとしてをります
東京はこれから「さんま」がうまくなるのですが小石川ではいかゞかと存じます、兎に角ためして御覧遊ばしませ
松茸が出ましたら御送り申上ます
まあ東京と大阪と行つたり来たりの御生活もお気晴らしになつて御宜しき事と存じます
くれ〴〵も御身体を御大切に
皆〻さまへ宜しく
九月十三日

潤一郎

重子御嬢様
○シユルンボン家のアマさんが二人ともマダムと喧嘩して一遍に暇を取つてしまひました。たつた一日の出来事であります。マダムが口癖のやうに「日本人バカです」と云ふのでフンガイしたのださうです。
○今日正念寺施ガキであります、御寮人様コイさんお出かけになりました、

＊ 全集書簡番号一六九、『湘竹居追想』一〇九頁

## 一一五　昭和十二年九月二十五日　潤一郎より重子

表　東京市小石川区白山御殿町一一七　森田詮三様方　森田重子様（消印12・9・26）
裏　廿六日〔印　兵庫県武庫郡住吉村反高林　谷崎潤一郎〕

○昨日はお手紙を難有う存じました、お尋ねに与りました脚気は、此の頃又ぶり返しまして又〻毎日注射をして貰つてをります、承ればお嬢様もまだお直りになりませぬ由、御自愛を折ります。
○其後こいさんも毎日のやうに来て下さいますが却つて此の頃になりまして、淋しさが身に沁むやうになつたと皆さんで申てをられます、矢張三人と云ふものは花やかなものですが、二人になるとしんみりとする、どんなにおとなしいお方でも、いらつしやらないと妙に気が抜けたやうになると、今日もそんなお話でした
○先日の秋季皇霊祭にはこいさん、清ちやん、れい子ちやん等も加はつて、高座の滝よりロツクガーデンへハイキングをし、晩は博愛楼へ「支那を食ひに」（これハこいさんの表現）参りました、そして三宮映画館でニユースを見ました（御寮人様と小生とは足もと不たしかに付、ロークガーデン（ママ）は途中にて棄

権、皆さんの行つて来られるのを待つてゐました）
○本日太郎さんが来て小生の部屋へ拡声器を取つけてくれました此費用三円也
○平井さんがよい女中を世話してくれることになり、お光どんには暇を出すことになりました、但し当人にはまだ絶対秘密
○御寮人様又そろ〳〵喘息の気味にてブロカノンの注射を始められました
○トウさんの神経衰弱がだん〳〵昂じて、毎夜十二時頃まで寝られず、ちよつと音がしてもすぐ眼をさますと云ふ状態。先日ハイキングの時にれい子ちやんと並べてみると、昔はとうさんの方が背がお高かつた筈ですのに、今日では身長肉づき等れい子ちやんに劣つてゐるので驚きました、依つて重信先生の診断を乞ひましたところ、暫く学校を休ませて、遠足旅行等につれて行けとのこと。しかしそれ程にする必要もあるまいかと存じ、本日小生大西先生を訪問、当分の間、宿題等を怠けたり、時〻一日ぐらゐ欠席したり、遅刻、早びけ等をするのを大目に見て貰ふやうに諒解を得て来ました。大西先生も全然小生と同意見でムいました。学校では、少しぐらゐ怠けたところで、先生は別にやかましくは云はないのだが、生徒同士で冷やかしたりするので、恵美ちやんに対し、外の生徒たちが兎や角云はないやうにするとの事でムいました。で、これから暫く、勉強よりも健康第一主義にして盛んにハイキング等につれて出ることにしようかと存じます。どうか此の事は万已むを得ぬ処置としておふくみを願ひます。私も最も憂へるところは、今の神経衰弱的傾向が固疾になつてしまひはせぬかと云ふことでムいます。尚重信先生の処方にて今日より薬を飲んでをられます
〔欄外　○毎晩自分の部屋ではお淋しいと見えて、ママさんの布団へ這入つて来られます、いつも必ず人形のルミーちやんを横で寝かしてをられます〕

〔欄外 ○睡眠不足の結果、瘦せて頬骨が出て来られました。しかし本日一日学校を休み、全然宿題等もせずに気まゝにしておきましたら今日は珍しく九時頃よりスヤ〳〵休んでをられます、さう云へば先日、ハイキングの晩も安眠されました、これでみるとたしかにのんびりと遊ばさせると云ふことが有効のやうであります、それもほんの一時的の現象でぢき直るやうに思はれますからあまり御心配なさらないで下さい〕

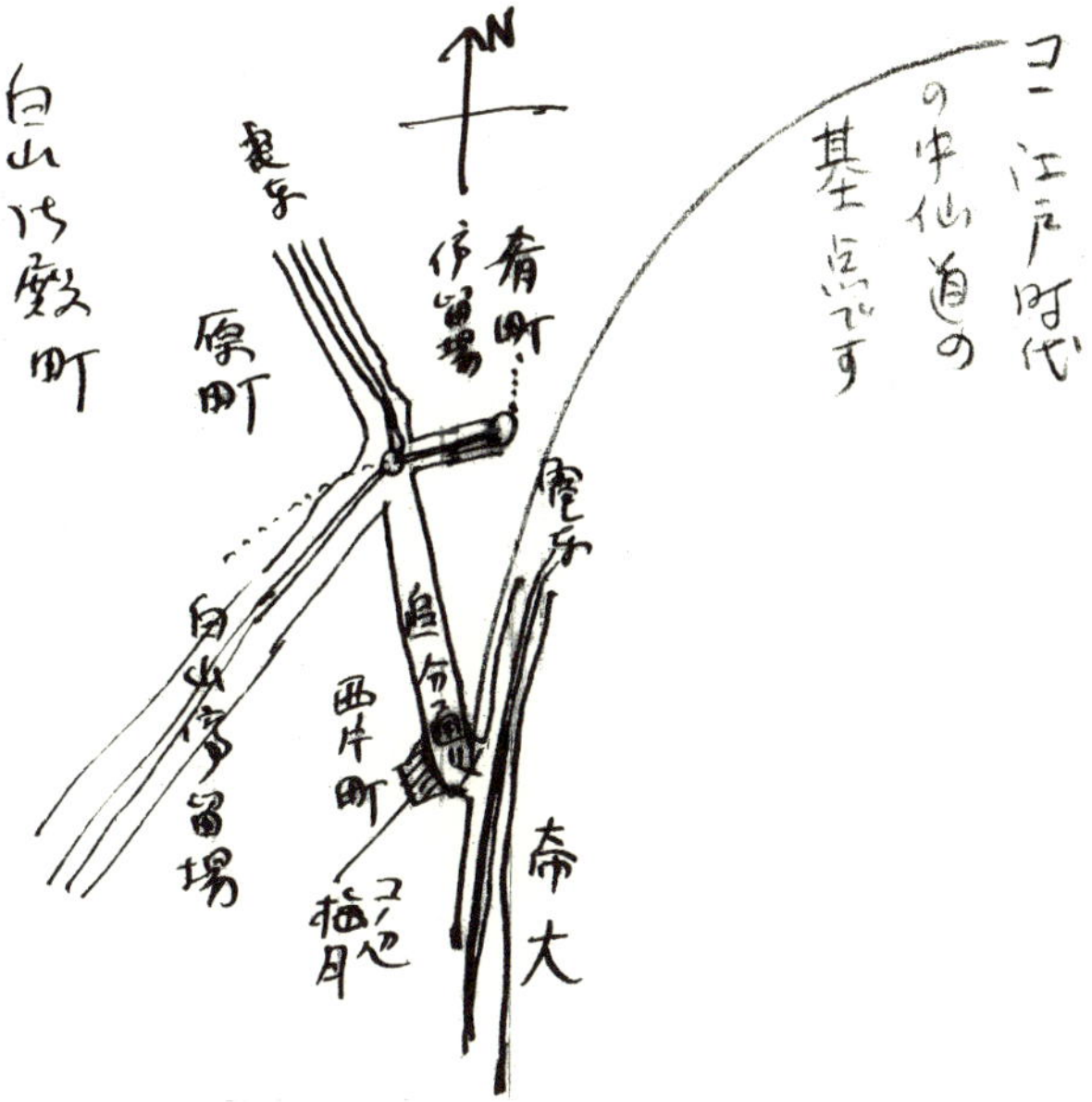

○あゆ子に本郷のおそばやお聞きになりました由それよりも、「みつ豆」の梅月の方がずつと近いところですから一遍是非行つて御覧なさいまし。少し記憶が不たしかですが多分図に書いた見当です。追分へ来て梅月ときけばすぐ分ります

○あゆ子が二才より四才ぐらゐ迄の間、私も原町に住んでをりましたので、今いらつしやるあたりがなつかしく、今度上京いたしましたら久しぶりで行つてみたく存じます

○又時〻情況御報告申し上げますが、決して一々御返事には及びませぬ故、さうお気にかけないで頂きます、皆〻様へよろしく

九月廿五日

順一

御嬢様

ふるさとの虫の声かや時雨かや――遥に東京の秋を想像してをります
これは去年向島にてふと浮かんだ句でムいます

＊全集書簡番号一七〇、『湘竹居追想』一一九頁

## 一一六　昭和十二年十月十五日　潤一郎より重子

表　東京市小石川区白山御殿町一二七　森田重子様　御直披　速達〔消印12・10・□〕
裏　十月十五日朝〔印　兵庫県武庫郡住吉村反高林　谷崎潤一郎〕

拝啓
○本日御寮人様より御文頂きまして御嬢様の御心痛の御模様拝承いたしました、正直のところ、御嬢様が御上京になりましてから元来朗らかであるべき家庭が、トーサンの健康を中心として不安な暗雲にとざされるに至り私も口には出しませぬが内心困つて居りました。しかし徒らに御嬢様に御心配をかけてはならぬと思ひ、又、辞柄を設けてお嬢様を呼び戻すと云ふ形になつては、折角御機嫌の直つた森田様御主人にすまぬと思ひ差控へてをりました。が、考へてみますと、あゝ云ふ神経衰弱を直すには余程細心にして周到なる注意と、広く深く暖かい慈愛心とを以てしなければ、回復に手間取ること丶思ひます

（小生自身、二十四五才の頃かゝりましたが、三四年間を費して漸く全快しました）されば、場合に依つてはお嬢様の御助力を仰ぐ外はないと存じますが、矢張此の際、今度の日曜を逸することなく、是非杉田博士の診断を乞うて頂き度、その上の相談になすつては如何で厶いませうか
○杉田氏には、病状をできるだけ細かに描写して説明して頂き度、尚診断を乞うた上にて、
一、通学の可否
二、旅行その他療養の方法
三、家庭に於ける扱ひ方
等お尋ねになつて頂き度存じます。お嬢様も御一緒に三人にてお出かけになり、最初二人外にてお待ちになつていらしつて、診断が済んだら又お二人だけ先に出て待つていられるのが一番よくはないかと、余計な事ながら、考へます。（尚場合に依つては小生名古屋まで会ひに行つて聞いて参ります）トーサンの場合によく似た実例を、いろ〳〵きかして貰ふのが一番参考になるかと存じます
○何卒よろしく御配慮の程をお願ひ申し上げます。神経衰弱と云ふものは、一度かゝると度々かゝる傾向を持ちますので、どうしても此の際、じつくり腰をすゑて根本的に直して了はねばならないと存じます

順市

御嬢様
侍女

## 一一七　昭和十二年十月二十六日　潤一郎より重子

表　東京市小石川区白山御殿町一二七　森田重子様　御直披（消印12・10・27）

裏　十月廿六日夜〔印　兵庫県武庫郡住吉村反高林　谷崎潤一郎〕

拝啓

トウさんは昨日からぽつ〳〵学校へ通つていらつしやいます、昨日は早退け、今日は朝一時間程遅刻してお出かけになりました。昨夜十時半までお休みになれず、今朝寐坊をなすつたせゐです。休んでいらしつた間の宿題などは、昨日ママさんが手伝つて上げて、全部片附けておしまひになりました。病勢は、一進一退でありますが、でも少しづつよくなつていらつしやるやうに見えます

お嬢様には十一月中旬御西下、本年一杯こちらにいらつしやいます由。しかしそれではあまり御滞在の期間も短きやうに存ぜられます故それならいつそ十一月早々においで下さいませんでせうか、さうすれば先づ二ヶ月間は此方でお暮しになれなすし、トウさんも、まだ本当によくなつてはいらつしやらないのですから、今のうちに見て頂いた方が、回復も促進されること丶存じます。これは勿論私一人の考ではなく御寮人様も同じ御意見にて、私よりその旨申上げるやうにとの事につき、此の書面認める次第でございます。

それにトウさんも近日お嬢様がおいでになるものと信じ切つていらつしやいます

梅田着のお時間、それに分れば車台番号もお知らせ下さいましたら私大阪までお出迎へに上ります。時刻に依つては皆さんもお出かけになると存じます

トウさんが、ネエちやんが来る時に三枝の洋服を持つて来て頂戴と仰つしやつておいでです

唯今御寮人様勝呂さんへ出かけられました、いづれその結果の御報告があること丶存じます

こちらは陽気が逆戻りしたやうな暖かさで、日中はセルの陽気でムいます。まだ〳〵雨なども降りさうでもムいません。

では一日も早くお待ち申上げます

十月廿九日[ママ]

順市

御嬢様

## 一一八　昭和十二年十月二十九日　潤一郎より重子

表　東京市小石川区白山御殿町一二七　森田重子様　御直披　速達〔消印12・10・29〕
裏　廿九日〔印　兵庫県武庫郡住吉村反高林　谷崎潤一郎〕

拝啓
今回はまことにいろ〳〵と有難う存じました、今朝七時大阪着、魚崎御嬢様も私も梅田までお迎ひに参り御無事なお顔を見てほつといたしました
トウさんは私が見ましたところでは非常によくなつてをられます、少くとも出発の時とは別人のやうにて、如何に今回の東京行が有効だつたか、（従つて適当な処置であつたか）と云ふことがよく分りました。たゞ夕刻御寮人様がこいさんと御一緒に無断で一寸松葉さんのお宅まで外出されましたのを、あとで知つて非常に淋しがりお泣きになり、それから一寸変になりましたが、それも以前のやうにひどくはなく、少くとも薄気味の悪いやうなところは見えなくなりました、そして夕食後は又御機嫌が直つて遊んでをられます　兎に角此の程度まで回復されゝばどんなに心丈夫か知れません、これも皆〻様　殊にお嬢のお心づくしのお蔭と存じます
〔欄外　清ちやんが夜も残つて相手をしてゐて下さいます〕
で、明日より学校へいらつしやることにして、夕刻私が大西先生に面会に参り、なるべく気まゝにさせて

下さるやう頼んで帰りました
此の上はたゞ病勢が逆戻りをせず、此のまゝ順潮に回復するやう細心の注意を以て努力するばかりでムいます、兎に角賑かな所からお帰りになつたので、淋しいのが一番いけないやうで、御自分もさう仰つしやつておいでです。御寮人様にはお気の毒ながらこゝ当分の間夕刻以後はトウサンを置いて外出なさらぬやうにして頂くより外はありませんが、その御辛抱がつゞくどうか内々私は心配してをります。（とても女中任せにはしておけませぬ故、お留守中にお泣きになつたりすると、私がそれにかゝりきつてゐなければなりません）どうか、私から出たやうにせず、お嬢様御自身のお考のやうにして、一寸お手紙の端にでも御寮人様へ仰つしやつて頂くと大変安心でムいますが、
なほ、少しにても病勢悪化の模様が見えましたら今度は躊躇せず直ちに御知らせ申上げます。そして軽症のうちに根本的に直してしまふやう万全の策を取りたいと存じます。或はお嬢様に安ちやんをつれて来て頂くのも宜からうと、御寮人様は申してをられます
いづれにしても年内には御西下遊ばします由お待ち申上げてをります。正直のところ、私の方からお呼び申したやうな形にさへなりませなんだら、かう云ふ場合、お嬢様にいらしつて頂けたらどんなに心強いかと思ふのでムいます
それはさうと、東京はずつと雨でムいました由、当地はもう十日程も引つゞき実にうらゝかな秋日和にて、タキ農園より取り寄せた菊の鉢を三つ程テラスに並べ、それにきら〳〵と日があたるのを眺めてゐますと、我が家の庭ながらうつとりとしてしまひます。御寮人様も暫くぶりに此の明るさを御覧になつて、東京とこゝとは外国のやうだと仰つしやつておいでです
森田様お兄上お姉上様へは別に礼状差出しましたがどうかくれ〴〵も宜しく仰つしやつて頂きます

四五日たちましたら又模様おしらせ致ます

廿六日朝

潤一拝

御嬢様

侍女

## 一一九　昭和十二年（推定）十二月（推定）二十二日　潤一郎より松子

表　兵庫県武庫郡住吉村反高林一八七六ノ六四　森田松子様　御直披（切手剝がれて消印不明）

裏　廿二日　東京市芝区南佐久間町二ノ十一　竹水荘方　谷崎潤一郎

拝啓

到着の朝は荷物付かず大変にあはてまして御騒がせ申上げ相済みませんでした、時局のため貨車払底にて近頃よくこんな事がある由で厶います

金子弐千円だけは出来ました、でもそれだけでは不足に付、目下工作中で厶います、弐千円は為替にて受け取りました故これは郵送は不用心に付小生持参いたしますが、二三日中に取りあへず他に百円ぐらゐお送りできると存じます、もしお送りいたしましたらそれは弐阡円以外のものとお思ひ下さいませ

手袋は、近頃は殆んど舶来の革を取り寄せて日本人の手に合ふやうに日本で縫ふのが多く、西洋製のは稀な由で厶います。従てあのお預かりして参りました手袋に、指の長さが合ふものは、掌の幅がバカに広すぎ、掌の幅で合はせると、指の方が短かくなります。結局、手の形を取つて頂いて、それに合ふのを捜し、見付からなかつたら、特別に縫はせるのが一番安全で、三越でも何処の百貨店でも縫つてくれるさうであ

ります。これは三越の店員の意見でもあり、偕楽園でも皆さう申します。それで至急に手型を取つてお送り下さいますやうお三人様にお願ひ申ます
重子お嬢様の件、まだ加藤氏に会ひませぬが、昨日電話で打ち合せました。今日もう一度電話がある筈にて、その上で多分明日あたり会ふことになると存ます
お嬢様の御写真小石川お宅にありますのは江木で撮つた中の一番出来の悪いのが一枚だけでありました、どうもあれよりもつとよいのがあると思ふので、後から送つても済むことですから、焼き増しをなさるか、木場さんのを取り戻すか、した方が宜しくと存じます
森田様は、御寮人様お風邪にて微熱がおありになりますから、もう二三日立ちましてから何処かへ御案内申ます、偕楽園で特別においしく拵へるから是非たべに来て頂きたきやう申ますので、結局これになりさうです（大に割引もしてくれますので）三橋堂のお菓子はお気に召したやうでムいます。ハンペンとスヂも持つて参りました
本日あゆ子と龍児とでカブキへ参ります、あゆ子等は、私より一足先に紀州行に出発、事によると、そちらへ一晩泊めて頂き、妹尾夫人へお線香を上げて行かうかなど申て居ります、二十三日か四日に出発の由でムいます、
私は金策の方さへつきましたら二十五日の夜行で立ち度存じます
根津さんの事に付こいさんにお願がムいまして別に手紙さし上げました、委しくは何卒こいさんより御聞き取り下さいますなりその手紙御覧下さるなり願ます

順市

二十二日

御寮人様

侍女

中央公論社長夫人は殆ど全快に付どうかそんな心配御無用に願度との事でムいます

＊ 早稲田大学図書館所蔵
＊ 『湘竹居追想』 一二六頁
＊ 「根津さんの事に付こいさんにお願がムいまして別に手紙さし上げました」とあり、芦屋市谷崎潤一郎記念館にはその信子宛書簡（本書一二〇）が所蔵されている。それによって十二年十二月だと判断される。

## 一二〇 昭和十二年十二月二十二日 潤一郎より信子

表 兵庫県武庫郡住吉村反高林一八七六ノ六四 森田信子様（消印12・12・22）
裏 廿二日 東京市芝区南佐久間町二ノ十一竹水荘方 谷崎潤一郎

拝啓
皆〻様御機嫌御宜しき事と存ます、当地は毎日お天気で暖かでムいます、昨日小石川お宅へ伺ひましたところ朝子御寮人様お風邪の由でいらつしやいますが、でも起きておいででした、そしていろ〳〵お嬢様のことを御心配になつてこま〳〵とお話がムいました
実は私、先夜出発の際にも、亦根津さんが直接お迎ひに来られましたので、甚だ不愉快になりまして、旅行中を幸ひ、本日此の宿屋で根津さん宛に手紙をしたためました、大体の趣意は、「どうかあなたが直接門前へ来ないやうにして下さい」と云ふことを、できるだけおだやかに書いたつもりでムいますが、それ

でもお嬢様の許可なく、突然斯様なものを投函してよいかどうかと、書いてしまつてから又急に迷ひ出し、実はまだ出さずにをります、が、結局、一日先に先づ此の手紙をお嬢様に差上げておいて、明日根津様宛の分を魚崎御宅宛てに出すことに致しましたから、何卒〳〵おゆるしを願ひます。お嬢様が先に開封遊ばして、これで差支ないとお思ひになりましたら根津さんへお見せ下さいまし

〔欄外　手紙の封筒はわざとお二人宛にしておきます〕

私は此の春勝呂病院に入院中考へたことも厶いますし、それに年のせゐかだん〳〵気が弱くもなつて参りますし、御寮人様始めお嬢様方には今後絶対に失礼なことを致すまいと心に誓つてをりますので、自然今日迄根津さんにも遠慮してゐたので厶いますが、根津さんの方では、それに附け込んでゐるやうな態度なので、一層腹が立つので厶います。

勿論、お嬢様を呼び出しに来られるのが悪いと申すのではありません、根津さんが直接来ないやうにしてほしいと申すだけの事なのですから、清ちやんなり、周やんなり、自動車や人力車をよこすなり、自身が車へ乗つて来た場合には、自分だけ二三丁手前で降りて待つてゐるなり、そのくらゐな遠慮はしてくれるのが当然と思ふので厶います。

私は根津さんさへさう云ふ態度を守つて下さるなら、清ちやんが出入することはちつとも不愉快では厶いません。それどころか此の頃ではうちのトーさんと同じやうに可愛く思ひ、性質もほんたうにやさしく、よいお子だと存じます。それに、御寮人様の老後の事を考へますと、私との間に子供が生れない以上、清ちやんを遠ざけると云ふことは、何より御寮人様の老後を淋しくさせると思ひますので、そんなことは望んでをりません。しかし、私の方でこれだけ譲歩してゐるのですから、もう少し根津さんも礼儀を守つて貰ひたいので厶います

今迄にも思はず門前へ飛び出して行つて怒鳴りつけたくなつたことがたび〳〵ムいました。けれどもそんなことをした丶めにお嬢様に御不便なことが生じてはならぬと思ひましたのと、何よりもお嬢様の尊厳を傷つけては心に誓つたことに背くと考へましたので、ガマンしてをりました。（根津さんがうちの御寮人様も御一緒に阪急会館にいらしつたことを知つた時にもそれを考へてガマン致しました）しかし、それだけに根津さんに対しては一層腹が立つのでムいます

今度 根津さんに手紙を書く気になりましたのは、私から直接云はないと、お嬢様から仰つしやつたのでは、お嬢様が私を利用していらつしやるやうに取られはしないかと思つたからでムいます、お嬢様の御都合でなく、私自身の意志であることをハツキリ示したかつたのでムいます

返す〳〵も申し上げますが、決して私はお嬢様の尊厳を傷つけたり、少しにても御迷惑をおかけするやうな気はムいません。御寮人様始めお嬢様方は私に取て絶対に神聖な方々と思ひ込でをります。ですから、お嬢様をお恨み申し上げるやうなつもりではないのでムいます。いつそ、もつとお嬢様の方から圧制的に「辛くともガマンをせよ」と仰つしやつて下さるなら又それで感情の抑へようもあるやうな気がするのでムいます

（欄外 もしほんたうにお嬢様や清ちやんに御不便や御不自由を与へるやうなことになるなら、どんな不愉快でもガマン致します）

大変失礼な、くどい手紙を書きまして相すみませんが、たゞ胸の中のいやな気持を聞いて頂くだけに書いたのでムいます

そして、お嬢様がもしお気が進みましたら根津さんに仰つしやつて頂きたいのでムいます、（決してお嬢様に責任を負つて頂くのではムいません）

帰宅いたしましても、もう此の話は申し上げないことにいたします、そして、よきお正月を迎へたいものでムいます

廿二日

順一

信子お嬢様

侍女

＊ 森田信子宛潤一郎書簡（本書一三〇も）

＊ 芦屋市谷崎潤一郎記念館所蔵

## 一二一 昭和十二年十二月二十四日 潤一郎より松子

表 兵庫県武庫郡住吉村反高林一八七六ノ六四 森田松子様 御直披 速達（消印12・12・24）

裏 十二月廿四日（印刷 東京市芝区南佐久間町二丁目十一番地 旅館竹水荘 電話芝（四三）二二四三番）

谷崎潤一郎

拝復

昨日御手紙拝受、トウさんの御心配のことを伺ひまして、勿体なく有難涙に咽びました。お書き初めの節は、おぢいにも、何か酒をつゝしむやうな言葉を書いて頂きたく存じます。学校へお出しになります文句、さしあたりよきものを想ひ出しませぬが、時節柄「帝國萬歳」などはいかゞでムいます。或は「千秋萬歳」「冨春秋」「芙蓉千古雪」等。他にもなほ帰ります迄に考へます

信子お嬢様に失礼な手紙をさし上げましてお怒りになつてはいらつしやいませんでせうか。後で考へまして、何かイヤ味でも申てをりますやうにお取りになりはしなかつたかと案じてをります。決してそんな気ではムいませんから何卒不悪御ゆるし下さいますやうお取りなし願上ます
昨日加藤さんの弟に面会、是非写真をくれと申しますので、兎に角あの江木のを預けて参りました。今度は好結果になるやう望んで居ります、委しくは帰りまして申上ます
廿五、六両日が休日であることに心づき昨日とりあへず百円お送り申し上げました、これも大体好結果につき御安心願上げます、お土産等も御注文品は皆とゝのへて帰れます（その外いろ〳〵ムいます）
あゆ子と龍児は今朝ツバメで出発、往路は真つすぐ紀州へ参り、帰りにゆつくりして行くと申てをりました
明廿五日のおひるに森田様御一家お誘ひして偕楽園へ御案内申し上げます
私は廿五日の夜汽車で出発、廿六日午前十一時四十分梅田着につき、帰宅は午後一時少し前頃になります。偕楽園の御料理をおひる御飯に持つて参ります故そのつもりでお待ち願上ます。味が落ちるといけませぬからどうしてもおひるに召上つて頂きます。魚崎お嬢様清ちゃんの分もムいますからお伝へを願ひます
唯今　例の大貫の娘が訪ねて参りますので取り急ぎ此の手紙したゝめました、戸外はみぞれになりました
　えらい寒さでムいます

十二月廿四日

順市

御寮人様

＊ 全集書簡番号一七二

## 一一三　昭和十三年三月二十三日　潤一郎より重子

表　東京市小石川区白山御殿町一一七　森田重子様（消印13・3・23）
裏　三月廿三日〔印　兵庫県武庫郡住吉村反高林　谷崎潤一郎〕

先日は御機嫌よく御上京の御事と存し上げます　トウさん毎日小包の着くのを待つておいでです　清ちやん少くとも赤穂へ入れることだけは確実と相成安心いたしました

さて私は明廿四日夜汽車で参ります　廿五日午前中は中央公論社へ出頭午後参上早速佐藤医師の所へ御案内いたしますが時間はハツキリ分りません　多分夕刻と存じます　佐藤医師の家から偕楽園は近くですから晩は偕楽園へ御案内いたします故そのつもりで御待ち願ます　二十七日は築地の瓢家（ヒサゴヤ）といふ家へ先方が招待することになりました

御仕立物けふ中にできて来る筈に付持参いたします　では御目にかゝりまして萬〻申上ます　皆〻様にも宜しく願上ます

廿三日　　　　潤一

御嬢様
　　侍女

一二三　十三年三月三十日　潤一郎より重子

表　小石川区白山御殿町一二七　森田重子様　速達（消印13・3・30）
裏　卅日　本所区小梅町三ノ三　笹沼別荘内　潤一郎

明卅一日あまりひどい雨が降りませんでしたら肇さん、次郎さん、三郎さんを何処かへ御案内します。例の有名な浅草の焼鳥屋へ参りますから是非お嬢様もおいでを願ひます。四時五時頃が一番すいてゐると思ひますので、その時分たべに参ります積りですから、おひるの御飯を少し加減しておいて頂きます
雨でも兎に角伺ふことには致します、コムパクトは御寮人様から早く見たいと催促がありましたので一つだけ先へ送りましたが、あと二つの内で、どちらか一つ宜しい方を取て頂くやう持参いたします

三十日　　　　潤一

お嬢様

一二四　昭和十三年六月九日　潤一郎より重子

表　東京市小石川区白山御殿町一二七　森田詮三様方　重子様　御直披（消印13・6・9）
裏　九日〔印　兵庫県武庫郡住吉村反高林　谷崎潤一郎〕

拝啓
其後御無沙汰を致してをりまして申訳ムいません御嬢様には御機嫌御宜しくいらせられ大慶に存上ます殊に本日は森田様御寮人様御退院の由御喜び申上ます、左に最近の当地ニユースを申上ます

○トーサン此頃ハ毎夜鼻血が出られます、それが大概十二時過ぎなのでムいます、本日耳鼻咽喉科へ参りましたら鼻腔がタヾレてゐる事が分り手当をお受けになりました。それと昨今急に宿題がふえて参り、それやこれやで大分遅刻がつゞきました
○甲南の校長さんが自転車は危険だから乗つてはならぬと云はれた由、しかし危険のない場所は構はないだらうと云ふ事にしてをります
○仔猫は二匹とも元気にしてをります、いろ〳〵名前を変へやうとされましたが結局マアちゃんとヤアちゃんと云ふことに落着きました
○橋の下の犬の仔はまだ一匹だけヒク〳〵生きてをります
○門前のザクロが今日始めて二輪花をつけました
○昨今空襲の恐れがあるのか、大阪と神戸の市中は毎夜外燈を消す事になつてをります、元町のスヾラン燈など全部つけませんので、街が暗くなりました
○舞のおけいこ、今月は二十日過ぎからと云ふことになりました
○ポーちゃんは山村の「鉄輪」と「雪」がお得意の由、そして今度のおさらひには是非出してくれとの事であります
○御寮人様昨今肩を凝らしておいでですが、ゼンソクの方は大したことなく御元気です。たゞトーサンの鼻血騒ぎで毎夜寝られず、弱つておいでゞすが今夜あたりから安眠おできになりませう
○魚崎お嬢様は毎日相変らずミシンをやつていらつしやいます、よくお疲れにもならず、あれだけ根がおつゞきになること丶全く感心致してをります
○源氏は先月末で三千枚を突破、あと三百枚程でムいますから、七月末か八月上旬に片づきます、そした

ら直ちに上京いたします
○東京此の頃は度〻地震があるやうで厶いますが如何でいらつしやいますか、それにもうぢき入梅で、東京の湿気はとても阪神間の比では厶いません。御体にお障りにならねばよいがとそればかりお案じ申てをります。東京生れの者にはさほど感じますまいが、始めての、而もきやしやなお方には餘程こたへます。入梅の間だけでも此方にいらつしやればよいがと存ます
○では又おたより申上ます何卒皆様へ宜しく願上ます
六月九日　　順
お嬢様
○清ちやんは十八日の土曜に来られるさうであります
○あゆ子もそのうちやつて参ります

＊　全集書簡番号一七七

## 一二五　昭和十三年七月七日　潤一郎より重子

表　東京市小石川区白山御殿町一二七　森田詮三様方　森田重子様　御直披　速達書留〔消印13・7・7〕
裏　七月七日〔印　兵庫県武庫郡住吉村反高林　谷崎潤一郎〕

○言語に絶する恐ろしき山津波で厶いましたが委しいことは御寮人様より既に御通知になつた事と存じます。別紙写真の切抜を見て一部を御想像下さいまし。併し此の写真のあたりなどはまだよき方にて住吉

川上流阪急より上の方の住宅地、それから住友邸、甲南小学校あたりの惨害は、到底実状を御覧にならなければお分りになりませぬ。今度ばかりは新聞記事以上でムいます

○内田さんのお宅も駄目になりましたが家族は御無事にて野上さんの若夫婦の御宅へ避難されたさうです、

○完全に無事だつたのは橋詰、花岡、和嶋、張幸等の家。ハリウド、波多氏、妹尾氏は浸水程度。木場氏宮下氏はまだ消息不明。勝呂氏丹羽氏重信氏等も不明ながら相当にヒドイと思はれます。池田おとみさんの処は最もヒドク一家屋根に逃れて死を覚悟したさうでありより

○魚崎根津氏宅は当日午後五時頃まで激流に隔てられて全く消息不明になり、ひどく心痛いたしましたが夕刻泥水の中をおみつどんと二人でお見舞に参りこいさんをお迎へして参りました。根津さんは大阪へ行つてをられたので無事でした。松葉氏の宅は階下に土砂が浸入して相当ひどいさうでムいます。

○トーサンは当日朝登校なさらうとするところを私がおとめしましたので、ほんたうに恐い思ひもなさらずにすみました。これだけは私も鼻が高く、お嬢様にも褒めて頂きたく存じます。しかし同級生の被害状況をおき〻になつたり、田川さんや森本さんの傷ましい避難姿を御覧になつたりしましたので、多少興奮してをられます

○申しおくれましたが御送り下さいましたトーサンのお洋服は無事着きました。大変よくお似合ひになるので喜んでいらつしやいます

○尚又、先達東京出発の際は大変御心配をかけまして恐縮に存じます。新宿駅へ行つて見る迄は乗れるかどうかも分らず、乗つてからも何時に何処へつくと云ふ予定が全然立たぬため、確かな時間を申し上げて、万一その通りにならぬと却つて余計な御心配をおかけすると存じ、わざとあいまいに申し上げたわけでムいました。そして翌日中央線で名古屋へ出で、延着の鷗に乗り込むまでずつとその状態でムいま

したし、鷗へ乗つてからは電報よりも体の方が早く着くので、打つ機会がなかつた次第で厶います
○あゆ子は、かう云ふ際に来ても物見遊山等も出来かねますし、こいさんも泊つていらつしやいますので、当分差控へさせるやうにいたしますので、もしお嬢様がおいで下さいますならば、あゆ子にはお構ひなくお立ちを願ひます。しかしそれにしましても大阪から此方は当分省線回復の見込みなく、阪神阪急等も同様で厶いますから、充分安全になりますまでお待ち遊ばしませ
〔欄外　只今此の手紙と同時にあゆ子にも書面を出します〕
○今のところ、住吉川がすつかり干上つてしまつて、川の水が全部甲南市場から波多さんの前を通つてゐる広い道路を海へ向つて流れてをり、こゝが川筋になつたやうな状態で厶います。そのため魚崎から青木へ行くのには是非此の濁流を渡渉せねばなりません。さればトーサンも当分重信さんの処へはお通ひになれないので、辰井さんで注射してお貰ひになります。学校は勿論休校で厶います
〔欄外　伊藤慶之助氏の家なども此の濁流の中にあるわけで、どうなつたか案じてをります〕
○五日の夜午前一時頃大阪から北川さんの息子さんが危険を冒して食糧を持つてかけつけてくれ、同夜は泊つてくれました。これは非常に心丈夫な思ひを致しました
○根津さんでは早速家をさがして移転される由で厶います
〔欄外　○家内皆〻女中に至るまで元気で厶いますから御安心願ひます、水は私の方だけ井戸があるので他家へ分けて上げてをります、瓦斯は止つてをりますが電燈は本日より回復しました。たゞ公設市場の物資売切れにて新鮮なる野菜や肉が欠乏してをりますので、トーサンの脚気を案じてをります〕

七月七日

順市

御嬢様
　侍女

＊全集書簡番号七二二、『湘竹居追想』一五一頁
＊山梨県立文学館所蔵

## 一二六　昭和十三年八月二十七日　潤一郎より重子

表　東京市小石川区白山御殿町一一七　森田詮三様方　森田重子様　御直披（消印13・8・27）
裏　廿七日〔印　兵庫県武庫郡住吉村反高林　谷崎潤一郎〕

先達は私にまで御手紙を有難うムいました、御病人様も御退院になりました由おめでたうムいます。当地はおと〻ひと先おと〻ひと二日雨が降りましたがその前もそれ以後もずつと爽快なるお天気でムいます例に依てニュースを申上ます
○御寮人様歯がお痛みで只今こいさんと御一緒に波多さんへ行かれました、ぜんそくの方はあまりお起りになりません
○トーサンと私とは重信さんに脚気の注射して貰つてをりますが、私の方はもう殆どよいのですがトーサンのは麻痺性脚気とやらで相当重いのださうです、それに軽微なるボーコーカタルもあるさうです（杉田氏の推量の通りでした）まだ当分おつゞけにならねばならず、今年の夏は海水浴もトーサンだけは駄目らしうムいます
○清ちやん廿五日の土曜に帰つて来られ、その晩はおそく魚崎へ行つて泊られ、明廿六日の昼はピーター

さんに呼ばれ、シユルンボン家で御馳走になりました　但しトーサンは呼ばれませんでした、斯様なところは独乙人らしくキッチリしたもので厶います

○ピーターはあんなに清ちやんに会ひたがつてゐながらあまり久しく会はなかつたので、会ふのを羞かしがつてゐました、又清ちやんが四時の汽車で帰る云ふので「左様なら」をする時、非常に別れを惜しんで涙ぐんでゐました由。（清ちやんの方は平気でした）ルミーさんよりピーターさんの方が気象やさしいと云ふ事に評議一決致しました

○その後妹尾家に於ては、健ちやんと光子嬢とは全然別れてしまひ、池田嬢の出しやばることも少し控へ目になり、その代り西村さんが健ちやんの家へ入り浸り、二人で旅行したり何かして、口のきゝやうなど全く夫婦気取りです。西村さんの御亭主は此の事を知つてゐるのかどうか。昨日も二人で宅へ見えましたが、女中達が見てさへ夫婦気取でをかしく思へたと云ひます。此の調子ではまだ〳〵一と騒動も二た騒動もありはしないかと存じます。お嬢様のことなども心配してゐてくれますので、あまり悪くは云へませんが、あれで天理教の教に叶ふのでせうか。艶聞も、美しい人だと好い感じを持てますが、健ちやんを取り巻く連中は醜悪なのが揃つてゐるのが不思議で厶います

○こゝまで書きましたら中央公論社から手紙が参りまして、或はそのことで一寸上京するやうになるかも知れませぬので、あとはお目にかゝりまして申し上げます。

廿七日　　　　　　　　　　　　順

御嬢様
　　侍女

花二つ着けたるを見たり学校へ児を送り出す門の柘榴に
十になる児は可愛らし自動車が来ると教へてわれを支ふる
己が子を嫁に行かして人の子を育つる我は老いにけらしも
庭先の石のはざまに蜥蜴の尾みえかくれしてくちなしの咲く
美しき姉妹三人居ならびて写真とらすなり錦帯橋の上（写真に題す）
これは近況報告の代りに近作をお目にかけるので厶います、東京へ参りましたら電話をいたします。多分廿九日の午後にお伺ひ出来るかと存じます。今回は一日か二日で、すぐ鮎子をつれて帰ります

## 一二七　昭和十三年九月二日　潤一郎より重子

表　東京市小石川区白山御殿町一一七　森田重子様　侍女（消印13・9・3）

裏　二日夜〔印　兵庫県武庫郡住吉村反高林　谷崎潤一郎〕

御手紙有難く拝見致しました　私こそ御無沙（ママ）してをりまして相すみませぬ、いつも御寮人様へおたよりを致しますので、お嬢様にも様子お分かりのこと、存じつい失礼致してをりました
此度は又大勢の御客さんで嘸御嬢様にも御忙しき事と存ます、一昨夜の嵐大変で厶いました由、御手紙で様子が分りびつくり致しました、実は東京は九月になれば毎年珍しくもなき事故大したことではあるまいと御見舞電報も気がつき乍ら上げませなんだが昨日の夕刊に、大正六年の時よりも風速がひどかつたと出てゐましたので始めて驚き、こいさんともその噂をしてゐたところで厶いました、大正六年の嵐と云ふのは私の小石川原町時代にて、先づ私が記憶してをります東京に於ける最大の大風で厶いますが、今度のは

それよりひどかつたとするとどんなであつたかと思ひます、然し皆様御怪我もなくて何よりで厶いました
私もいよ〳〵十日迄には上京できると存じます、いづれ日と時間が分りましたら御知らせ申し上げますが、朝つきましたら多分直ちに丸ビル中央公論社へ参らねばなりませんから、誰方か（お春どんでも結構に付）一寸駅まで迎へに出て頂度、何ぞお土産をお渡しする物があると存ます（御寮人様はあまりお乗物などよくないのでしたら、どうぞお家でお待ち被下度、中央公論の方すみ次第夕方迄には参ります）
トーサンの学校の方は、脚気で転地中に付今暫く休暇の旨昨日廣瀬先生へ申送りました
尚二三日中に小生私宅へ十円ばかりの物を持つて行くつもりでをります。学校の刷り物御覧の事と存じますが、水害地でもあの近所の回復が最もおくれ、僅かに南側に新しい門が出来た外は、川の方も、表門の通りの方も、まだ一歩も通行できません。とてもヒドう厶います。そして、通学するには住吉駅の西のガードをくゞつて（東のガードはまだ土砂に埋没）行かなければならないので、大へんなお廻りで厶います。ちやうどバスの一停留場だけありますが、さてそのバスも、灘中前の停留場は生憎と又住吉橋のずつと東になつてゐますし、橋のところが御承知の如き混雑でありますから、結局歩いた方が早う厶います。而も、少しでも雨が降れば心配ですぐ迎へに行かねばなりません。あれでは転校する生徒もありはしないかと存じます。まあ二百廿日が過ぎる迄は休んで家で勉強していらつしやる方がよいかと思ひます
昨夜ギンが仔を六匹生みました
ジルバーさん、もう神戸へ来てゐるやうですがまだお隣りへは這入てゐません
宏さん、今度の土耀は勤労奉仕で駄目になりました、清ちやんは五日に出発、四日に送別会いたします

二日、夜　　　　　　　　　　　　　　　　　　　　　　　　　順市

御嬢様

侍女

源氏アト五十枚程でムいます

＊芦屋市谷崎潤一郎記念館所蔵

## 一二八　昭和十三年十二月二十日　潤一郎より重子・信子

表　兵庫県武庫郡住吉村反高林一八七六ノ六四　森田重子様　信子様　書留　速達（消印13・12・20）

東京市芝区新橋一丁目　第一ホテル方　谷崎潤一郎

裏　廿日

ずつとお天気でムいましたが昨日と今日と珍しく雨になりました、今夕は皆さんのお供で私もあゆ子も菊五郎見物さして頂きます、信子お嬢様の切符は二十五日になりました

昨朝は突然佐藤夫婦がケンカしたとかであゆ子が顔を泣きはらしてホテルへ飛んで参り「お母さんが可哀さうだからあんな所へ置いておけない」と云ふ騒ぎ、私も用事をそつちのけにして仲直りのために夜おそくまで佐藤宅に話し込み、十二時頃雨の中をホテルへ帰つて参りましたら御寮人様がぼんやり待つていらしつてまだ晩の御飯を召し上らないでお腹がペコ〳〵だと云ふことで、又自動車で外へ出で、たつた一軒起きてゐる怪しげな立食ひのすしやを見つけてお這入りになり、やつとお腹をおこしらへになりました、そして帰つたら十二時半でムいました、いづれ帰りましてから委しくお話申上げます

御寮人様はよいあんばいにずつとお元気でいらつしやいます
二十五日過ぎましたら北川さんに松飾りのことお頼み下さいますやう、その時門の幕も忘れないやう恐れ入りますが宜しくお申付け願上げます
創元社から私が帰ります前に印税￥270届けて参りますかも知れません、そしたら仮受取をお書き下さいまして受け取つてお置き下され度、郵便貯金にでもお預けおき願ひます
必要の場合は此の内よりお支払ひ下さいましても結構で厶います
何かと御面倒お願ひ申上げまして相すみませぬ　せい〲早く帰りますやうに致します
廿二日朝（ママ）　　　順市
お嬢様

＊　芦屋市谷崎潤一郎記念館所蔵

## 一二九　昭和十三年十二月二十四日　潤一郎より重子

表　兵庫県武庫郡住吉村反高林一八七六ノ六四　森田重子様　封緘葉書（消印13・12・24）
東京市芝区新橋一丁目　第一ホテル方　谷崎生
裏　廿四日

信子お嬢様よりパッチたしかに頂きました、斯様なものをお嬢様のお手で縫つて頂きましてまことに勿体なく有難く存じます

昨日松屋よりらくだショールと羽子板などを直接送らせました年末につき少しおくれますが年内には着くさうでムいます
御寮人様は二十七日お立ちになり途中三保の松原見物のため静岡御一泊二十八日の「かもめ」か「さくら」でお帰りになります、「かもめ」なら大阪着午後十時、「さくら」なら十一時二〇分、別に電報を差上げませぬ限り、此の二つの列車のうちとお思ひになつて頂きます

二十四日　　順市

御嬢様

三越で犬の印のついたカバンも買ひました　これは私が持つて帰ります

## 一三〇　昭和十四年（推定）一月（推定）二十日　潤一郎より信子

封筒欠

〔欄外　信子お嬢様〕

歌舞伎の切符は二十二日に五枚とりました。それで、もしお嬢様が二十二日に御上京になるのでしたら、お嬢様の分を小石川の御寮人様に差上げます。そして、お嬢様には、別に廿三日から五日迄の間で、一番よい席の切符を取つておきますから、後でお一人でおいでを願ひます。それにしても、おいでになる日を早く知らして頂かないと、あとの切符も売れ（ママ）きれてしまひさうですから、只今電報を差上げたやうな次第でムいます

そんなわけで、二十二日は皆歌舞伎座へ行つてをりますが当日お着きになるのでしたら、私だけ途中でちよつと歌舞伎を抜けて駅へお迎へに出てをります。しかし途中で外出ができませんでしたら何卆ホテルの方へおひとりでおいでを願ひます。お部屋は三〇九号に用意してございますから谷崎松子の妹森田信子と仰つしやつて下されば御案内申し上げるやうに事務所へ申しつけておきます。

東京駅にもタキシーがなか〳〵ありませんから、又省線で新橋駅までお戻りになり、そこから歩いて一二分でムいますから、さうなすつた方が御便利と存じます。お荷物は一時預けにして、後でホテルのポーターを取りにやれば宜しうムいます。でも、これは念のために申し上げますので、大概私がお迎へに出てをります

それではお待ち申し上げます

二十日

順市

信子お嬢様

＊ 芦屋市谷崎潤一郎記念館所蔵

一三一　昭和十四年十月二十四日　潤一郎より重子

表　兵庫県武庫郡住吉村反高林一八七六ノ六四　森田重子様　書留（消印14・10・24）
裏　昭和十年（ママ）十月廿四日（印刷　東京市芝区田村町五丁目十八番地　玉家旅館）内　谷崎潤一郎

これだけ先に御送りしておきますから必要の時お出しを願ひます
東京も明日よりいよ〳〵灯火管制でムいます

明夜離京、信州を経て帰宅は廿九日頃の予定でムいます

廿四日　　潤一

重子お嬢様

マアちゃん
タイちゃん　に宜しく
ジヨン

昭和十四年十月廿四日

## 23　昭和十四年十月二十四日　松子より重子

表　兵庫県武庫郡住吉村反高林一八七六　森田重子様　速達〔消印14・10・25〕

裏　廿四日〔印刷　東京市芝区田村町五丁目十八番地　玉家旅館〕谷崎松子

重子様

出渋つて居て出掛けになつて大騒ぎで済ミませんでした　ちかごろ外出おつくうにて困ります　それに前日の注射異変で気持わるくて　それでなくてさへ貴女達から離れるのは心さびしくて　生活の欠けてならぬ部分になつてゐて　注射の過失で死ぬと思つた時も何も云ふ間もなかつたらといふ恐怖の中にも貴女達が私のどのやうな気持もうけついでくれるといふ気安さを感じた位ですよ

清治何だか大きくなつて居りました　直ぐ帰るので悲しげにしてゐます　昨日与兵衛へ姉ちやんと三ブち

やんと誘ひました（清治が行き度しと）　三ブちやん余り美味と空腹にあはて込み　いかを鵜のミにして目を白黒させ　大いに苦悶　となりの席の立派な紳士に背をたゝいて貰ひ　やつと出たところ私が引つぱり出してことなきを得ました　姉ちやんは其の間あつけにとられて眺めて居りました　面白く愉快なことにあと又ケロリとして沢山頂いた事です
今朝は鶴岡様へ行きスカタンで又帝大の方も四時から最う一度参ります　時間がなくて　髪の方もどうなるやらわかりません　資生堂で丸坊主になつたといふ話を大塚常吉令嬢がきゝ込みました　かへりがけに渡された封とうに千円入つてたと　少しどうかと思ひますが　あそこ　薬で　調節出来ぬとしたら　特異質もあることでせう　すつかり心地わるくて気がすゝみません
予定通り明日夜立ちます　志賀高原一泊かへります　是から四時迠の間に泉様　服部へ手袋みに行きます
もう車が参りました　まだ〳〵書き度いことありますが　いづれ御みやげ話に　恵美子中ゝ荷やつかいな子で　すみません　皆ゝへよろしく〳〵

〔欄外　北川さん参りましたか〕

＊『湘竹居追想』一六一頁（部分）、異同あり。

一三二　昭和十五年五月十一日　潤一郎より重子・信子

表　兵庫県武庫郡住吉村反高林一八七六ノ六四　森田重子様　信子様　書留　速達（消印15・5・11）
裏　昭和十五年五月十一日（印刷　東京市芝区田村町五丁目十八番地　玉家旅館）谷崎潤一郎

志賀家祝言昨日滞りなく相すみ本日これより清ちゃん鮎子同道湯ヶ河原温泉へ参り月曜日又玉家へ戻り多分十七日ツバメで帰る予定でムいます
十五日嶋中氏に柳橋で御馳走になります
御寮人様も私も神経痛大した事もなく元気ですから御安心下さいまし
次にお願ひの件
○応接間に適当な夏の敷物発見いたしましたがあの部屋の広サ、長サ何間、幅何間か正確に測つておしらせ願ひます
○勝呂さんの和子さんの学校及び寄宿寮の所在地、あの番地にはないやうです、学校の名もたゞ「家庭寮」と云ふのはないやうです。今度勝呂家へお問ひ合せの上おしらせ下さい（電話番号も分つたら知らせて下さい）
右恐れ入りますが玉家宛速達便にて御返事願上ます

順市

重子お嬢様
信子お嬢様
昭和十五年五月十一日

＊　芦屋市谷崎潤一郎記念館所蔵

## 一三三　昭和十五年五月十四日　潤一郎より重子

表　兵庫県武庫郡住吉村反高林一八七六ノ六四　森田重子様（消印15・5・14）
裏　昭和十五年五月十四日〔印刷　東京市芝区田村町五丁目十八番地　玉家旅館〕谷崎潤一郎

早速御返事有難う存じます
東京は未曽有の水飢饉にて帝都の体面上断水はしませんが事実は断水も同じこと、毎日午後十二時過ぎまで二階の水道は水が出ず、一階でチヨロ〳〵出るだけ。風呂にも入れず何より困るのは便所が不潔で、水洗便所へは入ることができません。下町方面が事にひどく、山の手小石川方面は水道の系統が違ふので比較的豊富であります
米は料理屋も家庭も全部外米六七分入りのヒドイもので、此の点偕楽園も森田家も佐藤の所も、何処へ行つても同じであります、加ふるに自動車（ハイア）の高きこと驚くばかり、偕楽園と玉家の間で三円取ります、その他何でも高いです、昨夜五人で一寸浜作へ行き四十六円とられ而も七分入りの外米を食はされビツクリいたしました
そんなわけで今度といふ今度はつく〴〵東京がイヤになりました、風呂にも入れず大便もできずポロ〳〵飯を食はされるのでは全く地獄であります
御祝品御心配をかけ恐縮で厶いますこちらで何か捜しますから御安心下さいまし
そんな訳で少しも早く帰りたくなり十六日の寝台を取りました、（まだ番頭が帰つて来ないので時間は分りません）出立前に電報いたします、

五月十四日　　　　順市拝

お嬢様

＊ 全集書簡番号一九五

＊『湘竹居追想』一六七頁。同書には昭和十五年十二月十四日と書いてある。

## 一三四　昭和十五年九月十七日　潤一郎より重子

表　兵庫県武庫郡住吉村反高林一八七六ノ六四　森田重子様　速達（消印15・□・□）

裏　昭和十五年九月十七日　（印刷　東京市芝区田村町五丁目十八番地　玉家旅館）方　谷崎生

すつかり秋らしく相成りましたがお嬢様には御機嫌うるはしくおいで遊ばすことゝ存じます
昨日森田様へ伺ひましたヤツちやんが腸カタルか何かで寐ておいてゞしたがもう快方に向ひとき〴〵起きてアバレてゐられました朝子御寮人様を帝國ホテルグリルへお誘ひ申しましたがそんなわけで御辞退になり肇さん（ママ）もお腹をこわして居ましたので次郎さんを誘ひ清ちやんと三人で参りました、そして邦楽座の「踊るニユーヨーク」を見ました、これも実に美しい写真にて俳優よりも音楽、採光、舞台装置、キヤメラの技術等が素晴らしく三嘆いたしました
近頃こんなに長く家を離れて居りましたことなく帰心矢の如くでムいますが福山の事件がなか〳〵紛糾して居りましてたゞそのために足をとめられて居ります、それに生憎社長の令兄（代議士嶋中雄三氏）が過般来危篤にて昨夜逝去されたゝめ社長に会ふのがむづかしく弱つて居ります、兎に角十九日夜の寐台を買ひましたから別に電報を差上げませんでしたらそれで帰るものと思召して下さいませ、三宮へ朝の七時頃着く列車でムいます

巧藝から送らせました品お気に召しましたでムいませうか
十七日朝　　　　　　　　　　　　　　　　　　順市
御嬢様
　侍女
〔欄外　清ちゃん十八日迄玉家から通学の予定。毎朝自分で先に起きて機嫌よく出て行かれますから御安心下さいませ〕
〔欄外枠　御寮人様より御云ひつけの買ひ物がまだ少〻残つて居ります、岸と藤井啓之助に明夕会ふ筈でムいます〕

＊全集書簡番号二〇二、『湘竹居追想』一六三頁

## 一三五　昭和十五年十二月二十日　潤一郎より重子

表　兵庫県武庫郡住吉村反高林一八七六ノ六四　森田重子様　速達〔消印15・12・20〕
裏　昭和十五年十二月廿日〔印刷　東京市芝区田村町五丁目十八番地　玉屋旅館〕谷崎生

東京はえらい寒さでムいますが　貴女は如何でムいますか、実は御寮人様へ三度手紙差上げましたがまだ御返事がないので御病気如何と御案じ申て居ります、外の事は兎に角注射液の名前だけ至急御知らせ下さいますやう願ひ上げます、
清ちゃん昨日より来て居られますが廿四日か五日に今一度学校へ行かなければならない由にて、それなら私も廿五日小山内氏の法事をすませて帰らうと存じます　但し廿二日に玉屋を引払ひ清ちゃんと二人で竹

田方へ廿五日朝まで滞在いたします　そして廿五日夜行で立つつもりでムいます、立つ前に玉屋へも立ち
寄りますから郵便物等は玉屋宛でも結構でムいます
十二月廿日
順市
御嬢様
侍女

一三六　昭和十六年五月十五日　潤一郎より重子

表　市内目黒区上目黒五丁目二四六二　渡辺重子様（消印□・□・15）
裏　昭和十六年五月十五日〔印刷　東京市芝区田村町五丁目十八番地　玉家旅館〕谷崎生

御二人とも無事御着京毎日御忙しき事と存じます
小生今朝玉家着、カバンの隅へ御申きけのレースショール、コツプセツト天平模様硯箱その他ハンドバツ
グ恵美ちやん服地等持参大きな風呂敷包みにして玉家へ預けておきますから御承知願ひます
チェッキも三個昨日住吉駅より発送、宅配にしてあります
それから渡辺氏名儀偕楽園への祝物はゑり宗の伊達じめ帯じめ帯上げセツトにしました代金は二十円程の
ものです今日小生が持つて行きます先は要用まで
二十二日には御目にかゝれると思ひます
十五日
潤一郎

重子様

明さんへ宜しく願升
御腹は其後如何ですか

＊ 山梨県立文学館所蔵

## 一三七 昭和十六年五月二十九日 潤一郎より重子

表 東京市目黒区上目黒五丁目二四六二 渡辺重子様 書留（消印不明）
裏 廿九日〔印 兵庫県武庫郡住吉村反高林 谷崎潤一郎〕

拝啓
御元気にて結構に存じ上けます此方のゴリヨウハンは昨日より扁桃腺で臥床中ニ附一寸代筆いたし升
写真本日到着あとのお二人の写真も楽しみにしてゐますからお早く願ひます（偕楽園からも度〻催促され
ますからお忘れなく）
来月は上京又御目にかゝれると思ひます
明ヲヂさんに宜しく
廿九日

潤一

重子御料人様

侍女

＊ 全集書簡番号二〇七

## 一三八　昭和十六年八月三十日　潤一郎より重子

表　渡辺重子様　金子在中
裏　八月三十日〔印刷　東京市芝区田村町五丁目十八番地　玉家旅館〕潤一郎

拝啓
小生等本日出発九月二日の正午頃玉家へ帰ります、同日夕刻よりヱミちやんも一緒にシホバラへ行く事にしてありますからなるべく二日の四時迄に玉家へヱミちやんをつれて来て下さい
その節帰りの荷物等運べるだけ玉家へ持つて来さして下さい
清ちやんが持つて帰つて来る筈の小生の荷物もその時必要に付届けて下さい
二日夜は玉家に泊り三日朝に一度御宅へ伺ひ同日夜行の帰神の予定です小生はアトに残ります
明さんの就職の事で偕楽園と相談した事があります、御都合で四日頃御夫婦同伴偕楽園へ行きますから主人に御会ひになつては如何、兎に角四日五日頃あけておいて下さい
同封の二十円はエキにお与へ下さい、先月分の給料ださうです、おつりは上げると申て下さい
昨夜銀座にヱミちやんに魔術用のトランプを買ひました、お春どんに渡すとヱミちやんより先に説明書を読んでしまふおそれがありますから厳封してお渡しゝます、説明書がハサンでありますから誰にも読まれないやうに注意なさい

三十日朝

潤一郎

重子御料人様

侍女

行く先ハ群馬県伊香保温泉千明(チギラ)旅館です

＊ 山梨県立文学館所蔵

＊ 昭和十六年四月二十九日に重子は渡辺明と結婚したが、明の就職の件については偕楽園の笹沼家に相談を持ちかけていたようだ。それがようやく笹沼が経営していたライファンへの入社ということで決着がついたのが、十二月一日付の次便だった。したがって、この書簡が昭和十六年のものと推定し得る。

## 一三九　昭和十六年十二月一日　潤一郎より重子

表　東京市目黒区上目黒五丁目二四六二　渡辺重子様　速達〔消印16・12・1〕

裏　十二月一日〔印　兵庫県武庫郡住吉村反高林　谷崎潤一郎〕

拝啓　其後御元気にて御暮し被遊候事と存候明さん御就職之件ニ付あれから又笹沼へ依頼状差立候処昨三十日夜電話有之夫婦代る〴〵電話口に出て「渡辺さんの事了承した当分の間これといふきまつた仕事もなく十分なる御待遇もできないがそれにて宜しくばライファンの方へ来て頂くやう話をすゝめる」との事依て宗ちやんの方の自動車会社の口はさしあたり話を中止してもらふ事に致候それニつき小生どうせ御産が

あれば又直ぐ上京可致その時偕楽園へ小生と同道被成候かそれとも早き方宜敷と思召され候はゞいつにても明さん御一人にて御出かけ被成べく候但しその節ハ「谷崎より手紙が来てライファンの方へ御使ひ下さる由を始めて承知した」と云ふやうに如才なく御挨拶下さるべく候尤も偕楽園の方ハ急いで居る訳では無之由故矢張小生上京迄御待ちなされ候方万事有利に運ぶべきかと存候
先日も申上候如く当分は給料も少く御気の毒に御座候へ共小生が兄弟同様に致し居る旧友の事業の事なり且将来有望の会社の事ニ付是非御就職方御すゝめ申度只申すまでもなきことながら笹沼方の人〻と何処までも何時までも折合宜しく参るやうに願度ものに御座候これにて必ず明さんも運が向いて参らるゝ事と確信罷在候暇はあるとの事故片手間に家具の方を被成候はゞ生計の補ひも立ち申べく又足らぬところは不及ながら随分心配も可致候貴女様が夫婦仲よくさも幸福さうにしておいでなされ候御様子を見るのが目下のところ小生の東京へ参る第一の楽しみに御座候　明さんには又明さんの体面も有之べし何も彼も貴女様より御遠慮なく御相談下され候はゞ小生も嬉しく存じまいらせ候決して〳〵つまらぬ事御心配遊ばさるまじく候只今明さんより速達便有之、別に御返事ハ差上げず此の文御二人して御覧被下度候
十二月一日

潤一郎

重子御料人様

侍女

これは余事ながら明さんと御令兄子爵との間円滑を欠き候由御承知の如く小生も精二とは仲わるく何処も男の兄弟ハうまく行かぬものと見えたり斯かる場合普通兄の方よりおれて出ざれば仲直りできにくきもの

に候へども此のまゝにてハ重子御料人の立場もつらかるべし何とかよきキツカケは無之ものにや、尤も今後十年も立ち老境に御入り被成候はゞ自然に仲直りはでき申候呵ゝ

## 一四〇　年月日不明　潤一郎より松子

封筒欠

沼津で又此の本が見付かりましたから御送りします
程度が低過ぎて適当でありませんが御一読の上ゑみちゃんに御上げ下さい

潤一郎

廿八日

御寮人様

＊　本を送るときに同封されたものだが、何の本だか何時のことかまったく分からない。判断の手掛かりがなく、便宜上ここに置いた。

# 四、戦時下の生活と「細雪」執筆

「戦を宣らせ給へる詔下りし今日ぞ初孫を見る」――『谷崎潤一郎家集』に収録された歌で、これには次のような詞書がある。「十二月四日百々子誕生の報至る、六日夜行にて立ち七日熱海ホテルに一泊、八日朝上京木下病院に至る、ホテルを出でんとする時大東亜戦開始の報を聞く、十一時半宣戦の詔勅をラヂオにて聞く」。昭和十六年（一九四一）十二月八日、日本は真珠湾の奇襲攻撃によって米英と戦争状態にはいったが、谷崎はこの日、鮎子と龍児とのあいだに生まれた初孫の百百子とはじめて面会。そんなことで、この日は「二重の意味で私には忘れられない日になつた」（「初昔」）といっている。

昭和十七年（一九四二）三月二十一日付の松子宛書簡「一四五」では、「熱海に家を持」つことの相談を持ちかけている。決して「関西がイヤになつた訳」ではないこと、「万一の場合の家族の避難所として、又冬の間のあなた様の避寒地として」絶好であり、また「私の仕事のために」も大変によいのだといっている。このときに購入したのが、来宮駅に近い熱海市西山五九八の別荘であり、これ以後、谷崎は熱海で仕事をすることが多くなり、住吉反高林の家を守る松子とのあいだで頻繁に手紙のやりとりがおこなわれるようになる。が、この時期には松子から谷崎へ宛てた書簡は多く残されているのだが、今度はそれに対応する谷崎から松子へ宛てた書簡がない。

ここに収められた松子の潤一郎宛書簡を読めば、松子夫人がいかに筆まめだったかということがよく分かる。恋愛高揚期から新婚時代の松子の書簡が残されていたならば、谷崎の藝術と実生活との関連についてもっといろいろなことを知ることができるのにと、返す返すも惜しまれる。これまで松子の存在は、谷崎によって一方的にまつりあげられ、崇められつづける神聖なる女人としてあった。私たち読者にとっても松子は、「盲目物語」のお市の方にはじまり、「武州公秘話」の桔梗の方、「蘆刈」のお遊さま、「春琴抄」の春琴など、谷崎の想像力に強いインスピレーションを与えた永遠女性といったイメージで受けとめられてきた。が、ここに収められた松子の書簡群に目をとおせば、ただそれだけでないことに気づかされる。

物資が次第に欠乏してゆく戦時下において、熱海と反高林とに別れて住むことが多くなると、それぞれが自分たちの生活の近況報告をしなければならないことになる。また互いに入手した物資を融通しあうことも必要になってくる。谷崎としてもこうした時代となっては、もはや「順市」の署名のもとに「御寮人様」「御嬢様」と松子・重子の森田姉妹を仰ぎつづけてゆくことは難しくなってゆく。本書において「順市」の署名が最後に使われているのは、昭和十五年十二月二十日付の重子宛書簡「一三五」においてである。翌十六年四月には重子は渡辺明と結婚するので、「順市」「御嬢様」の世界も終焉を迎えることになるが、松子宛に関していつまで使われたのだろうか。この時期の松子宛書簡が残されていないので、正確には分からないけれど、少なくも昭和十七年三月二十一日付の書簡「一四四」ではすでに「潤一」の署名である。

谷崎によってミューズとして神の領域にまでまつりあげられた松子は、この戦時下における書簡においては、ひとりの生活人として肉体をもちはじめたかのように、天性の資質をフルに発揮しだしてゆく。あたかも天界から下界へ降り立ったかのように、日常の細々したことに気を使って、懸命にふたつの家の家事を切り盛りし、谷崎の仕事の事務的な取り次ぎをもこなして、物資の欠乏を嘆きながらも、どこか上品で優雅な大らかさを示している。そして、世離れをした鷹揚な感想を折々まじえながら、身辺に起こった出来事を語り、近所のうわさ話に興ずる松子の手紙はいかにも潑溂としている。

たとえば、昭和十八年七月二十六日付の松子書簡「47」は、その二日前の谷崎の誕生日を祝って一家中（女中も含め）で詠んだ歌や句を別紙に同封しながら、重子、恵美子の近況を報じ、新しく雇った女中に触れ、「お食事（ソクジ）が出来ましたと云つて参り　こいさんに早くてもおそく事かと云はれて居ります」との冗談をはさみ、袴の仕立てについて問い合わせる。そして「恵美子に少し沢山干物を送つておやり下さいませんか」とか、「石鹼ついた事と存じます　是は貴方が御願ひになつた分故　どうか御金別に頂きたいものでムいます」とか、「ぬかみそ」がダメになるから「ぬか」を送れとかいい、『初昔　きのふけふ』の寄贈を依頼し、「勝呂夫人浦戸丸にて遭難」との近所のうわさ話を報じている。

戦時下における松子の手紙は、風流な雅の世界と現実的な俗の世界とが嫌味なく混淆しあい、話は自在に飛びながらも延々とつながって、一種独特な味わいをかもしている。おそらくこうしたスタイルは手紙ばかりでなく、その日その日の出来事を語る食卓での日常会話や、寝物語などにおいても同様だったのだと思われる。創作ノート「続松の木影」には松子夫人から聞かされた実にさまざまなエピソードの数々が記されて、「細雪」に巧みに取りこまれているけれど、これらの書簡のエッセンスを抜きだして凝縮させたならば、それはそのまま「細雪」の世界が現出するといってもいいだろう。実際、この手紙に同封された谷崎の誕生日を祝う歌や句は、それは本家とともに上京した雪子を遠く思う蒔岡（まきおか）一家による月見の歌や句にかたちを代えながら「細雪」にも取りこまれている。

昭和十年の「猫と庄造と二人のをんな」以来、「源氏物語」現代語訳にかかりきって、創作の筆を執っていない谷崎は、昭和十七年に「初昔」「きのふけふ」というふたつのやや長めの随筆を書いた。それを助走にやがて谷崎文学の最大の長篇「細雪」の執筆にとりかかり、昭和十八年一月号の「中央公論」に島崎藤村の「東方の門」とともに、その連載の第一回が掲載された。以後、隔月に掲載の予定であったが、三月に第二回が掲載されたあと、軍部からの弾圧もあって、時局に沿わないものとして連載が中止された。「細雪」の発表は禁じられたものの、中央公論社社長の嶋中雄作、友人の土屋計左右（けいぞう）らの援助を受けながら、平和な時代の到来を信じて谷崎は「細雪」の原稿を執筆しつづけた。

昭和十七年秋には反高林の借家の大家である後藤靱雄から、貸している二百坪の土地家屋を処分することにしたので、買ってもらえないかという相談がもちかけられた。熱海西山の別荘を購入したばかりだったので、財政的に余裕がないので断ると、立ち退きを要求され、谷崎は増築した離れの買い取りを求めたが、その値段をめぐって大家とのあいだにトラブルが生じた。その家を買い取ったのは川向いの児山破魔吾で、谷崎はそれまで児山が借りていた酒井氏の持ち家である借家へと引っ越すことになった。松子書簡「48」に「家は今日児山さんのお宅をすつかり見せて頂き決めて参りました」とあるのはそのことをいっているので、十八年十月に魚崎町魚崎七二八ノ三七へ転居した。

昭和十九年（一九四四）二月二十三日、重子から明と女中のキヨとがパラチフスで別々の病院へ入院したとの報せがあり、谷崎は明を三月三日に松子とともに見舞っている。「疎開日記」には「予等を見るなり胸が一杯になりしと見え涙を湛へて過日来の看護の辛かりしことを、例により極めて言葉少なに語る」と重子の様子が記されているが、三月（推定）二十三日付の重子宛谷崎書簡「一八六」は、自分の用にかまけて重子への思いやりを欠いてしまったことを詫びながら、重子をいたわる谷崎の心情がしみじみと滲み出すような書簡である。それに答えた四月四日付の重子書簡「（4）」も、谷崎の好意を素直に受けとめていてすがすがしい。

重子との結婚後、明は谷崎の紹介で笹沼源之助が経営するライファンに勤めていたが、この退院後に函館の船渠会社へ勤めることになって北海道へ渡った。三月二十三日付の書簡「一八六」にもすでに「もし明さんが北海道へ行かれますなら（中略）あなた様は熱海へ合併遊ばして目黒の御宅は御貸しなされたら如何でせうか」といっている。それが五月八日付の「一九〇」においては、「明さんが貴女をつれて北海道へ行かうとなさるのなら家人も小生もはつきり不賛成であります」と、きっぱりと「不賛成」を表明し、重子の北海道行きを阻んでいる。なおこの時期には根津清太郎も北海道函館へ渡っており、盲腸炎で手術を受け、経過がおもわしくないので清治を呼んだりした（松子書簡「65」）。

「疎開日記」の昭和十九年七月二十七日には「正午少し過ぎ創元社小林氏来訪、「細雪」上巻三十冊持参」と、私家版『細雪』上巻の完成を記している（奥付の日付は七月十五日）。七月二十九日付の重子宛書簡「一九六」では、「此の著書ハ作者よりもむしろ貴女様の方に第一の権利があります」と重子に献じている。「細雪」の刊行は私家版であっても取締当局を刺戟したようで、兵庫県警の刑事の来訪を受けたが、谷崎はその折は熱海にいて不在だったという（「「細雪」回顧」）。「細雪」はこの後も書きつづけられ、十二月二十二日は中巻五百四十四枚が完成したが、私家版での刊行も困難となり、わずかに途中までの校正刷がつくられたばかりであった。

戦時下での生活は日に日にきびしさを増してゆき、信子の夫の嶋川に「白紙召集」が来（松子書簡「40」）、近隣の「藤井さん応召なされました」（松子書簡「50」）、「庄司次郎さんに一昨日徴用が参りました」（松子書簡「53」）、「先月末から学徒出陣で酒井さんでも御出になりました　庄司さん其の他大勢知り合ひからもう軒なみで厶いました」（松子書簡「56」）といったように、親類縁者や近隣たちのなかにも召集や徴用されるものが多くなってゆく。鮎子からの手紙には龍児にも点呼があったといい、「龍児様にも愈〻お召しもちかくと想はれます」（松子書簡「64」）と、身内にも戦争の影がいよいよ濃くなってゆく。

また物資の不足は深刻で、「一かけの炭も厶いません」（松子書簡「40」）、「こちらはめつきり物資がなくなり御野菜の配給は五日に一度」（松子書簡「57」）、「炬燵へいれるたどん、炭もきれ薪もたきつくしました」（松子書簡「59」）、「又何もなくなりました　一汁一菜励行」（松子書簡「64」）といった具合である。松子書簡「59」には、恵美子がヴィタミン不足から脊椎カリエスになる懸念があるといって、「こちらへ私帰つてからお野菜一度だけ（白菜四分ノ一）配給あつたきりで厶います　くにを加古川までやりましたが　大変なきびしさで持ちかへれませんでした　お餅もおさつもすつかり食べつくしました　何も送つて下さらぬのでおうらみに存じて居りましたが　熱海でさへお困りなので厶いますね」とある。松子の書簡は戦時下における中上層階級の暮らしぶりを如実に示しており、ひとつのドキュメントとしても価値をもつだろう。

そうしたなかにも松子は、谷崎とのあいだにさずかった子を中絶したことがどうしても忘れられない。昭和十九年三月八日付の松子書簡「61」には、「恵美子一人でさへ満足に養育出来ないのにと仰いましたが　どうぞそれだけは今後仰つて下さいますな／私にとつて是程酷い御言葉は厶いません（中略）私は愛情が足りなかつたので厶います　一番愛情の必要な時に児をかへりみるいとまもなく一方へ情熱を傾けつくして居りました」と、来し方行く末を思いやりながら、大きく揺れる心を谷崎にぶつけている。また「優れた人の子孫を二家にのこして行く羨ましい婦人も世に厶いますのに　この私は憎みてもあまりある人の子を残し　世界中で一番愛す人の貴い子の生命をつみとりました」と、千代夫人を念頭に置きながら、みずからを憐れまざるを得ない、切ない心持ちを吐露している。

昭和十九年四月十五日に一家は熱海西山の家へ疎開し、魚崎の留守宅は信子の嶋川夫婦に託した。が、空襲の激化によって再疎開の必要にせまられる。渡辺明の兄の松平康春がちょうど熱海辺に別荘を物色していたので、七万円で譲渡。そして、岡山県津山の松平邸を一時的に貸してもらうことになり、昭和二十年五月六日に熱海を離れて、いったん魚崎の家に立ち寄り、五月十五日には津山へ再疎開した。昭和二十年五月二十六日付の土屋計左右宛書簡（全集書簡番号二八八）に、「家族一同無事当地着こゝは旧藩主遺構の一にて林泉の美はあれども昔風の御殿造故生活にハ不便多くそのうち他に移るつもりに御座候」と報じている。七月七日には、さらにそこから勝山の小野はる方の離れへと移った。

三月十日の東京大空襲で偏奇館を焼失した永井荷風は岡山へ疎開していたが、八月十三日、勝山に谷崎を訪ねている。「疎開日記」には「午後一時過荷風先生見ゆ。（中略）カバンと風呂敷とを振分にして担ぎ外に予が先日送りたる籠を持ち背広にカラなしのワイシャツを着、赤皮の半靴を穿きたり。焼け出されてこれが全財産なりとの事なり」とある。十四日夕には牛肉が手に入ったとすき焼きと日本酒でもてなしたが、荷風の「断腸亭日乗」には「細君下戸ならず、談話頗興あり、九時過辞して客舎にかへる」と記された。荷風は勝山へ移りたい様子だったが、食料買い入れの点において責任を負い難いという話に、翌十五日の十一時二十分発の汽車で岡山へ帰っていった。荷風を駅まで見送ったあと、玉音放送があったけれど、ラジオ不明瞭で聞き取れなかったという。

それより早く八月六日の払暁、魚崎の家が焼夷弾の落下によって全焼した。「都わすれの記」の詞書には、「八月七日、かねて阪神の留守宅へ荷物を取りに遣はし、者共戻り来りて昨六日の払暁応接間に焼夷弾落下、三分間にして全屋灰燼に帰したりといふ、今はわれらも帰るに家なき流浪の民とはなりぬ」とある。山田孝雄（よしお）が校閲した「源氏物語」現代語訳の校正刷をはじめ、谷崎文学にとって貴重な資料の数々もこのときに焼かれてしまったようだ。もし残されていたとするならば、当然、本書に収録されるべき谷崎の松子宛書簡も松子の谷崎宛書簡も、おそらくはその荷物のなかに含まれていたのではないかと思われるのである。

## 一四一　昭和十六年十二月十一日　潤一郎より重子

表　東京市目黒区上目黒五丁目二四六二　渡辺重子様（消印16・12・12）
裏　昭和十六年十二月十一日〔印刷　静岡県田方郡熱海町　熱海ホテル〕方　谷崎潤一郎

拝啓
今日は熱海も中〻寒く風が強くて外へ出られません、すでに大部分の客は引揚げてしまひガランとしてゐて聞えるのは唯風の音ばかりであります
明さんの月給は九拾円から百円ぐらゐまでとの事（サラリーは別）今月より直ちに勤務して頂くとの事です、笹沼の話では兎に角夫婦が最少減にたべて行けるだけの収入はある筈、キミちゃん夫婦なども矢張百円台の月給で別に補助を受けることなくやつて行つてゐるのだからとの事でした
小生孫娘の名前は百百子（もも）と決定いたしました
帰りを急ぎましたので今回は清ちゃんに気の毒しました、休みに帰宅されるのを待つてゐると御伝へ下さい、あなた様にも草履を御送りしようと存じ十日の日に捜しましたが阿波屋も銀座の資性堂（ママ）の横丁の何とかやも共に休みで駄目でありました、尚〻先夜御厄介になりました時にあの部屋の机の脇の戸棚の一番上の右側をあけた処に封筒に重子様として少〻ばかりお歳暮のしるしまでに入れておきました、ほんの私の志御受納下されば幸甚であります

戦争となれば当分私も仕事に遠ざかるやうに相成るべく今後は何かと節約をし不自由を忍ばなければなりません、貴女様も前途の発展を楽しみに辛抱して頂かなければなりませんがしかし何事に依らずお困りの時は打明けて御相談なすつて下さい

ではよき年をお迎へなさいますやうに。明さんにも清ちやんにも宜しく

十一日夜　熱海にて

潤一郎

重子様

## 一四二　昭和十七年一月二十三日　潤一郎より重子

表　東京市目黒区上目黒五丁目二四六二　渡辺重子様　書留（消印17・1・23）

裏　二十三日（印　兵庫県武庫郡住吉村反高林　谷崎潤一郎）

拝啓

御寒さの折柄皆〻様御元気大慶に存ます

蛇の目へ御いでなされ候由御羨しく存ます衣料の切符制度其他何も彼もだん〱不自由になり困りましたが埼玉県下より度〻御珍しきものを送つて頂いて大いに助かつて居ります厚く御礼申上げます清ちやんの外套の代金とやらを封入いたしましたから御査収願上げます

正月廿三日

潤一郎拝

重子御料人様
侍女

小生ハ偕楽園へ来月上京するなど丶申した覚えはありません百〻子だん〳〵大きくなり近頃ハ微笑いたす由見に行きたくもあるのですが今少し暖かになつてからと思つて居ります末筆ながら明さんへ宜しく御願申ます

＊ 全集書簡番号二一九、『湘竹居追想』一七二頁

## 一四三 昭和十七年二月五日 潤一郎より重子

表 東京市目黒区上目黒五丁目二四六二 渡辺重子様 書留 速達（消印17・2・5）
裏 二月五日〔印 兵庫県武庫郡住吉村反高林 谷崎潤一郎〕

御寒の折柄御元気に御暮し被遊候趣大慶に存じ上けます 小生事に依りますと近日熱海まで参るかも知れませぬ 実ハ別荘のよき売物があるとの事にて大いにす丶められ迷つてゐる訳であります もし参りましたら御知らせしますから又ホテルまで御遊びにいらしつて下さい 私も勿論上京致します 周やんが昨日参り東京の御土産沢山に届けてくれました毎度いろ〳〵御心づかひ難有存じます 承ればあなた様には中〻御苦労多き由、家計苦しき時は自然風波も立ち易きは道理でムいますが何卒〳〵夫婦お互に譲り合ひ仲よくなさいますやうこれのみ日夜祈つて居ります 明さんも大いにむづかしきテムペラメントのある一面又中〻美点のある人物と私は見て居りますが今度会つたら尚一層あなた様を可愛がつてくれるやう私からも頼むつもりであります 何に依らず思案に余つた時は御遠慮なく住吉まで相談にいらしつ

て下さい　貴女様御一身の事については最後の最後まで私が責任を負ふものと思し召し決して心細き思ひや肩身の狭い思ひをなさらないで下さい〔行間　又御手紙下さればいつでも東京へ飛んで行きます〕鮎子の幸福さうなのを見るにつけてもあまりあなた様がいぢらしく心配故つい一筆したゝめました　些少ながら御小遣封入いたしましたから御受取下さいまし

二月五日

潤一郎

重子様

## 一四四　昭和十七年三月二十一日　潤一郎より松子

表　兵庫県武庫郡住吉村反高林一八七六ノ六四　谷崎松子様　速達〔消印17・3・21〕
裏　昭和十七年三月廿一日〔印刷　静岡県田方郡熱海町　熱海ホテル〕谷崎潤一郎

拝啓
恵美ちゃん其後如何に候哉ホテルは目下満員にて毎日庭の芝生には美しき夫人令嬢たちが逍遥いたし居りそれらを見る度に独りぼつちの我が身が淋しく一日も早き御到着を待ち侘び居候
奈良の高木夫人も子供づれにて滞在され十八日朝小生と行ちがひに出立なされ候由残念いたし候
家屋は既に登記を済ませ両三日中に完全に引渡される事になり候尚々御出立の節は先日のチエツキの荷物の荷札を書きかへ、届先を
　静岡県熱海市福道○○○
　　野口悦宏様

として駅留めでなく配達にして頂き度候此の野口と申すハ別荘の見廻りや掃除などを担当する人にて此の人の家に一時荷物を預かつて貰ふわけに御座候（万一チエツキ不可能ならば運送に御托し下され度候、寝具もう一揃ひも出来次第発送願候）

熱海は非常にやかましく、理由なく細君の名儀にすると夫婦出頭を命ぜられて訊問を受け相続税を追徴せられるとの事ニ付巳むなく小生名儀を以て登記いたし候間右御ふくみ被下度候

歌舞伎座ハ最終日の廿六日に四枚取り申候、六代目が腫物のため一役だけ三津五郎が代役してゐたが最早や全快いたしたるならんとの事永見氏に聞き申候

小生いまだ多少咳が出候ため尚両三日当地にて養生仕り御到着を待つて一緒に上京いたし度と考居候然し廿四日にはなるべく出京致度ニ付もし御出立がそれ以後に相成候はゞ真つ直ぐ目黒へ御直行被下度小生も今回ハ御一緒に泊めてもらひ申候

尤も小生上京の際は前以て電報にて御知らせ申べく候

何にしても一日も早く御越しあり度鶴首いたし居候

廿一日

潤一

御料人様

侍女

＊　芦屋市谷崎潤一郎記念館所蔵

## 一四五　昭和十七年三月二十一日　潤一郎より松子

表　兵庫県武庫郡住吉村反高林一八七六ノ六三　谷崎松子様　速達（消印17・3・22）
裏　二十一日夜〔印刷　静岡県田方郡熱海町　熱海ホテル〕谷崎潤一郎

只今返電拝見、ヱミちやん満洲熱にてハ無之候哉と案じて居ります何にしても今回もまた折角の別荘を見て頂く事が出来ず残念であります
熱海に家を持てバ東京の親戚や偕楽園などが時〻ハ見えるかと存じますが決してあなた様に気がねをおさせ申すまじく其処ハうまく捌きますから御懸念にハ及びませぬ、私も竹田一家を除いてハ他の親戚ハあまり好まず又さう義理もありませぬ、むしろ渡辺家や森田家の方〻にせい〴〵利用して頂く事を望みます、又決して〳〵関西がイヤになつた訳でもありませぬから余程の事態に立ち至らぬ限り一家を上げて引き移らうなどゝは考へて居りませぬ、只〻万一の場合の家族の避難所として、又冬の間のあなた様の避寒地としてハ絶好の所でありますし、又私の仕事のためにハ大変によいと思つて居ります、長い間仕事を休んで居りましたので今後一二ケ月ハ此処に立て籠り大いに精を出さうと張り切つて居ります、
私も老年のせゐか近頃兎角消極的な考へに傾き過ぎるので「これではいかぬ」と大いに自らを鞭打つて居ります、目下われ〳〵創作家にハ甚だ困難な時勢でハありますが然しさう一概に悲観したものでもないから大いに積極的に働いた方がよいと嶋中氏などに激励されだん〳〵とその気になりつゝあります、生計の事ニつきあなた様に御苦労をかけるのが本当に傷はしく出来れバ今迄のやうにして暮して行きたいのであります、しかし又しても消極的になりますが近頃ハ自分の死後に於けるあなた様の幸福と安全と云ふ事が悪夢の如く始終つきまとひ何とかして此の点についての保証を得たいものと、全くそれのみを案じて居り

ます、ですがまあ余り取り越し苦労はせぬ方がよくしても仕方がありませぬからもうこんな話はこゝだけに致しませう
では私も用事ハ済んでしまひました事故明廿二日午前を以て熱海を引き上げ東京に参り紀州のおぢいさんの病気見舞、百〻子訪問、廿六日の観劇等を終へて廿七日頃一旦帰宅する事にいたします、重子さんも歌舞伎へ誘ひ或ハ帰りにお伴れして行きます
東京は偕楽園に宿を取ります、
重子さんハ事に依るともう其方へ行つていらつしやるのでハないでせうか東京へ行つたら早速電話してみます

二十一日夜したゝむ　　潤一

御料人様
　　侍史

廿六日夜行か二十七日昼の汽車で帰りたく存じますがきまり次第電報いたします

＊　全集書簡番号二二〇、『倚松庵の夢』二二〇頁（部分）、『湘竹居追想』一七三頁

## 一四六　昭和十七年三月二十一日　潤一郎より重子

表　東京市目黒区上目黒五丁目二四六二　渡辺重子様　速達（消印17・3・21）

裏　昭和十七年三月廿一日〔印刷　静岡県田方郡熱海町　熱海ホテル〕谷崎潤一郎

拝啓
春暖之候御二人共御機嫌宜敷なりと存候去る十七日ゑみちやん発熱、流感との診断ニ付小生のみ一足先に当地に参り候尤もゑみちやん十七日夜には殆ど平熱に復し大した事もなさゝうなので近ゝ後よりマヽと同道来られる筈に御座候私も又ゝ多少風邪気にて咳が止まず候ため尚両三日は当地にて養生致度ママたちの到着を待つて一緒に上京可致候今度は皆で御尊宅に御厄介になり度と存候竹田方ハ女中がゐなくなり忙しいらしくそれに紀州のおじいさんなども見えて居られ候故時ゝ百ゝ子の顔を見に行く程度に止め度候
尚ゝ歌舞伎は最終の日の廿六日切符四枚取り置き候間そのおつもりにて御いで被下度候
承れば四日ハ御花見頃ちやうど御差支にて御来駕不可能との事何とも残念の至りに御座候御都合にて廿六日観劇後直ちにゑみちやんと先に御立ちなされ来月四五日頃まで彼方に御滞在被遊てハ如何にやゑみちやんも廿八日には一度登校せねばならぬとの事に候我等も帰途今一度熱海に立寄り月末までにハ帰宅いたし度候
いづれ拝顔万ゝ可申述候明さんに宜しく願上候
廿一日

潤一郎

重子御料人様
侍女

＊　山梨県立文学館所蔵

## 一四七　昭和十七年四月二十一日　潤一郎より渡辺明・重子

表　東京市目黒区上目黒五丁目二四六二　渡辺明様　重子様　速達（消印17・4・21）
裏　四月二十一日　静岡県熱海市西山五九八　谷崎潤一郎

拝啓
空襲下の御感想は如何に御座候哉　あの日小生ハ午前十一時半の汽車にて出発、今一汽車後であつたら川崎辺で生れて始めてのスリルを味はひ得べかりしものと少し残念の心地もいたし候神戸も三箇所に焼夷弾投下の由今後の模様に依りてハ或は一先住吉へ帰宅するやう相成るやも知れずと存候留守宅よりのたよりを鶴首罷在候
明さんに買つて頂いた脇息は部屋に据ゑてみたらまことに勝手よろしく大に気に入申候しかし今一個小さい脇息があつた方更に好都合に有之、乍勝手今度の機会に御宅のも分けて頂度ものに候防空作業等にて御忙しき折柄キヨさんを永く拝借してをりまして申訳無之、当人も叱られハしないかとひどく気にして居りますが此の家にハ燈火管制の設備が全然してありませなんだので三人して先づその設備に奔走其の他まだ〳〵不足の品の買ひ出し等にて中〻見物どころでなく、管制中ハ夜は全然外出できず今日は又生憎の雨等にて用事はかどらずそのため存じながらキヨさんを引き留めてしまひ候此のまゝ帰してハ餘り気の毒故明日にも天気になり次第一日熱海を見物させた上翌日の昼間の汽車に乗せて帰し度右何卒〳〵御ふくみ被下度候先ハ御詫旁〻御報まで〔朱書　熱海のアドレスは表記の通りに御座候〕
四月廿一日
潤一郎

明様
重子様
侍史

＊ 全集書簡番号二二一、『湘竹居追想』一八二頁

## 一四八　昭和十七年五月一日　潤一郎より重子

表　東京市目黒区上目黒五丁目二四六二　渡辺重子様　速達　書留（消印17・5・1）
裏　四月一日（ママ）〔印　兵庫県武庫郡住吉村反高林　谷崎潤一郎〕

拝啓
先日空襲の時ハ御一人にて大変だつた由左様の事とハ存ぜず御見舞も不申上又女中さんを長いこと拝借何とも申訳無之、まことに心なきことを致し平に御ゆるし願ます
当方両人六日のサクラにて熱海へ参る予定です、つきましてハなつに同日午前九時五十四分新橋発伊東行にて先に別荘に参つて居るやう御申きけ下され度、伊東行でないと熱海で乗りかへがあり不便ニ付是非此の汽車にお乗せ被下度、横浜ハ十時二十二分発なれども荷物あれば新橋から乗つた方宜しかるべく候
荷物ハ脇息の外に
卵、バタ、ゴマ、砂糖、米
の順序に必要ニ付一人で持てるだけ御持たせ下され度、今回は決して二人およこし下さるには及ばず候
九、十、十一の三日のうちに歌舞伎御誘ひ申し上ぐべくそのつもりにて御あけ置き被下度候〔二行割　も

し菊五郎が出てゐなければ止めます〕
先月ハいろ〳〵明さんに買つて頂き又今月も何かと御頼み申ますので別紙金子御取りおき被下度候
寐道具不足にても一人位はどうかなります故今度はあなた様と清ちやんと交代にて御越し待上候　いづれ拝顔の節万〻
末筆ながら明さんに宜しく御伝へ被下度候
一日
潤一郎
重子様
侍女

＊　全集書簡番号二二二、『湘竹居追想』一八四頁

## 一四九　昭和十七年五月二十日　潤一郎より重子

表　東京市目黒区上目黒五丁目二四六二　渡辺重子様　速達〔消印17・5・20〕
裏　二十日〔印　静岡県熱海市西山五九八　谷崎潤一郎〕

先日は失礼いたし候廿四日の日曜のマチネーの有楽座（エノケン）の切符一枚封入いたしましたからこれを清ちやんに上げて下さい、万一清ちやん差支があつたら誰方でもおいで下さい
当日は小生も参りますが直接劇場へ参りますから彼方で御目にかゝります猶夕食はたべずに直ぐ汽車で帰らうかと思つて居ます、何に依らず食料がありましたら頂いて帰りますから来がけに新橋駅にでも一時預

けしておいて下さい（しかし一番ほしいのは卵であります）
猶材料買入金は御遠慮なく御請求下され度、それでないと却つて頼みにく丶て困ります
二十日
谷崎生
重子御料人様
侍女

＊山梨県立文学館所蔵

## 一五〇　昭和十七年五月二十六日　潤一郎より重子

表　東京市目黒区上目黒五丁目二四六二　渡辺重子様　書留（消印17・5・26）
裏　廿六日（印　静岡県熱海市西山五九八　谷崎潤一郎）

昨日は種々御珍しき材料御入手被下難有存候御立替金十五円に相成候由猶その外に昨日御主人よりハム頂戴いたしその外野菜等も頂き候事故別紙之通二十円封入いたし置候間御査収願上候月末頃か来月上旬に今度御なつも連れて一旦帰宅十日迄には又出て参り度と存居候御主人へ宜敷願上候
五月廿六日
潤一郎
重子御料人様
侍史

宮崎道具店より文机一脚御届けいたさせ候間定めて御気に召すまじくと存候へ共何卒これにて御辛抱被下度候
御きよどんが下駄の代金二円返して参り候これはあの時買つて上げたもの故決して気にかけるに及ばずと申し御返し被下度茲に加へて封入いたし候あの悪口は冗談に申候までに候

＊　山梨県立文学館所蔵

## 一五一　昭和十七年五月三十日　潤一郎より重子

受　東京市目黒区上目黒五丁目二四六二　渡辺重子様（消印17・5・31）官製はがき
発　三十日（印　静岡県熱海市西山五九八　谷崎潤一郎）

御約束の沢庵昨日発送致候間御笑納被下度候それからおきよどんに偕楽園から借りたトランクの鍵を預けてあるのですが右を早く偕楽園に返して下さるやう御願申ます小生ハ五日頃に一度住吉へ帰り直ぐ又出て参り候

＊　山梨県立文学館所蔵

## 一五二　昭和十七年九月十日　潤一郎より重子

受　東京市目黒区上目黒五丁目二四六二　渡辺重子様　速達（消印17・9・10）官製はがき

発　十日〔印　兵庫県武庫郡住吉村反高林　谷崎潤一郎〕

小生ハ明十一日さくらにて熱海へ参ります、ところで只今すみからたよりがあつて来ル十三十四両日徹夜にて訓練か何かゞあるらしくスミ一人にてはやり切れないと云て来ました、〔行間　何かおみやげもお願申ます〕つきましてハ誠に恐入りますが十二日より十五日ぐらゐまでおきよどんを熱海へお貸し下さいませんか、或は暫くスミと代らせても宜しく存じます、万一お差支への節ハその旨熱海へ御通知下さい十二日待つてゐます

＊　山梨県立文学館所蔵

## 24　昭和十七年九月十五日　松子より潤一郎

表　静岡県熱海市西山五九八　谷崎潤一郎様　速達（消印17・9・15）
裏　九月十五日朝　兵庫県武庫郡住吉村反高林一八七六　谷崎松子

昨夜からの驟雨で今朝は漸く一息つけた様で御座います　今朝また雷鳴が轟いて居ります　速達二通拝見いたしました

御風邪（夏の風の事とて）御案じ申ましたが　大した事もなくて本当に結構で厶いました御立ちのあと昨日までの蒸しあつさ熱海の空気爽涼の御便りが妙に意地わるく聞える程苦しく　きのふも昼間は来訪の久衛ちやんがかういふ暑さならサイゴンの方が余程辛抱し易くと云はれた位で厶います

待ちくたびれたころに三和信託から届きました　仰せに従ひ同封御送り申上ます

創元社よりは（恵美子二学期授業料納める為）壱百円也和田様に持参願ひました
尚公債の御金何時集めにゐらつしやるかわかりませんが　今百五拾円は御願ひしてよろしいので厶います
か
清さんに頼む女中の事どうも私の手紙が一通読んでゐない様に想はれます　話が可笑しう御座います　御
話下さいまして好都合で御座いました
高木様よりアルミ製品を早速荷造りしたから御送り申上るが　熱海も矢張表札は森田となつてゐるかと聞
き合せ参り昨日直ちに御返事差出しました　あゝいふものが戻つたりすると厄介な事故皆留守をしてゐる
時も御隣へ預けるとかさせる様御配慮願ひ上ます　奈良の住所は
　奈良市水門町○○
　　高木清様　　　で御座います
猫を頂いた御礼をどうか御考被下まし　私持つてうかゞひます　盲目物語ならそちらへ御取りいたゞき御
署名の上御送り下さいませ
又木内様に幾許か一封差し上げませうか　御尋ね申上ます
ウヰスキー森田の肇ちやんと渡辺さんにどうか御願申ます　肇ちやんはアルコール最う貰つて帰つて居り
ますから
こいさんが御沢庵を小さい方の分を御送り願ふ様頼んで居ります「證」でわからないでせうか　序にこ
なたへも御願ひ申ます　相変らず日に〳〵人参と御菜許り頂いて居ります
戦に負けるよりはとどのやうな辛棒(ママ)も致しますけれど　明けても暮れても目にふれるものも耳にする事総
べて世にある事より無く　わけても暑熱のきびしい長い夏を漸く終らうとして疲れも烈しきゆゑか味気無

さ又身に沁み　あれ程待たれた冷気乍ら秋風のあはれが今年は如何に喰入るかと思ひやられます

このごろの私は自分とは思へぬ程でどちらの家も旅をしてゐるやうで流石に住ミ慣れたこの家に殊に庭に名残惜しく毎夜更けるまで松の夜露に濡れ乍ら立ちつくして別れを惜しんで居ります　御傍に臥してゐなかつた夜〻御感じの事と存じますが

先日もこいさんとオリエンタルに御茶に参り売店に外人用に愛らしい赤ちやん用品が陳列してムいました　やわらかい感じのピンク、白の純毛の靴下、帽子等思はず申合せたやうに二人の足が向きました　抱きしめ度い位に思つたので私は買ひました　ふと心づいたらこいさんも求めて居りました　手にするまでは人目にも嬉しさうに見えた事と存じますが　袋の上から感触を手に感じた時こいさんと顔を見合せたらこいさんも涙ぐんで居りました　こいさんは思ひ出してゐたのでせう　私はこんなのを買つて希望が持てるかしらと思つた途端に悲しくなりました　其の事には一言もふれないでこいさんとは思ひ〳〵に帰りましたが　この夏の弱りが余りにもひどいので希望を失ひかけて居ります

きたいといふ気持も年のせいかだん〳〵薄くどこへ行きたいとも思ひません　たゞ強ていふなら　静な山の湖畔に憩ふて見たいと希ふのみでムいます

一昨日菊原初子様より泣き〳〵かゝれたといふ御手紙参り　結局一番怖れてゐた癌に二人までの医者に決定され　御当人には絶対知らさないでゐらつしやる御心の由　咽喉カタルと御信じの御当人は「内科の病気でなうてよかつたなあ」とおよろこびになつてゐるのがいぢらしいやらいたましいやらで　といづれ激痛が参ると私もきいて居りますが　親孝行で気の優しい初子さんはどうなさるかと一人取越苦労をして他人事と思へず辛く存じます

ブラヂルの伊勢子様より御手紙が参りました　例の交換船にかへる人に託されたものですが　恰度久衛ち

やん御出での時につき　もしや御帰りかといふので開封致しました　是又涙ながらに拝見致しました　一緒に別封御送り申上ます　久衛ちやんの事でも御話も厶いますが　いづれ御めもじに譲りませう

恵美子に素的な純綿トブラルコの生地を御土産に頂きました

申忘れましたが清さんに御金御渡し置き被下ましたか　少し心付けを御やり被下ましませう

恋月荘の御内儀に何か御ことづけをするつもりが忘れて了ひましたが何か買物に出た時に見立て御送り申ませう

昨日鮎子ちやんへ泉田様へ御揮毫のもの御送り申して置きました

東京から熱海へ御かへりのころに私は参りませうか　いかゞ　自分で定めません故　そちらで何時頃立てばいゝか御一報願ます　呉〻も御大切に

かしこ

松子

潤一郎様

参る

◎初子様が茶音頭の楽譜どの型に遊ばすかお知らせ下さいとの事で厶いました

## 25　昭和十七年（推定）九月（推定）日（不明）　松子より潤一郎

封筒欠

昨日京都へ出懸けた留守に電報二通参つて居りました　御手紙の箇条のだん〱承知いたしました　廿三

日の鷗を買ふつもりで居ります　久衛ちゃん其の頃東京へかへるときいて居りますから　可成連れになつて頂き度いと思つてゐます　都合で熱海で下車　貴方に相談してから帰宅したいとも云つてゐらつしやいました　どうしても商船をやめたいさうで　其の主な原因は目的とする南米航路がなくなつた事と今度の社長が村田社長と違つて人を酷使しても会社の利益をあげる事に汲々としてゐらつしやるので　全く働き難いさうで厶います　南方へ出てもいゝと仰有つてゐますし
詮三兄に頼むのが一番確でないかと思つてゐます範囲が広いですから　もし私一人の時は二等を買ひ度いと思ひます
創元社から和田様が吉野葛参千と春琴抄五千の出版届　急ぐので何でもいゝから捺印頼むと云はれました故有り合せで済せて置きました
検印を留守にてもわかるやうに御願ひしたいと云はれますから　こいさんまでに中付けて厶います
「ふみ」といふ女中只今参りました　是からあつてみます　昨日京都は清水寺参詣と森田の美登利さん修学旅行できたのであひに行つてやりました　清水では菊原検校の御祈禱を御願ひして参りました　誤診で無い限り今更奇蹟ものぞめもしませんが　猛烈な苦痛がくるといふことを誰彼となくきいて居ります事なればせめて苦痛の少いやうにとの　私の心やりに過ぎませんが阪大の先生に頼んで欲しいとの事で厶いますが　耳鼻科の先生は私存じません　それにいつかパーマネントと口紅は診察しない等新聞に出た人なので　そのやうな末梢的な事をとやかくいふのは　学問も大した事も無いのであらうと　ひとり思つてゐましたので　宇山博士　小児科の前田博士あたりどうせ御友達でせうゆゑ　御願してもらつていゝので厶いますが　一番今上席は今村先生でせうから　そのあたりからの方が有力でないかと思はれますから　何なら貴方から今村さんに頼んでおあげなさいましたら　いかゞ？

今之をした丶めます途中で女中にあひました処　来月からきてくれるさうで御座います
けふもしと〳〵降つて居ります　霽れたら月が美くしくなる事でせう　いつも口にして居る事ながら　月
がまるくなつて行くとき気持がふつくりとはれ〴〵としてかけ始めからそろ〳〵物思ふやうになります
生理的に関係があるのかと思ふ時がムいます
山麓の秋色を初めて訪ねられるのはかね〴〵の希ひが叶はられる事とて満足に存じます
最早や心は御傍にあつて湖の水のいろ等を静に思ひ浮べて居ります
住吉は相変らず野菜類は不足を告げて居りますが　御魚は阪神電機の三好さんが沢江で買つてくれるのは
実に新鮮でおいしく同じお魚でも魚つなとお味が格段でムいます　坂神間でも名代の新らしいお魚の処だ
さうで御座います
恵美子相変らずで重信さんも一度レントゲン写真と赤沈調べてみようと云はれるので明日連れて参ります
先日庄司さんの武夫ちゃんを庄司さんの台所の調理台へ「せつ」達でのせて話し込んでゐて真逆様に落ち
（私応接に居合せました）みる〳〵血の気なくなり脈が少く御医者様をいふ騒ぎ　生憎岡田先生は御病気
　他に一寸直ぐにきてくれるやうな人はなく（平素　母子共に皆〻病気した事なく）誰か頼むと云はれ詮
方無く重信先生にわけを話して御願ひしましたところ　十分余で出先からゐらして下さいました　それま
でに私応急のことを致しましていくらか顔色も直りかけてゐましたが　本当によその家のことにと嬉しく
存じました　矢張脳震盪だつたさうで　一歩手前位のところであぶなかつた由　素人考にも蒼くなつた
ま丶眠り出すのはいけないと思つたのですが　昏〻と眠つてさめなければそれまでださうで　それから小
さい御子さんみると油断ならなくてみてゐられません
余談はさておき　佐藤の御勘定は百弐十五円でムいます

数〻御話もムいますが　熱海にて御物語り申上ませう　神経痛はB不足に違ひムいません
広島の陸軍病院にてBが最近著しく効目がなくなつたところから調べてみるとB注射液にBが含有してゐないといふ事が解りましたが　左様なわけで売止になつてゐると生田薬局にきた問屋の人にきゝました　B剤全部の検査があるとは新聞に出て居りました
矢張バイエルは信用出来るさうで　ベタキシンだけは二ミリ十ミリ　記した通り含んでゐたさうで　貯蔵のいゝものは効かぬ筈はないと云ふ事でムいました　十ミリを持参致してみませう　では呉〻も御大切に

かしこ

松子

潤一郎様

参る

〔欄外　宗ちやんの御祝にとつて置いて貰はうかと思ふ好もしい置時計がムいます　スヰス製で机上等に置けるかはりもので　ルヰ式のデザインで教会のベルが動き時を刻む様になつてゐます　価百円也〕

＊　谷崎と松子とは昭和十七年九月二十五日に河口湖の富士ビューホテルに一泊しているが、その旅行のために「廿三日の鷗」で上京するといっている。

＊　「菊原検校の御祈禱」ということが、前便の九月十五日付の松子書簡「24」に「一昨日菊原初子様より泣き〳〵かゝれたといふ御手紙参り　結局一番怖れてゐた癌に二人までの医者に決定され」云々と書かれていたのを受けているところから、この書簡は九月十五日から二十三日までの間に書かれたものと推定できる。

一五三　昭和十七年九月二十六日　潤一郎より重子

受　東京市目黒区上目黒五丁目二四六二　渡辺重子様　速達（消印17・9・26）絵はがき
発　山梨県河口湖畔勝山村　富士ビユウホテル　谷崎潤一郎
裏　河口湖からの富士山

予定を変更、帰途東京へ直行することにしました、廿七日午後五時廿七分新宿駅へ着きますから誰か迎へに来て下さい
熱海に必要な品を置いて来たので廿八日におきよどんに取りに行つて貰ふつもりです、私達ハ廿七、八、九と御厄介になります

＊　山梨県立文学館所蔵

26　昭和十七年十月六日　松子より潤一郎

表　静岡県熱海市西山五九八　谷崎潤一郎様　速達（消印17・10・7）
裏　拾月六日　兵庫県武庫郡住吉村反高林一八七六ノ六四　谷崎松子

漸くに百〻ちやん一行入来定めし御満足の御事と御様子心にゑがいて居ります
出立の際は御不自由の御手の処御使立ていたしまして相済まず存じました
御炒り頂いた胡麻の香りは　御食後まで口中に残る程香り高いものでムいました　車中で嬉しいとも何ともつかぬ涙がさしぐまれました

熱海で御書きいたゞいたより一つ前のに乗り込んで了ひましたら　佐渡島さんに御あひ致しました（到底のれなくて二等車に変りましたら）　沼津からつばめの同じ車に変らせてもらひました　そして私の御べん当をわけて上げたりして紛れて参りました
今朝電報いたしましたが　文藝春秋からまだ参つて居りません　御家賃は畳をいれたりしたさうで今度ハ弐百参拾円でムいました
御小遣ひの方も残して置かなければならず　御支払ひの方　金高の大きい方は出来なかつたよし　菱富が先月からの帖端になつてゐたので（御承知と思ひますが）
月末集金にきて大変怒つて帰つたさうでムいます　六拾円余になつて居りました　文藝春秋の稿料御話通り届きますなら　佐藤も支払へます　合計は今夜いたしますが　菱富が一番値嵩だささうで御座います（生田薬局は別にして）
こいさんは矢張始末書をとられました　佐藤さん何か云はなければとめられさうになつたので　純綿の服をこいさんにあげたと云ひ　それも二枚の中一枚は売つてあげたと云つた為に始末書をとられる事になつたので　それも谷崎方と申立てたので呼出しは住吉へきたのださうで　それは余程考へて言つたといふ事ですが　どちらがめいわくが大きいかといふ事を
こいさんは姉夫婦は今旅行中ですから　どうか内〻にしてもらひ度い叱られるからと頼んだ処　決して云はぬと約束してくれ　あつかひも佐藤とは全然違つたさうで　佐藤は何でも四百円位の罰金は覚悟しとれと云はれましたとやら
井本が洋服屋の組合長といふ手前　姉さんの方心痛のあまりすつかり痩せて了つてゐるとこいさんの話でムいます　佐藤は勿論ですが　こいさんも此の二三日は床に就て居ります　流石の心臓もあの雰囲気は耐

え難くと申て居ります　池田おと美さん逃れた気安さから出た言葉でせうが　『自分のやうに毎日精勤の者をなぜ佐藤は云はなかつたのか　こいさんでなくて私なら先づ紳士録をかして下さいと云つて知るかぎり指摘してやる　と気の毒がりながら憤慨してゐたせうです
こちらは御野菜とう〳〵隔日となり　御百姓も最近どういふものか来てくれません　隔日に貰ひますものが御大根半分位のもので　熱海を思ふと一寸本当に出来ない程で厶います
恵美子も青い顔をして食欲も相変らずで一椀しか頂いて居りません　御米も只今大変いたゞき難いもので御座います
帰つてみて驚いた事は朝夕二回ガスが全然出なくなるので厶います　電話で先刻会社へきいてみますと制限をしてゐるからタンクに遠いところは圧力の不足で出ないと答えました
小曽根さんに訊ねて見ますのに　石炭のお船が着かないので残り少なといふ事で厶います　炭の配給も本年は一度もなく心細いので厶いますが　止むを得ず炭火を使用いたして居ります
この分では今に生のもゝ嚙るやうになるのでないかと申てゐます　併し新聞で見ますのに石炭が陸運による事になるらしくさうなると案外早く是はよくなるかも知れませんが　益〻人間の交通不便になる事で厶いませう
「スミ」に頼んで置いたので先日来　くり、小いも等を送つてゐたさうで大変助つたと申て居りました
どうか当分すこし手まめに送らせて被下まし　内地米も手に入りましたら半分は御廻し頂き度く
千田さんの今度の日と時間を森田より御知らせする様申てやりますから熱海の駅まで　マリラ、オイル其の他御願申ます　私の御単襦袢一枚きりので厶いますから　可成早く御送らせ願ひ上ます
この土曜日あたり北川氏に火鉢を持参願ふつもりで居ります　この使を出来るだけ有効にしたくおもひま

す　チエツキにしていゝものは至急御申越し被下ませ

御仕事一片付きのところで例の療法今度は御試しなさいますか　そちら皆〻御大切に願ひ上ます　御めにかけて置かなければならぬ郵便物が大分残つて居りましたから　本日整理の上一纏めにして御送り申上ます　御金の事も早く知らせてきてくれるとよろしいのに　恵美子が新らしい御金を貯へて居ります中より台所へ出して居りましたよしで御座います

恵美子は学校は出て居りませんでした　明日阪大の先生の御宅へ御願に出るつもりで御座います

かしこ

松子

潤一郎様

## 27　昭和十七年（推定）十月十日　松子より潤一郎

表　潤一郎様　まゐる

裏　十月十日　松子

是から北川さんに行つてもらひます　火鉢は仰せの通りありつたけ持ちあげてみた中で持参願ふものが一番軽うムいました　それでも相当な目方で御座います　御湯の至つて好きな人ゆゑ明日は御泊めの上ゆつくり温泉にいれておあげ下さいませ

先刻野菜物と果物が着きました　黒瀬さまから茸を頂いたり　けふは何といふよい日かと申てゐます　何処へやりましても御漬物さへ口に入らないのでムいますよ　そして御魚は毎日犬猫が頂いてあまる位なので御座います

和田さんから確に受取ました　文藝春秋社より届き次第御渡しするやう申て置きました　それを御返しするといたしますと早速あと壱百円位入用で厶います　いかゞ致しませうか　佐藤も支払ひまして残り少なになつて居ります
それで北川さんの往きの汽車賃は御渡し致しましたが　少ゝ御立替があるのを御訊ねの上御支払ひの程願上ます　帰りの旅費とどうぞ
荷造りして居りましたが御持ち願ふ方はやいので御手渡しいたします
百ゝちゃんと上書のたとうの中には羽二重の手持ちに本匹田をさせました　初夏のころ頼んだのが今日になつて出来て参りました　御単になつて居りますが妾は冬の季節に却つて白地が好きで厶いますからあゆ子ちゃんに裏をつけていたゞいて下さいまし
妾がすればいゝので御座いますが　最近一寸暇がなく　それに熱海の家が出来てから端切を一切使ひ果しました
あなたの御咳はひどくなられませんでしたか案じてゐます　恵美子は日曜日に阪大に連れて行く事に成りました　それから佐々木さんの方だけでも御払ひ下さいませんか　をさへてゐるわけでも厶いませんが数ゝ冬物仕立直しを預けてゐるのがあまり御勘定長くなり性急（ママ）もしにくゝ昨日のやうに御寒いと一寸羽折るものもせかれて参りますので御考慮願上ます
後藤さんの小母さん平野氏御宅にて喀血最早や両肺とか　靭雄さん看護に上京中で厶います　山ゝ御話が積りましたが最う時間が参りましたから是にて　本日は世話掛にて忙がしく本日も配給の事にて大変もめましてすつかり不愉快になりました　どうか御心づきのもの北川氏へ御ことづけ願上ます

かしこ

御自愛祈ります

松子

潤一郎様

参る

＊　前便の「この土曜日あたり北川氏に火鉢を持参願ふつもりで居ります」を受けているのは明らかで、昭和十七年と推定できる。

## 一五四　昭和十七年十月十八日　潤一郎より重子

表　東京市目黒区上目黒五丁目二四六二　渡辺重子様（消印17・10・18）
裏　十八日〔印　静岡県熱海市西山五九八　谷崎潤一郎〕

拝啓
御無沙汰をして居りますが御変りはありませんか、実は昨日住吉家人より来書、あなた様から一向何のおたよりもないのでどうかしたのでハないか案じられる、私に一度東京へ出て電話でもかけてみてくれるやうにと申て参りました、心配につき一寸御見舞申上ます此の二十一日にハ私も上京偕楽園へ一泊いたしますから同日か二十二日朝か御電話いたしますニ付御面倒でも御自身電話に御出になり無事な御声をきかして頂度御願申ますそれとも御病気か又他に何ぞ事がありましたのなら一筆御知らせ頂度いつにても参上いたします
栗あなた御好物の由ニ付先日森田まで少〻届けましたが御受取下すつた事と存じます本日又一箱鉄道便に托し発送いたします

明さん清ちゃんにも宜しく願上ます、熱海は此の三日つゞきの休みに龍児と方哉まで参って居り満員でありますあゆ子母子ハ本月末まで滞留の予定であります

十八日朝

潤一

重子御料人様

侍女

＊　山梨県立文学館所蔵

## 28　昭和十七年十月二十二日　松子より潤一郎

表　静岡県熱海市西山五九八　谷崎潤一郎様　速達（消印17・10・22）
裏　十月廿二日　兵庫県武庫郡住吉村反高林一八七六　谷崎松子

晴れた秋空に朝〻百舌がけたゝましく啼いて居ります夕のあはれも一入深くなつてまゐりました　其の後御手の痛ミもお覚えのところを何かと御細〻御認めいたゞき有難うぞんじます　この程より御泊り客も御ありにて夜のもの其の他いまだとゝのはぬところ定めし御心遣ひいたゞきし事と存じ上ます　しかしそちら御みな〳〵至極好調子のよし御よろこび申ます

しげ子のこと御心配かけまして相すミませぬ　清治三日続きの休ミに帰省　様子も知られ安心いたしました　十六日学校を了へてから汽車に乗り込ミましたところ連結のあぶない場所に漸くすがれる程の大混雑にて沼津にて堪えきれず下車二時間待つてあとの列車に乗りそれも夜通し立ち続け　翌日の御ひるころ住

吉につきましたが一緒に帰つた御友達は疲労の余り発熱三十九度と電話がかゝつて居りました　疲れをやすめる暇もなく十八日の御昼の大阪仕立の汽車にて帰つてゆきました

恵美子のレントゲンの結果をまだ御報せ申して居りませんでしたが浸潤等は全然無くたゞ今日のでなく以前に肺門部淋巴線の腫張のあとがある程度の由　熱海へ移る事も相談を持ち出してゐたので厶いますが家庭の事情で住むやうになるのは別としてわざ〳〵ならむしろ老後を養ふところにて幼児や少女がさうゐふところにゐては温室の花のやうに僅の気候の変化にも耐え難く都会に出ては直ぐ結核に侵され易い体質ともなり　何処へ移り住むやもしれぬ今後の子供はいかな厳冬厳夏にも堪え得る為の錬成が必要にて　それ空襲といふ時に駈ける息切れがするやうでは是からの社会を生きて行けませぬとの御はなし　私などその鍛錬不足のいゝ見本とつく〴〵思ひ至りました

休暇位を利用して行くのは又大いに効果あるよし　馴れて了ふと格別の事もない上に温暖な気候は抵抗力を失ひ勝ちになるさうで厶います

どんなにわるい条件の気候にも克てる体力をつくつてやりたいものと思ひますが　既に幼時から鍛錬欠いてゐるので　徐ゝに過労を避ける事が大切と注意されて居ります　私と違ひまだ是からどうにでもなると思はれます

第四隣保へ徴用が参りました　奥様ので　是は坪井さまの奥様に行つて頂く事に成りました　神戸の聯隊区司令部へ通ふので厶いますが　朝九時から夕五時まで御昼やすみ一時間でとてもやりきれないさうで厶います御仕事は書記で御座います

そちらお皿小鉢の類が不足いたして居りましたゆゑ　清水寺へ参詣の帰途　喜志元の御友達の店から送らせましたが　無事届きましたか

ひとりなら嵯峨野を歩くつもりで居りましたが　黒瀬さまと御一緒なので参れませんでした
あんなに御ねだりして連れて頂きました湖畔も行つたあとはひつそりで　きつとあきれてゐらつやる[ママ]事でムいませう
矢張私は京に心惹かれます　殊に嵯峨に
あゝいふところに行つたあとは尚更無性に嵯峨へ参りたうなります　けふこのごろはまた嵯峨を訪れませぬと心が落付きませぬ　我まゝを申すやうでムいますが　来月の観音様御参りの節は独りでも嵯峨へまゐる心で御座います
けふは少しくもり出しましたが　きのふあたりから熱海も月が美しうムいませう
今日は御みおつけに入れる御野菜さへムいませぬ　御かへりになると召上る物ムいませんから　チエツキで御もちかへり被下まし
恵美子が一度小父ちやんにあひたいさうでムいます　恵美子の事は近頃は忘れたはるらしいと申てゐます
草履はどうしても必要の為　しげ子ちやんの新らしい物こちらに置いてゐたのを履いて了ひました　私の分は重子へ御かへし被下ませ
着物十数枚佐々木に預けてゐて先日のきくの小紋一枚きりのところ猫がそうしてそれもきられなくなり目下こいさんの借着いたして居ります
創元社の検印紙春琴抄三、〇〇〇冊分今朝つきました　直ちに捺引[ママ]いたします
御帰宅の際　行李の中の薄ときいろ折鶴長襦袢御持ちかへり願上ます
秋冷に向ひます折柄　御風召さぬやう御気御つけ被下ませ

かしこ

松子

潤一郎様
　　参る

京トの井上金太郎氏より香り高い松茸頂戴いたしました　御自分で御訪ねになりました　山村師匠のうちの久保田氏の御返事宜敷願ます　出征中慰問品もおくらないで済まぬと思つて居りました

## 一五五　昭和十七年十月二十三日　潤一郎より重子

受　東京市目黒区上目黒五丁目二四六二　渡辺重子様（消印17・10・23）郵便往復はがき（返信）
発　廿三日（印　静岡県熱海市西山五九八　谷崎潤一郎）

昨廿二日夜熱海へ戻申候来ル廿八日あゆ子等をつれて上京、その夜帝劇地唄舞之会に招待の切符二枚貰へることになつて居りますが御誘ひ申上度御都合如何に候哉、もしさうなればその晩は御宅へ泊めて頂き度と存候一泊の上翌日熱海へ帰り卅一日頃住吉へ帰るつもりに御座候（その時分なら御一緒に帰れるやう特急行券求め可申候）本天ゾーリ一足発送いたし候

＊　山梨県立文学館所蔵

## 29　昭和十七年十月二十五日　松子より潤一郎

表　静岡県熱海市西山五九八　谷崎潤一郎様　速達（消印17・10・25）

裏　十月廿五日　兵庫県武庫郡住吉村反高林一八七六　谷崎松子

観音様祈念のあとには定つて嬉しき御便り聞くものかなと忝さに信仰のます思ひに候　熱海もそろ〳〵秋冷に向ひ候や

住吉は一昨日より北風ふき師走のころの気候にて火鉢が想はれ候　書斎は御申聞けある前に　久しぶりに大阪の北川氏参りしを幸にすつかり冬支度いたさせ置き候

文藝春秋の小切手は女中も確に受取り居らず　和田氏に早速御伝へいたし候　創元社より写真屋さん明朝まゐるよし　二三日前に和田氏よりかいたものを受取りとり揃へ置き候

佐野繁二郎氏は昨日お着きなされしも直ぐ松坂へ御写生に赴れ候由　こなたへの御来訪は二三日後との事に候ひき

姫路の北川氏よりはあれつきり音沙汰無く一度何か御遣はし被下度とく恵さん（四十三四才）女児（四五才）に履物小川にて御覧下さらずや　神戸大阪にては只今履物屋に一足の下駄も無く草履のミにてみな〳〵困り居り候

御足労乍ら　魚つな　亀屋（カメ）　谷掛　八百作の各あるじに履物御やり下されば有難く上等の物でなくもよろこぶ事は間違ひなく　皆〻到底口に言へぬ配慮をいたしくれ居　御かへりのうへにて申上候

笹沼宗ちやんのトランク頼ミ置きしところ　舶来革見つかり飾り気なき堅牢のものにて　大、中、鞄型と三個あり　可成全部と申居候も引き取手はいくらもあり贈物以外に宗ちやん御入用ならばのこし置くやう申伝へ候

長山正太郎さま御訪ね久しくなく　何となく心がゝりにて昨日御伺ひ申せしに先月脳溢血起され三四日意

識不明御国許より御父上も御よびなされ候よし　昨日は部屋の中にて御起きになれる程にはなられ居候
軽きものと申居られ候も御見舞の御手紙なりと御あげ被下度　他に細〻と申上る事も積ミ御文にては申つ
くされずなつて参り候
朝夕の冷気御気御つけ被下度願上候

あら〳〵

松子

潤一郎様

参る

二伸
御写真拝受　百〻ちゃんは大そう御ませに写り居り　鮎子ちゃんは御やつれのやうにて　写真のうつり工
合か案じられ候
看護婦さん大変撮りよろしく　足がきれいとやら　評判に候
今朝佐藤御老人生前御書きの御手紙持参の御老人（新宮の人）観音様信心篤き人にて御いたわり申せし処
泪を流して御よろこびなされ候

## 一五六　昭和十七年十月三十日　潤一郎より重子

受　東京市目黒区上目黒五丁目二四六二　渡辺重子様　速達（消印17・10・30）官製はがき
発　卅日〔印　静岡県熱海市西山五九八　谷崎潤一郎〕

小生急に用事出来本日のさくらにて一足御先へ西下いたすことゝ相成候間左様御承知被下度いづれあちら

にて御目に懸可申候、一日には三宮へ誰か御迎に出可申候その時刻省線電車ハコミますから三宮まで直行被遊度候

## 30　昭和十七年十一月十九日　松子より潤一郎

表　静岡県熱海市西山五九八　谷崎潤一郎様　速達（消印17・11・20）
裏　十一月十九日　兵庫県武庫郡住吉村反高林一八七六　谷崎松子

きのふあたりからめつきり冬らしくなつて参りました　イサイフミが何と延引いたしました事でせう　今朝の御文にては御腕の痛ミ御軽快に至られぬよし　温泉地にお在りにてさういふ風ではいかゞいたしたらと思案に暮れます　Bの注射と服用を思ひきり大量になさいましたら如何　只今の季節が一番B不足の著れますころとみえ
恵美子もこいさんも顔や足が浮いて困つてゐます　時折こぶらがへりもするさうで　脚気に来るのと神経痛やリユウマチに成るのとあるさうでムいます
百〻ちやん百日咳に感染とは残念な事でムいました　接触しなければうつらないものですから　注意してゐれば学齢まではかゝらないで済せるのが　近頃の家庭の常識になつて居りますが　矢張一年でも成長してからの方軽くすむのでムいます　併し是とて昔のやうに傍にゐて見てゐられない程苦しい咳は　いゝ注射の出来たお蔭でしない様になつて居ります　あなたは御記憶ムいませんか　注腸薬（恵美子がいたしました）あれが手に入りましたら　夜就眠前にいたして置きますと一晩中咳が出なくて安眠が出来　其の為腫（ママ）ら返が実に容易に了りますが　時〻思ひがけぬ薬が生田薬局に近頃は入つてゐます故　早速尋ね合せませう　勿論ドイツ製でムいます　泉田先生もきつと御すゝめと存じます

先日内田さんの上二人百日咳でその御薬を随分さがしてゐらつしやいました　内田さんと云へば久衛ちゃん御立ち寄りになつたのでせうか　荷物の都合で熱海へ下車して報告するとか仰有つて居ましたが　近日御出京の節は御挨拶御願ひしたいとの事でムいました
内田様の御声がゝりにて至極御話が早く円満退社が出来たさうでムいます　久衛ちゃんより先に辞表を出してゐた人よりはやくしてもらへたとよろこんでゐらつしやいました
私には奥様へ御礼申てもらひ度くとの事ゆゑ一両日中に伺ひます
渡辺の方有難う存じました　地代が三ケ月余払へないでゐたので重子ちゃんも困り抜いてゐたのですが
私の方も家の事だけ一ぱいにて僅拾円他の事に出しても最う動きがとれなくなるのでムいますから　序乍ら申上ますが先月生田薬局に借りが御座いましたのを　すつかり忘れて居りました　可成別口に出して頂きたくないので　本月は何も取らないでゐて今月末に支払へばと　けふまで何も買つてゐないので御座いますが　今朝程の御手紙にてホルモン御入用の由　電話にてきゝましたところ頼み置きました事とて三箱位他に売らず残してもらつて居りますよし　こいさん申ますにどうも支払せずに貰ひに行きにくゝと　それが僅なれば直ぐに持参いたすのでムいますが　十ミリベタキシン二箱と二ミリ一箱とりました為九十八円もあるのでムいます　創元社は本日百円和田氏に届けていたゞきました　是で二回目でムいます　廿七日家賃手にするまで是きりにしたいので御座いますが　此間から大阪へ歯を直しに通つて居りまして　何となく御小遣も入りますから　これ以上とつていけない様ならそちらから五拾円だけでも御廻し下さいませんか　そしたらとらないで参れさうでムいます　薬局の方はいかゞいたしませうか
このごろは帯〆一本も買はず　また外の御食事も全く出かけないので御座いますが　百円の御金実にはやく出てしまひます　人の台処を例にひくのはよい心掛けでないかもしれませんが　久衛ちゃんにきゝます

のに　和嶋さんがフランスの会社がすつかり日本人なみに賞与も出すやうになつて今日では五百円の収入
　女中も使ハず　壱円の貯金も覚束無いとか　是からみればこの家等は女中にどれだけか丶つてゐるかし
れぬとつく〴〵溜息をついて居ります　弐百円女中に入る事と存じます　それも当節の事とて高いものを
食べさせて　私も考へるところもあつて最近大いに鍛錬を心がけて　急には参らなくも今に一人位で行く
やうにしたいと思つて居ります　現在も三人の必要少しもなくはやく二人にしたきものでムいます
昨日草履つきました　洵に履き心地もよくしかも丈夫な事此上無くこいさんも大変よろこび靴のやうと申
て居ります
けふは椎茸もつき早速御夕飯にバタいためにて頂きました　あなたはほんたうに御食ぶんのある方と話し
て居りました　御立ちになつたら急にすべて乏しく相成りました
本日のつばめにて重子も帰京いたしました　来月は菊五郎でも見物してあらゆるもの丶貧困さからぬけ出
したいもので御座います　追〻気分まで貧しくなつてきさうでムいますから
先日の魚崎の火事　折柄の風にこの家へ火の粉が飛んで参り　恐ろしうムいました
高杉に卅円余の品（菊田氏とどちらにも向く品）祝ひました　佐藤の妹にも結婚祝　電燈会社の主任と係
に御礼帰還祝もあり気にか丶つて居りますが　只今のところ出せないで困ります　かういふ矢先に宏から
いよ〳〵帰還の命が下るらしく　それに就いて少〻御小遣と申て参りましたが　到底遣り繰りつかず　詮
三兄に申てやらうかと思ひます
愚痴つぽい御文に成り相すみませせぬ
御大切に
松子

潤一殿
参る

## 31　昭和十七年十一月二十三日　松子より潤一郎

表　静岡県熱海市西山五九八　谷崎潤一郎様　速達（17・11・23）
裏　十一月廿三日　兵庫県武庫郡住吉村反高林一八七六　谷崎松子

其の後いかゞに渉らせられ候や　御かへし待つ間もなくいそぎの事にて一筆まゐらせ候　只今井上氏より家屋の件に就て至急印鑑証明必要の旨御電話あり　実印そちらに御持ちありや直ぐに御返事願上候　是も後藤さんの事にて　先日あなたより「とゆ」の事お頼まれし心がけ居られる折から魚崎にてほんものにて直してゐるところ御覧なりこちらにも連れて参られし処　大方くちはて、了つてゐる事なれば壱百円かゝると申候よし　今日までに修繕いたすべきところ（最初からの約束通り）なれど最う出る事に定つてゐる事でもあり半分位持つ事に致してもよろしきかとぞんじ候もいつかのベルのやうな事にもなれば面倒故御相談申上候　後藤氏も相談願度くと申居られ候
先日の渡辺の五十円也は拾月分のよし一ヶ月おくれゐる事私心づかすはつきり催促もいたしかね候事判りいたし候
味の素使ひはたし候そちらにも残り少なに候や
上海大塚氏へ何卒チヨコレート板（アレスキーツ）コ、ア御頼み被下度待ち上候　もし御みかんそちらに豊富なれば御送り下されたく果物一切この十日余入手致さず　野菜物も相変らずあはれにて御送りいたゞきしおさつを昼も夕も頂き居候　梅園の小母さんに先日固パン頼み置き候が　御序のをり御訊ね被下度御

頼み申上候
走りがき御判読の程を
御健勝を夜な〳〵観音様に手を合せ居り候

かしこ
松子

潤一殿
参る

二伸
◎百〻ちやんいかゞ　先日熱海の夜の呼吸苦しかつた事　百日咳の初りと合点参り候　御ぬかりなき事乍ら　さういふ風な時絶対風をひかせてはならず肺炎起し易く　御出京の節御注意願上候
〔冒頭ニ挿入　すみは熱海の方寒くと申毎夜台所片附けにをり〳〵　ガタ〳〵ふるえるさうにてこちらの方うんとらくに申居候　左様なればおふとんの都合もありいかゞ？〕

## 一五七　昭和十七年十一月二十四日　潤一郎より重子

受　東京市目黒区上目黒五丁目二四六二　渡辺重子様〔消印17・11・24〕官製はがき
発　廿四日〔印　静岡県熱海市西山五九八　谷崎潤一郎〕

御機嫌よう御帰宅被遊候趣御手紙にて承知仕候田中嬢履歴書到着いたし候近〻出京の節一度御当人に御目に懸りたる上にて小生自身秦社長に会ひ依頼可致それまで御待ち被下度候お茶少〻御送いたし候鮎御好物ニ付近〻焼鮎御送致すべく候とろろ芋も今度持参可仕候

＊　山梨県立文学館所蔵

## 32　昭和十七年十一月二十八日　松子より潤一郎

表　静岡県熱海市西山五九八　谷崎潤一郎様　速達（消印17・11・28）
裏　十一月廿八日　兵庫県武庫郡住吉村反高林一八七六ノ六四　谷崎松子

明け暮れ御かへしの事心にかゝりつゞけながら四五日前から恵美子突然三十九度余発熱　昨日昼は四拾度ニ昇り三十分もたゝぬうちに氷がお湯のやうになる始末に徹夜続き昨日は最うとても疲労烈しく看護婦を頼みましたが　どこにもなく致し方も無いので頑張つて居ります　昨日プロントヂールを重信さんして下さいまして　けふはいくらか下り気味になつて参りました　一昨年の扁桃腺淋巴腺炎で又長〻続くのでないかと先生も云つてゐらつしやいます　それにかう度〻のところをみると（肺門部の淋巴腺は始終ですし）勿論淋巴腺体質なのですが　よほど白血球が少くなるたちらしく敗血症を注意しなければと申てゐます　暫く欠席がなかつたと思つたら又こんな事でほと〳〵いやになつて了ひます
うつとうしい事はさておき　御訊ねの債券に就て御返事申上ます
国債を御申込被下ませ　貯蓄債権も報国債券も不可　つひ此間手持の分売りに参りました処国債も三回前位のでなければ買ひません　割当てだけをおとりにならないでよろしいので厶いますよ　そりや戦費になると思へば出来るだけ頂きたう厶いますが　この辺の大きな割当てに対して一割といふところに皆〻なつて居ります　私の方では他家の一割位の割当てなので　最近二三割に定めて居ります　御参考までに次に後藤氏二三日中に井上さんと契約したくおもひますが　火災保険には入つてゐるかどうかと御訊ねう

けましたが　迂闊な事乍ら判りいたしません　は入らなければと話してゐたのを覚えてゐますが　近頃さういふ書類一切私預つてゐないのでわからないので厶います　至急御聞かせ被下ませ　井上さんにきいて貰ひたくと申ましたが井上氏も御存知ないさうで厶います　印鑑証明二通確に拝受　早速井上氏に電話にて其の旨伝へました処　後藤さん迄ゐらつしやるよし　其の時にとりにくると申されました　本日書留小包届きましたが　役場ハひるまでにて間に合ハず明後日にしてくれるやう申ました　月曜朝証明受け次第御返送申上ます　また今朝郵便局の谷口氏より来電　月末に御主人より奥さんへ何か御申越ある筈何か御便りありやと早速訊ね合せますと答え置きました

御家賃昨日こいさん取りに参りました　三百円はと思ひ居りましたが　壱百五十円也　本月は税金其の他に差引かれて居りました

女中の件　一時渡辺方へ預けます事私も考へないでもなかつたので　さういふ事にいたし度く　さうすれば清さんと時折交代もさせられ　清さんへの約束の半分位は果せるわけ一石二鳥かと存じます　たゞ先方の人が承知してくれるかどうかといふ事と明さんに又やられはせぬかと　併し預りの人まで口小言も云へないでせうし又口小言の必要のある人では厶いません

忙しければいそがしい程嬉しいといふ人で物をすてるといふ様な事なく　時節柄大いに重宝すべき人でうちの御台所等経費がういてくるとそんじます　なつにも会はせぬ事にすれば絶対に知れぬと思ひますしげ子ちゃん少〻不自由乍ら清さんを四五日あとに残して来春なつをこちらへ戻してからにすればいかゞでせう

生田薬局に恵美子のくすりどうしてもとらなければならないものがあつて困りますが　本月は全然かりなし故　是は別口に心配して下さい　月末支払もあてはづれですつかりうろたへて居ります　こちらはない

ときたら十円のお金も銀行へ走れるといふわけに行かず　実際心細い限りでムいます　どんなに心細くもあなたが御在宅のをりは豊な心持で居る事が出来ます　あてどもなくこんな風に暮してゐるのはつく〴〵厭はしく独り泪をぬぐうて居ります　出征家族の事を思へば何でもないかも知れませんが　それとハ自ら覚悟もちがひませう
私の気のひがみか何につけてもあるじのいまさぬ家はばかにされ易くつけ込まれ易く不愉快な事実に出あひます　未亡人の境界とはと思ふ事もムいますが　今からそのやうな境界を味ひたくはムいません　疲れてゐて　平素はいましめながらつひ繰り言を御許し被下ませ
前後いたしますが　税金減額の方役場から持参されました　そして今度の分にて御納め被下度　前のは御破き置き願ひ度くわざ〳〵御返送に及バぬと申て居りました
㐂志元の書附同封宜敷御願申上ます
此方へはいつごろ御帰りなされますか　もし腕の御痛ミいまだお覚えなればお止り被下てよろしく大抵の事は私にていたします
恵美子御手紙を御約束してゐるのに済ミませぬとよろしく〳〵申てゐます
御元気に御出で被下ませ

かしこ

松子

潤一殿

参る

只今御みかん昨日はお茶とゞきました　恵美子おみかん大よろこびで厶います
「てる」は特急券買つてあげるから一人でもかへるやうすゝめてゐます

## 33　昭和十七年十二月三日　松子より潤一郎

表　静岡県熱海市西山五九八　谷崎潤一郎様　速達（消印17・12・4）
裏　十二月三日　兵庫県武庫郡住吉村反高林一八七六　谷崎松子

テル六日朝に帰国いたします　是とても是非金子入用で厶います　持たせなければなりません
御きげん美はしく御かへりの事と存じ上ます　師走のこゑをきいて　何となく周章たゞしさを覚えて参りました
けふは思ひがけもなう伊藤様から五番館の鮭が届きました　今日の時節にてはとこの冬は全くあてにいたして居りません事とて　尚更嬉しく早速お先へ賞味久ゝに味覚にうるほひを与へられました　はやく召上つていたゞきたくてか　わけてもけふは御上に思ひがはせて行きます　電報がないので五日以後におのびになるのではと案じてゐます　そんな事でこの御文間に合へば左の品ゝ御願ひいたしたいもので厶います
○いつもの下駄屋さんで男物下駄二足　おつかひ物で壱足は神戸の天よしの息子さんに（メリケン粉をもらひに度ゝ使をやりましたゆゑ）　それから亀屋の主人が先達つての頂戴の下駄　大変履き心地がいゝので先生に買つてもらつて頂きたくと頼みに参りました　スフ鼻緒できれた為　先日自転車から落ちてこりてゐるよし　一時でなくてもよろしいから五足位と申て居ります
○もし御ひまもあれば脇とり二　お盃二なくて困つて居ります　お送らせ下さいませ
○お魚が一日から愈ゝ登録制　是までの様にとれなくなりました　たゝみいわし　かまぼこ　御干物いづ

れか御持ち帰りねがひます　暫く鮭が厶いますけれど
○ヴィタミンC全然買へなくて困つて居ります　そちらに残つて居りましたら　是非御もち下さいまし
○文藝春秋社の小切手いかゞなりましたでせう　銀行取引の方〻にきゝますのに　そんなに調べがひまどる筈無しと　振出しの番号にて直ぐ調べのつくものださうですが　佐々木さんにも随分待つてもらつて居りますので
○創元社はあとの一回　結局どうにもならなくて　月末に取りました　師走に入ると俄に出費が多く　植木屋さんから　先月末から入り昨日で終りましたが　御正月までこないからと請求いたしまして　現金にて払ひました　ガスもきびしく　超過はどこの家もですが　集金の時に渡せぬ事があると　とめられる恐れもあり　創元社もそんなでとりたくなく気が狂ひさうになる位です　書斎のストーブのエントツも北川さんでは都合つかず　とう〳〵無理を云つて　御影からよんで参り　本日出来上りました　何も彼も普通ではやつてくれませんし　悲しくてこんな情ない気持になつた事は厶いません
五日にはどうしても都合をつけて下さいまし　では時間が厶いませんから

松子

潤一殿

参る

## 一五八　昭和十七年十二月十五日　潤一郎より重子

表　東京市目黒区上目黒五丁目二四六二　渡辺重子様　速達（消印17・12・15）
裏　十五日　〔印　兵庫県武庫郡住吉村反高林　谷崎潤一郎〕

取急ぎ小生が代筆いたし候
昨夜電話の様子では大分風声故夜汽車などに乗りコヂラせては心配故（昨今汽車は暖房してゐません）二三日おくれてもひるまの特急で御いで下さい座席は窓際でなく通路際へ寄つた方が、そしてなるべく出入口に遠い中央部の方へ御取り下さい、右皆が心配し出したので電報を打つた次第です
恵美ちやんの方ハもはや熱も出なくなりハキ気も止り大体心配なくなりました、しかし渡辺さんの事、恵美ちやんの学校の事いろ〳〵相談もありますから風邪が直つた上でなら御いで下さるのもよろしいと思ひますが此の工合では年内に恵美ちやんを連れて熱海へ行けることも確実ですから東京でもお目にかゝれなくはありません、おいでになるなら明さんの考をよく聞いていらしつて下さい（タドンの件お願ひ申ます、高杉さんへの御祝物を届けて下すつたかどうですか）

十五日

潤一郎

重子様

侍女

＊全集書簡番号七二三、『湘竹居追想』一八六頁

## 34　昭和十八年一月十一日　松子より潤一郎

表　静岡県熱海市西山五九八　谷崎潤一郎様　速達（消印18・1・11）

東京市目黒区上目黒五丁目二四六二　渡辺方　谷崎〔以下破損〕

裏　正月十〔以下破損〕

昨日は御見送り有難う存じました

東京は屋内の水が凍る御寒さで私には骨身にこたえる冷さでムいます

昨夜はとう〳〵橋詰さんに激烈な夫婦喧嘩を御目に懸けて了ひました　客人に知らせまいとの私の苦しさ

　何卒御推量願ひ上ます　窮余の一策　バケツの水を明さんの頭から浴びせました　結局是で幕でムいました　何といふ事をするかと　どうか御咎め被下ますな　どうかして本性にかへし度いばつかりでムいます　其の喧嘩の原因といふのはライフアンが今度（昨日より）茅場町の事務所詰となられたのが気に入らないらしく　それとは云はないが当りなのでムいます　どうにも私居耐れず直ちに熱海へかへりたいのでムいますが　明日の嶋中さんの折角の御好意を無にするのもわるくて　十二日にかへる事に致しました

火鉢の事　到底清さんに持てさうでムいません　こちらで森田よりの世話で求めました　静岡県下でやいてゐる火鉢実にあたゝかく工合がいゝので　早速森田へ頼ミ速達にて注文してくれました　早くつくさうでムいます　代金は十七円と送料二円位　引替（運送の引替へ）にて御渡し被下度御用意願舛　使ひいゝ事は保証致します　ふたつきの物でムいます　明日あたりもしかしたら清さんに野菜御沢庵とりに行つてもらふかもしれません　与野通ひでなくなると同時にこちら何も手に入らなくなりました

是から私　松平家へ伺ひます　最う時間がムいません　帰途神南町へ立ち寄ります　十二日朝田所様へ御約束致しました　明さんの事は帰つてから詳しく申上ます

熱海は天国でムいました　では是にて

かしこ

松子

潤一殿
参る

## 35 昭和十八年一月十八日 松子より潤一郎

表 静岡県熱海市西山五九八 谷崎潤一郎様 速達（消印18・1・19）
裏 一月十八日 兵庫県武庫郡住吉村反高林一八七六 谷崎松子

是迄になくこの度は帰心が鈍りました あんなにお温かで食糧があるのでムいますもの 併し私共は多くの人達と一緒にこの不足にうち克たなければと思ひかへしました
そちらで「なつ」が当然捨てるお大根のきれはしを女中達とも分けて頂いて居りました 配給所は隔日に一人二銭五厘でムいますが このお野菜の高値の時に何が買へませう 暮れから行商人も姿を見せなくなりました 購買組合の方の配給所の方はそんな事は一度もムいませんが かはる事は出来ないのでムいます 熱海の有難さを更に深めて居ります
車内でとなり合つた紳士の御話では東京の一流の料亭で最近御客様をしようと思ふと炭から御酒から御野菜の類まで持ち込まなければばして貰へなく こんな事になると料理人だけかかりて 屋敷でする方が余程いゝ位ださうでムいます
「つばめ」はスティムも全然通らなくて岐阜あたりからお寒くて窓外の雪景色を眺めながらふるへて居りました 折角熱海の坂道で汗をして直つた風を又引きこみ 昨日も今日も臥つて居ります 少し奥へ入り喉のカタルで熱もムいます そしてどうした事か大変疲労を感じます 今度は東京でえらく気疲れを致しました

印鑑証明四枚同封御送り申上ます　実印寄贈の御本と一緒に荷送りいたしました　昨日直ぐにと存じましたが　日曜日で役場も駄目で御座いました　次に女中の事　澄は矢張帰国致したくとき丶ません　エキは父が病気再発兄が腹膜炎にて帰国到底出て来れぬよし「なつ」の姉がことづてを持つて参りました　清も何時迄もとめて置くわけに参らず「ふみ」一人にては夜が心細く殊に当分例の池を埋めたり植木を移し植えたりで毎日植木屋が這入つてゐてそれに半島人も二人交つてゐるので一寸気味わるうムいます　お庭は是でさつぱり風致をこわし　まるで狭くなつて了ひました

一寸横道にそれましたが　いづれに致しましても　あささんをせめて二月の中頃まで熱海へとゞめるより他にしようがムいません　宇和島の「さち」が又春になつてからも御餅等を送つて寄越し使つてくれと申居ります　一時（皆帰神致します迄）使はうかとも考へて居ります「澄」は留守中よほど無責任の事あつたとみえ　こいさんが帰らせぬ方よろしくと申ます　その事柄は私が怒つてきつと難詰しないで置かぬから帰国してからにすると話しません　食物等の事と違ひもつと大切な事と申て居ります　戎神社へ十日に恵美子とこいさん参詣に参り一時間半以上か丶るかと思ひ出掛けたのがいつもの様な混雑無く大変早く帰れたさうです　そしたら「澄」と「文」が出掛けてゐて「ます」一人残つてゐたさうで暫くすると電話で最うおかへりかと云つてきたさうで　それには恵美子が出てゐたので周章てきつたと申て居りました　是は話して居りましたが「そんな事位何でもあれへん」と云つて居ります

帰つてきて驚いた事にガス孔一口だけ残し　あとはすつかり封じられて居りました　どうしても炭が入用で困つてゐます　そちらで一俵都合願へませんか　運搬方法は考へます

周やんは廿二日の鷗買つてやるつもりです　兎に角一つだけ火鉢持参致させます　鷗のあとの普通車に沼津で乗換へさせます　時間御調べ願ひます

私も今二三日熱海にゐたかつたのに二人が帰るといふので　急いで帰つてきたのに　まだゆつくりしてゐるので厶いますよ　どうやら明日は立ちさうです　それで半月以上にもなるので　御給料も大方渡してやらなければならず　又電話通話料暮れに東京へかけた為に三十八円といふ是迄にない料金で　其の他谷掛や魚つな　八百作にお年玉に包んでやりましたら　到底あれだけで足りません　今壱百円は月末までなければどうにもなりません　下駄屋さんは内田夫人おせいちやん（和嶋）　京楽の小母さん　五十四五の鳥居味噌の御賽人と是だけ至急御覧被下まし

郵便局へ行くのを急いで居りますので寝ながら認めて御わかりにくいと存じますが　何卒御判読願ひます

藤田さん長襦袢発送致しました由　電話が厶いました　つけば今度は知らせておやり下さいませ

清さん実によく間に合つてくれてゐます　私が臥つてゐても応待もやつてくれますし大助りで厶います

では御大切に

かしこ

松子

潤一郎殿

◎ふだんの長襦袢なつに送らせて下さいまし

◎書留小包の中袋は郵便物が這入つて居ります　お捨てになりませんやうに

◎味の素を忘れました　押入れ（御座敷の方の）に這入つて居ります　御送らせ願舛

**一五九　昭和十八年一月十九日　潤一郎より重子**

表　東京市目黒区上目黒五丁目二四六二　渡辺重子様　速達（消印18・1・19）

裏　十九日〔印　静岡県熱海市西山五九八　谷崎潤一郎〕

今朝御手紙を拝見致しましたが女中之件に付今一度御尋ね申上げます

アサはお清どんが戻つたら暇を貰ふことになつてゐるさうですが今月末頃から一週間か十日程百ゝ子が熱海へ来ますのでナツ一人にてハ手不足に付その間だけ帰国するのを延ばして此方へ手伝ひに来てくれる気はないかアサの意向を御尋ね下すつて至急否やの返事を御聞かせなすつて下さい勿論お清どんが帰り次第直ちに熱海へ来てゐてくれて差支ないのです

ウヅ巻灰御送被下候由難有存じます御味噌もありましたら御願いたします海苔の件も田中さんに御頼み願度いろ〳〵御手数かけ相すみません明さん其後如何でいらつしやいますか御大事に願ます

では早速の御返事御待申ます

十九日　　潤一

重子御寮人様

侍女

＊　全集書簡番号七二四、『湘竹居追想』一九五頁

## 36　昭和十八年一月二十五日　松子より潤一郎

表　静岡県熱海市西山五九八　谷崎潤一郎様　速達〔消印18・1・26〕

兵庫県武庫郡住吉村反高林一八七六ノ六四　谷崎松子

裏

周吉は無事に持参致しましたでせうか　井戸端に其の痩せこけた頰につたふ泪をかくすのに苦心してゐた姿　住ミ馴染んだ阪神を後にして見知らぬ土地へ行く　是こそ老骨に鞭打つて軍需工場へ事局（ママ）美談かも知れません　昨夜半に醒めた時あはれな後姿が何時までも追はれました
こんなにも森川様が辛かつたのでムいませうか　今朝はお餅と切干有難うムいました　早速御昼代りに頂いて居ります
清さんが与野から持ち帰つていたゞかないでも　東京はこんな莫迦な事はないとあきれて居ります　お豆腐蒟蒻なら毎日でも買へるのにと
先程山鯨御送り申上ました
芸術院から無賃乗車証といふものが参りました（別封差出しますが）一等でムいますよ
御紋服一切は清さんの荷物の時に一緒に目黒まで持つて参つて置きましたら　いかゞ？　もしそれで御都合わるければ又熱海駅で「なつ」に受取つてもらひませうか
「テル」は母親から又頼むと旧臘きて居りましたが（御話申上たと存じます）　其のまゝにしてゐたので察しがついたとみえ大阪へ奉公に出てきてゐるさうにムいます
石炭が驚いた事にもう四五回よりお風呂焚けぬ程になつて居りました　暮れに熱海へ出掛ける時に私みしたが　まだ〳〵心丈夫にムいましたが　確に盗られたものと存じます　先達つて練炭の煙突をつける為に馬力の人とブリキ屋さんが這入つて　山のやうにあるなあと云つて居りました　その時植木屋のわかい衆にも知られる様になりました　それから間もなく　あなたが御帰りになつて毎日〳〵たてました故　それから大分減りは致しましたが　兎に角　木炭と一緒に妹尾さんに今一度御願の御手紙差出しましたから

一、二五　認む

御ふくみ置き願ひます

昨日は此処まで丶続けられませんでした　廿四日附の御文只今拝読致しました　廿三日に熱海駅へ迎ひお出し下さいましたよし　そんなに先便にはつきり書きましたでせうか　私は時間もお知らせにする心算で居りましたし　それも切符を買つて了つてからの事にしようと思つたものでムいますから「サチ」も断る事に熱海できめて了つてゐたので　い丶返事を致しませんでしたから　どこかへ勤めましたか帰宅早〻に出した手紙に返事まだ参りません

フミは大方配給品をとりに出掛けまして不在勝ちで一人ではすつかり私御台処をいたしますより致方ムいませんが　まだ四五日は無理の様に思へます　又ぶりかへして寝付いてはいよ〳〵困る事に相成りますさういふわけでムいますから　鮎子ちやん達の熱海へゐらつしやる日をしかとしたところをきめて御知らせ下さいませんか　ぎり〳〵にかへします（清さん）　一日より先になつて　まだ暫くよかつたのにと云ふ事のないやうに御願申上舛

バタは四五日前に確に発送いたしました　一ポンドだけでムいましたが　なくなる頃に又入手出来ると存じますから御送り致します

恵美子あと四十日余り事故　頑張つてゐます　カスティラ五本御願してほしいと申て居ります　自分で書きたいと日に〳〵云ひながら勉強に取り紛れて居ります

清さんが帰ると夜が怖ろしくてどうしたらい丶かと思ひます　四五日続いたら私は神経衰弱になる事でせう　そんな思ひをしても嶋川夫婦に私がゐる時は泊つてもらひたくなく　それ位なら全然よその人に頼み度くなります

先日の御影の家といふのは庄司さんの御父様が綿業聯合とかの人で　自分が口を出せばかすからと折角御親切に仰有つて頂きましたが　こいさんの返事がもしかしたら熱海に行つて了ふかもしれぬといふ生ぬるいものでしたとかで　私にたしかめようと待つてゐらつしやる中にもつと熱心な借手の為に借られて了ひました　いゝお家でお安くて先日私が申上た様に出来る家の様でムいました　時折帰つても決して居心地のわるいものでなく
三月五日頃には恵美子の事がはつきり致します　進級出来ぬとすると私がいかに離れ難いと云つてもこちらはすつかり畳んで了はなければならないでせう
只今も木場さんから香櫨園に植木屋主から森に大変いゝおうちを云つてきて居りますが　事実こちらの根本の考がきまつてゐないものですから　自然生ぬるい返事になつて困ります　木場さんのは御隠居御夫婦が今日広過ぎるのでわけてかしたいと云はれるので普請はいゝしおとくだからと仰有るのですが　少しうるさいかもしれませんね　どれも手頃の御家賃らしうムいます
では御大切に　はやく参り梅園の散歩がいたし度う存じます
吉井様へ御ことわりの御手紙差上げないでよろしいでせうか　直り次第うかゞひますが
あら〳〵
かしこ
松子
潤一郎殿
二伸
昭和十八年

隈病院長から頂いた猫を恵美子の御友達にあげた事は大失策で厶いました事　恵美子の話でわかりました
と申ますのは差上げた石原さんのお宅へ隈さんの親しい方が始終ゐらつしやるので　すつかり解つて了ひました　隈さんでは御自身でとりにゐらして置いて御気に入らぬなら御かへし下さればいゝのにと　仰有つてゐるさうで　又石原さんのお宅では　隈さんからときいてゐたらまよつてきたとか云つたのにと
本当に世間はせまいものでムいます　木内さんもきつとお困りでせう　たかゞ猫ぐらゐと云つても貴方の
信用に関はることでムいますから　何とか御詫び申上た方がよろしいでせう
どうも先達つてから御礼もしてゐないし　気にかゝつてなりませんでした　この事早速御左右願上ます

きのふもけふも寒さうな雪空
要慎の為今二三日は起き出でぬつもり　けふこのごろ硝子障子から庭をみてはひとり嘆息が洩れて出る
この幾年馴れ親しんだ木ゞも何処へ移し植えられたやら　百日紅の白茶けた幹の肌が寒む〳〵と折戸のかたへに目立つ様になつたけれど　松ばかりは亭ゞと聳えてゐる

　松の木影に立ち寄れば
　千とせの露は身にしめども
　松が枝かさしにさしつれば
　春の雪こそ降りかゝれ

今様をふと口咏んでゐたら何かほの〴〵とした心持になつた

一月廿五日松子日記
（住吉の御様子迄に）

## 37 昭和十八年一月二十七日 松子より潤一郎

表 静岡県熱海市西山五九八 谷崎潤一郎様 御許に 速達（消印18・1・28）
裏 一月廿七日 兵庫県武庫郡住吉村反高林一八七六ノ六四 谷崎松子

私漸く咳が少くなつて参りました 今度は喘息が出るかと思ひました
清さん昨日佐藤さんのあとをやつて行く人と正式に見合致しました 清すつかりのぼせ上つてキイ〳〵と虫が出さうです 今度はフミの両親から貴方宛縁談とゝのつた故至急御暇頂き度く決して他の理由でないから是非共と申参りました かう矢継早やにてはあとの手当も考へつきませんが かうなると黒瀬さんへ諒解を得 アサをよびもどすより仕方が無くと思ひますが如何
恵美子とこいさんが申ますのに ナツはいつもテルを御かしになつても何時でも私がかはりをよんでくるのにと云つてゐたさうで厶いますから ナツに貴方様より御きゝ下さいませ フミも 聞けば 一昨年から婚約して居りますさうで たゞ自分が早く嫁く意志なく来年々々とのばしてゐたので 今年こそと親が承知しないので厶いますが 自分では何とかして秋までゝもこゝにゐさせて欲しいと申て居ります アサひとりではまだるつこしいと思ひますが そんな事も云つて居れません エキにも事情云つてやつてみて居ります
創元社から（初昔普及版）企画届に印を押して速達でおくりかへしてもらひたくと和田さんから御電話厶いました 今から郵便局へやりますから大急ぎで是をかいて居ります それから春琴抄三千冊検印きて居ります
唯今御文拝見致しました周やんらは何といふ間ぬけで厶いませう

よくそれでも西山まで参りましたね　昨夕野菜有難うムいました　恵美子の御べんたうに御にぎりにお菜なしと云ふ日でありましたから　実に嬉しくて暫く恵美子と荷物のそばが離れられませんでした　芦屋あたりは熱海の様なおばさんが出るさうですが　この辺一向あらはれません
温泉が愈〻一回になつたので　夜だけでも毎日が長く続いてくれますやうに
今度の税金では恋月荘も大変でムいますね（出前も同じ税をとられるさうでムいますから）只今空箱と洗濯石鹸御送り致しました　どうか又よろしく
御大切に

松子

潤一郎様

参る

## 38　昭和十八年二月一日　松子より潤一郎

表　静岡県熱海市西山五九八　谷崎潤一郎様　速達（18・2・1）
裏　二月一日　兵庫県武庫郡住吉村反高林一八七六ノ六四　谷崎松子

昨夜は戸外に寐てゐる様なきびしさでムいましたが今朝は雪になりみてゐるうちに積り出しました
わたくし漸く常になるかならぬかに今度はこいさん高熱が下らぬ　昨日は一日誰も食べさせてくれる人もなし何も食べてゐぬと申し転げ込ミました　重信さんに診せました処是ハ困つた流感だから私が看て上げたらうつる　さうなると恵美子もとなるので　書斎をおかりして　私マスクをかけて介抱して居ります
一昨日は私麻酔薬にかゝり大騒ぎいたしました　それもこいさんが揮発油のかはりにエーテルでお衿をふ

けば実に穢れがよくとれると申すものですから救急箱（防空用）に這入つてゐる事を思出し　恐る〱（エーテルが麻薬である事位は知つて居りますから）拭いてゐるうちに気が遠くなり　折あしく誰も使ひに出てゐないので　懸命に気を引き立て電話まで匍ひながら行き庄司さんの番号を廻してあとは何を云つたか自分でもよく覚えません　あとで重信さんにきゝましたが最う少し嗅いでゐたら完全にかゝつて了つたでせうと　それからいまだ頭痛がとれません　こいさん達は本当にろくな事を申ませんね　嶋川の御夜食まで心配して上げなければなりません　どこまで世話がやける人達でせう
柚さんの言葉は西九条で決して柄のいゝ方では厶いませんが　今でも「さうやし」と使ハれますから　私達も西区に住んで居りましたが　品のわるい言葉を母がひどくきらひ「し」等　一言出ても口をひねり上げられて了ひましたから　絶対使ひませんでした　併し直す方なら差支もなからうとぞんじます

一月三十一日認む

昨日此処までかいてこいさんが苦しみ出したと女中がよびに参り続きが書けませんでした
ベルも押されぬ程独りくるしんでゐたさうで重信先生直ぐきて下さいましたが　肺炎までは参りませんが気管支炎ださうで　初の日にすつかり肺炎の手当が出来てゐたので　ならないで済んだと云つてゐらつしやいました　生田薬局の主も最初にトリアノンナプロが注射してあつたところ　実に老練と感心してゐたさうで　大抵の医師は二プロ四プロと量をましてゐるうちに肺炎になつて了つてゐるのが　普通といふ事で厶います　重信さんが部屋へマスクをかけては入る程度ハいゝが　そばへ寄つて世話をすると　よつてはいけないと云はれるので　本当に困つてゐます　嶋川は夜だけで厶いますし　女中をつけて置くわけにも参らないので　昨日のは確に練炭の為に呼吸困難になつたに違ひ無いと　先生も仰有つて居りましたが　あまり部屋があたゝまらないしするのでふたを取つてゐた　そしてどこも開けて置かなかつたので厶

いますもの　練炭をおこす為の炭火も心細くなつて参りました　妹尾様にはあの時直ぐに御願ひの御手紙叮重にしたゝめて出したのに　いまだ御かへしムいません　いかな嶋川も少ゝ気兼をして炭を伊藤さんへ昨日もらひに参りましたが　ガス、電熱どちらも停止をうけ　こちらがもらひ度いと云はれたさうです
診断書はこいさんこの家の人でないから通りません　調べにくるので私の名前にするわけにゆきませず愈ゝ深刻になつて参りました
先日　田所の小父様が家族より集ひ躰をあたゝめ合つてゐるのが今日の町の一般の人達だと仰有つて居りましたが　おつゝけ私共もさう致さなければなりません
かういふ事になるとカイロ一つも大切な保温の道具でムいますね　今朝速達頂きました故　早速和田に訊ね合せました　二拾許りわけてくれましたが　この中拾箇直ちに御送り申上ます　最う是位でよろしうムいませうか　生田薬局にてまだ〳〵とれます　灰は大丈夫なのでムいますか　和田は灰がない為にカイロが残つてゐたのでムいますけど　兎ニ角灰も生田薬局にて都合して置いてもらひます
エフは本日中に買ひ集め　明朝発送いたします　なつに面倒乍らエフの（不用の）針金をとつて置くやうに御云ひつけ下さいませ　こちらはのこして居ります
マスは二月末日迄に必ず帰ると申て居ります　御土産の下駄が中ゝつかず　間に合ひませんでしたから四五日前送つてやりました　何とか二三日中に便りが参りませう
猪の肉は包ミに紙を貼りつけエフだけ取り替へて出しましたところ　郵便局からこわれた小包がきてゐるからとりにくるやう申て参り　早速使をやりました　驚いた事にまた舞ひ戻つて鼻をつく臭気に捨てどころに困りました
岸沢のお上に送るのに格好の容器見つかつたらまた上げてもいゝとお伝へ下さい（先日の桶はこわれて居

りませんでしたか御序にきかせて下さい）
アサの事は明日佐藤さんが話してくれる事になつてゐます　勿論私もあとから申ますが
吉井様は四五日してからうかゞひますが　前以て知らせてもらひたいとあの御手紙に厶いましたが　私から申上るので厶いますか
創元社から卅一日の為に壱百円持つてきて頂きました　御家賃の方まだ頂いて居りませんので
私もまだ外出（かへつてから）いたしませんし　こいさんもとりに行けないので　井上さんに御宅までなら頂戴に出ると云ひましたが　それなら私が届けますと仰有つて　まだなので厶います　持参すると云つてゐらつしやるのに　とりにも行けずそのまゝにいたして居ります
二三日前　楢崎さんへ捨児が厶いまして　また谷崎さんのどちらかに猫の仔か犬ノ仔をすてに来られたと最初啼き声をきゝつけられた御主人が云つて居られたさうですが　人間の児には皆〻驚かれ　のませるものがなく　私共へ牛乳もらひにゐらつしやいまして　其の日は折もよく残つて居りまして　充分に上げることが出来ました　愛らしい　みなりもきれいな男児で一夜楢崎さんの奥さん抱いてあたゝめておやりになつたら　早やなついて　翌朝目が覚めると「ホウ〳〵」ときげんよろしく警察へ渡すのが惜しかつたと御話で厶いました　其の日は私共珍しくはやく戸締りをして居りましたが　おとなりは晩かつたとかで宵にこちらとおとなりの間をうろ〳〵してゐたといふ事で厶いました　お母さんも身投げをしてゐるところ助けられ結局児は母の手にかへつたと昨日きゝほつといたしました
税務署へ差出の書類は和田さん御もちかへりの上調査中　明日は持つてゐらつしやる筈　それから創元社から叺と木箱（是ハ一度解いて送るから釘をうちつけてもらひたいとの事）発送して下さいました　野菜をおくるのには叺が一番いゝさうで厶います　私はやくそちらへまゐりたくなりました

半月くらゐはどうにか紛らしてゆけますが　それから先はヒスで恵美子が当られてゐます
火鉢に火の気もない部屋に時〻手をこすり合せ　是をしたゝめました　書斎の方に電機炬燵（ママ）ストーブを使つてゐるので　こちらは使へません
七寸の練炭をおこすのには御座敷へ二度つぐ炭が入用で　是も使用出来ないでせう
春が待たれます
御きげんよう
御大切に

かしこ

松子

潤一郎様

まゐる

尚〻
唯今妹尾さん御返事下さいまして　目下奔走中少時御ゆうよ願ひ度くと　隣保代表　警防部長で大変手をとられてお多忙の御様子でムいます

## 一六〇　昭和十八年二月三日　潤一郎より重子

受　東京市目黒区上目黒五丁目二四六二　渡辺重子様　速達（消印18・2・3）官製はがき
発　三日〔印　静岡県熱海市西山五九八　谷崎潤一郎〕

電報延着昨夜拝見しましたので御返事がおくれました、百〻子風邪のため鮎子が来るのは一寸延びてをり

ますが直きに直りさうな様子ですからそのうちに来ると存じます小生は近日一度上京御厄介になります

＊山梨県立文学館所蔵

一六一　昭和十八年二月五日　潤一郎より重子

受　東京市目黒区上目黒五丁目二四六二　渡辺重子様（消印18・2・5）官製はがき
発　五日〔印　静岡県熱海市西山五九八　谷崎潤一郎〕

拝啓
来ル八日か九日に参上、一両日泊めて頂度御願申上候いづれ前に電報にて御知らせ申上候

＊山梨県立文学館所蔵

（1）昭和十八年二月八日　重子より潤一郎

表　静岡県熱海市西山五九八　谷崎潤一郎様　速達（消印18・2・8）
裏　二月八日　東京市目黒区上目黒五ノ二四六二　渡辺重子

昨日御葉書拝見いたしました
きのふの様に御寒くては御上京遊バしてハ御風邪を召すことゝ御案じしてをりましたが　今日は風も治り（ママ）
　少しは暖くなりそうで　いゝ按排と皆々御待ち申上げてをります
昼間は暖い日も多くなりましたがまだ〳〵夜は冷えますからその御用意でいらつしやいますやうに

実はこちらの御米が二月一日より玄米か一分搗きとなりましたので　御都合で御米御持ち下さいましては如何かと思ひつきましたので　一筆御知らせいたして置きます
一分搗きでも御差支へございませんでしたら御面倒なことは御無用に遊ばしますやう
では御目もじの上にて

あら〳〵

八日

重子

兄上様

一六二　昭和十八年二月八日　潤一郎より重子

受　東京市目黒区上目黒五丁目二四六二　渡辺重子様　速達〔消印18・2・8〕官製はがき

発　八日〔印　静岡県熱海市西山五九八　谷崎潤一郎〕

明九日上京、晩の御飯をすませてから御邪魔に出ることにいたします猶今回八十二日朝まで滞京之予定、その間泊めて頂きますが時節柄決して御馳走の御心配なさらぬやう願升

＊　山梨県立文学館所蔵

一六三　昭和十八年二月十五日　潤一郎より重子

受　東京市目黒区上目黒五丁目二四六二　渡辺重子様〔消印18・2・15〕官製はがき

発　十五日〔印　静岡県熱海市西山五九八　谷崎潤一郎〕

御寮人昨日到着、十八日朝上京直ちにホテルに投宿、御宅へは二十日の夜御厄介に相成るべくいづれ上京後御打ち合せ可致候

＊山梨県立文学館所蔵

**一六四　昭和十八年二月十七日　潤一郎より重子**

表　東京都目黒区上目黒五丁目二四六二　渡辺重子様　書留　速達（消印□・2・□）
裏　十七日朝〔印　静岡県熱海市西山五九八　谷崎潤一郎〕

昨夜御電話にて失礼いたし候御心痛御察し申上候女中之儀ハ一両日中に必ず何とか仕候ニ付御待ち被下度候種〻御入用も可有之と存候ニ付取あへず金子封入いたし置候
病名もつとはつきりした事を知り度存候くれ〴〵も御大事に可被成候
十七日朝

潤一郎

重子様
侍女

**39　昭和十八年三月一日　松子より潤一郎**

表　静岡県熱海市西山五九八　谷崎潤一郎様　御許に　速達（消印18・3・1）
裏　三月一日　兵庫県武庫郡住吉村反高林一八七六ノ六四　谷崎松子

いかにも草木の芽ぶきさうな雨が降ります　何となくなつかしく嬉しいあめでムいます　こんな日の熱海も格別でムいませう
今度は熱海の方が自分の家らしく住吉はよそへきた様に感じ出しました
追〻とそんな風になるらしく　それも最近全然あなたが御かへりにならぬゆゑと存じます　それにさう思ひ出すと　空気も西山からみれば　ゴミ〳〵してゐるのに住吉駅で降りて驚きました
立つ前夜どうしても寒くて眠れませんでしたが　こちらへ着くころにはすつかり風をひいて居りました
恵美子もけふは風で早引きしてかへりました
昨夕アサが帰つて参りました　明日夜行でキヨさん立たせるつもりで居りますが　一寸困つた事が出来いたしました
魚つなと八百作が経済にかゝりました　私の留守中となつてゐるので　さうなると留守の女中が調べられる事になつてゐます
同じ隣保の坪井夫人肉屋の事で其のころにゐた女中が鹿児島へかへつてゐるので　判りしなかつたらそれがくるまで留置されたとかで　この辺大変なさわぎなのでムいます　魚つなや八百作は自由販売の時間にもらつたので闇に関りなく　情実といふ点から云へば　いくらか後めたい気が致しますが　頑張るつもりでムいます
そんな事で清サンがゐてくれる方　好都合なのでムいますが　いかゞ致しませうか　三日は明さんの御両親の御法事　清治は日大試験で御留守が出来ない筈　ますはまだ帰つて居りません
畳屋さん大変でムいましたね　辛棒出来ぬ事もムいませんでしたのに　あれは今暫くしたら大変でムいますよ　前のまゝの方きつと持ちが宜敷と存じます　仕方がムいませんけど　恋月荘はあゝいふ御客様二日

続いたのでムいますから　嵩むのは当然でムいませう　左様な折柄申難い事でムいますが　五日に先月不足二百円と本月分弐百円　◎都合四百円御願したいのでムいます
亀屋が少し気にかゝります　魚つなもつけてゐたのがいけないので　廿日後の帳端をすつかり渡し　現金に致したく存じます
創元社は其の後二千冊又発送いたしました由　先日からの全額同封御覧に入れます
バタは全然入手出来ません　本日税金発表ムいましたから出てくる事と想ひます（うんとお高くなります）　入手次第御送り申上ます
御本の事承知いたしました　明日荷造り致します　タンスは丹那トンネル（馬力曳きサン）自分の板を譲りくれまして　大工の友人に荷造りさせてくれます事になりました　四五日うちに発送してくれませう
女中大阪平松の小母サンに二三心当りあり今交渉中でムいます　森田にゐたおふきサンの妹を云つてもらひましたが　どこかの別荘に奉公してゐます由　森田は是まで皆平松の世話でムいますが　是はきつと誰か寄越して下さるさうです
用件まだあつたと思ひますが　寒気がして気分悪しく是にて　御身御大切に

松子

潤一郎様

参る

二伸
小川屋に御序もあれば送つてくれましたか御訊ね頂きたく　又ナツに頼んだものはやく送る様に御伝へ被下まし

フミが帰国後こいさんもすつかりカン詰めになつてキヨサンも実によく助けて頂いたとよろこんで居りましたが　本当に人が違つた様によく働いてゐます
そちらもよく御気おつけ被下まし　小母サン達の関り少くして　バイエンさう長続きするとは思へません　矢張憂鬱でムいますもの　何と云つても
こちら鰹もおこぶもなくて御吸物全然出来ません　どうか削りかつを至急御送り被下まし
それからフミに三十円直送願上ます　住所ハ
　鹿児島県川辺郡〇〇〇〇〇〇
　　〇〇フミ
つきましたら半分に致しませう　そちらも最う残り少なでムいました

## 一六五　昭和十八年（推定）三月六日　潤一郎より重子

表　東京市目黒区上目黒五丁目二四六二　渡辺重子様（消印　判読不能）
裏　六日（印　静岡県熱海市西山五九八　谷崎潤一郎）

至急要用のみ申入候宝塚女館入学試験時期切迫致候由ニ付御隣家令嬢に此の名刺持参芝南久間町二ノ一〇婦人画報社へ参られるやう御伝へ被下度候丸尾則武両氏へハこれと同時に書面差出し置候
三月八日（ママ）
潤一郎
重子様

家政婦御雇ひ被成候哉御案じ申上候御遠慮ニ不及是非〳〵左様可被遊候筆ハ類似の品他より入手仕ニ付御放念被下度候

＊　山梨県立文学館所蔵

＊　宝塚の入学試験に関わる「御隣家令嬢」の話題は、後便にもつづくので昭和十八年ということは明らかである。

## 40　昭和十八年三月六日　松子より潤一郎

表　静岡県熱海市西山五九八　谷崎潤一郎様　速達（18・3・7）

裏　三月六日　兵庫県武庫郡住吉村反高林一八七六　谷崎松子

主の留守の庭の梅を訪ねて鶯が昨日もけふもきて鳴いて居ります鮎子ちやんに百〻ちやんきげんよく御つきのよし何よりでムいました　また故障が起らぬ様ニと内〻案じて居りました

重子がどんなに参つてゐるかと明け暮れ思はぬでもムいませんが　又耳下淋巴線がひどく腫れて発熱　アサではとんとのろくつて役立たずまたそのアサも家から用事でよびかへされ今朝帰る筈が帰つて参りません　プロントジールの注射効目著しくよほど軽快に向ひましたが　先生が三四日は起きぬ様肺炎が大変多いからと云はれて居ります　さうでなければ今夜行にてキヨを立たせるつもりでムいました

宝塚試験の日迫りました丸尾氏へ是非御願申上ます

こちらは熱海のやうに家政婦さへどこも出払つて雇へません　始終よびつけてゐるおうちはべつとして東京もきつとさうでムいませう　大阪も随分頼んでみましたが手伝ひが今度はよほど都合がわるうムいます

時に嶋川へ白紙召集参りました　赤紙よりはと申して居りますが　流石にこいさんも動じたいろがみえます　そんなでこいさんも当分は家をあけられません
そちら許りにゐらつしやると時局から逆に遠のかれて暫く此方の御話がそのまゝにお受取り難いかもしれませんが　反高林もすつかり決戦体制にて訓練（防空）の成績がわるいと云ふので　二度もあつて主人絶対に出なければならず黒瀬さん診断書お出しになつてさへいけないのでムいます　こちら病身になつても一かけの炭もムいません
〔行間　マスは八日夜こちらへ着くさうです〕
一昨夜は当阪神に珍らしく徹宵　相当の地震ムいまして誰も眠つた人は御座いませんでした　揺れてる間が珍らしく長うムいました
先月の御勘定の内容を一寸御知らせ致して置きます　青谷のは先月二百六拾円の由でムいました
あのうち
一　壱百弐十円　　井上綿屋（是は別にと御約束してかへりましたもの）
一　六拾九円　　公債（割当ての四分ノ一にかんにんしてもらひました
一　五拾円　　（和田十五円　生田三十五円）
是は懐炉と灰と買ひ〆めてあります　其の他のくすりはべつにしてゐます
是だけはべつにしてもらはなくては困ります　私がゐないからと云つてもかはりにこいさん達きてゐますから
創元社一月廿九日の分は壱月分支払に御加算下さいまし　無断で頂いたものはムいません
本月のうち又債券四十九円（割当額は二百五十円）御払ひ致しました

それからレゾキリン見つけ廿五円買ひました
次から債券はこちらが今日では主人がゐない家故送金のうちで出来る範囲で許して頂く様諒解得るつもりでムいますが勿論倹約もいたしますが
正直のところどこできり詰めてい丶かわからないのでムいます　そちらで頂くやうな夢の様な御馳走が頂ける筈もなし今日映画一つ御食事に出掛けることもなくなりました
給料もやむなく節約になりました　ですから不思議とお思ひになるのでムいませう
併し先月等結婚祝民子様フミ　エキ他に出産祝七拾円、渡辺仕送り五十円こいさん病気で電熱六十八円
渡辺の偕楽園御祝取替二十円是等差引き何程のこりませう　佐藤に四十四円（恵美子校服つくりかへ）
床にありながら心から離れぬま丶一筆と存じましたが又寒気して参りました
バタい丶のが手に入りました　明日送らせます
鮎子ちゃんへよろしく〳〵
重信先生も日を逐ふてよろしきよし　御本御署名にてこちらへ御願申上ます
潤一郎様
まゐる

## 一六六　昭和十八年三月八日　潤一郎より重子

表　東京市目黒区上目黒五丁目二四六二　渡辺重子様（消印18・3・8）
裏　八日〔印　静岡県熱海市西山五九八　谷崎潤一郎〕

拝啓住吉より電報参りお清どんまだあちらに居ること判明仕候此方ハあてにしてゐた家政婦が来てくれず

困り居候へ共其後なつハ追々百〻子にも馴れて守りも出来るやう相成マスも七日に鹿児嶋を発足との事ニ付両三日なつ一人にて辛抱可仕候間御放念被下度候それよりそちらあなた様御一人にてハ嘸〻御不自由の事なるべく生憎寒さも又両三日逆戻りいたしどんなにか御困りの事と御傷はしく存上候せめて寒き間なりとも家政婦御雇被遊候てハ如何ニ候哉もし御雇ひになりますならば失礼ながらいつにても費用御送可申上候ニ付小生まで直接御申越可被下候何よりも御手を御荒らしにならぬやう御用心被遊度小生ハそれを見るのが一番情無く存ぜられ候明様清ちやんへ宜しく願上候

六日

潤一

重子御料人様

＊　山梨県立文学館所蔵

一六七　昭和十八年三月十日　潤一郎より重子

表　東京市目黒区上目黒五丁目二四六二　渡辺重子様　速達（消印18・3・8）

裏　十日〔印　静岡県熱海市西山五九八　谷崎潤一郎〕

田中令嬢の件三月十日が願書締切とき〻慌て〻昨日電報申上げ又今朝一ノ木氏（丸尾でなく一ノ木でありました）へ田中氏の電話番号を電報で教へ逆に電話をかけるやうに云つてやりました、締切に間合つたかどうか心配ですが、同封の手紙の如き事情ですから何とかしてくれること〻存じます折返し結果を御知らせ下さい

あなた様は御忙しいでせうから田中令嬢から直接に返事よこすやう御申付被下度候

十日　　　　　　　　　　　　潤

重子様

侍女

＊山梨県立文学館所蔵

## 41　昭和十八年三月十一日　松子より潤一郎

表　静岡県熱海市西山五九八　谷崎潤一郎様　書留（消印18・3・□）

裏　三月十一日　兵庫県武庫郡住吉村反高林一八七六　谷崎松子

春寒さりかたく候　折柄いよ〳〵御きげん美はしき御たより嬉しくぞんじ上まいらせ候　妾も昨日より大分きぶんもよろしく候　御心ぱい被下ましく候

ます昨日到着国許より立ち通しに参り一両日休養有用　十三日「ふじ」にて立たせ可申宜敷御ねがひ申上候　この程御申聞けの事共よく〳〵申ふくめ置き候　やなぎ行李の発送延引は鉄道受取らず　運送屋へ申告致し　思はぬ手数のために御ざ候

所得申告書十五日迄に呈出せよとあれば　和田氏に申入れ書類おくりそちらと直接連絡を頼ミ候　北海道より届き候バタ洵に新鮮な顔をいたし候ゆゑ当方のと一つづゝ入れ置き候　しるしいたし候　御らん被下度　尚雲丹漬一びん是も勝呂様より頼まれ源氏送りし人よりのおくりものに御ざ候　バタはあと三箱有之

そちらは冷蔵庫なく御味変り易く候まゝ　こちらにて貯へ置く可候　氷にとざされしアリユーシヤンも

そろ〳〵春がまゐり空襲もちかきと新聞にもミられ心細く一日もはやくおそばにまゐりたく存じ候
嶋川体格検査の結果は合格に候ひしも目下運動中にて辞令くるまでに軍需工場の職工になればよろしきや
うにき〻及び候
左記の品〻御手数恐れ入り候へど御送付被下度願上候
一　味の素（渡辺より参りし品先日忘れ申候）
一　万年筆（恵美子の御土産にと熱海にて求めし品御座敷机の上に置き忘れ候）
一　お番茶
一　削（ケヅリ）カツオ
一　わかめ　このせつはわかめにて御だし汁致し候
一　お野菜　妾帰宅後一度も御送りなく家内中相当の脚気になやまされ居候
○即壱百円は送金叶ひ不申候や　十四日に電燈会社参る可く（又くわしく申上可く候がふいの出費多く）
ますの旅費も無之候て心細き事この上なく候　アサかへり居り候へば「清」一先づかへす所存に候
（ナツかへり次第）　何も〳〵御目もじの上申上候
かしこ
松子
潤一殿
まゐる
追伸
ますよりの御みやげの生乾しかつをおこのみのものゆゑ仲よく半分わけにいたし候

一六八　昭和十八年三月十四日　潤一郎より重子

受　東京市目黒区上目黒五丁目二四六二　渡辺重子様　速達（消印18・3・14）官製はがき
発　十四日〔印　静岡県熱海市西山五九八　谷崎潤一郎〕

笹沼家先代法事之ため十六日上京一泊の予定に候へ共〔行間　アユ子も同時帰京いたし候〕今回ハ御手不足の処御迷惑と存じ茅場町に厄介に相成候つきましてハ先般御預け致候志賀家への祝物十六日中に偕楽園まで御届け置被下度候マス昨日参り候ナツは十八日帰すつもりに候

＊　山梨県立文学館所蔵

42　昭和十八年（推定）四月五日　松子より潤一郎

表　静岡県熱海市西山五九八　谷崎潤一郎様　御直披　速達（消印□・4・5）
裏　四月五日　東京市目黒区上目黒五丁目　渡辺方　谷崎松子

けふも亦しめり勝ちの御天気で　其の上警戒警報が昨夜から出て居ります　昨日の新聞記事もあり相当不安を感じます　東京にゐれば何処にゐても危険は同じことの様な気も致しますから　只今から歌舞伎座へ参ります
どうせ落付いてみてられないとも思ひますが
明日のつばめとれました（会社の事で又）明様も大変御きげんなゝめで困りました　帰心矢の如く恵美子と同病になつて了ひました

田中さんも愈〻正式に入学の許可有りました由　奥様が先程かけ込んでいらして文子さんも御母様もよろこんで泣いてゐらつしやいます

一ノ木さんの御蔭だと思ひます　御礼にいらしたところ　どうしても谷崎さんの命令でしたのだからと云つておとりにならないさうで　どうしたらい丶かと御相談です　倍にして（壱百円を）今一度持つていけば　今度は這入れたのだから　おとりになりはしないかと仰有つてゐますがいかゞ　御相談してほしいとの事でした

重子ちやんも一緒で厶います

詮三兄様が留守になつたら知らせてほしいと重子ちやんも頼まれて居りました故　一寸切符の電話の序に申ましたら　実に大よろこびでした　大変くさつてゐらつしやる事が　ある折柄なので　又申上ますが是は私も気の毒に思つて居ります

歌舞伎出かけて大丈夫なのかしら

時間がきたら俄に恐怖心が起ります　それにあたりも昨夜からいやにしんとして　少しの物音がしめつた空気に高くひゞきます

では御先に住吉へ帰り御待ち申上ます　かき難いペンで其の上走り書御判じ下さいませ

かしこ

松子

潤一郎様

チーズと糸を送ります　糸は封筒に入れました　ますに云ひつけて厶いますから　させて下さい

＊「田中さんも愈〻正式に入学の許可有りました由」と宝塚を受験した隣家の田中さんの令嬢の話がつづいているところから、昭和十八年ということが明らかである。

## 43　昭和十八年四月八日　松子より潤一郎

表　静岡県熱海市西山五九八　谷崎潤一郎様　御許に　速達（消印18・4・8）
裏　四月八日　兵庫県武庫郡住吉村反高林一八七六ノ六四　谷崎松子（五枚中、三枚欠）

○ハンドバッグなくて困つて居ります　きつと〳〵御持ちかへり被下まし
○落花生は最う駄目でムいませうか　先日御話致しましたが　庄司様の本宅様に頼まれて居ります　私行つてみるつもりで居りましたが　今度は殆ど臥つてゐてとう〳〵参れませんでした
もし御天気でもよろしくて御散歩に御出かけでしたらきいてみて下さいまし　三袋位欲しいので御座いますけど　それとお寿しのもとを御持ちかへり願ひます
ゴチヤ〳〵とどうもすみませんでした
では久しぶりの御帰館を待つて居ります
女中はまだ一寸参りません　清の妹国にかへつてゐるのが　三ケ月程遊ぶさうで（結婚まで）其の間手伝はせる様出させてゐます
北川のとくゑさんは承知いたしました　あささん十六日に弟の婚礼で二三日帰ります　都合で十五六日にますをかへして頂く事にしませうか
詮三兄さん達くるにいたしましても　土、日にかけての事故十七、十八でムいますが　私ゐらつしやる様おすゝめいたしましたが　汽車があんな事ではどういたしますか

御大切に

あら〳〵かしこ

潤一郎様
参る

二伸
「清」が楢崎さんの女中までそゝのかして出して了ひました　大変御怒りになつてるといふので是から御詫びに参ります　隣保がきよの為にめちや〳〵で　私謝つてばかりゐなければなりません

**一六九　昭和十八年（推定）四月（推定）二十七日　潤一郎より重子**

表　東京市目黒区上目黒五丁目二四六二　渡辺重子様（消印　切手が剝がれて判読不能）
裏　廿七日〔印　兵庫県武庫郡住吉村反高林　谷崎潤一郎〕

拝啓
先般ハ御機嫌よく御帰宅の事と存ます　小生ハ明廿八日夜行にて熱海へ参り三十日上京、脱臼治療中の百ゝ子を病院に見舞ひ同夜は一晩だけ御迷惑様ながら泊めて頂度（お米ハ持参いたし候）一日に熱海へ戻るつもりですがその時御清どんを貸して頂くわけにハ参りますまいか、マスはいよ〳〵ヒマを取ることになり一緒に熱海へ参りますがこれハ自分の荷物を取るためにて今月一杯といふのをやつと来月二日まで待つてもらひ二日に熱海を立つてしまふのです、四日には御寮人が神戸の谷崎のをばさんをつれて参りますのでどうしても女中必要なのです、私の考へでは一日に先づ御清どんに来てもらひ、一方家政婦をも頼みよいのが見つかり次第御清どんを御帰ししようと存じて居ります　九日法事にてどうせ七八日頃にハ又上京いたしますからその時ハ又御清どんをつれて帰ります「なつ」もそのころにハ来てくれると存じます
それから食事ハオカズの心配はなさらないで頂きます御茶漬で結構です
保険の受領証ハ同封そちらへ御返し申ておきます、保険金ならびに清ちゃんの分ハ三十日参上の節差上げます　先ハ要用のみ

廿七日　　　潤一郎

重子様
明さん清ちゃんに宜しく

＊　昭和十八年四月二十五日付の精二宛書簡（全集書簡番号二三二）に、「五月九日の日曜日法事営みたく」とあるところから、昭和十八年四月と推定することができる。

## 一七〇　昭和十八年五月四日　潤一郎より重子

受　東京市目黒区上目黒五丁目二四六二　渡辺重子様（消印18・5・4）官製はがき
発　四日〔印　静岡県熱海市西山五九八　谷崎潤一郎〕

ライファン到着、これにて先便御落掌の事と存じ安心仕候いづれ拝眉の上万〻

＊　山梨県立文学館所蔵

## 一七一　昭和十八年五月十六日　潤一郎より重子

表　東京市目黒区上目黒五丁目二四六二　渡辺重子様〔消印18・5・16〕
裏　十六日〔印　静岡県熱海市西山五九八　谷崎潤一郎〕

拝啓
御寮人一昨十四日朝和田氏同伴無事出立被成候間御安心被下度候
夏の草履をとの御注文を承り且御寮人よりも「重子ちゃん草履がなくてあの上等の本革のをおろしてヂヤン／＼穿いてゐる故早く何か送つて上げるやうに」と申され方ゝ捜し候へ共先日のパナマのが駄目となると中ゝよきもの見当らず岸澤の女将を頼みあのならびの下駄屋にてやう／＼奥に隠してある品を出させ犬皮エナメルのを見出し候まゝこれをさしあたり御送り申上候裏はファイバーなれども今出来のファイバーと違ひ非常に丈夫なりと申候こんな品にても廿八円に候尤も今暫くお待ち被下候はゞ小川にて又本革のも出来候様子に付先日のをヂヤン／＼お穿き被下候ても結構に候
家政婦は如何相成候哉もしどうしても見当らなければ御清どん御返し申すやう何とか考案いたすべく候間様子御きかせ被下度候時節柄といふ事も有之候へ共他の方面にて倹約被遊候ても女中だけは御使ひ被遊て然るべく貴女様は御自身台所の用を遊ばすやうなお人柄にあらず〔挿入　此の点あゆ子とは違ひ申候〕手足を御損じなされ候てハ第一明さんに対しても小生申訳無之候何卒／＼御遠慮なく御都合御しらせ願上候
月うちに上京いたし候間都合にて参上可仕候
十六日
潤一

重子御料人様
侍女

此の紙ハ長崎の手ずきの紙にて近頃貴重のもの、永見徳太郎氏の郷里にて同氏より二百枚程もらひ申候住吉へ只今百枚わけて送り申候昔はちり紙に使候由今そんなものに使つてハ鼻やおゐどが曲り申候

＊　全集書簡番号二三三、『湘竹居追想』一九七頁

## （2）昭和十八年五月二十日　重子より潤一郎

表　静岡県熱海市西山五九八　谷崎潤一郎様　速達（消印18・5・20）
裏　五月廿日　東京市目黒区上目黒五ノ二四六二　渡辺重子

一昨〻日は御手紙を有難う存じました　女中のことといろ〳〵と御心配頂き嬉しう存じてをります家政婦の方頼んではありますがよいのが一寸何時手が空くかわかりませんので目下田中さんから十六七の若い子を交渉中でございます
只毎日三時間お針にやるといふ条件附きなんですが　こちらはそれ位の時間の都合はつきますし　御仕立物も片づいて却つて結構だと存じ頼ミました
只今は気候もよろしいし要領よく疲れぬ程度にやつてをりますから　どうぞ御休心下さいませ
御洗濯は友枝さん（元森田の女中）が時々来てやつて呉れますし　外のお使ひは御迷惑な話ですがお隣の女中さんが殆ど行つて呉れますので大いに助つてをります　明も清ちやんも荒い仕事は引受けてやつてゐて呉れますからどうぞ御安心下さいまし　ずつとはこういふ事も続かないかも知れませんが　まだ暫くは

大丈夫でござます（ママ）
早速と草履を御見つけ下さいまして恐れ入りました　昨夕書留便にて無事到着いたしました　何か食料かと思ひ乍ら開けて見ましたら草履が飛び出しました　有難く頂戴いたします　度ゝ上等の御品御送り頂いて済ミません　足の方でも此の節では面喰つてゐることでせう
前のは今日よく手入れをして蔵つて置きませう
近くの御風呂屋の辺りに天然痘が出て　大騒ぎでございます　先日清が診て貰つた御医者様のところへ患者が診て貰ひに行つて他の患者と一緒に待つてゐたそうで附近は強制種痘をやりました
四丁四方は伝染区域だそうで　家もその区域内で風下なので気味悪かつてをります　清ちゃんもミッチャになるのは厭と見え昨日丸ビルへ行つて中央公論の御医者様に種痘して貰つて来ました
先日の日曜に龍二様雨の中清ちゃんの託物を取りにいらつしゃいました　合憎（ママ）栖鳳回顧展の最終日で二人で出かけようとしてゐましたのでゆつくりして頂けなくて残念でした
今日は火が恋しく一度片付けた火鉢を又引き出しました
御上京御待ち申上げてをります
不順の折柄御大切に
〔行間　走り書きの乱筆御許し願ひ上げます〕

廿日

かしこ

重子

兄上様

参る

## 44　昭和十八年五月二十日　松子より潤一郎

表　静岡県熱海市西山五九八　谷崎潤一郎様　速達（消印18・5・21）封緘葉書
裏　五月廿日夜　兵庫県武庫郡住吉村反高林一八七六　谷崎松子

御かへし早速有難うぞんじました
昨日は玉葱けふは紙を確に拝受いたしました
とびきりの御草履を御らん被下ましたよし　恐れ入りました　それでは前のは明日あたりからおもひきり
よくはくことにいたしませう　なつの母の住所は
　鹿児島県川辺郡○○○○○
　　　　　○○おと
おはきものおくつておやり下さるならば御序に（案内の）十日迄に帰るやうに母親へあて丶御申入被下ま
し　本日松本様来訪ロツパの場席御願いたしました処　廿九日夜とれたといつて御電話頂きました　おし
まひの日と申て居りましたが　三十日は無聲が出ぬ由で厶います　又後便にて　又御大切に
　　　　　　　　　　　　　　　　　　　　　　　　　あら〱
　　　　　　　　　　　　　　　　　　　　　　　　　　　松子
じゆん一郎様
〔行間　お清どんの妹は御推察通り三十円から卅五円位望み居るよし　しげ子より其のつもりにて話すや
うとそくたつまゐりました〕

## 一七二　昭和十八年六月二日　潤一郎より重子

表　東京市目黒区上目黒五丁目二四六二　渡辺重子様（消印18・6・2）
裏　二日〔印　静岡県熱海市西山五九八　谷崎潤一郎〕

永〻御清どん拝借御不自由相かけ相すみませんでした　本日一先づ御返し申し上げます
御好物のとろゝ芋ふきその他野菜干物等少〻持たせてやります、明さん清ちやんのお好きなものも這入てゐる筈です
沢庵も本日発送致させます
スダレ届きましたでせうか　までしたら三越五階家具部へ御催促下さい受取書も小生保管してゐます
早くもう一人女中を見つけないと貴女様に熱海へ来て頂くことができません　それが残念です
明さん清ちやんによろしく
二日

潤一

重子御料人様

侍女

＊『湘竹居追想』一九七頁

## 一七三　昭和十八年六月十二日　潤一郎より重子

受　東京市目黒区上目黒五丁目二四六二　渡辺重子様　速達（消印18・6・12）官製はがき
発　十二日〔印　兵庫県武庫郡住吉村反高林　谷崎潤一郎〕

先達ハ御厄介になりました御宅の縁側へ敷くガマムシロを大阪で見つけましたから寄附いたします、あすこは三間半だつたと思ひますが江戸間と京間とは違ひますから正確な寸法〔行間　長サと幅〕をカネ尺で取つて〔行間朱書　カネ尺以外ノ物差ダッタラソノ旨明記シテ下サイ〕至急速達で御知らせ下さい、早くしないと売れてしまふ心配があります〔行間朱書　電報デ知ラシテ下サル方ガヨロシ〕

＊山梨県立文学館所蔵

## 一七四　昭和十八年六月二十五日　潤一郎より重子

表　東京市目黒区上目黒五丁目二四六二　渡辺重子様　書留　速達（消印18・6・25）
裏　二十五日〔印　兵庫県武庫郡住吉村反高林　谷崎潤一郎〕

取急ぎ要用のみ申上候
胴うらのきれハ佐々木から買ひましたから明さんの御買ひになつた分は出来れば他家へ振り向けて頂度との事であります（他に希望者がない場合には頂きますが）
こゝに封入いたした為替ハ来月分の五拾円と女中給金廿七円（廿七円に上げてやつたのです）ですからそのおつもりで御査収下さい

猶先日肇ちやんに御砂糖の代金五十円送りましたがまだ何とも云つて来ませんもし御砂糖がまだならば此の御金を鮭のかん詰などにふり向けて下さるやう御伝へ下さい
先ハ要用まで　近ゝ拝顔できる事を楽しみにして居ります
廿五日

潤一郎

重子御料人様

侍女

## 45　昭和十八年（推定）七月（推定）十七日（推定）　松子より潤一郎

表　潤一郎様　松子より　託二郎ちやん
裏

此度は度ゝ御心配をお掛けして済みませんでした　いろ〳〵御心づかひの御蔭で大した疲労もなしに帰る事が出来ました　喘息の気味も嘘の様にケロリとして了ひました
印は仰せの物が見つかりません　どこをさかしてみても　兎に角いれて置いたので御間に合はなければ（御化粧品の外箱にいれて置きました）　明日のつばめで清治が立つ事になつて居りますから　それまでに電報を下さいまし
二郎ちやんのチェツキにする筈が福山からチェツキにして了つて居ります為　止むを得ず手荷物にしてもらひました
家はあし屋の方　矢張大家さんの方がどういふか判りしないのでムいます　本日午後から私其の大家さん

を御存知の私の知り合ひがあるので　一緒に行つて頂く事になつて居ります
この家は小山さんがお買ひになつたさうでムいます　其の小山さんは私の考へてゐた小山さんと違ひ　反
高橋をわたつて南へ二軒目のおうちの方でムいました　其の家はよくお見覚えがあると思ひます　この家
より表構えは少し小さう御座いますが　純日本風の新らしい離れがついてゐる貴方の御気に入る事はみる
から確で御座います　こゝを退かなければ其の人もこちらへお這入りになれませんから　いれ代りを御承
知なさると存じます　芦屋の方と両道かけて置きます
最う時間がムいませんから是にて
どうか御大切に

松子

潤一郎様

参る

＊「家はあし屋の方　矢張大家さんの方がどういふか判りしないのでムいます　本日午後から私其の大家さんを御存知の私の知り合ひがあるので　一緒に行つて頂く事になつて居ります」とあるのは、後便の「芦屋のいまだ先方から御返事ないさうです　芦屋に一万五千円の売家を恵美子の御友だちのお母様が云つて下さいました　重信さんの少し下で阪急へ三分間　大変便利で庭もすこしゆとりある様子　今朝その奥様御自分でみてきて下さいました　値打があると仰有つて居ります　今夕　兎に角みに参るつもりでムいます」というのと同じ内容を語っている。おそらくこの持たせ文を書いたあと、同日中に後便を書いたのではないかと判断できるところから、昭和十八年七月十七日のものと推定した。

## 46　昭和十八年七月十七日　松子より潤一郎

表　静岡県熱海市西山五九八　谷崎潤一郎様　速達（消印18・7・17）
裏　七月拾七日　兵庫県武庫郡住吉村反高林一八七六　谷崎松子

昨日は熱海へ御かへりなされましたか　早速乍ら申上ますが　創元社の小林様が特急券をおねがひ申上た時に　あなたよりおたのまれの御本直ぐにお送り申上てよろしきやとの御訊ねで厶いましたゆゑ　今度は留守居居りますことゆゑ　発送方御願いたし置きました　初昔の事と存じますが　つきましたら先日御願ひのところへ御送り願上ます　就きましては住所を御たづね受けながらそのまゝにしてかへつたところも厶います事なれば　こゝに記して置きます
庄司様ハ御わかりとぞんじます　神戸商大の人の処ハ
神戸市上筒井通二
　　商大寄宿舎　仲村文吉氏
久子は　向田すまで
京都市右京区松尾山田平尾町四六　松尾病院内
それから大場さんと藤原義江から頼まれた時知らない人でないから上げると仰有いました故　其の由御手紙いたしました　是も宜敷御願申上ます
東京市麴町区内幸町　帝国ホテル美容室
　大場香津子　　藤原氏のは大場に一緒に御願申ます
お茶いまだついて居りませぬ　橋詰さんのとどうかはやくおねがひ被下まし　それとお野菜も　昨夜から

また空腹でもみたされぬ御食事をはじめました
こいさんが今朝から九度発熱　重信さんすぐにゐらして下さいまして　寐冷えださうでムいますが　それは大した事はムいませんが　疲労の為の熱とわかりましたが
私は始終熱海から東京へ出ては相当活躍して馴れて居りますが　こいさんには無理だつたとみえます　けふは昏〻と眠りつゞてゐます　庄司様から魚崎に反高橋を真直ぐに参る筋に土蔵つきの離れた部屋もあるといふので云つて下さいましたが二万円では一寸難かしいでせう　芦屋のいまだ先方から御返事ないさうです　芦屋に一万五千円の売家を恵美子の御友だちのお母様が云つて下さいました　重信さんの少し下で阪急へ三分間　大変便利で庭もすこしゆとりある様子　今朝その奥様御自分でみてきて下さいました　値打があると仰有つて居ります　今夕　兎に角みに参るつもりでムいます　松井さんといふ建築の技師の奥様で御主人にみて頂けば価値の有るやなしはすぐにわかります
女中は鹿児島でムいません　松江でムいます　平松のとは話は別にて　吉村の叔母の世話でいろの白い小きれいな子でムいますが　給料をのぞんでゐるよし　いかゞと存じます　平松の小母ちやんが貴方より頼まれたと石鹼持参されました　沢山で御座いますそちらへ御送りいたしませうか　六十五円御支払したさうでムいます
嶋中様御あひになりましたか　こちらはそちらや東京と比較にならぬ本格のお暑さでみな半裸の寐姿をして居ります　では御大切に
矢張早く恵美子御休みさして頂き　本月中に御そばへ参ります　納税告知書同封いたします

あら〳〵

松子

潤一郎様

参る

## 47　昭和十八年七月二十六日　松子より潤一郎

表　静岡県熱海市西山五九八　谷崎潤一郎様　速達（消印18・7・27）

裏　七月廿六日　兵庫県武庫郡住吉村反高林　谷崎松子

廿四日の貴方様の御誕生日を祝つてそれ〴〵の名句御送り申ます　作朝投函の筈が要件をかき足してと思ふ中一寸いそがしい事があつて延引いたしました

随分いろんな句が出て面白う厶いました　どんな御こん立か一寸のぞきたい等いふ句も出て参りました

重子ちやんもこいさんがずうつと弱つてゐて肝腎の大阪の蔵行き（東京の森田から頼まれてゐる）がのびて　帰宅がおそくなり　明様が私と一緒でいゝからと仰有つてゐた通りになりました　それで田中文子さんと御一緒に卅一日のつばめで帰京いたします　私も沼津迄一緒に参ります　其の他東京から来てゐる宝塚の生徒三四人と云ふ賑やかな道連れで厶います　恵美子は来月十二日迠ある勤労奉仕にどうしても出ると申ます　八月一日からどこかの工場へやられるさうです　ひとりほつて置くつもりで厶います

出雲の女中も連れて参るかもしれません　名はお国と申ます　お珍しく純な性質で言はれた通りいたします　そこを見込んで御行儀を少しやかましく申ましたところ　食前食後あいさつに出て参りますし　そちらできつとなつが目を円くすることでせう　あさゝんも仕方無くついてして居ります

お食事（ソクジ）が出来ましたと云つて参り　こいさんに早くてもおそく事かと云はれて居ります

一昨日和田氏ゐらしてこいさんに細〻と要領に至るまで御注意下さいました

袴が大変おそくなりました　電話でせかして居りますが　平松の小母ちやん持つてくると云つてそのまゝで　明日重子ちやんたち蔵へ行くので吉村まで持つてきて置いてもらふやう　今朝電話いたしました　私持参いたしませう
それから雑誌でみたのですが　菊五郎のがあなたによさゝうに思へます　躰つきが似てゐるし偕楽園の奥さんから借りておもらへになりませんか
それは何でも太閤記の秀吉の袴から型をとつたものださうで襞無しでかくしが四つ作つてある便利なものらしく　それに羽織等もそれにあふ様短くして座る時にいち〳〵裾をはねあげなくてもいゝから至極快く
　きれはともひもをとつてまだ余ると談が出て居りました
恵美子に少し沢山干物を送つておやり下さいませんか　バタがとまりましてそれこそ何もなくみじめで厶います　出雲の国が自分たちこんなでやせて行かないかとあさに申てゐる由　大変ぜいたくな廻りのいゝおうちに　この間までゐたさうで厶います　あさが熱海へ行けば充分たべられると云つてしきりになぐさめてゐます　益〻御米が足りなくて皆〻目方がへる一方です
石鹼ついた事と存じます　是は貴方が御願ひになつた分故　どうか御金別に頂きたいもので厶います　亀屋の下駄至急お送り被下ませ　お茶は昨日つきました　なつに少しでも「ぬか」送らせて下さい　折角つくつた「ぬかみそ」がだめになりますから
先日今一人寄贈願ふ処を忘れて居りました　左記へ御願申上ます
中支派遣幸三七一五部隊
　堀越中尉
勝呂夫人浦戸丸にて遭難　逝去のよしけふ和ちやんの御祝品持参しようと電話してはじめて知りました

最早や二七日のよし　先生はまだ現場へ行かれたまゝ死体捜査にかゝつてゐらつしやるさうで厶います
是も戦争の犠牲で御座いませう
何も彼もあまり思ひ通りになるとこんな事になり　矢張かけてゐる位の方がいゝので厶いませう
沼津へ迎へ出して頂きたく御願申上ます
では御身御大切に
住吉川の水勢漸く衰へました　一昨夜は眠らぬ家が多う厶いました
潤一郎様

参る

〔別紙〕
お誕生日を祝ひて
松子
みんなみの空の戦はげしきをきゝ給ふらんけふのよき日も
重子
お誕生を祝ひて活けし夏の菊
信子
西山のあるじとしたき酒宴かな
恵美子
丸干のお頭つきで祝ひけり
あさ

わが手にてと丶のえたかりし祝膳
　くに
いまだみぬあるじの誕生祝ひけり
七月廿四日夜
潤一郎様

## 一七五　昭和十八年（推定）八月（推定）二十七日　潤一郎より松子

表　静岡県熱海市西山五九八　谷崎松子様　速達（消印□・□・27）
裏　廿七日〔印　兵庫県武庫郡住吉村反高林　谷崎潤一郎〕

三十一日の夜行で出立いたします、何時の寝台が取れるかまだ分りませんが熱海へ朝の七時か八時頃に着く汽車にします
依てもし東京へ行かれるなら三十一日の夜までに熱海へ帰つていらしつて下さい、一日朝には又中央公論から為替がそちらへ着くやうになると思ひますから旁々家をあけないやうに御願ひ申ます（三十一日夜に電報で時間知らせますから熱海駅までナツをよこして下さい）
二十七日
潤一
御寮人様

＊早稲田大学図書館所蔵

＊後便の八月三十日付の重子宛書簡「一七六」に、「小生は三十一日夜行で出発」とあるところから、昭和十八年八月と推定した。

## 一七六　昭和十八年八月三十日　潤一郎より重子

表　東京目黒区上目黒五丁目二四六二　渡辺重子様　書留　速達（消印18・8・30）

裏　三十日〔印　兵庫県武庫郡住吉村反高林　谷崎潤一郎〕

拝啓

残暑の折柄御変も無之大慶に存ます先日来又大勢御厄介に相成いつもながら御迷惑をかけ御礼申上ます

ところで今月も国債二枚を御送いたしますから御処分願ひますこれハ額面ハ七十円ですが実価ハ四十九円

です別に小為替を五十円封入いたしました両方で九十九円です　超過の分ハ先日来の宿賃の一部として御

取り置き下さい

小生は三十一日夜行で出発、いづれ来月早〻出京いたします

明さん清ちやんによろしく

三十日　潤一

重子御料人様

侍史

＊芦屋市谷崎潤一郎記念館所蔵

## 48　昭和十八年（推定）九月（推定）日（不明）　松子より潤一郎

表　静岡県熱海市西山五九八　谷崎潤一郎様　速達（消印　不明）
裏　兵庫県武庫郡住吉村反高林一八七六　谷崎松子

洵に好季節となりました　帰りの車中で熱海の海のいろを眺めながら西山の秋色をあとにいたし難くぞんじました　夜毎あんなに澄んだ声で虫も競ひないて居りましたのに同じ虫でもこちらはこゑが濁つてゐる様な気がいたします
今度はすこしそちらに長く住ミ馴れた故かこの家もよそへきたやうに落付かず　其の上ノミと蠅に攻められてどこへ逃げても席があたゝまりません
是には疲れてしまひました　ハナにつききつて蚤退治するわけにも参りません　仏間へ這入りますと三四十疋たかるのでムいます　負ける者には発熱いたします位　このせつの薬はいづれもあまり効目ムいませんから　やつきになつて私も朝から晩まで退治にかゝつて居りますがふえる一方でムいます　ハナを如何いたしたらよろしいかどうぞ御意見御きかせ被下まし　注射といふ事も話に出て居りますが　寐覚めのわるいやうな事は出来ません
家は今日児山さんのお宅をすつかり見せて頂き決めて参りました　持主は隣家の酒井様でどちらも善い方で　御話のわかりがよくて　後藤氏とは違ひが甚だしく感じます　大きさは熱海位に二階が二間あるので御座います　環境は殆ど此方とかはりません　書斎の二階も物入れに使つて頂いて置いていゝと仰有いますし　何も彼も願つたり叶つたりで引越しの費用も御たがひに随分安上りとよろこんでゐます　来月下旬と大体御約束いたしましたが　同日といふ事にしてあちらから御運びのかへり車を利用することにいたし

ませう等申てゐます　一週間でも十日でも日数おかゝりになつても差支無しと実に暢気な事で　と申します
すのは五年程前奥様おなくなりになつて　お子様方嫁がれ御独り身
巻紙がなく他の紙にて其続申上ます
〔挿入　〇十月迄の御家賃は児山さんでおとりになりません　後藤さんへもお払いする必要無しといふことになつてゐます〕
ゐらつしやるのでムいます　酒井様も畳の一室だけ取り替へて欲しいところがムいましたので一寸其の事を申上ましたら　うちの買ひ溜めを出してとりかへませうとそんな風で　何でもあちらでしていたゞけますし感じがよろしうムいます　児山さんの意志ではどうにもならなかつたのでムいますが　是も川崎様の御口きゝで御承諾下さいましたので御座います
朝日ラヂオの主人からも御挨拶をしてもらひたく申て居ります　取りあへず御手紙でなりと御礼申上て被下まし　酒井様へ御自分で御頼み下さつたさうで御座いますから　後藤氏とのいきさつがなくなつただけでも晴れやかになりました　五万五千円で言れた由　朝日ラヂオの主人には五万円までにはするから云つてゐらしたのに　児山さんが清さんの前で思つたよりよかつた気に入つたと仰有るもので足許をみておしまひになつたさうでムいます
今の後藤さんの家と古川さんの家で最近七万五千円で是も売れるらしく　愈〻後藤氏もこの土地を去られる日も遠くはなしときゝ　御気の毒にも思へます
次にお春どんの事でムいますが　肺浸潤で加養中のよし　ねたきりではないさうですが　八度余毎日発熱いたして居りますと電話で申ました
なつは何時御かへし下さいますか　あさをなつの帰つて居ります間にやります　其の前に一度里へかへし

てやります　なつに帰ります時に先日買はせましたバツグ（六円いくらの分）二つ　いろは派手な方がよろしく（なければ何でもよろしい）買はせ持たせておかへし被下ませ

其の他は御願の通り昨日もけふもあまりの食物のなさになけて参りました　信子もやつれ恵美子も今度は少し心配になつて参りました　今迄バタをなめる位いたゞいてゐたのが　全然手に入らぬ為でムいます

魚類がない為にこの辺病人許りで　今更乍ら驚いて居ります　欠乏の状態が急に深刻になつて参つたのが知られます　座ぶとんは明日清治のチェッキにいたします

洋室の家具を児山さんへつけて譲らうとも思ひます　カーテン等こんな事一切私に御まかせ下さるでせうね

それから先程役場より電話にて第二期税はハイフが廻つても徴収はせぬ諒解を大阪税務局に求め　大いに骨折つたと貴方に御伝へしてほしいと申て参りました　それは先ので大変御気の毒なのと滞納者が一人あつても役場の成績に関係するからと私が叮重に御礼云つたら判り云つて居りました

用事は是だけであとで又肩が張りますから　他にも御相談あるのでムいますが

時候の変りめ特に御気おつけ下さいませ

かしこ

松子

潤一郎様

まゐる

かういふ折柄御台処女中達に申聞かせて頂き度うムいます　そちらで捨てるものが目にちらつきます　○

お沢庵送らせて下さいまし　熱海下駄どうかはやく送らせ下さいまし　バッグの御代お返しいたしますから

＊　反高林の家が、持ち主の後藤靱雄の都合で売り出すことになり、谷崎に買いとってもらえないかと持ちかけられたけれど、熱海に別荘を購入して間もない谷崎には、買い取るだけの財政的余裕がなかった。それを買い取ったのが児山破魔吾で、松子書簡「45」では「反高橋をわたつて南へ二軒目のおうちの方」の「小山」と言及されている。つづいて松子書簡「45」には「其の家はよくお見覚えがあると思ひます　この家より表構えは少し小さう御座いますが　純日本風の新らしい離れがついてゐる貴方の御気に入る事はみるから確で御座いますこゝを退かなければ其の人もこちらへお這入りになれませんから　いれ代りを御承知なさると存じます」とあって、児山がそれまで借りていた「隣家の酒井様」の持ち家に谷崎は転居することになった。この書簡はその話を決めていたというもので、引っ越しも「同日といふ事にしてあちらから御運びのかへり車を利用すること」にしたという。そしてそれは松子書簡「50」にあるように十月二十四日の日曜日におこなわれたようなので、九月中のものと推定し得る。なお反高林の家を出るにあたって、谷崎が増築した離れの買い取りをめぐって家主の後藤氏とトラブルが生じたことが知られている。

## 49　昭和十八年十月一日　松子より潤一郎

表　静岡県熱海市西山五九八　谷崎潤一郎様　速達（消印18・10・1）
裏　兵庫県武庫郡住吉村反高林一八七六　谷崎松子

和田氏より御聞き下さいました事と存じますが　家はたゞ鬼門の事だけ気にかゝつて居りましたので　例

の御手紙をお見せする時に　序によくみて頂きました　それに就ては御報告あつたこと、ぞんじます　そんなで家は二度目で厶いますが　最初よりもつと好きになつて早く移りたい位で御座います　地坪は熱海と同じで厶いますから　この家よりよほど小さう厶いますが　纏つて居りますし　表からの構えもお品が宜しう御座います　大阪の町にあるやうな構えで　庭ハ児山さんもつくればよくなるけれど　戦時下防空壕に畠で掘り返すので致し方なしと云つてられました　离室はまるで貴方が御考へになると同じやうに工夫されて居りまして　唯今の書斎と同じ様にこしのまをあけたり　押入れの中は細かにわけられ縁側の片側の押し込ミの下部に水道がひかれてゐたり　四方があけられてゐる代りには戸障子ははめこみのやうに隙間風が防がれてゐます　家根の格好も随分苦心をしたと是は一寸御自慢のやうでした　家（ウチ）と同じで今度酒井様で离室をお求めになつた由　兎ニ角見取図なりと御覧に入れませう

配給の方も八百作谷掛等に今度は登録出来ます

池田さんがお祖母ちやんと一緒に借りたいと大変羨しがつてゐらつしやいます　仰せの事本日朝日ラヂオの主人にきいてみます　お店は統合でしまつて自宅の方へ参らねバなりませんが　それが殆ど留守勝ちでつかまりません　私は大家さんがお人柄なので　信用致しますけれど

朝日ラヂオの家御存知で厶いましたでせう（反高橋川堤を東入り南角の平屋）　それも酒井さんの持ち家でその家を近く朝日ラヂオがあけるさうで（何でも家を一軒買つたとかで）　其のお家賃が廿五円　酒井さんの広いお庭へユケ〳〵になつてゐて　元は隠居所か何かでい、普請で厶います　こいさん達是を借りたいと申ますので私も今度の家が定つてからどうもお父さん（嶋川の）迄一緒になるのはどうも気がす、みません　いづれにしても本年中は（あちらへ落つく迄は）私が大抵は居る事になりますから当分引き越してきてもらはないつもりで厶います　出来るだけ倹約してあさに会計させてみて見当がついてから（参る

にしても）にした方がよろしくと存じます　それに本年中には嶋川応召先づ間違ひ無くと誰しも申ますゆゑ

俳句をいろ〳〵と御推敲を有難うぞんじました　今日は私の方六甲へ吟行がムいましたのですが　さういふ経験ムいませんから句が出ないと恥しいからよしました　嵯峨あたりなら参りますけど

印は矢張仏間のお縁にムいました　書斎許りさがして居りました　昨日書留便にて発送いたしました

御座ぶとん心当りのもの出してみましたが　どうも感心いたしません　それで奥村さんから頂くお部屋ぶとん二対のうち一帖東京から直ぐにおくり出して頂く様御願状出しました本月からの入費はそちらからお送りいたゞくのでムいませうか　早速御願いたしたう存じます　コーライトをすつかり使ひ果しました

恰度半期間（一トン）ムいました　よぶんに百円余御願ひいたします

お春どんは熱さへとれたらこちらへよびまして甲南病院か神戸の県立へ一度連れてやります　自分でレントゲンの結果大分くもつてゐると云つて居りましたよし　熱の出て居りますうちは菌が活動中ですから危険と存じます　どちらにしても暫くは安静が一番大事なのでムいます　強壮剤の新薬手許に買つて居りますから　いろ〳〵取り揃えて是からなつに出させます　こいさんも近日見に行つてやりますが　善い心掛けの両親もゐる事でムいますし　それに可愛がつてる事はよく〳〵わかります　寄りつかなかつたりするのは　お春どんが届かないところがある為で　一方だけきいてゐたのではこちらも却つてうらまれる様な事になり若い者の至らぬところは注意してやるべきと存じます

この隣保は今病人のないところは一軒もムいません

勝呂さんへ伺ひましたら和ちやんが九度余の熱が大分暫く続いたさうで　病名は栄養失調症　大変この病気が多く　あとは胸へきまつてくるさうでムいます　私がうかゞつた時お聟さま（海軍さん）から電報が

きて　横須賀の旅館かりて待てとの事で　是が最後かもしれぬゆゑ死んでも行かせ行かさぬで　もらひ泣きいたしました　どこの家庭でも戦争が如何に大きいかを知らされます
アッツ玉砕の勇士が住吉にムいまして　明後日出る事になつてゐます
後藤さんも御不幸がムいました　奥さんの弟さん病気で東京から帰省の途次後藤氏で休養中　突然逝去それも後藤さん留守中（家の事御母様へ報告の為らしく）　奥さんが朝蚊帳をはずされたら冷たくなつてゐらしたのださうで　こちらで告別式がムいました
是をしたゝめて居りましたら　なつの兄がわるいと電報参りました　かへさねばならぬ程わるいか　只今聞き合せてゐます　困つた事でムいます
こいさん又御めでたの徴候でムいます

かしこ

御大切に

松子

潤一郎様

◎バッグはいつか〔挿入　先日〕御一緒に買つた少し型の小さい雁皮のさしたところの裏表の六円いくらの分でムいます

## 50　昭和十八年十月八日　松子より潤一郎

表　静岡県熱海市西山五九八　谷崎潤一郎様　速達（消印18・10・8）
裏　兵庫県武庫郡住吉村反高林一八七六　谷崎松子

朝夕はそちらと随分気候が違ふとなつが申ますが　秋冷にお風も召さずおきげんにいらつしやいますか

一昨日は思ひがけなく恵美子の籠の贈り物　あれ以来嬉しく頂きました　又御便りの都度に俳句も有難う拝誦いたして居ります

くにはどうにかやつて参つて居りませうか　なつも又電報で病重しと知らせて居ります故何時立たせる事になるかわかりません　そんなに帰り度がりません（ママ）が　どうにもいけない時はかへしてやらねばならないでせう　勿論直ぐに帰ると申て居りますが

印は昨日確に発送いたしました　どうかつく迄御待ち下さいませ

そちら残り少なでムいましたゆゑ　石鹸いれて置きました　鱒の燻製とくにのきものも這入つて居ります

トランクは職人がないと申まして　どこへ持つて行つても直してくれません　東京の百貨店は最近かういふ直し物をするところが出来て大いに利用されてゐるのでムいますが　熱海ではございませんでせうか

あれば其のまゝおお送りいたしますが

お芝居はこの度は見合せます　直ぐに帰らねばなりませんしそれではくたびれもうけになりさうです

重子と清治御願ひ申ます私は来月までおあづけいたしませう　十日頃に出てゐらして支那料理を連れて行つて頂く事になつてゐると　皆〻営養（ママ）にありつけると楽しんでゐる等と申てよこして居ります

廿四日に児山さん（日曜日で好都合なので）に引き移る事にしましては如何と御相談ムいましたが　如何返事いたしませう　其の日御都合のわるい時ハ来月でよろしくとの事でムいます　至急御返事被下度　又

十七日の日曜に創元社から四尺タンスの荷送りにきてもらふ事にいたして居ります　移るまでに先づそちらへ運ぶものは出して了ひ度く存じます

東京へ御出でのせつ私の机の引出しの時計を御持参の上重子に御渡し願ます　売りますのでムいますが売却のお金は私に直ぐに送つてくれますやうに　代りがみつけてあるのでムいます（お手持ちの譲つても

らへるものがムいますから）　引き越しがムいませんでしたら　恵美子も又微熱つゞきでムいます　それに以前の様に営養がとれませんから恢復がおそうムいませうし　一週間位そちらの空気のいゝところで養生させ度いとも思ひます（どうせ学校も休ミ勝ちの事なれば）が移転を了へて落ついてからの方が私もゆつくり出来ます　こいさん合併を決していとつて居りません　むしろ其の方望んで居ります　何か御よみ違ひでムいませう　私が一二ヶ月家を移つてから恵美子と二人でどれ程で（きりつめて）参れるか試してみた上で　不足だけ出させる事にしたらと考へてゐるのでムいます　廿五円の家といふのも其の移る家がまだふさがつてゐて朝日ラヂオの主もそんなに「私らよう追ひ立てたりしまへん」と申てゐて　いつの事かわからないのでムいます　何にしても御手紙は思ふやうに書けません　では御大切に

かしこ

松子

潤一郎様

参る

〔欄外　藤井さん応召なされました　庄司さん後藤さん等も何時お召しに預るかも知れぬとお待ちになつてゐらつしやいます〕

反高愈ゝ人がなく今度防空部長が女になり種田氏令嬢と決りました

稲越（朝日ラヂオ）さんの家は二帖二帖三帖四帖半位の家で嶋川でお父さんを住はせるのと諸道具をいれる為にかりて置かうかと云ふので裏ですから御炊事等する必要もなく運べるからと申てゐたのでムいます

熱海は私が決心してゐたのが先日の様に病気が次ゝ出て不安になつてきたので気候のよくあつたところできり詰めてやつてみようかと心が動き初めた事を先便で御話したのです

一七七　昭和十八年十月八日　潤一郎より重子

受　東京目黒区上目黒五丁目二四六二　渡辺重子様　速達〔消印18・10・8〕官製はがき
発　八日〔印　静岡県熱海市西山五九八　谷崎潤一郎〕

十一日くにを連れて上京
くには小生あゆ子の所へ参るついでに東横電車へのせてやり申候支那料理は十二日夕と決定目蒲電車沿線の由、委しくは上京後電話にて連絡を取り可申候

＊　山梨県立文学館所蔵

51　昭和十八年十月八日　松子より潤一郎

表　静岡県熱海市西山五九八　谷崎潤一郎様〔消印18・10・8〕
裏　十月八日　兵庫県武庫郡住吉村反高林一八七六　谷崎松子

先便にて御願申す事を忘れましたが　一週間程お漬物のお野菜もなく〔お沢庵は勿論〕頂く物がムいませんゆゑ　至急お沢庵送らせて下さいませ　お茶もとう〳〵参りませんせした　持つて帰ると申て居りますのに売るのがいやなのでせうか
明日は恵美子がお芝居を見度がりますので　前進座見物に参ります　いづれ又

かしこ

松子

潤一郎様

まゐる

## (3) 昭和十八年十月八日　重子より潤一郎

表　静岡県熱海市西山五九八　谷崎潤一郎様　御もとに　速達（消印18・10・8）
裏　十月八日　東京都目黒区上目黒五ノ二四六二　渡辺重子

此の二三日はこちらでもさすがに秋らしく思へる日が続きましたが　今日は曇つてうすら寒いやうな御天気になりました
先には速達の御手紙　次に小為替封入の方と二通とも確に頂戴いたしました　有難う存じました　小包の方は今朝　到着を待兼ね日に何度も頂いてをります　迚も甘くて楽ミです
清ちやんは四日から富士の野営に参てをりますが　今日は帰つて参りますから　さつそくと好物に囓り附くことでせう
胡瓜やお那子がお終ひになりお漬物の材料が一切もなくなつて　さてどうしたものかと考へてゐるところへお漬物向きのものも飛び出して来たので　こゝ二日ばかり大助りでした
支那料理の日の留守番に困つてをりましたが「くに」さんが来て呉れます由　好都合でございます　清がかへりましてもう半月経ち少々疲を覚え出したところで朝夕でも手伝つて貰へれば大助りに存じます
細々との御心遣ひをうれしう存じ上げます
只今又小包が参りました　今度は何でせうかと楽ミに開けて見ました　さつそく今夜の食卓に上らせます　明もさぞ喜ぶことでせう

明は其の日の為にと配給の上等酒四合ばかりを大切に取つて楽ミに待ち遠しがつてをります
いづれ御目もじの上にて　先づは御礼まで

かしこ

重子

八日
兄上様

みもとに

そちらお米の余裕ございましたら「くに」の分持つて来て貰へましたら結構に存じます

## 52　昭和十八年十月十六日　松子より潤一郎

表　静岡県熱海市西山五九八　谷崎潤一郎様（18・10・17）
裏　十月十六日　兵庫県武庫郡住吉村反高林一八七六　谷崎松子

御きげんよく御帰りなされましたよし　本日の御手紙にて拝誦いたしました　支那料理は神戸よりよろしきとは流石に東京はお広うムいますね
今度は百〻ちやんともゆつくり御あひになれましたでせうね　鮎子ちやんも生憎な事で御座いました
私は目下稀な蕁麻疹で苦しんで居ります　蕁麻疹と同じ種類の湿疹ださうで　何かの中毒で一週間になりますが　軽快に赴きません　静脈注射やのミ薬に塗り薬とさわいで居りますが　一向痒ミはとれず　顔と手足を除く他はすつかりで　一寸さわり出しましたら気が遠くなる程かゆうムいます　夜は眠れませんし

先夜の痛ミより辛く感じます
せめてお湯にでも度〻は入れましたら痒みだけでも治りませうに
新鮮なお野菜てもどん〳〵摂取出来ればい丶のでムいませうが　お漬物さへ長い間頂きません
木場夫人九月より胆石にて　先日重信さんへの帰途一寸御見舞いたしましたところ　殆どおよろしく　御主人にも御目にか丶りましたが　例の徹底屋さんの面目を発揮され御自分で松尾博士（京大胆石治療の大家）の治療法を研究　是ならと肯けたのでお受けになられ根治の確信を得られたよし　私にもおす丶めになりましたが　ゴム管をのミ込むのが最初相当困難らしく　納得させるのに子供のやうにだましたりすかせたりで　御主人つき丶りにてうまく其ののミ込みも成功　今では容易に治療がお出来になるよし　それによつて石も出す事が出来るさうでムいます
私はそんな事御免蒙りますと申ました
病気の事許りにて恐れ入りますが　次にお春どんの事でムいますが　熱がとれたからと参りましたので兎ニ角重信先生に診て頂いたらと連れて参りましたところ　肺尖カタルにてそれも聴診器にてわかる位で
うちへ一緒にゐてはいけないから直ぐ親許へかへす様に云はれましたが　何しろ例の通り一向に衛生思想のない人の事とて　別にお床をとつてもなつのところに這入つてくるので　なつもつひ可愛想にてはつきり云へず食事等もべつにとつてあげてもなつの方に手を出すので　なつも困つて了つて居りました　けふ因果をふくめてかへしましたが　貴方が御帰り次第に父親に云つてやる方よろしくと存じてゐます
〔欄外　なつの話によりますとお上の方は気持わるがつてゐらつしやるのはわかつてゐるらしいけど私は自分と同じに何とも思つてない様にあつかふのだと申て居ります〕
御察し通り応召前より感情的に面白くなくなつてゐるよし　よく聞けば義治氏も届かぬところある様にお

春どんも申て居ります
御帰宅の上にて之は御相談申上ます
マゾラオイル御持ち帰りの「注進」がきて居りますが　長い間全然バタもなく　いためたりドレッシングに使ひ度く　半分して御持ち帰り願上ます
バッグは「くに」もよく知つてゐる筈で　少し小型の方でブルー、茶、えんじ、うすい緑、と是だけあつたと存じます　どれでもいろは結構です、御代は六円五十銭位のもので厶います
男物下駄二足御願申ます　上等でなくてよろしいので厶います
食糧の方は今更そんなに欲しいとも思ひません　私も不足に馴れて諦めて居ります
御仏壇の事　和田様正念寺へゐらして下さいまして　万事正念寺から差向けて頂く事になりました　中へ詰め物等していためぬ様に仏具屋がして運んでくれます　引き移りの人手等も手当て出来て居るので厶いますが　手伝ふといふ人が多くて困つて居りますが　手不足の今日ありがたく思はねばとも存じます
　朝日ラジオ主が万事指図してくれて居ります　弟に大工もあり好都合で厶います
其の他の事は御帰宅の上にて
では御きげんよく御かへりを待つて居ります

かしこ

松子より

潤一郎様

参る

## 一七八　昭和十八年十月二十日　潤一郎より重子

表　東京目黒区上目黒五丁目二四六二　渡辺重子様　速達〔消印18・10・20〕
裏　二十日〔印　静岡県熱海市西山五九八　谷崎潤一郎〕

拝啓
先般上京之際ハ御蔭様にて甚だ愉快なる一夕を過しました且今夏御目に懸りました時よりハ大層御肥えなされ御元気の様子にて少からず安心致しました
たゞ御約束の歌舞伎座へ御供する機会がありませんでしたその御詫びまでに当地小川にて大層柄のよろしき鎌倉彫草履を見つけましたので只今フェルトを附けさせて居ります間に合つたらくにに持たせて御届けしますが間に合はなかつたら今度出て来てから御送申ます猶修繕のエナメル草履ハ今度くにに持たせて御返し下さい
では小生ハ今夜出立いたします、くにには後片づけをして明二十一日か二十二日中にそちらへ伺ひます追つて御通知申上るまでそちらで御使ひ下さい〔行間（多分今月一杯ぐらゐ）〕泉岳寺その他二三見物させてやつて下さい
明さん清ちやんに宜しく
二十日　潤一郎
重子御料人様
侍女

＊ 全集書簡番号二三九、『湘竹居追想』二〇〇頁

## 一七九　昭和十八年十一月（推定）十日　潤一郎より重子

表　東京都目黒区上目黒五丁目二四六二　渡辺重子様　速達（消印18・□・10）封緘葉書

裏　十日朝　兵庫県武庫郡魚崎町魚崎七二八ノ三七　谷崎潤一郎

只今電報いたしました通り小生ハ十二日の夜行にて立ち十三日の朝九時三十一分新橋駅に下車いたしますからくにを新橋駅まで迎ひによこして頂度入場券が買へたらフォームで、買へなかつたら駅正面の改札口か待合室附近で待つてゐるやう（地下鉄連絡口と間違へぬやう）御申つけ願ます、猶甚申かねますがお漬物とお握りだけにて結構故朝食のお弁当（少量の方がよろし）とマホービンにお茶を持たせおよこし下さい、そして小生ハ荷物だけくにに持たせて先へ御届けしておき直ちに中央公論社偕楽園等へ参り夜食をすませてから泊めて頂きに参ります十五日の午後か十六日の朝熱海へ参る予定ですがその間に一晩くらゐ偕楽園へ泊るかも知れません小生の兵糧米は魚崎も払底につき後で熱海のを御返し申すことにいたします右要用まで

十日朝

潤一郎

重子御料人様

侍女

＊　山梨県立文学館所蔵

＊　十月二十四日におこなわれた引っ越し後の兵庫県武庫郡魚崎町魚崎七二八ノ三七の住所となっており、同住所からの昭和十八年十一月八日付の土屋計左右宛書簡（全集書簡番号二四〇）に「小生来ル十二日夜行にて上京」とあるところから、十一月十日と推定し得る。

## 53　昭和十八年（推定）十一月十五日　松子より潤一郎

表　潤一郎様

裏　十一月十五日夜　松子

潤一郎様

参る

松子より

東京はいかゞ　愈ゝ何かに御不自由御窮屈の御事とおあんじ申上て居ります　御疲れになりません様に

明日は久ゝに熱海の御湯にて引越以来の積る御くたびれをおいやしになれるので厶いますね　こちらも御立ちになつてから急にさびしくなりました　何時も何かに皆の者を笑はせるこいさんもあれ以来遠慮して用事があつて参りましても直ぐにかへります　嶋川がきませぬのは気持がせい〳〵いたしますが　こいさんが是までのやうに繁ゝ参りませぬのは何と云つても心さびしうぞんじます　貴方のゐらつしやいますときはそんな事かんじませぬが「熊」もあれつきり帰つて参りません

別封書状と一緒に住吉村からの税金の納税書をお送り申ました　是は御予算に這入つてゐたので厶いませうか

方紀生とか云ふ支那の方から支那の便箋と筆二本とついて居ります　御入用ならお送り申ますが

それからけふ佐々木さんが参り御仕立物廿日までと御約束したところが　仕立屋が綿入れをいやがつてどうしてもしてくれないので本月中ゆうよを頂き度くと申て参りました　袷物なら廿日迠にうけ合へるさうでムいますが　佐々木自身こんなに急に切迫してゐようとは思はなかつたと驚いて居ります

大阪では洗張が一年位かゝる有様のよし　徴用の為職人が全然ゐないさうで御座います　庄司次郎さんに一昨日徴用が参りました　国道から下の反高で沢野さんと御二人ですが　御影方面多数の富豪の人〻に参つてゐるよしでムいます　黒瀬夫人今朝御帰りになりました　大変な御疲れで告別式は十八日になりました

メリケン粉おさつ等の代用食になるもの、他に若芽を御願ひいたします　何時迠も持ちますから結局重宝いたします

恵美子も矢張四年卒業と定りました　それも来年十二月といふ御話もムいます　大抵は恵美子より一つ年上の方なのでムいますが　上の学校よりも結婚をと云ふ人もあり気ぜわしい事でムいます

貴方様には御体をこの上とも御大切に　戦争の最後を御見とゞけの上平和の日の暮しが出来る迠どうか〳〵御元気でお出で下さいませ　あまりは後便にて

欄外

トランクビジヤウを真鍮の素的なものと取かへ倍位の値打の物となりました　それでこわれた方のも真新らしい様にしてあげると申て居ります　それでお金壱百円の処　二拾円位あげてもらひ度くと申て居りますから　どうか宜敷御願申ます

けふ板津さん今朝五時から自転車で家を出発こゝへ午後三時につきふら〳〵になつて了ひもう二度とこんなえらい事はせんとこり〳〵の呈で御座います

＊「明日は久〻に熱海の御湯にて引越以来の積る御くたびれをおいやしになれる」という引っ越しは昭和十八年十月二十四日におこなわれた反高林から魚崎への引っ越しを指しており、前便の重子宛書簡「一七九」に「十五日の午後か十六日の朝熱海へ参る予定です」を受けて書かれているので、昭和十八年と推定した。

## 一八〇　昭和十八年十一月二十日　潤一郎より重子

表　東京目黒区上目黒五丁目二四六二　渡辺重子様〔消印18・11・20〕
裏　二十日〔印　静岡県熱海市西山五九八　谷崎潤一郎〕

拝啓
前便御覧下さいましたこと〻存じます　たどんはその後調べましたら一つもありません、そろ〳〵寒くて（ママ）なつて参りましたから今度伺つた時に少〻にても頂いて帰り度存じますが引つゞき後の分もお手配御願申ます
それから長襦袢の仕立をそちら様へ御依頼してあるさうですが如何なつてをりませうか、魚崎に一つしかなかつたのを此方へ着て参つたやうなわけで困つてをりますお清どんが来てからで宜しうございますが何分御願申ます
夏みかん御好物と存ぜず昨年は他へ贈つてしまひ申訳ないことを致しました、然るに本年ハ昨冬あまり長く実を枝につけておいたのが悪かつたとやらで、あまり沢山実りません、二十数個ぐらゐしかなさ〻うです、まことに残念ですが本年以後は他に一つも贈らずすべてそちらへ差上げますから今暫くお待ち願ひます

みかんは真鶴の永見氏に頼み直接発送してもらふやうにしましたから近日一箱お宅へ届く筈であります
沢庵は払底で手に入りません
今度上京の節（月末か来月はじめ）先日一寸申上げたライファンの方の御相談がありそれについては貴女様の御意見も伺ひたく存じますので、矢張一晩御厄介になつた方好都合と思ひます、依つてもしそれまでにお清どんが帰つて来なかつたらクニを連れて参りますが、お清どんの都合はどうなつてをりますか御しらせ願ひます、（お便りがなければまだ御清どんは帰つて来ないものと思つてをりませう）
右　取急ぎ要用まで

二十日

潤一郎

重子御料人様

侍女

## 54　昭和十八年十一月二十三日　松子より潤一郎

表　熱海市西山五九八　谷崎潤一郎様　書留　速達（消印18・11・24）
裏　十一月廿三日　兵庫県武庫郡魚崎町魚崎七二八ノ三七　谷崎松子

めつきりお寒くなつて参りました　そちらは気候おだやかにて益〻御健勝に入らせられます事とぞんじ上ます　未だ初冬の頃は存じませんが却つて気分がよろしいのでムいませう
日〻左官や大工の出入りに落付かず御無沙汰になりました　左官は三日前に済ミ大工は今日一日に終了の筈でムいます　かういふ人達の食物に追はれて非常時用の物まで供出いたしました　魚崎の配給のわるい

事ハ住吉以上で
恵美子も至つて不足を申しませぬが作今は小学の時にはこんなものをたべたと思ひがけない料理を思ひ出して話します　なつも恵美子への御たよりにて交替を承知し大変よろこんで居ります
私も御手紙をかく気力も失せた位こゝへきて始めてひもじいと云ふ様な気持を覚えました
浅猿しいことを先にかいて了ひましたがおさつ一つ馬鈴薯もないので御座いますから
かへりは尚憂鬱になるのを知りながら二三度食べに出掛けました
恵美子の事大変御心配掛けて居りますが　あれ以来一日も休まず登校いたして居ります故御安心下さいませ　東京新聞を楽しみにして帰宅いたすさうです
小為替の事　申おくれましたが　確に入手いたして居ります
百ゝちゃん鮎子ちゃん御元気にゐらつしやいましたか
布谷の章ちゃんが急性肺炎にて女児を死なせました　可愛い盛りを惜しい事をいたしました　貴方に見て貰ふ可く先月の末に連れてくるつもりで吉村の母に留守居を頼んだところ生憎差支てとう〳〵出懸けなかつた其の日から発熱した由せめて写真をみてもらひたくと届いて居ります
次ゝ恐れ入りますがそちら次の間の押入れ上の引き違への行李の中にある私の黒無地紋つき羽折と水いろ給（サテン地）寐衣至急お送り被下まし
敷物は先日の値で売れた筈ですが　佐藤が唯今上京中にて明後日頃帰阪の上でないと金子は受取れぬとおもひます
電話はまだ変更いたしません　どこもかも整頓いたしました　御台所も見違へる様になりました
衣料切符森田になければ一寸他に思ひつきません

恵美子四千点あまつて居ります　外に何も買はないと申しますから　兎ニ角御送り申上ます御使ひ下さいませ　もしそれで足りない様で御座いましたら　佐藤さんにでも橋詰さんにでも申てみます
恵美子が俳句御願して居ります
私には二題よりつくれさうに厶いません

刈田
つるし柿（甘柿）｝晩秋

石蕗（ツワブキ）の花
初冬
小春
大根（大根干す／干大根／大根引き）｝初冬

落葉（木の葉）｝冬中

右のうち一句でも御願ひ出来ましたら
こいさん参りましても　あれから一度も食事もいたしません　女中達不思議がつて居ります
どうか御大切に

かしこ

松子
潤一郎様
参る
〔欄外　○お米荷物の中に入れてお送り下さいませんか　ライファンの布の袋なら大丈夫で厶います　若芽武庫川の池田さんに頼れてゐます　売り出しましたら御願申上ます〕

## 55　昭和十八年十一月二十九日　松子より潤一郎

表　静岡県熱海市西山五九八　谷崎潤一郎様　速達（消印18・11・29）
裏　十一月廿九日　兵庫県武庫郡魚崎町魚崎七二八ノ三七　谷崎松子

このところ小春日和が続きます　御風も召さず何よりに存じます
かうして別に暮して居りますと御安泰と承はることが一番心静かで御座います　しかし御手紙によりますと折角の御保養地の熱海もとう〳〵時局の浪が押し寄せて参つたやうで厶いますね　そちらに別荘御持ちの恵美子の御友だちの御母様がゐらしての御話に温泉も四軒に一つと決定したさうで御座いますね　御野菜洵に恐れ入りました　甘藷が大変においしく早速恵美子よろこんで焼いたり揚げたりして頂いて居ります　極く少量這入つて居りました落花生小粒の実に甘味多いもので厶いましたが　あまり少〻で尚更あとがひいて困りました　もうすこし頂けないのでせうか
メリケン粉はまだで厶いますか　待つて居りますから御願い申ます
毎日胡麻があればい丶のにと思ふので御座いますが　山の小母さん最う持つて参りませんか　それと小豆がほしう御座います　先日蒸しパンにあんこをいれてみましたらとても素晴らしい御饅頭が出来ました

御帰宅なつたら一度試して頂きませう
敷物の金子一昨日佐藤持参いたしてくれました　参百円受取り約束通り五十円あげました板津の請求書ハ昨日他の御手紙と一緒に御送りいたしました通　電機屋が日々稲越さんにもせいて居りますがまだ持つてきません　眼の飛び出る程お高くいふのではないかと案じて居ります
橋詰さんの御仕立物は御立ちの翌る日取つて参つて居ります　あとの分今とりかゝつてもらつてゐます
佐々木さんも催促して置きました　既に町でハ女がすつかり決戦服になり男が長い袖をきてゐると皆奇異な感じがするとみえ電車の中で視線が集注されてゐるのを目撃いたしました　新聞にも其の事出て居りました　筒袖、細袴としなくてはとこゝで何とか考へなくてはなりませんね
「ナツ」は正直な人でムいますが　幾年たつても最初と変りなく乏しいお台所で豊にある時と同じやうにやつて言つてもわかつてくれないので悲しくなつて了ひます　いくらお飯がのこつて居りましてもひかえて焚くといふことをしてくれません　何かに親切が足りないので困ります　それが自分の事となると中々よくわかつて無駄をしないので尚更腹が立ちます
布谷の住所は
尼崎市玄番北ノ町三〇番地
章子の主人の兄と甲東園の池田さんと御友達といふ事が先日わかりましたが　東京へはいつごろお出懸けになりますか　御帰宅は十日頃迄でムいませうか　又御序に御一報被下度　御身御大切に祈上ます
布谷へは私参詣の折拾円包んで参りました
御かへりのせつで結構故私のあと丸の生地の下駄（押入レニ在リ）おもちかへりお願申ます　それから草履きれ地にても一足お求め下さい　普通の品でけつこうで御座います

松子

潤一郎様

参る

追伸

コーライトのいれ場所をつくつてもらひましたから創元社へ運んでもらふやう御願ひしてよろしうムいますか　お訊ね申します

衣料切符は届きましたか

## 一八一　昭和十八年十二月二日　潤一郎より重子

表　東京都目黒区上目黒五丁目二四六二　渡辺重子様　書留　速達（消印18・12・2）

裏　二日（印　静岡県熱海市西山五九八　谷崎潤一郎）

今朝御手紙拝見いたしました御宅様へ小生関係の泊り客が多いのを嫌ひますのハ結局貴女様の御用が多くなり御疲れになることを恐れるからであります殊に女中のゐない時に佐藤芳子などが泊り込むのハ気の利かぬ話にて不愉快であります今度小生直接佐藤に申てやります何も御宅様の家事に干渉する気ハありませんけれども小生に関係ある客だけハ黙てゐられません

ところでだん〳〵御寒くなり女中がゐないでハ嘸御困りの事と毎日そればかり案じて居りますいよ〳〵御清どんが駄目なら何とか考へることに致しませう、さしあたり来ル七日に上京、七日八日と御厄介に相成ますそして九日に一旦熱海へ戻り十一日より約半月程魚崎に帰て居りますからその間ハお国を御使ひ下さい　暮から正月へかけても御寮人とゑみちやんが熱海へ来てしまへバ魚崎ハアサ一人にて宜しき故目黒は

国に留守番をさせ皆さんで熱海へ御年越しに御いで下さい（嶋川ハ断ります）それから先ハ又何とか方法を講じませう
メリケン粉とおさつハ持て参ります　とろゝ芋も多分手に入るつもりであります、それからあなた様のお札（サツ）の這入つた紙入を預かつて居りますから持つて参ります七日ハ国を先へ遣し小生ハ夜食をすませてから伺ひます御風呂もいりませんいづれ拝顔の上万〻

二日

潤一郎

重子御寮人様

侍女

〔行間　ミカンを吉浜から送らせましたがまだ届きませんか　為替封入いたしておきます〕

## 56　昭和十八年十二月三日　松子より潤一郎

表　静岡県熱海市西山五九八　谷崎潤一郎様　速達（消印18・12・3）
裏　十二月三日　兵庫県武庫郡魚崎町魚崎七二八ノ三七　谷崎松子

板津の請求書は創元社の封筒にいれて他に御手紙数通とお送り申ました　速達の御手紙の前日確に出したのでムいますが　仰せに従ひ金高申上ます　弐百九拾円といくらか端数がムいました　左官も一緒でムいます　電キ工事は二百五十円　敷物の三百円をあてようと存じましたが五日迄待たしてあります
御家賃の方（かういふ場合もある事はわかつて居りますが）あまり手取り少くて（殊に引越の為の月末支払常より何かに多いところ）どうにもならず　当節何時金子いる事起るやもしれず　兎ニ角敷物の三百円

はとつてあります
〔欄外　同封御らん下さいませ〕
たゞ五十円だけ大工左官等の御祝儀等に（それはべつに出すと仰有つてゐましたから）とりかへてゐたので到底日〻の買物に不足をきたしますから　三百円の中から返してもらつて置きました　ですから板津は別にそちらから直接送つてやつて頂き度く存じます　電キはほんたうにお高くてバカ〳〵しいみたいですけど払つて置きませうか　仕方がムいません　見積もとつてませんし
〔欄外　アストラカンはどうも今日うれ難くと申ます　コートの方は間もなく売れると申て居ります〕
この月末の家賃はセツシヨウやと思ひました　是ては女中の給料も払つてやれません
ハリの土井さんに三十五円　猫の先生　神戸行き自働車屋さん　村井（洗濯屋さん）を払つたら　もう何ものこりません
行李はからつぽではとつて呉れません　何もいれるものなくて困つて居ります　もつて行つて了つては困る物許です
肇ちやん　江良へ参り帰途　泊つて居ります　今夜帰京いたします
○昨日電話もとへ戻りました
○東京へお出になつたら江藤さんへ一度血圧計つておもらひ下さいまし
○坂大今村様御奥様御逝去　私が代理（名刺をもつて）で告別式に行つて置きました
○先月末から学徒出陣で酒井さんでも御出になりました　庄司さん其の他大勢知り合ひからもう軒なみでムいました
先月のやうに御祝や御香奠の出した月は　かつてない事で御座いました

重子から暫く便りがムいません　いかゞして居りませう

けふから水道工事が始ります　御金をかけて頂きました御蔭で以前の家より　何も彼も便利にて皆〻よろこんで居ります

潤一郎様

まゐる

＊　昭和十八年度家屋税金七拾五円九拾五銭の領収証書、竹島商店から便所タンク張替、ヤネナヲシ代拾六円五拾銭の請求書、扇港共和株式会社からの三百拾円の収入金明細書、同扇港共和株式会社への貸付金利息十一月分、四拾円也の証書が同封されている。

## 一八二　昭和十八年十二月十五日　潤一郎より重子

表　東京都目黒区上目黒五丁目二四六二　渡辺重子様　速達〔消印18・12・16〕

裏　十五日〔印　兵庫県武庫郡魚崎町魚崎七二八ノ三七　谷崎潤一郎〕

お買ひ下すつた小生の衣類用の綿を御持参下さるか大至急御郵送下さい

昨夜偕楽園へ電話仕り事情よく分り申候矢張一応は退社して頂度と先方も申居り小生としてもあまり月給が安くて明さんに御気の毒のやうにてもありさして惜しき地位にても無之候故これを好い機会に退社せらるゝ方宜しきかと存候ついては今後の就職の事ニ付御相談も致度候ニ付此之際息抜きに一度御夫婦にて此方まで御越し被下候てハ如何に候哉それならあまり押詰まらぬ方が好都合と存候〔行間　二十日過には小生も出発致候由〕御来駕の節ハ前以て電報頂き度且御二人分の御米を御持参可被下候

将来に処するよき思案はいくらもあり余りクヨ〳〵されぬやう御主人へ御伝へなさるべく候われらも出来るだけ御尽力可致候

十六日

潤一郎

重子様

侍女

## 57 昭和十九年一月十七日 松子より潤一郎

表 静岡県熱海市西山五九八 谷崎潤一郎様 御許に 書留 速達（消印19・1・17）

裏 一月十七日 兵庫県武庫郡魚崎町魚崎七二八ノ三七 谷崎松子

恵美子今学期授業料も早速入用です

御返送の行李の中へアキ罐とパンをいれますパン粉をつくらせて置いて下さい

早朝からお騒がせ致しました

車中は陽がさすころ迄スチームが通りまた近江路では入りましたので思つたより楽で厶いました　それに同席の方が大変御親切に荷物を揚げたりして下さいまして　是又大助りいたしました　其の方は熱海伊豆山に御住居にて東京に鋼のお店をお持ちになつてゐるので厶いますが　恵美子を御らんになつて女学校の御話から転校を御すゝめになり　矢張小田原がよろしくとの事で厶いました

今度は相当転校の人有るらしく其の時にどうしても神奈川県下の人を先にとるからつてを求めた方がよくはないかとの御話が御座いました　一寸申上て置きます　それから伊東にも女学校があるからとも云つて

居られました

早速乍ら石鹼二ダースの中一ダース御送り申上ます　良質の品で御座いますから　どうか其の御つもりで

ハッキン懐炉には燃料用アルコールが一等今では宜敷よし　本週中に千田氏に話し度く日と時間わかり次第御知らせ申ますすゆゑ　早朝にても致方無き事　なつを熱海駅へ御出し願ひます　文部省より書留送って参りました　同封御送りいたします　歌舞伎は御ひるだけにいたしましたから　是は私に頂いてもいゝのでムいませうね　併しそちらでの御買物にあてゝ頂きませう

こちらはめつきり物資がなくなり御野菜の配給は五日に一度といふ事になりました　それに疎開問題が出て以来か本年に入つて俄に不急不用品の購買力が減じて参りました　貴方様の御口にされる頃は矢張世情もそろ〳〵移り変つてきて居りますのに驚いて居ります　どちらにしても熱海へ一つになるなら仰せの通り　持つて参れぬ物は一日も早く処分した方よろしくとぞんじます

就いては冷蔵庫の買手が有るのでムいますが　二千円位で知つた方ですから　こゝを立ち退く迄置いて頂けると存じます　御約束をしてもよろしいでせうか　御値段の点等貴方様もべつにくろうとでもなく　はつきり御わかりになるわけでもなく時価は私の方が存知てゐるかもしれませんが　まかせて置いて頂けませうか　御訊ね申上ます

ライカの希望者もムいます　是は千円位で　このせつはどちらかと云へば　是も売る人の方多く　写真機等持ち歩き出来難く　フヰルムは入手出来ずといふので　其の買手といふのはフヰルムの手持ちが沢山あるのださうです　私は別にそんなに持つてゐたくもムいませんが　如何〔行間　○是は誰にきいても売り時だと云はれます〕

是で当分送金願ハずにすミますと存じますが　原稿料でお高いものを食べてるかと思へばの御述懐をきい

てから胸痛く送金も願ひ難くなりました　それに板津が櫓を実に大したものをつくつて参りました　仕事をみて頂かぬと驚かれるから御代も頂戴出来ぬと申居りましたよし　成程是ならとうなづけますが　角ゝはすつかり丸味をつけて　けれど莫迦〳〵しくなりました　簡素にと仰有つた事とおもひますが　請求書を同封　兎ニ角御らんに入れます　一時は支払つて置かなければならないでせう　あとの方に譲るとも請求書を御とり置き願ひます

電機が今度は大分罰金をとられさうで　心配して居ります　通告あつたよし　百円位で済ミさうにムいません　こいさんに預けたお金は債券　暮れにおみせした津田さんの世話の恵美子の洋服の御代　昨年末立て替へてもらつて居りましたが　十日出征の時にそのまゝにして置くわけに行かず餞別と一緒に渡したり

帰りがおくれた其の間に家の入用等で残金壱百円欠けて居ります　右御知らせいたしておきます

チエツキの赤い行李の方はまだつきません　本日中にはつくと思ひます（問ひ合せましたところ）直ちに御返送いたします

それ迠に渡辺よりの竹の行李が先に着きましたら　それにて御餅等を御送りねがひ度く白菜のやうな有りふれた御野菜にても結構故御入れ被下度　又御座敷の押入れの中に紙包みにしてさくらゑびとソバ粉（半分わけにした品）忘れました　それとジヤムをデルモンテイーのコーヒの鑵につゞつたハツタイ粉迄入つて居りますが　それを捨てゝジヤムをいれて押入れの忘れ物と一緒に御入れ願ひます　大福餅大分恵美子も心のこりましたが　出鱈目でムいましたか　もし本当に持つてまゐりましたら　是も御いれ下さいまし

次になつへ御伝言願ひたい事がムいます　衣料切符を書留にて送ります様にくにのと一緒に着物二三日中に買物に出掛けます

駅で申つけて置きましたが　はやく送らせて下さい　丸干は和田氏へ差上る程ハ御座いません　又御入手

の上は御願ひ申ます
大野さんの小母さんに頼れた事は御願ひするのを忘れて参りましたが　甥が出征するとかで旗に武運長久を書いて頂いてほしいとよろしく願ひます
私の衣料切符同封いたします　ストツキング五足（先日の）と例の帯締め五本なつに買はせて頂き度うムいます
是も申つけてムいますが　駅で沢山の持ちきれぬ荷物を置いて四十分待ちましたが　遂に迎へは来ず　恵美子に出来るだけ持たせ　乗り降りに苦心して漸く住吉へつきました　それと車中で御べん当の紐が結べてゐなかつた為にすべり落ちて　すつかりひつくりかへしましたのとは悲しくなりました　きれいなところをとつて頂いた其の煮豆のおいしかつたこと　また欲しいと思ひ舛、おさつを他に持つてゐたので助りましたお海苔又頂けたら頼んで置いて下さいまし　それにアスパラとマヨネーズと　とりにやるのをお忘れなく
魚崎のお寒い事ふるえ乍ら是をしたゝめて居ります　先日の東京と変るところムいません　随分かいて了ひました　では御厭ひ下さいませ
かしこ
松子
潤一郎様
参る
石鹼先に一打でしたから半打にして置いて頂きます　あとと〵き次第また荷造りいたします

洗濯石鹼二個いれました　又唯今千田氏と打ち合せの御電話かゝりましたが　このごろ熱海をとまらぬ汽車のよし　兎ニ角森田までおもち願ひ清治にでももたせてやるやういたしますから　それはそちらにて御連絡被下まし
このお寒さでは到底当分おかへりにはなれぬ事でせう　神経痛がひどくなられるかと思はれる位　痛ミのないところがうづきます　熱海は何といふおあたゝかなところで厶いませうか
お漬物のお序が厶いましたら　池田様へ御願ひ申上ます
○池田幸(ユキ)子様宛に遊バして頂きます

## 58　昭和十九年一月二十日　松子より潤一郎

表　熱海市西山五九八　谷崎潤一郎様　速達（消印□・□・20）
裏　一月廿日　兵庫県武庫郡魚崎町魚崎七二八ノ三七　谷崎松子

御きげん如何でゐらつしやいますか　そちらは今でもあんなにぽかぽかして居りませうか　魚崎のお寒いこと　外へ出る元気もなく縮ミ上つて居ります　こゝ暫くがお寒さも絶頂で厶いませう
其処へこゝ一週間余お野菜の配給がなく　主要食の無いところへなので女房連大分音をあげて居ります
家族を食べさせないで置くわけにも行かないので　皆ゝ汽車へのつて買ひ出しで厶います
私もけふあたり明石辺へ出て参らうとぞんじましたが　此のお寒さに又気管支炎をおこしたりしてもつまらないので〔欄外　例年おこす時機なので〕見合せて居ります　持つて帰つたおさつもすつかり頂きつくしました　又　補給を御願申ます
反高の藤井様（山水庵）の奥様が御逝去なさいましたので　御悔ミに参りました時の御話にあちらも御子

息の方の御家　警察から供出する様云つてきたよし　勿論応召中では御座いますが　結局若夫婦別居とい
ふ事は許されなくなる様でムいます　それで藤井さんでは全く知らぬ人は困るといふので　一族中の疎開
地域の人に住はせる事になさつたさうで　それでお宅でも熱海の家の事　何かそれに備へて置かれた方よ
ろしく　おせつかい乍ら先生に申上て置いて欲しいとの事でムいました
庄司様から昨日伺つたのでムいますが　知人で小田原へ別荘へ御持ちの方東京から疎開されるのでムいま
すが　其の御嬢様が小田原の女学校へ転校なさるよしでムいますが　小田原の女学校は東京都の女学校と
殆ど変りはないさうでムいます　恵美子も小田原にしたいと思ひますから右御ふくみ願ひ度く　今朝の新
聞でみると近衛さんは京都へ疎開なさる事になつたさうで　一寸うらやましい事に思ひます
送り出した行李の中の紙包みに先日来（私留守中の）御文をいれて置きました　捨てない様におさせ下さ
いませ
手拭でつくつた袋もいれましたが　それにメリケン粉を御願いたし度く　丸干も沢山御願ひいたします
寒の間こそ心配なく送つて頂けるのでムいますから
岸沢のおかみさんがいつも〳〵洗濯石鹼と申て居ります故近日入手のあてがあるので送つてやりますが
所番地を判り御教へ下さいませんか　お沢庵をこいさん宅にも送つておやり下さいませんか　又　其の序
に京都の喜志元へ送つて下さい　以前から何か送つてあげる約束して居りました　野菜不足の折柄よろこ
ばれます　庄司さん山口さんにも御願ひいたしたいのでムいますが　庄司さんでわけて頂いてもよろしく
　反高林一八七六庄司次郎氏でムいます　木箱を前に送つて置きましたが　其の中へ御みかんをいれて発
送させて被下ませ
大野屋の御風呂へ又参りませうね　御大切に

かしこ
松子より

潤一郎様
参る

〔欄外　○先便の御返事早く願ひます　○今度の電話料六拾五円也　目が飛び出る事許り　○児山様この日曜に御目にかゝる事になつて居ります〕

一八三　昭和十九年一月二十一日　潤一郎より重子

表　東京都目黒区上目黒五丁目二四六二　渡辺重子様　速達〔消印19・1・21〕
裏　廿一日〔印　静岡県熱海市西山五九八　谷崎潤一郎〕

取急ぎ要用のみ申入れます
○奥村さんから二十四日のひるに来てくれと云ふ返事が来ましたから同日上京します、今度明さんを御世話しようと云ふ会社の社長富永と云ふ人が文学趣味のある人で小生に会ひたいと申されるので奥村さんと三人で昼食を取ることになつて居ります　そして明さんも呼んでくれと云ふことになれば直ぐ電話をかけますからお宅で待機してゐて下さい
○なほ田所さん、中央公論、竹田、偕楽園等へも寄りますので矢張一晩だけ御厄介になりたく存じます　カバンや何かを頂いて帰りますし　荷物がふえると思ひますからナツも同伴いたします、お米は持て参りますが絶対に御馳走はいりません
○次に清ちやんか御清どんでも此の名刺を持ち　京橋の明治製菓ビル方内田誠氏の所へ行きバター一ポン

ド貰つて来ておいて下さい、代金はいゝのです
ビルの四階の宣伝部だつたと思ひますが中できいてくれゝば分ります
○タドンがなくなりましたが少し都合できないでせうか、それから揮発油か燃料アルコールできたら頂いて帰度存じます
○森田から豆炭十俵来ました、大変助かります、たくあん漬一樽森田宛出しましたが少しおくれるとの事です

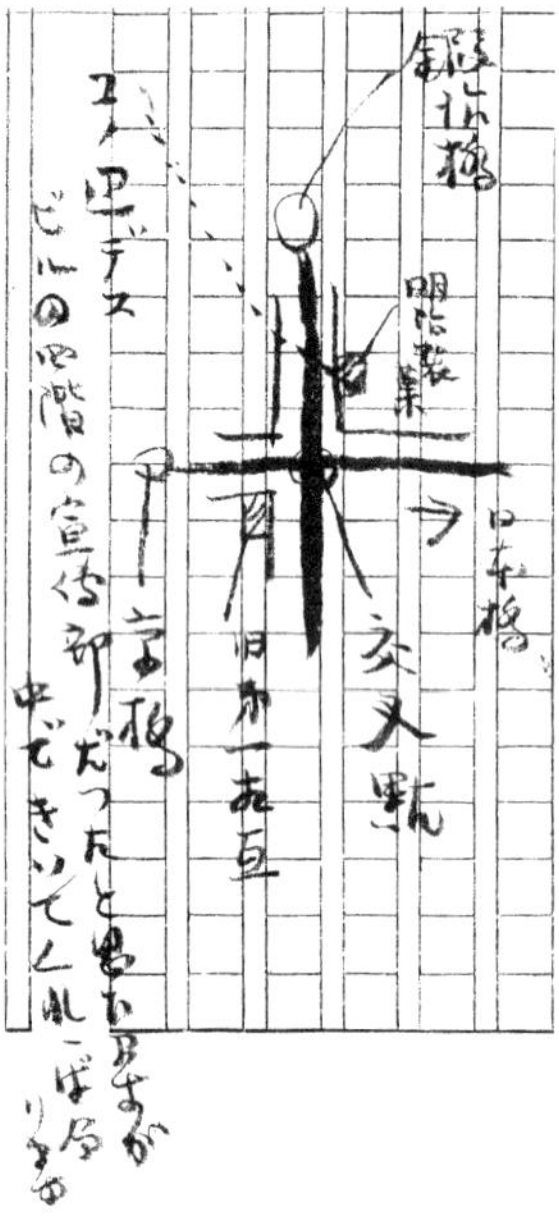

廿一日　　　　　　潤一

重子様

**一八四　昭和十九年一月二十六日　潤一郎より重子**

表・裏　不明

拝啓
昨日はいつもながらおもてなしに与り難有存じました　御蔭様で東京の夜も寒からず風邪も引かずに帰ることが出来ました　又明さんに蛤や青柳の御土産頂き早速昨夜頂戴いたしました
あれから偕楽園へ一寸立ち寄りましたら笹沼より例のお金の話が出、会社の方にも僅かではあるが木炭の

代とかで三十六七円程明さんの払ふ分が残つてゐる由でした「与野の工場の方のは百七十円あつてそのうち百円は済んでゐるさうだが」と申しましたら「自分は報告に接してゐないので委しい事は分らないが近日与野へ行くから聞いて見る」との事でしたそれで恐入りますが貴女様から今一度明さんにはつきりと未返済の金額をきいて頂き都合で私が立てかへるとしましても此際きれいにしてしまつたほうが明さんとしても、又私としても面子が立つと思ひます〔勿論そのお金は私から出たやうにせず何処までも明さんから支払つて頂く必要があります〕明さんは私に遠慮して居られるかも知れませんが御事情はよく分つてゐるのですから気がねなさらず仰つしやつて下さる方がよいと思ひます　何卒あなたから御聞きになつて至急御返事を頂き度存じます　月末でちやうどよい時機だと存じますから

廿六日夜したゝむ

潤一郎

重子様

猶々明さんの事に付今日も奥村さんへ再度書面にて頼んでおきました　ストツキング御入用なら買つて御送りいたしますが衣料切符御よこし下さい

たどんの代金をおしらせ下さい

味噌の樽を其方へ送りますから御清どんに御頼み下さい

〔欄外　夏ミカンはまだ枝につけておきませうか取つてお送りしませうか御返事下さい　あまり長くつけておくと又来年実のりませんから〕

＊『湘竹居追想』二二一頁より、詳細不明。

## 59　昭和十九年一月二十八日　松子より潤一郎

表　熱海市西山五九八　谷崎潤一郎様　御もとに　速達（消印19・1・28）
裏　兵庫県武庫郡魚崎町魚崎七二八ノ三七　谷崎松子

今朝御手紙拝誦いたしました
こなたより御返事差上る筈でムいましたが　先頃中よりあさが始りで恵美子　私といふ順に発熱いたしまして私もすつかり疲れて了ひました
転校の事について田所小父様におあひ下さいましたよし本当にお寒い中を恐れ入りました
何にしても入れて頂けるところへ行くより仕方が御座いません
○いゝお酒を一本持参のつもりでムいます　そろ〳〵家の始末にとりかゝつて居りますが矢張御相談したい事に行きあたりまして困ります　しげ子の都合つき次第参りたく思ひますが冷蔵庫内金五百円受取りました　それで本日同封の小為替は其のまゝにして置かうとおもひます（私参りますまで）　そちらでお困りの品〻買つて居ります為　五百円で板津までは到りかねると存じます　何しろお隣の小母さんので驚いたやうな次第でムいますから
○お羽折は学校の先生の手許にムいました　早速佐々木へ頼みました　あんなにバカ〳〵しいお値段ではよう求めませんけれど
けふはこの寒のうちでも一番おさむい日かと思ひます　部屋の中で三五度（三度）でムいます　何しろこの字を御覧下さればおわかりで御座いませうが　冷たくて自由がきゝません　かうなると思ふ事もつかへ勝ちになつて歯がゆい位の御便りになりました　炬燵へいれるたどん、炭もきれ薪もたきつくしました

○庄司家も御本宅へ一緒になられる事に決りました　貴方がお帰りになつてもお二階にお炭をいれて差上る事も出来なくなりました　併しどうしても三月末まであと始末がかゝります　児山さん伺ふと申して居りましたら御自分からお出向き下さいました　荷物の事御諒解下さいました　御借賃の事まで一寸申してみましたが　何か私が其の為に不便をしのぶとか何か犠牲を払つてゐるならそりや頂くけれどそんな事何も有りませんからとの事でした

○こちらへも何とか（二軒家持つ事）申して参るでせうね　恵美子は脊椎カリエスになる懸念もあると云ふので（本日診て頂きました）心配してゐます　ヴィタミンA、Dの不足から起り得る病気でムいますが　こちらへ私帰つてからお野菜一度だけ（白菜四分ノ一）配給あつたきりでムいます　くにを加古川までやりましたが　大変なきびしさで持ちかへれませんでした　お餅もおさつもすつかり食べつくしました　何も送つて下さらぬのでおうらみに存じて居りましたが　熱海でさへお困りなのでムいますね　御入手なり次第何でもよろしい故恵美子に送つておやり下さいませ　お沢庵はまだつきません（私が参つてたのんだ分）一度おきゝ合せ願ひたく　池田幸子様の御住所は西宮市上大市大野新田でムいます

鳥居味噌への御礼は主人に男下駄を一度差上げたら如何　今大阪あたり困つてゐます　其のお序に拾円位の男下駄御願ひしたく是非御礼をしなくてならぬところムいます　くには大変お料理のお味がよくなつて参りました　御味を覚えるやう一〻食べさせてみて居りますが　全然わからないのではムいません　大層よくやる様になりあさもよろこんでゐます　泉さんのバターは素晴らしいものでムいましたが　何とかならぬものでせうか　恵美子にぜひ必要なのでムいますが　申上度いことは山のやうにムいますが　おそばへ参りましてよろず

かしこ

御身御大切に

松子

潤一郎様　まゐる

## 60　昭和十九年二月十二日　松子より潤一郎

表　静岡県熱海市西山五九八　谷崎潤一郎様（消印19・2・13）

裏　二月十二日　兵庫県武庫郡魚崎町魚崎七二八ノ三七　谷崎松子

毎日転手古舞をして暮してゐるので一寸とだえて御許し被下ませ

御きげんの事とぞんじます　けふは又行李の品〻有難う厶いました　あさが持つて帰つた白味噌で早速御ひるおざうにをしていたゞきました

今度の栗はどういふのでせう　行李の発送少しおくれましたが　奈良漬と甘い物少しながらいれたかつたものでムいますから

石鹸はとゞきましたか心配してゐます

けふあたり立てるつもりでこいさんともいろ〳〵支度して居りましたが　しげ子の方から一向音沙汰なしで困ります　梅園はゐらつしやいましたか　句会に梅と立春二題で熱海の梅園の事を考へて居りましたが生憎恵美子が熱を出して参れませんでした　重信さんゐらつしやるので　庄司様の奥様（本宅の）がゐらして

春立つや猫と侘びしくひとりゐて

私のかはりに山口夫人がお供してゐらつしやいましたが　この句は谷崎さんを思つてつくつたと仰有つてゐたさうでムいます　先日内田さん山口さんとうちで集りましたが　半後家さん三人と山口さんがおつし

やいました
先刻西宮へ使が参り　京楽で家を訊ねに寄りましたところ　葉書をいたゞいてゐるがお味噌は近頃は自分の家でも不足で困つてゐるからよろしくおことわりしてほしいとの事でした
渡辺の事（就職の）奥村さん（栄子様）から詳しく御手紙頂きまして知りました　函館ドック技師としてゐらつしやれるなら一二年ゐらしたらどうかと思ひますが　家計がいくらか余裕が出来たらい、と思ひましたが（勝手にさへおやめにならなければ）
営団から資本の出てゐるといふ小西六工業会社も御仕事の上ではよろしくと存じますが　いづれにしてもライフアンよりは待遇よくなる事は間違ひなくと仰せで厶います　正念寺から軍用機献納（今度浄土宗のお寺から献納するさうで）に就てこちらへも割当額依頼してゐらつしやいました
何しろ売り喰ひではさういふものが出ません　それに今度私が参りまして相談の上でなければバ売却出来ぬものもあり　お寺の五拾円と旅費五十円　壱百円至急お送り下さい　留守宅も少しはゆつたり置いておかなければなりません　是は都合いたしますが
持参の物今度は瓶のものが多いのでどうしようかと思つてゐます　こいさんと二人で持てばどうにかもてませう　庄司さん春子さんから貴方にアンチヨビーソース頂いてゐます　是も瓶でせう
この間私がそちらにゐた時は代用綿あちらこちら見かけたのに製造禁止とかで　こちらどこへ頼んでも厶いません　女たち大恐慌で厶います　もしそちらでまだ買へさうで厶いましたら出来るだけ　お買ひ求め被下度　御願申上ます
バンド月経帯もどうか恵美子に当分のを御ねがひいたします　どうしてもいるもので困りますから
悪性感冒はやつてゐるよし　どうか東京へお出掛けの時は御きらひでもマスク遊ばして下さい

潤一郎様
参る
〔欄外
○こちらと同時に送らせたお沢庵重信さんへまだつきません御きゝ合せ下さい奥村さんはついてゐます
○けふの御荷物は誕生日の御祝の贈物と恵美子大よろこびです
○住吉村から同封の税金のハイフ参つてゐます　今度はどうするのでせう
○くにが大変お料理上手になりました　教えた通りするので浸し物等なつよりお加減上等でムいます〕

＊ 兵庫県武庫郡住吉村役場からの納税告知書が同封されている。

## 一八五　昭和十九年二月十五日　潤一郎より重子

受　東京都目黒区上目黒五丁目二四六二　渡辺重子様　速達（消印19・2・15）官製はがき
発　十五日〔印　静岡県熱海市西山五九八　谷崎潤一郎〕

ゑみちゃん転校之件ニ付どうしても小生自身一度魚崎へ帰らねばならぬ事情出来候間多分来ル十七日出立可致但しなつは留守番いたさせ候間いつにても御入浴に御いで被下べく候
〔行間　偕楽園の方宜しく御願申上候〕

＊ 山梨県立文学館所蔵

## 61　昭和十九年三月八日　松子より潤一郎

表　熱海市西山五九八　谷崎潤一郎様　速達（消印19・3・8）
裏　兵庫県武庫郡魚崎町魚崎七二八ノ三七　谷崎松子

先日来の御疲れのおいえにならぬうちに又東京入御活躍昨日は又早朝よりお騒がせ申てもと全御申訳無くぞんじます
鮎子ちゃんにもお疲れなくゐらつしやいますか　東京駅では思はず　私顔をそむけました　痛〻しくて小さいおせなに百〻ちゃんが苦しさうだし　暫らく言葉が出て参りませんでした　たつた一日の事で残り惜しうムいましたが　御陰様で百〻ちゃん相手でこの程からの悪夢を忘れる程気が紛れ愉しくすごしました
二三日延バし度いのは山〻でムいましたが　留守宅いつもより心にかゝり　くた〳〵のところを勇気を出して帰宅いたしましたところ　案のじようくにが高熱を出して居り　空釜をあさの用足しに出てゐる間にくにが焚き騒ぎした由　それに驚き発熱したと申して居りますが
それからピアノは運び出されて居ります　金子三千五百円あさに渡してありましたが（あさも拒絶したさうですが　私から其の値で買ひとつてゐると申て）　山口様の悦ちゃんの先生のお世話で確な先でムいましたが　驚いた事に山口様お立会の上楽器屋さんにお値をおつけさせになつたところ　四千五百円とつけたよし（音がいゝのとまだ新らしく迚もしつかりしてゐて今頃はなされたら二度と手に入らぬのにと不思議がつたさうです）　儲けさせてもらふとは最初から申て居りましたが　千円もとるのはあまりひどいと山口様も仰有るのです　知らぬ商人なら兎ニ角三好といふ人　私の為に今日相当な家にも這入れるやうになつたのに　三千五百円の値打よりないものをそれ以上に売るならそりや自分の腕次第でいゝけど　時価

を（自分の持物の）知らずに云つたなら是だけの値打があつて高くうれたからと云はねば徳義上面白くもなし　五百円でも大変な儲けだから　四千円は私の方へ渡す可きと山口様も庄司様も云はれます　私からハ何も言はずに山口様が話してみると仰有るのでムいますが　いかゞ致しませう　三五〇〇円でい、とハ貴方も御承知の通り確に申ました　至急御判断の上御一報待ち上ます　明朝入金のつもりで居ります
この家の熱心な借り手が四五人も表れ　おことわりに困つて居ります　皆お炬燵防空壕すべてか、つたゞけの値で譲りうけ度いとの御話許りでムいます
今夜は庄司さんへもらひ湯して参りました　其の時の御話にから釜を焚くときつと泥棒がは入ると昔から申ますよし　福原様では其のあと四人組の強盗は入りましたさうで　誰も知つてゐらつしやいました　気味わるくて今夜は眠れません
いましめとは存じますが（それ位の油断の時には戸締りもわるいとの）　狭い部屋に大勢居りましたせいか　このおうちもこんなに広〻としてゐたかと思ふ程でムいます
くにはそんなで今二三日恢復難かしくと存じます　四十度の熱が続いた様子　又パラチブスかとヒヤリといたしましたが　私の持つてゐるお薬が著効　本日ハ七度代に下りました
此の程からわけて御事多い中をつまらぬ事に愚痴つぽくじめ〳〵した顔ばかりおみせして洵に済ミませぬ御わび申上ます
せめて恵美子でも身心健全でムいましたら　いつまでも過ぎ去つた事を悔まないでムいませうが　此度の事件で素質といふ事に就て大変考へる様になりました　今更の事ではムいませんが　ぶつかつてみて始めて真剣に考へるのが人間の常でムいませう　恵美子一人でさへ満足に養育出来ないのにと仰いましたがどうぞそれだけは今後仰つて下さいますな

私にとつて是程酷い御言葉はムいません　母としてもつと無価値な女でさへ愛情によつて補ひ得るものでムいます　私は愛情が足りなかつたのでムいます　一番愛情の必要な時に児をかへりみるいとまもなく一方へ情熱を傾けつくして居りました　あの御言葉を伺つてから人前でも泪をこぼす悲しい癖がつきました

もう二度と口にいたしませんから　どうぞ〳〵あんなに情無い事を仰しやらないで下さいませ

それよりもどうか素直に観音様に授りの幸運を逃したのは私の弱さからとは云へ　貴方さまも同じ気持になつてお許しを願つて下さいませ　優れた人の子孫を二家にのこして行く羨ましい婦人も世にムいますのに　この私は憎みてもあまりある人の子を残し　世界中で一番愛す人の貴い子の生命をつみとりました自らあまりあはれな存在にも見え　いつかお話致しましたより時機がはやうムいますが　私の様な者は尼にでもして頂いたらふさはしいのでないかと最近何となく心が惹かれます

貴方様の愛情に縋つて生きてゐる私　その方が御心が安まるならせめて谷崎家御先祖の御菩提を弔はせて頂けたらと存じます　決して御言葉にこだわるのではムいませんが　気を取り直す事が難しくなりました

廻らぬ筆にては御わかり難いでせうが　御推量の程願上ます

鮎子ちやんに文べつにしたゝめますが　どうかよろしく

恵美子ほんたうに御やつかいな事でムいます

八日午前三時半したゝむ

松子

潤一郎様

参る

〔欄外　東京へ御持参の黒いトランクの中に私のモンペがは入つて居りますから　水いろのトランクがまだ送り出して頂いてませんでしたらモンペをいれて至急お送り出し願ひ升　四五日中にきびしい訓練がム

います
御かへりに佐々木さんへの干物御願申ます　お仕立物出来ました〕

## 62　昭和十九年（推定）三月（推定）日（不明）　松子より潤一郎

表　熱海市西山五九八　谷崎潤一郎様　速達（消印　切手破損　判読不明）
裏　兵庫県武庫郡魚崎町魚崎七二八ノ三七　谷崎松子

お水取が終ると俄に春めきました　六甲に霞が棚引いて其の中を歩んでゐると空襲の事も忘れる程長閑になつて参りました
恵美子のこといろ〳〵御やつかいで御座います　血膜炎（ママ）うつりました由　赤ん坊のじぶんから眼を患ふ事等一度もムいませんでしたのに　大変うつり易いもの故　百々ちやんにうつらぬ様とくに御気おつけ下さいまし　きたない手さへ眼に持つて行かなければ大丈夫でムいます
くには漸く昨日あたりから起きられる様に成りました
十八日に二郎ちやんと一緒に立たせることにして居りますが　御帰宅まで待たせた方よろしければ見合せます　二郎ちやんは教育召集でも召集と同じやうに歓送しなければならぬとの事にて（大抵はそのまゝになる由）東京から誰もきて居ませぬし　私吉村へ一緒に参り一晩泊つて親類の人達の御あいさつを受けましたが　当人は即日帰郷と決り序に遊んでかへると申てこなたに滞在して居ります
こいさんはそちらでひいた風がまだぬけず時折発熱いたします
今朝の新聞でみますと旅行も　予期してゐた事ではムいますが　是で熱海へ行つて了へばいつ又皆にあへるやらと別れが又辛う御座います

佐々木へお干物届きましたよし　こちらへも御もち帰りになれたら御願申上ます　私持ちかへりました分を佐々木に先に渡して居りましたので　佐々木は二重になりました
酒の粕がムいますが　鰤があつたらとおもひます　お塩が出来たら少〻にてもおもちかへり願へたら粕汁御馳走いたします
トランクには入用の衣類は入つて居りますからぜひ御送り出し被下ませ
メリケン粉、おさつは最う入手出来ませんか　須磨の谷崎には伝へて置きました　和田氏昨日より御来社のよし御電話御座いました
恵美子今度の様にして離れたのは始めてなので心配してゐます
清治が一緒にくるさうでムいますね　清治も今度がおしまひになるので御座いますね
明日は清水寺へ参詣いたします　百〻ちやんの足がはやく直るやうに祈念いたします
では御かへりを待つて居ります

かしこ

松子

潤一郎様

参る

＊　三月十三日の「お水取」から間もない時期に書かれたものだが、「恵美子今度の様にして離れたのは始めてなので心配してゐます」というのはどういうことだろうか。「疎開日記」によれば、二月十八日に谷崎自身が甲南女学校に赴いて恵美子の転学を願い出て、二十七日に「ヱミ子の学友五人別れを惜しみ」昼食をともにし、二

十八日に「夫婦ヱミ子信子」の四人で熱海へ出発している。そして、三月三日にはパラチフスの明を松子とふたりで見舞い、前便の八日以前に松子と信子とは、恵美子を熱海に残して魚崎に帰ったようだ。三月十七日には谷崎自身が伊東高女に赴いて入学の手続をして、十九日には谷崎が清治と恵美子を連れて魚崎に帰っているので、この書簡は昭和十九年三月十三日から十九日のあいだに書かれたものと推定できる。

## 一八六　昭和十九年三月二十三日　潤一郎より重子

表　重子様
裏　三月二三日　潤一

拝啓
大変御無沙して居りまして申訳も厶いません　先何よりも近〻明さん御退院の由御喜び申上げます　昨日御寮人あて御手紙にて段〻と一方ならぬ御辛労之趣相分り御寮人も拝見しながら眼に一杯涙をためて居られました　それにつき私も一言御詫び申上るために此の書面相したゝめました
あなた様御苦労の御様子ハ御手紙を拝見するまでもなく大凡そ分つてゐたことで厶いますが実に何から申上てよいやらと思ふほど此度ハ生憎な事情が後から〳〵といくつも出て参り心ならずもあなた様に御傷はしい目をおさせ申すことになりました、その事情と申しますのは第一はゑみちやんの転校が急を要するやうになつた事　第二は当方疎開の雑務のため本来ならばあなた様や又明様にも御手伝ひして頂きたいくらゐ人手不足なりしこと〔行間　疎開も一日おくれゝばそれだけ困難になりこれも急を要しましたしそこへ持つて来て三ちやんや二郎さん等の泊り客などもありまして一層ゴタ〳〵しました〕　第三は百〻子を熱海へ連れて来て入浴せしむることがこれ又一日も早きを要したこと　第四ハナツが東京へ行くことをいやがりクニは病気になつた事等〻いづれお目に懸り委しく申上けて御詫びするつもりで居りましたが大体御想像願上げます先般病院にて一寸拝顔の節涙ぐんで居られましたので私も胸をつかれる思ひが致しましたがあの慌しい際の事で何を御話する暇も厶いませんでした

金子のことも気になつて居りましたが今回ハ松平様より何程にても必要に任せ支弁されることになつたから宜しいであらうと御寮人が申されますので控へて居りましたがそんな思ひをなすつて債券を御売りになるくらゐならなぜ一言仰つしやつて下さらなんだかと却て御恨みに存上げますしかしあなた様の方でハ又どんなにか私共を気が利かない人達として恨んでおいでなされしことでございませう、過き去つた事ハ仕方ありませぬが御手紙の中で何より御傷はしく涙がこぼれたのは此の債券の一事でありました兎に角茲に取りあへず弐百円だけ封入いたしておきましたから御役に御立て下されば難有存ます

それからもし明さんが北海道へ行かれますなら清ちやんハ下宿してもらふことにしあなた様は熱海へ合併遊ばして目黒の御宅は御貸しなされたら如何でせうか、私共ハ四月五日にヱミちやんの学校が始まりますのでそれまでに熱海へ参りたいと存じて居りますがその前に此方へ御越しになれますなら御待ち申上げます、切符が中〻御手に入りますまいが森田様へ御頼みになるか或ハ森田の次郎さんに小生代理として〔行間　名刺封入しておきます〕創元社の小林氏へ行つてもらひ頼んで御覧になつたら如何で厶いませう、又明さんが熱海へいらつしやるなら、あゆ子が多分両三日中に帰京するでありませうから（或はもう帰つてしまつたかも知れませんが）その時往復切符を買はせたら如何でありませう、あゆ子と直接連絡を取つて頂きます、熱海ハ野口さんの手で切符が買へる便宜があるのです

猶別便小包二つ御送申上げました一つは御病人へ御見舞品でありますがあの砂糖のやうなものはバナ、シルコと申し台湾産のもので砂糖八分にバナ、の粉二分ぐらゐを混合したもの、そのまゝ上つてもよし、即

席ぜんざいのやうに熱湯でといてもよし、又ゆであづきなどに砂糖の代用として御使ひになつてもよいのでムいます今一つは藤田が持つて来た銘仙で、あなた様に大変よく似合ふ柄と存じました故分けてもらひました此の外に訪問着は此方に御預かりしてあります

以上取急ぎ乱筆御判読願上げます清ちやんは熱海魚崎間を一二回往復して荷物を運で貰はうと思つて居りますがこれも切符が中〻買へないので難儀して居ります

それでは御目もじの上にて万〻

あなた様も御看病の御疲れが出ませぬやうにと皆〻御案し申上げて居ります来月ハ何卒御ゆつくり熱海で御休養遊ばして下さいその時分になればアサかクニを御留守番に遣はします

二十三日

潤一郎

重子御寮人様

侍女

＊　この書簡は三月三日の封筒に入っているが、封筒と内容が一致していない。「疎開日記」によれば、女中の清と明がパラチフスに罹り入院したのは二月二十三日で、三月三日には潤一郎と松子は入院中の明を見舞っており、その折、疲労困憊した重子とも短時間だが顔を合わせている。三月三日の封筒はその折の見舞いのためのものだったのではないかと推測される。後便の四月四日付の重子書簡「(4)」には、「明　晩くも先月末には退院と楽みにしてをりましたが　二回目の検査に御小水の方に反応が出ましたのでまだ退院出来ずにマゴついてをります」とあり、三月中の退院という予定が延期されたことが分かる。「近〻明さん御退院の由御喜び申上げ

ます」というのは、延期されたとはいえ、三月三日よりも三月二十三日にふさわしいことはいうまでもない。四月四日付の重子書簡「(4)」はこの手紙に対する礼状であるところからも、三月二十三日と推定した。

## 一八七　昭和十九年四月四日　潤一郎より重子

表　東京都目黒区上目黒五丁目二四六二　渡辺重子様　書留　速達〔消印19・4・4〕
裏　四月四日〔印　兵庫県武庫郡魚崎町魚崎七二八ノ三七　谷崎潤一郎〕

拝啓
其後明さん如何でいらつしやいますかまだ退院なさりませんか
嶋川氏教育召集にて本日姫路へ発即日入営、それで或ハ御いでになれるかと存じ先日御電報申上げましたが多分御都合御悪かつたことゝ存じます
当方荷物が中々出ませぬので出発がおくれて居りますが七八日頃にハ立てると思ひます、せめて熱海の方へ明さんと御一緒に是非御いで下さい切符が御手に入らなければ何とか方法を考へます
魚崎の家のあとへは吉村さん夫婦が這入ることになり事に依ると章ちやんもハナレぐらゐ借りたいと云つて居られます、こいさんも嶋川がいよ〳〵出征ときまるまでハ舅さんと二人で同居することになりさうです詳細のことはまだきまつて居ません萬事御目もじの上申上げます
小為替百円封入いたしておきますが猶御入用の節ハ御申越願上ます
四月三日
潤一郎
重子御料人様

### (4) 昭和十九年四月四日　重子より潤一郎

表　兵庫県武庫郡魚崎町魚崎七二八ノ三七　谷崎潤一郎様　御許に　書留（消印19・4・5）
裏　四月四日　東京都目黒区上目黒五ノ二四六二　渡辺重子

先日は御細々との御便りを頂戴いたしまして誠に有難う存じました　幾度も涙でさへぎられ乍らも繰返し拝見いたしてをります
又先達は御遠路態〻御揃にて御見舞ひ下さいまして恐れ入りました　其の節は御顔を見たとたん苦しかった日のことが急に思ひ出され胸が一杯でろく〳〵御挨拶も申上げられずさぞ端たないものと思召でしたでせうとこちらこそ御詫び申上げねばと存じてをりました　仰るまでもなく人手不足の今日人手を借り様と思ふ方が間違ひと悟つてをりますから　どうぞ御気に御掛けなさらないで下さいまし　病気の山の四五日は余りの辛さに泣かされ　たとへ二三日でも人手が借りられたらとどんなに願つたかわかりませんが　それも遠くてそういふ訳にも行かないと思ひ返して　只遠く離れてゐることだけが恨みでございました
又小為替まで御同封下さいまして相済ミませんでした　御言葉に甘え使はせて頂きます
御蔭様で私の一番苦手の苦労も暫くは免れられること、ほつといたしてをります
明　晩くも先月末には退院と楽ミにしてをりましたが　二回目の検査に御小水の方に反応が出ましたので　まだ退院出来ずにマゴついてをります　今一息と張りつめてゐた気持もがつかりしましたせいですか　急に疲れが出て寝込んでをりました　余り重い荷物を持つては　恐ろしい混雑の電車で押殺されそうな目に会つての病院通ひで肩が凝り詰つてゐたのが寝違ひのやうになつて右腕が全で動かせなくなり熱も出てを

りましたものですから遂〻手紙が書けなくて失礼してをりました　毎日気にしてをりましたところへ島川入隊との電報を頂きました　翌日病院へ参り相談いたしました上で切符とれ次第立つことにいたしました其の日は切符売出しの時間に間に会ひませんでしたので昨日並ひましたが早く〆切つて了つて駄目でしたから今日創元社へ御頼ミしました　まだ何時とれるかわかりませんが取れ次第立ちまして御目もじの上万〻御礼申上げます

あら〳〵かしこ

重子

四日

兄上様

## 一八八　昭和十九年五月二日　潤一郎より重子

表　東京都目黒区上目黒五丁目二四六二　渡辺重子様　書留　速達（消印19・5・2）

裏　五月二日〔印　静岡県熱海市西山五九八　谷崎潤一郎〕

清はやつと先月一杯で退院して参りました　まだはつきりはいたしませせぬが御留守番位は出来ます銘仙反物も二三日前着きました何度も出して見てをります足掛け四年振りで女らしい楽ミを味はせていたゞきました御仕立を楽ミにしてをります

僅かな間にすつかり夏になつてしまひました　明さん其後引つゞき御元気の事と存じますが御就職之件はどうなりましたか御案じ申て居ります　もし北海道へ御でかけになりますならどうかその前に是非一度御越し下さるやう御伝へ下さい

此方ハ偕楽園夫婦が帰て急に静かになりましたこれから小生もそろ〳〵仕事にかゝります

其後もいろ〳〵御入用多い事と存じますが取あへず小為替百円封入いたして置きます　先ハ御見舞かた〴〵要用のみ

早々

二日

潤一郎

重子御料人様

侍女

## 一八九　昭和十九年五月六日　潤一郎より重子

受　東京都目黒区上目黒五丁目二四六二　渡辺重子様　速達〔消印19・5・6〕官製はがき

発　六日〔印　静岡県熱海市西山五九八　谷崎潤一郎〕

まことに御手数ですが先年恵美ちやんが杉田直樹博士の診察を受けた時の処方箋の控へを御持ちでせうか、お持ちでしたら速達便を以て至急御知らせ被下度御願申ます

＊　山梨県立文学館所蔵

## 一九〇　昭和十九年五月八日　潤一郎より重子

表　重子様
裏　五月八日　潤一郎

清ちやんよりいろ〳〵御様子伺ひましたが明さんが貴女をつれて北海道へ行かうとなさるのなら家人も小生もはつきり不賛成であります、最初の御話でハ大体明さんが一人で赴任され貴女様ハ一年中で気候のよい時に二三ケ月お出かけになると云ふことだつたので小生も賛成したのです、此れハ小生との約束でもあつたと思ひます、もちろん良人として妻との同棲を望まれるのは当然でありますがそれなら北海道でなく東京で就職して戴きたいのです

さて此れから先は貴女様へだけ申上げます
本来ならば北海道へでも何処へでも良人に附いていらつしやいとおすゝめ申すのが道ですけれども貴女様の場合は普通とちがふいろ〳〵の事情がありますのでそんな事はすゝめられません、かりに貴女様が辛抱なさると仰つしやつても私共が心配でよう辛抱致しません、柚さんなどが北海道行をすゝめるならばいつでも私が出かけて行つて不可の理由を説明いたします（好んでしたくはありませんが）もし明さんが無理にも同行を迫られるならいつでも熱海へ逃げていらつしやい、切符がなければ先づ小石川へでもお逃げになり電報下さればいつでも御送りするかお迎へに行きます後の事ハ私が一切御引き請けします、もと〳〵これは私の責任なのですからさう〳〵いつ迄も貴女様に御苦労をかけさせてはおけません
此の手紙の趣旨には当方皆が賛成なのです、くれ〴〵も必要の時ハ私がいつでも出て行きますから電報を

下さい、決して御遠慮に及びません〔二行割　私は必ずしもそれきり別れておしまひなさいと申すのではありません一度そのくらゐな強硬手段に出た方が却て後がよくはないかとも思ふのです〕
八日

潤一郎

重子御料人様

侍女

＊全集書簡番号二四六

（5）昭和十九年五月八日　重子より潤一郎

受　静岡県熱海市西山五九八　谷崎潤一郎様　速達（消印19・5・8）官製はがき
発　東京都目黒区上目黒五丁目二四六二　渡辺重子

先日は速達にて御手紙頂き有難う存じました　小為替も御同封下さいましてまことに恐れ入りました　入院中に先の分まで頂いてをりますのに御心配頂きまして相済ミませんが此の度は御厚意に甘えさせて頂きます　昨晩御葉書頂戴いたしましたが　合憎（ママ）写しが御座いません　処方は住吉に取つてある筈ですが一寸思ひ出せません悪しからず　あら〳〵

一九一　昭和十九年（推定）六月（推定）二日　潤一郎より重子

表　重子様　清ちやん持参

裏　二日

拝啓
近日御揃ひにて御来駕の由御待ち申上候本月分金子茲許封入致候
明さんへ宜しく御伝へ被下度候
二日
潤一郎
重子様

＊　山梨県立文学館所蔵
＊　この書簡が何時のものかを確定する決定的な手掛かりはない。「近日御揃ひにて御来駕の由御待ち申上候」とあるところから、入院中の御礼などに熱海へ夫婦で挨拶にうかがう予定があったのかも知れない。実際、六月二十九日付の重子宛書簡「一九三」には「先達ハわざ〳〵伊東まで御来駕」とあるように、この六月中に熱海をも訪れている。また「本月分金子茲許封入致候」という箇所は、その前月の五月二日付の重子宛書簡「一八八」には「其後もいろ〳〵御入用多い事と存じますが取あへず小為替百円封入いたして置きます」とあり、また先の六月二十九日付の重子宛書簡「一九三」にも「御餞別も差上げなければなりませんが取あへず御入用の金子百円封入いたします　但しこれはいつものと別でムいますがいつものは来月五日より三四日おくれますかも知れませぬ」とあって、明の失業以降、月々の生活費の補助していたことが分かる。これが何月分のものかは明確に分からないが、明と一緒の時期だとすれば六月の可能性がもっとも高いので、仮にここに置いてみた。

## 一九二　昭和十九年（推定）六月（推定）十二日　潤一郎より重子

表　重子様　清ちやん持参
裏　十二日　潤一郎

拝啓
貴女様ハ御元気の由大慶に存じます
明さんの御腹まだお悪い由、アルシリンと同じやうなものですが此頃の新薬でアドース錠といふのが小生にハよく利きましたから御試し下さい、そして一度是非又熱海へ温まりにいらつしやい、就職の事も猶御相談しませう
転校の事で先日小田原高女へ行て参りましたが十四日に伊東の女学校へ行く事になつてをりますのでその上で貴女に御相談したいと存て居りました魚崎でハ貴女様が留守番に来て下さるのを待つてこいさんの二(ママ)人で出て来るやうに申して居ります
つきましてハ十五六日頃に明さんと御一緒に熱海へ来て頂き女学校の事で貴女様の御意見も伺ひ私の意見も申上げますからその相談の結果を持つて当地より関西へ御立ち下すつてハ如何でせうかなか〳〵手紙でハ書けないので貴女様から御寮人へ話して頂くのが一番よいと存じます申すまでもなく女学校の事ハ一日も早い方が宜しいのです
もし近〻に熱海へも関西へもいらつしやれないやうな御事情なら一寸御一報願ひます、実ハ今「細雪」上巻の単行本が出来上りかけてゐて忙しいのですが次第に依つたら小生自身一寸魚崎へ相談に帰ることにいたします御都合至急御伺ひ申ます

十二日　　　　　　　　　　　　　　　　　　　　　潤一郎

重子御料人様

侍女

ストツキングハもはや品切になつてゐました

〔封筒ニ朱書　偕楽園の御祝品ハもう届けて下すつたでせうか如何〕

＊　全集書簡番号二四四

＊　全集ではこの書簡を三月十二日と推定しているが、三月十二日では、いまだ明がパラチフスで入院中なので「十五六日頃に明さんと御一緒に熱海へ来て頂き」といった言葉をかけられるような状態ではなかった。この書簡が四月の明の退院から七月の「細雪」私家版の上梓までの間のものだったことは明らかだが、「疎開日記」の昭和十九年六月十六日に、「午後明さんより「アスウカガフ」と電報あり」とあるところから、これを六月十二日と推定した。

一九三　昭和十九年（推定）六月（推定）二十九日　潤一郎より重子

表　重子御寮人様

裏　二十九日　潤一郎

明さんすでに御出発の由も一度御帰りの由ですからまだ御眼にかゝれると存じますが先達ハわざ〳〵伊東まで御来駕を願ひその御礼を申上げぬうちで残念に存じます　何ぞ御餞別も差上けなければなりませぬが

取あへず御入用の金子百円封入いたします　但しこれはいつものと別で厶いますがいつものは来月五日より三四日おくれますかも知れませぬ、なるべく早くいたしますが右一寸御ふくみ置き下さい
近日嶋中氏入院の見舞をかねて上京、その節ハ御寮人もゑみ子ちやんも同道一晩御厄介になるかも知れませぬ〔行間　諸材料全部持参いたしますから御心配なく　小生ハ偕楽園へ泊り申候〕多分両三日中ですが前日電報いたします

廿九日

潤一

重子御料人様

侍女

クニは明卅日午前中御手伝ひさせ夕飯ぐらゐ迄に御帰し下さい

＊嶋中雄作が胃潰瘍のために築地の南胃腸病院へ入院したのは、昭和十九年六月二十五日である。したがって、この書簡を昭和十九年六月と推定した。

## 一九四　昭和十九年七月一日　潤一郎より重子

表　東京都目黒区上目黒五丁目二四六二　渡辺重子様　速達〔消印19・7・1〕

裏　一日〔印　静岡県熱海市西山五九八　谷崎潤一郎〕

一筆申入れ候

此の間より心身共に御疲労の折柄ゑみちやんを泊りに行かせ何とも心なきやうにて恐縮いたし居候実はいろ〳〵に申し上京を止めるやうすゝめたのですがたつて行きたいと申しますに依り御寮人の意見もありて仕方なく差出し申候御ゆるし被下度候帰ります時切符入手困難の節ハ小生名儀にて創元社小林氏に御頼み下され度候但し小林氏目下旅行中にて三日中には帰宅四日頃より出社致され候
本日あゆ子のカバンに御米を入れて御送いたし候ニ付そのカバンゑみちやんに持つて帰るやう願度候次にあなた様が今迄になき程痩せておいでなされ候由にて御寮人の心配一方ならず、あのまゝで放つておいては大変である、あの痩せ方を一遍見せておきたかつた、などゝまるで小生の責任であるかのやうに申され候（お顔付や手足は左程でもないので小生ハまさかそんなとは心付かざりし次第に御座候）此の上ハ一日も早く熱海へ療養に御呼び寄せ申度と毎日御寮人とその事のみ語り居り考へるとじつとして居られぬやうに心配になつて参り候明さんの御都合も有之べくと存候へ共アサが帰つて参りましたらば早速留守番に遣し申候ニ付是非御いで下さるやう御願申上候何卒それまでハくれ〴〵も御自愛被遊度左様な時にもし病気にでもなられてハゆゝしき事にてそれを何よりも御案じ申上候クニが昨日帰宅いたし候時も、重子ちやん少しは太つたやうか、と申すのが御寮人の第一の質問なりし次第に御座候然るにクニの答が否定的なりしため又ゝ心配が募つて参り候事に御座候
御忙しき折柄決して御返事には及び申さず唯ゝ御体を御大切にそして一日も早く此方へ御越し下され候やう御待ち申上候
御寮人は上京せず依つて小生も日帰りを致す事に相成自然御宅へは参上致さず明さんへ宜しく御伝へ被下度候
一日

潤一

重子御寮人様

侍女

一九五　昭和十九年七月四日　潤一郎より重子

受　東京都目黒区上目黒五丁目二四六二　渡辺重子様　速達〔消印19・7・4〕官製はがき

発　四日〔印　静岡県熱海市西山五九八　谷崎潤一郎〕

六日に小生だけ日帰りで上京（御寮人は中止）しますから電話で打合せゑみちやんを連れて帰つても宜しく存じます、兎に角電話かけます（コヽマデ書イタラ警報ガ出マシタカラ、解除ノ翌日ニ上京スルコトニシマス）

＊　山梨県立文学館所蔵

一九六　昭和十九年七月二十九日　潤一郎より重子

表　重子御寮人様

裏　廿九日　潤一郎

拝啓

細雪上巻が漸く出来上りましたので第一に貴女様へ御送り申上ます中巻も只今組んで居りますが此の方ハまだ相当時間がかゝると存じます

此の著書ハ作者よりもむしろ貴女様の方に第一の権利がありますこれハ小生の最大長篇にて且一番の傑作になるつもりですが御蔭様にてかういふものかできました事を深く感謝して居ります全部で二百四十八冊刷上りましたが御入用だけ差上けます故何程にても仰つしやつて下さい貴女様の御名前で寄贈なさる所があつたらなさつて下さい可笑しな事を申すやうですが創元社小林の説では一冊時価弐百円の価値があるさうですが勿論金を取つて人に分けるつもりハありません時局の事もあり今暫くハあまり世間にぱつと散らさぬやうさせ度まだ嶋中氏にも送らずにありますがこれからぽつ〳〵目立たぬやうになるべく文壇関係を避けて送るつもりで居ります
明さんへも別に一冊御送申ました御読み下されバ幸甚であります
ところで明さん御病気ではないのでせうか心配して居ります
こいさんは明三十日来られます清ちやんと行ちがひにならぬやうしたいと申して居られます　来月五日にハ御帰りになるさうです、こいさん御滞在中に御来遊御待申ます

二十九日　　　　潤一郎

重子様
　侍史

＊　全集書簡番号二四九、『倚松庵の夢』一〇一頁、『湘竹居追想』二〇二頁

## 一九七　昭和十九年八月十四日　潤一郎より重子

表　東京都目黒区上目黒五丁目二四六二　渡辺重子様様　書留　速達（消印19・8・14）
裏　十四日〔印　静岡県熱海市西山五九八　谷崎潤一郎〕

前便差上げましたところ本日魚崎より書面到来清ちゃんはまだ二十日頃まで彼方で遊で帰るとの事であります　依て茲許五百円為替にして封入いたしますから御査収願ます

荷物の整理御手のなきところにて嘸いろ〳〵と御取込の事と御察し申します　此方あさでも居りましたらば御手伝ひに上げるのですが昨今ハクニまでが健康すぐれず会社を休で居りますやうな始末であります

昨日冷蔵庫たしかに到着いたしましたから御安心願ひます時節柄まことに重宝いたします

「細雪」上巻井上久子氏へ近日発送いたします、その外に貴女様御用の分として別に五冊だけ取除けておきます

御片づきになりましたら何卒御夫婦にて御来駕御待ち申ます　明十五日恋月荘へ松平浪子様御投宿になりますす先日も一度伊東より御見えになりましたので重箱の鰻を折よく差上げましたところ大そう御喜びでありました

以上

〔欄外に　○ベーコン御入手下さる由何とかお届け下さるやう御手配願升　○御約束の貴女様御穿き物は近日真鶴へ参り買ひと丶のへ清ちゃんに托し升〕

十四日

潤一

重子御寮人様

侍女

御用意いたしました金子ハ種々頂戴物いたしましたので大体半額返して頂けば結構であります（いつにても構ひません）

**一九八　昭和十九年八月十五日　潤一郎より重子**

受　東京都目黒区上目黒五丁目二四六二　渡辺重子様（消印19・8・15）官製はがき

発　十五日（印　静岡県熱海市西山五九八　谷崎潤一郎）

細雪上巻一冊本日軽井沢井上久子氏宛に貴女の御指図に依り謹呈致候旨申添へて発送致置候右一寸御通知まで

＊　山梨県立文学館所蔵

**一九九　昭和十九年八月二十日　潤一郎より重子**

受　東京都目黒区上目黒五丁目二四六二　渡辺重子様　速達（消印19・8・20）官製はがき

発　二十日（印　静岡県熱海市西山五九八　谷崎潤一郎）

今朝御返事拝見いたし候小生ハ八月末頃四五日乃至一週間の予定を以て一寸魚崎まで帰るかも知れません

それで明さんにも是非御出発前に拝顔仕度此方ハ多少予定を変更しても差支ありませんので大体いつ頃御

来遊下さるかなるべく早く御決定御知らせを願ます、「細雪」五冊と云ふのは大体のことを申上げたので御入用ならばもつとでも構ひませんから誰方にでもお上げになつて下さい、今のうちならまだ沢山あります　清ちゃん昨夜着一両日滞在の由

＊　山梨県立文学館所蔵

## 二〇〇　昭和十九年八月二十二日　潤一郎より重子

表　重子御料人様　清ちゃん持参
裏　廿二日　潤一郎

拝啓
昨日和子さんが蜂須賀邸へおいでになり「細雪」を御所望にて届けてくれとの事でございました、此方ハ重子様に差上げますから重子様より御もらひ下さいと申上げましたが此れから箱根へ持て行つて読むのだから是非との事にて清ちやんに蜂須賀邸まで届けさせました、依てこれハ五冊の外にいたしておきます五冊ハ此方にお預かりしてありますがそちらへ御届けいたしませうか如何、御指図を待ちます
夏の背広服一着清ちやんに托しますこれは恐れ入りますがなるべく早く笹沼へ御届け被下度、なほその節例のワンピースのもんぺお借りになり型をお取り下さい、すでに偕楽園夫人へその旨申し送てあります
(今日速達で出しました)
但し夫人が塩原などへ行つてゐる場合もありますから一寸電話をかけてからお出かけ下さい
夫人が当分留守の場合にハ洋服だけ御届け下さい

明さん又発熱の由御案じ申て居ります、御来駕を待ちます

廿二日　　　　　　　　　　　　　　　　　　　潤一

重子御料人様

侍女

浪をばさん又今日あたり御来駕の由でありますウ今度ハ徳川誠さんが熱海で家をお捜しになるのださうであります

＊　全集書簡番号二五三、『湘竹居追想』二〇四頁

## 63　昭和十九年九月七日　松子より潤一郎

表　兵庫県武庫郡魚崎町魚崎七二八ノ三七　嶋川方　谷崎潤一郎様　速達（消印19・9・8）

裏　九月七日　熱海市西山五九八　谷崎松子

このごろは旅の御疲れがひどいので（誰しもでせうが）お案じ申上ます　早速乍ら御文で追ひ駈けますくには今朝東京へ遣はしました　鮎子ちゃんのところへは鮭干物　おさつ　グリンピース　メリケン粉野菜等持参させました

昨日なつが伊東の太田さんで伊東に八百人の徴用があつたことを聞いて参りました　わかい女中は殆ど全部ださうで　午後から「くに」が町へ参り会社の友だちに出あひ会社にも廿人　それも欠勤の多い人にところが欠勤の多いくににきてゐないと云ふので不思議がり会社の重役を知つてゐるか等訊ねてゐたさう

で　其の又重役のところの五人使つてゐる女中にはきてゐぬとかいふ話なので厶います　そんなでなつにも何時参るやら知れず　あさもはやく一戸を持つことに成る方よろしくと存じます　一時帰るといふでなくおすゝめ願ひ上ます
けふ熱海の納税管理人の小山さんといふ奥さん来訪　疎開された事であり管理の必要もなく　直接納める様に書類おもちになりました　今回は済んでゐるとみえ立替六拾円余御支払致しました
隣保町会費を今度一年分納める事になり　国債と共に七拾円持参させました　是ではもしかしたら銀行から出す事になるかもしれず予じめ御諒承願ひ上ます
山口社長には本日御手紙差出し置きました
浅野先生にはぜひ注射をお頼みなされ　疲労を速やかにおとり除きになる様なされまし
　ふるさとのたよりやいかに秋の風
御文認め乍ら口に上つたまゝを

あら〳〵

松子

潤一郎様

御もとに

## 64　昭和十九年九月九日　松子より潤一郎

表　兵庫県武庫郡魚崎町魚崎七二八ノ三七　嶋川方　谷崎潤一郎様　速達（消印19・9・9）

裏　九月九日　熱海市西山五九八　谷崎松子

○和辻様に御あひになれたら寿ちやんの事きいて置いて下さいませんか　奥村さん御主人大変案じてゐらつしやるのですけれど　次男の事はまだ考へてゐないと仰有るなら　又そんなに御返事も致されますがどうかよろしく御願申ます
久しぶりに坂神の地をお踏みのこと丶存じます　郡上八幡は如何　特筆する程の事があればお知らせ下さい　昨夕くに帰宅致しました
明様は昨日に延びたさうで　あの人たち松平さんの方であれから泊つてゐて　くにの宿るところなく　竹田方でとめてもらひました　百〻子ちやんが大変な御いたになつて走り廻られるので　驚いたと話して居りました
昨日鮎子ちやんより同封の御手紙が参りました　そちらにも参つた事とぞんじますが　念の為御らんに入れます　之でみると龍児様にも愈〻お召しもちかくと想はれます　こちらで御世話する事になつて屹度よかつたと思ひます
きのふはこちらは大雨でございました　恵美子は学校の残留組の中でひとりきりだつたと申して居りました　五時から時間を気ニして　もう勝手に目覚めるやうに成り　どうやら是で軌道に乗れるのでないかと思はれますから御安心被下まし
柚様の御文に中上川家へ渡ヲヂ渡ネエ御別れの挨拶に参つた時　ワタネエがきれいで中上川様はじめ居合せた柚さんも驚いたとか丶れて居りました　どんな御しやれをして参つたのでせうね
けふかあす参る筈　森田の豊明が今夕しげ子の御荷物を持参するさうで厶います　又明日もした丶めるかも知れませんから　お立ちになつてから　又何もなくなりました　一汁一菜励行　恋月荘もどらぬ事にきめてゐます　御帰りまでは

十月で旅館は廃業になるといふうわさが御座います
では御大切に

かしこ

松子

潤一郎様

参る

* 鮎子からの松子宛書簡同封。

## 65　昭和十九年九月十二日　松子より潤一郎

表　兵庫県武庫郡魚崎町魚崎七二八ノ三七　嶋川方　谷崎潤一郎様　速達（消印19・9・12）

裏　九月十二日　熱海市西山五九八　谷崎松子

まだ雨がふりつゞき俄に秋冷を覚え御召物の薄さが案じられます
一昨日重子ちやんハ和子様に送られて参りました　疲れきつてゐらつしやるのでおひとりおよこし出来なかつたとの事で　二人の両手の荷物はよく是で改札を通したと思ふ程の包みで厶いました　一泊して御帰りになりました
扨て急に相談が出来たので厶いますが　実は昨日函館より電報にてパヽが盲腸炎手術の経過わるく清治に立たせてくれと申て参りました　其の前に恵美子宛に御手紙で燻製は着いたかパヽは心臓脚気で倒れさうになつてゐるが　会社が余り多忙で休めない（前の会社の姉妹会社に勤めてゐるとありました）で困つて

ゐると書いて参りました　直ぐあとに急性盲腸をおこしたらしうムいます　御承知の通り盲腸手術の経過のわるいのは急性腹膜炎にて　大抵は絶望でないかと存じます　清治は昨夜深更に森田まで帰つてゐる筈で　今夕五時に立つ事になつて居ります

唯今より重子ちやん参ります　家の事にてどうしても行く用事もありするので　東北本線立往生の事頻繁　間に合ふかどうかと心配でムいます　お隣の小母さんが電話等で事情を知り　お嬢ちやんを会せるべきだと泣きながら申ます　私は全然恵美子の事ニ心づきませんでした　といふのは恵美子が冷静にてけふも早朝起床学校へ参りました　先生がこちらにゐらしたら　御自分が恵美子を連れて最後のお別れをおさせになるに違ひないと小母さんは云つて　私共の落ついてゐるのが不可解な様でムいます　私はさうは思へないのでムいますが

明さんに様子をみて頂きたいと思ひましたが　重子ちやんが清治にどんな事〔行間　ちかいところだが〕があつても訪ねてこぬ様と清治に手紙を出させてゐたし　根津の為にあなたからわるく思はれた事をひどくうらみ　立てなくなるまでなぐつたこともあり　重態の人にも衝撃を与へることにもなり　之は絶対に頼めぬと申ます　この手紙つき次第　何分の御さしづを御電話でなり御願ひ申度く存じます　なつが又一昨日より例の如く臥り出しました　今にも電報がくるかとこれはびく〳〵致します　せめて清治が息のある中に行きつけばいゝのでムいますが

次に文学報国会から中村武羅夫氏の代りに武川様と云ふ方来訪　支那向けの雑誌の編輯顧問になつて頂きたしとの御依頼の返事を伺ひにとの事で　幸田露伴、志賀氏、武者小路氏、長谷川如世閑氏と貴方との五人で　こゝより伊東の（クスミ）へ先月疎開の幸田氏邸へゐらつしやいました　幸田氏は事務的の用事がなく名前だけならいつでもと云ふ事の由　うちもさうだらうと申て置きました　二三日中にお隣へ電話

かゝる事になつて居りますが　御手紙で直接御返事下されバ尚結構です
はやく出さなければなりませんから　之にて御判読を

かしこ

松子

潤一郎様

参る

二伸
雨傘そちらにあるだけお発送願ひます　恵美子のが二本ある筈　蛇の目も二本御座いますよ　八日附御葉書拝見致しました

66　昭和十九年九月十五日　松子より潤一郎

表　兵庫県武庫郡魚崎町魚崎七二八ノ三七　谷崎潤一郎様　速達（消印19・9・15）
裏　熱海市西山五九八　谷崎松子

御天気が定らぬせいか朝夕はうすら寒う厶います　そちらもこんな風で御座いませうか　昨日の電報御らん下さいましたこと〻存じます　変な電文で御座いましたが　一度受けてくれなかつたので　あんな事になりました　こゝまで認めたところへ速達御状と御葉書拝受致しました
「細雪」日夜念じて居りましたのに届かずとはかへす〳〵もうらみに存じます　国家存亡の際とはいひながら御心中をおもひ私も亦やる方も無い思ひに泣いて居ります
此の上は私の手にて出来る限り写したく心を定めました　一二年全力を注いでみようと存じます　読ミ書

きの事なら根気がつゞきますゆゑ　源氏もさうして今日に残つたのでムいますから家の事も残念でムいますね　どうしても親戚の方へかす事でせう　土屋さんの方ハ又どういふ条件か聞いてみたいもの

恋月荘の主に徴用参り大方休業の様でムいます　お内儀さんが続けて行くとは申て居りますけれど本月は一度も借りてゐないさうでムいます

重子は和子様とワタ叔父の棚下しで実に御話がよくあふのでムいますよ　送り出してこのほつとした気持は和子様でなければわからないと申てゐます　目黒で貴方が途中まで送つておやりになると云ふ御話をしたと見え　殿様がきつと送り届けるからとの御伝言でムいました　それにしてもせめて一ヶ月はのんびりとさせてやりたいものでムいます

けふは久ゝに浪子小母様がいろ〳〵種を持つてきて下さいました　殿さんからも珍しい種子を頂き（いづれも入手困難の）蒔く場所が今度はムいません　植木屋がまた東京にてきてくれません

函館の方危険期を脱した様でムいますが　又清治に電報参り今夕森田より立つて参つた筈で御座います　心臓が弱つてゐるので急変があつてはとお嫁さんが気をもんでゐるらしうムいます　恵美子はやらぬことにきめました

二三日中に又渋谷へいろ〳〵と、のへくにに持たせてやります　多分明日あたり山からきてくれませうゆゑ

　秋風の硯の水を渡りけり

　侘び住みの爪音に聞く秋の風都忘れといふぞ悲しき

小包明朝発送致します　こいさんへ宜敷願ひます

かしこ

松子

潤一郎様

まゐる

## 67　昭和十九年九月十六日　松子より潤一郎

表　兵庫県武庫郡魚崎町魚崎七二八ノ三七　嶋川様方　谷崎潤一郎様　速達（消印19・9・16）

裏　九月十六日　熱海市西山五九八　谷崎松子

あとの御手紙も拝見致しました　一昨夜重子ちやん参りましたが　電話で柚さんと話したところによりますと　あじろのお家は武藤さんの奥様のやうな方に住んで頂きたいと云ふので　相当人をえらんでゐると云ふ事です　けふ浪子小母様にうさみに間借りが出来る処あるよし　八畳一間ですがよさゝうですから頼みました　東京へゐらつしやる途中なので直子様に云つて頂く事に致しました

たゞいまなつに徴用参り　なつはどうしても国許でなければ困ると云ふので　今から伊東の太田さんに行つてきゝ合せて参ります

十九日に熱海の市役所へ出頭するので　それまでに手続しなくてはいけません

岐阜より荷物届いて居ります　どれが誰のつもりかわかりませんが有難う厶いました

鈴木様より味の素ついて居ります　では急いで居りますから　後便にて

御大切に

かしこ

松子

潤一郎様
参る
封筒欠

## 68　昭和十九年（推定）九月（推定）日（不明）　松子より潤一郎

〔前文欠〕の条面目躍如で泣きわらひ致しました　こんなにも思つてゐるのかとほだされます
しげ子は昨日から又目黒へ泊つて居ります　引きつぎの手続矢張殿さまを煩ハさぬと出来ない様で厶います　実に小まめな人でこちらへ参つても荷物の整理を早朝から深更までして居ります　木宮駅まで出かける時等　女中たちにはついて歩けぬ早さで　風の様に飄〻と進みますので　体が軽いから足が地につく間が少ないのやろとかげ口をきいて居ります　おかしな人です
あさは帰つて参るのでせうか　こちらははやくも秋冷を覚えて参りました　おそばニ居りませいでも早いめにうがい等なされまし
鮎子ちやんとこいさんとで借りていゝわけで厶いますね
なつの事　けふ市役所の係の人にあひ国許の事情等話し　私懇願いたしましたところ諒解してくれましたからたぶん帰国叶ふことゝ存じます　こちらで寮に入るのは何としても可哀想で厶います
嶋川の手紙こいさんに催促して下さい
御用はまだ片附きませんか　ズベラ種さん相手ではおもひやられます
けふ宇野さんへ（泉さんへ用事があつて立ち寄りました）伺ひました家のことも何とか云ふて出ないといけないかと　そうしたら宇野さんもあそこを矢張御退きになるさうで　伊東に（延寿の家とか）おきまり

になる御様子で厶いました　他にきいて居りましたら最近軍隊が参つてから　大変かしたがる人が多いさうで　中には御二階でも階下でもどちらでもいゝと仰有つてゐる　いゝお家も御存知ださうで　あなたが御帰りになり次第案内して下さるやう御願ひ申て置きました　幾間もあるところが多いらしく都合で〔双方よければ〕

恋月荘のあるじも廿日から寮に入ります　こちらも愈〻乏しく今夕は隣家から唐茄子をもらひそれだけうちにあるのは人参一把　明日の恵美子の御弁当にそれはとつて置かねばなりません　では又

かしこ

松子

潤一郎様

参る

〔欄外　○雨傘と履ける物あれば全部御願申ます〕

＊「なつの事　けふ市役所の係の人にあひ国許の事情等話し」云々とあるのは、前便の松子書簡「66」に「たゞいまなつに徴用参り　なつはどうしても国許でなければ困ると云ふので　今から伊東の太田さんに行つてきゝ合せて参ります」とあるのを受けているので、昭和十九年九月と推定した。

## 69　昭和十九年九月二十二日　松子より潤一郎

表　兵庫県武庫郡魚崎町魚崎七二八ノ三七　谷崎潤一郎様〔消印19・9・24〕

裏　九月廿二日夜　熱海市西山五九八　谷崎松子

同じころおなじおもひの女郎哉

拾九日付の御文今夕（廿二日夕）落掌　このせつは速達でもしんきくさい事で御座います
おかへりは今明日にと思つて居りましたのに　種さんに矢張頼まずに置いて頂けばよろしうムいました
二三日前に山縣様の御主人が御自身発熱の為大阪行き切符不用になつたからお使ひニならぬかと御知らせ
頂いた時　余程立たうと思つたのでしたが　一日二日でまた帰るやうになつてもとおもひとゞまりました
が　こんな事なら参りましたのに
けふも暮れ人待つ虫の夜もすがら
山口社長もどうしてついてこなかつた　残念と昨日御たよりございました
なつは私市役所に参り頼んだ事　諒解してくれましたとみえ　丙となつてゐたさうで丙はきつと辞令はこ
ぬといふ話でムいます　尚よく確めた上にて偽りになつてはいけませぬ故国へかへさなくてはなりません
　主婦が弱い時には一人の女中を許されてゐる様でムいます　愈〻比島で決戦が近づきました
しげ子も家の引きつぎ中〻難しく　松平様の家扶さん代理で参り大分叱られてこられた由　いま一二度は
東京まで運ばねば片附かぬ様でムいます　御心配許りおかけ致しましたが　このところ毎晩御酒があつた
ら急に目ニみえてふとり出しました
私も二三日中に歯がどうしても気持わるさに堪え難く診てもらひに東京へ参りたく存じますが　比島に集
注されてゐる間は東京は当分は安心で等といふ事もきゝますが　十九日の警戒警報の　東京を中心として
警報の重大さから比島と同時にと云ふ気もしてこのまゝあはずニもしもの事があつたら浮ばれません
秋風の此のやうな句がかきつけてあつたので　これも徒然の御わらひ草に御申つけの衣類明朝発送致しま

す　しげ子よりも御便り申上るさうで厶いますが　のど風大変多く御気おつけ下さいまし　お鼻薬は一藤さんへ

かしこ

松子

潤一郎様

参る

二〇一　昭和十九年（推定）九月（推定）日（不明）　潤一郎より重子

封筒欠　文楽人形の絵はがき

明さん北海道にて御機嫌よく御勤務の御様子安心仕候本日御寮人よりの文に貴女様も少し御肥え被遊候由何にも増してこれが一番喜ばしき便に御座候帰宅の節には「東自慢」の素晴らしき蔵出し一本持参可仕又仏蘭西ぶだう酒も入手の筈に付楽しみに御待ち被下度候十月ハこいさんも行くと申て居られ候

＊　芦屋市谷崎潤一郎記念館所蔵

＊「御寮人よりの文に貴女様も少し御肥え被遊候由」とあるのは、前便の松子書簡「69」を受けて書かれたことは明らかであるところから、昭和十九年九月と推定した。

70　昭和十九年（推定）九月二十五日　松子より潤一郎

表　兵庫県武庫郡魚崎町魚崎七二八ノ三七　谷崎潤一郎様（切手欠　消印不明）

裏　九月廿五日　熱海市西山五九八　谷崎松子

嵯峨野へは虫の声も御一緒に聞いたやうな気がする位秋色が感じとられ　御文で楽しむ事が出来て嬉しうムいました　無聊を御慰めしたこと、ぞんじます　なぜ京洛の散策をお思ひつきにならぬかと重子と申合つてゐたところでムいました　けふは又京の御知らせ今度は羨ましくなつて了ひました
二三日中に御帰りになれるので御座いませうね　御かへりまで出来るだけ家をあけたくムいませんし　御顔を一目でもみてからととらはれて居りましたが　矢張しげ子も今度どうしても行かねばあとの方お転宅御出来にならないので参る序に私も歯科へ診てもらつて参ります　しげ子はたぶん日帰りで私は松平様へ一晩御世話に成るつもりでムいます　歯医者が徒歩で参れるところなのと　地下室もあつて安全なので
永見様も熱海と小田原の歯医者でひどい目にあつたと大変こぼしてゐらつしやいました　お金許り目の飛び出る程とられて結局すつかりやり直しをなさらなくてはどうにもならぬさうでムいます
今朝は恵美子とくにに又徴用の呼び出し参り一寸驚きました　又市役所に参りよくきゝたゞしましたら恵美子は何かの間違ひらしく出頭致さなくてい丶と申ました　くにも矢張国へ帰りたく申て居ります　軍装工場へ出てゐるだけでも甲にはならぬと存じます　愈〻ひとりでやつて行く覚悟をきめなくてはなりません
寒さに向ひ少し心細うムいます　直ぐに辞令がくるわけではないと申て居りましたが　誰彼なく一応は家族の事情を訊ねて　取りきめて置くのださうでムいます
あさ臥床の由　如何な容躰でムいますか
銀行は千五百円残つて居ります　泉さんの御世話のもので大口が出て居ります　恋月荘はお勘定僅の筈ですが　待たせて置きます　先便は速達があまりおそいので　山縣様の御主人に大阪でいれて頂きました

山からは十日以上も姿をみせません　明日は鮎子ちゃんのところへトン子さん珍らしくい丶顔で来ましたから連れて行きます　北原様が細雪出版について御話があると云つて待ち兼ねてゐらつしやいます　直接話して頂くやう御願して　立ち入つて伺ひませんでしたが　矢部氏小林氏が貴方にほんたうの事を仰有つてゐないところがあるよし　小林氏も矢部氏と変つたところのない人とも云つてゐらつしやいました　要するに御続けにならなくてはと云ふ事で厶いますが　はやく御あひになつて御聞き被下まし　昨日は太田様へ参り当分の間ゆとりが出来ました　他にあじろだけで買ひ出しに参るわけでも厶いませんが　もう持つてこられぬと申　先日来梅園精だして通ひました　御かへりのおしらせを首を長くしてゐます

かしこ

松子

潤一郎様

〔欄外〕

○柚さんの御手紙にある多賀和田木と云ふのはあじろ駅下車トンネル一つ超えたところで（多賀の方へ近く）　駅から割合近くと恵美子が御友達に教はりましたが　この御話余り望がかけられぬ様な気がいたします

○二日の休日の為に御羽織が発送おくれましたが　鉄道では紛失の恐れありと云ふので矢張書留ニて送り出しました〕

＊　「しげ子はたぶん日帰りで私は松平様へ一晩御世話に成るつもりで厶います」とあるが、それを受けて後便の松子書簡「71」に「松平様へ一泊いたしました」と書かれているので、昭和十九年と推定可能である。

## 71　昭和十九年十月一日　松子より潤一郎

表　兵庫県武庫郡魚崎町魚崎七二八　谷崎潤一郎様　御許に　速達（消印19・10・2）
裏　十月一日夜　熱海市西山五九八　谷崎松子

きのふは秋雨に降りこめられ今朝ハ俄に冷気を覚えます　廿九日附の御状今朝（一日）落掌　御召物の事袷のものもあつて安心致しました　次〻の御歌愉しく味はつて拝誦いたして居ります　逆にそちらからお菜のものお送り頂き　思ひまうけぬ事ゆゑニ尚更嬉しうムいました　今夕は御心づくしの物だけで御こん立をかいてみますと

一、玉葱と人参、グリンピースの野菜スープ
一、唐茄子の煮つけ
是だけ　併し御酒がございますから

松平様へ一泊いたしました　街から郊外へ出た様なゆつたりとした気分で住居の広いと云ふ事も随分心持に影響あるものと感じました　空襲の事等不思議におもひ浮びませんでした　其の留守に浪子小母様ゐらして御昼食召し上つてゐらしたさうで　其の召し上つたものを女中に聞きましたところ　朝のおみおつけの温めたもの　お魚（前日のカマス残り）塩焼それだけを差上たさうでムいます

なつやくに御帰りまで待つさうでムいます

　ふるさとに立つ夕霧もうとましや
　　人をへだつるものとおもへば
故郷に在せる人を恋ひ侘びて

うちみる方に秋雨ぞふる

又延びたのでムいますね　夜寒むに気をおつけ下さいまし

かしこ

松子

潤一郎様

参る

（6）　昭和十九年十月八日　重子より潤一郎

表　兵庫県武庫郡魚崎町魚崎七二八ノ三七　谷崎潤一郎様　御もとに（消印19・10・8）

裏　十月八日　熱海市西山五九八　谷崎方　渡辺重子

度〻の御歌の御便有難う存じます

一入故郷の秋が偲ばれます

毎〻けふこそは御帰りの御報せが来ること〻皆で御待ちしながら早や半月ぐらゐ過ぎて了ひました　さぞ日〻の御暇つぶしにお困りのこと〻お噂いたしてをりますが　三度迠の御入洛は御うらやましい限りでございます

私の方も明出立致しましても早一ヶ月と相成りました　御留守中暢気に保養させて頂いて居りましたので御蔭様でどうやら元通りには恢復いたしました故どうぞ御安心願ひ上げます　明が残して参りました家の手続が案外ゴテましたので随分気を揉ミましたり度〻上京いたしましたがその都度グタ〱になつて帰り「あい子」さんの厄介になつてをりました

それさへなければ今時分は全り太つてびつくりさせて御上げ出来たのにと明を恨んだり残念がつてをります
家の方やつと貸付許可書も下り後の方も既に御入りになり　之でほつといたしました　今度はそろ〳〵北海道行の仕度にかゝらねバと思つてをりますが何だかまだ何も手につきません
明よりイカ塩辛が出始めたが容器がなく御送り出来ぬからと申して寄越してをりますのでそちらに適当な樽がある筈と存じますから至急発送させて頂き度く御願ひ申上げます　せい〳〵たくさん送つて頂き度いそうでございます
それからリンゴを入れる箱の様なものもあれば御願ひいたします
では御大切に　御機嫌やう　一日も御早く御帰り下さいますやう

あら〳〵

八日

しげ子

御兄上様

御許

畠の芽がそろ〳〵出揃つて参りました
只今は姉上とモンペ作りにせいを出してをります

# 五、終戦から「雪後庵夜話」まで

昭和二十年（一九四五）八月十五日の終戦後に、谷崎が真っ先に取り組まなければならなかったのは、家探しと「細雪」刊行のための準備であった。魚崎の家が終戦の十日ほど前に焼夷弾の直撃をうけて焼かれてしまい、熱海西山の別荘も渡辺明の兄の松平康春に売却してしまっていたので、疎開先の勝山から脱出するためには新たな家探しをしなければならなかった。十月二十一日には、勝山に一緒に疎開していた松子のいとこの章子の夫布谷伊光を同行して、阪神間に出て家を探した。さらにそこから京都をめぐり、熱海に一泊して、「細雪」刊行のことを相談すべく東京へ向かった。

東京では与野の笹沼源之助のところに泊まったが、十一月八日には大阪に戻って尼崎の布谷のところに泊まり、十三日に姫路から無蓋の貨物列車に乗り込んで帰った。途中から雨が降り出し、傘をさしかけて貨物に凭りかかりながら運ばれたという。なかなか家を探すことが難しいのと、都会の食糧事情の悪さから、その冬は勝山に止まることにしたが、暮れもおしつまった十二月三十日に小野はる方から、少し離れた旅籠屋だった今田ツネ方へ引っ越している。「美作の山のかひなる旅籠屋に春を迎ふるとしもありけり」と、この疎開先で詠んだ歌物語「都わすれの記」にある。また「渡辺夫人に」という詞書をもった「おりたちて馴れぬ厨の水仕事したまふ人に白雪のふる」の一首もある。

昭和二十一年（一九四六）三月十六日、勝山を発って京都の喜志元に着き、しばらく厄介になった。四月一日には熱海へ行き、四月三日付の重子宛谷崎書簡「二〇四」にあるように、西山の旧別荘でその時点では明の兄の松平康春の住む旧宅にも赴いている。四月二十七日には喜志元を引き払い、銀閣寺前の左京区浄土寺西町十二の戸嶋孚雄方の二階を借り、さらに五月二十日に上京区寺町今出川五丁目鶴山町三番地ノ一の中塚昌雄方へ移り、家族を勝山から呼び寄せることにした。八月になると、狭い間借りでの京都の夏の暑さを避けるために、まだ荷物を置いて借りっぱなしになっていた勝山に出かけて仕事をした。ちょうど勝山へ出発しようという八月五日に、南禅寺の近くに売家があると聞いて見にいったが、裏に白川が流れ、上田秋成の墓のある西福寺にも近いところで、その場で買うことに決めた。

　昭和二十一年八月十七日に「細雪」上巻が中央公論社から発売された（奥付は六月二十五日であるが、外箱に使う厚紙の手当がつかなかったので店頭に並ぶのは遅れた）。十一月には、左京区南禅寺下河原五十二の「潺湲亭」（前の潺湲亭）へ転居した。「細雪」中巻は二十二年二月に刊行され、下巻は同年三月号から翌二十三年十月号まで「婦人公論」に連載されて、戦争をはさんで六年間を費やした大作がようやく完成した。昭和二十四年四月に下賀茂神社に近く、糺の森に隣接した左京区下鴨泉川町五の「潺湲亭」（後の潺湲亭）に転居し、下河原の「前の潺湲亭」は渡辺夫婦に譲った。この年の秋には、志賀直哉らとともに文化勲章が授与された。

　昭和二十一年九月末に、渡辺明は北海道の函館を引きあげ、京都河原町にできた進駐軍へ羽根布団を売りこむ日本羽毛会社に勤めるようになって、明夫婦は中塚家の階下の八畳を借りた。二十三年三月には羽毛会社をやめ、米軍将校のオフィサース・クラブのマネージャーに就職、翌二十四年には御池の京都ホテルと三条小橋の大津家の日本人雇傭者の総支配人になった。戦争中に北海道へ渡り、妻の重子とは離ればなれに生活することが多かったけれど、ふたりがようやく平安の日々を得た矢先の、六月十一日に明はコーヒー色の血を吐き、七月十六日には阪大の布施博士に胃癌と診断され、七月二十二日には手術を受けた。が、癌は深く進行していて取り去ることができず、十月十五日に死去した。五十三歳だった。

昭和二十二年九月十六日、根津清太郎の祖母方の木津姓を名乗っていた恵美子は、谷崎家に養女として入籍した。また渡辺明と重子のあいだには子がなく、松子の長男の清治が重子の養子となり、昭和二十六年（一九五一）一月六日に届け出て渡辺家を継いだ。同年五月二日、清治は橋本関雪（かんせつ）の孫娘で、高折医院の高折隆一・妙子の長女千萬子（ちまこ）と結婚し、潺湲亭の別棟に住んだ。昭和二十八年二月三日にはたをりが誕生。昭和二十九年早々には北白川仕伏町に渡辺家の新居も決まり、同年一月二十六日付の重子宛谷崎書簡「三二八」には、「此度ハ御住宅も決定あなた様にもこれにて一先づ御安心の御事と存候若夫婦も御蔭様にて嘸喜び申候事と存候しかし熱海にも折角広き家見つかり候事故今後もなるべくこちらにて御過し被下候やう是非〳〵御願申上候」とある。その後も重子は養子の若夫婦と一緒に住むよりも、谷崎夫婦とともに暮らすことが多かった。

京都の冬は寒いので、戦後になっても避寒のために熱海で過ごし、昭和二十三年正月は第一ホテルで迎えたが、旧友の土屋計左右の計らいにより、熱海市天神町山王ホテル内の土屋の所有する別荘を借りることが多くなった。昭和二十五年二月には熱海市仲田八〇五に雪後庵（前の雪後庵）を購入。来宮駅前の坂を降りる途中の嶋中中央公論社長の別荘の隣で、以後、夏冬をここに過ごすことが多くなる。しかし、別荘の前の道路を頻繁にバスが通うようになって周辺が騒々しくなり、二十八年五月二十一日に売却。再び山王ホテル内の別荘を使用するようになり、翌二十九年四月には熱海市伊豆山鳴沢の「雪後庵」（後の雪後庵）に転居した。

「細雪」完成後に谷崎は、昭和二十四年十一月十六日から翌二十五年二月九日まで「毎日新聞」へ「少将滋幹の母」を連載。新聞の連載小説にもかかわらず、全部を書きあげてからの発表だった。二十六年五月から「潤一郎新訳源氏物語」全十二巻の刊行が開始され、二十九年十二月に完結したが、その間、高血圧症に悩まされ、静養することも多かった。「源氏物語」新訳の口述筆記のために助手が必要となり、「京都で古い呉服商で旧家の一人娘である伊吹和子氏に五月中旬から来て貰ふことにきめた」(「高血圧症の思ひ出」)。伊吹和子『われよりほかに　谷崎潤一郎最後の十二年』によれば、「先生に初めてお目にかかったのは、昭和二十八年五月十七日、京都下鴨の谷崎邸」だったという。

「高血圧症の思ひ出」によれば、「細雪」下巻の執筆中から高血圧症に悩まされることになり、昭和二十四年秋に南座で歌舞伎を昼と夜の部をつづけて見て、疲れて帰った翌日、飼い犬の名を呼ぼうとして犬の名が思い出せず、その他近親の誰彼の名を思い出そうと努めてみたが、妻と重子の名しか思い出せなかったという。そうした「記憶の空白時間」が二、三十分間つづいたというが、二十七年六月には「記憶の空白」が十日ほどつづき、その後も眩暈がおさまらなかった。「新訳源氏完成後の三、四年、昭和卅、卅一、二、三の期間は老後に於いて私が最も健康を享受した時代であつた」というが、この時代に「幼少時代」「過酸化マンガン水の夢」(原題「過酸化満俺水の夢」)「鍵」「鴨東綺譚」などの問題作が書かれた。

「鴨東綺譚」は昭和三十一年(一九五六)二月十九日号の「週刊新潮」創刊号から連載がはじまったが、ヒロインの疋田奈々子のモデルとされた女性からの申し出で中絶された。「鍵」は同年一月号の「中央公論」に第一回が掲載されたが、「鴨東綺譚」連載中は休載し、五月号から再開されると、「週刊朝日」四月二十九日号で「ワイセツと文学の間〈ある風俗時評〉」と題して「谷崎潤一郎氏の『鍵』をめぐって」を特集し、この記事のために大きな社会的な反響をよんだ。折から「売春禁止法案」を審議中だった国会でも問題視されたが、「鍵」は完結後、単行本で売り出されると大ベストセラーとなった。このころから熱海に住むことが多くなったので、三十一年の暮れには下鴨の潺湲亭を売却、以後、上洛の折は北白川の渡辺家に滞在することになる。

昭和三十三年（一九五八）十一月二十八日、虎ノ門の福田家で、突然右手に麻痺が起こった。笹沼源之助の金婚式の当日で、そのお祝に富岡鉄斎が高砂の尉と姥を袱紗に描いたものを贈呈するつもりで、それを納める桐の箱の蓋に箱書きをしていたとき、二、三行書きかけると、急に右手の手頸から先が痺れ出して、無感覚になったという（「当世鹿もどき」）。以後、右手に異常な冷感と麻痺感を覚え、筆をもつことができなくなる。これ以降の谷崎作品はすべて口述筆記となる。昭和三十四年（一九五九）十月号の「中央公論」に小説としては口述筆記第一作「夢の浮橋」が発表されたが、その筆記者も伊吹和子だった。

昭和三十二年、三十三年ころから「義妹の息子の嫁」渡辺千萬子との手紙のやりとりが頻繁となり、「おどけたる石の仏の眼、鼻、口、千萬子に問はん誰にかは似る」「トレアドルパンツの似合ふ渡辺の千萬子の織き手にあるダリア」など、千萬子を詠んだ歌が「石仏抄」（のちに「千萬子抄」と改題）としてまとめられた。昭和三十六年五月二十四日付の重子宛書簡「二三三九」には「赤ん坊はたをりによく似てゐますさうで、それにつけましても無事の成長を祈つてをります」とあるが、渡辺千萬子『落花流水　谷崎潤一郎と祖父関雪の思い出』によれば、千萬子は昭和三十四年十二月に死産、この三十六年五月にも生まれて数日で赤ん坊を亡くしている。五月二十九日付の重子宛書簡「二四〇」に「千萬子もたをりも可哀さうでなりませぬ」とあるのは、このことを踏まえた表現である。

昭和三十四年一月二十日付の千萬子宛書簡には「僕は君のスラックス姿が大好きです、あの姿を見ると何か文学的感興がわきます、そのうちきつとあれのインスピレーシヨンで小説を書きます」とあり、やがてそれが昭和三十六年十一月号から翌年五月号まで「中央公論」に連載された「瘋癲老人日記」に結実する。だが、谷崎文学における渡辺千萬子の存在が大きくなればなるほど、千萬子と松子・重子姉妹連合との溝が大きく拡がり、その角逐も大きく深くなることは必然である。千萬子は前掲書で「（松子と重子の）二人は反目しているのかと思っていると、こと谷崎に関しては私に対して強力な共同戦線を張って来ました」といっている。

そうした微妙な関係が、絶えず降りそそぐ砂粒でつくられた砂山がいつかは雪崩を打って崩壊するように、ギリギリの崩壊点に達してしまったのが、昭和三十八年十月三日付の重子宛書簡「二四三」だった。このとき具体的に千萬子と重子のあいだにどのような問題が惹起したのかは知らない。が、『谷崎潤一郎＝渡辺千萬子　往復書簡』に照らしてみると、明らかにこの書簡を境にして谷崎の千萬子宛書簡は変質している。これ以降、谷崎自筆の書簡は三通のみで、あとは代筆の書簡が四通あるばかりである。同書において渡辺千萬子は、昭和三十九年七月に湯河原吉浜の「湘碧山房」へ移ったころから谷崎は「松子夫人に完全看護（完全管理？）されるようになってしまった」という。

稲澤秀夫『秘本谷崎潤一郎　第三巻』に松子の談話として、「妹あての主人の手紙に、本当にすまなかったって、千萬子のことで詫びている手紙があるんでございます」と言及しているのが、この書簡であることに間違いないだろう。昭和三十八年四月に伊豆山の雪後庵を処分し、「湘碧山房」へ移る前に一時的に熱海市西山町六一八の吉川英治別荘に住んだ時代があったが、これはそのときのものである。実際、このときにどのような対立が起こったのかは皆目見当もつかないけれど、少なくとも松子、重子、千萬子のパワーバランスが大きく変化したことだけは疑いないようだ。

渡辺千萬子は重子について、「考えてみると、重子は可哀相な人だと思います。『細雪』のヒロイン雪子のモデルだというプライドと、谷崎に大切にされて、愛されているという自信はあっても、表に出ることは適わず、いつも松子の蔭の第二夫人に甘んじなくてはならなかったのです。その上「雪子」の綺麗な清純なイメージを終生守ることにも必死に頑張っていなくてはならなくて、そんな抑圧された神経が耐えられずに飲酒が逃げ道になったのではないかと思います」（『落花流水』）と語っている。重子は「アルコール依存症」といってもいいほどの酒好きで、「鍵」にその酔態ぶりが描かれたといわれるほどのものだったようだ。

谷崎がその最後に「雪後庵夜話」を書いて、自己の文学的生涯の総決算書を仕上げたことの意味は非常に大きい。小谷野敦は『谷崎潤一郎伝　堂々たる人生』において松子との結婚生活への説明が「初昔」と「雪後庵夜話」では異なっていること、ことに松子が谷崎の子を身籠もりながら中絶した事件の理由づけが両者ではまったく違うことを指摘している。たしかに堕胎罪があった戦前において「雪後庵夜話」で語られるような藝術上の都合だけで中絶ができたとは考えられない。その意味では戦前に書かれた「初昔」の方がはるかに信憑性に富んだ、実態を伝えるものだったことはたしかだろう。

また、「雪後庵夜話」では松子の入籍に関しても明らかに虚偽を語っている。実際には昭和十年に松子との祝言をあげて間もなく入籍していたが、「雪後庵夜話」では「昭和十四年の四月に、私と私の前の妻との間に生れたA子（中略）が、泉鏡花先生夫妻の媒妁で結婚した。さう云ふ出来事がなかつたら、私はM子を戸籍上の妻とする気はなかつた」と説明される。「雪後庵夜話」は生涯を自己の藝術にきわめて都合がいいように書きかえた自伝的作品ということができる。「我といふ人の心はたゞひとりわれより外に知る人はなし」――「雪後庵夜話」はもう一度根本的に検討し直されなければならないようだ。

「雪後庵夜話」の末尾に「「義経千本桜」の思ひ出」という独立して付された一章がある。「雪後庵夜話」の連載が終わってからこれだけが、昭和三十九年一月に付け足されるかたちで「続雪後庵夜話」として発表された。自己の文学を根柢から規制してきたものが何だったたか、生涯の最後になってようやく気づいたといった印象の一文だが、松子・重子姉妹への感情には「東京人の大阪人に対するエキゾチスム」があったという。「M子やS子たちは、われ〳〵よりは千本桜の舞台に登場する女性たちに近」く、「幾分か人間離れしてゐるやうに感じられ」たことが、「彼女たちに惹き寄せられた所以であり、その遠い源には千本桜の舞台があつた」というわけである。

昭和三十八年九月二十一日付の千萬子宛書簡には「「雪後庵夜話」は案外世間の評判がよろしく、止めなければよかつたと今になつて後悔してゐます、これもアナタの仰つしやる通りでした」とあり、これを受けた九月二十二日付の谷崎宛千萬子書簡に「「雪後庵夜話」は本当に惜しいことをなさいました。（中略）「続雪後庵夜話」をお書きになってはいかゞですか」とある。この千萬子の助言を受けて、「続雪後庵夜話」が書かれたことは間違いないのだが、その内容といえば、重子宛書簡「二四三」に示されたような重子と千萬子との決定的対立から、改めて自分の松子・重子の森田姉妹への思慕の性格を考えなおしたものであり、それはまた松子・重子への強烈なメッセージだったことは疑いないようだ。

そうでなければ、末尾に次のように書かれることはなかったろう。「さう云へば、もう一つ思ひ出すことがある。M子がまだ根津夫人として二人の妹たちと共に阪急の夙川で暮らしてゐた時分、S子が右足の親指に瘭疽を患つて、毎日夙川から自家用車のスチユウドベーカーを駆つて阪大の皮膚科へ通つてゐたことがあつた。彼女は一人で車に乗り、右足の親指を他の四本の指と一緒に繃帯で包んで通つてゐたが、あれは彼女が二十三四歳の頃でゞもあつたらうか。真つ白な繃帯の先から可愛い足の指が四本新芽のやうに覗いてゐるのを、私は世にも美しいものに思つて眺めたことがあつたのを今も忘れない。その時も私は四世福助の鮨屋のお里の赤い素足を思ひ出してゐたのであつた」。生涯の終わりに近くなっても二十三、四歳ころの重子の繃帯に包まれた可愛らしい足の指先の美しさを忘れていないのだ。

一方、「瘋癲老人日記」のあとに構想していた作品というのは、伊吹和子の『われよりほかに』によれば、「天児閼伽子（あまがつあかこ）」の出てくる小説だったという。谷崎から聞かされた小説の骨子を、伊吹和子がメモしたものを要約すれば次のようになる。証券会社を一代で築いた象潟夢白（きさかたむはく）（のちに天児阿含（あごん））は、近いうちに死ぬことは予想しているけれど、ひとりになりたいと、妻や息子たち家族全体を敵にまわしてケンカの状態になる。財産を分与して生活には困らないようにして、自分は勝手なマネをして好きなことをして死にたいと、家を出て閼伽子という別の若い女と住みはじめ、しまいには過度の淫蕩の結果狭心症で死ぬというものだ。重子宛書簡「二四三」以来、千萬子とは急速に距離をとるようになるが、谷崎の頭のなかでは、かえって千萬子をめぐる妄想が歯止めもきかずに奔放に繰りひろげられていったようだ。生涯の最後の最後にいたるまで谷崎のしたたかさを見せつけられるような思いである。

72　昭和二十年十月二十三日　松子より潤一郎

表　埼玉県北足立郡与野町落合九〇〇　笹沼様方　谷崎潤一郎様　速達（消印20・10・23）
裏　十月廿三日　岡山県真庭郡勝山町新町　小野はる様方　谷崎松子

＊手紙なし　郵便物等転送。佐藤観次郎（十月六日付）、武者小路実篤（日付不明・絵はがき）、林精一（十月十六日付）、金子達夫（十月十八日付）のハガキと書簡が同封されている。

73　昭和二十年十月二十七日　松子より潤一郎

表　埼玉県北足立郡与野町落合九〇〇　笹沼様方　谷崎潤一郎様　速達（消印20・10・27）
裏　十月廿七日朝　岡山県真庭郡勝山町新町　小野はる様方　谷崎松子

昨日尼よりの御文落掌　けふあたり東京へお着きの頃と拝察申上ます　けさはこちらは早くも霜が下りました　何処の家もお炬燵をあけました　御申越のことは内容も乏しいので自然に御考通りになつてあります　今度許り御断り申ましたところ　それから何も申されません　お祭の立替へだけでも目が廻りましたので厶いますもの　尼で伊さんが飢えぬ程度で一人千円かゝると云つたのも御文によつても誇張でもないとわかりました　昨日落合の書生さんがお野菜を自転車でお持ち下さいました　其の時にお米の事御願ひ申ました〔行間　水沢さんは衣料品の事で町に悪性のうわさが立つて居りますから〕　明日からでも運んであげると仰つしやるのですが　今一つの通帳をしげ子が預つてゐないと申ます故受け取ることは見合せて置きます　物は

いつでもおありになるさうでムいますから　併しもし御文でありかゞおしらせ頂ける様なら御願中上ますメタポリンは裏の疎開のおくすりやさんにあれよりもまだ強力のを五箱入手致し重宝いたし居りますゆゑ
　そちらで御疲れの出ぬやう宗ちやんにしていたゞいて被下まし
あなたはちかごろはおなか御こわし頻〻故　アルシリン（大瓶）も手にいれました　是で笑ひ話一つ　お美喜さんが私の腸内殺菌と効能を読んで居りましたのを聞きつけて　なんで町内借金でんねんと申ましたお台所の小屋は結局壁までは塗らせるがあとは出来んぞなと申渡しがありました　それまで八百円もかゝるさうで中途半端なものになりませう　あとを続けるかどうかはお帰りまで待つてもらひ度くと返答して置きました　次に落合一番の御料理屋の別館が借りられるからとすゝめてこられました　其の書生さんの御うちから話して下さると云ふのでムいますが　台所も御不浄もすべて別になつてゐるからいゝと云はれますのと勝山よりも物資豊富とお安いと云ふ事でムいました　牛肉は五円から七円　殆ど原価で求められると云ふことでございます　そして見晴しもよくとの事
私共かよわい上に皆〻若いころとは違つてこゝでの厳寒をどうして凌いでいゝかと不安でムいます　厳寒だけでも坂神へ出られたらとぞんじましたが　御手紙ではそれも難しさう　がつかり致しました　中央でもつといろ〳〵の事情もお分りになつての上でとお帰り待たれます
交通事故の物凄さ新聞でみて吃驚して居ります　こんな山奥では日〻訓練の出来た人〻とは機敏もかゝれます事とそれのミ案じられます　必ず誰か屈強のお供をお連れ下さる様に
御帰途誰か京都までゝもお連れをおさがし下さい　京都まで迎へに誰かを出してと考へて居ります　もし坂神に家があれば松田老人とよし子ちやん留守居させられさうでムいます　二階の奥サン来月十日迠に新潟へ御主人の方は寝屋川で時折お通ひになるさうで　勝山よりは新潟へお通ひの方が楽だらうと仰有つて

居りました　久々に差し向ひで御話してゐる様で厶いました

では笹沼様御一同様へくれ〴〵もよろしく

かしこ

松子より

潤一郎様

参る

河出書房からの御文　急を要すやうゆゑ　二回目の郵便物速達にて差出しました

〔欄外　のぶ子もけさ出て参りました　来月の上旬まで布谷と吉村で滞在の予定の由　当分少人数で洵に閑静で厶います〕

## 74　昭和二十年（推定）十一月七日　松子より潤一郎

表　尼崎市玄番北ノ町三〇　布谷伊光様方　谷崎潤一郎様　速達（消印　判読不能）

裏　十一月七日　岡山県真庭郡勝山町新町　小野はる様方　谷崎松子

廿九日付の御文卅一日附のしげ子宛に頂いたものより一日おくれて落掌いたしました　案じてゐた通り殺人電車を身をもつて経験なされましたね　読んでゐて胸が痛く悲しくさへなりました　日が経つに従つて痛い個所が出来るものゆゑ心配して居ります　清治が日々目前に犠牲者をみるのでくれ〴〵も大事をとるやうと申居りました事とて　今度ハ乗物の事許り恐れて居ります

京都は左様な事もあるかとことづけ物などいたし置きました　其の後又の使に自然薯等（水沢様の御世話の）届けさせましたところ　けふもよろこんで礼状がきて居りました

章ちやんもこいさんもいまだ帰りません　四五日前食糧をとりにきた伊さんの話に　一度は帰つてもこち

らに住む意志が章ちゃんになくなつたよし　さもありなんと共鳴いたします
先便に申忘れましたが御出立の翌日妹尾氏が月田へ疎開の木下氏の子供を迎へにゐらした帰途お立ち寄り
御昼食を召し上つておかへりになりました　宗像さん曰く「あの人は御飯食べにくるんや」
終戦後唯一の楽しミにしてゐた菊五郎　京の瓢亭のことはながい快い夢がさめた様な哀しみを感じました
一昨日好子ちゃん帰り伊さんの御友達所有の宝塚御殿山の家をかすと云ふ御話に早速頼みに参つた筈です
が　其の返事は十日に帰ると云ふこいさんがことづかること丶ぞんじます
借家でなく大変よろしく又其の人の借家に旧知の天津乙女も住まつてゐるさうでムいます　伊さんもこ丶
から食糧を月二回運べば大丈夫と申居られます
松田も其の役をひきうけると申ますし伊さんの会社の人も　宝塚がよければそろ〳〵参れないものでせう
か
年内はあの通帳の中でと懸命になり　其の為におはるさんとの間に誤解も生じ　昨今は元の御二階の身分
が私たちで皆ゝ辛い明け暮れを送つて居ります　お帰りになれば先づ其の空気の違ひにお驚きになりませ
う
其の後の郵便物は布谷へことづけて置きました
鮎子ちゃんは漸く床払ひ出来たさうですが悪疽であつた由　皆ゝ吃驚して居ります　龍児様の恢復も捗ゝ
しくないのに是からどうなさるかとお千代夫人に御気の毒でなりません　臥つてばかりでは百ゝ子ちゃん
お祖母ちゃん子になるのも無理もなし　今度は家さへあれば百ゝ子ちゃん引き取らせて欲しいと思つて居
ります
津山の山本様一昨日来訪　麦　大豆をいつでも御世話下さると申されました

私も坂神までどうかして出度うムいますが　坂神御滞在中にそちらまでお迎へがてら出てはいけないでせうか　尼崎へおつきになつたら電報にて否やお知らせ下さいまし

ホームシツクの為か不眠で困つて居ります

せめて菊の大輪でもおくりものにしてくれる人はないものでせうか　目を慰むものとてもないこの山里も柿紅葉して参りましたが　これとて心慰ミません

久ゞに明様より重子に細ゞ消息ムいましたが　今度は重役秘書に栄転　専ら進駐軍の接捗に大活躍の由素晴らしきウヰスキー持参で湯ノ川等へゐらつしつて時ゞグロツキーになられますとか　おもらひになつた凄い物送ることは一寸紛失すると惜しいもの許りではあり年末の勝山訪問はこの前の帰途が寝込まれる程御疲れでせめて神戸あたりならとかいてゐらつしやいました

ながくなりましたから是にて　お疲れの事とプレホルモン（油性は矢張り駄目ですから）メタポリンを沢山用意して待つて居ります　どうか御大切な御体お気おつけ下さる様くれ〴〵も

かしこ

松子

私の大事な御方へ

参る

〔欄外　通帳はまだどこにも見つかりません

カイロ灰今日よく干しました　明日お送り申上ます〕

＊　差出先から昭和二十年であることは明らかである。

二〇二　昭和二十一年（推定）四月三日　潤一郎より松子

表　岡山県真庭郡勝山町城内　今田ツネ様方　谷崎松子様　速達（消印　判読不能）
裏　四月三日　静岡県熱海市水口新熱海荘　谷崎潤一郎

其後の御報告いたし候
去る三十日京都より又昨二日熱海より電報仕候へ共御落掌なされ候哉心もとなく候
喜志元ハ宿賃二千三百六十円、うち二千円だけ新円にて渡し茶代心づけ等も十分置いて一日朝出発仕候こ
れらの金ハ結局徳丸女史がとゝのへてくれ申候小生が殆ど毎日自分のたべるものを買ひ出しゝてゐて猶此
の程度故相当なものに候実際は四千円以上かゝつて居り候
寝具を売つてゐる店へ案内され候ところ龍村平蔵織物の羽根布団一と流れ一万円と云ふのを始め最低にて
も六千三百円（これは真綿）かゝり仰天いたし候、但し金さへ出せば幾流れにても御好み次第、座布団も
一枚千円以上に候（封鎖支払ひなら一流れ貰ふことにいたし候）
しかし新円も物資もかう窮屈に相成候てハ断然勝山にハ住むべからず一日も早く都会地へ御出でなされ候
やう極力工作仕るべく候都会地ならば米はなくとも芋、卵、黒パン、北海道の新鮮なるバタ等フンダンに
有之、米も一升六七十円にて入手でき候少くとも飢ゑる心配ハ絶対に無之、それも京都が一番よろしく候
間第一に京都とし、已むを得されバ一時宝塚か垂水に待機せらるべし兎に角勝山ハ御引揚げなさるべく候
幸ひに経済上の工夫も何とかつき申候
新生社長青山氏ハ思つたよりも一層若き人にて小生のカバン持ちをしてくれ大いに助かり申候この人新橋
辺の芸者らしき物凄き美人（但し指ハ太し）同伴にて花見小路のお茶屋に泊り込み上京の汽車中にても大

いにアテられ申候汽車（上り二等急行）は実にゆつくりしたものにて戦前と少しも異ならずそゞろに楽しかりし往時の旅行を想ひ出し候

両三日熱海に休養（毎日あい子さんに揉でもらひ居り候一回十五円也）五日に上京、東京より二千円送金いたし候ニ付うち一千円を農業会に御返却可被下候利息が何程かつくこと、存じ候猶借用証を引かへに御取り返し被下度候

ことしハ京都の花おそく平安神宮ハ中旬以後の由に候間それ迄にハ帰宅御同伴いたすべく候引越荷物の手伝ひ旁ゝ末永氏も一緒に来てくれる筈に候但し万一あまり疲れた場合にハ末永氏に旅費を托し御迎へに行つてもらひ小生ハ㐂志元にて御待ち申候（寝道具さへあれバ今度の二階に御泊りされ候方経済に候へ共）部屋を借りに必要なる家財道具のうち是非共購入せねばならぬもの（勝山にも熱海にもなきもの）ハ何ゝに候哉至急御しらべの上喜志元あてに御返事被下べく候買はずに済むものハ一時こちらにて借り得る便宜有之候

国民社の難波敬治といふ人、勝山にて所を聞きしとやらにて喜志元へ訪ねて参り候今度の銀閣寺の家ハまだ当分内密に願ひ候猶ゝ留守中の訪客、出版社員などに余り小生の仕事の内容其の他宣伝めきたることハ一切御話し被下まじく候御寮人としてハ仕事のことなど知らぬと云ふ態度を御示しある方奥ゆかしく品よく候あまり文士の細君じみぬやう願はしく候（そのために秘書も雇ひ候）御花見にハ、いつも留守番ばかりしてゐた御寮人ヱミちやん重子様の三人が来られることにし、こいさんは今迄始終出歩いてゐたこと故今度ハ費用節約旁ゝ留守番を頼むと御寮人より申渡され（小生の考と云はずに）候てハ如何に候哉尤も重様がこいさんを誘はぬなら私も止めると仰せられてハ不本意千萬ニ付その場合にハ已むを得ずこいさんも御誘ひ被下度候しかしなるべく三人だけの方希望いたし候（此の事別便にて直接重様へ御願ひ可致候）

熱海の方も部屋借りで宜しければ秋までに必ず御世話できると青山氏申され候ニ付是非にと頼み置き候本日山本安三郎氏訪問、同氏曰く、平素最もよく使用する肉体の一部がシビレることハ老人にハ普通のことにて自分なども屢〻経験あり必ずしも高血圧のためにあらず然しどちらにしてもお酒はお止めになつた方よろしからんと。兎に角お花見までハ一滴も飲まぬことに致し候

西山ハ三月七日以来又温泉が止つてゐるとの事、今度ハ西山以外の地を求むべく候青山氏が世話する部屋と云ふのハ山王ホテル附近の清風荘と云ふ所の由に候　委細後便にて

四月三日　潤一郎

御寮人様　侍女

〔欄外　歯医者は久邇宮様のかゝられるよき医者有之候由〕

＊　早稲田大学図書館所蔵

＊　差出先から昭和二十一年であることは明らかである。

## 二〇三　昭和二十一年四月三日　潤一郎より松子

表　岡山県真庭郡勝山町城内　今田ツネ様方　谷崎松子様　速達（消印21・4・4）

裏　四月三日　静岡県熱海市水口　新熱海荘　谷崎潤一郎

岸沢のおかみと只今電話で話し候　先生！　ダンスホールへ行かない？　あたし今夜御客様にウィスキー御馳走になつちまつてベロ〳〵に酔払つてるんだよ！　もう自由主義で男女同権でございますから、遠慮なんか致しませんと怪気焔を挙げられ閉口いたし候　但し肉だけは素的によいものを売り居り候　百目五

十円に候　御寮人様　潤一郎

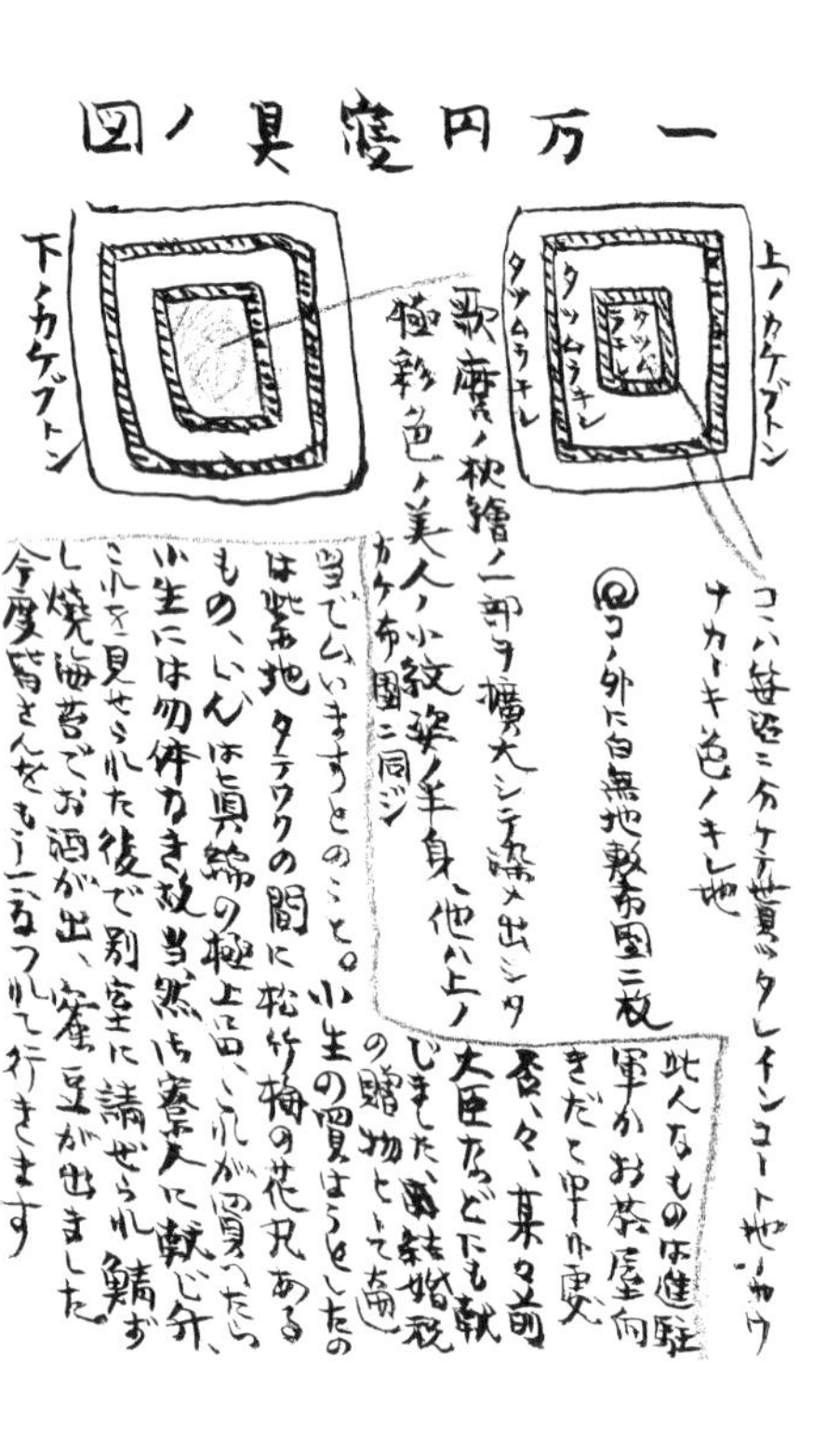


一万円寝具ノ図（上図参照）

コ、ハ笹沼ニ分ケテ貰ツタレインコート地ノヤウナカーキ色ノキレ地

◎コノ外に白無地敷布団二枚

歌麿ノ枕絵ノ一部ヲ拡大シテ染メ出シタ

極彩色ノ美人ノ小紋姿ノ半身、他ハ上ノカケ布団ニ同ジ

此んなものは進駐軍かお茶屋向きだと申候処　否、々、某々前大臣などにも献じました、結婚祝の贈物として適当でムいますとのこと。小生の買はうとしたのは紫地タテワクの間に松竹梅の花丸あるもの、しんは真綿の極上品、これが買へたら小生には勿体なき故当然御寮人に献じ升、これを見せられた後で別室に請ぜられ鯖ずし焼海苔でお酒が出、蜜豆が出ました。今度皆さんをもう一度つれて行きます

西山のおくの谷間をとめ来れば
むかしおぼゆるうぐひすのこゑ

すみ馴れし山の庵の椎がもと
訪へどもわびし君しまさねば

## 二〇四　昭和二十一年（推定）四月三日　潤一郎より重子

表　岡山県真庭郡勝山町城内　今田ツネ様方　渡辺重子様　速達（消印　判読不能）
裏　四月三日　静岡県熱海市水口　新熱海荘　谷崎潤一郎

出発之際ハわざ〳〵御見送りいたゞき難有存上候本日西山へ参り殿様に御目に懸り候まだ床上に座して居られ候暫く微熱が取れなかつたとやらにて思ひの外やつれて居られ一寸驚き申候座に高木子爵とやら申さるゝ人あり学習院時代の同窓にて貴族院議員なりとの事、至つて腰の低き人にて候ひしが三笠宮妃殿下の御実家にてハ無之候哉
貴族院議員と申せバ殿様も高木子爵も田所さんなどもいづれハ皆駄目だらうとのことに候
床上の殿様ハ小生が勉強部屋で愛用いたし候欅の脇息（明さんが芝の道具屋で買はれしもの）に靠れて居られ候床の間にハどちらにも見覚えのある掛軸が懸り電気時計まで昔のまゝに時を刻み居り候実ハ掛軸など二三持ち帰りたき品も有之候ひしが云ひ出しにくいので引き退り候第二夫人ハ買ひ物に出られたあとらしく夫人の御母さんが台所をして居られ候今度荷物を引き取る時ハあなた様より和子さんにでも御話し被下て鎌倉より出向いて貰はねばどうにも云ひ出しにくゝ候実ハつばめやに頼み幾分にても京都へ送り出さうと存候へ共今回ハ止めにいたすべく候
岸沢の女将ハすつかり太つてしまひお白粉などをつけてゐるので昔のイキな所がなくなり醜く相成候西山

の桜花ハ目下四分咲と云ふところ満開に相成候はゞ山縣別荘へ参り独りにて御花見致さんと存じ居候京の御花見にハ御迎に参り候ニ付御寮人ヱミちゃんお三人にて是非〳〵御出かけ被遊候やう今よりお支度遊ばさるべく候こいさんを誘はなければ自分も行かぬなど丶仰せられぬやう願上候然しどうしても左様に仰せられるなら仕方無之候ニ付こいさんも御誘ひ可致候此のこと御寮人とよく御相談被遊度候
熱海ハすでに初夏之気分昨日もけふも風強く只今又山火事の半鐘鳴り始め候
四月三日夕

潤一郎

渡辺御寮人様

侍女

* 山梨県立文学館所蔵
* 宛先、および差出先から昭和二十一年であることは明らかである。

## 75　昭和二十一年（推定）四月三日　松子より潤一郎

表　京都市東山区下河原上弁天町四三六　㐂志元様方　谷崎潤一郎様　親展　速達（料金別納）
裏　四月三日　岡山県真庭郡勝山町城内　今田様方　谷崎松子

廿七日附御文と一日には電報を拝受致しました　何も〳〵漸く安らぎを覚えました　今度こそは熱海に足腰をおのばしになることが出来ましたでせう　此処も流石ニお昼間はお炬燵にはいれぬ程ぽか〳〵して参りました　しばらくハまた花で気の揉めることでムいませう　けふは御雛節句でこ丶ではまた御正月より

賑〻しく町の人〻は皆〻御弁当を持つて城山に登り河原でも華やかな声が聞えます　この階下でも古色蒼然の雛様が飾られました　別して懐古的な私は焼かれた私の雛の姿を偲んで幼女のやうに悲しうムいました

御出立の前夜にははしたないことを御耳に入れてお恥しうぞんじました　御文によつて私の感じ易い為に常の人よりも余計に苦しむ能しかない　感情をいたわつて下さつてゐるのにほろりとして了ひました　昔から召使に（殊に自家の）手をつけたり興味を持つて感情を育んだりすることは御行儀のわるく不自由らしく　又罪深きものと世間学で教へられて参りました　家人にとつては見ず知らずの人とは違つて　飼犬にかまれる以上の大きな痛手でもあり　それ程生命の細る苦しミは無いので　さう言ひならはされてゐるので御座いませうが

よしない事から貴方様のすべての貴い誓も信じながら　さういふ不幸の怖れから自らの誇も捨て丶嫉いたりして情無う存じました

私は苦しみの代償に値す可きでないものニ妬いたりするので御座いませんでしたね　章ちやんは信じてゐるから一切やかぬと申　またそれ程に愛情の持てぬことを告げました　伊さんは先夜こ丶でやいてくれぬと不足をもらしました　やかれるやうなことありますのんと云つたら　絶対にないと申ましたが　うらやましう御座いました　嫉かぬ女や妬かれたい男やら

情愛のこまかに過ぎ深いのも幸福でない様な気がして参りました　自ら身を噛む様な事さへムいますもの

私は惘れる程長い年月情愛中心に生きて参りました　子供に愛情の一番必要な時さへあなたのことでいつも一ぱいでムいました　余りにもローマンチストで永遠の幸福を夢見て醒めぬのでムいます

そして後生大事に恋情を護り心さへ潰れないものにして是まで参りました　女盛りのころの不満に乗じて

の誘惑も容易ニ退けて来たので厶います　是が二人きりの生活なら其の表現に始終あなたを驚かせたこと丶おもはれます　今日の私の不幸は気持の若〻しいことで　是が心持が自然に老けるものならよろこんで老けも致しませう　わざと若返ることは老女の厚化粧同様いやらしいものでもありますから決してさうなりたくは厶いませんが　先夜も一寸御話申上た通り　気持とは相反した矛盾が生理的に起つて苦しいのでございます　更年期は誰しもひどい被害妄想に悩まされるもので　それの制御と云ふものは男の到底想ふ可くも無いもので厶います〔行間　侮辱の被害に狂はしくなつたり〕長い期間でも厶いませんでせうが　貴方様の優しさといたわりのミが　此の期間を私を不幸にしないでもらへるので御座いませう
人前では御読ミになれぬやうな御手紙となりました　どうぞ夜〻御寝の時にハ観音様ニ額く私を御おもひ出し下さいまし
一日も早く御帰りを待つて居ります　京都の花便りと共に

かしこ

咨子

潤一郎様

御前に

＊　差出先から昭和二十一年であることは明らかである。

**76　昭和二十一年（推定）四月四日　松子より潤一郎**

表　京都市東山区下河原上弁天町　㐂志元様方　谷崎潤一郎様　速達（消印　判読不能）

裏　四月四日　岡山県真庭郡勝山町城内　今田様方　谷崎松子

渡叔父様間もなくこちらへゐらつしやる様御消息がございました（進の方今度は収穫無し）世帯主も百円でどこもかしこも違つて参り本月から困ります　既に大困りで厶います　物価は逆に騰る物さへありどうなることでせう　小嶋さんのお塩は先のは見本に送つて下さったさうで　まだ多量にお送り下さるとかどうか又御願ひ下さいまし　水澤さんにも待つてゐらつしやいますから　それから土屋さんのも一寸拝誦致しましたが　若し何か御無心が出来るなら　進のものが御願ひしたいもので厶いますね
〔欄外　松田の方本月だけ翁さんと美代ちゃん土佐へ出発の為こちらへあまり取れません〕
是はどうせ御帰りになつてからの事でせうが　こちらへの御土産は皆様煙草がよろしく田舎に全然出ない「コロナ」（ピースの方まづく）「光」でも大変よろこばれませう（進駐軍のは入手出来ぬさうゆゑ）〔欄外　闇市にあるさうです〕　水澤さん小野はる山藤さん子息　それから古南さん先日来お野菜飢饉ニ随分助けて下さいました　馬鈴薯も多量にわけて頂きましたから　いろ〳〵の事で一度も御礼らしいことを致しませんから　水澤さんの良ちゃんもたび〳〵御馳走を持つてきて下さいますが　御金は奥さんに叱られると云つてこのごろとりませんから　矢張タバコでも御願ひ申ます

電球がどれもこれも切れて困つて居ります　どうか手にいれて下さい　一〇〇、六〇、一六位のところをお茶も皆無で上茶、番茶、お紅茶と　それからサッカリンまだございませうか　是まで使つてみませんでしたが　始めて先日のを使つてみましたが　甘味のかつえを誤間（ママ）化せました　併しお砂糖と結局同じ位のお価と違ひますかしら

一日に内田様御一家勝山駅へ御見送り申ました　私共もはやくあゝして送られたいとつく〴〵おもひまし

た　だん〳〵取り残された感が深うムいます
そろ〳〵荷物をよりわけて居ります　おふとんも縫ひ更へたり　用意だけても何となく心がほんのりして参ります　荷造りは建ちやんが迚もしつかりやるさうでございますから　伊さんも随分助つたと申て居りました
只今熱海からの電報頂きました　平松の分　私何となく感知して出す手続して居りましたが　町会の証明が頼んだ日にもらへなかつたのと　三十日が土曜日の為にとう〳〵引き出せませんでしたので　くしやくしやしてゐた矢先でほつとして居ります　お預りの分には手がついて居りませんから　落手の上は直ぐに返済致しませう　最低月五百円でも（一人）充分とは申せないのに一体世間の人はどうして食べてゐらつしやるのか不可思議でムいます
お味噌二斗仕込了へました　御帰宅迄ニ別に白味噌をつくつておきます
いつごろ御帰りで御座いませうか
歯医者さんのこと竹内様にでも御尋ね下さいまし

かしこ

杏子

潤一郎様

参る

〔欄外〕こいさんは結局おはるさん借りられたくないらしく観音寺をかしてもらつてくれましたが　先日〔横に　一月程前〕住職死去四十九日まで持つて欲しくとの事　章ちやんのあとは八十円に値上りで是はとてもやつて行けず

小野先生の裏木田さん退かれたあとへ御願ひしようと思ひますが　私から話して御断ようなさらなくてもわるいと思ひためらつてゐますが　いづれにしても今月には出るのですから借りてもいゝかとも思ひます（坂神の方は見つかるまで章ちゃんの家の裏の離室を借りてあるので厶いますが

＊　差出先から昭和二十一年であることは明らかである。

## 77　昭和二十一年四月日（不明）　松子より潤一郎

表　京都市東山区下河原上弁天町四三六　㐂志元様　谷崎潤一郎様　速達（消印21・4・□）
裏　岡山県真庭郡勝山町城内　今田様方　谷崎松子

熱海よりの二通の御消息懐かしい景色を背景にゐがきながら拝見致しました　先日来の御疲れも御湯と愛子さんの按摩で次第に御恢復の事と存じ上ます　花も団子も総べてに御満足でゐらつしやいませう　筍の味がおもひ出されます　私は熱海を離れてみて始めて熱海の良さが知られましたが　それではこの秋には参れるかも知れないので御座いますね
それに京都の冬はあなたの神経痛にわるいことはあきらかで今から私はそれが案じられますゆゑぜひに御願ひ置き下さいませ　各地とも一昨日あたりから温度が低いとはラヂオでも聞きましたがこゝは粉雪がちらつきました　それでも桜は三分咲きで夕には河鹿の声もきかれます　いつか二人で渡月橋できいた頃が思ひ出されあのころの何も彼もがなつかしう厶いました　ひとりで順市とよんでみましたらいまの気持に何となくぴつたり致しました　再びあの紅枝垂れの下に立てるかと思ふと涙がこみあげはせぬかといまからそれが恥しうございます　どうぞ顔を御らんにならぬ様に遊バして下さいな　今から御願ひ致しておき

ます　どうやら私はあまり都と離れ過ぎた様で御座います　生れてはじめて太陽の輝やかぬ冬を過しましたが思ひ出すさへぞつと致します
くたびれ儲けになつてもつまりませぬ故　京都にて御待ち下さいまし　末永氏にゐらして頂かないでも建ちやんに送らせます　私はもう出版屋さんの人とは御あひ致しません　社長さん以外の方には柚さんさへ警戒心を持つて御話してゐるので厶いますが　矢張私があまり御嬢さんみたいでしつかりしないからで厶いませう　文士の女房らしくなれゝばまだいゝ方かも知れませんが先方ではむしろ年甲斐もなき事ながら乗じ易いのにあきれてゐたか知れません　是も田舎生活の退屈から都恋しさに会つたことがいけませんでした　併し内容等申た覚えなくたゞ問はれた事二三答えたゞけで　まして宣伝めいた事は意識しませんけれど　こんな事はこれでやめて
用向に移りませう　熱海の御荷物に就てハ和子様も私がゐないと分らなくなるからと気にしてゐて下さつたのですが　是までは如何様にもなりませんでした　いづれ又熱海へ参るにしても一部分どうしても撰り分けたいものもあり　京都へ出次第　私が熱海に参り和子様にきて頂いて始末をつけることに致しませう
ぜひ御求め頂かねばならぬものは別紙御らん下さいまし
鎌倉文庫からは一向に何も参りませんが如何なつたので厶いませう　御家賃の小切手は昨日漸く銀行へ着いた由にて　直ぐに入金致しました　只今熱海からの電報つきました　𠮷志元へ御立ちの後へ二通御文出して居りますからどうぞ
明様から（大湊）御召物冬物二（着物）夏物（羽織二着物一）送つてきて下さいました　帯三本と御らんの上にて仕立替へ致しませう　寸法がどうせ違ひませうから　糸をぜひ頼んで下さいまし
表つきの下駄京都に厶いませんか　田舎の例の御履物きものとあまり不似合ひで私の分だけ欲しう厶いま

すが　半衿と御願ひ申ます
こいさんは私からよく話しました　還暦の御祝の御座興にとめい〳〵に御留守の中に仕込ミました　私は
又舞ひ戻つて今土屋の二階を借りた先日の池田さんに地唄を恵美子ニは水沢さん先日御話の疎開の踊の御
師匠さんに　恵美子の御稽古にはおなかゞよぢれました　ではこれ位で御花見まで御酒をおめしにならぬ
とはうれしうムいます

かしこ

尞子

潤一郎様

参る

御買物次に記します故御目通し下さいませ

一、バケツ　二
　中ひとつは木の代用にてもよろしく　お高くて吃驚する程ださうでムいますから　雑巾バケツの方木
　にして下さい
一、シヤク　一
一、箒　二　御座敷用　手箒
一、蒸器　一
一、フライパン　先便で
一、支那鍋　御願ひの通り

一、めうと茶碗　　　一組（使つてゐるのはひどく捨てゝ行きます）
一、お湯呑み　　　　同
一、お箸箱　　　　　みんなの分
一、御箸　　　　　　仝じく
一、洗桶（お茶碗の）
御膳は二月堂を二つ熱海に置いて居りますからとり寄せたくそれまでどこかで借りませう
御釜とおはちは新らしいのを持つて居りますから御求めなくてよろしい
お土瓶も使はないものが有りますから
私が参りまして又心づいたものもとめます
小野はるさん四五日前に布谷へ参りトラックを買ひそれで帰つて参りましたところ胸をうち息をするのにも痛ミ烈しくて御医者さんへ参りました　幸便と存じ布谷へ置物をたのみ持つて帰つてもらひました
勝山にはあまり何も〳〵ございませずひどいので立替金を尼崎へゐらしたら御払ひ下さいませんか　こちらは全然いま出すこと出来ませんから
章ちやんのたよりに十日頃にゐらつしやると云ふことで御座いますが　さうするとこの文は間に合ひかねますが兎ニ角六百四十円也でムいます
章ちやんがはやく出る方よろしくとすゝめてよこして居ります　大変勝山よりやり易く　と云ふのは買ひ溜める必要なくて却つて経済にゆくさうでムいます
私共はあなた様お立ちになつてからまだお魚も頂きません益〻ひどい　お肉を折〻スープに頂く位で〔行間　スープにより頂けないからです〕たゞお米があるだけの違ひで　いつかの津山と同じで御座います

大豆とお菜許り食べて居ります　倍位のお高さでも一度おいしいお肉がいたゞきたうムいます
中ノ庄屋嬢一昨日お帰りになつて（御父上と）明後日は最う全部御引き上げで皆驚いて居ります
橘高様の家は如何なりましたか　無条件にて気に入ればかして頂けると聞いて居りますが
今日一軒家などは絶対にないときゝますが　少しの不便位ならしのんでかりたう如何でムいませう　いくら不便と云つてもこゝの様なことはムいませんでせうから
何でも持主が発疹チブスと伺ひましたが　大変な心臓の強い方ゆゑ助るでせうと云つて居られましたが
其の後まだ御あひ致しませんが　〆切の時間が迫りました　是にて御きげんよう

## 二〇五　昭和二十一年（推定）五月八日　潤一郎より重子

裏・表　封筒なし　絵はがき三枚

（一）絵はがき　嵐山

今回八日頃の御恩返しに十分ゆつくり遊で頂かうと存じて居りましたのに途中にて新円不自由と相成軍資つゞかず思ふことの十分の一もして上げられず誠に残念でございました、おまけに桜までが思はぬ時に咲き思はぬ時に散つてしまひいとゞ心残りでありました
御寮人より承れば先日の原ちゑ子演奏会の時あなた様が珍しくも涕涙滂沱として聴き入つていらつしやいました由、何か私も涙

（二）絵はがき　祇園祭

ぐましくなりました、さう云ふお方をあんな田舎へ押し込めておくのは最早や一日も忍び難くなりました
多分近ゞに寺町今出川の方の今少し広い家に引移れると存じますからさうしたら御寮人はじめあなた様も

エミちゃんも此方へ直ぐに来て頂きます、明さんも今一二週間出発を延期され京都でゆつくりあなた様に御会ひなさる方宜しかるべくと存じ本日大湊宛にその旨申し送りました

（三）絵はがき　壬生狂言

それにつけても早く明さんが関西方面へ生活の根拠を移されることを希望いたします、それが結局あなた様をお仕合せにする道であると存じますのでそのためになら私も出来るだけの御尽力をいたします猶〻詳細ハ御寮人より御聞取願ます、では今暫くそちらで御辛抱願ひます留守中又何かと御厄介をかけ恐縮に存ます

五月八日　　潤一郎

重子御料人様

侍女

＊　芦屋市谷崎潤一郎記念館所蔵

＊　金融緊急措置令で新円を発行し、旧円預貯金が封鎖されたのは、昭和二十一年二月十七日で、内容から昭和二十一年であることは明らかである。

**二〇六　昭和二十一年五月十三日　潤一郎より重子**

受　岡山県真庭郡勝山町城内　今田つね様方　渡辺しげ子様　速達（消印21・5・14）私製はがき

発　五月十三日　京都左京区浄土寺西田町十二　戸島氏方〔印刷　谷崎潤一郎〕

机無事到着御手数ありがたく存じました
　磯田多佳女一周忌
あぢさゐの花にこころを残しけん人のゆくへもしら川の水
白川のながれのうへに枕せし人とすみかもあとなかりけり

　＊　芦屋市谷崎潤一郎記念館所蔵

## 78　昭和二十一年五月十四日　松子より潤一郎

表　京都市左京区浄土寺西田町十二　戸嶋様方　谷崎潤一郎様　速達（消印　料金別納）
裏　五月十四日　岡山県真庭郡勝山町城内　今田様方　谷崎松子

潤一郎様　　　　　　　　　　　　　　　　　　　　　　　松子

連日の雨に気温も低く其の後お咳はいかゞ　今度はほんものニお直りのことゝぞんじます　それにおすゝめした事をお続けのことゝおもひます
帰りの車中はいろ〳〵御心づかひいたゞきました　御蔭にて姫路までがら〳〵で三等車も大阪で空きました　姫路で降りると直ぐ旅行票をかいて勝山を求めましたが　枚数が出て了つて売れぬと云はれた時には建ちやんと顔見合せて思はずため息をつきました　すぐに岡山へ出ても新見で泊らねばならず　とう〳〵建ちやんは女主人の御供で泊るところなしと事情を話してなきつき特別に売つてもらひました　やれ〳〵とそれから北川をさがして焼跡をあてもなくさまよひ　建ちやんも荷物を背にのびて了ふころ漸くたづね

あてました　畳こそきたなうムいますが　御風呂もある一軒家を借りて住んで居りました　大変よころんで御夜具もありお米も一石のゆとりがある故泊れとすゝめてくれましたが　ゆつくり休むひまもなく駅へ引きかへしました　汽車は這入つてゐるので是も座れました　この道中で初めてよくもまあ都を離れたところにきてゐたものと我ながらあきれて了ひました　そして一駅毎に涙が落ちるのがはげしくなつてきて困りました　帰つてみると重子ちやん　恵美子が青い顔をしてゐるのには屹驚いたしました　今までに無い事なので病気になるのではと思ひました　思へば昨年のけふ津山入りを致しましたのでムいますね　食糧は昨年の津山と同じでお魚は勿論　野菜もお漬物もムいません　こゝの人は三里奥の山へ分け入つてわらびをとつてきて食べて居ります　水澤さんあたりも悲鳴をあげてゐらつしやいます　それで今度　山藤さん等が肝入りで隠岐の島から

〔欠〕

とる消費組合をおつくりになるさうで御座います　勝山は京都よりさわがしく昨夜は月田へ五人組の強盗表れ勝山署員が二人打たれたとやら　私留守中には岡山から地方事務所へくる進駐軍がこの家へ這入つてきて階段のところまで昇り皆〻すばやく逃げかくれたさうでございますが　最初のころと違ひこのせつは大分わるく　役場へ来てこの家は女が幾人ゐる等と調べてゐるさうで被害頻〻と聞きました　毛布は早速頼んで居りますが　既にお米は出してくれません　この雨で麦が実がいらないさうでお百姓も要慎深く交換条件もわるいので唯今辻さんに見せて居ります　辻さんと云へば吉村さんの節子さんが御次男と愛を語られるやうニなり　御長男の弥兵衛さん難かしい御母上を説得につとめられ　めでたく御婚約となる由　吉村さんの昨今の朗らかさ想ふてみて下さい　古南さん玉の輿と云つてゐらつしやいます　中之庄屋奥様の御話によりますと据風呂は売つてゐてそんなにお高くないさうでムいます

転出は矢張許可書がなければいけないさうで　昨日和辻夫人に至急御送り願ふ様御手紙出しました　いづれにしても入用で送つて頂くことになつて居りますが　トンビは私頼みに参り　けふからかゝつてくれることになりました　スベリ生地も洋服屋でわけてもらへました　直ぐに出来上ります

チッキはつきましたか　戸田氏の分はお送りしたので御しまひにて　あと心細く福さんの手持ちのを一斗わけてもらひ私のお金も乏しくトンビ仕立と裏で弐百円以上かゝるさうですから是も大至急御送り願ひます　山藤氏にも御あひして御願ひ申ました

こゝ一週間程の中に奥へ参りいづれとも解決つけて御返事すると申されました　橘高様は廿五日まで御帰りにならぬとの事　トランクに何でもかまひません　お菜をいれて至急御送り返し下さい

なつに云ひつけて帰るのを忘れましたが薄い方の行李の毛織物にナフタリン買つていれさせて下さい

〔以下別便が同封か〕

旦の法華宗の御寺にけふは恵美子と参詣御回香をしていたゞきました

　仕えたる事しなけれど姑の日は心静けく香炷きまつる

其の後寺町のお家へ御出掛けでゐらつしやいましたか　皆〻御返事を千秋の思ひで待つて居ります

次に御注意まで申上ますが　お鼻をお通しになるのは三ケ月位つゞければいゝので　ただなるべく吸ひこまぬ方よろしく吸ひこんで〇氏管へゆくと中耳炎へ(ママ)起す事があるので　それだけ心して下さいまし　是はどんなに重い蓄膿症でも直つた例がムいます

次の間のお床へメリケン粉と思つて受け取りました包ミに今一つ小嶋さんからの若芽が這入つて居りますさうで　大変新のでよろしうムいますから御使ひ下さい　お序に御礼も願ひます　炭はあと廿五俵となりました　お送りするのに木箱の調達つかず困つてしまひます　そちらの木箱二つ御返送の方法御座いませ

んか
お釜とお櫃を次に出したいと思ひます　そちらの御飯どうもこずんでおいしくないのは拝借のお釜が使ひ古して底がうすくなつてゐる為と想はれます
折角おいしいお米もあれでは勿体無く早く出したいものと思つて居ります　出来るだけ食べのばす様につにも御ふくめ下さいまし　品物もお金を出しても入手困難となつて参りました　少しづヽは買へさうでムいますから（五升位づヽ）買つて置くつもりです
東京の小林氏からまだつきません　この分は清治に（こちらへとりかへさず）頂いてよろしいのでムいませうね　製図用具（是は今後一生の商売道具）等もどうしても入るのでこの分をそんなことにあてさせたくと思ひますが如何でせう　二郎ちやんは栄養失調が原因にて瘍が出来て大分わるいと聞いて居りますが
兎ニ角住所御報せ申ます
東京都豊島区巣鴨二の五三
思斉寮内
小瀧さんへは昨日発送申上ました　では御大切に
松子
潤一郎様

＊　差出先から昭和二十一年であることは明らかである。

## (7) 昭和二十一年(推定)五月十七日 重子より潤一郎

表 京都市左京区浄土寺西田町十二 戸嶋孚雄様方 谷崎潤一郎様 まゐる 速達(消印 判読不能)
裏 五月十八日 岡山県真庭郡勝山町城内 今田方 渡辺重子

長い雨もさつぱりと上り川面を吹き渡る風も爽かになり雨に洗はれた 青葉が美しく今日辺りは一寸勝山も見直せるやうでございます
先日は何年振りにか京洛の地をふみ思ふさま楽ませて頂きお蔭様にて気も晴々といたしました
只こゝ数年来あんなにあこがれてゐた花を見落したことだけは心残りではございましたけれど
其の後御風邪は如何でいらつしやいますか 雨が降る度又御引添へにならねバよいがと御案じ暮してもう半月が過ぎて了ひました
先日は御葉書恐れ入りました
少しも早く都に出られるやうにと色々とお取計ひ下さいます由嬉しく御待ち致してをります
併し此の食糧事情の危機の三ケ月をどう切り抜けられ了せるかと案じられます 御米の倉庫の様なこの土地でももう品物でも新円でもお米を出したがらないやうですから先が心細く思はれます(事実出し切つたらしく)やはりお金を出せば何でも手に入る都会の方却つて飢える心配が少いのではないでせうか
何かと私の為めにいつまでも御心配を頂いては嬉しうはございますがまことに心苦しいことでございます
　それにつけても一日も早く明が二人の将来への生活の設計をしつかり立て少しは安心して頂き度いものとそればかりが願はれます
明の出発のことで又何かと御気配り頂きまして恐れ入りました この月の中旬より大湊へ半月の予定でま

ゐります　其の間に出て来たいと書いて寄越しましたので今のところ京都の方は御仕事の邪魔になると存じられましたので今一度遠くても勝山の方へ出張するやう申してやりました後でしたがお手紙を拝見すれバきつと御意のやうに都合をつけること、存じます　只汽車の都合等で万一京都で一泊でもするやうな場合にもと銀閣寺の住所を報らせては置きましたが――　私の手紙の返事もまだ参つてはをりません

先日の「キューリー夫人」を観た時の感動がいまだ心の隅に消えずに残つてゐると見え崇高な夫婦愛をふと思ひ浮べては溜息を洩らしてをります

久し振りに素晴らしい音楽を聴いたりい、映画にゆき会へたので急に鑑賞欲が目覚め次の機会が待ち兼ねられます

では次の入洛を楽ミに

くれ〴〵御風邪お大切に

かしこ

しげ子

十七日夜

兄上様

御手許

追伸

お米を御送りする容器を送り返して頂く時に左の物を入れて下さいますやうお願ひ申します

一、バターの缶入（錦にも河原町にもあるそうです）

この節はお玉も少くなりバターでやつと栄養をとつてゐます
一、油を一缶
一、ビタミンB、C
一、プレホルモン（注射薬）
一、お砂糖（お買ひになりましたら半分だけ）
国本から四拾八円でお米一斗だけ世話をして呉れると申してをります　之はずつと前に頼んであつたので廻して呉れるそうで今後は当分ないと申しますので是非貰ひ度いと存じますので金子を成るべく早く御送り頂き度いそうです

＊　差出先から昭和二十一年であることは明らかである。

## 79　昭和二十一年五月十九日　松子より潤一郎

表　京都市上京区寺町今出川上ル五丁目鶴山町三番地ノ一　中塚昌雄様方　谷崎潤一郎様（消印　判読不明）
裏　五月十九日　岡山県真庭郡勝山町城内　今田様方　谷崎松子

御手紙書き了へたところへ電報つきました
拾五日附の御文翌日拾六日に拝誦　寺町の家にも度〻御足労をかけます様にて恐れ入ります　一向温度が昇らないのでお咳が気にかゝります
明様が昨朝前ぶれもなく入口に立ち表れられ逆光線で暫くは誰か分りませんでした
〔欄外　重子も一昨日戸嶋様の方へ御文出しましたが　お出になつたあとへつくでせう〕

明様京都の方　予定をはやめたくと云はれます　よろしく
皆〻相談の上にて廿四五日頃にお送りがてらそちらへ参り二三泊の後立つて頂くことにしたいと思ひます
が如何　御風呂はなくとも泊れさへすれば結構ださうでいづれにしても金子着き次第　御夜具と食器入れ
にしてゐる本箱と茶箱に這入るだけの御台所道具とを発送致します
ますは一昨日今田奥さんより大変おだやかに御話下さいました　すつかり改めて何でも注意をして頂き度
いと忠実に立ち働いてゐるものを御主人からはいかにも仰有り難いであらうとものゝわかりのいゝ御祖母
さんと奥さんが仲へ御立ち下さいました　たゞ突然では親が屹驚すると云ふので一応話にかへらせてやる
方よろしくと云はれるので早速かへし　私共京都へ参る日にすつかり暇を出すことに決りました　なつの
ことは皆〻話して当人も知つて居りますし　自分は御料理もまだ出来ぬゆゑ京都へ行けぬでせうと　今田
さんに話してゐたさうでムいます
明様が素晴らしいチーズ御持ち下さいました　是は先日のパイナツプルジユースと一緒に持参　そちらが
材料も豊富の事故洋食で一夕宴を催したいと存じます
明様が寒む〳〵とした食卓を見やつて重子に「津山だね」と言つてゐらつしやいました
お酒だけ山藤さんにお借り致しました　都名所図会はとじた糸がきれてバラ〳〵になつてゐる分もあるの
で　つくろつてゐて一番あとになりましたが　明日あたりきつと御手許に参りませう
転入は許可書到着次第に致し度く待って居ります　和辻様の御注意もあるので同時に私のも転出致すつも
りで　其のことを重子ちやんに申ましたら　とり残されでもするやうな不安な面持なので或は皆出しても
いゝとも考へて居ります　何も別にこゝでは配給があるわけでもなし　お米は別に買つてゐるのでムいま
すから

毛布は駄目になりさうでムいます　再封鎖とかの声が高く新円を誰も銀行へ預けぬさうで　それも食糧にかへてゐるやうで御座いますね　何か手が打たれさうな事は確でございませう　青年の一人が知らせて参りましたが　今日お米と炭を調べに来るさうで御座いますが　私共には二斗以上はいけないと云ふ　二斗迠は御座いません　炭の方は七俵以上供出の由　是も残り少なで心配無しで御座いますが　それだけ心細く極度ニ節減して居りますが　五升余づゝもらつて置きたいと存じます　先日十日分お送り申ましたが二三日中に又それ位おくり出します

松子より

潤一郎様

御前に

〔欄外　鮎子ちゃんから今朝電報参りました　めでたく男子御安産なので　電報にしないで同封致し置きます

明様から　よろしき長襦袢持参頂きました　是は京都に私持つて参り御らんにいれたくにて　可成胴衣につくりかへたく思ひます

廿四五日なれば仰せの一週間も過ぎ大丈夫でムいませうね　郵便局で電報は「ウナ」なら必ず其の日につく様になつたからと申て居りました〕

＊　差出先から昭和二十一年であることは明らかである。

## 二〇七　昭和二十一年八月一日　潤一郎より重子

受　岡山県真庭郡勝山町城内　今田ツネ様方　渡辺重子様　速達〔消印21・8・1〕官製はがき

発〔印　京都市上京区寺町今出川上ル五丁目鶴山町三番地ノ一〕〔印刷　谷崎潤一郎〕

御無沙汰申上て居りますが御元気の事と存上げます　汽車が開通いたしましたら一両日様子を見定めて出発仕ります　多分本月四五日頃に相成る事と存ます　何卒その旨皆さんに御伝へ置願上升　古川ロッパが南座に来ましたので見て帰升　郵便物は御止め置き下いませ

〔行間　明さんのお荷物ハ中京区高倉通錦小路下ル帯屋町五七二　北川平三郎氏宛とのことでござい升〕

## 二〇八　昭和二十三年（推定）一月二日　潤一郎より重子

表　南禅寺下河原町五二　谷崎内　渡辺重子様　托新生社〔返事を御托し下さい〕

裏　正月二日　熱海にて　谷崎潤一郎

明けまして御めでたう存上げます　昨年中ハいろ〳〵御厄介に相成りました本年も亦不相変宜敷願上げます

早速ながら留守中何かと御厄介をかけてゐますこと、存じます　実ハ今朝速達便を差上げましたが新生社の青山さんが明日京都へ行かれると聞き大急ぎで此手紙を托すことに致しました

長岡は気候も寒く旅館もあまり感心できませんそれで大晦日に急に予定を変更し熱海の第一ホテルに移りました、第一ホテルは去る人から大変よいとすゝめられ新熱海荘を止めにして此方にしたのですが、第一に宿料が公定で、而も食事が×相当にたべられるのです（一人一日三四百円程度）〔欄外　×別にメニユ

ーに依つて特別料理を注文することが出来ますが公定だけでも辛抱できないことはありません」第二に温泉が自噴してゐて、上り湯に真湯があり、浴槽の温度も自分で自由に調節できます、第三に、熱海の中でも一番暖かく西山とは比較になりません、早朝から日が当るので、早起きが出来、日中火鉢もカイロも不要、小生ハ長鉄砲を脱ぎ、厚いパッチを脱いでしまひました、〔行間　京都の四月頃の陽気です〕それから熱海は一般に電燈が自由で、夜通しついてゐます、そんなわけですから京都の家をカラにして家族が全部此方へ集つた方が燃料その他でずつと経済に行くと思ひます、猶土屋氏の山王ホテルの別荘をいつでも借りられることになりましたが、小生は寧ろ第一ホテルにゐる方が経済ではないかと考へてゐるくらゐです、そんな事情故どうか一日も早く皆で此方へ御いで下さるやうに願ひます、殿様の所へも貴女様が御越しなされてから御供しようと思ひまだ行かずにゐます

今夜と明三日の夜とは第一ホテルが満員なので一時新熱海荘に来てゐますが四日から第一ホテルに帰ります、四日以後二月中まで家族四五人寝られる座敷と小生の勉強部屋とを借りるやう契約しましたからいつでも御いでになれます

第一ホテルは熱海市東町（ヒガシチヤウ）二二五、電話熱海二十番です、全国書房と京都版画院（品川氏）に長岡から此方へ移つた旨を早速電話しておいて下さい

久保に出立の時預けた原稿を大至急此方へ送るやうに御命じ下さい、それから春琴書店の町名番地を知らせるやう仰つしやつて下さい（これらの物及その他の郵便物等、大して嵩張らない品物は青山さんにお托し下すつても結構です、青山氏は六日中に熱海へ帰るさうです、青山氏の京都の宿はうちの前の奥村さんが親類ださうで、奥村さんに聞けば分ります、小西氏の近所らしいです、猶十日頃に中央公論社員も参上しますからその人にもいろ〳〵お托し下さい

細雪の完成もいよ〳〵近づきましたが嶋中社長も一日も早くと熱望してゐます、ところで貴女様がおいでになると否とでは此の原稿の進行に大影響がムいます、細雪は小生の力で出来たものでハありません、何卒此の事情をお酌み取り披下、明さんにも御諒解を願ひ早く此方へ御越し披下るやうに熱望いたします明さんも御一緒に短時日でも来て下されバ一層結構ですがもしそれが駄目なら潺湲亭にてゆつくり御留守番を願ひます御酒等も御遠慮なく十分に御上り下さい

熱海に引かへ京の寒さハいかばかり、御風邪を召さぬやう御用心下さい、明さん以下皆〻に宜敷

正月二日夜したゝむ

潤一郎

重子御料人様

侍女

君がすむ都はいかに伊豆の海や

錦が浦は霞たなびく

〔欄外　完成祝は嶋中氏も出て来て熱海で催すことになりました　肝心な主人公が出て下さらなければ困ります、

「婦人公論」がつきましたら貴女様一冊一枝女に一冊御上げ下さい、あとは御送り下さるに及ばず書斎に置いて下さい〕

＊　昭和二十三年一月三日付の全集書簡番号三三三の土屋計左右宛書簡に、「第一ホテルは甚だ優秀につき大晦日

より急に此方へ引移り候」とあるところから、昭和二十三年と推定できる。

## 80　前便に同封　松子より重子

先づ初春御ことほぎ申上ます
皆〻御きげんにて御越年のこと、存じます　旧臘は殊にまた多忙の上にもいそがはしい思ひをおさせ申しいつもながら相済まぬことで厶います　明朝新生社々長御入洛の幸便に是を御届け願ひませうと同じ机に向つて夫婦で貴女にあて、書いて居ります　転〻と居所をかへてその度毎に引越しの様なさわぎでございます　長岡の女中さん等吃驚して居りました
同じ様なことをかくのではないかと想はれますから旅館の事などは私は省きまして例に依つてまた御願ひの事で終るやうでございます
明さまに御めに懸れないで本当に残念に存じました駅で随分きよと〱したのでしたが　あの素晴しいクリスマスプレゼント　生涯での喜びであつたと今に思ひかへしてよろこびがつきぬ程で確に十代に若返らせてもらひました　他人からさびしい事乍らあの様に欲しいものをもらつた事が無いと云つてい、位です
　明様にもよくこの気持をお伝へ下さいまし　そしてミセスボーンに通じて頂けたらと思ひます　其のうち心から御よろこび頂けることを皆で思案したいとおもひます　留守中清治恵美子でうんと生活を楽しんでくれたらとそれ許り希つてゐます
青山様に何か御ことづけ願つてい、と申て居りますから大きなものでなければ御たのミ下さいまし　忘れ物のお薬、女性其の他にガルダン錠と私の肌衣一枚御願申ます　それから中央公論の社員の方がそちらへゐらつしやる由　其の時に又何か御心づきの品御ねがひ致します　おやぢ殿の腹巻の洗ひがへなく是も其

の方に御たのミ下さいまし　ふだん着のつもりでもつてきたきものとてもこちらで着られたものではムいません　太陽の明るい所にひどくて見られません　一寸どれをお願してい丶か分りませんが　今のお召はなつにやる事にいたします　それから長襦袢の用意をお願申ます　白地も大分よごれて参りましたねふじきぬにておこしまきどうかひま〳〵に縫はせておいて下さいまし　袷にしておやぢさまのパッチの方は佐々木さんが持つてゐる分を染めておくと云ふことになつてゐますがついでに性急（ママ）しておいて下さい染めが出来上つたら　早速斉藤さんに仕立を頼んで頂きたいのです
ふじきぬで出来れば私肌襦袢を一つつくつて置きたいとおもひますが
佐々木さんへ頼む下絵が出来ましたら至急おたのミ下さいまし　いろ等貴女に御まかせ致します
平井さんにうちかけの返事をする事になつて居りましたが　恵美ちゃんに云つておきましたが　覚えてゐてくれましたか　一時にといふことでなければ頂き度いと
余り御願の事許りで恐れ入りますが　留守宅萬ゝよろしく御願申上ます早くと云つても矢張十日過ぎでなければ無理な事でせう　二人にどうか一日でも明るい愉しさを与へておやり下さいまし
京都のお寒さおもひやられます
くれ〴〵も皆ゝ御気をつけ下さい

松子より

重子様
参る

〔欄外　寿ちゃんの預りのサテンと八掛のきぬこいさんへお渡し下さい　サテンは此間うつしておいた型で寸法同封致します〕

81　昭和二十三年二月九日　松子より重子

受　京都市左京区南禅寺下河原町五二　谷崎潤一郎方　渡辺重子様　速達（消印23・2・9）官製はがき
発　熱海市上天神町山王ホテル内　別荘　谷崎松子

乗車賃値上げが延期になりましたから一枝さんそんなに急いで来ないでいゝとおやぢ殿の仰せです、それよりも頼んだ品〻揃つた上にて立つてきてもらひ度いさうです　只今電報同時に打ちますが山口さんから来書高折さんの御値ぶみ全然違ひますからお待ち下さい山口さまのを御覧に入れるつもりです千円と云ふのは一枚だけでムいます専門家につけさせたと申されてゐます　四月に愈〻恵美子に聟君紹介されるさうです
〔冒頭へ挿入　○お寒さ気をつけて下さい〕

（8）　昭和二十三年（推定）二月（推定）二十四日　重子より潤一郎

表　兄上様　御手許
裏　しげ子

◎只今全国さんよりお金届きました一万円のつもりでしたら参万円でした
そろ〳〵湯のけむり梅の花　橙の黄がなつかしくなつてをります　殊にそちらの食卓が時〻思ひ浮んで参りますのは京の夕餉の味気なさのせいでございませうか
引続き御機嫌よく御過しの由何よりに存じます　こちらも皆〻無事でございます

奥村様の御祖父様のお葬式には代参いたして置きました　香奠は一般からはお受けになりませんでしたので御花にいたしました
白味噌は豊ちやんが取りに参りました　開けて見ましたらまだ浅いそうで少〻だけ持つて帰りました　お帰りになる前に丁度よくなるかと思はれます
全国書房より先日留守見舞が参りました　そしてお炭を届けて下さるそうです
金子の方は今日お届け下さいます
御風呂は先達より再三再四催促の揚句やつと昨日左官の手が空き見に来て呉れました　大修繕はしなくて済むと申してをります必要ならば今留守の間にしてをけば都合がよいからとよく念を推して見ましたが只焚き口だけ直せばよいといふことです　それだけですと一日で直つて了ひます
風呂場の方の「ヒビ」は余り毎日長時間焚き続けたせいだそうです
曼殊院より御父上様の祥月命日の御案内が参りましたので恵美子同伴代参致しました
私の例の羽織は一枝さんが頼ミに参ります前にこちらの言ひ値近くに売れてをりました　この代金参千円はこちらへ入金いたして置きます
お金は只今銀行に一万円残つてをりますそれと全国さんよりの一万円の中洋服代の残金を足しますと来月のかゝりまでは大丈夫かと存じます
仕立物が大層遅くなりまして済みませんでした　度〻の催促の末やつと着物と羽織が出来て参りました
洗張りも暇が要りますし困つて了ひます暮に出したものがまだ返らない始末ですがそれを方〻へ仕立に出して置きませんと仕立屋で又暇取りますますから私はそれ等の始末をして置いて少しの間だけでも伺ひ度いと思つてをります

この二三日又お寒さが冴え返つて雪がちらついてをります　では御機嫌よう
廿四日　　　　　　　　　　　　　　　　　　　　　　　　　　重子
兄上様
高岸橋畔の紅梅が今やつと蕾を綻はせ始めました

＊昭和二十三年二月一日付の奥村富久子宛書簡（全集書簡番号三三九）に「其後老人様如何に御座候哉御老体とハ申せ日頃御壮健の御方故もはや御全快被遊候こと、存上候」とあるが、南条秀雄・奥村富久子『花のむかし』によれば、奥村の祖父はこの手紙をもらって間もなくなくなったというので、昭和二十三年二月と推定した。

## 82　昭和二十四年一月二十八日　松子より重子

受　京都市左京区南禅寺下河原町五二　谷崎方　渡辺重子様　速達（消印24・1・28）官製はがき
発　〔印　静岡県熱海市上天神町山王ホテル内別荘六一号〕谷崎松子

今朝は久保が着いた事と思ひます
高杉さんから毛足のある濃いねずミ裏が素晴らしいチエックと云ふ生地云つて来て下さいましたからそれを決めました高杉さんなのでまだ大そうお安いのださうですがそれでも大変なので早速恵美子のオーバア山口夫人に頼む様との事そしてそれは光子さんの方へ入金で結構なんでございますつて　仕立をどうすればと考へて居ります其も高杉さんに頼んで了ひませうかお金が乏しくなつたら電報おうちなさい。家をしつかりおさがし願ひます

## (9) 昭和二十四年(推定)三月(推定)八日　重子より潤一郎

表　潤一郎兄上様　御幸便にて
裏　九日　しげ子

此の冬もお蔭様で殆ど御寒さ識らずに過させて頂き有難う存じます　明は顔を見ては「君太つたね」と繰り返してゐます　余程御馳走を頂いてゐたに違ひないと羨しがつてをります
こちらは私が帰りましてから毎日〻〻細雪が散らついてをりましたが今朝は雪見が出来る程に積つてをります　昨日は一日中ガラス戸越しに眺めてをりますと牡丹雪が降つてゐるかと思ふ中に吹雪となり小止みしてゐるかと思ふと宛でお芝居の雪の籠をぶちあけた様に区切つたやうにどつと降つて見たり面白うは御座いましたがお寒さが身に沁みて来るに随つて熱海のいゝお酒がやたらに恋ひしくなりました　湯気の一杯籠つた湯殿や陽の一杯に射した御縁側を思ひ出すと直ぐにも引返し度くなつた位です
出立の節にはお寒い中を御見送り頂き恐れ入りました　御風邪召さなかつたかと案じてをりました
私は静岡から豊ちやんは浜松で座れましたので余り疲れないで済みました
明も無事勤めてをりますからどうか御安心下さいませ　今迄より責任も重く慣れない仕事も多くて忙しくて疲れた〳〵とこぼしてはをりますが其の中には慣れる事でございませう　元の将校クラブの方でも引戻運動が始つたさうですが帰り度くないと申してをります
御机は私の帰ります前に修繕出来て戻つてをりました　表面の布地はまだ御気に召すやうなもの見当らず其のまゝに致してをります
仕立物も齋藤さんに頼みましたら引受けて呉れました　ピアノも確に先方へ帰つてゐますこと章ちやんか

らたしかめましたから御安心下さいまし　今度のピアノで洋室が引立ちました
弥栄子さんからお聞きかと存じますが大井さんの御母堂九十才の御高齢で御亡くなりになりましたそうです　どの程度に致しましてよろしいか一寸判りませんでしたので御供などしてございませんからよろしく御願ひいたします
昨日大映からお電話があり「痴人の愛」の撮映（ママ）の許可が聯合軍の方から下りたと申して参りましたのでそちらへ直接御手紙出して貰ふやう申して置きました
昨日磯田さんが雑誌「ほとゝぎす」をことづかつていらつしやいました　その節「細雪」と題した画を置いて行かれました
吉初のスミちやん二三日前高折病院へ入つて盲腸の手術をなさいました　何か御見舞の品御届けいたして置きます
本日祇園の松本さんより何時頃お帰りかといふ問合せがございました
マッサージの田中さんの話では「比良ハッコウとやらが済まんこつちやあかしまへん」といふことですが今四五日も経てば暖くなるかと思ひますと何だかほの〴〵とした気持がいたします
では御帰洛を楽しみに御待ち申上げてをります

あら〳〵かしこ

しげ子

八日

潤一郎兄上様

まゐる

＊　京マチ子・宇野重吉主演、木村恵吾監督の大映作品「痴人の愛」は、昭和二十四年十月十六日に封切された。

＊　「三つの場合」によれば、渡辺明は昭和二十三年三月二十四日前後に米軍将校のオフィサース・クラブのマネージャーに就職し、その後、御池の京都ホテルと三条小橋の大津家の日本人雇傭者の総支配人になったとある。「元の将校クラブの方でも引戻運動が始つたそうです」とあるところから、これを昭和二十四年と推定できる。

＊　「比良ハッコウ」とは、三月二十六日に行われる天台宗の行事の「比良八講」のこと、または春の訪れを告げるその前後に吹く比良おろしの風のことである。昭和二十四年三月十四日付の安田靫彦宛書簡（全集書簡番号三七〇）に「両三日中に帰洛仕ることに決定致候」とあるところから、これを三月として、昭和二十四年三月八日と推定した。

## 二〇九　昭和二十四年（推定）九月三日　潤一郎より重子

受　京都市左京区南禅寺下河原町五二　渡辺重子様（消印□・9・3）私製はがき

発（印　静岡県熱海市上天神町　山王ホテル内別荘六一号）（印刷　谷崎潤一郎）

明さん其後御機嫌如何に候哉殿様にハ電話にて御報告致置候御申付けのタタミイワシ本日発送颱風にて他の干物ハ何もなく候御病人は勿論ながらあなた様御看病疲れ遊ばされませぬやう随分御大切に被遊度これのみ御案じ申上候　九月三日

＊　芦屋市谷崎潤一郎記念館所蔵

＊　渡辺明　昭和二十四年十月十五日死去

## 二一〇　昭和二十五年二月二十三日　潤一郎より重子

受　京都市左京区下鴨泉川町五　谷崎方　渡辺重子様　速達（消印25・2・23）私製はがき
発〔印　静岡県熱海市上天神町　山王ホテル内別荘六一号〕〔印刷　谷崎潤一郎〕

御無事御帰洛被遊候事と存じ上候熱海も今朝より暖かに相成申候昨夜嶋中家より通報あり麻生夫人ハ昨日すでに東京へ引揚げ問題の菊守氏も今月中にハ立退き確定、来ル一日頃にハ移転可能の由ニ付そのつもりにて村上氏おみきさんに待機御命じ被下度候

＊　山梨県立文学館所蔵

## 二一一　昭和二十五年（推定）十一月二十一日　潤一郎より重子

封筒欠

拝啓
昨夜は電話にて失礼いたしました此度ハ恵美子病気にて大変御厄介をかけ何とも恐縮に存じます黄疸ならバ相当苦痛はございませうが別に心配なことハないと存じ先づ〳〵安心致しました、たゞあなた様が御いたはしく看病疲れなさりませぬやう十分御注意願ひますせい〴〵一枝さんなどにも手伝つて御貰ひなされ度（私からも只今さう云つてやりました）場合に依りママに帰つて貰ふなり看護婦を雇ふなり致しても宜敷又今夜あたり電話で御相談申上ます
小切手封入いたしましたからこれへいつもの判を押してお取り被下度、これを引き出すとアト帝銀に五万

円余預金が残りますが五万円台になつたら注意をしてくれるやう頼んでありますのでその旨銀行から電話があるかも知れません、勿論分つて居りますからたゞ御聞捨て被下ば結構ですいづれ月末頃迄にはあとを払ひ込でおきますから
ではくれぐ〳〵もあなた様御体を御いとひなされますやうに

十一月廿一日夕

潤一郎

重子様
侍女

木場氏より来書根津氏承諾の旨知らして来ました、これにて松平氏の承認を得れバ万事ＯＫです高杉氏にハ早速知らせました

＊ 山梨県立文学館所蔵

＊ 昭和二十五年十二月七日付に木場悦熊宛書簡（全集書簡番号四三二）に「今回ハ清治の件ニ付御繁忙中種〻御高配を忝うし厚く御礼申上候」とあり、弁護士の木場悦熊に依頼して清治の渡辺家への入籍の手続をすすめ、実父である根津清太郎からも承諾を得たことを伝えている。清治の渡辺家への入籍は昭和二十六年一月六日に届出が出ているところから、この書簡を二十五年十一月と推定した。

二一二　昭和二十五年十一月二十五日　潤一郎より重子

封筒欠

拝復
今朝御ていねいなる御手紙難有拝誦いたしました、御蔭様にてヱミちゃんも追〻快方の様子先づ〳〵安心いたして居ります
近日東京中央公論社より四条烏丸帝銀支店小生口座へ三十万円電送して参る筈でございますから、その通知状が着きましたら金庫に入れてある入金帳を持つて清ちゃんに帝銀へ行かせ入金手続をしておいて頂きます、そして手続が済みましたら一寸その旨私にまで御一報願ひます、御忙しき事故誰にでも代筆させて下さつて結構です
猶月末の支払御知らせ下さらば此の間のやうに小切手を封入して御送り致します以上取急ぎ要用まで
十一月廿五日夜　潤一郎

渡辺重子様
侍女

＊　山梨県立文学館所蔵
＊「ヱミちゃんも追〻快方の様子」とあるところから、前便に対する重子からの返書へ応じたものということが分かる。したがって、昭和二十五年十一月二十五日と推定した。

## 83　昭和二十六年三月十二日　松子より潤一郎

表　熱海市仲田八〇五　谷崎潤一郎様　速達（消印26・3・13）
裏　三月十二日　京都市左京区下鴨泉川町五　谷崎松子

けふは雪　春のゆきとは申ながら熱海から帰つた我〻には身に沁ミます
立つ前の御言葉が胸を往来とめどなく涙が流れました
あまり泣顔を見せぬ恵美子が伝染した様に暫らくのお父様とのお別れがさびしいとめそ〳〵致しました
車中弥栄ちやんに度〻座席に訪ねられ大に悩まされました　それが始終変な御話なので乗客に奇異な眼でみられ困りました
こちらは実に気持よくゆきに依つて各部屋が整頓されて居りました　ゆきのどつしりとした大人ぶりに一驚次に〝クマ〟の容姿に感嘆どうやら威容をとゝのへました
宮地氏来訪御伝言申ました　廿日過帰京の序もあり　其の時に熱海へ寄る様にしたいとの事でした
昨日大塚様よりお使にて一周忌志を頂戴いたしました
明日斎藤さん大阪行の幸便に例に依つてすゝめ寿し　京よりは先日の松屋お蒸菓子松前こんぶ等　ゆきに持参致させます
明日は一枝さん見舞つて来て上げます
では御大切に
結滞の感じのある時はなるべく御酒の量をおへらしなされます様
すごい筆で乱筆　お許し願ます

潤一郎様
参る

かしこ
松子

追伸
白金懐炉用に清治よりアメリカのベンジンことづけます　全然綿も芯もとりかへていたゞく方がいゝさうであと五本頼んでおきました　匂は無くオクタンカが高いので持ちもいゝさうで御座います

## 84　昭和二十六年三月十七日　松子より潤一郎

受　熱海市仲田八〇五　谷崎潤一郎様　速達（消印26・3・17）私製はがき（二通の連続はがき）
発　三月十七日　京都左京区下鴨泉川町五　谷崎松子

奥村さんから心臓のくすりけふお知らせいたゞきました早速方ミたづね廻りましたが京都では入手難かしく洵に恐れ入りますが東京で小瀧さんにさがしてもらつていたゞきます様ゐらつしやいましたら御願申し上ます第一臓器製「ラカール」心臓ホルモンでムいます同じもの武田のカルヂノンがございますが是よりも余程いゝさうでアンプルを切つて少量の水に薄めてのむと胸の苦しさも直ちに快くなり不整脈のひどい時等大変よろしき由　そちらにもこちらにもぜひ願上ます〔一通目〕
注射液もございますから飲ミくすり（アンプル入）どちらもお願申上ます京都は問屋全部たづねてもらつたのに御坐いません是は何とか入手遊ばしていたゞき度うぞんじます奥村さんの御主人がお預けの画帖又いつかお頼することにして一応おかへし願度くと送つて上げなければなりませんが何処にしまつてあるか

おついでにお聞かせ下さいましでは右御願までお大切に
高折様からピアノ拝借する事に決り恵美子元気がでました（七百円で運んでもらへるのできめました）
〔二通目〕

＊ 芦屋市谷崎潤一郎記念館所蔵

## 二一三　昭和二十六年三月二十二日　潤一郎より松子

受　京都市左京区下鴨泉川町五　谷崎松子様　速達（消印26・3・23）私製はがき
発〔印刷　谷崎潤一郎　静岡県熱海市仲田八〇五〕

金剛巌氏逝去之由　告別式に誰か代理として出席、香料等適当に願度候
夜の空気ブトンはそちらに有之候哉なければ此方のを持つて帰り候御返事願候
二十二日

＊ 芦屋市谷崎潤一郎記念館所蔵

## 85　昭和二十六年三月二十六日　松子より潤一郎

表　熱海市仲田八〇五　谷崎潤一郎様　速達（消印26・3・26）
裏　三月廿六日　京都市左京区下鴨泉川町五　谷崎松子

御文ならひに小切手拝受有難う存じました　御仕事も大そう御進行の由　洵に嬉しくぞんじ上ます　何卒

御休養の方も亦充分にと願上ます
けふからそちらもお賑はしくなりませう　吉村さん早速御願申ました　明朝とりにいらして下さるさうで御座います
羽根ぶとんは到着の事と存じます　敷ぶとんも出来上れば頼むと云つたのを一緒におくるのかと思つていたのでムいます　カルヂノンも届いた事とぞんじます
私試してみました　心臓のあたりが痛い時に直ぐに痛ミが直りました　結滞にもきつとおよろしくと思ひます
清治のモーニング御心にお懸け下され恐れ入りました　もう仮縫も四五日前に済ませました　上着は国産品で三萬八千円でございました　是以下ではどうにもならぬと申ます　洋服箪笥はつくらぬ事に致しました　モーニングをつくつていたゞけば　それだけでも大変でございます
洛陽は仰せの通土屋さんから御話があつたさうで何かと勉強もしていたゞけますし　つる家より余程簡単にすミさうで洛陽に申込致しました　就いては高折様から披露の御招待状の印刷は東京の方がいゝと仰しやつていらしたからお願したいとの事　是だけ小瀧さんにでもおたのミしていたゞけないでせうか
洛陽ホテルへ五時に御案内で結構で直ぐ余興を始めていたゞきます　昨日茂山氏先日の御礼に来訪　当日福の神をもつて御祝にかへたくと申出ございました　両家の紋を至急調べお知らせ申ますから〔枚数と〕お願申上ます
空気ふとんはぜひお持ちかへり願ます〔行間　こちらのは修繕中〕　パッチは薄い方の新らしいのがこちらにございます　お寐衣ふだん着の類はよろしうございますが　他所行きの着物　笹沼さんからの戴きものか大島かどちらか〔上下〕おいれ下さいまし　帯、羽織、長襦袢等は必要なく全部こちらで間に合ひま

す　金剛氏の告別式は明日能楽堂で営まれます　清治が代参致します　昨日花政にまゐりお供花を誂へて来ました
そろ〳〵花便り放送もあり本年は一週間位例年より早くとか申て居ります
恵美子明日本願寺で弾きますので猛練習でございます　法主も裏方も楽しんでいらつしやると云ふのででは御躰お気おつけ下さいまし　是から重子と一緒に清水寺へ参詣致して参ります
両隣様へよろしく

かしこ

松子

潤一郎様

御前に

86　昭和二十六年三月二十九日　松子より潤一郎

表　熱海市仲田八〇五　谷崎潤一郎様　速達（消印26・3・30）

裏　やよひ末の九日　京都市左京区下鴨泉川町五　谷崎松子

京は春寒むつゞきに明け暮れて居りますが　けふあたり御所の桜が咲き初めたと初の花便りがは入りました
熱海は最早や満開のよし　泉さんのところのさくらは殊に月明に美くしう御坐いました
カルヂノンお効きになる様で私も安心が出来ます　どうして先生方かういふお薬を教へて下さらないのでございませうね　カルヂノンが効くと云ふ事になると矢張心臓筋肉の疲れなのでございませうね　寐台は

吉村さん直ぐに図を書いて来て下さいました　こちらにあるのはマットが提灯バネでつくられてありまして　それは弾まないでいて大変躰に工合のいゝものださうですこし大きくする為に大分足して裂地もすつかりとりかへなくてはなりませんし全部で弐万円かゝるさうでございます　それと置場所の問題で御坐いますが図の左の様に窓に添つておいてぎり〳〵一ぱい　普通寐台は六尺二寸の長さで次の間が六尺三寸、一寸余のゆとりでは組立も難かしいのではと云はれます　又出入口が一方使へなくなると云ふ事　窓を枕におくと部屋が六尺よりなく　寐台を六尺以内に縮めなくてはなりません　図を御らん下さるとお分りになりませう　御返事至急願ます

昨日は久〻に富久子さんの御稽古致しました

一昨日恵美子演奏了へてから壺坂に連れて参りました　間違はずに弾けましたので壺坂のおやぢさんが「先生またですか」と不足さうに申て居りました　お安くておいしいのは矢張壺坂と思ひました

こちらへかへると鯛程おいしいお魚は無くと思はれます

ペルは行先決つて居ります　熱海おのせ下さる時お通知下されば　脇阪さんが駅まで迎へに出て下さいます　おさむい京都では一寸可哀想に思はれますが

御かへりの時に下着も何もいりません　たゞ先便でお願したものと其の他に恐れ入りますが二階の箪笥の横の抽きだしにサツク入サフアイヤ指環（ものゝ下にかくしあり）是をおもちかへり願ひたうぞんじます

　披露招待状は高折様へお願申ました　カルヂノン京都ではもう入手難かしくなりました小瀧さんに少しづゝでも買ひ集めておいてもらつて下さいませ

若造さんの御話に山城さん近頃心臓の症状が出て浮腫がある様になつたと云つていらつしやいました

では又いろ〳〵申上たい事がございますが

おかへりを待ちまして

かしこ

松子

潤一郎様

御前に

本日小島政二郎様より伺ふ筈が時間がなくなつた御使をもつて海苔頂戴いたしました

## 87　昭和二十六年四月一日　松子より潤一郎

表　熱海市仲田八〇五　谷崎潤一郎様　速達（消印26・4・1）
裏　四月一日　京都市左京区下鴨泉川町五　谷崎松子

御手紙拝誦日帰りにて御出京の由　お疲れなさいませんでしたか是からラカールを御携帯の事おすゝめ申ます
一両日中に布施先生が熱海へお出での事とぞんじます　実は其の事で城戸崎夫人から御文をいたゞいたのでございます（熱海から転送して来たので私もそちらにゐるものと思つていらつしやるので御坐いますが）
御文の要旨は先生が近頃御躰がお弱りで無事におかへりかとそれさへ不安を覚えるのでぜひうちへ泊めて私によく気をつけて上げて欲しいと云ふ御頼みで藤田様より私宅の方へすゝめて泊まらせていたゞきたいと云ふふくみがございます　そして先生には城戸崎さんが御手紙お寄越しになつた事も大阪をお立ちのこ

とを知つたことも絶対に秘しておいて頂きたいと勿論藤田夫人にも
お立ち際にもし自分に万一の事があつたらと仰せ出されましたとかで大そう気にかけてあわてゝいらつし
やる御様子で御坐います　何か事情がおありになると存じます　私が居りますればよく御世話申上ますが
　何とか貴方様から御すゝめ下さいまして御気楽にお泊め下さるやうお願申上ます
次にこちら女中の事ユキをお連れ帰り下さつて結構でございます　留守の間ミノを行かせておきませう
ワイシヤツは衿つきの分はこちらに御坐いません　別衿の分が二枚ございますが花菱によい生地があれば
お誂へ願ひませうか　序に申上ておきますが　他所行きの二枚袷の他に一枚袷があまり良いものが厶いま
せんから笹沼さんに頂戴の物と茶いろ無地の長襦袢をお持ちかへり頂く方よろしくと存じます
こちらに無い事はございませんが出歩く事の多い時節でございますから
どこかへ一寸出懸けると吉井様ニお目にかゝります　遊び癖がついてしまつてと中〻お楽しさうに京洛を
泳いでいらつしやいます
昨日はカベさんの御稽古中〻熱心にいらつしやいます
平安神宮は八九日頃が見頃らしうございます
おかへりも近く御話は御拝顔の上にて　芝翫の娘道成寺が五月には観られますさうで楽しミでございます
松本さんから都踊の招待券おくつていたゞきましたから是は早〻に見たいと存じて居ります
和田三造様からロツクホールと申ましたかカビの這入つてゐるチーズ　あれがお有りになると小林さんに
伺つたのでお頼みしておきました（貴方がお好きでしたから）
おくつていらつしやいましたかしら

かしこ

松子

潤一郎様
御前に

(10) 昭和二十六年四月三日 重子より潤一郎

表 静岡県熱海市仲田八〇五 谷崎潤一郎様 速達(消印26・4・3)
裏 四月三日 京都市左京区下鴨泉川町五 渡辺重子

一時はお寒さが冴え返り閉口いたしましたが此の一両日前からやつと水もぬるみ出し花の便も聞き初めました
先日は熱海よりの御便恐れ入りました
清治の祝儀もいよ〳〵近づき何となく心忙しいこと乍ら気持がほの〴〵と明くなつて参るやうでございます 先日田所小母様もほんとうに適当な処置をとられたとお喜び下さいましたが之みな兄上の御心尽しのお陰とよろこんでをります
それにつけても何かと御心配頂き恐れ入ります
案内状のことは姉上よりの御手紙で御聞き取り下さいましたこと丶存じますが高折先生と御相談の上斉藤さんが本日注文いたしました故どうぞ御休心願ひ上げます 印刷所も高折先生の方に御知合がございましたので其の方へ御願ひいたしました
恵美ちやんのピアノの会は何時もと違つて聴手が多かつた為 最初ノクターンは一寸上り気味で弾き出しましたが二つ目の別れの曲はノーミスで弾き終りほつといたしましたどうやら御本人よりこちらの方が心

臓を悪くしたやうでございます
奥村様より先日御祝のお品を頂きましたので姉上と御挨拶に伺ひました赤ちゃんは迚もお父様似でいらしやいますお父様の可愛がりようといつたら結構神経質にして了はれることとヒヤ〳〵する位です　富久子様は赤ちゃんをお母様にあづけどん〳〵御稽古に出ていらつしやいます　私もその御陰で桜川をあげました　此の次は姉上と二人静を習ふことにいたしました
昨日太郎が又姉上の脚に嚙みつきましたが今度は着物の上からで大したことはございませんでした　大分お腹立ちの模様でございます
ベル（ママ）はもう貰はれたそうですが京都などの寒いところでなくて幸でした
昨日は又お忙しい中を御葉書恐れ入りましたいつも〳〵御心にかけて頂き勿体なく存じます　何とか早く癒して了ひ度いものでございます　こちらに居りますとしきりと朝風呂や上手な按摩さんがこひしくなります
お花は丸山動物園等二三日中に咲き揃ふ模様で平安神宮はやはり十日頃が見頃かと存じます
では御帰の日を御待ち申上げてをります
どうぞ御大切に願ひ上げます

あら〳〵かしこ

重子

潤一郎兄上様

御手許

88　昭和二十六年四月四日　松子より潤一郎

受　熱海市仲田八〇五　谷崎潤一郎様　速達〔消印26・4・4〕私製はがき

発　四月四日　京都左京下鴨泉川町五　谷崎松子

昨日小切手拝受早速別に当座の方へ入金致しました有難く厚う〳〵御礼申上ます　雨がふり続いて春暖をもよほして参り俄に開花五分と云ふところ

東踊は面白うございましたか

都踊昨日観て参りました初子の雪娘中〻美くしうございました

御歌を嬉しく拝誦今夜私も詠ミませう

二一四　昭和二十六年五月十八日　潤一郎より松子

受　静岡県熱海市仲田八〇五　谷崎松子様　速達〔消印26・5・18〕私製はがき

発　十八日朝〔印刷　谷崎潤一郎　京都市左京区下鴨泉川町五番地〕

歌舞伎座切符は廿二日が取れず廿三日に相成候ニ付上京も一日於くれ申候右一寸御通知致置候猶二十日朝七時一五分熱海駅着ニ付自動車忘れず御願いたし候赤帽も井上さんでなくてもゐてくれる方便利ニ候

＊　芦屋市谷崎潤一郎記念館所蔵

## 二一五　昭和二十六年六月二十一日　潤一郎より松子

表　静岡県熱海市仲田八〇五　谷崎松子様　速達（消印26・6・21）

裏　六月廿一日〔印　京都下賀茂祠畔潺湲亭〕　谷崎潤一郎

当方皆〻元気御安心被下度候

お遊様映画は田中絹代中〻よく役柄を理解して頭のよさを発揮演技力満点なれども美貌と品位不足　乙羽信子も大変上手案外の出来に候　絹代氏挨拶に参り上等のハンドバックを奥さんにとておいて参り候〔挿入　勝山の小野はるさん突然見え一泊して帰り候おみやげは何んと辻商店醸造のウィスキー、味噌は荷になるからとて持て参らずこれにハ腹が立ち候〕

斉藤さん廿二日ハトで参り廿五日頃帰洛の由重子様ちやうど御一緒に御越しなされませ

和辻春樹氏軽微ながら脳溢血にて四十日程前より臥床〔挿入　極度の疲労の結果との事、舌がもつれる程度の由也〕早速見舞に参り夫人に面会、御当人は面会謝絶に候　冬ハ医師のすゝめにて熱海へ避寒希望に御座候

柚さんからまだカラが不届候

委細後便

六月廿一日

潤一郎

松子様

侍女

只今御手紙着、岡田時彦遺児はなつかしき故是非一度あひたしと御伝へ被下度但し帰宅は七月上旬とのみ申され度日は未定に致しおかるべく候

　　　　　　　　　　　　　　　　　　　　　　　　　　　潺湲亭主人

御寮人様
　　侍女

## 二一六　昭和二十六年六月二十九日　潤一郎より松子

表　静岡県熱海市仲田八〇五　谷崎松子様　速達（消印26・6・29）
裏　廿九日（印　京都下賀茂祠畔潺湲亭）　谷崎潤一郎

両三日前脇坂氏方にてハナ安産、牝二、牡一生れ申候　安産と申せ中〻分娩に長時間を要し候由仔犬は当分蕃殖させるために誰にもやらぬ事に致度候
昨日少将滋幹観劇、帰途重子さんと〇〇家弔問に廻り候　故人の死ハ脳溢血にあらず心臓マヒらしく夫人は既に追ひ出されて名次町の家ハ空家になり居り候　先生の死なれたのも病院の薬局のソーファに臥たまゝ死で居られた由、夫人前身×××（××）なりし事此頃に至り判明家庭的に種〻悶着ありし由故人は一日にウィスキーを二本倒す程のアル中になつて居られ候由に候
布施先生先日城戸崎夫人と入洛来訪、治療を受け候　堂本印象氏方へ往診のついでの由に候　五日か六日に重子さんと夜行にて帰る予定に候　ユキは同日昼間の汽車にて先に立たせ可申いづれ電報いたし候
六月廿九日

## 二一七　昭和二十六年七月二十三日　潤一郎より重子

表　京都市左京区下鴨泉川町五　谷崎方　渡辺重子様
裏　廿三日〔印　静岡県熱海市仲田八〇五　谷崎潤一郎〕

御多用の事と存じますから
決して御返事にハ及びません
拝啓
先日御出発之節涙ぐんでいらしつたと家内やヱミ子から聞きまして誰か女中一人御供させれバよかつたと後で気がつきました、若い者ばかりで相談相手がなく何かと御心労のことゝ存じますせめて一枝さんに毎日でも御相手に行つて上げるやう申してやります
当地もいよ〳〵本格的の夏になりさうです箱根行も来月御一緒に行けるやうならそれまで御待ち申上げようと思ひましたが清ちやんの病状なか〳〵御手が放れさうにもありませんから事に依つたら早く出かけて早く帰つて来、来月上旬なるべく早めに私もそちらへ参らうかと思つて居りますどうか御自身が病気にならぬやう御大事になされ度存じます
高折さん御夫妻に宜しく願ます
廿三日　　潤一郎拝
重子様
侍女

例の隣家の藝者さんたちに渡りをつけ、今夕岩谷さんと二人であの家の藝妓を総上げにして〔妓三人、舞妓一人〕顔つなぎの挨拶することになり、どうやら諒解がつきさうです

＊　全集書簡番号四四九

## 二一八　昭和二十六年七月二十四日　潤一郎より重子

受　京都市左京区下鴨泉川町五　谷崎方　渡辺重子様　速達〔消印26・7・24〕私製はがき
発　廿四日〔印刷　谷崎潤一郎　静岡県熱海市仲田八〇五　電話熱海二七四三〕

いよ〳〵暑くなつて来ましたので明廿五日夕から約一週間皆で山のホテルへ参りますから御承知下さい
神奈川県箱根町山のホテル（電話、箱根町六番）月末の入用を早く御知らせ下さい　東京から直送させます

## 二一九　昭和二十六年八月一日　潤一郎より重子

表　京都市左京区下鴨泉川町五　谷崎方　渡辺重子様〔消印26・8・1〕
裏　八月一日〔印　静岡県熱海市仲田八〇五　谷崎潤一郎〕

拝啓
一昨夜箱根から帰て参りましたら御ていねいなる御手紙が届いてをり恐縮しました　私はあなた様を御世話申上げることを自分の生きがひの一つと致して居りますあなた様は或る意味でハ私の創作力の源泉であり私が老いて今なほ仕事が出来ますのはあなた様のやうなお方が精神的の支へとなつてゐる御蔭だと存じ

てゐますので御礼は私の方からこそ申上けるべきだと思ひます何卒今後共他人行儀なる御考は止めて頂きます家内を除きましてハ娘よりも誰よりも私に取りあなた様が一番重要な存在です
私は七日か八日の夜行で帰洛いたします何か持つて帰る品がありましたら至急御しらせ願ひます、ことしハ熱海でも百度以上になつた日がありましたさうで幸ひ私共ハ其間箱根に居りましたがあなた様は嘸御看病が大抵でないことゝ御察しゝてゐます今月中旬が過ぎましたら家内が交代しあなた様ハ熱海へ御越しになるやうに此方で相談して居ります病人は仕方がありませんが千万ちやんも新婚早〻まことに気の毒と思てゐます早く病人が軽快になつてくれることが皆のためであります
今日あたりから鮎子と孫共が四五日来ることになつて居ります
でハ拝顔の節万〻

八月一日

潤一郎拝

重子様

侍女

## 二二〇　昭和二十六年九月十七日　潤一郎より重子

表　京都市左京区下鴨泉川町五　谷崎方　渡辺重子様（消印26・9・17）
裏　十七日（印　静岡県熱海市仲田八〇五）　谷崎潤一郎

拝啓
御機嫌好く御帰洛被遊候由若夫婦も昨日あたり新居へ移り何くれと御心づかひの事と存じ候

秋色日一日と濃く相成り潺湲亭の庭園眼に見え申候
私事大体今明日ぐらゐで仕事も一段落と相成候ニ付一遍日帰りにて上京用達しの上三人にて出立多分廿三日頃のはと丶予定いたし居候
郵便物ハそのおつもりにて今後御回送に及び不申候
末筆ながら恵美子も元気に致居候間御休神願上候
先ハ御機嫌伺旁〻御しらせまで
九月十七日

潤一郎

渡辺重子様

侍女

十五夜も十六夜もさん〳〵の天気にて失望いたし候

## 89　昭和二十七年二月十七日　松子より潤一郎

表　京都駅前　ラクヨーホテル　気付　谷崎潤一郎様　速達（消印27・2・27）
裏　二月十六日　熱海市仲田八〇五　谷崎松子

御葉書ありがたう御坐いました
昨日も今日も熱海は冷たい雨が降り時折雪さへ交り皆〻震え上つて居ります　京都も仰せの様なお暖かさが続けばと希はれます
書道全集早速御掛け合ひ下さいまして嬉しうぞんじました　見つかり次第よろしく御願申上げます

御ぬかりも無き事とハ存じますが　御馳走は召上つても脂肪を摂られることをおひかえ下さいまし　清治が扁桃腺炎の気味で中田先生に往診を願ひました時の御話に　老人でも蛋白質は必要だらう何でも召上るのはいゝけれど　脂肪だけおひかえになる事は大事な心得だと言つていらつしやいました　たとへばビーフステーキを召上つても脂肪のところだけおのこしになると云ふだけでも　随分おふとりが違つてくるとの事　出来れば一週に一度位の天ぷらか牛肉と云ふ程度の脂肪の摂取でよいのではないかと云ふ事で御坐います　布施先生も是まで〻今日が一番脂肪がつき過ぎたと仰せでございますし　この際御摂生御齢をお延ばし下さいます様切に御願申上げます

今一人の生命を助け度いと思召し下さいますなら　以前位まで御やせになる様御心掛け下さいまし　それとも少〻おのミにくゝともメチラニン早速おはじめ下さいます様願上げます

成田さん昨日東京へ行かれました

其のうち京都へ御供をして等と云はれ大そうつらうございました

成田さんに転送してもらひました　放送局は直ぐに速達で留守の事を報せましたが　昨日三人でいらつしやいました　鶯姫放送の御相談の他に三月廿一日に〝私の本棚〟の時間に〝芦刈〟を放送させてもらひ度き事と　時間の都合で省略の御承知願ひたく又其の箇所御任せ願へるか否や　御返事願ひ度くとの事で御坐いました

次に森田の繁ちやん久住氏が新日本放送の係で主に大阪本社で訪ねたり電話をしてみてゐますが　いつおかへりやもはつきり分らないと云ふので困つてゐるらしく　休暇もすぎて行きますから至急誰か他の人に紹介しておやり下さいませんか

左團次の未亡人から志をおくつていらつしやいました　別送の封書御らんの上　松原様とも御礼の事御相

談下さいまし
よくおわかりの様にと大きい字で長くなりました　しん〳〵と冷えて参りましたから是にて　御風邪めしませぬ様に
お咳が出る様なら又先日のお薬（尾関さん）お送り申ます
かしこ
松子
潤一郎様
まゐる

## 二二一　昭和二十七年二月二十三日　潤一郎より重子

表　静岡県熱海市仲田八〇五　谷崎方　渡辺重子様　速達（消印27・2・23）
裏　二十三日　京都市左京区下鴨泉川町五　谷崎潤一郎

拝啓
熱海も本年ハ大分御寒き由、こちらは本日あたりより早春のけはひいちじるしくたゞ今庭を一廻りして参り申候
まだ新聞にハ出ませぬが三月ハ東京歌舞伎座で歌右衛門幸四郎勘三郎にて「お国と五平」上演決定、帝劇は鶯姫故是非此の二つを御覧なされてから京都へ御立ち遊ばされ度、兎に角小生熱海へ帰りますまでハそちらで御待ち被下度候小生当地都をどりの用事三月八日に片づき候ニ付九日のハトで帰り度、それまで引つゞき滞留と決定致候

若夫婦帰洛はいつ頃に相成候哉なるべく早く御しらせ願候
ミノはヱミさんが話して快く承知、来月上旬小生出立と前後して帰郷いたし候由に御座候
ヱミちやんまだ高木さんに会ひませぬか様子知りたしと家人へ御伝へ被下度候

二十三日

潤一郎

重子様

侍女

＊ 全集書簡番号四六一

## 90 昭和二十七年二月二十四日 松子より潤一郎

表 京都市左京区下鴨泉川町五 谷崎潤一郎様 速達（消印27・2・25）

裏 二月廿四日 熱海市仲田八〇五 谷崎松子

京のお寒さもやわらいで参りました 日毎に春の歩みも早くなつて来ることゝ想はれます お庭の木〻の芽ぐみを思ふさへなつかしまれます よき折に御帰洛になつたことゝ申して居ります

こちらも漸く昨日あたりから少しゆるんでまゐりましたが まだ例年に比べて冷えこみがきつうございます 何しろ六日間陽ざしは見られず雪のふりつゞけで御坐いました

一昨日お昼前に笹沼さんの宗ちやんが突然近くまで来たついでにとレコードを持つてお寄り下さいました 例に依り恵美子と夜の八時過ぎまでスコアとにらめつくらのかけつ放しで私たちは頭もおなかも音楽で

みち〳〵て了つた感じでございました　そしておたがひに好きだなあと感心し合つて居られます今度はシユーマンピアノコンチェルト。ベートオベンのヴアイオリンコンチエルト。シヨパンピアノソナタ、シヨパンエチウド全曲。トラビィアタ。是だけでこの中ピアノコンチェルトシユーマン。が一番聞きこたえがある様で御坐いました　当分おかへりになつてお楽しみになれさうでございます宗ちやんおひるも夜も洋食で御満足の御様子で御かへりになりました　殊に幸楽のビーフステーキ御気にめしました
レコードの御代が全部で壱万六千円で　お渡しようと思つたのですけれど　おかへりになつてからでいゝと仰つしやいました
高木さんは廿四日と云つて居りましたのが　恵美子の躰のさわりで来月二日にしていたゞきました
次に成田さんで御坐いますが　廿一日に柚さんを訪ねていらつしやいましたが　翌日お昼までにかへると言つて今に帰つていらつしやらないので案じて居ります　先頃東京で本きまりになつたと思つていらつしやいましたから　がつかりなさつたのでせう
経費の方は御かへりの日までぎり〳〵にゆけると存じますが　固定資産税の不足金を廿八日までに壱回七千円　二回目来月末に納めなければなりません　昨年隣家に比べて少なく助かつたと思つてゐたのですがさかのぼつて払はされることになりました
放送局からはまだ送金は御坐いません　いかほどくるかわかりませんが　是が届くと税金も納められますが
若夫婦は来月四日に帰ると申して居ります　そちらのお味噌は如何で御坐いますか　けふ福田様が大阪の米忠の赤味噌が大変おいしく白味噌も京都よりも美味といふ事で先程すこしいたゞきました　まだ試して

居りませんが　先づ間違ハ無くと思ひます　斎藤さんに一度たのミ是から送つてもらふ様にしたいもので御坐います

熱海も今度は長くなりました故か大そうふるさとが恋しくなり　殊に大阪の食物が堪らなくいたゞき度う御坐います　けふも福田夫人と海辺で熱海ほどお魚のふるいところはなく干物以外何もおいしいものはないと意見一致いたしました

結局御馳走も御菓子も大阪が一番に　昔通に戻つたといふ事に加へる年と共にこんなにふるさとがよくなるとは思ひませんでした　この様なおしやべりさへ嬉しかつたのでございますもの　矢張根からの大阪人で御坐いますね　故郷の様に好きな京都では御坐いますけれど　人だけはつらくなるほどあはないので思ひわづらつて居ります　女中にしてもいくらうちとけてまゐりましても　ある限界で冷たい壁に突き当る感じで　常に他国にある様な心細い気持がいたします

そんな事で西嶋さんの場合将来が不安で暗い心持になるのをどうする事も出来ません　御心を砕いて頂いてゐる事は身にしみて分つて居るので御坐いますが　それだけに尚更夜も目醒めがちに当惑致して居ります

御話申上たい事は筆にはつくされずどうせ言葉にも何も〳〵御推量願はしうぞんじます

御なかをすこし小さくしておかへり下さいまし

御大切に

かしこ

松子

潤一郎様

御許に

追伸
御影の岩井様からこのごろまた○○○○の色情狂妄想狂がつのつてきたらしく例の手紙がはじまり出したからとお便まゐりました

## 二二二　昭和二十七年二月二十五日　潤一郎より松子

表　静岡県熱海市仲田八〇五　谷崎松子様　速達（消印27・2・25）
裏　二十五日　京都市左京区下鴨泉川町五　谷崎潤一郎

京都の独居生活を勉強、思索には誠によろしく創作の構想なども此の方がよく浮かんで参り候へ共半月にもなるとそろ〳〵家庭恋しく里心がついて参り候
張幸が無心に来ましたが此れハ頑強に拒絶、一文も貸さず追ひ帰したあとへ栗林が来り二万円の無心、金額が少しなので断れず用立て申候僕が来てゐることを一枝さんから聞いた由にて、あとで久保があやまりに参り候
ミノはヱミさんから話をきゝ快く承知、そのあとの態度がまことに宜しく感心いたし候いづれ郷里の親たちへ褒めた手紙を出してやり度と存じ候しかしやつぱり手元におく気にハなれず候
西嶋さんハ山内家より金地院の上田さんの方が馴染の由にて昨日上田家を訪問、西嶋さんのお父さん（これハ上田さんの銀行に勤務）は安則氏を聟にやることは承知なりとの話をきゝ、候そのお父さんに近ゝ上田さんの紹介で会ふ事に相成候
三月歌舞伎座の「お国と五平」お国は歌右衛門に候今度ハ楽屋を訪問可致候

皮膚病はだん〳〵と快癒いたし居候八日に用事すむ筈に付九日のハトにて帰度と存じ候
書道全集なか〳〵見つからぬ由に候
二月廿五日
潤一郎
松子様
侍女

＊ 芦屋市谷崎潤一郎記念館所蔵

## 二二三　昭和二十七年二月二十七日　潤一郎より松子

表　静岡県熱海市仲田八〇五　谷崎松子様　速達（消印27・2・27）
裏　二月廿七日　京都市左京区下鴨泉川町五　谷崎生

西嶋氏当人は矢張なか〳〵よき人なれど家族の感じ如何にや近日会つて見る迄ハ何とも云へず候へ共多少不安なきにあらず　二日真さんに会ふ由、いろ〳〵考へて見るのに結局高木家と縁があるのかも知れずさう云ふ場合のあるべきことも考へて随分あいそよく御会ひなさるべく候
ヱミちやんも此の頃よく寐られず考へ込でゐるやうで娘心を思へば可哀さう也　小生も夜中ふと眼ざめて思ふハ此の事ばかり也　若き頃ハ小生も決断力直覚力鋭かりしがだん〳〵老耄の結果かく判断に迷ふこと我ながら呆れるばかり、しかし何としても一日も早くいづれかに決定致すべく今度帰つたらよく相談してきめるつもりに候

放送局金子はもうとうに着いてゐる筈、未着なら大久保恒次（奈良県郡山局区内南郡山西矢田筋）小生代筆として催促され度、又お国と五平上演料十万円も小瀧にハガキ出して御取立可然、尤も中央公論より多少借りてもよいやうに話しておき申候

清ちゃん四日出発はたしかなりや、今一度前日に通知被下度候

二月廿七日

潤一郎

松子様

侍女

重子さんと明さんとの結婚は今考へても矢張よき結婚なりしと思ふ也、明さん短命なりしかどもよき思ひ出を後に残し重子さんとしてあれ以上よき人はなかりしと思ひ候　かう云ふと重子さんを悲しませる結果になりますが　鮎子と龍児も、○○ちゃんの説の如く龍児は実にいやな奴なれども鮎子にハあれ以外になく小生としてハ後悔するところなし此の二つは成功なりしと存じ候

## 91　昭和二十七年二月二十八日　松子より潤一郎

表　京都市左京区下鴨泉川町五　谷崎潤一郎様　速達（消印27・2・29）

裏　二月廿八日夜　熱海市仲田八〇五　谷崎松子

漸く熱海も春の訪れ間近く感じられる様になつて参りました　春浅い京の冷気にもお障なくて幸で御坐いました　此の上とも御油断無く御願申上げます　廿七日附の御文胸こみ上げる思に拝誦たゞひとりになつて泣いて居りました

申上たい事数〻ございますが御手紙のもどかしさ　何と云ひ表せばとまどひます　万事御かへりを待つて申上げることでございませう
成田さんは月曜日に帰つていらつしやいました　けふ一緒に伊藤さんへまゐりすつかり御荷物御まとめになり東京へお引上げになりました　十日に御挨拶にいらつしやるさうで御坐います　森田の方は気難かしく我儘な私はどこでもと云ふわけには行きませんからお断り致しますといふ事でした　柚さんも森田の方でだめな時は小林さんの秘書にとすでに承諾を得ていらしたのでございますが　どこにもお勤めにならぬさうです
みな〳〵お顔をみるのも心苦しかつたのですが思の外ニ心底のしつかりした方だと感心致しました
一日はジヨワ夫人と安川さんの連弾の招待券を山口さんからお送りいたゞきましたから一日に日比谷に参り福田屋に一泊高木さんにあふことになつて居ります　ホフマン物語を見度く申おくりましたらどうしても切符入手出来ぬよし　小金井から真さん御電話かけてよこされました
〝ハァヴェイ〟と云ふ映画を観に出京致しました　近頃に無い面白さで狂つてゐる主人公がジエームススチユワート　狂つてゐる方が幸福な様な錯覚が起る楽しい狂ひ方でいつも大うさぎがみえてゐて他の人には見えないところからの可笑味で今思ひ出しつゝもわらひ出して了ひます　ぜひ御らん下さいまし
金子のこと矢張九日まではすこし心細く仰せに依り大久保氏宛に成田さんに催促を書いてもらひそれに上演料もいづれにしても取り立てゝもらつておく方がよくと小瀧氏に私からお願申ました　併しどちらも何時になるか分らない事なので成田さん明日中央公論へいらつしやるお序に栗本さんに御たのミしておいてもらひました（三万円）　それから婦人倶楽部の佐藤さんがいつかの座談会の御礼壱万円持参致されました　この現金は東京行御小遣にいたゞきたく存じます

みのからあいさつ状参りこの様な事になつたのも不束者の至らぬ故と深く胸うたれる手紙でした　真摯に渡つてゆくことに疑をもつてはと可哀想で涙がこぼれます　まさかこゝゑがどうの感じがどうのと直さぬことを云へるものでなし　この人許りは惜しいと思ひますが　詮方も無くこの上はどうかよくねぎらつてやさしい御言葉の一つもおかけ下さいます様　私からも特にお願申上げます
森田の繋から久保田氏に御目にかゝり　ＮＨＫの文藝部長に御紹介いたゞき〝私は誰でせう〟のプロデューサーの山川氏にもどちらも大変御親切にしていたゞき　何でも希望をいれて頂けることになつたと大そうよろこんで御礼申てまゐりました
ありがたう御坐いました　若夫婦は清治仕事の都合にて七日ハトに決めました
御手数乍ら〝アダリン〟サ、ナミ薬局にておとり下さいまして　よねに送らせて下さいます様　御願申上げます
昨夜のヴアイオリンの方の招待券も二枚いたゞて居りますので是は長男ちやんあてにおくりました　米忠の白味噌は郷愁のわく味はひで京都よりもおいしいと云ふ事になりました　赤味噌も田舎味噌とは違つた味で西田さんのと似て居ります　うかれ源氏と歌舞伎楽しみに待つて居ります
久保に日平と云ふ会社の株を調べておいてくれます様に御ついでに云つて下さいませんか　戦争中は日兵と書いたさうですが（戦後平和の平にかへたと云ふ事で）宗ちやんが兵器の会社の株が是からいゝのではとお話で壱万円程投資したいと思ふので御坐いますが
では御大切に御願申ます

かしこ

松子

潤一郎様

## (11) 昭和二十七年三月一日 重子より潤一郎

表 京都市左京区下鴨泉川町五 谷崎潤一郎様 御前に 速達(消印 判読不能 着27・3・3)
裏 三月一日 熱海市仲田八〇五 谷崎内 渡辺重子

過日は御親切な御手紙を恐れ入りました嬉しく拝誦いたしました
京の春寒むにも御障りなく早春を御楽しみの御様子何よりと御よろこび申し上げます
御立ちになりました後のこちらの御寒さ厳しく本年は起りそうにもないと思はれました神経痛が方〻に痛み始めました位でございます故京は嘸かしと御案じいたしてをりましたところ案外な御暖かさと伺ひ安堵いたしました
いよ〳〵御天気男の御名が上つたと申して居ります 今月は思ひがけなく御国と五平を演します由予期いたしてをりませんでしたもので尚嬉しく迚も楽しみに御待ちいたしてをります
鶯姫も中〻面白さうで之も楽しみでございます 清治達は姉上より先便に御報らせして頂きました通り七日のハトにて帰洛いたします
私は先づ何を置きましても御芝居を観せて頂きます迄は動けませぬ
笹沼様の皆様にも又御目にかゝれるかと之も楽しミの一つでございます
明日は恵美子高木様に御会ひいたします 様子はいづれ後より御報告いたす事でございませう
恵美子の縁談につきまして此の程よりの一方ならぬ御心労には皆〻只有難さに胸が一ぱいになりますばかりでございます

幸福な縁が結ばれ少しも早く御安心が願へます様にとそれのミ御祈りいたしてをります
心苦しう存じますが尚此の上何分ともによろしく願ひ上げます
くれぐ〳〵御風邪召しませぬ様御厭ひの上御早く御帰り下さいませ　御待ち申し上げます

かしこ

重子

一日夜

潤一郎兄上様

## 二二四　昭和二十七年三月二日　潤一郎より松子

受　静岡県熱海市仲田八〇五　谷崎松子様　速達〔消印27・3・2〕私製はがき

発　二日〔印刷　谷崎潤一郎　京都市左京区下鴨泉川町五番地　電話上一八四四番〕

都合にて出発一日延期、十日ハトにて帰東いたし候
昨夜西嶋家訪問、家族の人〻にあひ申候詳細は後便にて、

＊　芦屋市谷崎潤一郎記念館所蔵

## 92　昭和二十七年六月十日　松子より潤一郎

表　熱海市仲田八〇五　谷崎潤一郎様　速達〔消印27・6・10〕京都市左京区下鴨泉川町五　谷崎松子

裏

一昨日は真夏のお暑さ　きのふからは袷の欲しいうすら寒さでけふも雨に暮れました　熱海も同じでございませうね　今夕は三ぶちやんが参り血圧を計ります筈　たとへ少しでも下つてゐますやうに念じられます　御葉書をうれしう拝見致しました　予定通り十二日の〝ハト〟の特急券をとりました　高折夫人が六日から上京中なので帰りの道連れがあつてい丶ので千万ちやん同道致します　土曜日に妙子様熱海へいらつしやることになつて居ります　承はつた用件だけで出立朝まで一ぱいで日割でなく時間割に詰りました　大した活躍で皆〻よく躰が続くとあきれられて居ります　細雪の小舞も今日あらまし覚えました　明日神戸へ出懸けますまでに茂山様御稽古においで下さいます　大そう御品の良い華やかなふりでございます　歌舞練場では吉井様　高折先生と同席でございました

昨日布施先生の御宅へ伺つてまゐりました　前日に退院なさつた許りで御入院前より御健康さうにお見受けされました　たゞ一月近くもベツドにいらした為に足がガク〳〵すると云つて嘆いていらつしやいました　お家のことよくよく御相談申し上げました　詳しくは帰つてから申し上げますが　大体のことを認めておきませう

現在でハ熱海も坂道が適当と云へないし（気候は上〻でも）理想は阪神間、どこにも行かないで済みますから　併しおす丶みでなければ京都にても差支なく但し現在のお家にては不賛成　日当りの悪いこと　池のあること等を挙げられました　あらゆる健康に適つた条件が揃つてゐることを条件としてゞございます

勿論其の上に暖房冷房の完備　それから内部の構造　例へば階段の急でないこと等も考慮にいれなければならないのでございます

今日にお足の工合では京都の今の家はどうしてもよろしくないさうでございます　粕淵様も近頃バスの数が増して大分騒がしくなつたと云ふことで補装（ママ）でも早く出来ないと埃がひどくて困ります由　布施先生も

この点を御質問でございました　わるい気候の京でも差支なくと申されますのは矢張精神的環境も大切と云ふ見地からで　それが静でなければ何にもならないのでございます　上手に書けませんが何を申上たいか御拝察のことゝ存じます　とくと御相談熟慮を要しますかと思はれます

鱧と鯛は満足致しました　ハモのおすし持ちかへります　ビーフステーキ召上つてもよろしいさうでたゞ油のところお残しになればと言はれました　血注週一回になさつて暫く様子をみる様とのことでした

祇園の御礼は五万円、是は私共立つたあとの家の入用と御話致しました　宝石直しの御代二万五千円也に払つてよろしいでせうね　戴いてきたお金は日〻の世帯にぎり〳〵にて　其の他粕淵様の御家賃　布施先生御みやげ等　雑費が出て或ハ留守宅壱万円位より残しておけないかも分りません

万〻帰宅の上にて申し上げます

ハルは大変真摯によく役に立ち評判よくなつて居りましたが山内さんに御話申しました　たゞ今のところ手伝人の都合全部あしく人手あり次第引いてもらふことに決りました　山内さん六ヶ月もおいてもらつたから何でもなく断ると云はれました

では御無理なさいませぬ様

御大切に

かしこ

松子

潤一郎様

## ⑿ 昭和二十七年八月二十九日 重子より潤一郎

表 熱海市仲田八〇五 谷崎潤一郎様 速達（消印27・8・29）
裏 八月廿九日 京都市左京区下鴨泉川町五 渡辺重子

昨日はお暑い中をお葉書頂き恐れ入りました 久〻の御筆の跡を御なつかしく嬉しく拝見いたしました
此の二三日は何と云ふお暑さでございませう
昨日などは殊にきびしく宛でカンテキを傍に置いたやうに手足がほてつてをりました
此の分ではいくらか楽とは申しましても熱海も相当なものと存じます お障りにならないやうにとそれのミ祈つてをります
案じて参りました千万子の方は駅へも出迎へに出てをりました位案外元気にいたしてをりますのでお蔭様でこの分ならと全り安心いたすことが出来ました
御夫婦振りも板について参り危げもなくなつた様子で之で一安心でございます 恵美ちやんの方も少しも早く安心して頂き度いものと願ハれます
奥村様へのお電話いたして置きました
来月十七日から向一週間程御滞京の御予定と伺ひました その中廿日が一日空きますそうで其の日に熱海へ御出かけのおつもりだそうでございます 是非共前日からいらつしてお泊り頂くやう御伝へ申して置きました
恵美子さんのお式は何時頃でとしきりにお尋ねでいらしやいました
昨日スリーピイ取りに来られました皿井様御一家総出で凄い高級車でお迎へにいらつしやいました 皿井

二世が迚も立派になられたのに驚きましたが奥様がきれいな方で二度びつくりいたしました
一寸吉初を覗いて見ましたお母ちやんは先月中持病の喘息に悩まされてをられた由やつとよくなつたところへ澄ちやんが脚の関節に水がたまり目下臥床中でした　やはり結核性なのでございませう　お家の中何となく陰気なものでした
ランは人の顔を見れバどれも識つた顔ばかりですのに周囲の様子は何となく違ひますし二日ばかりは何だか解せ兼ねると云つた面持ちでしたがどうやら慣れて来た様子でございます
スリーピーがそろ〳〵ランに好意を見せ始めましたので一ちやんが愛妾を取られるかとワン〳〵騒ぎ立てましたらいきなり（一の）足へ嚙みつかれ全り温和しくなりました
一枝さんは一二度アンマに来て呉れました
例年のやうに真黒に日焼けしてゐますが肥つて迚も元気そうにやつてゐます
下鴨のお庭は只今お茶室の屋根の辺りに百日紅の鮮かな紅が緑にはえて美しうございます　瀧の流れの落ちる辺りの秋海棠は相変らず飽きもせず花をつけてゐます
夕方打水をした後御座敷に座りますとさすがに気分も落ちつきやつぱり下鴨も相当なものだとつく〴〵感じます　西山のお座敷も勿論よろしうはございますが一向羨しくなくなりました　西山と云へバお会計何ふのが一寸楽しミです
ではいづれ御目もじの上高折様の方の御報告申し上げます
猛暑のみぎり呉ゞ御身体御大切に願ひ上げます　卅一日の切符を頼んでありますいづれ取れましたら電報いたします

あら〳〵かしこ

重子

潤一郎兄上様

御前に

電報する暇がございませんでしたので取敢へず和辻様の告別式だけ出て置きました　大したお苦みはなかつたと仰つてをられました

二二五　昭和二十八年九月三十日　潤一郎より重子

表　京都市左京区下鴨泉川町五　谷崎内　渡辺重子様　速達〔消印28・10・1〕

裏　九月三十日〔印　熱海市上天神町山王ホテル別荘六一号〕谷崎潤一郎

電報及び電話にて申上げました通り非常に円満に解決致しましたので御安心願上げます柚さんも今度はよく諒解してくれました高木家も今後又折もあらば御交際を願度と申てをられました但し今暫く外出は御許し下さらぬやう願度近〻帰宅詳細申上ます

渡辺重子様

〔宛名は二枚目の絵はがき、中央公論社画廊にての谷崎潤一郎展の「源氏物語訳後に」の「名も知れぬ草にはあれと紫のゆかりはかりに花咲きにけり　潤一郎」の後に記されている〕

二二六　昭和二十八年十月一日　潤一郎より重子

封筒欠

高木家柚女史帝国ホテル等は皆滞りなく諒解を得ましたが辰野氏への挨拶（これは高木家より先にこちら

が出かけては宜しくないとの柚さんの意見で三四日おくらせて今一度上京家人のみが参ることになつてをります）高嶋屋平井さんへの挨拶が残つてをりますのでそれをすませて帰洛いたします多分五六日頃になりはせぬかと思つてをります
京都との電話はいよ〱きゝ取りにくゝ相成、ホテルまで行つて聞かなければだけ（ママ）であります、なるべく電報にお願ひ申します

十月一日　　　　　　　　潤一郎

渡辺重子様

〔宛名は二枚目の絵はがき、中央公論社画廊にての谷崎潤一郎展の「谷崎先生像」内田巌筆の上に記されている〕

＊　前便、後便と同じく中央公論社画廊にての谷崎潤一郎展の絵はがきを使用し、内容的にもつながりがあるので、昭和二十八年十月一日と推定した。

### 二二七　昭和二十八年十月三日　潤一郎より重子

表　京都市左京区下鴨泉川町五　谷崎方　渡辺重子様　速達（消印28・10・3）

裏　十月三日　　熱海市上天神町山王ホテル別荘内　谷崎潤一郎

お草履つきました由安心致しました〔挿入　中央公論より本日又あと十万円送つてもらふことにしました〕
家内本日日帰りにて上京辰野氏平井さん訪問マユ子さんの結婚祝品を買て返ります、五日の切符も手に入

りました今度はキクをつれて帰ります
今日から又少し暖かになりましたが寒い時の用心に火鉢、デンキ炭、ガスストーブ（書斎はデンキストーブがありますが寝台の部屋にデンキ火鉢必要）等御用意願ます
迎ひの自動車は東口にゐるか西口にゐるかきめておいて下され度願ます

潤一郎

渡辺重子様

〔宛名は二枚目の絵はがき、中央公論社画廊にての谷崎潤一郎展の「短冊」の「名も知れぬ草にはあれと紫のゆかりはかりに花咲きにけり　潤一郎」と「日光菩薩月光ほさつ侍り給ひ薬師瑠璃光如来たちたまふ　潤一郎」の中央に記されている〕

## 二二八　昭和二十九年一月二十六日　潤一郎より重子

表　京都市左京区下鴨泉川町五番地　谷崎方　渡辺重子様　速達（消印29・1・26）
裏　正月廿六日〔印　熱海市上天神町山王ホテル別荘六一号〕谷崎潤一郎

拝啓
新聞にて御承知の事と存候へ共東京は大雪三日も降りつゞき熱海も十時間ほどハ降り珍しき事に御座候京も定めし御寒き事と存上げ候
さて此度ハ御住宅も決定あなた様にもこれにて一先づ御安心の御事と存候若夫婦も御蔭様にて嘸喜び申候事と存候しかし熱海にも折角広き家見つかり候事故今後もなるべくこちらにて御過し被下候やう是非〳〵御願申上候あの家ハ昔明治天皇様の行在所なりしものを京都より此方へ移したるものゝ由に候それ故思つたより古き建物なれども普請は非常にたしかにて立派なものなりと大工が感心いたし居候もうトキも多分そちらへ帰着の事と存候伊豆山新居の設備等ニ付種〻御意見も伺ひ度何卒一日も早く御帰り御待ち申上候

こちらは今朝より又美しく晴れ渡りすつかり熱海日よりと相成候御忙しき折角一ゝ(ママ)御返事にハ及び不申それより一日も早ゝに御帰東待上候
正月廿六日
潤一郎
渡辺重子様

＊　全集書簡番号四九八

⒀　昭和二十九年一月二十六日　重子より潤一郎

表　熱海市上天神町　山王ホテル別荘六一　谷崎潤一郎様　速達（消印29・1・27）
裏　正月廿六日　京都市左京区下鴨泉川町五　谷崎様方　渡辺重子

昨日から珍しく大雪と成りました　こんなに積りますといつもの雪景色とハまるで違つた趣きでございます
一寸お目にかけたいと思ふ程の眺でございました
関東もやはり大雪の由そのお寒さが御身体に御障りになりませぬ様にと祈つてをります
扨此の度は住居につきまして一方ならぬ御心配頂き　この御恩は何と御礼を申し上げても尽きませぬ
若夫婦もお蔭様でやつと落ちつき之で一安心出来ますことゝよろこんで居ります　出立の節伺ひました御意向にそうやう努力いたしましたが止むなく決めて了ふことになり何とも申し訳けなく胸を痛めてをります

予算以内にとあれ程やかましく申しながら計らずも超過いたし之もまことに心苦しいことゝ存じます　いづれ細い事情は御目もじの上申し上げますが取り敢へずお詫び旁〻御礼申し上げます
御寒さくれ〴〵お厭ひ下さいませ

かしこ
重子拝

廿六日夜
潤一郎兄上様
御前に

## 93　昭和二十九年十月十二日　松子より潤一郎

表　京都市左京区下鴨泉川町五　谷崎潤一郎様　御もとに　速達（消印29・10・12）
裏　十月十二日　熱海市伊豆山鳴沢一一三五　谷崎松子

血圧も温度が急変した日だけ騰りあとは安定なさいました御様子で気が落付きました　それにしても京都のおさむさははや冬が訪れた様でございますね　こちらは朝夕は山側が冷え〳〵致しますが　まだ私でも電気火鉢があれバ充分で水は逆にあたゝかくなると申して居ります　余程ちがふかもしれません　今明日温度を計つてかへります
恵美子のこと何時までも御案じをかけまして胸痛ミます　今一度だけあつて欲しいとの先方の御希望で貴方様と相談の上にて後藤様へ御返事申し上げることになつて居ります　眉子様の意見として最初好ましくなかつたものが二度目によくなることは自分の経験でなかつたからやめた方が双方の為と云つていらつし

やいます
帰洛の上詳細は申し上げることに致します　疲労がはげしくて今度は東京へ出懸ける気力もございません
でした　明日汽車に乗ることも大そう不安なのでございますが　布施先生熱海から藤田夫人と御一緒にお
のりになる由　先程お電話で伺ひました　久〻におそばを離れましたせいか海山を眺めましてもさびしく
て気持が沈ミひきたちません　もう何も欲しくございません　せめて一二年なりと御一緒に小さい旅行等
もして楽しミたうございます
何時もなれば菊五郎劇団の娘道成寺でも見て参りますのに　来月は御一緒に東京の御芝居でもみにまゐれ
ませうか　明日はかへれるのでございますけれど　今度は筆もつ気にもなれず　あまり心涼ミませぬまゝ
認めました
御みやげは秋刀魚　納豆（こちらのは頂けます）等でございます　志賀様からも珍らしい御みやげを頂い
て居ります
よろづ帰宅の上にて

かしこ

松子

潤一郎様

御前に

**二二九　昭和三十年二月三日　潤一郎より重子**

表　京都市左京区下鴨泉川町五　谷崎方　渡辺重子様　書留　速達（消印30・2・3）

裏　二月三日（印　熱海市伊豆山鳴沢　電話熱海二九七〇　谷崎潤一郎）

無事御入洛被遊候御事と存じ候　そちらハ大分御寒き由こちらハ昨日より三月のやうなうらゝかさにて今日の節分ハほんたうに春が来たやうに御座候　ルーヴルを御覧になりましたら一日も早く御帰り御待ち申上候

電話の玩具とりかへてくれるやう唯今小松に掛け合中にてとりかへましたら早速送るとタヲリに御伝へ被下度候

御みやげは鳥政のかしわに願度、モンブランのはすき焼にハ駄目であることが分り申候

お帰りの御入用こゝに封入仕候　先日のは旅費、これは二月分の御入用と思召され度候　御忙しき事故一ゝ御返事にハ及び申さず候　それよりも早く御帰りをお持ち申上候

三日

潤一郎

渡辺御寮人様

侍女

二三〇　昭和三十二年九月十七日　潤一郎より松子

表　静岡県熱海市伊豆山鳴沢一一三五　谷崎松子様　速達　書留（消印32・9・17）

裏　九月十七日　京都市左京区北白川仕伏町三　渡辺清治方　谷崎潤一郎

昨夜無事到着、駅にハ親子三人と一枝さんが迎ひに出てゐてくれました　こちらは矢張朝夕が熱海より少ゝ寒く、チツキがまだ今朝も到着しないので西田さんに電話して取りに行つてもらつてゐます、もう早速

カイロが必要になつてゐます
さて重子さん戸籍の問題は昨夜直ちに清ちやんに問ひたゞしました、あの手続きをしたのは若夫婦が新婚旅行で東京へ行つた時（昭和廿六年六月）ださうで、いろ〳〵な人の印が必要なので一日二日では書類が作製できず面倒だつたので故山口昌氏（亡くなつたアキラさんのお父さん）に一切を委せて来たのだとの事です、だから手続をしてくれたのは山口さんなので詳しいことは分らないが自分たちは勿論重子さんと別の家を立てる意志などは毛頭ないとの事であります、ちやうど昨年自動車運転の免許を貰ふために取り寄せた抄本が清ちやんの手元にあつたので、参考のためこれを送りますから見て下さい。これで見ると重子さんの養子と云ふことが明記してあるので、これで差支ないやうに思ひますが如何ですか。重子さんの御覧になつたのはどう云ふ書類ですか。なほ私も念のため謄本を取つて見ようとは思ひますが、故山口さんが、手続きがやゝこしいため勝手に便宜な方法を取つたか、又は戦後戸籍法が変つたゝめに書類作製上の形式が昔と違つたのか、何かさう云ふ事情があたかも知れないが、自分たちは何処までも渡辺明さんの家を継ぐ意志であると、清治も千萬子もハツキリ申してをります。従つて高折夫婦などは全然この事に関係してゐないのです。私もそれが真実であらうと思ひます。ですから、謄本を取つて見た上で、形式に不完全なところがあつたら、作製しなほしてもよいと思ひます。（それらのことは、いづれ熱海へ帰つた上で私が誰か弁護士を頼んでやらせます）さう云ふ訳で、若夫婦の気持には不都合な点はなかつたので、先づ安心した次第であります。
どうか此の手紙をそのまゝ重子さんにも見せて上げて下さい。
大事なことだと思ひましたので、取急ぎ一筆したゝめました
ジユウタンはもう着いてゐました、此の代金ハ小生帰宅まで待てるなら待つて貰ひたく、急ぐなら預金の

中から払つておいて下さい

十七日

潤一郎

松子様

侍女

## 二三一　昭和三十二年九月十九日　潤一郎より重子

表　静岡県熱海市伊豆山鳴沢一一三五　谷崎方　渡辺重子様〔消印32・9・19〕

裏　九月十九日　京都市左京区北白川仕伏町三　渡辺方〔印　谷崎潤一郎〕

拝啓

昨日家人宛差出しました手紙貴女様も御覧下すつたことゝ存じます　戸籍のことは気になりますので到着早ゝ二人に尋ねて見ましたところ役場の方ハ故山口昌氏に依頼したので書類作製の形式の上でハ何か手落ちがあつたかも知れないが二人の意志は何処までも渡邊重子養子として世に立つてゐるつもりとの事にて抄本等も出して見せましたので先づその点の御疑念はないと存じますが、なほ御不審の点があれば質しますから御遠慮なく御申越しを願ひます又書類に不備のところがあるか否かは今度東京へ参つた節弁護士等に聞いて見まして、訂正した方が宜しかつたらさうすることに致します

ところで、戸籍の話はこれだけですが、此の機会に申し上げておきたいことがあります

私が最初に清治夫婦をあなた様の養子にさせましたのは、貴女様の老後を少しでも幸福におさせ申したいと云ふのが主眼でありました、此のことは結婚を許可する時にもよく清ちやんに申し聞かしたつもりであ

りますが其後千萬子があゝ云ふ性質であるために貴女様に何かと御不快を与へることが多いやうになりましたのは、私の予期しなかつたところで、貴女様に対し申訳なく思つてをります、目下の私は、たをりと云ふ子が世に珍しく賢くて可愛いために、それに引かれて若夫婦の不行き届きをも我慢する気になつてゐるのでありますが、最初の目的は貴女様をお仕合せにすることにあつたのですから、此の点は何とか此のまゝにしておいてハならない、何か二人を反省させる方法を考へなければならないと思つてをりますたゞたをりと云ふものが出来ましたゝめに問題が複雑になつて来ましたので、貴女様ばかりでなく周囲の人をすべて旨く行くやうに仕向けるには如何にしたらよいか、今暫くその手段方法につき考へさせて戴きたいのであります、清治の結婚が少し軽率だつた為めに今日の結果になつたのでありますが、それを今更云ひ出したところで仕方がありませんから、出来たことを仕方がないとして貴女様のお気持が安まるやうなことを考へなければなりません、貴女様のみならず家人も同じ気持だと思ひます
一寸気になりましたので一筆したゝめました、御用がなければ別に御返事にハ及びません、こちらは今素晴らしい秋景色にて門前の菜畑、遠山の色、天神山の森の木立、日〻美しくなりつゝあります、あなた様も家人も、いつそ十一月を切り上げて今のうちに来られた方がよくはないかとも考へます
十八日夜したゝむ

潤一郎

重子様
侍女

## 94　昭和三十二年九月二十三日　松子より潤一郎

表　京都市左京区北白川仕伏町三　渡辺清治方　谷崎潤一郎様　速達（消印32・9・24）
裏　九月廿三日　熱海市伊豆山鳴沢一一三五　谷崎松子

大気はもうすつかり爽やかになりました　其の後の血圧の状態は如何ですか
北白川の秋色にも心惹かれますが　香り高い松茸や鯛に鱧の味が又思ひ出されます　こちらは相変らずのもの許りで全く味気なうございます
御入洛早ゝに渡辺家戸籍の事を判りとお正し頂き寔に〳〵有難う存じました　何かの手違ひと先夜もくりかへし〳〵申したのでございましたが　誤解の因ともなりました謄抄本兎に角念の為御らんに入れておきます
重子にも御懇ろにお認め給はり恐れ入りました
千万子の事に就きましては重子や私に対していかに辛く当られませうとも辛抱して参りますが　たゞたをりにあまりに行き過ぎた躾や私共への悪感情をたをりに向けて普通いたいけ盛りの童がしないで良い心遣ひをさせられてゐるのが見てゐられないのでございます　それにたをりは子供ニ似合はぬこまやかな情味を持つて居りますだけに　時折　頑是ないながらに心を痛めてゐる様子がみられいとしくなつてしまひます　常なればその様な場合母として辛棒してしまひます　いつの場合も少しの不愉快さも我慢しない為に周囲にどれ程不愉快な思ひをさせるかの思ひやりがないと云ふ事になるのでございませう
行過ぎの一例はひとりでお風呂へいれる事等　随分方ゝの家庭をきいてみましたがどの様に手のないおうちでも十才位までは誰かが一緒に這入つて洗つてやつてゐるさうで是も見てゐてあはれを催します　それ

と御稽古等の事も相当の忍耐力の入(ママ)ることでもありよき修業になることに間違ございませんが是とて二三日前の新聞に二つも三つもとなるといつの間にか機嫌が始終わるくなり結局ノイローゼになるからと注意が出て居りました
お煩はしいことを申上げてしまひましたがお宥し下さいませ
けふは恵美子が百百子ちゃん長男ちゃんを誘つてお相撲に行つて居ります
御返事の必要な御手紙別送致しました　又ゆつくり認めますが　序がございますから持たせます　朝夕の秋冷に御気おつけ下さいませ

かしこ

松子

潤一郎様

御前に

二三二　昭和三十二年（推定）十月二日　潤一郎より重子

封筒欠

拝啓
取急ぎ一筆いたします、先月分のものこちらへお越しになりましてから差上げればよいと思つてをりましたがお越しになるのがおそくなるやうな御様子ですから茲許取りあへずいつもだけ封入いたします
しかし何卒一日も早くお越し下さるやうお待ち申してをります、京舞にお越しにならないのは残念であります

ギレリス、今月二十一日京都の分貴女様の分取つておきました
十月二日
潤一郎
重子様

＊ロシア（旧ソ連）のピアニストのギレリスが初来日したのは昭和三十二年である。

## 二三三　昭和三十三年三月四日　潤一郎より松子

表　静岡県熱海市伊豆山鳴沢一一三五　谷崎松子様（消印33・3・4）
裏　京都市左京区北白川仕伏町三　渡辺方　谷崎

毎日寒いので驚いてゐます
二日に千萬子の誕生日で丹熊へ行き、ついでに「情婦」を見たゞけで、他の日は全然外出しません、吉井邸、高折病院、橋本邸等へも挨拶に行かうと思ひながら出る勇気がありません、二階の便所も鉄管が凍つて手洗ひの水が出ません、階下のストーブは暖いには暖いが、熱がアタマの方へばかり行き、出入りの度毎に冷たい空気と暖かい空気が室内に交流して、あまり快適ではありません、早くも節々がリヨウマチのやうに痛み出して来ました、毎日水洟ばかり出ます
そのうちに暖かになるだらうと思つてゐますが、こんな寒さがまだ当分つゞきさうなら残念ながら又出直すことにして一旦熱海へ帰らうかと思つてゐます、昨日も今日も二階の電気ストーブを二本ともつけて午前十一時に十三度半ぐらゐの温度です、それでも階下の薪ストーブよりは二階の方が落ち着いて仕事が出

来るので、大部分二階で暮してゐます
外には今日も粉雪がパラパラと降つてゐます、今日また若僧さんを呼び測つてもらふつもりです
委細後便にて
四日朝
潤一郎
松子様

アラスカの岩崎さんはもうアラスカにはゐないさうです、大阪へ転任になつたさうです　リリーが難産で危篤に陥りましたが漸く昨日退院して来ました
「情婦」は一往面白い映画ですがストーリーは感心しません、一見の価値はありますが　大騒ぎするほどのものではありません

＊　東京大丸へ辻留の出店の挨拶文（「お茶懐石の粋」）同封。

## 二三四　昭和三十三年三月二十五日　潤一郎より重子

封筒欠

先程は電話にて無礼申上ました
折角たのしみにしてをりましたのにタヲリの病気でガツカリいたしましたあなた様も嘸その辺お外出もできずあてはづれにて御困りのこと、存じますしかしたとひ一週間ぐらゐにても出来ることならタヲリをお

つれいたゞき度、なほもう二三日様子を見まして又御電話いたします、千萬子にも、病気に無理をしない限りせめて一週間ぐらゐよこしてくれるやう私が希望してをります旨あなた様よりおつたへ願ひます
こちらの花はもう三四日で満開になりさうです、あなた様にも是非こちらの花お見せ申したいものです
金子いつもの額同封いたしておきました御受取下さいまし

廿五日

潤一郎

重子様

侍女

トキが可愛い妹と、その妹のお友達で女中奉公志願のものを一人つれて参り大変にぎやかになりました
ボクも元気にしてをります早くタヲリに見せたいものです

＊　昭和三十四年十月の「「喜多川」開店祝」に喜多川店主の北川氏を知ったのは、「去年の春、小津安二郎君を介して君が愛犬の「ボク」と云ふコリーを私の所へ持つて来てくれてからである」とあり、この書簡は「ボク」がきて間もないころのものと思われ、また「こちらの花はもう三四日で満開になりさうです」とあるところから、昭和三十三年三月二十五日と推定した。

**二三五　昭和三十三年五月十八日　潤一郎より重子**

表　静岡県熱海市伊豆山鳴沢　谷崎方　渡辺重子様（消印33・5・18）
裏　五月十八日　神戸オリエンタルホテル　谷崎潤一郎

神戸へ来ましたらずつとお天気がよくなり助かりました、その代り大変暑くなりました、昨夜元町通を散歩して昔を思ひ出しました
本日アカデミーからシエリー酒を二本送らせました、一本はマデラ、一本はアモンティラドーです、マデラの方は貴女様へ差上げるために送つたのです、着きましたら直ぐにほどいて御試飲ねがひます、これは私が飲んで試して見たのです先日コイさんが持参したのよりずつとよい味です、アモンティラドーは先日のヒッチコック劇場に出て来たスペインのシエリー酒ですが昔のほどよいかどうか試して見ないので分りません、名前がよいので買つて見たのです、これもおためしになつて下さい、シエリー酒は口を開けても大丈夫ですから
タヲリに電話しましたら月曜と火曜が幼稚園の遠足ださうでタヲリは行かないのださうです、それで月曜火曜にパパやママとオリエンタルに泊りに来るさうです、楽しみにしてをります
神戸の映画は熱海よりおくれてゐるので見るものがありません、テレビもロビーにあるだけで、それも外人が占領してゐるので好きなものが見られませんハイウエーのビフテキはモンブラン以下で失望しました
又後便にて
十八日朝　潤一郎
重子さま

＊　全集書簡番号五九二

## 二三六　昭和三十四年四月五日　潤一郎より松子

電報　キタシラカワシブセチヨウ〔三〕ワタナベ　カタ」タニサキマツコ殿（消印34・4・5）

発信地　アタミ　三四年四月五日

ウツシウヱシフルキミヤコノベ　ニシダ　レイヅ　ノヤマベ　ニイマニホヒヲリ

＊　芦屋市谷崎潤一郎記念館所蔵

## 二三七　昭和三十四年十月九日　潤一郎より重子

封筒欠

今月は高折家のおめでたやら明さんの御法事やらで御入用が多いのを忘れてをりました少々ながら封入いたしましたからお使ひ下さい
中旬頃お帰りの由お待ちしてをります
これだけやつと自筆で書きました　変な字でおゆるし下さい
千萬子にも御無沙汰してゐて済まないのですが伊吹さんに代筆させるのがイヤなのでもう少し手が自由になつたら千萬子にもたをりにも書くとつたへて下さい
これだけ書くのがやう〳〵です　これでも近頃のレコードです　あとで又少し痛くなるでせう
十月九日夜

潤一郎

重子さま
侍女
今年の冬はたをりに来てもらひたと(ママ)思てゐます

＊「高折家のおめでた」とは、おそらく千萬子の妹八洲子の結婚のことだと思われるけれど、八洲子が結婚したのは昭和四十三年十月八日である。また「明さんの法事」というのは十月二十五日が渡辺明の祥月命日であるところから、そのことをいっているのではないかと思われる。

＊谷崎は昭和三十三年十一月に笹沼源之助の金婚式のための贈物へ揮毫しているときに、右手に麻痺がおこり、それ以降は口述筆記で作品を書くようになった。口述筆記による小説の第一作は「中央公論」昭和三十四年十月号に掲載された「夢の浮橋」であるが、その筆記者は伊吹和子であった。『谷崎潤一郎＝渡辺千萬子　往復書簡』に収録された千萬子宛書簡もこの時期のものはほとんど代筆であり、代筆の昭和三十四年十一月十二日付の千萬子宛書簡には、「手の工合が少しよくなつてまゐりましたので一度自分で手紙をと思つてをりますが」とあり、その直前にはよほど手の工合が悪かったことが分かる。そんなところから、この書簡を昭和三十四年十月九日と推定した。

## 二二三八　昭和三十五年八月二十日　潤一郎より重子

表　京都市左京区北白川仕伏町三　渡辺清治方　渡辺重子様　現金書留　速達〔消印35・8・20〕
裏〔印　熱海市伊豆山鳴沢　電話熱海二九七〇　谷崎潤一郎〕

お留守番御退屈のこと、存じます　お盆が済んだらたをりをつれて熱海にいらしつた方がよかつたと思ひ

ます
颱風が無事にすむやう祈ります
私は中央公論の仕事をしてをります　これは昔からのことですが、あなた様がこちらにおいでになるとならないでは私の仕事に大分影響があります　何の関係もない筈ですが創作の進行と出来ばえが違ふのです、これは不思議です、なるべく早くお帰りを願ひます
二十日

潤一郎

渡辺重子様

侍女

ヒロさんにこのお中元を与へて下さい　先日お渡ししておくのを忘れました

**二三九　昭和三十六年五月二十四日　潤一郎より重子**

表　京都市左京区北白川仕伏町三　渡辺清治方　渡辺重子様　速達（消印36・5・24）
裏　五月吉日（印　熱海市伊豆山鳴沢　電話熱海二九七〇　谷崎潤一郎）

いろ〳〵御心配でおつかれのこと丶存じます　赤ん坊はたをりによく似てゐますさうで、それにつけましても無事の成長を祈つてをります
黒髪が上りました由是非見せてもらひに参ります　あなた様も千萬子の方が一段落つきましたらおけいこをなすつてお気晴らしを遊ばしませ
別便で朝日ジヤーナル五月廿一日号をお送りいたします　三十二ページにイギリス人の「鍵」の批評が出

てをります、千萬子にもよませて下さいまし

廿四日

潤一郎

渡辺重子様

醜い字で御めん下さい

命名考へましたから封入いたします

## 二四〇　昭和三十六年五月二十九日　潤一郎より重子

表　京都市左京区北白川仕伏町三　渡辺清治方　渡辺重子様　現金書留　速達（消印36・5・29）

裏　〔印　熱海市伊豆山鳴沢　電話熱海二九七〇　谷崎潤一郎〕

来月二日にお目にかゝりますそして十日頃まで滞在いたしたく特別一等の急行券三枚帰りの分申し込んでおいていたゞき度一万円別に封入いたしておきます特急券だけで結構でございます乗車券はあとで買ひます

金封袋の分は来月のあなた様の分でございます　どうか默つてお受取おき被下度毎度ごていねいな御挨拶をいたゞいて恐縮いたします　もつと〳〵十分なことをいたしたいのですが出来ませぬのが残念でなりません　あなた様に出来るだけのことをいたしますのが私の唯一つの生きがひだと思し召して下さいませ　あなた様のやうな文学的香気にみちた氣品の高いお方はいらつしやらないと云ふことを歳を取れば取るほどつよく感じてをります

千萬子もたをりも可哀さうでなりませぬが
二十九日
潤一郎
重子様

千万子や錦に関する費用は別に用意して参ります

## 二四一　昭和三十七年二月二十八日　潤一郎より重子

表　東京都渋谷区代々木五丁目四五　観世栄夫方　渡辺重子様　速達（消印37・2・28）
裏　二月廿八日　熱海市上天神町山王ホテル内別荘　谷崎潤一郎

先夜は御木さんがいつまでもお枕元にゐすわつてゐたりして御不快を与へ申訳ありません、あれは私にも不行届きの責任がありお詫び申します、あのあと家人から「ねえちやんは御木さんが嫌ひだから注意するやうに」と云はれ一層恐縮しました、今度のラジオの事がすみましたら段々に彼女を遠ざけるやうに致します　今後はかう云ふ場合は何事も私に直接仰つしやつて下さればさういたします
ゆみさんの時にもお言葉に従はないで後になつて後悔しました　あの時でよく分つてゐた筈でしたが
二月廿八日
潤一郎
重子様
侍女

## 二四二　昭和三十七年三月七日　潤一郎より重子

表　東京都渋谷区代々木初台町(ママ)五丁目四五　観世栄夫方　渡辺重子様　即日速達（消印37・3・7）
裏　三月七日　熱海市西足川　熱海ホテル方　谷崎潤一郎（封筒の裏面のみ代筆）

渡辺のちひさいば丶にあやされて
あゆみ出したり観世桂男

わたなべのば丶を慕うて這ひ廻り
まつはり着くよ観世桂男

昨日のは甚不出来につき右の如く訂正いたします　昨日のはなるべ(ママ)発表なさらぬやうに願ひます
明日朝日(ママ)放送より電話がございましたので御木さん使用は一切取りけすやうに申し入れ承諾を得ました　これでお気持をお直し下さるやうお願ひ申します　御木さんのことに限らず今後はすべてこの方針でいたします　これで私もスツとしました

三月七日朝

潤一

重子御寮人様

朝日放送は淡路恵子以外にはまだ誰にも直接話してない、御木さんにも私から話しただけだから変更になつたと云へば済むとのことでした

ベビーギヤングを見て
勘三郎の自慢の子より幾倍か
淡路恵子こそ可愛らしけれ

## 二四三　昭和三十八年十月三日　潤一郎より重子

表　東京都文京区関口台町　目白台アパート三一一号室　観世栄夫方　渡辺重子様　速達（消印38・10・3）
裏　十月三日〔印　静岡県熱海市西山町四一六　谷崎潤一郎〕

先日千萬子との出来事ハ家人より詳しくうかゞひましたがあなた様の仰せの方が一々御尤もでお道理だと思ひます　千萬子は私におき手紙を残して詫びてゐましたが私からはあれきりまだ返事を出さずにをります
私は千萬子が好きでありました、ものを書く上でもいろ〳〵役に立つてくれました、しかしかりにも彼女をあなた様のやうな方と同列には思つてをりません、気品の高さ、藝術的香気のゆたかさ、さう云ふものはあな様（ママ）の特有で彼女にはありません
今後は努めて彼女を悪く刺戟しないやうにして少しづゝ私のその心持を彼女にも巧く理解させるやうにいたします
何卒おゆるし下さい

別に御返事には及びません

三日

潤一郎

重子様

千萬子は口では負けをしみを云ひましてもアナタ様の仰つしやつたことは十分胸にこたへたと思ひます、いゝことはなすつたと存じます

## 95　年月日（不明）　松子より潤一郎

表　潤一郎様

裏　松子

ゆうべは真夜の地震に飛び起きました　東京は強かつたのではないかと寐就かれませんでした　日ゝ御馳走続きで昇りはせぬかと思つて居りました血圧が割合低く安心致しました　先夜のお料理が忘られませず　お泊りの間にぜひ最う一度頂きたく存じます

予金が銀行と十万円の相違が出来　月末まではもつと思つて居りましたのが狂つてしまひました　就きましては拾万円許りお願ひ申します

京の家の手金には手をつけて居りません

ではお電話をお待ちして居ります

かしこ

松子

潤一郎様

まゐる

＊昭和三十年前後の書簡ではないかと思われるが、今回の調査では年月日を明らかにすることができなかった。

# あとがき

本書で最初に掲げた谷崎潤一郎の松子宛書簡である一九三〇年（昭和五）八月十六日付の書簡は、天理大学附属天理図書館の開館八十四周年記念展「手紙――筆先にこめた想い――」（二〇一四年十月十九日～十一月九日）においてはじめて展示されたものである。この書簡を見るために十月二十七日に、編集担当の山本啓子さんと一緒に日帰りで天理図書館を訪れた。現地では千里金蘭大学の明里千章さんとも合流し、三人で展示を見にいった。展示担当で司書の三村勤さんにお話をうかがったところ、この書簡は戦後のかなり早い時期に購入したもので、はじめはダンボールの台紙に貼り付けられており、封筒は失われていたという。その購入等の細かないきさつについては、それに関わった当時の関係者がすでに在籍していないので、詳細は不明とのことであった。

この書簡は図書館の目録にも載っており、これまで何人かの方が見に来られたけれど、これを使って論を書いた文献はいまのところないようだとのお話であった。私は不明にもこうした書簡が天理図書館に所蔵されていることを知らなかった。今回、谷崎家に残されていた潤一郎と松子・重子姉妹との書簡を中心に本書を編集して、もはや校正刷りも出た最後の段階になって、この書簡にめぐり合ったことは何やら奇跡のようでもある。因縁めいたものすら感じてしまう。これは同年八月十九日付潤一郎宛松子書簡と対応するが、それぞれを単体で読んだ場合と、これを一対の往復書簡として読んだ場合とで見えてくる光景がまるで違ってしまうことには、自分でもあきれるほどの驚きだった。

その意味で、本書中に何度も記したように、完全な往復書簡にならないことはかえすがえすも残念である。もし仮にここに紹介した書簡に対応する谷崎書簡、あるいは松子書簡が次々に出てきたとしたならば、どれほど新たな事実が発掘されるのかと考えただけでもワクワクする。またそれが無理だったとしても、ひとつひとつの書簡の読みにあたって、今回の細君譲渡事件にかかわる谷崎と松子との書簡の往復が示唆するように、各々の書簡の裏にはそれぞれに微妙で奥深い心理のアヤが隠されている。それをどこまで読み込んでいいのか、そのひとつのヒントが与えられたようでもある。だが、何よりも失われたと思われていた時期の書簡が一通でも出現したことは、今後とも失われたと思われる書簡が出てくる可能性も示唆しており、その希望が与えられたことが何よりうれしい。

しかし、これほど大量にまとまった書簡群は、ただそれだけでも貴重な意味をもつことになろう。一通一通のもつ内容的な意味の重要性とは、おのずから別な意味性をも帯びてくる。一通一通を見たのではさしたる意義を見いだすこともできないような些細な書簡も、この書簡群のなかではそれぞれの意味を有することになる。間違いなくこれらの書簡は、最後に残された谷崎文学の超一級の資料であり、今後、谷崎作品の読み直しを根底から迫ることになる。またこのあとにつづくように刊行される決定版「谷崎潤一郎全集」とも相俟って、これからの谷崎研究に決定的な影響を及ぼしてゆくことになると思われる。

谷崎書簡を扱った仕事は、『増補改訂版　谷崎先生の書簡　ある出版社社長への手紙を読む』につづいて二度目である。前著のあとがきにも記したことだけれど、文学研究において生の新資料を使って新事実を発見することほど、研究の醍醐味を味わわせてくれるものはない。まさに研究者冥利に尽きる。この仕事をお許し下さった松子夫人の御嬢様で、谷崎の著作権継承者でもあった観世恵美子さんには幾重にも厚く感謝申し上げたい。しかし、まことに残念なことに恵美子さんは昨年の八月十五日、本書の刊行を見ずに逝去された。いまは謹んで恵美子さんの御霊前へ本書を捧げる次第である。

また松子夫人、恵美子さんから托されて、長年これらの書簡を整理、管理してこられた元中央公論社秘書室長の前田良和さんにも深くお礼を申し述べなければならない。実質的には本書は前田さんとの共編といってもよく、前田さんが資料の整理をこと細かに丹念におこない、リスト作りをしてくれなければ、私ひとりの力ではとてもこの仕事を仕上げることはできなかった。前田さんとは、一九九五年のヴェネツィア大学で開催された谷崎潤一郎国際シンポジウムの折、当時の嶋中鵬二中央公論社会長の秘書として同行されたとき以来のお付き合いである。前著の嶋中雄作宛谷崎書簡を読む仕事のときもそうだったけれど、その頼もしい助っ人ぶりにはただただ頭がさがるばかりで、厚く感謝の意を表したい。

今回、松子宛、重子宛の谷崎書簡を所蔵し、本書編集にあたってさまざまにお世話になった芦屋市谷崎潤一郎記念館、日本近代文学館、神奈川近代文学館、山梨県立文学館、早稲田大学図書館、天理大学附属天理図書館の学芸員や司書の方々に御礼を申し上げたい。また今年の七月八日から二十二日まで帝塚山大学図書館で催された「谷崎潤一郎・耽美の世界――肉筆と稀覯本を中心に――」には、同大学所蔵の貴重な資料とともに同大学教授中島一裕さんの個人蔵である松子宛の谷崎書簡一通も展示された。それも本書に収載することをご快諾いただき、とても有り難かった。さまざまな方のご協力を得て、はじめに想定していたよりよほど多くの書簡をあつめることができたことを素直に喜びたい。

翻刻に関しては、実にさまざまな方々のお世話になり、ご教示いただいた。谷崎宛の松子書簡から読みはじめたのであるが、これがなかなかの難物であった。この仕事にとりかかったばかりのころ、山本さんは『曲亭馬琴日記』の編集を担当しており、柴田光彦先生のところへしばしば通っていたので、同道してって笑柴田先生のご自宅にまで押しかけ、読めない箇所の教えを受けたりもした。ご迷惑千万だったろうが、笑ってお許しいただけたことは何よりもうれしかった。また柴田先生とご一緒に『瀧澤路女日記』をまとめられた大久保恵子さんに、校正がてらチェックしていただけたことも非常にうれしく、深く感謝したい。しかし、もちろん翻刻に関する最終責任が編者である私自身にあることはいうまでもないことである。

書簡の年代推定にも大いに頭を悩まされたけれど、細江光さんに助けられたところも少なくない。あらためて厚く感謝の言葉を申し述べたい。しかし、いうまでもないことだけれど、翻刻に関しても年代推定にしても最終責任が編者たる私自身にあることはもちろんである。最後に本書の編集を担当してくれた山本啓子さんに感謝いたします。

二〇一四年十一月十五日

千葉俊二

谷崎家系図

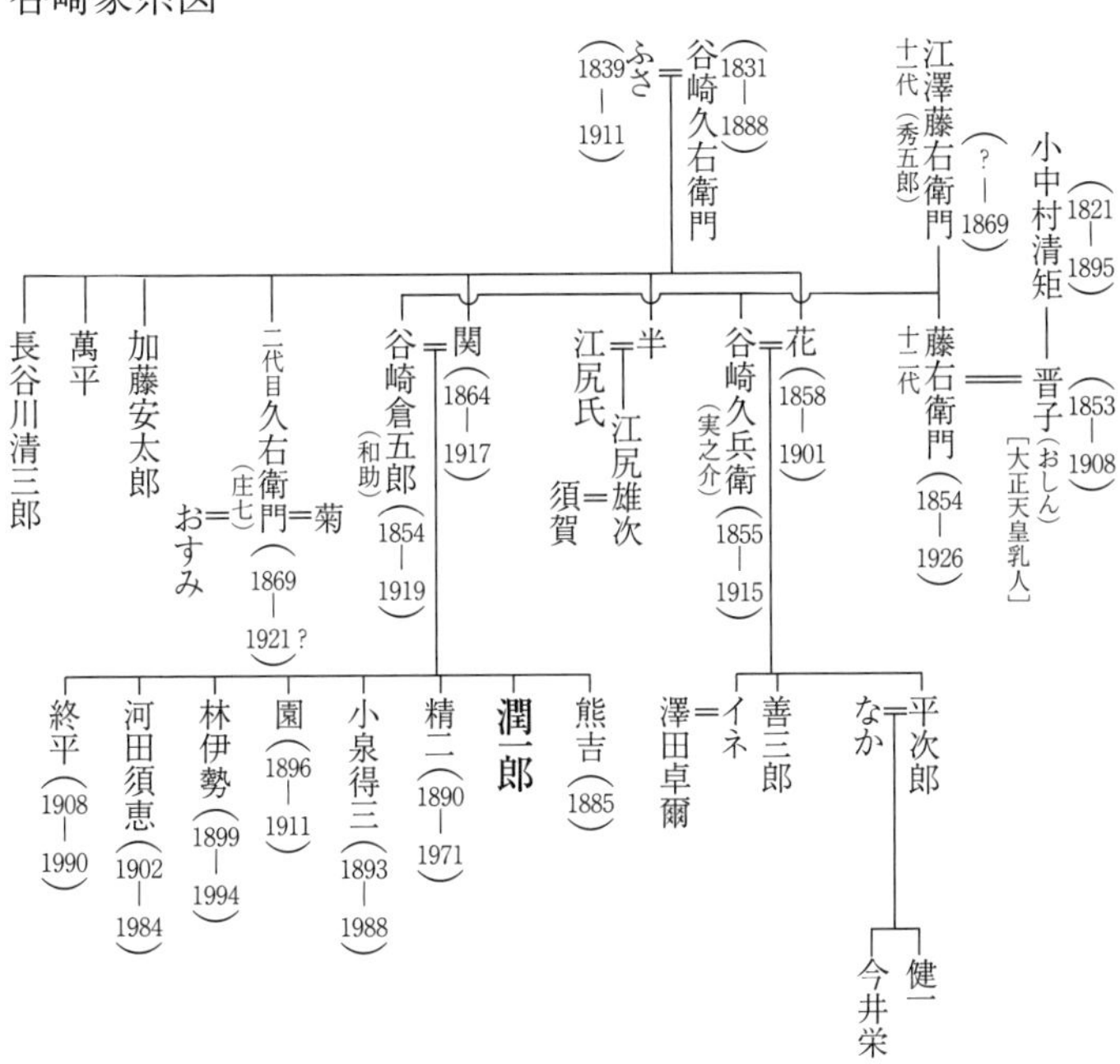
小中村清矩（1821—1895）
江澤藤右衛門 十一代（秀五郎）（?—1869）
谷崎久右衛門（1831—1888）
ふさ（1839—1911）
晋子（おしん）（1853—1908）［大正天皇乳人］
藤右衛門 十二代（1854—1926）
花（1858—1901）
谷崎久兵衛（実之介）（1855—1915）
半
江尻氏
江尻雄次
須賀
関（1864—1917）
谷崎倉五郎（和助）（1854—1919）
二代目久右衛門（庄七）（1869—1921?）
菊
おすみ
加藤安太郎
萬平
長谷川清三郎
平次郎
なか
善三郎
イネ
澤田卓爾
健一
今井栄
熊吉（1885）
潤一郎
精二（1890—1971）
小泉得三（1893—1988）
園（1896—1911）
林伊勢（1899—1994）
河田須恵（1902—1984）
終平（1908—1990）

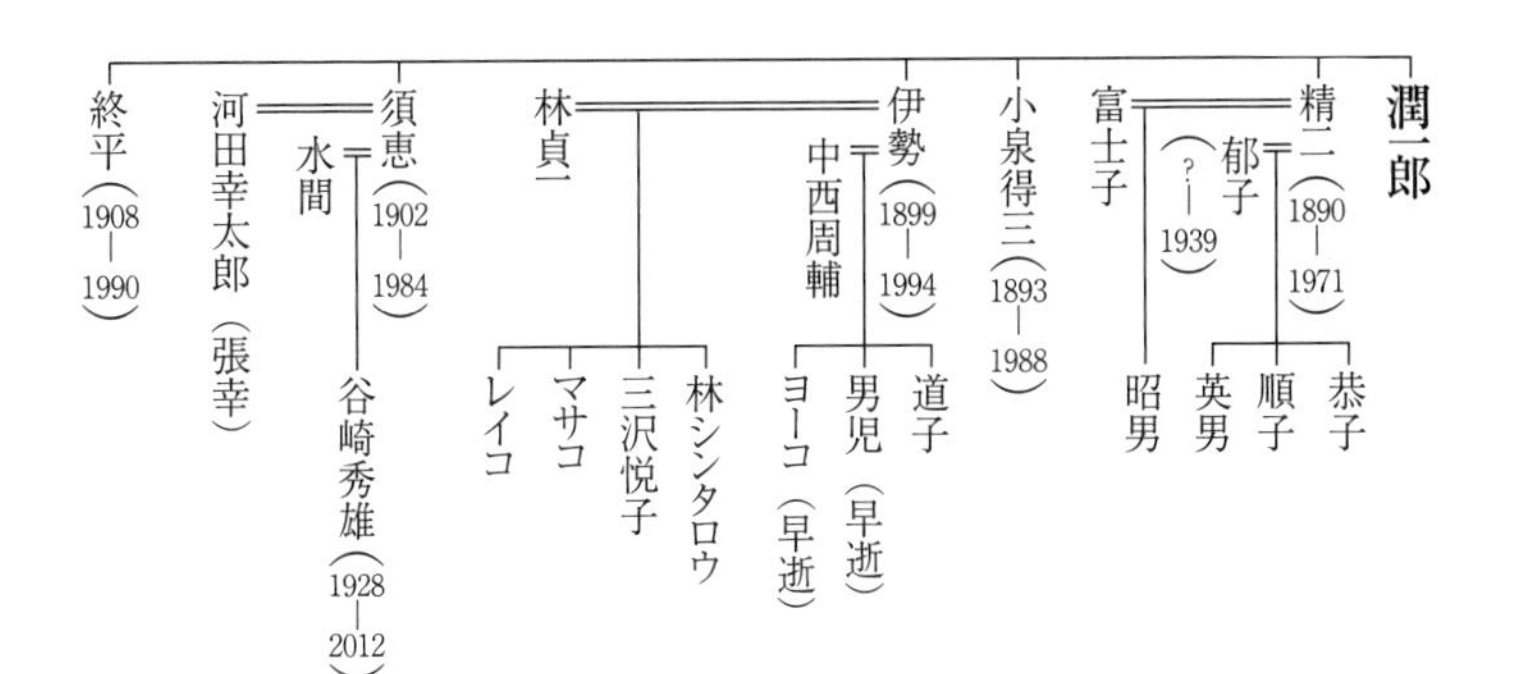
潤一郎
精二（1890—1971）
郁子（?—1939）
富士子
恭子
順子
英男
昭男
小泉得三（1893—1988）
伊勢（1899—1994）
中西周輔
道子
男児（早逝）
ヨーコ（早逝）
林貞一
林シンタロウ
三沢悦子
マサコ
レイコ
須恵（1902—1984）
水間
谷崎秀雄（1928—2012）
河田幸太郎（張幸）
終平（1908—1990）

石川家系図

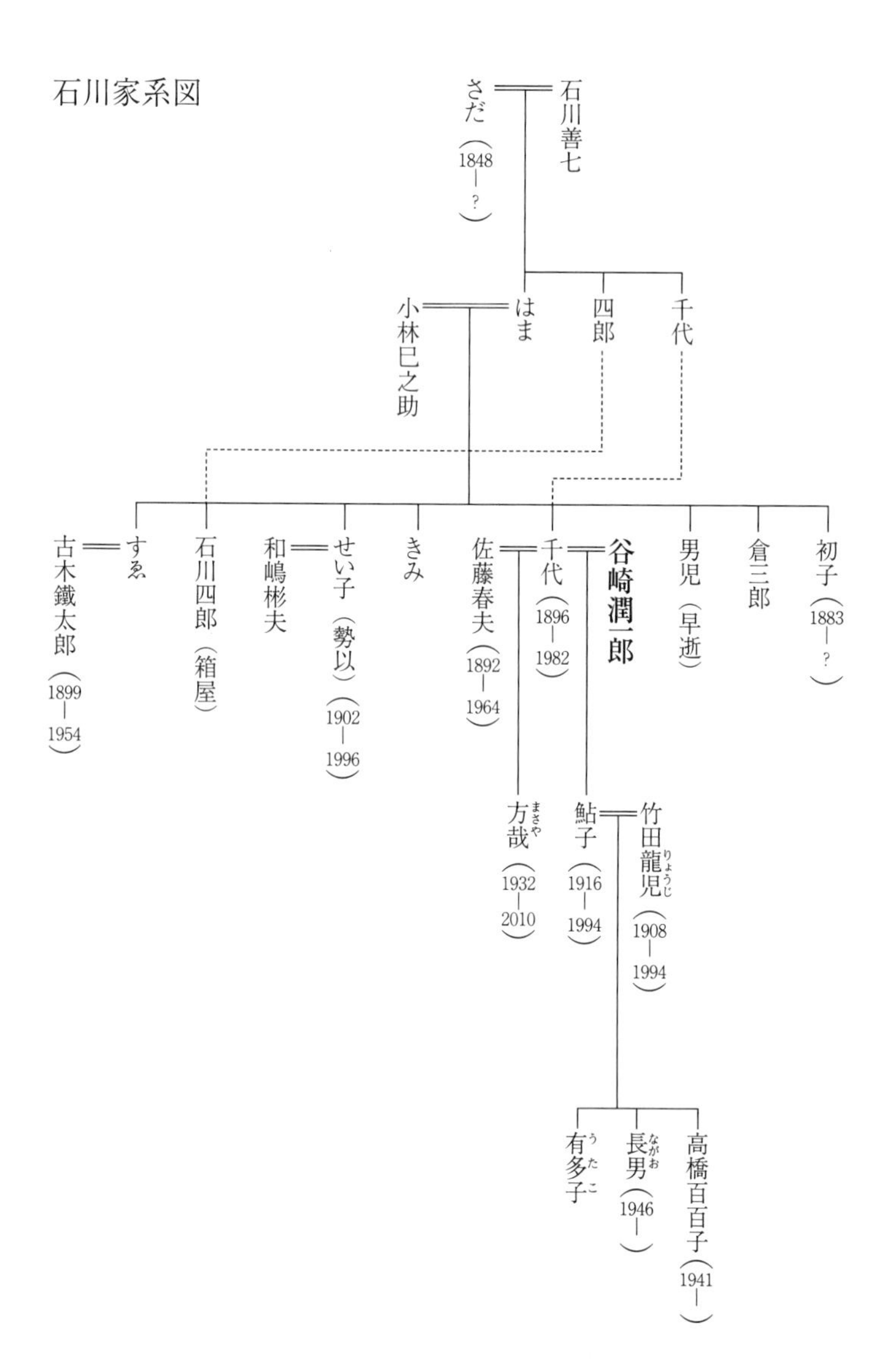

さだ（1848—？）
石川善七
小林巳之助
はま
四郎
千代
古木鐵太郎（1899—1954）
すゑ
石川四郎（箱屋）
和嶋彬夫
せい子（勢以）（1902—1996）
きみ
佐藤春夫（1892—1964）
千代（1896—1982）
谷崎潤一郎
男児（早逝）
倉三郎
初子（1883—？）
方哉（1932—2010）
鮎子（1916—1994）
竹田龍児（1908—1994）
有多子
長男（1946—）
高橋百百子（1941—）

渡辺家系図

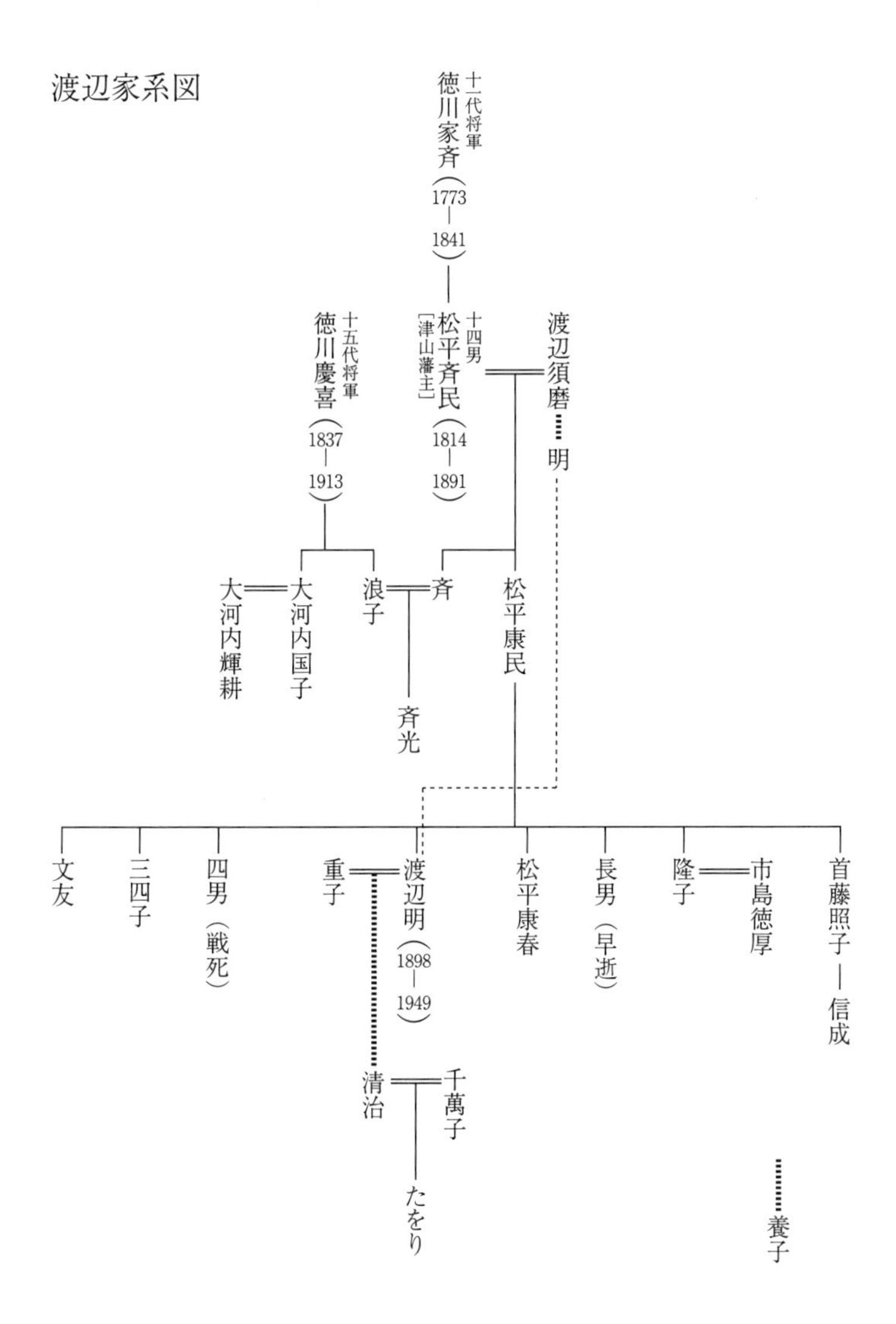

十一代将軍
徳川家斉（1773－1841）
十五代将軍
徳川慶喜（1837－1913）
十四男
松平斉民（1814－1891）
［津山藩主］
渡辺須磨
明
大河内輝耕
大河内国子
浪子
斉
松平康民
斉光
文友
三四子
四男（戦死）
重子
渡辺明（1898－1949）
松平康春
長男（早逝）
隆子
市島徳厚
首藤照子
信成
清治
千萬子
たをり
養子

# 森田・根津家系図

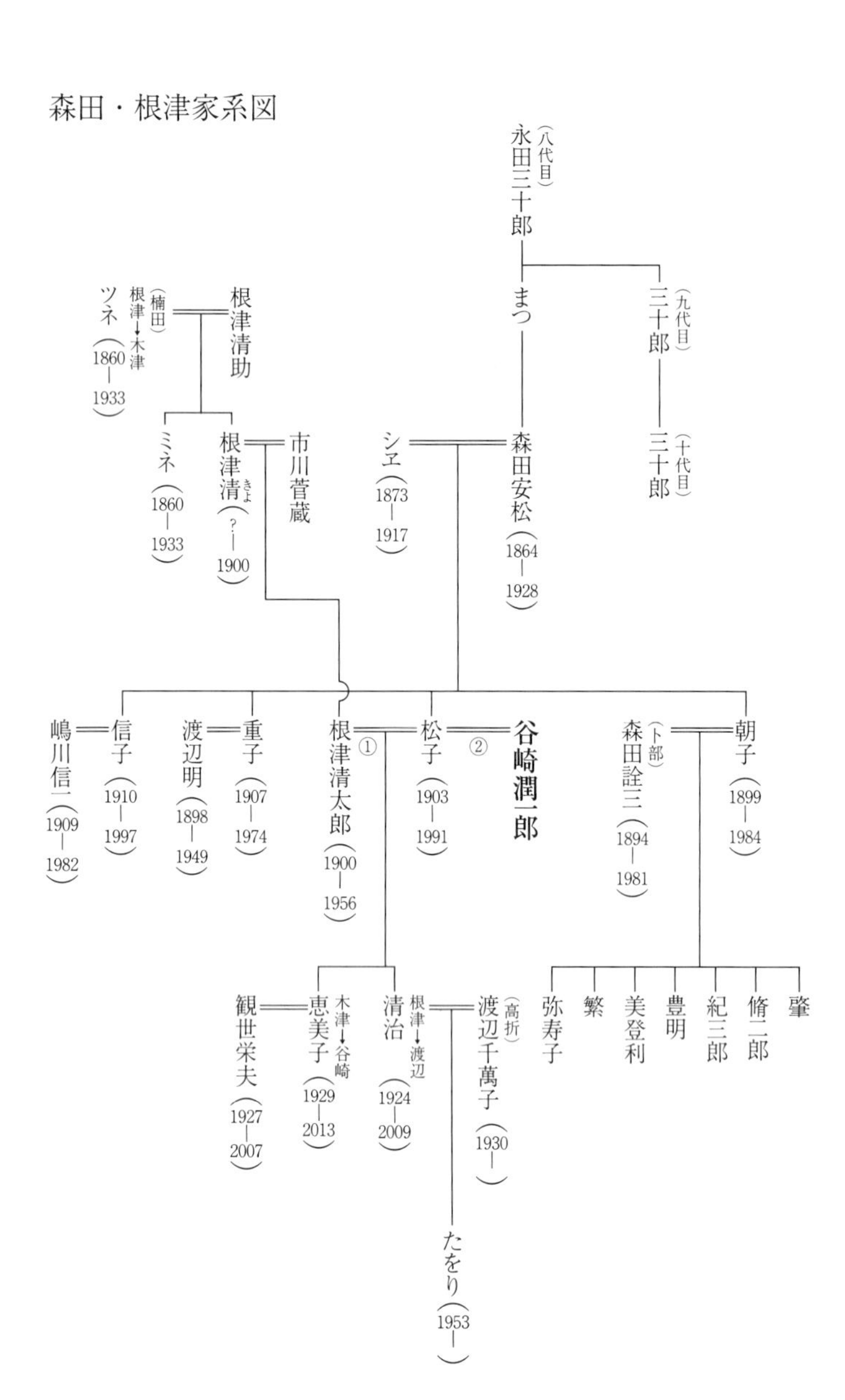

永田三十郎（八代目）
まつ
三十郎（九代目）
三十郎（十代目）
根津清助
ツネ（楠田）根津→木津（1860—1933）
ミネ（1860—1933）
根津清（きよ）（?—1900）
市川菅蔵
シヱ（1873—1917）
森田安松（1864—1928）
嶋川信一（1909—1982）
信子（1910—1997）
渡辺明（1898—1949）
重子（1907—1974）
根津清太郎（1900—1956）
①
松子（1903—1991）
②
谷崎潤一郎
森田詮三（卜部）（1894—1981）
朝子（1899—1984）
観世栄夫（1927—2007）
恵美子 木津→谷崎（1929—2013）
清治 根津→渡辺（1924—2009）
渡辺千萬子（高折）（1930—）
たをり（1953—）
弥寿子
繁
美登利
豊明
紀三郎
脩二郎
肇

# 参考文献

## I

『谷崎潤一郎全集』全三十巻　中央公論社　一九八一年五月〜八三年十一月
『谷崎潤一郎家集』湯川書房　一九七七年五月
谷崎潤一郎「身辺雑記」「サンデー毎日」一九三五年六月十日
——「鴨東綺譚」「週刊新潮」一九五六年二月十九日〜三月二十五日
——「続松の木影」「中央公論」創刊千号記念　一九七〇年十二月
谷崎松子『倚松庵の夢』中央公論社　一九六七年七月
——『蘆辺の夢』中央公論社　一九九八年十月
——『湘竹居追想　潤一郎と「細雪」の世界』中央公論社　一九八三年六月
橘弘一郎『谷崎潤一郎先生著書総目録』全四巻　ギャラリー吾八　一九六四年七月〜六六年十月
『日本近代文学館資料叢書　第Ⅱ期　文学者の手紙3　大正の作家たち』博文館新社　二〇〇五年九月
丸谷才一「批評家としての谷崎松子　松子夫人より贈られた谷崎潤一郎未発表書簡」「中央公論」一九九三年二月
『芦屋市谷崎潤一郎記念館資料集（二）雨宮庸蔵宛谷崎潤一郎書簡』芦屋市谷崎潤一郎記念館　一九九六年十月
『芦屋市谷崎潤一郎記念館資料集（三）久保家所蔵　谷崎潤一郎　久保義治・一枝宛書簡』芦屋市谷崎潤一郎記念館　一九九九年三月
「山梨県立文学館館報」六一号　山梨県立文学館　二〇〇五年六月二十日

Ⅱ

野村尚吾『改訂新版　伝記谷崎潤一郎』六興出版　一九七四年十一月
秦恒平『神と玩具との間』六興出版　一九七七年四月
高木治江『谷崎家の思い出』構想社　一九七七年六月
大谷晃一『仮面の谷崎潤一郎』創元社　一九八四年十一月
伊吹和子『われよりほかに　谷崎潤一郎最後の十二年』講談社　一九九四年二月
『谷崎潤一郎＝渡辺千萬子　往復書簡』中央公論新社　二〇〇一年二月
渡辺千萬子『落花流水　谷崎潤一郎と祖父関雪の思い出』岩波書店　二〇〇七年四月
市居義彬『谷崎潤一郎の阪神時代』曙文庫　一九八三年三月
谷崎終平『懐しき人々　兄潤一郎とその周辺』文藝春秋　一九八九年八月
稲澤秀夫『秘本谷崎潤一郎』全五巻　烏有堂　一九九一年十二月～九三年一月
小谷野敦『谷崎潤一郎伝　堂々たる人生』中央公論新社　二〇〇六年六月
水上勉・千葉俊二『増補改訂版　谷崎先生の書簡　ある出版社社長への手紙を読む』中央公論新社　二〇〇八年五月

Ⅲ

南條秀雄・奥村富久子『花のむかし』南條秀雄師追悼出版事業会　一九八六年十月
雨宮庸蔵『偲ぶ草　ジャーナリスト六十年』中央公論社　一九八八年十一月
雨宮広和『父庸蔵の語り草』私家版　二〇〇一年六月

石堂清倫『わが異端の昭和史』勁草書房　一九八六年六月
「宝塚少女歌劇団日誌」「歌劇」一九三一年二月
「ワイセツと文学の間〈ある風俗時評〉」「週刊朝日」一九五六年四月二十九日
三田直子「谷崎潤一郎先生と松子夫人」「主婦の友」一九五八年一月
和気律次郎宛書簡〔昭和十一年一月三十日付〕「館報駒場野」三十九号　東京都近代文学博物館　一九八九年三月
野口武彦「神戸肉と歩んだ40年」「神戸っ子」一九七四年一月
『中央公論社の八十年』中央公論社　一九六五年十月
『木下杢太郎日記』第三巻　岩波書店　一九八〇年三月
『芥川龍之介全集』第九巻　岩波書店　一九七八年四月
『荷風全集』第二十五巻　岩波書店　一九九四年三月
『谷崎潤一郎　人と文学』芦屋市谷崎潤一郎記念館　二〇一三年十一月

Ⅳ

読売新聞データベース（ヨミダス）
朝日新聞データベース（聞蔵Ⅱ）
毎日新聞データベース（毎索）
気象庁　気象観測統計データ（出典：気象庁ホームページ）

協力

芦屋市谷崎潤一郎記念館
日本近代文学館
神奈川近代文学館
山梨県立文学館
早稲田大学図書館
天理大学附属天理図書館

編者略歴

**千葉俊二**（ちば　しゅんじ）

一九四七年生まれ。早稲田大学第一文学部卒業。現在、早稲田大学教育・総合科学学術院教授。著書に『谷崎潤一郎　狐とマゾヒズム』『エリスのえくぼ　森鷗外への試み』（小沢書店）『物語の法則　岡本綺堂と谷崎潤一郎』『物語のモラル　谷崎潤一郎・寺田寅彦など』（青蛙房）ほか。『潤一郎ラビリンス』（中公文庫）全十六巻、『岡本綺堂随筆集』（岩波文庫）などを編集。

谷崎潤一郎の恋文
——松子・重子姉妹との書簡集

二〇一五年一月一〇日　初版発行
二〇一五年六月五日　三版発行

編者　千葉俊二
発行者　大橋善光
発行所　中央公論新社
〒一〇〇-八一五二
東京都千代田区大手町一-七-一
電話　販売　〇三-五二九九-一七三〇
　　　編集　〇三-五二九九-一九二〇
URL http://www.chuko.co.jp/

DTP　平面惑星
印刷　三晃印刷
製本　大口製本印刷

Published by CHUOKORON-SHINSHA, INC.
Printed in Japan　ISBN978-4-12-004688-9 C0095

定価はカバーに表示してあります。落丁本・乱丁本はお手数ですが小社販売部宛お送り下さい。送料小社負担にてお取り替えいたします。